梁祝故事研究〔三〕

許端容 著

目次

第十二章　梁祝故事文化現象（一）

　　梁祝傳說從《十道四蕃志》「義婦祝英台與梁山伯同冢」的簡單記載，經過長時間的曼衍、繁殖成為蔚然大觀的梁祝故事文化網絡，產生眩耀璀璨的發燒現象，其間透過參與故事創作龐大隊伍的不斷演繹、延異，以不同的載體持續地留下軌迹，也不斷地流傳、推展，引領、帶動廣大受眾，進行梁祝故事的閱讀，甚至由受眾們進而參與再創作的行列，展延出多樣多式的創作文本，持續梁祝愛情故事的普遍而廣大影響力。

　　梁祝故事在全國各地傳播的過程中，不斷地在各個區域落地生根，進而開枝散葉，結合當地文化，深化成為地方故事。各地的人們紛紛宣說梁山伯、祝英台是自己的鄉親，自己的族群，如賀縣過山瑤爭認梁祝是他們的祖先[1]，甚至在廣西鎮黑衣瑤更推衍出梁祝是人類祖先的傳說[2]。

　　根據調查，在中國境內目前有十一個省十九個縣市（區）附會梁祝故事遺存，便有二十七[3]處之多。列表如下：

[1]　譚達先撰：《中國四大傳說新論》（臺北：貫雅文化事業有限公司，1993年），頁 144。

[2]　同前註。

[3]　陳勤建主編：《東方的羅密歐與朱麗葉--梁祝口頭遺產文化空間》（哈爾濱：黑龍江人民出版社，2005 年 9 月一版），頁 28-29；及霍尚德撰：〈梁祝申遺從紛爭到聯合〉，收於《民間文化》第 139 期（2004 年 9 月），頁 27。

1. 梁祝讀書處（6 處）：

   (1)浙江省杭州市萬松書院、(2)江蘇省宜興縣善卷洞祝英台讀書處、(3)河南省汝南紅羅山梁祝讀書處、(4)山東曲阜市梁祝讀書處、(5)山東鄒縣嶧山梁祝讀書處所（今存廢墟）、(6)四川省合川。

2. 梁祝墓（10 處）：

   (1)浙江省寧波市鄞縣高橋鎮梁祝墓、(2)甘肅省清水縣梁祝墓、(3)安徽省舒城縣梅心驛梁祝墓、(4)江蘇省宜興縣善卷洞、(5)河北省河間縣林鎮梁祝墓、(6)山東嘉祥鎮梁祝墓、(7)山東省濟寧微山縣馬坡梁祝墓、(8)江蘇省江都縣梁祝墓、(9)四川省合川梁祝墓、(10)河南省汝南馬鄉梁祝雙墓。

3. 梁山伯廟（1 處）：

   浙江省寧波市鄞縣高橋鎮梁山伯廟。

4. 梁祝家鄉（8 處）：

   (1)浙江省紹興上虞祝家莊遺址、(2)河南省汝南馬鄉朱家莊、(3)河南省開封祝家寨、(4)湖北省嘉魚祝英台故里、(5)浙江省古越州（紹興）一帶東大路桂村祝家祠堂、(6)廣東黃蜀嶺白沙江祝英台故里、(7)河南省汝南和孝梁崗村、(8)河南省汝州胡橋梁莊。

5. 梁祝結拜處（1 處）：

   河南省汝南曹橋結拜處。

6. 梁祝十八相送處（1 處）：

   河南省十八相送處。

另有《梁山伯祝英台墓記》(文獻10)是二○○三年十月二十七日於山東省微山縣馬坡鄉出土明正德十一年趙廷麟撰寫的新文物，從此可見梁祝故事流傳各地的強度與深度。

時至今日中國各地的人們及學者對於梁祝是否真有其人，梁祝的鄉里，梁祝故事發生的時地，仍然爭論不休，其原因有時是學術研究論斷的歧異，有時是文化資產的爭奪，有時是為旅遊文化景點的經貿考量的競賽，從一九三○年開始，共有七次的爭奪，首先是學者錢南揚、顧頡剛、馮沅君、黃樸等人考證研究，梁祝故事發生的地理環境、人物問題，是第一次的爭論。第二次是一九五四年，周恩來看完越劇電影《梁山伯與祝英台》而讚為「中國的羅密歐與朱麗葉」，其後，各地開始爭奪。第三次是一九八四年全國各地編纂完中國民協實施的《中國民間文學三套集成》地方卷之後。第四次是一九九二年由於當時全國各地喊出「文化搭台，經貿唱戲」口號，寧波、杭州、宜興三市為尋找文化資源而率先拉開爭奪序幕，隨後其他有梁祝遺存的地方也進入戰場。

第五次是一九九六年，中國全國興起旅遊熱潮，大打文化牌，各地或斥資興建梁祝公園及文化廣場，也設立節慶活動，同時成立研究梁祝文化的地方研究機構及社團；或修補舊有的梁祝遺存，或起草開發與保護方案，以求通過招商引資進行，時間為二○○三年二月到二○○四年五月。二○○二年六月，崑曲獲得聯合國首批設立的「人類口頭和非物質遺產代表作」之後，引發把梁祝文化推向世界、申報非物質遺產代表的動議，並建議浙江寧波和河南汝南率先製造輿論，搶注申報。於是，二○○三年年初寧波首先提出申遺後，杭州、上虞、宜興也緊跟上去，其後全國其

他地區也紛紛加入申遺行列,此種爭奪梁祝龍頭地位的白熱化現象,持續到二〇〇四年五月。其中最激競爭事件,是國家郵政總局擬於二〇〇三年十月十八日舉行《民間傳說－－梁山伯與祝英台》特種小型本紀念郵票首發式,而引起全國各地爭奪戰,直到最後決定把首發式選在寧波、駐馬店、杭州、紹興、宜興、濟寧四省六市同時舉行,才掛起免戰牌,止息戰端。[4]

雖然郵票首發式的戰事已經平息,然而各地爭取梁祝故事的龍頭代表地位的競賽仍然持續進行當中。二〇〇四年六月十二日浙江省寧波市中國梁祝文化研究會邀請浙江省寧波鄞州區、杭州、上虞、河南省汝南、江蘇省宜興、山東省濟寧等四省六地的梁祝申遺負責人匯聚寧波,召開「中國梁祝申遺磋商會」,共同簽署了《梁祝申遺寧波共識》,無形中形成「梁祝申遺聯盟」,為達整合各地梁祝文化資源,爭取成功申遺、保護梁祝文化遺產,造福全人類的目的而休戰,終結了紛爭不休的梁祝歸屬問題[5]。

就整個梁祝故事的文化網絡而言,不僅各個地域的梁祝故事透過不同媒材,結合地方風俗、地方風物、土特產、名勝古迹所形成區域性文化現象有異,不同族群的梁祝故事文化現象亦是不同;梁祝故事流傳區域遍及臺灣、中國河北、山西、遼寧、吉林、黑龍江、江蘇、浙江、安徽、福建、江西、山東、河南、湖北、湖南、廣東、海南、四川、貴州、雲南、陝西、甘肅、青海二十二個省分,與北京、上海、重慶三個直轄市、內蒙古、廣西壯族、

---

[4] 霍尚德撰:〈梁祝申遺從紛爭到聯合〉,收於《民間文化》第 139 期(2004 年 9 月號),頁 26-27。

[5] 同前註,頁 25。

寧夏回族、新疆維吾爾族四個自治區及香港特別行政區[6]，其中有十一個省分、十九個縣市今日仍有梁祝故事遺存，共二十七處，各自形成梁祝故事的文化空間。其中又以(1)浙江省寧波、杭州、上虞、(2)江蘇省宜興、(3)山東省濟南、(4)河南省汝南四省六地最具特色。

而梁祝故事除了是由漢族地區發端、流通全國各區，造成不同地域梁祝文化網絡現象之外，於少數族群的文化區域亦普遍流行，如：雲南、廣西、廣東、福建、湖南、浙江等省，自治區的壯族、白族、彝族、苗族、瑤族、布依族、獨龍族、仏佬族、黎族、京族、藏族、回族、毛難族、土家族、傣族、畲族等將近南方少數民族總數三分之二的少數民族地區，都廣泛流傳各民族文化特色的傳說[7]，因此本章就梁祝故事的源頭，或梁祝故事蓬勃發展，或梁祝文化積澱豐厚及梁祝現存遺址較多，或梁祝風俗節慶盛行，或受眾參與活動過程積極的四省六市－－（浙江省）寧波、杭州、上虞、（江蘇省）宜興、（山東省）濟寧、（河南省）駐馬店；暨少數族群梁祝故事文化現象做全面而深入的解讀與剖析，欲透過梁祝故事類型、情節與民俗風土、族群特色等角度，來透視梁祝的文化現象。

6　參第七章第三節梁祝故事流傳區域表，頁 382-394。
7　雷國強撰：〈南方少數民族梁祝傳說的社會根源〉，收於周靜書主編：《梁祝文化大觀・學術論文卷》（北京：中華書局，1999 年 12 月），頁 400。

第一節　浙江省寧波、上虞、杭州梁祝故事文化現象

今日所見最早關於梁祝故事文獻，是宋人張津《乾道四明圖經》卷二〈鄞縣〉（今寧波市鄞州區）引唐中宗、武后時間梁戴言《十道四蕃志》之「義婦祝英臺與梁山伯同冢」(文獻 1)。其後清乾隆時人翟灝《通俗編》卷三十七所引晚唐張讀《宣室志》(文獻 2)記載，祝英台是上虞（今紹興市上虞）人，梁山伯是會稽（今紹興）人，後為鄞令時病死，葬鄞城（今寧波市）西，英台殉情事為上虞人謝安表奏於朝；此故事中之英台原非預謀祭墳，亦無意為山伯殉情，但英台確為哭祭山伯而己卒並埋同葬，故屬 885B「戀人殉情」類型故事，有(1)「外出求學」、(2)「婚姻受阻（相思）病死」、(3)「新娘舟過情人墓，風濤不能動」、(4)「新娘哭情人墓，地忽自裂，新娘陷入，並埋而卒」、(5)「義婦冢的由來」。晚唐僖宗、昭宗（874-904）時餘杭（今杭州市餘杭區）人羅鄴〈蛺蝶〉詩(詩 1)有「俗說義妻衣化狀」情節，可推知晚唐餘杭民間傳說梁祝故事已發展至「衣化蛺蝶」，則唐代鄞縣（今寧波市鄞州區）及上虞、餘杭，已有梁祝 885B「戀人殉情」類型及 749A「衣化蛺蝶」，類型故事。

北宋徽宗李茂誠《義忠王廟記》(文獻 3)所載故事主角鄉里、名諱，及英台字馬氏子，山伯為鄞令時病死，葬鄞城西，晉丞相謝安表奏其墓為義婦冢，與《宣室志》無異。故事主要情節相同，惟增益八個附屬情節單元(1)「夢日貫懷受孕」、(2)「懷孕十二月」、(3)「新娘埋壁，新郎言官開槨」、(4)「巨蛇護塚」、(5)「義婦塚

的由來」、(6)「陰魂托夢助戰退敵」、(7)「義忠神聖王的由來」(8)
「旱潦疫癘商旅不測，禱祝顯應」，其中(3)、(6)、(7)情節單元也
屢見於後代故事，如(3)「新娘埋壁，新郎言官開櫬」，後代梁祝
故事大抵改為「新娘投墳」，而「新郎找人掘墓尋妻」或「新郎家
人找人掘墓尋人」，或「迎親隊伍自行掘墓尋人」的情節。而(6)
「陰魂托夢助戰退敵」，則僅見於浙江寧波、鄞縣一帶，如：〈祝
英台陰配梁山伯〉(故事 23)、〈席草計〉(故事 58)、〈千萬陰兵助康
王〉(故事 59)、〈托夢助陣退倭寇〉(故事 60)、〈梁聖君廟的傳說〉(故
事 62)、〈蝴蝶墓與蝴蝶碑〉(故事 67)，均有「陰魂托夢助戰退敵」
的情節單元。(5)「義忠塚的由來」及(7)「義忠神聖王的由來」也
僅見於此地傳說。

　　《廟記》所載山伯求婚不成，喟然嘆曰：「生當封侯，死當廟
食，區區何足論也」，此可視為山伯以奮發之語，轉移情傷之痛，
雖然其後應簡文帝之詔為鄞令，嬰疾而卒，與婚姻受阻似無直接
關連，但也不可斷言絕無傷懷相思而致病死的可能。另外，英台
亦非有意祭墳及殉情而死，然英台確為山伯祭墳，地裂埋壁而卒，
兩人同葬，新郎言官開櫬有巨蛇護塚的神奇情節，故屬 749A「生
雖不能聚，死後不分離」類型故事。

　　張津《乾道四明圖經》除引《十道四蕃志》之計，又引《舊
記》(文獻 4)；有「英臺少時扮男裝與山伯同學三年」的情節。另
外，又記當時鄞縣西十里，有義婦冢，即梁山伯祝英臺同葬之地。
而接待院之後有廟存焉，張氏所言之「廟」，當是梁山伯廟無疑。
其後王象之《輿地紀勝》卷十一〈慶元府〉，也載〈義婦塚〉，內
容與張津所言內容無異。

　　宋羅濬《寶慶四明志》卷十三（文獻6）內容與張津所載相同，惟對「義婦」一詞不符英臺身份有異議，以為梁祝是同學而葬，「舊志稱義婦塚，然英臺女而非婦也」。

　　元袁桷《延佑四明志》卷七（文獻8）所載梁祝故事內容與宋羅濬《寶慶四明志》相同，也對舊志曰義婦塚有異議，其云：「然此事恍忽，以舊志有，姑存。」

　　明黃潤玉（1389-1477）《寧波府簡要志》卷五〈鄞縣〉（文獻9）所載舊志內容與張津同，但云：「義婦塚，縣西十六里」與張津記：「在縣西十里」有異。又云：「後山伯為鄞令，卒，葬此。英臺道過墓下，泣拜，墓裂而殞，遂同葬焉。東晉丞相謝安奏封為『義婦塚』」，則與張讀《宣室志》內容大抵相同，但無「英台適馬氏，舟過墓所，風濤不能進」情節，只說「道過墓下，泣拜」，英台也未見殉情之意願。此故事有「墓裂同葬」的神奇情節，亦屬749A類型。

　　明張時徹（1504-？）《寧波府志》（文獻11），卷十五「義忠王廟，縣西十六里接待亭西，祀東晉鄞令，梁山伯，山伯故，有墓在焉，詳遺事志。」晉安帝時孫恩寇鄞，太尉劉裕夢山伯，助戰顯應而奏封義忠王，立廟祀之之事本李茂誠撰《廟記》。卷十七所載「梁山伯祝英臺墓」內容與張津同，其對舊志稱「義婦塚」亦有不同看法：「然英臺尚未成婦，故改今名，具載遺事」。卷二十所記梁祝故事大抵與《宣室志》相同，但所載馬氏鄉里為「鄮城」，而山伯「遺命葬於鄮城西清道原」與《宣室志》「（山伯）病死，葬鄮城（今鄞州區高橋）西」稍異。另外，謝安奏封「義婦塚」，乃因馬氏將英臺殉情事言之官，聞於朝，也與《宣室志》是謝安

表奏其事不同。

明朱孟震（1582 年前在世）《浣水續談》卷一(文獻 12)所載梁祝故事前半部與《宣室志》大抵相同，惟「地忽裂，祝投而死」是英台主動投墳殉情，與《宣室志》「地忽自裂，祝氏遂並埋焉」有異。又山伯為鄞令三年病死，《宣室志》沒有三年之期；另外，山伯「遺言死葬清道山下」、「馬氏聞其事於朝，丞相謝安請封為義婦」與張時徹《寧波府志》卷二十相同，而與《宣室志》有異。

故事後半部為《宣室志》所無，有和帝時，梁山伯「復顯靈異，効勞於國，封為義忠，有司立廟（於鄞）」、吳中婦孺稱「花蝴蝶稱梁山伯與祝英臺的由來」兩個情節單元。其後朱氏云「近有作為傳奇者，蓋祝男服從師」，則是梁祝傳奇戲劇流行於當時的記載。

明陸應陽《廣輿記》卷十一〈浙江寧波〉(文獻 15)載「義婦塚」在府城西，梁祝二人少同學，梁不知其為女子；後梁為鄞令，卒葬此，「祝氏吊墓，下基裂而殞，遂同葬。謝安奏封義婦塚」，此故事的祝英臺亦無主動殉情之舉。

清聞性道纂、汪源澤修《康熙鄞縣志》（康熙二十五（1686）年刻本）(文獻 19)卷九「義忠王廟」，所載內容與張時徹《寧波府志》卷十七「義忠廟」相同，文本又錄李茂誠《廟記》全文。卷五「梁山伯祝英臺墓，縣西十里接待寺後。舊稱『義婦冢』，以謝安嘗奏封英臺為義婦也。」

清曹聚仁纂《寧波府志》（雍正十一（1733））年修，乾隆六（1741）年補刊本）卷三十四〈鄞〉[8]所記「梁山伯祝英臺墓」，內

8　清・曹聚仁撰：《寧波府志》卷三十四（清雍正十一（1733）年修）（臺北：

容與明張時徹《寧波府志》卷十七「梁山伯祝英台墓」相同。清
萬經《雍正（1723-1735）寧波府志・鄞》[9]所載「梁山伯祝英臺墓」，
內容與曹聚仁所記相同。

　　清錢大昕纂，錢維喬修《（乾隆）鄞縣志》（乾隆五十三（1788）
年刻本）(文獻23)，卷七載「義忠王廟」內容亦同張時徹所記。唯
在「接待亭西」之後標明出處為「《成化志》」，其後「祀東晉鄞令
梁山伯，安帝時，劉裕奏封義忠王，令有司立廟祀之」，又標明《嘉
靖志》。文後又錄李茂誠《廟記》。卷四十二「梁山伯祝英臺墓」
內容，大抵與張津所記相同，惟多「同學同葬」情節。

　　清徐兆昺《四明談助》（乾隆年間）卷四[10]「義忠王廟」引《嘉
靖志》所載內容與錢大昕《鄞縣志》所引《嘉靖志》同，惟「東
晉鄞令梁山伯」作「東晉鄮令梁山伯」有異。

　　清徐時棟（1814-1873）《鄞縣志》(文獻30)引元袁桷《延祐志》
文，又引《原上草》云：「俗傳以墓土置灶上，則蟲蟻不生，」又
錄清人李裕詩：「冢中有鴛鴦，冢外喚不起」云云。清周道遵《咸
豐（1851-1861）鄞縣志》「梁山伯祝英台墓」引聞性道文[11]。

　　成文出版社，1983年3月，《中國方志叢書》影印乾隆六（1741）年補刊
　　本），頁2480-2481。

[9]　清・萬經撰：《雍正寧波府志・鄞》，見《祝英臺故事專號》，收於錢南揚
　　編輯，婁子匡校纂：《祝英臺故事專號》，《民俗周刊》第九十三、四、五
　　期合刊（原1930年2月12日出版）（臺北：東方文化書局，1970年冬季
　　復刊），頁23。

[10]　清・徐兆昺撰：《四明談助》卷四清道光八年刊本（臺北：國家圖書館善
　　本書室藏本），葉15。

[11]　清・周道遵撰：《咸豐鄞縣志》，見《祝英臺故事專號》，收於錢南揚編輯，
　　婁子匡校纂：《祝英臺故事專號》，《民俗周刊》第九十三、四、五期合刊
　　（原1930年2月12日出版）（臺北：東方文化書局，1970年冬季復刊），
　　頁23-24。

《鄞縣通志‧輿地志》（1935 年鉛印本）（文獻 34）「梁山伯祝英臺墓」，所載內容與張津大抵相同。

總論歷代志書所載寧波、上虞、杭州梁祝故事有 885B「戀人殉情」及 749A「生雖不能聚，死後不分離」類型，主要的情節從「義婦與人同冢」，發展為「女扮男裝外出求學」、「婚姻受阻（相思）病死」、「新娘舟過情人墓，風濤不動」、「新娘哭情人墓，地忽自裂，新娘陷入，並埋而卒」、「丞相奏封為義婦塚」，再發展為「義妻衣化狀」，再發展為「女子少時與人同學三年」，再發展為「女子道過情人墓泣拜，墓裂而殉，遂同葬」，再發展為「新娘哭情人墓，地忽裂，新娘投墓殉情」，再發展為「新娘投墳，新郎聞其事於朝，丞相請封為義婦」，再發展為「吳中婦孺稱花蝴蝶為梁山伯與祝英臺」。另外，故事在曼衍滋長的過程中也增益了許多附屬情節，最早有「夢日貫懷受孕」、「懷胎十二月」、「新娘埋壁，新郎言官開槨」、「巨蛇護塚」、「義婦塚的由來」、「陰魂托夢助戰退敵」、「義忠神聖王的由來」、「旱澇疫癘商旅不測，禱祝顯應」，其後有「梁山伯墓土置灶上，則蟲蟻不生」。

除志書所載故事外，清末浙江寧波鳳英齋（清末書舖，約 1860 至 1910 年間）出版《梁山伯祝英台回文送友》（寧波戲 1），故事是祝英台對梁山伯（遇春、軍贊）說兆見家中失火，被火焚，萬貫家財、一雙爹娘火裏焚，來向山伯話別，山伯十里相送，途中英台藉(1)門神送我不成雙、(2)天上牛郎織女、(3)石榴好滋味、(4)蜜蜂採黃花，花心好比小英台，蜜蜂好比梁軍贊、(5)母鵝隨公鵝之後叫哥哥、(6)墳內死人勝梁哥十分、(7)西瓜待與梁哥吃、(8)船與小灘、(9)解開鈕扣，懷中露兩奶暗喻己為紅妝表露情愫，直

說：粉牆之上畫麒麟，畫虎畫皮難化骨，知人知面不知心，可知
兄弟心腹事？可知兄弟什麼什麼人？不料山伯只說「兄弟流出兩
奶奶，男子奶大為丞相，女子奶大做婆娘」、「兄弟本是男子漢，
快快回家拜大人。」英台只好再以啞謎喻婚期：「二八天，三七天，
四六天，三個日子下桃園。三個日子你不來，兄弟許配馬秀才。
三個日子你記不得，回到衣山問先生。他說先生不對你講，回到
東廚問師娘。若是師娘不對你言，三個日子下桃園」，兩人就此分
別，英台啼啼哭哭轉家門。寧波戲原是農村田頭山歌，此齣梁山
伯送友的小戲，仍見山伯一路不解風情，氣死情急獻乳示愛的英
台淚漣漣，徒呼奈何。

今所見現代寧波梁祝故事則有 885B、749A、749A.1 類型，及
不屬梁祝類型三種。其中 885B「戀人殉情」一種，有「女扮男裝
外出求學」、「女扮男裝者與人結拜為兄弟」、「婚姻受阻相思病死」、「英
台哭祭墓開人進墓」的主要情節，及附屬情節「金童玉女下凡投胎」、
英台「過目不忘」、「紅黑雙碑墓」。而 749A「生雖不能聚，死後不
分離」類型故事可分為兩種，一種是「新娘逃出喜轎，墓開上天
庭」（民歌 34）情節；一種是「梁祝化物」情節。前者除了「女扮男
裝外出求學」、「婚姻受阻（相思）病死」及結局是英台「投墳殉
情」的主要情節之外，已衍生「借事物暗喻已為紅妝，表露情愫」
的次要情節，如：英台自喻牡丹花、「以一隻花鞋為聘托媒（師母）
自訂終身」、以「啞謎喻婚期」。另外，又增益梁祝是「玉帝座前
金童玉女動凡心，罰落紅塵做凡人」，及英台「過目不忘」、「女扮
江湖賣卜人瞞過父母」、「女扮男裝者與人結拜為兄弟」等附屬情
節。

　　後者「梁祝化物」情節者，有：(1)「人化蝶」、(2)「人（魂）化蝶、裙角片化蝶」或「人化蝶（墓出蝶）、裙角化泥塊」、(3)「人化蝶、人化花」、(4)「人化蛇」四種故事。其中(1)「人化蝶」的故事，除「女扮男裝外出求學」、「相思病死」「新娘哭祭禱祝顯應，突然天昏地暗、飛沙走石，墓開人進墓，天色復明」（故事95），或「新娘哭祭禱祝顯應，天昏地暗，雷電交加，墓開人進墓」（民歌40），或「新娘哭祭，陰魂顯靈開墳」（民歌28）、「人化蝶（雄蝶黑翅翼上有玉色官腰帶，雌蝶有橘紅斑點）」（故事95），或「人化花蝴蝶上天庭」（民歌28），或「雙雙化蝶彩虹現」（民歌40）的主要情節之外，也有「借事物暗喻己為紅妝，表露情愫」的次要情節，及附屬情節：「玉帝座前金童玉女嬉笑動凡性，降落紅塵做凡人」（民歌40）、「前世姻緣」（民歌40）、「牛郎織女下凡投胎」（民歌28）、「女扮江湖賣卜人瞞過雙親」（民歌40）、「女扮男裝者與人結拜為兄弟」、「新娘出嫁船至情人葬處，忽然風浪大作阻擋前行」（故事95）、「新娘以死要脅祭情人墓」（故事95）、「玉帶鳳蝶的由來」（故事95）、「寧波梁祝鳳蝶的由來」（故事95）、「晉封（英台）義婦塚的由來」（故事95）、「一墓雙碑（蝴蝶碑）的由來」（故事95）。

　　(2)「人（魂）化蝶、裙角化蝶」的故事，除「女扮男裝外出求學」、「新娘白衣祭墳，突然烏雲密佈閃電雷鳴，劈墓成兩半，新娘跳墳，墓合攏如初」（故事2），或「新娘哭祭，炸雷劈墓碑成地道，人進墓，墓合攏，風雨停彩虹見」（故事3），或「新娘哭祭，墓忽裂人進墓，墓合」（故事119）、「人（魂）化蝶、裙角（片）化蝶」（故事2、3）、「人化蝶（墓出蝶）、裙角化泥塊（梁山伯墓旁裂縫有一塊扁形泥塊是祝英台裙角所化）」（故事119）的主要情節之

外，也有「巧計使人不識紅妝」，如「床中置杯水為界」(故事 2)、「女扮男裝者托言為妹訂親，實則以身相許」(故事 2)的次要情節，及附屬情節：「蟠桃五百年小結，一千年一大熟」(故事 3)、「王母娘娘五千歲」(故事 3)、「神仙應邀蟠桃會」(故事 3)、「金葫蘆（其中有三顆千年金丹）」(故事 3)、「神仙駕五彩祥雲」(故事 3)、「齊天大聖拔身上一根毫毛，吹氣化成小猴，瞬間變為二，二變為四，四化成八；眨眼之間，化成四萬八千個小猴」(故事 3)、「南極仙翁變毛頭姑娘」(故事 3)「太白金星張開慧眼，察看人間毫光」(故事 3)、「金童玉女受罰下凡投胎」(故事 3)、「懷胎十二月」(故事 3)、「神童」(故事 3)、「女扮男裝與人結拜為兄弟」(故事 3)、「治水有功，諡封為義忠王」(故事 2)、「新娘出嫁船至情人葬處，忽然風浪大起，阻擋前行」(故事 2、3)、「新娘內穿素服，外套紅婚服」(故事 3)、「新娘以死要脅情人墳」(故事 2)、「掘墓尋妻」(故事 2、3)、「巨蛇護墓」(故事 2、3)、「義婦塚的由來」(故事 2、3)、「寧波諺語 "若要夫妻同到老，梁山伯廟到一到" 的來歷」(故事 3、119)。

　　(3)「人化蝶、人化花」的故事，有「新娘祭墳，墓開人進墓，墓合」(故事 106)、「人化蝶」(故事 106)、「新娘投墳，新郎希望死後變花，果如其願」(故事 106)、「人化花（墳頭開花）」(故事 106)的主要情節，及「蝴蝶不採馬蘭花的緣由」(故事 106)的附屬情節。

　　(4)「人化蛇」的故事，有「女扮男裝外出求學」(故事 65)、「相思病死」(故事 65)、「新娘祭墳，墓開人進墓」(故事 65)、「人化蛇（墓出兩巨蛇，青蛇是梁山伯，白蛇是祝英台）」(故事 65)的主要情節，及「女扮男裝者托言為妹訂親，實則以身相許」(故事 65)的次要情節，及「女扮男裝者與人結拜為兄弟」(故事 65)、「新娘出

嫁船至情人葬處，忽然風浪大作，阻擋前行」(故事65)、「(馬文才)塑像紅臉的由來(男子酒醉被嚇醒，從此紅臉)」(故事65)。

　　749.1「生雖不能聚，死後不分離，死而復生」類型故事，有「女扮男裝外出求學」(故事45)、「求婚不成，憂鬱而死」(故事45)、「新娘重孝素裝哭祭，禱祝顯應，墓開人進墓，墓合」(故事45)、「人化蝶」(故事45)、「新娘投墳，新郎急奔墓前不小心碰死，陰魂地府告狀」(故事45)、「閻王斷案」(故事45)、「閻王令牛頭夜叉將甲、乙、丙三陰魂頭髮置盆中，倒水後甲、乙頭髮浮在一起，結成一束，丙頭髮另飄於一邊，閻王判甲、乙成婚(結髮夫妻的由來)」(故事45)的主要情節，及「女扮男裝者托言為妹訂親，實則以身相許」(故事45)的次要情節。

　　不屬梁祝類型的故事，有主題(1)祝英台姑嫂賭誓、(2)梁山伯送友、(3)梁山伯顯應退敵、治蟲害、指點生意、(4)祝英台陰配梁山伯、(5)梁山伯吃蛋留風俗、(6)梁山伯墓的傳說、(7)梁山伯裝死成姻緣。其中(1)祝英台姑嫂賭誓故事有二：一是〈祝英台打賭〉(故事32)，此故事另有三種異文，有「女扮相士瞞過父親」、「女扮男裝外出求學」、「女扮男裝者與人結拜為兄弟」、「床中置墨水為界」、「地下葬三尺紅絹，賭誓三年若心邪，則變灰黑，若心正則嶄新如初」，或「賭誓若貞潔則牡丹花開，若失貞則牡丹枯死」，或「賭誓若貞潔則繡花鞋不變色」，或「賭誓若貞潔則海棠花開，若失貞則海棠花死」、「每日以洗碗水、汰腳湯潑埋紅絹處，幾日該處長出漂亮紅花」，或「滾水燙花，花越鮮豔」，或「滾水澆花，花越香紅」、「紅絹埋地三年，嶄新如初」，「肆意糟蹋繡花鞋，三年仍鮮豔如初」。〈米湯澆花花更紅〉(故事33)，有「女扮男裝者埋

七尺紅綾布於月季花下，賭誓三年後若品性不端則紅綾爛掉，月季花枯萎」、「女扮男裝外出求學」、「熱米湯澆花愈燙愈紅」、「埋地紅綾三年如新」情節單元。二是〈一隻繡花鞋〉(故事34)，有「女扮男裝外出求學」、「金絲綢紅繡鞋置陰溝汙泥中，雨淋日曬，三年顏色如新」情節單元。

　　(2)梁山伯顯靈（應）退敵、治蟲害、指點生意的故事有七，其中(甲)梁山伯顯靈（應）退敵的故事有五：一是〈席草計〉(故事58)，有「夜夢前朝縣官（梁山伯）悟席草退敵之計」、「夜間調兵遣將，沿途鋪上席草，設下埋兵；以老弱殘兵誘敵，使敵軍被席草滑倒而敗陣」的情節單元。二是〈千萬陰兵助康王〉(故事59)，有「前朝陰魂顯靈，率千萬陰兵助戰」、「陰魂顯靈說話」、「縣令死後在陰間做縣令，下有陰兵數千」、「梁山伯為忠義王的由來」、「女子被逼婚而自盡」、「聖旨賜忠義王與烈女陰配合葬」、「梁祝故事各地異說的緣由」、「各地有梁祝墓和讀書處的由來」、「各地都說梁祝是當地人的由來」的情節單元。三是〈托夢助陣退倭寇〉(故事60)，有「夢中被陰魂打耳光，醒來面孔疼痛腫脹」、「夢中陰魂怒斥臨陣退卻之將領，威脅若不率兵剿敵，則令半邊臉爛光」、「陰魂領兵退敵」、「梁山伯祝英台合葬墓的由來」、「陰魂保境安民，百姓造廟祭祀」、「寧波俗語"若要夫妻同到老，梁山伯廟到一到"的由來」的情節單元。四是〈梁聖君廟的傳說〉(故事62)，有「禱祝前朝縣令（梁山伯）治蟲害應驗，為之立廟祭祀」、「梁山伯墳頭泥土除蟲害的由來」、「夢見陰魂退敵，醒來果然敵軍死傷無數，從此不再犯境」、「梁山伯為義忠王的由來」的情節單元。五是〈蝴蝶墓與蝴蝶碑〉(故事67)，有「一墓雙碑」、「夜夢前朝知

縣陰魂領兵助戰殺敵，隔日果如如夢兆，敵軍敗退」、「義忠王（梁山伯）廟的由來」、「蝴蝶墓與蝴蝶碑的由來」的情節單元。

（乙）梁山伯顯靈治蟲害的故事，有二：一是〈梁縣令托夢治蟲〉（故事57），有「前朝梁縣令托夢給藥方治蟲害」、「禱祝應驗（梁）墳上生治蟲藥草，取之不盡」、「墳土可治蟲（蟑螂、臭蟲）害」的情節單元。二是〈梁山伯廟〉（故事118），有「鴛鴦塚裂痕，屢填墓土，始終無法彌合」、「梁祝墓土置竈下可防螞蟻，置於帳中可避蚊子」、「甬人若要夫妻同到老，梁山伯廟到一到諺語的由來（飲梁祝墓土，可使反目夫妻和好）」、「焚衣化蝶」、「浙江婦孺稱黃翅鳳蝶為梁山伯，黑翅鳳蝶為祝英台的由來」的情節單元。

（丙）梁山伯顯靈指點生意的故事，有一：〈梁山伯指點缸鴨狗〉（故事61），有「梁山伯托夢指點生意」、「禱祝顯應，托夢指點店名」的情節單元。

（3）祝英台陰配梁山伯的故事，有五：一是〈祝英台陰配梁山伯〉（故事23），有「陰魂托夢立廟」、「陰魂托夢助戰」、「梁聖君廟的由來」、「搶親」、「烈女忠臣陰配合葬」的情節單元。二是〈清官俠女骨同穴〉（故事24），有「清官俠女異代同穴」、「俠盜劫富濟貧」、的情節單元。三是〈開倉分糧濟百姓〉（故事55），有「縣官私開糧倉濟民被斬，百姓將未嫁而卒之女與之陰配合葬」的情節單元。四是〈梁縣令治水〉（故事56），有「縣官治水積勞成疾而死，百姓將同窗好友與之陰配合葬」的情節單元。

（4）梁山伯吃蛋留風俗的故事，有一：〈梁山伯吃蛋留風俗〉（故事77），有「小孩入學讀書吃鵝蛋開竅的由來」、「花蝶進房內幃婦人受孕」、「七竅阻塞，只開花竅成嬉花戀蝶之人」、「王母娘娘叫

九天禽魔下凡生百草珍珠」、「吃七姓鵝蛋可堵花竅」、「花竅被堵，不識女扮男裝者原是紅妝」、「浙江甬、紹地區農村稱白鵝蛋為白烏龜或吭吭的由來」的情節單元。

(5)梁山伯墓的傳說故事，有一：〈梁山伯墓的傳說〉(故事66)，有「梁山伯墳造在鄞縣高橋邵家渡的由來」、「江中九龍安民」、「九龍飛行」、「龍鳴」、「九龍飛向處是寶地，百姓將縣令墳葬於該處，以報恩德」。

(6)梁山伯裝死成姻緣的故事，有一：〈夫妻恩愛白頭吟〉(故事21)，有「女扮男裝外出求學」、「男子假裝相思病死，藏身假造墓穴」、「新娘白衣素服假意祭情人墳，跳墳殉情，實則與情人私奔成婚」、「寧波老話若要夫妻同到老梁山伯廟到一到的由來」的情節單元。

綜論現代寧波故事有 749A，749A.1 類型及不成類型故事二十六個，其中 749A 類型有「墓開人進墓（上天庭）」與「梁祝化物」（人化蝶、魂化蝶，人化蛇）、「物化物」（祝裙角（或裙片）化蝶，祝裙角化泥塊），與「馬化物」（人化花）的結局。而所化的蝴蝶有花蝴蝶(民歌8)，鳳蝶(故事95)，其中雌、雄鳳蝶都是黑翅膀，「雄的翅翼上有一圈玉色官腰帶」，這是因為梁山伯是當縣令的，也稱「玉帶鳳蝶。雌的翅翼下部為一圈橘紅斑點，像祝英台美麗的裙子。據說這種梁祝鳳蝶是寧波獨有的。」(故事95)。

另外，也有英台「女扮男裝外出求學」，「婚姻受阻，相思病死」、「新娘哭祭禱祝顯應，墓開人進墓」、或「新娘哭祭，陰魂顯靈開墳」、「新娘白衣祭墳墓開，人進墓，墓合攏如初」、「新娘哭祭，炸雷劈墓成地道，人進墓，墓合，風雨停彩虹見」的主要情

節。

故事的次要情節，有「借事物暗喻己為紅妝，表露情愫」(英台自喻牡丹、托媒自訂終身、以花鞋為聘托媒(師母)自訂終身，啞謎喻婚期、女扮男裝者托言為妹訂親，實則以身相許)、「巧計使人不識紅妝」(床中置杯水為界)。

故事的附屬情節，已有兜合「梁祝是玉帝座前金童玉女動凡心，罰落紅塵做凡人」、「金童玉女下凡投胎」、「牛郎織女下凡投胎」，及王母娘娘、齊天大聖、南極仙翁、太白金星、眾神仙、蟠桃、蟠桃會、金葫蘆、猴毛瞬間化四萬八千小猴、仙翁化毛頭姑娘等神奇情節單元，為梁祝殉情悲劇作宿世姻緣的開場白。其後也說英台能「過目不忘」，梁山伯是「神童」，增添梁、祝是天上神仙貶凡的神奇色彩。

另外，也敷衍出「女扮江湖賣卜人瞞過父母」、「女扮男裝者與人結拜為兄弟」的有趣情節單元及「新娘出嫁船至情人葬處，忽然風浪大作阻擋前行」、「新娘內穿素服，外套紅婚服」、「新娘以死要脅情人墳」等神奇又悲壯的情節單元，也曼衍出婚姻介入的第三者憤恨地「掘墓尋妻」，而出現「巨蛇護墓」的神奇情節單元，或痴心地希望死後化花，以招引化蝶新娘的青睞，奈何果如其願化成馬蘭花後，英台仍是不採，成為「蝴蝶不採馬蘭花的緣由」的傷心情節單元，或酒醉的新郎驚見「新娘投墳」後與情人化二巨蛇，而嚇醒，從此紅臉，再也沒變過來，因而有「馬文才塑像紅臉的由來」可憐又可笑情節單元的流傳。

還有「紅黑雙碑墓」、「玉帶鳳蝶的由來」、「寧波梁祝鳳蝶的由來」、「晉封英台義婦塚的由來」、「義忠王的由來」、「一墓雙碑

（蝴蝶碑）的由來」、「寧波諺語"若要夫妻同到老，梁山伯廟到
一到"的來歷」等梁祝風物、遺址、古跡、諺語的情節單元。

　　749A.1「生雖不能聚，死後不分離，死而復生」類型故事有一
（故事45），也有「女扮男裝外出求學」、「求婚不成，憂鬱而死」、「新
娘哭祭禱祝顯應，墓開人進墓」、「人化蝶」的主要情節及「女扮
男裝表托言為妹訂親，實則以身相許」的次要情節。其後則衍益
出新郎馬文才眼見新娘祝英台投墳化蝶，急奔墓前，卻不小心碰
死在梁山伯墓碑上，陰魂不散，到了陰曹地府，心猶不甘，便揪
著梁、祝陰魂，齊至閻王殿，請求閻王爺公斷；閻王聽了英台的
申訴，決定以英台提議的「結髮夫妻」方法測驗，何者才是英台
的結髮夫婿。結果三人頭髮一束，寫上名字，置於盆中，倒水後
梁祝頭髮浮在一起，結成一束，而馬文才的頭髮靠在盆邊，一動
也不動。閻王爺大驚，山伯解釋說，這在陽間叫作「結髮夫妻」，
我與祝英台才是原配的真正夫妻。閻王只好判定梁祝為結髮夫
妻，馬文才另娶他人。

　　這個故事顯然是說故事的人為梁祝殉情悲劇做一平反的改
動，藉以安撫自己及故事受眾遺憾、感慨心情而有的補償情節，
然而對於梁祝「死後化蝶」與「魂靈到陰間斷案」兩個情節如何
銜接的問題，置之不理。至於梁祝的靈魂到底是化蝶飛翔，成為
象徵性的愛情眷侶，抑或是經由失去新娘的馬文才失足碰死，憤
而陰間告狀的合理反應，再兜合「結髮夫妻」的情節單元，由閻
王斷案，使梁祝「死而復生」，成為合髮的結髮夫妻，恐怕都不是
說故事者所要考慮的重點。

　　不屬梁祝類型的故事，有以(1)祝英台為主軸的姑嫂賭誓，「埋

紅綾於花下」、「置紅繡鞋於汙泥下」徵驗貞潔的故事，也有(2)梁山伯為主軸的顯應退敵、治蟲害、指點生意、及梁山伯墓、梁山伯吃蛋留風俗的故事，又有(3)梁祝陰配合葬及(4)梁山伯裝死成姻緣故事。其中(2)梁山伯顯應退敵的故事多種，大抵是承續北宋李茂誠《義忠王廟記》(文獻 3)的「陰魂托夢助戰退敵」情節而蔓衍者。此類故事有「席草記」、「夢中被陰魂打耳光，要脅若不率兵剿敵，則令半邊臉爛光，醒來面孔疼痛腫脹」、「前朝縣令陰魂顯靈率屬下陰兵千萬助戰」、「陰魂顯靈說話」、「夜夢前朝知縣退敵，隔日果如夢兆，敗退敵軍」等情節單元。

　　而「顯靈治蟲害」的情節，大抵與清徐時棟《鄞縣志》所引「俗傳以（梁）墓土置灶上，則蟲蟻不生」相同；而衍異為「禱祝前朝縣令（梁山伯）、治蟲害應驗，為之立廟祭祀」、「梁山伯墳頭泥土除蟲害的由來」、「前朝梁縣令托夢給藥方治蟲害」、「禱祝應驗，（梁）墳上生治蟲草藥，取之不盡」、「（梁）墳土可治蟲（蟑螂、臭蟲害）」、「梁祝墓土置竈下可防螞蟻，置於帳中可避蚊子（與馬文同音）」、「甬人若要夫妻同到老，梁山伯廟到一到諺語的由來（飲梁祝墓土，可使反目夫妻和好）」的情節單元。

　　梁山伯顯靈指點生意及梁山伯墓、梁山伯吃蛋留風俗的故事，則是後代增益衍異的故事，前二者藉以彰揚山伯生前愛民，死後仍能助民、安民；後者則兜合附會小孩入學前吃鵝蛋開竅風俗，津津樂道山伯幼小時七竅不開，只開花竅成為嬉花戀蝶之人，為老道指示，得以王母娘娘命令下凡食盡世間百草新芽的九天禽魔所產下的「百草珍珠（鵝蛋）」，才能堵住花竅；果然山伯吃了七姓鵝蛋後開竅，名列前茅。其中又兜合了「今日甬、紹地區喊

鵝為白鳥龜或吭吭」的名稱,附會成老道說山伯吃了七姓鵝蛋後,切忌道破「鵝」字,得改稱為白鳥龜或吭吭(鵝發出的叫聲),否則便不靈驗的禁忌。

此類故事有「梁山伯托夢指點生意」、「禱祝顯應、托夢指點店名」、「梁山伯墳造在鄞縣高橋邵家渡的由來」、「江中九龍安民」、「九龍飛行」、「龍鳴」、「九龍飛向處是寶地,百姓將縣令墳葬於該處,以報恩德」、「小孩入學讀書吃鵝蛋開竅的由來」、「花蝶進房入帷婦人受孕」、「七竅阻塞,只開花竅成嬉花戀蝶之人」、「王母娘娘叫九天禽魔下凡盡世間百草新芽,生百草珍珠」、「吃七姓鵝蛋可堵花竅」、「花竅被堵,不識女扮南裝者原是紅妝」、「浙江甬、紹地區農村稱白鵝為白鳥龜或吭吭的由來」的神奇情節單元。

(3)梁祝陰配合葬的故事,有「聖旨賜忠義王與烈女陰配合婚葬」、或「烈女忠臣陰配合葬」、「清官俠女異代同穴」、「縣官私開糧倉濟民被斬,百姓將未嫁而卒之女子與之陰配合葬」、「縣官治水積勞成疾而死,百姓將同窗好友與之陰配成合葬」等四種不同型態陰配情節,或忠臣配烈女,或異代清官配俠女,或濟民清官配未嫁而卒女子,或殉職縣官配(女扮男裝)同窗好友。另有梁祝陰配故事傳至杭州城書一個大書院,這書院有三百六十名弟子,來自東南西北,全國各地。先生出了「梁山伯與祝英台」題目,叫弟子們做文章。這三百六十篇文章,篇篇不同,流傳到各地,就是現在「各種不同梁祝故事的由來」。各地的人們由此建造了很多墓和讀書處,時間一長,後人弄不清了,都說梁山伯、祝英台是他們那裡人,也是「各地有梁祝墓和讀書處的由來」及「各

地都說梁祝是當地人的由來」(故事59)，這個有趣的故事是麻山鄉慕胡村農民梅全苗講述，他表示是在二十世紀五〇年代初，在寧波聽鄞縣一個老人講的故事，那老人說，他有這個故事古老的刻本，而講述者聽此故事時，該版本已遺失，老人今已逝世[12]。

(4)梁山伯裝死成姻緣的故事，可能是故事的受眾不滿梁、祝悲劇殉情，而反動改編的例子。這個〈夫妻恩愛白頭吟〉(故事21)的故事，英台有八位哥哥，其中老三英文才智過人，在馬太守兒子馬文才迎親日子一天天逼近時，想出一個妙計。先要山伯裝死藏身於假造墓穴，英台則假意祭情人墳而跳墳殉情，再造出烈女殉情，梁山伯顯靈，實現「生不能結成夫妻，死後同墳鴛鴦」的謠言，又編成小調兒歌，大街小巷說唱動人，馬太守和馬文才知悉，人死不能復活，祝員外又將聘禮財物退回，若再聲稱出去於名譽、前程不利，也就默然了事。而梁祝二人早已連夜逃到寧波西鄉九龍墟的小村鎮，隱姓埋名，定居下來。山伯開館教學，英台編席織布，兩人樂於助人，造福鄉民，夫妻白頭偕老，活到八十餘歲，百姓紀念這對恩愛夫妻，在村旁姚江邊築一大墳，並為他們造廟塑像，定期供養，便有了「若要夫妻同到老，梁山伯廟到一到」的諺語，因此這個改編的梁祝故事便成了梁祝用計智取，追求幸福，終成美眷的佳話。

今所見現代上虞梁祝故事有四，分屬749A化蝶類型及不屬梁祝類型。前者〈祝英台鍾情梁山伯〉(故事4)有「女扮男裝外出求

---

[12] 案：此故事整理者是麻承照，原文刊載於《民間文學》1988年8月號，則「今」的時間至少是在1988年8月之前。參譚達先撰：《中國四大傳說新論》(臺北：貫雅文件事業有限公司)，頁126。

學」、「相思病死」、「突然波浪滔天阻擋船行，女子上岸見情人墓哭祭，瞬間飛沙走石、大而傾盆、雷電交加，墓開人進墓」、「人化蝶」的主要情節及「賭誓若貞潔則牡丹花常鮮豔，若失貞則花死」、「女扮男裝者巧計使人不識紅妝（床裝置杯水為界、佯稱襯衫有三百鈕釦和衣而眠）」、「借事物偵測男女（以左右腳進門分辨男女－－男人左腳進門，女人右腳進門）」、「女扮男裝者托言為妹訂親，實則以身相許」、「啞謎喻婚期」的次要情節，又有「女扮男相士瞞過父親」、「滾水燙花，花不枯死，且出陣陣幽香」、「瓶內牡丹三年花色不敗」、「義婦塚的由來」的有趣，或神奇或神傷的附屬情節單元。

不屬梁祝類型故事有三，其主題有二：(1)望梁村和腳長村、(2)金童玉女三世不團圓。前者〈梁祝終身不娶嫁〉(故事 46)、〈祝家莊和望梁村的傳說〉(故事 68)，有「女扮男裝外出求學」、「啞謎約定相見之期」、「女子被逼婚而剪髮出走為尼」或「女子被逼婚，憂鬱成疾而死」、「望梁村的由來、腳長村的由來」的情節單元。後者〈三世不團圓〉(故事 105)，有「金童玉女動凡心，趁玉皇大帝打瞌睡時悄悄下凡」、「玉皇大帝心知金童玉女動凡心，佯裝瞌睡，偵測真相」、「金童玉女下凡三世（一世孟姜女范杞良、二世白娘子許仙、三世梁山伯祝英台）不團圓的緣由」、「女扮男裝者與人結拜為兄弟」、「雷峰塔鎮妖（白娘子）」等有趣又心酸的情節單元。另有〈梁山伯吃蛋留風俗〉(故事 77)故事，除杭州之外，也流傳於紹興一地。

今所見現代杭州梁祝故事有十二，分屬 749A 化蝶類型及不屬梁祝類型。前者〈賭誓成真真亦假〉(故事 42)、「十二月花名唱梁

祝」(民歌 10)兩個故事,有「女扮男裝外出求學」、「婚姻受阻口吐鮮血而死」、「新娘哭墳,鬼魂掀開墳」,或「新娘哭祭,墓開人進墓,墓合」、「人化蝶」的主要情節及「狂風吹女扮男裝者衣露出三分女兒妝,被疑為紅妝」、「女扮男裝者借事物暗喻己為紅妝,表露情愫」、「女扮男裝者托媒自訂終身」的次要情節,另有附屬情節:「女扮男裝者與人結拜為兄弟」、「十八相送」、「名落孫山氣死」、「蝴蝶不採馬蘭花的由來」。

後者不屬梁祝類型故事,有(1)英台姑嫂賭誓、(2)英台巧計使人不識紅妝、(3)英台遇山伯、對話譏蠢才、(4)梁祝雙照井、(5)山伯死不瞑目五種主題。其中(1)英台姑嫂賭誓的故事,有〈姑嫂結冤〉(故事 28)、〈焦骨牡丹女兒心〉(故事 29)、〈英台發誓栽月季〉(故事 30)三個,其情節單元有:「踩花受孕」、「夫妻生女詭稱兒子,從小扮男裝」、「女扮男裝瞞過父母」、「栽種牡丹賭誓,貞潔則花鮮豔,若失貞則花枯凋謝」,或「栽月季花賭誓,貞潔則一年四季葉綠花紅,若失貞則枝枯花焦」、「女扮男裝外出求學」、「滾水燙花,花更鮮」,或「沸水澆花」、「燒焦牡丹重生,根莖花芽開花」或「手摸枯枝,夜間又生嫩芽,見風就長,花開如初」、「月季花四季開不敗的原因」、「人死變尖嘴鑽心蟲」、「鑽心蟲鑽不進焦骨牡丹的由來」。

(2)英台巧計使人不識紅妝的故事二:〈師母巧編竹牆隔梁祝〉(故事 36)、〈紙糊帳〉(故事 37),有情節單元:「女扮男裝外出求學」、「丫環扮書僮外出伴讀」、「女扮男裝者與人結拜為兄弟」、「以行禮左右腳何者上前,分辨男女」、「床中置薄紙竹牆為界,越者受罰」,或「床中置紙糊帳為界,越者受罰」、「十八相送」、「農村睡

床中有竹牆的由來」。

(3)英台遇山伯、對詩譏蠢才的故事二：〈續詩遇山伯〉(故事39)、〈英台對詩譏蠢才〉(故事 43)、前者有「女扮男裝外出求學」的情節單元；後者有「對詩譏蠢才」、「調虎離山計」、「水樂洞梁山伯祝英台坐像的由來」的情節單元。

(4)梁祝雙照井的故事：〈雙照井〉(故事 63)，有「嘆氣蹬腳，枯井自生清水」、「女扮男裝者借事物暗喻己為紅妝，表露情愫」、「女扮男裝者與男子同照井，卻見男女身影」、「女扮男裝者托言為妹訂親，實則以身相許」、「啞謎定婚期」、「杭城諺語若要夫妻同到老，雙照井中照一照的由來」的情節單元。

(5)山伯死不瞑目的故事：〈死不瞑目〉(故事 44)，有「婚姻受阻，相思病死」、「死不瞑目(一眼睜，一眼開；用手指撥也不開)」、「人死後隻眼不開，至情人知其故，始嘆氣而後閉眼」的情節單元。

綜觀浙江寧波梁祝文化空間所流傳的梁祝有 749A「人進墓」、「人化物」(人化蝶、魂化蝶、人化蛇、人化花)、「物化物」(裙角化蝶、裙角化泥塊) 及 749A.1「人化蝶」加「死而復生」(閻王斷結髮夫妻)兩種類型，及不屬梁祝類型故事：(1)英台姑嫂賭誓、(2)山伯顯應退敵、治蟲害、指點生意、(3)梁山伯墓、(4)梁山伯吃蛋留風俗、(5)梁祝陰配合葬、(6)梁山伯裝死成姻緣等六種主題。上虞梁祝文化空間所流傳的梁祝故事有 749A「人化蝶」類型，及不屬梁祝類型：(1)望梁村和腳長村、(2)金童玉女三世不團圓兩種主題。杭州梁祝文化空間所流傳的梁祝故事有 749A「人化蝶」、「人化花」類型，及不屬梁祝類型故事：(1)英台姑嫂賭誓、(2)

英台巧計使人不識紅妝、(3)英台遇山伯、對詩譏蠢才、(4)梁祝雙
照井、(5)山伯死不瞑目五種主題。

驗諸今日寧波尚存鄞縣高橋鎮梁山伯廟及梁祝墓,紹興、上
虞則有祝家莊遺址,紹興在古越州一帶東大路桂村有祝家祠堂,
杭州有梁祝讀書處萬松書院等梁祝故事遺存。

其中梁山伯廟,據志書所載,北宋徽宗已有李茂誠於大觀
(1103-1110)年間撰《義忠王廟記》,則該廟至少於大觀年間時已
建立,距今已有八、九百年。據《廟記》所載,先於此廟者,越
有梁王祠,西嶼有前後二黃裙會稽廟。據一九三〇年二月十二日
錢南揚所撰〈寧波梁祝廟墓現狀〉[13]一文,知梁祝廟在寧波西門外
十里許的九龍墟。廟的正屋為五開間,前後三進。東首有龍墟小
學,西首是梁祝墓。一進為山門。大門匾額題「梁聖君廟」,進大
門,中間有個舞台。第二進為正殿,中間暖閣裏供著梁山伯土像,
西首暖閣供梁祝二人木像,都比人來得大。東首有紅面孔的「(敕
賜雲霄檢察護國佑民)沙老元帥」。

西首壁間嵌有二碑,一為明萬曆三十三年寧波府鄞縣知縣魏
忠誠撰寫的《梁君廟碑記》,後載「皇清雍正十年歲次壬子孟冬,
三堡祀戶人等重修」,則此碑為雍正重刻。一為同治末年重蓋此廟
所立碑,民國十二年,又粉飾過一次。一九八五年白岩撰寫〈梁
山伯廟墓與風俗調查〉一文載魏成忠《碑記》:「義忠王廟一名梁
聖君廟,縣西十六里接待寺西,祀東晉鄞令梁山伯。安帝時,劉

---

[13] 錢南揚撰:〈寧波梁祝廟墓〉,收於錢南揚編輯,婁子匡校篆:《祝英臺故事專號》,《民俗周刊》第九十三、四、五期合刊(原 1930 年 2 月 12 日出版)(臺北:東方文化書局,1970 年冬季復刊),頁 31-36。

裕奏封義忠王，令有司立廟。據《鄞縣通志》記載，自晉安帝時立廟後，清代乾隆、道光、光緒三朝和民國十年經過四次重修」[14]

第三進為後殿。中供梁山伯木像，小於人，東供祝英台木像，如人大小，西面也是祝氏木像，大如三、四歲小兒，帳幔上書「送子殿」，這是求籤問卜求子之處。庭下也有一個戲台。廟裏有梁祝臥室，妝台鴛帳，裏面也有梁祝偶像，燒香婦女往後置新繡弓鞋於室中。

錢氏文又載梁祝墓作長圓形，上有東西橫亙凹下的一道痕跡，將墓分為南北兩部，錢氏以為實在的形狀是兩個相連的土丘，中間一條小徑，大概是廟祝根據地裂的傳說，有意裝出來的。墓上的石碑，寫著：「浙江按察司僉事王書　晉封　英台義婦冢　嘉靖丁未臘月吉日鄞縣知縣徐立」，據光緒《鄞縣志》知此時鄞縣的知縣是徐易，永豐人，嘉靖二十三（1544）年進士。後三年，二十六年是丁未，此碑已有四百多年。而墓的記載在唐中宗時人梁載言《十道四蕃志》已提及「義婦祝英台與梁山伯同冢」[15]。

根據周靜書〈論梁祝故事的發源〉言：「宋代的鄞縣縣城即是今天寧波市中心區域，"縣西十里"，就是今寧波城西十里高橋梁祝文化公園中"梁祝墓道"的位置。"接待院"原係梁祝墓，廟東南面的一個寺院，今已毀。我們最近發現南宋寶慶三年（1227）繪製的《鄞縣境圖》，圖中明確地標著"義冢梁山伯祝英台"，它

---

[14]　白岩撰：〈梁山伯廟墓與風俗調查〉，收於周靜書主編：《梁祝文化大觀·學術論文卷》（北京：中華書局，2000 年 10 月一版），頁 301。

[15]　宋·張津等撰：《乾道四明圖經》卷二（臺北：大化書局，1980 年，《宋元地方誌叢書》本，第八冊），頁 4977 上。

的位置與今梁祝墓道的位置完全吻合。」[16]則至少可說此墓在南宋寶慶三（1227）年已然存在。至於說梁祝古墓所發現晉代的低品位官員墓葬，必是晉代梁祝墓的說法，恐怕比附成份居多。

白氏一文與提及"梁山伯墓"和"梁祝墓"，在寧波市鄞縣西鄉六公里處高橋鄉邵家渡廟根。"梁山伯廟"又名"義忠王廟"和"梁聖君廟"。廟西有義婦祝英台與梁山伯合葬的墳。廟墓正處於甬江支流姚江灣所在。原建的"梁山伯廟"和"梁祝墓"，在文革期間被毀，基地變成倉庫，以後又改為工廠。唯一可以找到的只有墓中殘留的羽毛花紋漢磚、"百齡路"上的荷花石板和"夫妻橋"。又提及「沙老元帥的紅臉塑像」，也有傳說是插足梁祝婚姻的第三者－－馬文才。

鄞縣當地盛行祭拜梁祝的民間風俗。諺曰：「若要夫妻同到老，梁山伯廟到一到。」又有歌謠：「梁山伯廟去燒香，拜拜多情祝九娘；少年夫妻雙許願，不為蝴蝶即鴛鴦。」[17]寧波俗語也說：「有靈有性梁山伯，多情多義祝九娘」[18]。每年春、秋二季，分別在農曆三月初一，據說是梁山伯的生日，和八月十六是其壽終之時舉行廟會。傳說農曆八月半那天，祝英台照例要回娘家"祝家渡"，因此每到農曆八月初至十五，城中婦女去燒香的非常擁擠。前來燒香的婦女，還常以新繡弓鞋置梁祝臥房中，供英台穿著。

---

[16] 周靜書撰：〈論梁祝故事發源〉，收於《寧波服裝職業技術學院學報》第2期（2002年12月），頁44。

[17] 同註14，頁302。

[18] 徐秉令、李啟涵撰：〈梁祝故事發源地的考察〉，收於周靜書主編：《梁祝文化大觀・學術論文卷》（北京：中華書局，2000年10月一版），頁338。

很多婦女還手摸神足，說可以治足痛病。[19]也有人到床上去坐一坐，祈求婚姻美滿，和"夫妻同到老"[20]。錢氏據廟北首碑文「本廟之有《雨水經》由來久矣。初，祠下施……等七人，業巫祝……每於仲秋初旬，在廟後殿虔誦祈禱」，以為梁山伯廟虔誦祈禱的風俗，遲至清中葉已經發生[21]。

當地還有個風俗，人們往往在祭拜梁祝廟墓之後，特意取回一點墓地泥土，說是放在灶頭上能防蟑螂、螞蟻等小蟲。因此，每年春、秋兩季廟會一過，廟墓前就出現一個大泥坑，人們稱為"廟池"，這與《梁縣令托夢治蟲》(故事 57)的傳說有關[22]。又此處的梁祝墓是一墓雙碑，稱為"蝴蝶碑"，墓後立碑寫「晉封英台義婦塚」；墓前碑書「敕封梁聖君山伯之墓」，碑已齊腰斷裂，這又是當地《蝴蝶墓與蝴蝶碑》(故事 67)傳說的"故事遺址"[23]，而梁聖君、義忠王、山伯顯靈退敵、治蟲害、指點生意、義婦塚、梁祝陰配合葬的故事，也都是比附梁山伯廟、梁祝墓而來。

梁山伯廟祈廟信仰的活動，主要有：1. 群體祭祀。廟會期間，由當地士紳及廟祝主持隆重的祭祀儀式。該活動至二十世紀初已停止。舊時鄰近的「高橋會」也在廟會期間來「玩會」，年年如此。玩會時有高台閣二十座，精刻黃楊紗船十隻、元寶馬、踏高蹺、九蓮燈、二十四節老龍等民間遊藝節目。2. 神靈出會，從神廟出發，經高橋、下林等地，行程二十多華里。神像分別在甲畈漕、

---

19 同註 14，頁 302。
20 同註 18，頁 339。
21 同註 13，頁 34-35。
22 同註 14，頁 302。
23 同註 18，頁 339。

下林、下莊施家駐一夜，白天賽會，晚上供獻、演戲酬神，常有數萬人參加。至一九四〇年由於鄞縣淪陷，出會活動被迫停止。以後一直未能恢復。3. 燒香祭拜，方圓幾十里至上百里民眾，甚至海外、港澳地區均有人專程前來朝拜。4. 坐夜。農曆三月初一和八月初七是廟會高潮，這兩天晚上梁山伯廟內有成百上千的坐夜者，大抵是虔誠的婦女。除本地人外，還有來自數百里外的奉化、餘姚、慈溪、鎮海等地的信眾。有些地區還有專門的組織者（俗稱「香頭」），負責聯繫組織工作。坐夜過程中，信眾口中唸經書，手中折錫箔，不間斷地到梁祝塑像前上香燒錫箔，直至次日拂曉，才相繼散去。坐夜的目的多數為祈求"夫妻同到老"。平時也有人前來坐夜，如：舟山區桃花、六橫等地的漁夫，在魚汛期後的八月下旬，成群結隊撐船來廟供神、坐夜、還願，酬謝神靈保佑漁民平安豐收。5. 演戲。廟會期間，請劇團在廟內演戲，以梁祝戲為主。明、清時代，主要上演《十八相送》、《樓台會》等折子戲，民國以後上演《梁山伯與祝英台》戲文，大多是越劇。6. 民間藝術表演。梁山伯廟會是寧波地區居民重要的娛樂場所。屆時，各種土特產、應時糕點、小吃等攤頭及各式各樣的花燈、舞龍、舞獅、台閣、鼓閣、高蹺等民間藝術表演節目，豐富多彩，十分熱鬧[24]。

今日浙江甬、紹地區鄉間，哪家孩子上學了，或升高一級學校，親友和鄰里的婦人，一個個會把蛋送往入學者家裏，給入學的孩子吃。入學讀書要吃蛋的習俗，便是從〈梁山伯吃蛋留風俗〉

---

[24] 鄞州梁祝申遺課題組：〈梁山伯廟婚俗信仰文化空間（摘要）〉，收於《梁祝》第 26 期（2005 年 3 月），頁 69-70。

(故事 77)一類的故事而來,因為山伯是服了七姓鵝蛋開的竅,所以全家人忘喊鵝,把鵝喊為白烏龜,或鵝發出的聲音"吭吭",今日農村許多地方教小孩識別白鵝,仍叫"吭吭",鵝過來了不叫鵝來了,而叫吭吭來了。

今所見二十世紀八〇年代發掘[25]的〈清官俠女骨同穴〉(故事24),便是慈溪流傳故事,說明朝時寧波府鄞縣縣令梁山伯,為官清正,秉公辦案,為民除害,大家稱他為賽包公、梁青天。三年任滿,皇帝要提升他到別處上任,當地百姓跪求梁大人留任。梁山伯寫了奏章,不願升遷,皇帝同意後仍留在鄞縣。山伯在鄞縣接連三任,當了九年知縣,最後因年老體弱受風寒病死。當地百姓選中胡橋鎮為之做墳,動土時,發現下面已有一穴墳,是南北朝陳國的一位女俠祝英台,生前劫富濟貧、專殺貪官污吏,後遭貪官馬太守、馬文才父子的毒手。百姓為之做墳安葬,因為祝英台為百姓流血而死,所以墓碑用紅漆寫祝英台名字。因此鄞縣百姓便將梁縣令與千年前的女俠祝英台合葬,立碑,英台名字用紅漆寫,梁山伯名字用黑漆寫,表示他是個包龍圖式的清官。又為之湊錢造了梁山伯廟,作為紀念。

又有舟山地區流傳的〈蝙蝠雙飛梁祝魂〉(故事 5),故事是天上金童玉女下凡成梁祝,英台扮男裝到杭城與山伯同學,結拜金蘭,同桌同床。中秋節放假兩人同遊紫金山,英台借兩朵八月桂花有雌雄,暗喻一雌一雄,奈何山伯不解。英台只好托言為妹訂親,實則以身相許,送花鞋請師母做証。後來祝父來信催促英台

---

[25] 呂洪年撰:〈《梁祝故事集》序〉,收於周靜書主編:《梁祝文化大觀·學術論文卷》(北京:中華書局,2000 年 10 月一版),頁 655。

回家，兩人十八相送。英台回家知馬家做媒，向祝父說已自配婚自做媒，找了同窗梁山伯。祝員外誤聽「梁山伯」為「兩三百」，心想英台說笑話，就接受馬家聘，因而造成山伯求婚不成，氣得口吐鮮血而卒，英台內穿白外著紅出嫁，路過山伯墳，哭祭要「做鬼也配夫妻」，這時天上玉皇大帝令雷公打開墳墓。英台跳了進去，墓又合攏如初，兩人化做蝙蝠，一雄一雌從墳裏飛出，雙雙上天庭。

從慈溪、舟山所流傳兩則故事的情節為他地所未見，可推知為當地不僅有梁祝殉情故事的流播，且已變異為極具地方特色的「(明)清官(南北朝)俠女異代陰配合葬」、「人化蝙蝠」故事，則當地人因梁、祝故事衍化而成的信仰，前來梁山伯廟供神、坐夜，或祈求夫妻百年好合，或禱祝平安豐收，便不足為奇了。至於原為嵊縣地方劇種發展而成的越劇，在梁山伯廟搬演《梁山伯與祝英台》，更是梁祝故事從寧波鄞縣一地，拓展輻射至浙江各地的最好見証了。今日所見浙江省或浙江一帶，及蘭溪(金華市)、常山(衢州市)一帶，甚至是麗水市、遂昌縣、景寧畬族自治縣流播的梁祝故事[26]，有 749A「生雖不能聚，死後不分離」、749A.1「生雖不能聚，死後不分離，死而復生」、749A.1.1「生雖不能聚，死後不分離，死而復生，神仙相助」類型及不屬梁祝類型的故事多種，當然也是必然的文化現象。

其中各地梁祝故事的情節變異多樣，熱鬧非凡，如：浙江省西南常山一帶的〈和尚踢煞報曉雞〉(故事49)，便是接龍浙江北部、

26　參第七章第三節「梁祝故事流傳區域表」，頁 386-387。

慈溪傳〈清官俠女骨同穴〉(故事 24)而來，說南北朝陳國馬太守的兒子馬文才，是個貪色的花花公子，欲對女俠祝英台非禮，被她飛起一腳，踢中要害，一命嗚呼，見了閻王喊冤。閻王斷案，要他在眾多美女當中選擇一個。馬文才個個都愛，閻王判他轉世做公豬便可遂行心願。轉世為公豬的馬文才，急著出門配種時，樂極生悲，想入非非而滾下山跌斷腳，被豬倌宰了，又去閻王面前討價還價。閻王再判他轉世為和尚廟的報曉公雞，每天報曉「苦死我，三世沒老婆」，和尚以為牠譏諷自己，飛起一腳，牠又落崖摔死。而此馬文才變公豬的故事又與浙江南部景寧縣畬族自治縣所流傳的〈馬文才變公豬〉(故事 90)故事，恐怕也不能說沒有關係，該故事是英台投墳，馬文才氣死陰間告狀，閻王判好色的馬文才轉世為公豬。現在，景寧英川一帶的人，往往把趕公豬叫做趕馬文才。另外，畬歌《仙伯英台》(民歌 69)的故事更是繁複精彩，不僅有閻王判馬文才轉世做豬哥的情節，又有「人化石，石化連理枝（兩桁龍樹）」、「結髮夫妻」、「閻王賜陰魂還陽湯回陽」的情節。

又如：金華市蘭溪一帶便流傳〈英台月夜聯佳句〉(故事 27)，是英台因丫環「屋上貓，風吹貓，毛動貓不動」的佳句而月夜苦思佳句的有趣故事。又如：〈一句氣話毀姻緣〉(故事 41)，也是誤聽梁山伯為兩三百的悲劇故事，與舟山地區流傳的〈蝙蝠雙飛梁祝魂〉(故事 5)同是「誤聽同音字造成悲劇」。

學者錢南揚講述流傳於浙江的〈梁祝還魂團圓記〉(故事 53)，則有馬文才「搶婚」，梁祝兩人「死後陰魂不散，梨山老母使之還魂復活」、「仙人（梨山老母）傳授兵法、武藝，領兵鎮敵」，且是南宋史上抗金兵大捷的戰役，而有「高橋易名為胡橋」的情節。

此種「死而復活，神仙相助」建立功勳的情節，與〈尼山姻緣來世成〉（故事 11）不異，此流傳於浙江、江蘇 749A.1.1 類型的故事，便是集合了所有梁祝故事情節元素而成，共有「女子詭稱神人送帽靴藍衫讓他外出求學」、「女扮男裝外出求學」、「女扮男裝者打（十二個）啞謎暗喻己為紅妝表露情愫」、「女扮男裝者托言為妹訂親實則以身相許」、「女子搭船突遇風雨阻擋前行後知岸邊是情人墓」、「新娘哭祭即景口授祭文忽雷交加墓開人顯靈拉人同歸陰」、「新娘被陰魂拉入墓歸陰新郎被嚇死」、「金童玉女打破天宮玻璃盞貶罰凡人間」、「死人至閻王殿閻君示因果」、「梨山老母救人至崑崙山修煉」、「人能呼風喚雨」、「梁山伯為定國公祝英台為誥命夫人的由來」等十二個情節單元。

　　另外，749A.1 梁祝類型故事的精彩亦不遑多讓，如清初（約 1660 年）流傳的〈梁山伯歌〉（民歌 3），英台父母占吉卦而准女兒女扮男裝外出求學，也有兄嫂來恥笑，英台「埋九尺紅綾於牡丹花下，對神賭誓，若貞潔則紅綾放毫光，若失貞則天雷打死」、「埋牡丹花下紅綾三年依舊鮮明」，及山伯相思病死，新娘投墳，「羅裙碎片化蝶上天台」，新郎馬洪掘墓尋妻，鋤得兩人枯骨棄江，又到東岳大帝廟伸冤。鬼王（東岳大帝）至陰司查輪迴（生死）簿斷案。生死簿載梁祝是星斗投胎，兩人有宿世姻緣，而且打散的頭髮與馬洪不沾身，祝馬不是結髮夫妻。東岳大帝便令牛頭馬面捉拿活人（馬洪）入地獄，遊十八地府，又「令牛頭馬面接催生送子娘，送殉情男女轉世投胎成夫妻」。而〈梁山伯與祝英台〉（民歌 18），也是閻君斷梁祝陰魂還陽結姻緣的故事。

　　又如：流傳於浙江、上海一帶的〈梁祝情深上天庭〉（故事 6），

也有英台三嫂「譏誚英台三年求學歸,一定可抱小外甥」,英台「埋紅綾於月季花旁,以挖雙目賭誓,若貞潔則綢如故,若失貞則變色霉爛」,其後三嫂「煎湯澆灌紅綢,綢色不變」。英台與山伯同學三年,祝父借病催英台歸,山伯一路相送。英台一路借物借景暗喻已為紅妝,表露情愫,奈何梁祝原是天上金童玉女,因在蟠桃聖會互生愛意,打破琉璃杯(又稱九龍杯),被玉帝貶罰紅塵,三世夫妻(孟姜女與萬喜良、牛郎與織女、梁山伯與祝英台)不得團圓,因而太白金星奉玉帝之命,下凡攝去山伯真魂,換進呆魂(另一說是「太白金星下凡化成酒保,讓山伯喝“符身酒”而失去靈性」),及英台返家,太白金星才送真魂歸梁身,使“符身酒”醒,然而因為山伯不解風情,已造成婚姻受阻相思病死。

英台投墳,新郎拉其衣裙,二人同進墓(三人同穴)的悲劇。致有「三陰魂陰間遊地府告狀」,從「秦廣殿過梵江殿、牢帝殿,至五關殿,一路對質,都無結果,直至閻羅殿,閻君才道明因緣」,得知「梁祝原是上界金童玉女負罪下界,三世姻緣不團圓,是命中註定」,而馬文才是「玉帝所差小星,令他下凡拆散金童玉女姻緣,但與玉女無夫妻之份,而與蘭花園李鳳雙有宿緣」,最後令小鬼將馬趕出地府,還陽人間,而梁祝回歸天庭。馬太守派家丁趕至胡橋鎮「扒墓尋子」,忽聽墓內有聲,才將馬文才從墓中拉出,後馬文才果娶李鳳雙為妻。

又如:《兩世緣》(和劇1)除有「女扮男裝外出求學」、「譏誚女扮男裝外出求學者必失貞」、「折石榴插花壇,賭誓若貞潔則花枝勃發,若失貞則枯萎」、「以開水燒石榴花枝更盛」、「婚姻受阻,憂鬱而死」、「新娘哭祭,墳裂人進墓墓合」的情節之外,另有「衣

化雙蝶」（紅者為梁，黑者為祝）、「天上雙蝶下凡投胎」、「男子魂魄被攝而不解風情，至情人回家後魂魄始歸竅」、「新娘投墳，新郎自縊，閻王處告狀」、「閻王以金盆濯髮，判頭髮相結者為夫妻」、「陰魂還陽結夫妻」的情節單元。

　　而749A類型的故事，有〈三生三世苦夫妻〉（故事51）、〈蝴蝶不採馬蘭花〉（故事80）、《雙蝴蝶》（越劇25）、《梁山伯與祝英台》（電視連續劇6）三種。其中《雙蝴蝶》（越劇25）故事與《兩世緣》（和劇1）的前半相同，而無「新娘投墳，新郎自縊、閻王處告狀」以後的情節。而《梁山伯與祝英台》（電視連續劇6）是越劇故事，其情節與《梁山伯與祝英台》（越劇7）大抵相同，唯多了「蝴蝶化玉」及「女子夢蝶生子」的情節單元。

　　〈三生三世苦夫妻〉（故事51），流傳於浙江、江蘇一帶，說「梁山伯與祝英台義結金蘭，同窗三載，情同骨肉，到頭來為啥棒打鴛鴦，不能結為夫妻？這裡有個奧妙。」傳說「梁祝是天上牛郎織女星，相戀被王母娘娘貶罰人間受苦。一世是魯國（今山東）萬喜良與齊國（今山東）孟姜女。孟姜女在花園池塘裡洗澡被萬喜良窺見，就嫁他為妻。婚後萬喜良被秦始皇抓去修長城，累餓而死，尸骨埋在長城下，孟姜女送寒衣，「哭崩長城，現出萬喜良尸骨」，最後撞長城殉情。二世是會稽（今浙東一部）梁山伯與上虞祝英台。兩人去錢塘（今浙江杭州）讀書，遇三伯，結拜同行，同學三年。英台相別時許九妹為妻。數月後，山伯訪祝，英台已被父母許配鄞城（今浙江寧波鄞縣）馬太守之子馬文才。山伯憤而回錢塘發憤讀書，考取鄞城縣（今鄞縣）令。山伯為官清廉，治縣有方，連任九年，殉職而卒。百姓為他在鄞城西鄉九龍墟（今

鄞縣高橋鎮）建墳造廟，燒香跪拜禱求保佑。一天，英台乘船順姚江回娘家。船至九龍墟，突風浪大作，舟不能行。英台發現山伯墳，上岸祭拜，縱身跳進裂開的墳中，墳又合攏。

馬文才氣急，令家丁挖墳，墓中二青、白巨蛇，嚇死馬文才，而後青蛇、白蛇騰空駕霧飛去。據說白蛇是英台、青蛇是山伯。青蛇、白蛇又轉世為白素貞、許仙，在杭州相戀。後來又有了《白蛇傳》的故事，白素貞和許仙結夫婦，則是三世夫妻。這個故事不僅宣說梁祝殉情化蛇，又粘合孟姜女、萬喜良和白素貞、許仙〈白蛇傳〉故事成《三世姻緣》，來解釋何以梁祝不能結為夫妻的緣由。此故事也流傳於紅蘇一帶。當是兩地梁祝故事互涉流播，後出編撰的故事。此故事兜合 888C*「孟姜女」及 411「白蛇傳」兩個類型故事，成其三世姻緣。

至於其他不屬梁祝類型的越劇、睦劇、婺劇，有的是折子戲，有的是無情節單元的唱段，其中折子戲亦大抵同於《梁山伯與祝英台》（越劇 7）。

另外，同為浙江梁祝故事流播的輻射中心：上虞、杭州兩梁祝文化空間所產生的梁祝故事，更是符合傳說故事與歷史人物、歷史事件的地方古蹟、自然風物、社會習俗有關的原則。如：晚唐《宣室志》所載梁祝故事的祝英台是上虞（今紹興市上虞）人，死後為上虞人謝安表奏其墓為義婦塚；梁山伯是會稽（今紹興）人，梁後為鄞令，死後葬鄞城（今寧波市）西。北宋徽宗大觀（1103-1110）年間李茂誠所撰《義忠王廟記》載梁祝兩人同往錢塘（今杭州市錢塘縣）訪名師，而寫〈蛺蝶〉「俗說義妻衣化狀」詩的晚唐僖宗、昭宗（874-904）時詩人，羅鄴是餘杭（今杭州市

餘杭縣）人。明末天啟（1621-1627）初刊，馮夢龍所撰《古今小說》，卷二十八〈李秀卿義結黃貞女〉入話說，梁祝二人同往求學之地，是文學鼎盛的餘杭。則可言晚唐僖宗、昭宗（874-904）時，餘杭已有「（梁祝）義妻衣化蝶」的傳說流行；而宋徽宗大觀（1103-1110）年間，至明天啟（1621-1627）年間，餘杭都是梁祝同往求學訪師之地。至於《廟記》首次提及英台所字之馬氏，住在「鄮城廊頭」，則英台出嫁船從上虞出發，過通明江，沿姚江順流而東下，越梁山伯墓，一路行來，可至馬家，是順理成章了。[27]

今所知上虞尚存祝家莊、祝家祠堂及相傳祝家的井以及祝英台出嫁時乘船的玉水河[28]，據一九八六年陳秋強訪問當地八十高齡的王姓老婆婆說：祠堂旁邊那條玉水河，早年叫"千金河"。祠堂周圍十多畝茶地，過去一直叫"花地"。[29]又一九八七年五月唐慶得搜集，當年六十歲的祝光明口述，「在我們祝氏譜上，祝員外並非單獨一個閨女—祝英台祝九娘」[30]，可見當地古迹遺址、自然風物、傳說故事都以英台為上虞人。

而一九五四年，中國國家文化部決定拍攝第一部彩色戲曲片《梁山伯與祝英台》。華東軍政委員會文化部派員到上虞作實地考

---

[27] 諸煥燦撰：〈試談梁祝故事的起源與變異〉，收於周靜書主編：《梁祝文化大觀・學術論文卷》（北京：中華書局，2000 年 10 月一版），頁 392-393。

[28] 陳勤建主編：《東方的羅密歐與朱麗葉--梁祝口頭遺產文化空間》（哈爾濱：黑龍江人民出版社，2005 年 9 月），頁 40、41。

[29] 陳秋強撰：〈祝英台其人其事的真偽〉，「1986 年浙江民間文學四屆年會」論文資料，收於周靜書主編：《梁祝文化大觀・學術論文卷》（北京：中華書局，2000 年 10 月一版），頁 344 之註 3。

[30] 祝光明口述，唐慶得搜集：〈英台並非獨閨秀〉，見中國民研會浙江分會編：《梁山伯祝英台故事選》，收於周靜書主編：《梁祝文化大觀・學術論文卷》（北京：中華書局，2000 年 10 月一版），頁 344 之註 2。

察，並查閱《上虞縣志》，查明上虞祝姓村共有七，最後，認定離
縣城三公里的祝家村。當時選擇縣城豐惠鎮穿城而過的玉帶溪，
城東仙姑洞上的古塔、瀑布拍攝了外景。寫進影片的第一句唱詞：
「上虞縣祝家莊，玉水河邊，有一個祝英台，才貌雙全……」，此
後上虞縣祝家莊便被認為是祝英台的故事。祝家村被後是青山，
前面有條小河，叫玉水河。此河可通餘姚、寧波。離此不遠處，
有個餘姚馬家。一九八五年，上虞市文化館對祝家莊府第進行考
察。豐惠鎮的祝家村村中原有一座規模宏大的宅院（後因戰爭被
毀），宅前有玉水河環繞。該村今尚存祝氏祠堂、祝氏祖堂各一座，
留有建祠堂、祖堂時立下的兩塊石碑，據碑文記載考證，也說當
年九娘英台的府第就在此地。[31]

　　至於「玉水河」，早年叫「千金河」，「祝英台祝九娘」的說法，
是流傳久遠的傳說，抑是《梁山伯與祝英台》電影唱詞：「上虞縣
祝家莊，玉水河邊，有一個祝英台」的效應附會，便不可得知了。
二〇〇三年十月，上虞市舉辦梁祝文化系列活動，市博物館向遊
客開放了新增設的「梁祝文化陳列室」，陳設「英台故里」、「梁祝
文化源遠流長」、「永恆的魅力」三個展區，分別介紹了英台故里
—祝家莊、玉水河，記載梁祝文化的各類文獻、研究歷史、研究
成果及發展的動態性情況[32]，這仍是電影《梁祝》「上虞祝家莊，
玉水河邊，有個祝英台」效應發展而成的結果。

---

[31] 吉祥撰：〈歷史原型與文化原型：對“梁祝”源發地的比較研究〉，收於宜
　　興市政協學習和文史委員會、宜興市華夏梁祝文化研究會編：《宜興梁祝
　　文化--論文集》（北京：方志出版社，2004 年 11 月一版），頁 160。
[32] 同前註，頁 157。

　　驗諸今所見上虞梁祝故事〈祝英台鍾情梁山伯〉(故事 4)，是749A 化蝶類型故事；而不屬梁祝類型的故事有四，其中〈梁山伯吃蛋留風俗〉(故事 77)，是流傳於杭州、紹興一帶的故事；〈三世不團圓〉(故事 105)，是金童玉女動凡心，趁玉皇大帝打瞌睡時悄悄下凡，卻為佯裝瞌睡偵測金童玉女是否動了凡心的玉帝所不容，偏叫他們三世不得團圓，嚐生離不如死別的滋味，於是第一世范杞良孟與孟姜女剛拜過堂，便被官府拉去造長城；等孟姜女找到長城邊，萬杞良已命歸黃泉。第二世白娘子與許仙，被法海和尚硬拆散，白娘子被鎮雷峰塔，第三世梁山伯與祝英台，也是一場空歡喜，像夢一場。這是上虞縣樂關鎮紅星村農民所講，糅合 888C*「孟姜女」、411「白蛇傳」兩種類型，成其三世姻緣的故事。

　　而以〈梁祝終身不娶嫁〉(故事 46)、〈祝家莊和望梁村的傳說〉(故事 68)兩個故事最具梁祝傳說古蹟、自然風物、社會習俗的特色。前者說祝英台是東晉末年，浙江上虞縣莊家埠（又名莊景，位於曹娥江北）人氏，那時這裏名叫祝家莊。祝家是此莊首富，祝英台是祝員外的幼女，自小隨兄習文讀書。同學中有梁山伯，是上虞曹娥江南梁村人氏，年稍長，家境貧寒，卻有抱負。兩人同桌攻書，形影不離，英台有心於山伯。三年後，英台被父催歸。別時英台以「啞謎一七、二八、三六、四九日」來訪，意思是一個月後，山伯誤猜啞謎，解成一個七，二個八，三個六，四個九，則四十七天，延誤半月有餘。

　　此時，英台已由父作主，許配給馬岙（曹娥江南，馬岙水庫附近）太守之子馬文才。英台抗婚不成，曾多次渡江（此渡口因

祝英台曾渡，稱之為祝家渡）去梁村村口望梁，最後一次留信梁家而回。信中說及「弟多次來梁村望兄」，此村因祝英台多次來望梁兄，所以一直稱為“望梁”，至今亦然。而山伯回家見信後面持信訪祝，至鄰村，問及老翁，知一妙齡少女常來望梁，究其面容，知是英台。此時山伯始知英台是個女的，恨不得腳長逼些，早些趕去訪祝，早些見到英台。此村就稱“腳長村”，從口誤為“甲大”。

山伯到祝家訪友，被祝父拒絕碰壁而回。而三日前馬家逼婚，英台見文才放蕩，又念梁兄恩義，便剪髮出走，不知其在何處為尼。山伯則次年考中進士，放鄞縣令，終身不娶。他為官清正，鄞縣大治，歿後，鄞民感其恩德，在鄞西安葬，立廟，春秋二祭。則此故事可知望梁村、腳長村、祝家渡有趣地名的來源，當是梁祝故事後出的情節單元，純是說故事者順情合理推衍而出的故事，今也不可得知先有「望梁」、「腳長」的村名及「祝家渡」，或先有此種故事的流傳，才有的村名、祝家渡，比較可能的恐怕是先有此種故事情節的流傳，後有「望梁」、「腳長」的村名；但不管如何，都可見上虞梁祝文化空間的遺存特色。當然，從此則故事也可知上虞梁祝文化空間裏結合梁祝故事而來的祝家莊（上虞縣莊家埠，又名莊景，位於曹娥江北）、梁村（上虞曹娥江南）、馬吞（曹娥江南，馬吞水庫附近）地名的由來。

〈祝家莊和望梁村的傳說〉（故事68），由梁愛花等人口述，是流傳於浙江上虞一帶的故事。故事開始便點出歷史上祝家莊的所在地，便是今日的「莊景」。且特別說明從上虞縣的百官乘車向北，行半小時，就可到達「莊景」。祝英台也是上虞曹娥江東岸莊景人，

距今已有一千多年。她女扮男裝外出到會稽求學，與同窗梁山伯友好。讀滿三年，各自回家。

祝員外要將她許配給馬太守之子馬文才。英台不願意，藉口上百官東岳廟進香，於七月十五日從祝家渡擺，渡進曹娥江到望梁村去看望梁山伯。此「望梁村」村名由此而來，現在仍叫「望梁」。剛巧山伯不在家，便白去了。山伯回家後知英台來訪，便去回訪。途中經過一個村子，聽說祝英台是個女的，更是喜出望外，恨不得自己腿生得長些，立刻趕到祝家。這個村子因而稱作「腳長村」，現在叫「腳丈」。

山伯到祝家求婚，祝員外以梁家窮、祝家富，門不當戶不對而拒絕。同時，祝員外已在七天前把女兒許配給馬文才了。山伯求婚不成，更發憤讀書，中了進士，到外地做官去了。而祝英台憂鬱成病，未及出嫁便死了。死後，葬在祝家渡。此故事特別提及馬文才的老家在「腳丈」村後面的馬吞水庫旁。「梁山伯的老家望梁村在莊景對將的西北面，村子很小，至今只有幾十戶人家。村裏村外……」，可見說故事的人認定梁、祝、馬是上虞祝家莊、望梁村、馬吞水庫旁的人。而英台死後便葬在祝家渡。這仍是上虞梁祝文化空間裏結合梁祝故事而有「望梁」、「腳長」等地名的例子。

另外，上虞人顧志坤於二〇〇二年出版了749A類型的小說《梁山伯與祝英台》，全書約三十萬字，雖有情節單元二十五，但仍以「新娘哭祭墳開，見情人睜開眼微笑新娘進墓殉情」作結，而由從上虞東山復出，在朝為相的謝安，聞鄉女祝英臺悲烈故事而表其墓為「義婦塚」，當也可以梁祝文化空間的梁祝文化輻射現象視

之。

　　今所知杭州有鳳凰山東麓的萬松書院是梁祝讀書處,俗稱「梁祝書院」[33]。莫高在一九八七年曾考察與梁祝傳說的地方和古蹟,有(1)草橋亭,地點是杭州草橋門一帶,為杭州十門之一「望江門」的俗稱,城門直到民國三十八年才拆除,現已變成食品工業區。(2)西湖水樂洞曾有梁山伯祝英台並坐的塑像。(3)鳳凰山,即現在的鳳凰山。(4)杭州江干區現在還有觀音堂地名。(5)以前在候潮門海潮寺內的“雙照井”。[34]

　　驗諸今所見杭州梁祝故事,也有杭州梁祝文化空間特有古蹟遺址、自然風物、社會風俗的例子多種,如:〈英台對詩譏蠢才〉(故事43),說祝英台、梁山伯與家居杭城、父母有權有勢的錢、馬、楊三書生都是鳳凰山紫陽書院的學生。清明佳節,山伯與英台說好去西湖遊春,不巧英台身體不適,山伯獨往。錢、馬、楊三人見英台落單便用激將計策,使英台與之同往西湖游春聯較勁。遊船途中,英台對詩譏諷三人,唯恐三人對之無禮,用了調虎離山計,讓三人在雷峰塔靠岸沽酒買菜去了,自己也急忙往赤山埠而去。山伯回到書院不見英台,問知她被三人拉去遊湖聯對,急忙趕去尋找,後來在南山烟霞嶺下水樂洞找到在那裏躲藏瞌睡的英台,兩人在水樂洞裏談談說說,英台才由熱淚盈眶轉為高興,後來杭城父老便在水樂洞塑造了梁山伯、祝英台坐像,紀念英台落

---

[33] 葉寶根、丁雲川撰:〈梁山伯與祝英台同窗共讀的地點在杭州萬松書院〉,收於錢南揚等著、陶瑋選編:《名家談梁山伯與祝英台》(北京:文化藝術出版社,2006年1月一版),頁165。

[34] 莫高撰:〈浙江梁祝傳說流變考察記〉,收於周靜書主編:《梁祝文化大觀‧學術論文卷》(北京:中華書局,2000年10月一版),頁345-346。

難水樂洞的故事。於此可知水樂洞梁祝坐像是因這個落難傳說而來。

又如〈雙照井〉(故事63)，梁祝二人也是在杭城紫陽書院讀書三年。這年春三月，英台收到家書，回轉家鄉。山伯送她到十里長亭，十里相送途中，英台一路以牡丹配綠葉、雌雄鴛鴦、土地公婆暗喻己為紅妝，表露情愫，山伯只是不解，兩人來到草橋門外一口古井旁，英台要求小憩片刻。英台望著古井，想起三年前兩人來杭城求學時，也到此地井旁休息，同飲井中清冽泉水。此時，感到口渴，想喝井水，誰知井水已乾枯，她唉地嘆口氣，「右腳一蹬，清清井水却一下子漲到井欄」。英台喝了好多水後，脫下書生帽，解開髮髻，梳洗烏溜溜的一頭黑髮，邀了山伯一道看井照影，吟起「古井喜逢春，兄弟雙照影。一男並一女，和合天配成。」山伯仍然以為她是胡扯。英台想到三年前兩人在祝家莊河邊相遇續詩的情景，便托言為妹訂親，實則以身相許山伯，要山伯在「一加三、三加一、一二三五再加十一」日之內，前來提親。

杭城父老便叫草橋門外的這口山伯、英台雙照影的古井為「雙照井」。民間傳說，那清清的井水中，常常隱現一對青年男女身影，這就是梁山伯與祝英台。後來，這裏造了海潮寺，「雙照井」就成為「海潮八景」之一。每年正月初三，男女老少到海潮寺燒香，都要到雙照井來照一照，人們說，老年夫妻照一照，會夫妻和睦，白頭到老。因此，杭城民間傳說著諺語：「若要夫妻同到老，雙照井中照一照」。現在，海潮寺遺址已建起杭州橡膠廠，據說這口雙照井，仍一直保留至今。顯現這〈雙照井〉故事，是梁祝遺址及俗諺「若要夫妻同到老，雙照井中照一照」的來源。

　　而梁山伯與祝英台相遇續詩的情節，也有〈續詩遇山伯〉（故事 39），一年陽春三月三，鄞縣書生梁山伯，要到杭城求學，一路遊山玩水、吟詩作對。一天到了一座村莊，見村旁一灣河水清清，兩岸柳綠花紅，河面一對對白鵝戲水。河埠頭有位年輕姑娘在漂洗衣裳。山伯一時興起，吟詩「柳蔭一對鵝，追逐飛下河。白羽浮綠水」，洗衣姑娘噗哧一笑，接吟「無屎莫來屙」。接完，朝山伯一笑，拎起衣籃跑回村莊去了。山伯十分惱火，追到姑娘家，姑娘辯稱所吟詩句是「紅掌撥青波」。後來姑娘女扮男裝與山伯一道到杭城求學念書。原來這洗衣姑娘是上虞祝家莊祝公遠員外的獨生女祝英台，她是祝家莊有名的才女，常常糾纏父母，要到杭城讀書。今天巧遇山伯，扮男裝相戲，父母也不能辨識，只好答應她扮男裝，隨同山伯到杭城求學。

　　又如：〈賭誓成真真亦假〉（故事 42），故事說梁山伯、祝英台在杭州求學，形影不離，卻惱著另一個同學馬文才。馬家是草橋鎮頭等巨戶，不僅家財豪富，且上通官府。馬文才是個尋花問柳的花花公子，一眼便看出英台是女子，鬧著馬員外到祝家提親。祝員外膽小如鼠，看到馬家有錢有勢，生怕楊柳葉子掉下打破頭，滿口答應。英台不依，哭哭啼啼，悶悶不樂。後來丫環銀杏告訴她「京城開考」，英台想出「誰考上狀元就嫁給誰」的計策，心想梁兄總要棋高一著。

　　不想馬家賄賂主考官，致使主考官偷樑換柱，批點馬文才為頭名狀元。梁山伯名落孫山，活活氣死。英台出嫁過梁墳哭祭投墳與梁化成一對五顏六色的蝴蝶，翩翩起舞。馬文才見空轎而回，氣得口吐鮮血，一病不起。臨死前吩咐家人在他墓上栽一棵馬蘭

花。心想：英台化了蝶，總要採花，到時候一把抓住你。不想後來馬蘭花雖然開得鮮豔，卻是臭不可聞，故有「蝴蝶不採馬蘭花」之說。這個後起的梁祝故事，必是講述者先見馬蘭花雖然開得鮮豔璀璨，卻臭不可聞，而梁祝傳說最後通常是英台投墳，兩人化蝶飛翔的情節，因此便比附聯想生前得不到英台的馬文才，死後也要抓住英台而創造出來的故事。與流傳於浙江〈蝴蝶不採馬蘭花〉（故事80）及寧波市江東區採錄到〈蝴蝶勿採馬蘭花〉（故事106）的故事，都是馬文才自己祈求死後化花，果如其願，在他墳頭上開出藍色馬蘭花，但祝英台和蝴蝶姐妹們都認出那是馬公子變的，誰也不去採花。一直到現在，蝴蝶仍然不採馬蘭花的故事，是有異曲同工之妙的，惟一不同的是前者是家人在馬文才墓上栽花，而後兩者更絕，馬文才乾脆自己變成馬蘭花，癡心妄想等待英台來採花。

又如：〈師母巧編竹牆隔梁祝〉（故事36）、〈紙糊帳〉（故事37），兩則故事大抵也是根據「民間睡床置竹子編織竹牆」習俗編撰而來的。前者以師母先識得英台是個女伢兒，隨後老師也知悉英台是紅顏佳人，連書僮也是女扮男裝。老夫妻商量後以蘭溪竹編成六尺長、半尺寬的竹牆，中糊一層薄紙置梁祝床中，以防出事。後者則是師母從英台行禮是左腳上前（古禮是男子右腳上前行禮，女子左腳上前行禮）得知。她也以紙糊帳置兩人床中央立規矩。這也是民間習俗、風物梁祝故事結合的文化現象。

又如：民間也以梁祝749A投墳化蝶類型故事為主題，結合十二月花名唱春調唱出〈十二月花名唱梁祝〉：「正月梅花是新春，梁山伯讀書上杭城，草橋巧遇祝英台，錯將女子認書生。二月杏

花葉兒紅……十二月花名唱完成，英台許配馬家門，墳前啼哭梁
兄長，山伯鬼魂掀開墳，變成一對花蝴蝶，飄飄蕩蕩上天庭」的
歌謠，此春調歌謠於一九八六年於餘杭縣博陸鄉採錄，顯見直至
當代梁祝故事仍深入流播於鄉土文化空間之中，展現其強悍魅力
及既深且廣的影響力。

　　另外，英台姑嫂賭誓及山伯〈死不瞑目〉的故事也於杭州流
傳。前者故事有三：〈姑嫂結冤〉(故事 28)、〈焦骨牡丹女兒心〉(
故事 29)、〈英台發誓栽月季〉(故事 30)，第一個故事詳細解釋何以
嫂子千方百計作梗阻撓英台外出求學的緣由，而衍生祝夫人雙腳
採了媳婦扔下喜轎外的鮮花而受孕，及生了如花似玉的女兒當男
子養，從小扮男裝的有趣、神奇情節。第二個故事則結合「尖嘴
鑽心蟲鑽不進焦骨牡丹」的情節單元，來譏諷嫂子千方百計要將
（英台賭誓若失貞潔，則花枯凋謝）牡丹花弄死的嘴臉，不僅折
枝斷葉，又偷偷澆燙開水，奈何牡丹不死；更將牡丹連根拔起，
用炭火烤炙，而焦骨牡丹卻又重新生根發芽，且一棵變兩棵，長
出兩朵又紅又大的牡丹花。待得英台貞潔回家，羞得面紅耳赤，
但臨死前仍立誓：生前弄不死你，死後也要與你作對，而變成一
條尖嘴鑽心蟲，專門鑽牡丹花蕊，然而，遇上焦骨牡丹，卻發生
鑽不進、反而越鑽越死的怪事。這也是說故事的人將姑嫂結冤誇
大，結合鑽心蟲鑽牡丹花蕊的習性，編撰出來的故事。第三個故
事，牡丹換成四季開不敗的月季花，添上「枯枝經英台撫摸，夜
間又生嫩芽，見風就長，重又花開如初」的奇異情節，也是結合
月季花能四季開不敗特性而曼衍的故事。

　　而〈死不瞑目〉(故事 44)，是山伯死不瞑目，一隻眼睜不閉，

直至英台四問，問及可是惦記我英台九妹，山伯才“嗯”地長嘆一口氣，緩緩閉上了眼。這與越劇《梁山伯與祝英台》(越劇 7)故事中，英台吊孝哭靈，五問山伯，及河南清末（1900）刻本《新刻梁山伯祝英台夫婦攻書還魂團圓記》(鼓詞 3)有十二問山伯，直至說中心事才閉上雙眼的情節如出一轍，也是互涉正文的現象。

另有杭州淳安縣睦劇《山伯訪友》(睦劇 1)一齣，以當地鄉音唱出純樸、明快、生活氣息濃鬱的梁祝訪友故事，但也有失之粗鄙的缺陷，這越州府三陽小縣湖州塘梁家莊梁山伯要訪英台，叫書僮四久備馬，而這四九卻是滿口粗話、鄙俗的小子，一下子說我家相公是個二百五，油嘴滑舌的，山伯問行過了五里路什麼所在？行過了十里路什麼地方？四九卻唱說「行過了五里路桃花酒店，行過了十里路杏花鄉村（即嫖妓院）。」山伯說罰你跪下，他說「跪下就跪下，跪到明年六月裡都不爬起來」。他將相公的衣帽穿戴起來，說是如此問路才問得到。山伯要他快快除下來，四九耍賴要山伯為他除下來才肯。途中問路，幕後回話口白則一路粗鄙「對你娘的屁，三根眉毛兩根稀，不做賊就想吃雞。……把你拿到八字衙門裡去，四十個板子，八十個夾子，你白屁股打成紅屁股，紅屁股打成烏屁股，烏屁股打出血來，這還是個小事，上司文書一到，“丘嘟”一槍，六斤四兩滾冬瓜，煙筒桿裡燒死你。」

待到祝家叫門，又與銀心在門外、門內繞口令。兩人嬉鬧調笑，都快成為主角。山伯知祝小姐就是祝相公，說：好氣呀！四九也說好惱！山伯說「我若曉得祝賢弟是個婦道人家，我不該在杭城日共台盆晚共牙床。」四九卻說，「我若曉得祝相公是婦道人

家，在杭城攻書日共台盆晚共牙床，我相公爬到她肚皮上，抖一抖生個兒子出來，再來訪友」，一下又說「我這手有個雞爪瘋毛病」，一下說「相公給我兩百錢去賭一賭」，又說「我這頭常患搖頭瘋」、「一二三四五、五四三二一，相公有錢拿點給我買點心吃」，惹得山伯也一路粗口「去拿把刀來，把四九的手（頭）砍下來」、「賭你個屁」、「吃你娘個屁」。而這山伯也自有怪癖「出門定要選在逢三、六、九的日子」，已為這地方小戲俚俗、搞笑、粗鄙的表現，做了個序幕。

寧波、上虞、杭州三個梁祝文化空間於二十世紀八〇年代開始組織浙江省、江蘇省、上海市的民間文學專家考察當地梁祝文化，且為梁祝廟、梁祝墓的修復工作獻策，一九八六年十二月在相傳祝英台的故鄉上虞召開《浙江省民間文學年會》，重點是討論梁祝傳說。一九八七年十二月在寧波召開首次《全國梁祝傳說學術研討會》，共有論文四十多篇，此為中國第一次對梁祝傳說進行廣泛的文化研究，在全國產生了很大的影響，也進一步推動了寧波對梁祝文化的搶救和保護工作。

首先著手修復以梁祝廟、梁祝墓為中心的梁祝文化公園的建設工作。在修復梁祝墓的過程中，還在梁祝墓旁發現一座東晉古墓，初步考証可能即傳說東的梁山伯墓。至一九九九年梁祝文化公園基本建成，以梁山伯廟為主題，梁祝故事為主線，由觀音堂、夫妻橋、恩愛亭、荷花池、九龍潭、龍噓亭、百齡路、梁祝化蝶雕塑、大型噴泉廣場、萬松書院、梁聖君廟等眾多景點組成。[35]

---

[35]　同註 31，頁 158-159。

在公園內設立了梁祝文化陳列館，收集展示當時在國內外徵集的梁祝文化資料。同時，寧波市、鄞州市有關部門組織專家在此梁祝文化資料的基礎上，著手編輯《梁祝文化大觀》，歷時五年，於二〇〇〇年由中華書局出版了〈故事歌謠〉、〈曲藝小說〉、〈戲劇影視〉、〈學術論文〉四卷、二百二十餘萬字的《梁祝文化大觀》。

另外，寧波市又以宣揚、提倡梁祝的堅貞愛情的主題，分別於二〇〇〇年一月一日、二〇〇二年五月、二〇〇五年十月一日在梁祝文化公園舉辦一、二、三屆梁祝婚俗節。[36]筆者曾參加於二〇〇五年十月一日及二日早上舉行的《海峽兩岸梁祝口傳文化遺產學術研討會》，又參加十月一日下午在梁祝文化公園第三屆梁祝婚俗節，也於當天晚上至區文化藝術中心觀賞俞麗拿主奏的「梁祝交響音樂會」，體驗了一日當中，同時分置於學術、民間婚俗、交響音樂會三種不同梁祝文化空間的有趣、豐厚經歷。

二〇〇二年四月三十日至五月四日在寧波召開《梁祝文化國際學術研討會》，並成立「中國梁祝文化研究會」，以利進一步開展梁祝文化的搜集和學術研究、學術交流工作。同時也展開聯合國教科文組織「人類口頭和非物質遺產代表作」的申報工作，而於二〇〇二年九月至十二月提出《梁祝傳說口頭和非物質遺產保護與申報可行性研究》的報告。二〇〇三年一月三日至五日，邀請各方專家至寧波進行實地考察，目前該項工作正在計畫當中[37]。

---

[36] 同註 28，頁 102-103。
[37] 同註 28，頁 103-106。

第二節　江蘇省宜興梁祝故事文化現象

今日可考江蘇宜興梁祝故事中最早的記載，是南宋紹興（1131-1162）年間，薛季宣〈遊祝陵善權洞〉詩：「萬古英臺面，雲泉響珮環。練衣歸洞府，香雨落人間。蝶舞凝山魄，花開想玉顏。幾如禪觀適，游魭戲澄灣。」（詩2）詩後雙行夾說：「寺，故祝英臺宅」，就「練衣歸洞府」、「蝶舞凝山魄」詩句而言，極可能薛季宣所知的梁祝故事，已有英台著喪服歸善權洞殉情，及「死後化蝶」的情節，而且這個故事必然流播已久，故有「祝陵」遺址的存在。祝陵善權洞在今日江蘇省宜興市，則可說南宋紹興之前，宜興已有梁祝故事流傳，而且已有「化蝶」情節。

其後史能之在咸淳四（1268）年編修之《咸淳毗陵志》（文獻7）卷二十七：「祝陵在善權山，巖前有巨石，刻云祝英臺讀書處，號碧鮮菴。昔有詩云：胡蝶滿園飛不見，碧鮮空有讀書壇。俗傳英臺本女子，幼與梁山伯共學，後化為蝶。其說類誕。然考寺記謂齊武帝贖英臺舊產建，意必有人第，恐非女子耳。今此地善釀，陳克有祝陵沽酒清若空之句」及卷二十五：「廣教禪院在善卷山，齊建元二年以祝英臺故宅建」、卷二十九：「碧鮮菴，字在善權寺方丈石上」。

據史氏卷二十五所載，可知 1.祝陵在善權山，巖前有巨石刻「祝英臺讀書處」，號碧鮮菴（卷二十九作「碧鮮菴」）。2.俗傳「英臺本女子，幼與梁山伯共學，後化為蝶」的故事，然史氏不以為然。3.史氏參考其所見《寺記》謂「齊武帝贖英臺產建」，認為此地當是人家宅地，但恐非俗傳梁祝故事中女主角祝英臺。4.另外

出此處言「齊武帝贖英臺產建」與卷二十九「廣教禪院在善卷山，齊建元二年以祝英臺故宅建」有異，案：齊建元是齊高帝年號，建元二年是西元四八〇年，而齊武帝是西元四八三年之後繼位，陳健認為可能是「善卷寺於建元二年在祝英臺故宅上始建，至齊武帝時辦妥贖買祝英臺故宅並建成善卷寺和確定善卷寺"寺額"」[38]。陳氏此說雖然推論成份居多，但亦無不可。再者唐代李蠙當也見過《善卷寺記》，李氏於《題善權寺石壁》詩序云：「常州離墨山善權寺始自齊武帝贖祝英臺產之所建……」[39]，所載與《毗陵志》相同。5. 卷二十五作「善權山」，卷二十九作「善卷山」之異，乃因避南齊東昏侯蕭寶卷諱，改「卷」字為「權」[40]。善權山在今日江蘇省宜興縣國山東南，據史氏《毗陵志》所載梁祝資訊，可知英台故宅及葬地（祝陵）均在此地，惟史氏不信此人是殉情女子祝英台；但儘管如此，仍不能抹除史氏已聽聞，俗傳此地有女子祝英台與梁山伯共學，後化為蝶的故事。

　　宋李曾伯《善權禪堂記》：「因考顛末，此寺自齊武帝時建立寺額」[41]。宋末元初人顧逢有〈題善權寺〉詩，首句提及「英臺修讀地」[42]。明都穆（1459-1525）《善權記》：「寺在國山東南，齊建

---

[38] 陳健撰：〈梁祝史實三考〉，收於宜興市政協學習和文史委員會、宜興市華夏梁祝文化研究會編：《宜興梁祝文化--論文集》（北京：方志出版社，2004年11月一版），頁190。

[39] 唐・李蠙撰：《題善權寺石壁》，收於明・方策編：《善權寺古今文錄・卷六》（北京：書目文獻出版社，1998年，《北京圖書館珍本叢刊》本），頁723。

[40] 宋・史能之撰：《咸淳毗陵志》卷二十七（臺北：成文出版社，1983年3月一版，清嘉慶二十五年刊本，《中國方志叢書》，422冊），頁3699。

[41] 見宜興市政協學習和文史委員會、宜興市華夏梁祝文化研究會編：《宜興梁祝文化--史料與傳說》（北京：方志出版社，2003年10月一版），頁82。

[42] 明・沈敕撰：《荊溪外記》卷三（嘉靖二十四（1545）年編），收於宜興市

元中建，蓋祝英臺之故宅也」，又：「右偏石壁刻"碧鮮庵"三大
字，即祝英臺讀書處」[43]。明楊守阯〈碧蘚壇〉（即碧鮮庵，相傳
祝英台讀書處）(詩4)：「英臺亦何事，詭服違常經，……苟焉徇同
學，……荒哉讀書壇，……雙雙蝴蝶飛，兩兩花枝橫」。明王穉登
（1535-1612）《荊溪疏》卷一：「西汸五十里至祝陵，祝英台喪地。」
[44]明王升編纂《宜興縣志》(文獻13)（明萬曆十八（1590）年刻本）
卷十〈古蹟志〉與宋《咸淳毗陵志》卷二十「祝陵」條大抵相同，
另多了雙行夾註載：「許有穀詩：故宅荒雲感廢興，祝英臺去鎖空
陵。年年洞口碧桃發，蝴蝶滿園歸未曾。」又〈寺觀〉云：「善卷
禪寺，宋名廣教禪院，在縣西南五十里永豐鄉善卷洞側，齊建元
二年以祝英臺故宅創建」(文獻13)。明萬曆二十八年（1600）年《增
訂廣輿記》卷三：「善卷洞，國山東南，即祝英臺故宅也。」又：
「祝陵，善卷山南有石刻。云：祝英臺讀書處，號碧鮮庵」，從以
上記載，可知三資訊：(1)善權（卷）寺是「英臺修讀地」、「英臺
故宅」、「碧鮮庵，即英臺讀書處」。(2)善卷洞，「國山東南，即祝
英臺故宅」。(3)祝陵是「祝英臺喪地」，仍不出《咸淳毗陵志》所
載。惟楊守阯〈碧蘚壇〉詩「雙雙蝴蝶飛，兩兩花枝橫」詩句，
似已隱含「人化蝶」及「連理枝」的情結。

　　政協學習和文史委員會、宜興市華夏梁祝文化研究會編：《宜興梁祝文化
　　--史料與傳說》（北京：方志出版社，2003年10月一版），頁163。

[43] 明·都穆撰：《善權記》，收於清·嘉慶《重刊宜興縣舊志·卷九·名勝》，
　　收於宜興市政協學習和文史委員會、宜興市華夏梁祝文化研究會編：《宜
　　興梁祝文化--史料與傳說》（北京：方志出版社，2003年10月一版），頁
　　101-102、106。

[44] 明·王穉登撰：《荊溪疏》卷一，收於宜興市政協學習和文史委員會、宜
　　興市華夏梁祝文化研究會編：《宜興梁祝文化--史料與傳說》（北京：方志
　　出版社，2003年10月一版），頁127。

明馮夢龍《古今小說》(初刊於明天啟(1621-1623)年間)二十八卷〈李秀卿義結黃貞女〉入話所載的梁祝故事,說祝英臺(十六歲)是常州義興人,自小通書好學,聞餘杭文風最盛,欲往遊學。哥嫂止之。英臺裹巾束帶扮男裝瞞過哥嫂,乃成行。臨行摘榴花一枝插花臺上,對天禱祝:「若完名節,此枝生根長葉,年年花發;若玷辱門風,此枝枯葉」;禱畢出門,自稱祝九舍人。遇蘇州的梁山伯,同館讀書,結為兄弟。日同食,夜同臥,過了三年,英臺衣不解帶,山伯屢次盤問,都被她言語支吾過了。三年學成,相別回家,約山伯二月內來訪。英臺歸時,所插榴枝花葉並茂,哥嫂方信貞潔。

同鄉三十里外,安樂村馬氏,是大富之家,聞得祝九娘賢慧,尋媒議親。哥哥應允,約定來年二月娶親。原來英臺有心於山伯,奈何山伯有事,稽遲在家。直至十月才動身來訪,已過了六個月。到得祝家莊,只有祝九娘,並無祝九舍人。見了英臺紅妝翠袖相見,山伯大驚,談及婚姻,英臺日以許馬氏為辭。山伯自恨來遲,懊悔不迭,回家相思病死。囑咐父母,葬安樂村路口。明年,英臺出嫁,行至安樂村路口,突狂風四起,天昏地暗。山伯飄然而來說道:「吾為思賢妹,一病而亡,今葬於此地。賢妹不忘舊誼,可出一轎顧。」英臺出轎來,忽一聲響亮,地裂丈餘,英臺從裂中跳下。眾扯其衣,如蟬蛻一般,片片而飛,化為雨般花蝴蝶,傳說是二人精靈所化,紅者為梁山伯,黑者為祝英臺。其種到處有之,至今猶呼其名為梁山伯、祝英臺也。

至此,常州義興(今宜興)的祝英臺,與蘇州梁山伯、安樂村馬氏三人婚姻、殉情的故事已是749A「衣服碎片化紅黑兩般花

蝴蝶」、「死人精靈化蝶」類型故事。馮夢龍（1574-1646）是晚明長洲人，長洲是今日江蘇省蘇州市，他所記梁祝故事的山伯與他同鄉，英台是與蘇州隔了太湖的宜興人，馬氏則是英台同鄉三十里外安樂村人。這有別於南宋薛季宣〈遊祝陵善權洞〉詩以來，暨《咸淳毗陵志》卷二十五、二十七、二十九《增訂廣輿記》卷三等志書、詩、雜記所載，僅止於英臺修讀地故宅－－善權（卷）寺或國山東南善卷洞，英臺讀書處—碧鮮庵，英臺葬地－－祝陵。而其故事情節發展完整，也有別於「俗稱英臺本女子，又與梁山伯共學，後化為蝶」的簡單敘述。

　　馮氏又於所編《情史》卷十載及引自《寧波志》的梁祝故事，此故事情節與唐《宣室志》大抵相同，惟多了「和帝時，梁復顯靈異效勞，封為義忠，有司立於鄞」(小說 2)情節。在《寧波志》之後，馮氏另加案語：「吳中有花蝴蝶，橘蠹所化，婦孺呼黃色者為梁山伯。黑色者為祝英臺。俗傳祝死後，其家就梁塚焚衣，衣於火中化成二蝶，蓋好事者為之也。」(小說 3)有「橘蠹化花蝴蝶」、「黃色蝴蝶為梁山伯，黑色蝴蝶為祝英臺的由來」二情節單元，相較於朱孟震《浣水續談》卷一(文獻 12)所載「吳中有花蝴蝶，婦孺俱以梁山伯祝英臺呼之」的情節，有更近一步發展「橘蠹化花蝴蝶」的情節，及黃色蝴蝶為梁山伯，黑色蝴蝶為祝英臺的明確稱謂。而所言俗傳祝家於梁塚焚衣，衣於火中化成二蝶的情節，雖未明言何處「俗傳」，然依其文意，當亦是吳中俗傳故事。則此吳中便有三個情節單元。但與馮氏所載〈李秀卿義結黃貞女〉入話梁祝故事又不同，首先是吳中俗傳故事未載明梁祝籍貫，其次，也不知殉情化蝶前的故事為何。

從上所論，知馮氏至少知悉三種梁祝故事，一是其所見《寧波志》所載類同《宣室志》梁祝故事，二是其所知吳中俗傳故事，是有橘蠹化花蝴蝶，梁祝為黃色蝴蝶、黑色蝴蝶、焚衣化蝶情節單元的故事；三是入話所載梁祝故事。而入話所載故事說(1)英臺是常州義興人、山伯是蘇州人，馬氏是英臺同鄉安樂村人、(2)祝家做主的是英臺哥嫂，而且也不允她往餘杭讀書及將她許配給馬氏的人；及(1)英臺「摘榴花插花臺賭誓貞潔」、(2)英臺、山伯「精靈化蝶」、(3)「紅蝴蝶為梁山伯，黑蝴蝶為祝英臺的由來」等情節單元，都是今見梁祝故事資料之首例。惟不知此則故事是馮氏聽聞民間傳說而來，抑或結合傳說編撰而成的故事。

然其後明人，如：陳仁錫（1581-1636）《潛確居類書》（崇禎（1628-1644）年間刻本）卷二十八(文獻16)、谷蘭宗〈祝英台詞並序〉[45]，及清人編纂《常州府志》（康熙八（1669）年）(文獻18)卷二十一〈古蹟〉、康熙二十八年（1689）年《錦字箋》黃維觀訂定《補錦字箋註》[46]、乾隆二（1737）年重修本《江南通志》卷三十二〈輿地志古蹟〉及卷四十五〈輿地志·寺觀〉[47]、甯楷（1712-1801）《重刊宜興縣舊志》卷九(文獻22)、唐仲冕等修《宜興縣志》卷九

---

[45] 明·谷蘭宗撰：〈祝英臺詞並序〉，收於清知縣唐仲冕等修：《宜興縣志》卷九。又馬太玄撰：〈宜興志乘中的祝英臺故事〉，收於錢南揚編輯，婁子匡校纂：《祝英臺故事專號》，《民俗周刊》第九十三、四、五期合刊（原1930年2月12日出版）（臺北：東方文化書局，1970年冬季復刊），頁37。

[46] 清·黃維觀訂正：《增補錦字箋註》，收於宜興市政協學習和文史委員會、宜興市華夏梁祝文化研究會編：《宜興梁祝文化--史料與傳說》（北京：方志出版社，2003年10月一版），頁136-138。

[47] 清·黃之雋編撰：《江南通志》卷三十二、四十五（臺北：臺灣商務印書館，1986年，《景印文淵閣四庫全書》本，508冊），頁76、429。

（嘉慶二（1797）年刻本）(文獻 26) 所載故事仍本《咸淳毗陵志》梁祝故事。而同為萬曆時人的許豈凡〈祝英臺碧鮮庵〉詩：「女慕天下士，遊學齊魯間。結友去東吳，全身同木蘭。伯也不可從，潔己殉古歡。……蛺蝶成化衣，雙飛繞青山。舍宅為道院，祝陵至今傳。當年梳妝臺，即漢風雨壇。嵯峨石壁下，遺庵名碧鮮。……」所說故事也與《毗陵志》不異，許氏說「遊學齊魯間，結友去東吳」，東吳是今日江蘇蘇州吳縣，則英臺與山伯結伴去東吳，遊學於齊魯間，與馮氏入話故事梁祝在餘杭共學不同。

　　清吳景牆《宜興荊谿縣新志》（清光緒八（1882）年刻本）卷九〈古蹟志遺址〉云：「碧鮮壇，本祝英臺讀書宅，在碧巖。」又載清道光年間宜興人邵金彪的《祝英臺小傳》。《小傳》中祝英臺小字九娘，上虞富家獨生女。才貌無雙，父母欲為擇偶。英臺云：兒當出外游學，得賢士事之耳。因易男裝改稱九官。遇會稽梁山伯，相偕至義興善權山碧鮮巖，築庵共讀三年，梁不知為女子。臨別英臺以其妹相許，約山伯某月日來訪。山伯自以家貧畏行，遂至愆期。祝父母以英臺字馬氏子。後梁為鄞令，過訪祝家，知是女子，僅羅扇遮面出，側身一揖而已。梁悔念殉情而死，遺言葬清道山下。明年，英臺出嫁令舟子迂道過其處，風濤不能行，英臺泣墓，地忽開裂，墮入塋中，繡裙綺襦化蝶飛去。丞相謝安請封為義婦，是東晉永和時事。齊和帝時復顯靈異助戰，有司立廟於鄞，合祀梁祝。其讀書宅稱碧鮮庵，齊建元間改為善權寺，今寺後有石刻大書 "祝英臺讀書處"。寺前里許村名祝陵。山中杜鵑花發時，輒有大蝶雙飛不散，俗傳是兩人之精魂，今稱大彩蝶尚謂祝英臺。

　　故事中英臺是個有主見的女子，父母欲為擇偶，她卻要外出游學得賢士事之。出嫁日主動令舟子迂道過山伯墓。但似無主動投墳意願，而是「地忽開裂，墮入塋中」。至於山伯之所以愆期求婚，則是家貧羞澀畏行，直至為鄞令，始來訪，然為時已晚，致使悔念疾卒。此故事英臺是上虞人，山伯會稽人，兩人相遇偕至「義興善權山之碧鮮巖，築庵讀書，同居同宿三年」，殊為奇特，蓋上虞是今浙江紹興市上虞，會稽則是今浙江紹興市，也有說是以江蘇蘇州為中心的江浙地區。今不能確知何者為是，邵氏稱是東晉永和時事，蓋筆記小說筆法，較難據史實以稽核之。然不管是浙江紹興市，抑或江蘇蘇州一帶，兩者地緣極近；比較奇特的是，何以兩人相偕至義興善權山之碧鮮巖，築庵讀書，同居同宿三年。而且也無拜師求學之事，純因英臺欲得賢士而事之之動機而有的結果？亦或是說故事者牽合流傳至義興的梁祝故事成為當地故事使然，亦未可知。故事中的英臺也無投墳意願，僅是「地忽開裂，墮入塋中」、「丞相謝安請封為義婦，是東晉永和事」、「齊和帝時，復顯靈異助戰，有司立廟於鄞，合祀梁祝」，與浙江鄞縣所傳「義婦塚」故事較為相近。然故事也兜合宜興所見「繡裙綺襦化蝶飛去」的情節，及梁祝遺存、俗傳故事：「讀書宅稱碧鮮庵，齊建元間改為善權寺，今寺後有石刻，大書"祝英臺讀書處"。寺前里許村名祝陵。山中杜鵑花發時，輒有大蝶雙飛不散，俗傳是兩人之精魂；今稱大彩蝶尚稱祝英臺」。

　　總論歷代志書、詩、小說所載宜興梁祝故事是 749A「生雖不能聚，死後不分離」類型，主要的情節從「練衣歸洞服殉情」、「死後化蝶」；發展為「女子與人共學，後化為蝶」；再發展為「人化

蝶」、「連理枝」；再發展為「相思病死」、「新娘出嫁至情人墓，情人陰魂顯靈說話」、「地裂丈餘，新娘從裂中跳下殉情」、「衣片化紅黑兩般花蝴蝶」、「死人精靈化蝶」、「紅蝴蝶稱梁山伯、黑蝴蝶稱祝英臺的由來」；再發展為「吳中橘蠹化花蝴蝶」、「焚衣化蝶」、「黃色蝴蝶為梁山伯、黑色蝴蝶為祝英臺的由來」；再發展為「新娘令舟子迂道過情人墓，風濤不能行」、「新娘泣墓，地忽開裂，墮入塋中」、「繡裙綺襦化蝶飛去」、「丞相請封為義婦」、「精靈化蝶」、「大彩蝶稱祝英臺的由來」。

另外，故事曼衍了「插榴花於花臺對天禱祝若貞潔則生根長葉，年年花發，若失貞則枝萎」、「陰魂顯靈異助戰，立廟合祀梁祝」的附屬情節。另有故事說梁祝結伴去東吳，遊學齊魯間。也有故事說山伯所以愆期相訪的原因是家貧畏行，得至為鄞令後才前行，但已成不可挽救的悲劇，均是細節之差異。宜興梁祝遺存有：善權（卷）寺或洞是英臺修讀地、故宅。碧鮮庵是英臺讀書處、祝陵是英臺葬地。

今所見現代宜興梁祝故事有 885B、749A 類型及不屬梁祝類型三種。其中 885B「戀人殉情」類型，除了「女子從小扮男裝與人共讀」(故事 7)及「外出求學訪友」(故事 136、137)、「婚姻受阻病死」，或「被他人賂賄主考官偷樑換柱而名落孫山氣出病、婚姻受阻吐血而卒」(故事 7)，或「抱情人贈物（琴劍）跳樓殉情」(故事 7)，或「新娘祭情人靈哭死墓前」(故事 136)、「婚姻受阻殉情而死」(故事 137)的主要情節，另外已衍生「女扮男裝者女性特徵被識破紅妝」(故事 7)、「女扮男裝者托言為妹訂親實則以身相許」(故事 136)，或「女扮男裝者托言為人做媒實則以身相許」(故事 7)的次要情節，

及附屬情節單元：「為家產傳男不傳女之族規，生女者將女兒自幼扮男裝設法繼承家產」（故事137），或「生女者將女兒自幼扮男裝瞞過他人」（故事7）、「丫環扮書僮伴讀」（故事7）、「女扮男裝者與人結拜為兄弟」（故事7、136）、「賄賂考官偷樑換柱中解元」（故事7）、「女子贈情人短劍（短見）暗喻殉情之決心」（故事136）、「祝陵村的由來」（故事7、136）或「祝陵的由來」（故事137）、「琴劍冢的來歷」（故事7）、「大石自立」（故事137）、「國山的由來」（故事137）、「碧鮮庵的由來」（故事7）、「清白里的來歷」（故事136）、「三賢祠的由來」（故事136）、「丞相潭的來歷」（故事137）、「玉帶橋的來歷」（故事137）、「一姓轉世三宰相三世造寺──因緣詩句的由來」（故事137）。

749A「生雖不能聚，死後不分離」類型，除了「女扮男裝外出求學」或「躲避招進宮中女扮男裝外出求學」（民歌49）、「相思病死」（故事78、民歌48），或「甲行賄縣令買通死囚誣告乙為盜魁，行刑至乙含冤認罪坐牢重病而死」（民歌49），或「約定相會期限未到已急死」（故事8）、「女子哭祭情人墓開有馥香，死人坐荷葉上合掌微笑，人進墓墓合」（故事8），或「身殉知己」（民歌45），或「新娘穿孝坐花轎，新郎披麻帶孝，喜事依喪事辦，新娘哭祭墓開人進墓，新郎五雷擊頂，屍体化成灰」，或「新娘白衣素服，轎前掛大白燈哭祭，忽然雷響墳崩，人進墓」（民歌48），或「新娘出嫁繞到哭祭情人墓，狂風大作墓開，人進墓墓合」（故事78），或「新娘白衣孝服哭祭，墓開人進墓」（民歌31），「魂化蝶（黃蝶為祝英台，黑蝴蝶為梁山伯）」（故事78），或「人化蝶」（故事8、民歌48），或「頭巾化紅色蝴蝶，神化黑色蝴蝶，金童玉女死後化蝴蝶相會」（民歌49）的主要情節單元。

　　另有「用法術讓人睡時不能動」(故事 8)、「床中置碗水為界，打翻者受罰紙一刀」(故事 8)、「以左右腳進門分辨男女（男人左腳進門，女人右腳進門）」(民歌 49)、「踩女扮男裝者小腳偵測男女」(民歌 49)、「女扮男裝者因女性特徵行徑被疑紅妝」(民歌 31、49)、「女扮男裝者借事物暗喻己為紅妝，表露情愫」(故事 78、民歌 31、48、49)、「女扮男裝者托言為妹訂親，實則以身相許」(故事 78、民歌 31、48、49)、「女扮男裝者以玉扇墜為聘托媒（師母）自訂終身」(民歌 48)、「啞謎喻婚期」(民歌 49)、「誤猜啞謎造成悲劇」(民歌 49)，及附屬情節單元：「盤古開天地」(民歌 49)、「女媧造人」(民歌 49)、「牛郎織女受罰每年七夕相會」(民歌 49)、「仙童仙女常說耍話，觀音娘娘摘下凡，七世不成婚」(故事 8)、「二世姻緣」(民歌 49)、「太白金星奏玉帝，二世姻緣少母愛，玉帝動了惻隱之心，下令牛郎織女上天來」(民歌 49)、「王母以為天下婚姻歸她管，玉帝不應插手，而令托塔天王李靖執法，三世姻緣贖前罪，帶牛郎織女回天庭」(民歌 49)、「李靖打天雷拆散牛郎織女家庭，對二星搖起收魂牌，曉喻四世才圓姻緣夢」(民歌 49)、「李靖舞紅黑二牌，呼風喚雨吹仙氣，金童玉女至國山縣各自投胎」(民歌 49)、「觀音娘娘化身長老」(故事 8)、「生女者當兒養，女兒從小著男裝，丫環亦著男兒裝」(民歌 49)、「女扮男裝上廟燒香」(故事 8)、「女扮卜卦（或拆字(民歌 49)）先生瞞過父親」(民歌 48)、「譏誚女扮男裝外出求學者必抱子而歸」(民歌 49)、「埋烏菱於土賭誓，若貞潔則烏菱完好能重栽，若失真則爛為塵埃」(民歌 49)、「烏菱澆滾水沒變壞」(民歌 49)、「丫環扮書僮外出伴讀」(民歌 49)、「女扮男裝者與人結拜為兄弟」(民歌 48、49)、「打啞謎罵人（大烏龜兩三八小烏龜十三點）」(民歌 49)、「十

八相送」(民歌 48、49)、「情人青絲髮做藥引」(民歌 31)、「死不瞑目」
(民歌 31、48),或「死不瞑目,二目一閉一睜」(民歌 49)、「死不瞑
目者被情人說中心事,始閉上雙眼皮及口」(民歌 49)、「紅黑雙碑
墓」(民歌 49)、「善權洞的來歷」(故事 8)、「義婦祝陵村的來歷」(民
歌 45)或「義婦的由來」(民歌 49)、「琴劍塚的由來」(民歌 49)、「琴
劍塚生三椏叉奇竹,取名英台竹(英台竹的由來)」(民歌 49)、「梁
山伯的來歷(金童下凡投胎)」(民歌 49)、「祝英台的來歷(玉女下
凡投胎)」(民歌 49)、「蝴蝶節的由來」(民歌 45)、「祝陵及蝴蝶節的
由來」(故事 78)、「大蝴蝶名為梁山伯祝英台的由來」(故事 8)。

　　不屬梁祝類型的故事,有五種主題:(1)梁祝下凡投胎、(2)
梁祝出生、(3)祝英臺姑嫂賭誓、(4)十八相送、(5)祝陵村、碧鮮
庵、三生堂的由來。其中(1)梁祝下凡投胎的故事一:〈梁祝下凡
國山縣〉(故事 133),有「西天王母用天上甘霖嗽口」、「西天王母
每年開蟠桃會宴請天上眾仙」、「蟠桃三千年開一次花三千年結果
三千年果熟」、「吃蟠桃能長生不老」、「琉璃燈由三千工匠打造三
千年而成其光可治百病」、「西王母睡夢中翻身踢碎琉璃燈怪罪侍
女侍童貶罰彼此有情意之侍女侍童下凡行俠仗義教化百姓愛不成
婚情動天地二十六年後再回天堂結案」、「王母詢問托塔李靖天王
凡間何處最為仁義」、「王母令托塔李靖天王推侍女侍童下凡歷
難」、「李靖用捆仙繩捆住侍女侍童至天河盡頭遇太白金星」、「太
白金星向侍女侍童心肝腦門處吹三口仙氣為二人脫胎換骨增加文
膽藝肝成就文武全才」、「托塔李靖天王將昏睡之侍女侍童往上拋
至半空中飄飄落下各自投胎轉世」、「祝英台與梁山伯的來歷」、「侍
女侍童下凡投胎成才女學子同窗結拜行俠鄉里文武全才真情相愛

　　綜論現代宜興梁祝故事有 885B、749A 類型及不屬梁祝類型故事十六個，其中 885B 類型有「抱琴劍跳樓殉情」成為「琴劍冢的來歷」、「墓開人進墓」、「祭靈哭死」或「以死殉情」，而奏丞相謝安封「義婦」，皇上准奏，葬地建陵，是「祝陵村的來歷」，也有鄉人大罵馬文才，馬文才大呼冤旺「還我清白」，又是「清白里的來歷」的結局。如今在宜興，不僅有馬氏家祠遺址，還有馬家墳、馬家濱、馬家蕩，山中還有 "馬公祠"，宜興人陳繼華聽老人說，宜興的梁、祝、馬故鄉一帶，建有 "三賢祠"，是專門紀念梁祝馬三位賢士的(故事 136)。

　　故事有「女扮男裝外出求學」或「女子從小扮男裝與人共讀及外出求學訪友」、「相思病死」或「婚姻受阻病死」或「被他人賂賄主考官偷柱而名落孫山氣出病、婚姻受阻吐血卒」、「新娘白衣孝服哭祭，墓開人進墓」，或「新娘祭情人靈哭死墓前」，或「婚姻受阻殉情而死」的主要情節。其中「女子從小扮男裝與人共讀，及外出求學訪友」的情節，有〈碧鮮庵的傳說〉(故事 137)，是東晉時祝家莊祝公遠員外，稱富一方，連生八子都短命，生了第九胎，卻是女兒，礙於族規有「財產傳男不傳女」，「將女兒自幼扮男裝，設法繼承家產」，在碧鮮庵立學館；聘請名師與高尼教書。祝英台、梁山伯、馬文才三人同學十年。三人出類拔萃，個個是國山縣的山村鳳凰，且一起到齊魯、東吳游學訪友。馬文才發現英台是女子，作詩以示敬愛，被馬父發現，出面向祝家求婚，致使英台以死殉情的悲劇，宰相謝安聞其事，奏報皇上，封祝為「義婦」，英台墓葬處，便稱「祝陵」，有人解說，英台雖是民女，但皇帝封她「義婦」，便是皇家女兒，稱「祝陵」是合情合理。

　　到了唐代，隴西青年李蟠到碧鮮庵讀書多年，後來成為宰相。告老後回到善卷，在碧鮮庵題「祝英台讀書處」刻石，還贖回善卷寺，予以擴建，死後葬在附近的龍岩山。宋代李綱、李曾伯二人，年輕時也至此攻讀，相繼成為宰相和大學士。後來兩人死後也分別下葬在善卷山（李綱墓後來遷去無錫）。祝陵村有個水池稱「丞相潭」，因李綱而得名。護陵河上有一座玉帶橋，相傳是蘇東坡捐玉帶所造。後來，善卷建造了「三生堂」，以紀念李蟠、李綱、李曾伯，所以宜興有「一姓轉世三宰相，三生造寺一因緣」的詩句。而最早此善卷洞還有一椿傳奇，三國東吳，陽羨（宜興）善卷山區發生多次地震，第六次有塊大石頭，忽然站立，被稱為「自立大石」。地方報到朝廷，吳王以為出了祥瑞，於吳孫皓天璽元年，封為國山，立「國山碑」，從此陽羨成了東吳一方寶地，大家都爭相到國山祭天，同時遊覽善卷洞。立碑那一年，國山之南，善卷後洞的山坡上有祝家莊，百戶人家，出錢建了「碧鮮庵」。

　　另有〈清白里的來歷〉（故事 136），也是梁、祝、馬三人小時候便同在碧鮮庵讀書，三人結拜為兄弟，成績都很優異，以祝英台最為突出，梁山伯次之，馬文才第三，三人共學五年，然後到齊魯遊學，到東吳訪友，曾到京城拜見宰相謝安，謝舉薦為「三賢士」。馬文才發現英台是女子，敬重她而寫了「英台文武是全才，巾幗英雄勝鬚眉。兄弟情深坦蕩蕩，馬前鞍後作追隨」一詩，被馬父看見，便請國山縣令去祝家求婚。祝員外礙於「家產傳男不傳女」的族規不敢答應，後被威脅利誘只好應允。後來梁山伯來訪英台，英台贈短劍（人稱英台劍），已預示英台尋短見殉情的決心。此故事不僅英台抗婚，馬文才亦抗婚而與其父翻臉，其後英

台一死，鄉人大罵馬文才傷天害理，殘殺兩個學友，馬大呼冤枉，怒吼：還我清白，這便是清白里的來歷。

　　次要情節，有女扮男裝者「女性特徵行徑被疑為紅妝」及「識破紅妝」、「借事物暗喻己為紅妝，表露情愫」、「托言為妹訂親」及「為人做媒，實則以身相許」。附屬情節單元有「為家產傳男不傳女之族規，生女者將女兒自幼扮男裝設法繼承家產」或「生女者將女兒自幼扮男裝瞞過他人」、「丫環扮書僮伴讀」、「女扮男裝者與人結拜為兄弟」、「賄賂考官偷樑換柱中解元」、「女子贈情人短劍（短見）暗喻殉情之決心」、「情人青絲髮做藥引」、「死不瞑目」、「大石自立」及「祝陵村」或「祝陵」、「琴劍塚」、「國山」、「碧鮮庵」、「清白里」、「三賢祠」、「丞相潭」、「玉帶橋」、「一姓轉世三宰相三世造寺一因緣詩句」的由來。

　　〈十二月花名唱梁祝〉（民歌31）與〈琴劍塚的由來〉（故事7）梁祝分別時，英台行前贈兄碧鮮扇，囑咐山伯隨身帶；山伯回送琴與劍，琴劍就是我山伯，是宜興特有的說法，後者故事中祝員外知琴劍是梁家物，怪恨梁家，將琴劍摔至一邊，把英台屍体葬在村外，好心的銀心見到琴劍，就包起來，埋在書院附近，紀念梁祝讀書相處的日子，後人在此豎了一塊墓碑，上書「晉祝英台琴劍之塚」。這個故事是晉代善卷山西面有個胡橋鎮，屬義興國山縣。鎮周有三座莊院：祝家莊、梁家莊、馬家莊。馬家最富，馬老爺在朝廷當官；梁家有一點田產；祝家是書香門第。祝家養了女兒，但祝員外想兒子想癡了，從小將英台扮男孩，別人不知底細，只曉得祝家生的是公子。梁、祝、馬三人都在善卷洞口的碧鮮庵讀書。三年過去，梁山伯要到杭州繼續求學，勸英台同往，

祝父不允。兩人相別，馬家求親終成悲劇。

〈清白里的來歷〉（故事 136），說故事的人站在馬文才立場，故事從他住宜興鯨城，原來稱為馬家莊說起。父親馬德望在杭州做官，還指明「我哈（們）可以看到；清白里有個大宅院，門前有塊旗杆石，就是馬德望做官的標記。」又說「馬文才一表身材，聰明好學，是個大好人，絕不像有的地方所說是個大惡霸，格（這）是宜興故事的本色」，還說三人在碧鮮庵讀書，結拜為兄弟，共學五年，而後到齊魯遊學，到東吳訪友。被謝安舉薦為「三賢士」，讓義興大出風頭。又言「梁祝的愛情，說馬文才是第三者，奪人所好，其實不然。」說英台是文武全才，有名的義興奇女子，山伯老實，文才機靈，馬知英台是女子，但對她只有兄弟之情而無男女之愛；三人婚事悲劇全因馬父造成；其後英台抗婚，馬文才也抗婚。他人指責馬害死二人，馬為自己辯駁「還我清白」，而有了清白里的村名。如今宜興還有「三賢祠」的遺址，算是馬文才大翻案，還其公道。但也有馬文才油嘴滑舌形象的故事，說英台"蜂蜜屁股螳螂腰，走起路來扭呀繞，面孔生得白篤篤，又是兩條細眉毛，十個指頭尖又尖，說起話來女聲女調"，一邊說，一邊動手動腳，山伯出面斥責，反被馬文才家奴毒打一翻（故事 7）。

749A 類型有「情人死不瞑目」、「新娘白衣孝服哭祭，墓開人進墓」，或「女子哭祭，情人墓開有馥香，死人坐荷葉上合掌微笑，人進墓墓合」、「人化蝶」，或「情人相思病死，女子白衣素服哭靈台吊孝，情人死不瞑目，一眼閉來一眼開」、「新娘用計白衣素服，轎前掛大白燈哭祭，忽然雷響墳崩，跳墳化蝶」，或「玉体殉知己，謝安奏皇上，敕封義婦建墓陵，由此祝陵村名傳」「義婦祝陵村的

由來」、「每到三月廿八觀蝶節，雙飛蝴蝶永長生」，或「新娘出嫁繞道哭祭情人墓，狂風大作墓開，人進墓墓合」、「魂化蝶（傳說黃色大蝴蝶是祝英台，黑色大蝴蝶是梁山伯）」，或「新娘穿孝坐花轎，新郎披麻戴孝，喜事依喪事辦」、「新娘哭祭墓開人進墓」、「頭巾化紅色蝴蝶，袖化黑色蝴蝶，金童玉女死後化蝴蝶」、「新郎五雷轟頂，屍體化成灰」的結局。宜興父老鄉親為紀念梁祝，把他們讀書的碧鮮庵改為「英台讀書處」，建了祝陵；還把每年三月一日傳說是祝英台生日的這一天，稱為「雙蝶節」（「祝陵與蝴蝶節的由來」），清代宜興史承豫竹枝詞：「讀書人去剩荒臺，歲歲春長長野苔；山上桃花紅似火，一雙蝴蝶又飛來」[48]，便是描繪雙蝶節的風情畫卷。

也有「女扮男裝外出求學」、「相思病死」或「約定相會期限未到已急死」，或「甲行賄縣令買通死囚誣告乙為盜魁，行刑至乙含冤認罪，坐牢重病而死」的主要情節。與次要情節：女扮男裝者「借事物暗喻己為紅妝，表露情愫」及「托言為妹訂親，實則以身相許」及「以玉扇墜為聘托師母為媒自訂終生」。〈觀音寺結緣〉（故事8），梁祝原是觀音娘娘身旁的仙童仙女，因為常說耍話，被觀音貶謫下凡，罰他倆七世不成婚。仙女生在上虞富裕的祝家，仙童生在會稽貧寒的梁家。有一年春天，祝小姐扮男裝與父母到會稽觀音堂燒香，遇梁公子，祝見他相貌堂堂，定非凡人，約他一同外出求學。兩人到宜興善權山碧鮮庵築屋而居，跟從一位長

48　清‧史承豫撰：〈荊南竹枝詞〉，見清嘉慶《重刊宜興縣志》，收於宜興市政協學習和文史委員會、宜興市華夏梁祝文化研究會編：《宜興梁祝文化──史料與傳說》（北京：方志出版社，2003年10月一版），頁263-264。

老讀書。這位長老是觀音娘娘的化身，是到世間專門監視他倆，不要做凡事，失了道行。現在的善權洞就是長老所造的石屋（「善權洞的由來」）。長老先生又叫善長老人。這位長老，能知過去未來，知道梁祝是一男一女，用法術使他倆睡覺時不能動，並在床中置碗水為界，打翻者罰紙一刀，以預防兩人出事。

長篇是吳歌〈道情　梁山伯與祝英台〉（民歌49），故事從盤古天地開，女媧造人傳萬代開始，說牛郎織女受處罰，每年只能七夕會；太白金星奏玉帝：“二世姻緣少母愛”。玉帝動了惻隱心，下令牛郎織女上天來；王母說：“天下婚姻我主管，玉帝插手不應該”。她命李靖去執法，三世姻緣贖前罪；將織女帶到南天門，等候牛郎上天來。牛郎上天遇李靖，托塔天王把路攔；對二人搖起收魂牌；正色說原委，「玉帝寬厚猶可說，王母聖命不可違，四世才圓姻緣夢，千年之後上天台。念你們男兒有志女多情，書房門第前走一回；二十年後聽分說，是好是壞重安排。」紅黑二牌手中舞，呼風喚雨仙氣吹；把他倆吹到國山縣，各自前去投娘胎。金童投生梁家莊，現稱下東地名改；梁家得一單丁子，取名就叫梁山伯。玉女投胎祝家莊，今稱祝陵村還在；盼子盼到頭髮白，得一女兒叫英台。紅燈花節子時生，與山伯同日同月同年歲，這個故事矛盾處是原說牛郎織女投胎國山縣，接著變成金童玉女成梁祝。

英台從小打扮成男孩，貼心丫頭銀心，也是男兒來打扮，英台九歲去讀書，碧鮮庵與梁山伯同凳坐一塊。英台與山伯在後山善卷洞撮土為盟結金蘭。有日山伯回家途中救回孤兒王小開，改名四九，從此改姓梁，與山伯稱兄弟。馬家莊有個官家子馬文才，

見英台不一般，動腳動手就胡來，知英台是個女兒身，又叫家奴打得山伯渾身傷。山伯想到杭州城深造，英台心想去相陪，堂房嫂嫂不同意，說是定要抱個外甥來。英台「打賭，一顆烏菱土中埋，如若在外有不規，爛掉烏菱化塵埃；如若在外行為正，烏菱完好能重栽。」這年晉王招宮女，皇榜貼到國山內；英台扮拆字先生瞞過父親，答應她遠走高飛避禍災。

馬文才也到杭城讀書，故意用勁踩她小腳，捉條大百腳嚇她，畫大小烏龜用啞謎「兩三八」、「十三點」咒罵梁祝，又誣山伯偷錢，虧得師母作主免去災害。師母早從英台進門右腳先，知是紅妝。英台以一雙紅繡鞋為聘請師母做大媒，被窗外馬文才聽見，回家請父親找國山縣令做媒。英台相別山伯，十八里相送，英台借事物喻己為紅妝、托言為妹訂親，實則以身相許、啞謎喻婚期都是枉然。山伯仍誤猜婚期造成悲劇，最後被馬文才陷害誣為盜魁，屈打成招含冤坐牢而死。英台弔喪見他「一眼閉來一眼開」，許下死後也要把你陪，山伯口眼才閉上。英台出嫁時穿孝坐花轎，要馬文才披麻戴孝，喜事照著喪事辦。祭墳時，五雷擊頂惡人死，文才屍體化成灰；一聲巨響墳開裂，英台跳進墳坑內。銀心拉到一頭巾，紅色蝴蝶飛出來；四九拉到一段袖，黑紅蝴蝶展翅開。紅的就是梁山伯，黑的就是祝英台；彩蝶飛舞彩虹出，金童玉女兩相會。

銀心向祝家二老說屍骨無存馬文才，小姐化蝶升天去，昨夜小姐來托夢，胡橋鎮上立墳碑；紅的寫着梁山伯，黑的寫着祝英台。同時建起琴劍塚。於是烈女事傳國山縣，宰相謝安奏本皇上，皇上敕表封「義婦」，宜興縣志載祝家莊有碧鮮庵，原是英台讀書

台。南齊建元善卷寺，寺址原是英台宅。碧鮮岩刻屬唐碑；唐碑本是李蟺書，邑里鄉賢儲南強，修築故舍英台閣，岩前建起三生堂，又造蝶亭放異彩。琴劍塚處生奇竹，三個椏叉真奇怪，取名就叫「英台竹」，有情有節祝英台。年年三月國山綠，蝴蝶紛飛大聚會；英台羽化上天去，年年回到娘家來。三世難圓成雙夢，戲文唱曲上舞台；金童玉女化蝶後，《白蛇傳》歌接下回。

　　此吳語長歌《道情　祝英台與梁山伯》，是俞旭坤、陳繼良、宗震名口述，蔣堯民整理。是中國四大民間故事宜興長歌中較長的一首，共 1084 句，是四大民歌長歌全成篇《四世奇緣》高潮中的一章，也是《四世奇緣》的頂樑之作，並可單獨成章。全歌來自民間，用宜興方言演唱，通俗易懂，朗朗上口，樸實而高於情意。道情在結束前這樣唱：「風水先生動腦筋，擺動羅盤定好位。後靠國山滿山綠，前臨善卷長流水，淑女墓朝才郎墓，烈女殉情映日暉。過了三七廿一天，英台葬禮事傳開。方圓十里聞聲動，青年男女排長隊。白衣白鞋白紮頭，女的還把白花帶；黑衣黑褲黑鞋襪，男的舉起招魂幡：上聯寫：殊死抗爭，天無情，人有情，寧為玉碎；下聯寫：留得英台，山更綠，水更綠，魂兮歸來！」（民歌 49）。

　　另有附屬情節單元「女扮卜卦先生瞞過父親」、「女扮男裝者與人結拜為兄弟」、「十八里相送」。民歌〈唱祝陵〉（民歌 45）：「楊柳青青唧喳叮，放開喉嚨唱古人。要唱就唱祝英台，好唱三天六黃昏。口傳山歌唱祝陵，山歌盛注父老情」，所唱英台也是奇女子，能文能武，行俠仗義遍鄉里，碧鮮庵幼學梁祝馬，英台才學第一名，齊魯遊學學孔孟，東吳拜師訪賢能。〈梁祝哀史〉（民歌 48）則

以正月梅花迎新春，二月……十二月臘梅賽結冰歌詠梁祝，故事與寧波所傳不異，兩人上杭城讀書；在草橋亭結拜，托師母做大媒，十八里相送，長亭親口許九妹，第三者是馬文才，山伯相思病死，吳橋鎮上立文碑，英台吊孝，梁兄一眼閉一眼開，英台祭墓投墳化蝶。

　　不屬梁祝類型故事，有(1)梁祝下凡投胎，〈梁祝下凡國山縣〉(故事133)，說祝英台與梁山伯是西天王母的侍童侍女相愛。一日王母娘娘睡夢中踢碎三千年打造而成能治病的琉璃燈，怪罪侍童侍女，翻起兩人曾在天河邊幽會的舊帳，要罰他們「到凡間為民，仗俠行義，教化百姓，愛不成婚，情動天地，二十六年再回天堂結婚。」(故事133)接著傳喚托塔李天王李靖，詢問凡間那裏最仁義？李靖說義興出了周處、周玘父子，建有義興郡，民風樸實，是個禮儀之鄉。王母又問可有山鄉？李靖答有個國山縣，有山有水，其中有個善卷洞，是虞舜禪讓時善卷隱居之處。附近有個祝家莊和梁家莊，山清水秀。於是李靖用捆仙繩綑住二人，拎到天河盡頭，遇太白金星。太白金星動了側隱之心，在二人心、肝、腦門處吹了三口仙氣，讓二人多了文膽藝肝脫胎換骨，文武全才。又囑咐李靖將二人上拋，免得下摔，受到傷害。於是二人下凡，一個是山村才女，一個是民間學子，結下同窗之情，行俠鄉里，文武全才，真情相愛，感天動地，已是後話了。

　　(2)梁祝出生的故事有二：1.〈養了伢伲了〉(故事131)，說東晉義興郡國山縣善卷山南有個祝家莊，半山坡上有個大莊院，主人祝公遠是國山縣的首富。夫人蔣氏，連生八子，都夭折，只盼生個兒子傳宗接代。一天夜裏，蔣氏夢見一片紅光照室，送子觀

音手持淨瓶，口中唸唸有詞，瓶中飛出一隻鳳凰，繞室一匝，息在她肚皮上，低頭要啄她的肉而嚇醒。隔天二人到碧鮮庵抽籤解夢，得「雲中落下非凡體，生女生男一樣奇；劈地蓋天身仗義，人寰爭云鳳凰飛」一詩。其後由女及悟能爲之接產，是個女兒，因家產傳男不傳女的族規，而稱養了兒子，從出生那天便女扮男裝。說故事的陳繼良說，「沒人懷疑她是假兒子，假男人。這個底細，只有家鄉人才知道，祖祖輩輩，一直講到今天（1983 年）。當然，我說我的，信不信由你。」

　　2.〈梁山伯出生〉(故事 132)，東吳末年，國山因吳王封禪而得名。到了東晉末年，國山成了義興郡中的一個縣，管轄如今張渚一帶地方。國山西北方山腳下有個梁家莊。村中有個梁天祐員外，僅守一份薄田，只夠一般吃用，勉強維持生計，娶葛氏為妻。梁天祐兄弟三人膝下均無兒女。到了四十出頭，梁天祐急了，每月初一、月半都同葛氏到碧鮮安燒香許願，求送子觀音保佑。一日，葛氏到村前河埠頭淘米洗菜，準備回家燒飯。路上遇一賣魚婆子賣魚。她說沒錢買魚。魚婆子說給點飯或米也可以。葛氏見她可憐，給她足足八碗米，還送了一隻半新不舊的淘米燒箕。原來這魚婆子是觀音菩薩變的，來測試她心誠不誠。果然葛氏自此以後懷孕，到了十二個月仍然沒生。一天傍晚，突然刮風下雨，电閃雷鳴，又天晴後；國山碑上空烏雲密佈，山上長出一顆參天大柏，旁邊又長出一棵並頭的毛竹，慢慢靠攏，並發出五顏六色的光彩。又見杉樹、毛竹合在一起，化作一道白光飛走了。這一夜裏，她生了一個「懷胎十三個月」的梁山伯，你說奇是不奇？（1984 年陳繼華口述，1987 年繆岳章整理）。

(3)祝英臺姑嫂賭誓的故事,有〈牡丹祝英台〉(民歌47),原來善卷洞口百花開,有個仙女下凡來。投胎生在祝陵村,千金就是祝英台。祝員外本有八男孩,生下閨女叫英台。英台日日思量出府門,要看高山與大海。扮個相面先生瞞過父親。父親准她求學三長載,八個嫂嫂都把舌頭伸出來,還有七個堂阿嫂,七嘴八舌閒話多,都說冒充相公是齣把戲,到家來要抱個小寶貝。英台聽得面孔上頭紅雲飛,對十五個嫂嫂作交代。牡丹比我祝英台,你家日日在花根澆滾水,賭誓若牡丹花枯萎,我就沒面孔再家來。嫂子們賭誓若牡丹澆不死,我們都變成啞巴口不開。英台出門三年,十五個嫂嫂天天在牡丹根上澆滾水,牡丹越澆越茂盛,花兒大得像向日葵。英台回來,嫂嫂跪下來,英台緊扶起嫂嫂作安慰,你家只要向牡丹求個情,啞巴也能把口開。十五個嫂嫂朝牡丹磕幾個頭,喉嚨一癢,舌頭馬上掉下來。

(4)十八相送的故事,(5)祝陵村、碧鮮庵、三生堂由來的故事,1.〈祝陵的傳說〉(故事71),山伯祝家求婚不成,回家憂鬱而死,英台與丫環逃家,隱避碧鮮庵,拜尼姑為師,步入佛門,後因相思病死,被埋葬在碧鮮庵青龍山的山坡山。村民感慨惋惜,為了紀念她,便把墓附近的村名改為「祝陵村」,一直沿襲至今。2.〈碧鮮庵與三生堂〉(民歌46),善卷山上碧鮮庵,梁祝馬幼年讀書來,三人同窗五年多,功課出類拔萃,後到齊魯去遊學,東吳訪友學名流,京城拜訪謝安相,舉薦賢士有名位。碧鮮庵名聲大唱響。求學青年紛紛到,嚮往英台讀書台。唐時隴西李蟎千里義興來。拜師攻讀得相位。命人刻石「碧鮮庵」,手書人是祝英台。英台手跡留至今。宋時梁溪有李綱,碧鮮庵攻讀五長載,後到朝廷任宰

相，力主抗金挽國危。河南覃懷李曾伯，青燈黃卷學成才，朝中任命大學士。一李三生三宰相，晚年解歸善權回。元代建有三生堂，緬懷三相人文萃。梁祝文化興教育，千數萬數桃李開。

綜觀江蘇宜興梁祝文化空間所流傳的梁祝故事有 885B「抱情人贈物跳樓」、「哭死墓前」、「殉情而死」及 749A「人進墓」、「人進墓墓合」、「人化蝶」、「魂化蝶」兩種類型，及不屬梁祝類型故事：(1)梁祝下凡投胎、(2)梁祝出生、(3)英台姑嫂賭誓、(4)十八相送、(5)祝陵村、碧鮮庵、三生堂由來等五種主題。

驗諸今日宜興梁祝傳說遺址及歷史人物、歷史事件的地方古蹟、習俗風物，有(1)以祝英台故宅改建的善卷寺，始建於齊高帝建元二（480）年。《善卷寺記》稱由齊武帝贖英台舊產建。唐會昌中廢，咸通八（867）年，司空李蟠贖以私財重建。宋名廣教禪院，宣和（1109-1125）改為崇道觀，建炎元（1127）年昭復為院。明改為善卷寺，正統十（1445）年重建。康熙十三年（1674）年遭火焚，同治六（1867）年復建為善權禪寺，後遭兵燹。明都穆《善權記》和王世貞《游善權洞記》曾描述其時善卷寺的規模。今僅存一殿一閣一亭一壇及華藏門斷垣，且均非明前建築。[49]

(2)碧鮮庵碑，碧鮮庵是梁祝讀書處，現存碧鮮庵碑一塊，為宜興儲南強於二十世紀二〇年代開發善卷洞時，在原善卷寺地下出土。該碑一說為唐李蟠所書，一說為祝英台親刻（現存有古斷碑一方，稱碧鮮庵碑為祝英台所書），後李蟠刻製。宋《咸淳毗陵

---

[49] 王海琴、路曉農撰：〈史實、傳說、風物與宜興“梁祝”〉，收於宜興市政協學習和文史委員會、宜興市華夏梁祝文化研究會編：《宜興梁祝文化--論文集》（北京：方志出版社，2004 年 11 月一版），頁 322。

志》和明成化《重修毗陵志》皆曰「碧鮮庵字在善權寺方丈石上」。清嘉慶《宜興縣舊志》稱：「碧鮮庵長碑三大字，字形環瑋，謂是唐刻。」清吳騫《桃溪客語》記曰：「善權寺大殿及藏經閣俱毀於火。殿後石壁有巨碑，書"碧鮮庵"三大字，字徑二尺餘，前後無款識。筆法環瑋雄肆，絕類顏平原。」現該碑為市級文物保護單位。[50]

（3）摩崖石刻。明陳仁錫《潛確居類書》稱「齊建元二年」建善卷寺於祝英台故宅時刻「祝英台讀書處」六大字，則南齊時已有該石刻。該石刻為摩崖石刻，宋、明時尚存，宋《咸淳毗陵志》、明洪武《常州府志》、成化《重修毗陵志》、嘉靖《南畿志》、萬曆《宜興縣志》皆載。清嘉慶《增修宜興舊志》則稱「今石刻六字已亡」。摩崖石刻湮滅的原因，除自然風化外，主要是因山崖塌方。宜興傳說說梁祝還在善卷洞讀書，人靜時可聞他（她）們的讀書聲。善卷後洞的石壁上，刻有一幅「祝英台造像」的石刻，文化大革命被挖除了，尚餘「戊子中秋宜興蔣曉雲作」幾個小字。現石刻造像是一九九二年重建英台讀書處時重刻，後來才嵌進去的。[51]

（4）祝陵，原名祝家莊，是善卷洞南的一個村名。明王穉登《荊溪疏》云：「祝陵，祝英台葬地」。清光緒《宜興荊溪縣新志》載：祝英台殉情後，「丞相謝安聞其事，於朝請封為義婦。」因祝英台死後受封，民間尊稱其墓為"陵"。唐李郢詩云：「祝陵有酒清若空」，宋薛季宣有詩〈遊祝陵善權洞〉，宋《咸淳毗陵志》稱「祝

50　同前註。
51　同註 49，頁 322–324。

陵在善權山」。英台的墓，在附近的青龍山上。明王穉登〈祝陵逢史戶部俄而別去〉詩有：「臨岐一吊祝英台」，清楊丹桂有〈祝英臺墓〉詩。今張渚鎮祝陵村上另有一條護陵河，又稱雙陵河、雙祝河。[52]當地有個「纜橋十送」的傳說，言雙祝河東段，有座橋，叫攔（纜）橋。梁山伯坐船來看祝英台，纜扣橋椿。祝英台送梁山伯上船回家，兩人依依不捨，來回十送，所以現在仍有「纜橋十送」的傳說[53]。

　　（5）善卷洞，宋薛季宣〈遊祝陵善卷洞〉詩。「練衣歸洞府」，說英台穿著喪服進入善卷洞。善卷洞水洞三面圍山，一面向陽，窩風藏氣，空氣溫暖溫潤，附近竹林繁盛，洞內冬暖夏涼，洞口氣溫得到自然調節，逶迤一水自洞中流出，為蝴蝶積聚洞口提供其適當的生物習性條件[54]，這也為宜興梁祝故事化蝶情節提供適當的地理環境。善卷洞後洞處有晉祝英台琴劍之塚、英台閣、英台草橋（梁祝幼年結拜處）。沿善卷洞山道而行，有黃泥墩、鳳凰山、觀音堂（在太華鎮石門村）、土地廟、荷花池、雙井（英台井，在太華脅井村）、扶橋（草橋）、惡狗村（又名煞村、柵村）、茶亭、十里亭（在張渚南）、七里亭（在張渚南）、駱駝橋（在太華鎮石門村）等梁祝十八相送處[55]。

---

[52] 同註49，頁324。

[53] 史國興、惠志剛撰：〈淺談善卷洞周邊地名風物與梁祝傳說的聯繫〉，收於宜興市政學習和文史委員會、宜興市華夏梁祝文化研究會編：《宜興梁祝文化--論文集》（北京：方志出版社，2004年11月一版），頁340。

[54] 喆子撰：〈梁祝傳說：在浪漫與真實地貌之間翩躚的精靈〉，收於《江蘇地方志》6期（2001年），頁56。

[55] 蔣堯民撰：〈論梁祝"宜興說"〉，收於宜興市政學習和文史委員會、宜興市華夏梁祝文化研究會編《宜興梁祝文化--論文集》（北京：方志出版社，2004年11月一版），頁223。及宜興市政協學習和文史委員會、宜興市華

　　出善卷洞外現稱消夏灣，南宋薛季宣稱它為水澄灣。拾級登岸，十多公尺處的山坡上有蝶亭，傳說為梁祝化蝶後經常棲息之處[56]。善卷，解放初期叫祝陵鄉，當時的祝陵，祝英台的陵墓地，除護陵河、玉帶橋還存在外，已發展成一小集鎮，有說祝英台讀書回家，明年轉來出嫁馬家是蒲墅村上的船（離善卷祝家莊近十里路，蒲墅村西北有一蒲墅蕩）。下碼頭時，有「沿南下活路，沿北下是死路」之說；祝英台沿北下，上了船。實際上她是準備到梁山伯墓上一死了之[57]。

　　(6)梁家莊、馬家莊等地名，梁家莊原為善卷下東村，現已併入張渚鎮興東村[58]。胡橋又名扶橋，即當年梁祝草橋結拜之處[59]，也是梁山伯葬地，傳說中原是國山縣的縣城，一九八八年該橋才被拆除[60]。馬家莊，在鯨城青白村，離祝陵約八里地[61]。當地老輩人說，宜興原叫義興，鯨堂原叫琴堂；青白村原叫青白里，青白

夏梁祝文化研究會編：《宜興梁祝文化--史料與傳說》（北京：方志出版社，2003年10月一版）書前插圖。

[56] 楊東亮撰：〈祝英台是宜興善卷人新考〉，收於宜興市政學習和文史委員會、宜興市華夏梁祝文化研究會編《宜興梁祝文化--論文集》（北京：方志出版社，2004年11月一版），頁334。

[57] 同前註，頁333。

[58] 蔣堯民撰：〈論梁祝"宜興說"〉，收於宜興市政學習和文史委員會、宜興市華夏梁祝文化研究會編《宜興梁祝文化--論文集》（北京：方志出版社，2004年11月一版），頁223。

[59] 余錄生撰：〈淺議梁祝文化與善卷洞的崛起〉，收於宜興市政學習和文史委員會、宜興市華夏梁祝文化研究會編：《宜興梁祝文化--論文集》（北京：方志出版社，2004年11月一版），頁357。

[60] 同註31，頁170。

[61] 同註58，頁233，而陳寶明撰：〈梁祝文化與宜興旅遊〉，收於宜興市政學習和文史委員會、宜興市華夏梁祝文化研究會編：《宜興梁祝文化--論文集》（北京：方志出版社，2004年11月一版），頁334，作「離祝陵村僅10多里」，不知何者為是。

里也叫青白墓；青白墓之前叫馬家莊。稱馬家莊的辰光，這一帶地方都屬義興郡國山縣。馬家莊的人全部姓馬，都是同祖宗的。相傳到晉朝時候，馬家長房裏的馬德望做了杭州太守，生一子馬文才，與梁山伯，祝英台同窗共學，宰相謝安當眾面試，薦為三賢。在馬家莊前，紫雲山（烟山）旁建「三賢堂」，馬太守另在三人相聚彈琴的地方建有琴堂。國山縣令為馬家送聘祝家。山伯抑鬱病之。馬文才聞聽梁兄死了，一頭撞牆而死。但馬家族長仍要抱牌成親，英台內穿素衣，外罩喜服，到胡橋祭奠，猝死墓前。馬文才墓人稱清白墓。後人把馬家莊稱為清白墓。至宋代方圓約一里的村莊設里正（村長），所以，清白墓還叫清白里，但習慣上還稱清白墓。稱清白村是現代的叫法。琴堂的地方，後來居住的人多了，稱為鯨塘。三賢堂改為三賢祠，塑有馬文才彈琴、梁山伯與祝英台化蝶後形象。三賢祠廢後，建有福源寺[62]。

　　馬文才的家另有一說，據一九七七年在鯨塘鄉工作一年三個月的楊東亮說：鯨塘鄉有馬文才是盛家渡人的說法，而楊氏到盛家渡時，當地人似乎把這事忘記了，但知有一個小馬家村。後來楊氏出差勝山村，碰到一個老秀才，他說「祝家、馬家都是西晉南遷的朝廷命官，到了這裡都有封地，祝家的封地就在善卷一帶，而馬家的官比祝家大，封地從盛家渡開始，向南一直到西渚鄉，而家却在安樂村。為什麼安樂村改為清白墓呢？當時馬家逼死了祝英台，受到朝野的一致譴責，而且皇上也有看法，所以馬文才

62 楊曉方撰：〈評析梁祝故事里的馬文才〉，收於宜興市政學習和文史委員會、宜興市華夏梁祝文化研究會編《宜興梁祝文化--論文集》（北京：方志出版社，2004 年 11 月一版），頁 362-365。

的父親自己改名為馬清白，至死挾著尾巴做人，馬文才也歸北做了和尚，馬清白死後葬於西山，稱為清白墓，後來改為清白里，即現在的清白村」[63]。宜興常州一帶還有個傳說：每年農曆二月初八、十八、廿八，馬和尚從江北過江回來探親，總有風山、雨山、雪山帶來。馬文才死了，還一直做壞事。[64]顯見宜興常州一帶的梁祝故事對馬文才形象有兩種極端的差異。同是清白墓、清白村的「清白」含義：一說馬文才憤恨怒吼自己的「清白」，一說馬文才之父受到譴責、壓力而改名清白，至死挾著尾巴做人。

　　(7)三生堂，是梁祝文化派生遺址。梁祝在碧鮮庵就讀，其後唐李蟾、宋李綱、李曾伯少時均在善卷寺修讀，後均出仕，李蟾官大司空，李綱官同平章事，李曾伯官資政殿大學士。三人又均有功德於寺，寺內特建"三生堂"以祀之。因三人均姓李，當地人傳為一人轉世，故明沈周《三生堂》詩云：「一姓轉身三宰相；三生完寺一因緣」[65]。

　　(8)梁祝故事文化風物及習俗，宜興梁祝文化空間流傳善卷洞特有的「碧鮮竹」，亦稱「英台竹」，該竹一節三椏，不同於一節二椏的尋常竹，是祝英台生前喜歡的植物，她並在贈山伯的信物"扇"上題有「碧鮮」二字[66]，明縣令谷蘭宗《祝英台近》詞中有「草垂裳，花帶隴，春筍細如筋」之句。筋，筷也，英台竹粗細如筷，故有此喻[67]。

---

[63]　同註 56，頁 336。
[64]　同註 56，頁 336-337。
[65]　同註 49，頁 324-325。
[66]　同註 38，頁 202。
[67]　同註 49，頁 325。

善卷山中有黑色大蝴蝶名「祝英台」[68]。

善卷洞、祝陵村一帶有觀蝶節，每年農曆三月廿八，俗傳此日為祝英臺化蝶忌日，每逢此日，善卷山鄉親男女老少，到山中觀蝶，焚香祈禱，求「蝶仙」保佑平安，青年學子到"三生堂"祭祀梁祝，祈禱學業大成。是日，善卷洞熱鬧非凡，說唱的、演戲的、說書的、賣紙蝴蝶的人與蝴蝶共歡、共舞，昔時"觀蝶節"與趕集結合，前後要兩三天。在宜興民間還流傳著「梁祝愛情驚天地，忠貞不渝蝶雙飛」、「梁祝讀書佳話傳，陽羨學子祈蝶仙」的鄉諺[69]。

及至二〇〇三年宜興民間說唱藝人吳小春於觀蝶節還自編自演節目，唱了《觀蝶節日唱一曲》[70]：

蝴蝶最愛戀百花，	春歌最愛唱梁祝。
唱梁祝，話梁祝，	觀蝶節日唱一曲。
三月善卷美如畫，	三月廿八觀蝶節。
百對千對彩蝶飛，	纏繞洞口舞百花。
蝴蝶梁祝精靈化，	飛戀故鄉回娘家。
脈脈深情愛切切，	形影相隨不離散。
旅客道此來遊覽，	引動遊客遊興加。

---

[68] 同註 58，頁 223。

[69] 同註 49，頁 321。及湯虎君撰：〈宜興--蝴蝶飛起的地方〉，收於宜興市政學習和文史委員會、宜興市華夏梁祝文化研究會編：《宜興梁祝文化--論文集》（北京：方志出版社，2004 年 11 月一版），頁 179。

[70] 吳小春撰：〈純潔愛情如碧玉--宜興觀蝶節〉，收於宜興市政學習和文史委員會、宜興市華夏梁祝文化研究會編：《宜興梁祝文化--論文集》（北京：方志出版社，2004 年 11 月一版），頁 367-368。

遊洞景，觀蝶花，　　　趁著遊興徒牆攀。

國山碑，圓通閣，　　　古刹佛前點香把。

善卷洞稱仙人洞，　　　洞內奇景名天下。

冬暖夏涼如神話，　　　瀑布飛流嘩啦啦。

水洞叮咚如彈琴，　　　洞洞相通動動連。

豁然開朗出洞口，　　　出洞又見碧蘚庵。

遊覽遊到日西斜，　　　遊客流連忘往返。

蝴蝶仍然滿處飛，　　　依依不願離娘家。

善卷風景甲天下，　　　觀蝶節日更迷客。

但至民國，善卷洞周邊村有一個習俗，祝陵不演《梁山伯與祝英台》[71]，以免「樓台一別恨似海」與「飛身化作雙飛蝶」的悲劇再現[72]。

　　宜興梁祝文化空間近來積極以善卷風景區為軸線，拓展梁祝文化的區域，除現在英台讀書處外，規劃建設一座擁有梁祝文化內涵；又具觀賞性、知識性、參與性，動與靜相結合的「梁祝文化大觀園」。並且開發具有梁祝文化特色的旅遊商品[73]。也積極展開向聯合國教科文組織申報「世界非物質文化遺產」的一系列工作。希望首先能在宜興及其輻射周邊地區詳細調查梁祝口頭遺產確切的分佈狀況，同時確認各地分佈梁祝口頭遺產不同類別的表

---

[71] 同註 53，頁 342。

[72] 同註 54。

[73] 陳寶明：〈梁祝文化與宜興旅遊〉，宜興市政學習和文史委員會、宜興市華夏梁祝文化研究會編：《宜興梁祝文化--論文集》（北京：方志出版社，2004年 11 月），347。

現形式。且在以後採錄梁祝傳承作品基礎上，全面普查並錄製民間各路藝人口傳梁祝作品的現場聲像，也採錄有關梁祝文化空間各種儀式性的活動過程。其次，進一步着手建立現代科學管理、技術資料館與數據庫；最後，深入廣泛研究梁祝口頭遺產及文化空間，推動梁祝口頭遺產的傳播，特重青少年族群的傳播，藉以達到傳承梁祝口頭遺產的深遠目的[74]。

　　二○○三年，宜興分別在無錫太湖旅遊節，宜興金秋經貿洽談期間，旅遊部門與郵政部門聯手合作，在善卷風景區舉辦了大型的梁祝文化旅遊節和《民間傳說——梁山伯與祝英臺》特種郵票首發儀式。顯然是演繹梁祝文化，配合自然景觀、自然資源，利用信息傳播媒體，全方位向中外遊客訴說，體驗歷史文化精神需求的重要與價值，藉以增強宜興旅遊市場的輻射力，帶動旅遊熱潮與發展[75]。

　　梁祝故事除在宜興梁祝文化空間傳播流行之外，其輻射區域也頗為廣泛，如與宜興同屬無錫市的太湖一帶有不屬梁祝類型〈十八灣的來歷〉（故事70），傳說英台老家在宜興，山伯家在蘇州，兩人同在杭州念書。同窗三年相別回家，山伯送她到無錫西太湖邊，說這裏已是蘇州與宜興的中間了，說要分手，又捨不得，兩人便在這裏轉起彎來。英台有了主意，藉(1)女人戴花、(2)彩蝶雙飛、

[74] 烏丙安撰：〈“梁祝”口頭遺產與“梁祝”文化空間──以宜興“梁祝”文化傳承為例〉，收於宜興市政學習和文史委員會、宜興市華夏梁祝文化研究會編：《宜興梁祝文化──論文集》（北京：方志出版社，2004年11月一版），頁57-58。

[75] 陳寶明、惠志剛撰：《梁祝文化與善卷勝境》，收於宜興市政學習和文史委員會、宜興市華夏梁祝文化研究會編：《宜興梁祝文化──論文集》（北京：方志出版社，2004年11月一版），頁352-353。

(3)過獨木橋女子狀、(4)鏡中顯現女子形象、(5)董永七仙女成婚，暗喻自己是紅妝，山伯總不明白。他們轉了一彎又一彎，到第十七彎時，英台以花手絹相贈，上繡一對玉鴛鴦。轉到第十八彎時，迎面來了一對迎親隊伍。英台說為他與自家小九妹做媒，山伯以玉扇墜作聘禮。英台哭說花手絹就是小九妹聘禮，請梁兄早一點上門來說親。兩人轉了十八個彎，當地百姓就稱此地為「十八灣」。

　　鄰近的蘇州，在清乾隆己丑（1769）年，已有彈詞曲藝演唱《新編金蝴蝶傳》(彈詞 1)，故事已屬 749A.1「生雖不能聚，死後不分離，死而復生」類型，大抵是說唱藝人為商業考量，大大展現職業本能，將梁祝殉情鋪張推衍成大篇幅通俗的連續唱本。故事時代已神奇地往上推至周朝孔夫子周遊列國之時，孔聖賢訓學杭州開館門，越州（紹興府會稽）杏花村祝英台與紹興府諸暨梁山伯各帶人心、四九同至杭州求學。也有「女扮江湖算命人瞞過父親」、「折牡丹置佛前花瓶，賭誓若貞潔則花鮮明，若失貞則花枯死」、「女扮男裝外出求學」、「丫環扮書僮伴讀」、「女扮男裝者與人結拜為兄弟」、「女扮男裝者和衣而眠與男人同床三年」、「女扮男裝者托言為妹訂親，實則以身相許」、「瓶中牡丹三年仍鮮枝綠葉」、「吞信噎死」、「新娘哭祭禱祝顯應，突然黑雲狂風霹靂昏黑如夜，墳裂人進墓墓合，天曉日見」的情節單元，另有細說「女扮男裝者巧計解手不與人同行，辯稱男人乳大高官做，自幼多病不脫衣，以防他人識破紅妝」、「女扮男裝者解衣露胸、六月炎天不脫衣、蹲姿解手、打鴛鴦力氣小被疑為紅妝」、「借事物（戴石榴花、靈神一陰一陽、一對鴛鴦、吃仙桃、一對白鵝、漁船靠岸、劉阮與仙姬、牽牛織女星）喻己為紅妝，表露情愫」、貼肉肝衫多

一領，剪下清絲數尺長，手指上頭來刺血，就與梁兄寫「世上所無藥方（東海蒼龍膽、五色鳳凰腸、蠶蛾頭上血、蚊子眼睛光、八仙中指甲、王母殿中香、金雞足上爪、蒼蠅頂上毛、三十三天雨、風雷電閃光）」的情節單元。

更有「以草蟲名猜古今人事（西施好比花蝴蝶，窈窕身材舞不停、梅妃謀害蘇皇后，便是蜜蜂點火自燒身、妲己好比田三嫂，攪亂江山不太平、蟬聲好比琵琶怨，和番出塞漢昭君、蜘蛛好比閻婆惜，門前張網等情人、費仲龍魂如金蠍，毒必總要害忠臣、青草蛙蟬聲聲苦，好似孟姜女啼哭倒長城）」、「以鳥禽名猜古今人事（楊貴妃酒醉朝陽殿，好一似海棠花下美安人、咬臍郎一去無消息，卻不道李氏三郎望子規、崔鶯鶯不見張生到，黃昏專等點鵓鴣、蔡伯喈上京為官職，趙玉娘尋夫一鷺鷥、唐僧受了多少難，單只為求取孔雀經、穆素微想思趙叔夜、卻不道悶坐西樓懶畫眉、金蓮願字金敘品，單恨閨秀房中老鵓鴣、張果菜園成親事，可不曉少年配了白頭公）」的有趣情節單元，在故事中透過梁祝顯本事，實際上是說唱者逞其能。

此故事不止梁祝魂化蝶（白衣黑點梁山伯，白點黃衣九姐身），飛來飛去共相親，還有陰間告狀，還魂返陽情事：「新娘投墳，新郎懸樑自縊陰府告狀」、「陰魂執狀詞進閻王殿，馬面牛頭攔住吒問，陰魂自訴冤情始放行」、「閻王令判官查簿知人死期」、「閻王差鬼使捉陰魂斷案」、「閻王斷今生鴛鴦再世姻緣」、「死後還陽，魂歸屍身復活，推棺而出」，於是梁祝馬姻緣官司從陽間打到陰府，最後馬老夫妻見馬俊開棺而出，合家完聚謝天神。說唱者云：「丟一頭來講一處，再說梁家家內情」，梁祝成婚，「說不盡

朝朝宴飲相款待，夜夜元宵慶賞情」。

　　春去夏來，秋冬過了又逢春，周王天子開選賢，廣招天下讀書人，詔書頒到紹興府，諸暨知縣舉賢人。山伯梁生才學好，府縣征聘到門臨。山伯聽了賢妻話，起程到王都花錦城，三月初三來赴考，考中英才三百名。周天王子心歡喜，金瓶揭起狀元身，遊街三日把王城看，狀元謝聖告鄉榮親，英台做夫人，廳前擺起團圓酒，千古奇文完聚臨，一點恩情情不斷，金花蝴蝶大團圓。故事結局符合人心美滿團圓金榜題名的願望，故事角色也從梁、祝、馬、祝父、馬父、梁母增益祝母、祝兄嫂、梁父、四九、人心、馬母、門公、媒人李翁，又是天下讀書人尊師孔夫子的學生，也有了周天子及陰間閻王、牛頭馬面等角色，真是熱鬧非凡。

　　今見蘇州彈詞有《梁祝》題材開篇三種：(1)《梁祝》(彈詞 5)，祝英台女扮男裝與丫環一道至魯邦拜師。錢塘巧遇梁山伯，結拜金蘭同往宜興求學，到碧蘚庵投師共讀。同窗共桌三年，祝家來信說母染病，囑咐連歸。英台托言為第九雙胞胎妹訂親。兩人長亭分別。祝父將她許配馬文才。梁生樓台相會，當場吐血，回家一命歸陰。英台撞死墳台，化蝶永相隨。(2)《樓台會》(彈詞 6)，梁祝樓台相會，僅有「啞謎喻婚期」、「誤猜啞謎造成悲劇」、「女扮男裝者托言為妹訂親，實則以身相許」的情節單元。(3)《化蝶》(彈詞 7)是彈詞藝人周亞君的唱詞，英台祭墳，唱起往日草橋鎮上相遇，避雨進涼亭，義結金蘭。十八里相送，托言為九妹訂親。奈何婚婚不成，山伯吐血，回家相思病死。禱祝生前不能成夫婦，死後也要伴你行。狂風雨化石，電光閃，雷電驚，墳開，剎時不見了千金女。彩虹一道，蝴蝶雙飛永不分。此《梁祝》題材開篇

三種，內容與宜興故事大抵不異。

又有蘇州彈詞唱段 1. 王月香演唱《梁祝‧哭靈‧與你陰陽阻隔話難云》（彈詞 8），是英台哭靈情節。2. 尤惠秋演唱《梁祝‧送兄‧我是有興而來敗興回》（彈詞 9），有「女扮男裝者借鳳凰山牡丹花、鴛鴦暗喻己為紅妝，表露情愫」的情節單元。3. 侯莉君演唱《梁祝‧一見靈牌魂膽消》（彈詞 10），有「女扮男裝者與人結拜為兄弟」的情節單元。

另有地方曲藝滿江紅《英台思兄》（滿江紅 1），祝英台（祝九紅）與梁兄杭城攻書三載，結拜金蘭。英台相別回家，爹娘將她許配馬二郎，英台思兄，希望梁兄訪友來到祝家莊。此唱本書題「英台思兄」、「□□不同」，卷首題「英台思兄滿江紅」，尾題「思兄訪友，共計五本，（四），口傳無訛」，則此唱本全部當有五本，內容是「思兄訪友」，此為第四本；聲稱「口傳無訛」，可能是早期的傳唱曲藝，至此刊刻校對，故稱「口傳無訛」。

〈英台化蠶〉（故事 85），是一九六一年盧群（幹部，中學）於蘇州市金閶區採錄的故事，講述者，盧郭氏，女，七十七歲，蘇州市金閶區居民，不識字。故事屬 749A.1「生雖不能聚，死後不分離，死而復生」類型，故事開始，講述者先問：「說到梁山伯與祝英台的故事，大家只知道這對苦命人變為蝴蝶，怎麼弄出個"英台化蠶"的呢？」其後才告訴聽者說：「傳說當時」祝英台被迫嫁往馬家，路過梁山伯墓，下轎哭祭。墓開跳墳，墓合上了，兩隻蝴蝶飛出。新郎馬文才騎驢迎來，看得魂飛魄散，從驢背滾下，腦袋開了花。三人靈魂到閻王殿，求閻王公斷。閻王難斷情愛事，表面上說「本王不管，隨便英台」，要牛頭馬面將三個新鬼轟出殿

去，不得上訴。實則骨子裏倒是偏坦梁祝二人。因為英台一定選山伯，就應了梁祝生前的誓言「生前不能終身伴，死後也要常相隨」。

馬文才心有不甘，有一天趁山伯不在家，闖進去想搶跑祝英台。英台見門給堵上了，慌忙變了個喜鵲，飛出窗洞，馬立刻變一隻禿頭老鷹追了去。眼看快抓住了，英台往地上一落，變了小白鼠，馬文才搖身一變成花蛇。英台走投無路，發現前方有間蠶房，急忙變成蠶，鑽進蠶區，混在蠶寶寶堆裏；馬文才跟著變成麻蒼蠅，繼續搜尋。英台害怕把身子蜷起來，露了餡。馬文才對準她飛下來，打算娶不到你，咬死你，叫梁山伯沒老婆。不想"啪"一聲，養蠶娘及時趕到，揮動蠅拍打了這隻凶惡的麻蒼蠅。為了防止再有麻蒼蠅來搗蛋，把蠶房牆壁的縫都糊住了，英台覺得這裏最安全，不想離開了，沒再變回去，就一直做蠶了。梁山伯得訊趕來變了一個"山"了，永遠跟蠶不分離。「蠶寶寶上山吐絲，吐不盡的絲，就是梁祝之間訴不完的情啊！」真是人間百姓異想天開的情意玄想，從閻王斷案，死而還陽開始，故事推衍出去，隨著主人翁的心念連續變形、連續追逐，繾綣飛揚，趣味盎然。

清康熙八（1669）年《常州府志》(文獻20)卷二十八〈壇壝〉：「善卷禪寺，宋名廣教禪院，在縣西南五十里永豐鄉善卷洞側，齊建元二年以祝英臺故宅創建」及卷二十一〈古蹟〉：「祝陵在宜興善權山，其巖有巨石刻，云：祝英台讀書處，號碧蘚菴。俗傳英臺本女子，幼與梁山伯留共學，後化為蝶。」鄒自廉在常州市採錄萬玉秀演唱《梁祝》(民歌54)，有「女扮男裝者以一隻紅繡鞋為聘禮托媒自訂終身」的情節。

　　林振豪、唐寶榮、韋中權於常州市採錄趙仁寶演唱《梁祝》(民歌55)，有「女扮男裝外出求學」、女扮男裝者「佯稱廟會扮女觀音，以防他人識己為紅妝」，及「風吹露出女兒裝，被疑為紅妝」，及「托媒自訂終身」的情節。另有林振豪、唐寶榮記譜、趙仁寶演唱的常州唱春〈梁山伯與祝英台〉(常州唱春1)[76]，屬749A「生雖不能聚，死後不分離」類型，較《梁祝》(民歌55)多了「三寸金蓮」、「女扮男裝者與人結拜為兄弟」、「十八里相送」、「婚姻受阻殉情而死」、「新娘哭祭陰魂顯靈，墓開人進墓」、「人化花蝴蝶上天庭」的情節單元。

　　一九八五年十二月五日康新民、王平山於鎮江丹陽市雲倫地村採錄七十四歲，讀過私塾三年的盲藝人徐書明所說〈梁山伯與祝英台〉(故事96)，祝英台上頭有八個哥哥，她是老九，人都叫她祝九妹。一天她穿起七哥的衣物，進家門與八哥說話，哥哥不識她是英台，便應允在爹娘面前求情，讓她上杭州讀書。出門前，六嫂說她三年以後，找個俊美姑夫轉家門，等我嫂嫂抱外甥。英台「將三尺六寸布和三尺六寸紅綾綢放香籠裏，埋在門口梧桐樹下，賭誓若失貞則紅陵綢和布朽爛，若貞潔則布與紅綾綢常新。」英台一走，嫂嫂天天弄一缸水沖布與綢，仍如新的一樣。再天天用一缸鹽水去澆澆，仍然簇新如昔，原來澆了鹽湯水反而使布、

---

[76] 案：此常州唱春1《梁山伯與祝英台》與民歌55《梁祝》同是趙仁寶所唱，前者從正月唱至十二月，後者僅錄四月到七月唱詞，二者內容有些差異，情節單元則相同。原資料前者收於《中國曲藝音樂集成‧江蘇卷》(北京：中國ISBN中心，1996年11月，頁1920-1925)，後者收於《中國歌謠集成‧江蘇卷》(北京：中國ISBN中心，1998年7月，頁439附記)，一作曲藝音樂，一作歌謠，今暫依原資料分置兩處。

綢不爛。

英台路上遇梁山伯，結伴同行。一天，兩人夜同宿烏塘鎮，英台脫衣慢慢騰騰，山伯說怎麼這麼難脫？英台說「衣裳上有三十六個同心結，下有七十二個馬披環。」山伯便先睡了。英台忙不迭脫衣服睡覺，沒露半點女子痕迹。到了杭州，老師讓兩人睡同一張床，英台說「大家不許亂動，床中間放一盆水，說把水弄潑出來，誰罰誰抄字。」英台故意把水弄翻，誣稱山伯所弄潑，要山伯抄三千七百字，山伯飯也不吃，便一人在抄字。英台不忍心，也幫抄一半。

兩人同窗三年，有了感情，相別依依，走到鳳凰山，英台說自家有枝好牡丹，和哥哥把夫妻配，托言為祝九妹訂親，要山伯「初三、初八，最晚到十三，到家來，把婚配，過了十六、十七、十八，就不要來了。」山伯回去把英台話忘了，想起來時趕到祝家，已是二十二了。一見英台才知是年輕貌美的姑娘，將自己許配給他。但此時祝父已將英台許配給馬員外的兒子馬文才。山伯不依。英台說拿兩隻骰子來，擲成三回雙，點子都雙的嘛，我們仍可配成雙，要是點子都單的呢，姻緣還不曾來。骰子擲了三、七、九單數。英台號啕大哭說，姻緣不曾有，你回去吧。山伯不肯，想與她在牡丹亭上成雙。英台捧床花花被，想到牡丹亭上去成雙嘍。花神菩薩用拐杖把山伯打的跑掉嘍。山伯沒得辦法，回家害起相思病。梁母問知原因，跑去找英台。英台叫山伯忘了自己，寫了藥方子「三寸太陽光，雨師公公趾腳皮；忽閃娘娘丫垢，螞蝗骨頭要半斤」。山伯一看，是張「世上所無藥方」，向娘說我死了，把尸骸葬在白石山的十字路口，說完便「把藥方揉成團往

嘴一塞，嗆噎死嘍！」英台以死要脅到山伯哥哥墳上燒陣紙吊陣孝。出嫁轎子到白石頭的十字路口，英台下轎，穿了白衣裳、白頭巾、白鞋子，磕頭了。忽然風伯雨師雷公電母齊至，天昏地暗，狂風四起，叭一聲，墳爆開來，英台見山伯躺著，一把抱過去，眾人連拖是拖，一抓，那布角一飄，扯下兩塊布衣襟角。轟一聲，墳又閉上了。眾人一慌，手一鬆，「兩片布衣襟飛到半空中變成一對花蝴蝶。」

馬文才是個十不全的拐子，他本在高樓等轎子來，卻傳來英台祭山伯的消息。他氣呀！一氣一急從高樓滾了下來，跌死了，變成獨目雕。說故事的徐書明說「你看，每逢花蝴蝶歇下來成雙成對時，獨目雕就去啄嘍！這獨目雕就專惹著他們生事。」果真是藝人本事，說的真是活靈活現，別處未見有如此的故事，而「澆了鹽湯水，反而使布和紅綾綢不爛」的說明，又是藝人特別為聽者解釋原委的職業敘述風格，這也是梁祝化蝶故事的後續聯想情節。還多了「擲骰子預言婚姻吉凶」、「花菩薩用拐杖打跑人」、「吞藥方紙團噎死」的奇特情節單元。

明揚州人《山堂肆考》卷二百二十六「俗傳大蝶必成雙，乃梁山伯祝英台之魂」(文獻 14)，知揚州俗傳梁祝故事有「魂化蝶」的情節。一九五九年揚州市文聯編《揚州清曲選》，有一齣《十八相送》(揚州清曲 1)，是江蘇省揚州民間地方曲藝“揚州清音”的曲詞，此曲詞由清音藝人徐心君、洪為法、夏竹影、夏秀玲等演唱整理，唱詞中梁祝相別，山伯同下山來，英台唱起 1. 前頭走的梁山伯，後頭走的祝英台，這世姻緣配起來 2. 一對斑鳩親親愛愛，好比你我人一雙 3. 樵夫為妻兒把柴砍，你為冤家送下山 4. 山上般

般有，眼前就有好牡丹 5. 龍爪花來龍爪花，我爹是你丈人家，我弟是你小舅子，我妹是你小姨子 6. 一對鹿兒多恩愛，好似英台與山伯 7. 山邊野草花，勝似芙蓉共桂花 8. 粉牆頭上掛石榴，摘個梁兄吃，食之有味又來偷 9. 一對鵝，雄的前頭喳喳叫，雌鵝後面喊哥哥，好比梁兄你和我 10. 漁船去攏岸 11. 瘋狗不在前面咬男子，反在後面咬嬌娘 12. 廟裏和尚還俗娶個花花俊嬌娘，或生男來或生女，叫你爹來叫我娘 13. 金童玉女好似小弟與梁兄，日間同把香烟愛，不知夜晚可同床？土地公公為媒證，土地娘娘做喜娘，你我躲在廟裏且拜堂 14. 一對雁雙宿雙飛 15. 吊桶總在井邊蹲，我拿吊桶你拿繩，好比你我一雙人，把你放在井欄裏 16. 墳裏葬得是死人，你比死人多口氣，死人比你勝十分。來吐露愛意，但梁兄卻比死人呆十分。兩人只能在十里長亭離別。英台再說家中有個雙胞妹，今日親口許配你，約定一個月時光來說親。山伯上前打一躬，告別賢弟轉回程。此揚州清曲細細唱出，英台借各種事物表露情愫的深深愛意，是詠唱藝人的細緻表現。

南通市有四個梁祝故事：1. 南通如皋市〈蝴蝶不採馬蘭花〉(故事 97)，馬公子到村頭去等英台花轎，迎親的人說祝英台到梁山伯墳上燒紙，跳進墳上的裂縫，和梁山伯化作一對蝴蝶飛出來。馬公子一聽，急得暈了過去。馬公子是個色迷，老想著英台，眼看就要不行了。一天，做了夢，只見英台在前面跑，他在後頭追，英台轉身罵道：癩蛤蟆想吃天鵝肉！馬公子怎麼也追不過去，恨得咬牙切齒，一急就醒了過來了。他想，英台變成蝴蝶，我何不變成一朵花，引她到我身邊來呢？沒幾天，馬公子死了，家裏人按照他的意思，把他埋在離梁祝不遠的地方。後來，他的墳頭開

出一種藍色的花，人們稱它馬蘭花。由於這花是馬公子變的，所以蝴蝶都不採它。這個故事是一九八七年六月，黃文和（文化站站長，高中）在如皋縣石北鄉文化站採錄，講述者是七十歲的如皋縣石北鄉民間藝人（男，初小）。

2. 南通啟東市〈沒人吃的老鼠魚〉(故事10)，講述者先說「我們現在吃的老鼠魚，也叫油筒魚，其實叫馬文魚、馬面魚，以前沒有人吃的，為什麼？這同梁祝故事裏的馬文才有關。」傳說祝員外拆散梁祝，硬把英台許配給馬太守兒子馬文才。祝英台出嫁時跳進山伯墳裏。馬夫人當場氣死，馬太守急出病，馬文才覺得沒臉見人，哭了三天三夜，眼睛都哭腫變小了，面孔瘦得越拉越長，一天夜裏跳河自殺，後來變成了馬面魚。說故事的趙志興（男，64歲，農民，初小）又說：「不信你看，這馬面魚的眼睛很小很小，眼團還是紅的呢。人們恨煞馬文才，恨得連他變的魚也不想吃。」真是民間好憎的移情作用。此故事是施正明、黃若兵（文化幹部）於一九八七年八月在啟東市採錄。

3. 流傳於江蘇南通地區〈襪套的來歷〉(故事83)，孟德林講述，金鳳搜集整理。傳說當年祝英台在杭州求學時，生活過得很苦，因為每晚得等梁山伯睡熟才上床。一天，山伯故意閉上眼假寐，裝著發出鼾聲，想探察英台到底在做什麼。英台聽見山伯打呼嚕，才悄悄脫男靴。三寸小腳上穿著一層又一層的襪套，山伯從竹牆縫隙裏看見了，不禁問怎麼有這麼多腳套要穿？英台詭稱小時候打赤腳染上溼氣，名醫教了一個土秘方，多穿幾雙腳套就行了，果真沒有再發病了。後來山伯回家，也覺得腳痛，就叫母親做腳套穿上，也果然不痛了。據說，襪套就是這樣傳下來的。

4. 流傳於南通地區〈蠶繭粘住蚤子草〉（故事84），搜集者嚴鴻翎。從前，祝員外有個千金小姐，叫九妹，貌似嫦娥仙子。鄉下有句俗話：「醜婦是家中之寶，美女是禍根殃苗。」九妹美麗的名氣，風靡京師，王孫公子求婚者絡繹不絕。但祝小姐只愛小伙計梁山伯。一次，兩人後花園幽會，被惡奴發現，告知員外。員外令惡奴將梁山伯繩捆索綁，朝東洋大海邊一條破船上一撂，讓他隨波而去。又把女兒關在四壁不通風的磨坊裏。山伯飄了三天三夜，最後擱淺在一座荒島上，正遇著觀音大士路過，掐指一算，知是金童玉女二星宿有難。手輕輕一指，山伯飄飄揚揚飛到祝九妹身旁。惡奴又探到虛實，挑唆員外，把山伯活埋。不久，山伯墳上長出一棵蚤子草。九妹茶不思飯不想，也活活餓死，變成一顆蠶繭。觀音大士念在祝九妹是「春蠶做繭（情）絲方盡」的氣概，就封她為「蠶妃娘」。因此，養蠶人家在蠶兒做繭前，總要燒香祭奠，尤其是留做種的蠶繭，總喜歡將其甩在蚤子草上，繭一碰上蚤子草，就粘牢掉不下來了，據說這是祝九妹喜歡梁山伯的緣故。真是情意盎然。故事最後，又說：「直到現在還可以看到，一些亂墳場裏總有尺把高的蚤子草，據說就是留著麥黃之時，蠶兒孵籽上山用的。」南通市流傳的這四個故事是先有蝴蝶不採馬蘭花、人們不吃老鼠魚、穿襪套治腳濕氣、蠶繭粘住蚤子草，而後人們附會為梁祝馬化馬蘭花、老鼠魚、蠶繭、蚤子草及襪套來歷的梁祝後續聯想故事。

淮安市有三個梁祝故事：1. 一九八四年十一月十五日蘇北洪澤縣岔河鎮農民吉萬富（65歲）講述〈行為端正，蓮子發芽〉（故事35），江蘇洪澤縣岔河鎮鎮東祝家莊，莊主祝員外，有個閨女叫

祝英台。十六歲時，聽說杭州城有名師開館授學，想去拜師求學，父親不允。英台隨手剝出一顆青蓮子，朝窗外水洼池塘裏一丟，對天起誓若辱家門，叫青蓮子永不發芽，若行為端正，蓮子立刻發芽，一年四季開花不斷。說也奇怪，「才一袋烟功夫，水洼塘裏就長出碧綠碧綠的荷葉，又一袋烟功夫，開出了雪白雪白的蓮花。」祝員外心想，莫非我要要出個女才子。只好答應她去了。岔河鎮西南高梁莊有個書生梁山伯也到杭州求學。在草橋渡口，遇女扮男裝的英台，結拜同行。英台在外三年，祝家塘裏荷花一年四季開花不斷。英台回家後想念山伯，一心想與他結為夫妻，第二天早上見水洼塘裏荷花全沒了，英台感到有不幸的事情要發生了。事後多年，村裏老人說，英台不該發那個蓮子誓，如果事先不賭咒死活不在一起，興許梁祝早就配成雙了，荷花依然會四季開放。顯然梁祝的悲劇仍深深為人們惋惜，甚至相信當初若不賭咒，不發蓮子誓，悲劇便不會發生了。這個故事是高國藩、袁衛國、黃利群整理。

另有吳華整理流傳於江蘇一帶〈梁祝永結並蒂蓮〉(故事 35)，故事情節不異，僅多了「白蓮旁邊並蒂開出一朵粉紅的蓮花」，祝父母作主，許配馬家，沒有同意和梁山伯結成夫妻。後來山伯病死。英台投墳合穴，雙雙化蝶，而那隻粉紅蝴蝶常跟隨白蝴蝶，飛回祝家莊池塘裏看荷花。從此，池塘又長出滿塘荷葉，開滿相間並蒂蓮花。這就是當地老年人常說：「這就是梁祝永結並蒂蓮。」

2. 一九八四年十一月十六日洪澤縣高澗鄉楊馬村農民于學善（49 歲）講述〈馬郎魚的故事〉(故事 89)，洪澤湖是個聚寶盆，湖裏有一種魚眼圈兒是紅色的，性子急，漁民叫它作「馬郎魚」。這

馬郎魚是怎麼來的呢？它是馬文才變的。這就得說到祝英台了。英台女扮男裝和梁山伯讀了三年書，祝父硬把她許配給富公子馬文才，英台不從。後來山伯病死，葬在洪澤湖邊的胡橋鎮。他一死，馬家就來抬人，花轎到了山伯墓前，英台以死要脅拜墓，馬只好答應。英台跪下三拜忽電閃雷鳴，墓開，英台跳進，馬躍過去抓英台，未抓住，墓又合。馬文才一雙圓睜睜的眼睛已經氣紅了，跳進了湖，變成一條性子急，眼睛紅的馬郎魚，從此以後洪澤湖邊就有馬郎魚了。如果剖開馬郎魚肚，會看見有一層黑膜，這是馬文才為了要趕過祝英台的才學，成天喝墨水喝的，所以魚肚裏是黑的。這個故事是高國藩、王慧玲、陳冬森記述。

　　另有吳華整理流傳於江蘇一帶的〈馬文才變馬郎魚〉(故事89)，故事情節相同，也是譏笑馬文才胸無點墨又愚蠢，以現在圓鼓鼓、胖乎乎，魚眼紅啾啾，滴溜溜，魚肚裏烏黑黑，魚性子特別急，一捕上岸就活活顛撞而死的魚形容他，稱為馬郎魚。僅多了杭城同窗共讀的地點。祝父貪圖財勢，馬文才是馬太守之子。漁民們都知道這種“馬郎魚”，呆頭呆腦，性子急躁，在湖裏喜歡拱土堆，那是它想鑽進梁山伯墓裏去把祝英台給拉出來，就將土堆當作梁山伯的墳墓了。這可是有趣又揶揄的聯想比附了。至於馬文才喝下整缸墨水的舉動，則是英台譏笑他胸無點墨的傑作，不想喝得呆頭呆腦，仍被英台說是將洪澤湖的水都磨成墨水，喝光了也成不了滿腹經綸。馬文才淹死成魚，還真是魚肚裏面烏黑黑地喝墨水留下的痕迹哩！

　　3. 一九八四年十一月十七日洪澤縣朱壩鄉二隊農民靳榮福（60歲）講述〈馬郎魚和馬郎港〉(故事72)，洪澤湖裏有一種魚，

叫馬郎魚。湖西老子山那邊有個港，叫馬郎港。這裏頭有段故事呢！梁山伯死後，馬文才就騎馬帶花轎抬走祝英台了。花轎到胡橋鎮，英台下轎拜山伯墳，文才騎馬站在草橋上等著。突然響了大雷，石墳裂開，英台連忙跨進墳裏，墓就合攏了。馬子才氣得從馬下滾進湖裏淹死，變成馬郎魚。這種馬郎魚長得也像馬文才，圓滾滾的，眼睛氣得紅紅的。馬郎魚喜歡拱土堆。那時它想擠進墓中與英台相會，誤把土堆當作梁山伯墓。它又朝老子山那邊一拱，就拱出一個港子口，這就是現在的馬郎港。故事是高國藩、王鴻詳記錄。

洪澤縣流傳的馬郎魚、馬郎港故事，始作俑者的創造者，必是先見著馬郎魚的圓滾肥胖，肚裏烏黑，眼睛血紅的形象，而附會到他想像中，馬文才樣相而成。至於其他接受又加以口傳故事的人，更加油添醋地詮釋馬郎魚肚皮內何以漆黑如黑，於是編起英台譏諷他胸無點墨，而果真呆頭呆腦的他，便拿起英台書桌上的一缸墨水，咕嚕咕嚕地喝個精光的趣味畫面。至於馬郎魚有喜拱土堆的癖好，人們便又解釋說，那是馬氏誤將土堆當作梁山伯墓的緣故，而誇誕地這一拱，竟又拱出了老子山的馬郎港，可也是卡通情節的淋漓表現了。

南京浦口東門鎮有一九八一年十一月八日劉素英（75 歲）講述〈姑嫂打賭，米湯澆花〉(故事33)的故事，由高國藩、葉偉娟、王靜記錄。故事是祝英台上有八個哥哥，所以叫九紅。長大後想到杭州讀書，扮打卦先生瞞過母親，家人只好讓她去了。大嫂譏誚她三年必拖個寶寶回來。英台埋七尺紅綾於月季花下賭誓，若失貞則紅綾朽爛、月季花枯萎。嫂子「天天用熱湯來澆花，卻越

燙越紅，越開越旺」，三年後，九紅回家，挖出七尺紅綾也如月季花一般紅彤彤。這又是姑嫂微妙情感衍出的英台故事。

　　流傳於江蘇一帶或江蘇省的梁祝故事多種，有885B「戀人殉情」類型故事：〈澗河潭殉情〉（故事22），是唱灘簧出身的陳繼良[77]口述，多了細膩又俚言俗語的敘述風格，他說「晉朝辰光有個女子，她噶名字叫祝英台，家就住勒離張渚七、八里路的祝家莊，就是現今的祝陵村。她噶老子叫祝公淵，家裏的銅錢多得勿得了，是戶大財主。」祝公淵連養八個丫頭，快養第九胎的辰光，不管如何，就騙人家「養了伢佌（兒子）了，同真的養了伢佌一樣辦酒請監生、做三朝，鬧熱了一番。眼睛一眨，祝英台已養到七、八歲，有人家上門做媒了，古時光搖籃裏也攀親得。」真是藝人的渲染能耐，夾敘夾議。英台念書時，員外請私塾先生到家裏來，村上要念書的小佬也一同在書房念書。

　　梁家村的梁山伯念書聰明佬，英台背書到背勿出的辰光，梁山伯總幫她的忙。兩人一起念了幾年書，十幾歲了要趕考。英台父母勿肯給她去考。英台心裏也有數，就同山伯說我身體勿好，你去考吧。山伯考取了秀才，回來看英台。英台當面說自己是女兒身，因要繼承家當，一直裝伢佌家，又講「等我娘老子百年之後，我們再結成夫妻。」陳繼良又說兩人私約姻緣後，行動得再當心點，免得給旁人看出苗頭來了。「要曉得，古辰光女扮男裝犯法佬，所謂陰陽顛倒，有亂綱常之罪，這可急壞了祝員外，怕人

---

[77] 蔣堯民撰：〈梁祝宜興故事的母本特徵及其屬性〉，收於宜興市政學習和文史委員會、宜興市華夏梁祝文化研究會《宜興梁祝文化--論文集》（北京：方志出版社，2004年11月一版），頁266。

家去告發，哪樣辦吶？」這說故事者又為聽者合理解說起陰陽顛倒是亂綱常的罪。也為祝員外答應馬太守說親的事接下伏筆。

離祝家村十來里路有馬家村，村上有馬太守的伢倌叫馬文才，他一曉得英台是個女娘家，馬上來說親，祝父求之不得，滿口答應。梁祝兩人知道結不成夫妻，「雖勿同生，寧願同死」。兩人緊把往澗河潭裏跳，殉情了。祝公淵同馬太守都是要面子的人，馬太守就造言梁祝原是天上仙童玉女，犯了天條，玉皇大帝罰他們下凡要七世勿團圓，這次還是頭一次勿團圓吶。這種理性結局的說法，倒是頭一遭，多了人世明白的現實性，少了故事奇異幻想的圓滿。

749A「生雖不能聚，死後不分離」類型故事有二：1.〈三生三世苦夫妻〉(故事 51)，是秦壽容講述，白石堅搜集整理，流傳於江蘇、浙江一帶的故事，梁祝是牛郎織女被王母娘娘貶凡受苦，一世成孟姜女、萬喜良哭崩長城，二世是梁祝化蛇嚇死馬文才，騰空駕霧而轉世為白素貞、許仙，是三世夫妻。此為兩地故事互涉流通而編撰後出的故事。2. 春調〈梁山伯與祝英台〉(民歌 52)，胡曉雲演唱，孫澤深於一九八六年十一月採錄。從「正月得里來正用正，祝家呀有個女嬌生」，唱到「十二月裏來雪花飄」，英台哭墳，生前不能夫妻配，死後也要同墳台，一對蝴蝶飛出來，雙雙飛舞百花開，永生永世不分開。故事有「女扮男裝外出求學」、女扮男裝者「與人結拜為兄弟」、「以蝴蝶玉扇墜為聘，托媒自訂終身」、「人化蝶」的情節單元。

749A.1.1「生雖不能聚，死後不分離，死而復生，神仙相助」類型故事有清代江蘇民間藝人抄本《梁山伯祝英台還魂團圓記》(鼓

詞4），也有題作《後梁山伯還魂團圓記》，或《繪圖梁山伯祝英台還魂團圓記後傳》者，則此部鼓詞當有梁祝《前傳》，惟今未見。此《後傳》故事從「山伯英台書已錄，現刻後部接前因」開始，「玉皇坐凌霄殿耳紅面熱不安寧，吩咐善神凡間走一巡，查人家善惡」，原來「蘇州祝家女，原是淨池月德星，該配蘇州梁山伯，山伯上界黑煞神」，兩人前身都失約，半路夫妻不成婚，英台出嫁泣墓，怨氣擾天庭。玉帝傳旨差陷地神開墓門」，「山伯望外走，英台移步往內行」。新郎馬德芳氣死入幽冥，「閻王殿前告狀」，「閻王差小鬼叫魂問案」，看天神簿註明「英台前生趙家女，私與山伯有私情；山伯前生周氏子，暗與英台結成親；馬德芳本是馬家子，又定趙氏結成親，貪戀紅花柳氏女，拋了趙氏一段情。原來三家都失約，今世梁祝夫妻該別八年春。「閻王不許三陰魂入枉死城，三人回陽復生。」馬氏醒來去挖墳，驚動梨山老母、呂洞賓。二神算出梁祝姻緣，救出墳中一男女，「一陣青煙，又見紅煙，青紅結成一條虹」，自古流傳到如今。梨山老母救英台去梨山練兵書學法術，能呼風喚雨、千變萬化；呂洞賓救山伯回朝陽洞習文練武。

再說祝家以為英台已死，超渡亡魂，人人身披重孝，做祭文哭祭。說及英台「女扮男裝外出求學」，山伯「相思病死，陰魂不散，托夢情事」。又表梨山老母知梁祝未來，贈英台紅羅套索、包天羅帕無價寶，又教真言咒語牢牢記。英台一身武藝百花樓遇賊人熊文通、姓李人與白虎關田總兵，救了山伯叔父梁金之妻女。這梁金少年知縣進士身，初任錢塘縣，升官路過朝陽城，與公子、家人二十個被賊人所殺。英台「口唸真言咒語，吞食六甲靈文，成兩劈掌力千金重，奪壺殺敵」，「寶帕回旋繞包了數百人」，又用

輕。」全然是通俗曲藝團圓大喜劇，敷衍成明清以來才子佳人小說的套式，也編入雙狀元、女狀元，顛覆「郎才女貌」的定則，不僅梁、祝是文武雙全之人，一是狀元郎領兵平蠻，一是剿滅百花樓賊人，自立為「都督祝將軍」，甚至連路鳳女也是卓越才女一個，扮男裝高中狀元，娶得公主成駙馬。此故事也兜合884A」「女駙馬」類型故事。

金師榮華〈論《智救王國》和《梁祝雙狀元》在女權運動史上的意義〉一文將清朝出現的《梁祝雙狀元》故事與同時一些女性作家所作流行於南方民間的彈詞放在一起觀察，檢視譚正璧《彈詞敘錄》所記的兩百部彈詞，其中有女扮男裝應試中狀元做宰相情節的作品有五部，其中《玉釧緣》、《再生緣》、《筆生花》作者均是女性。《玉釧緣》作者佚名，僅知是明末的母女二人，《再生緣》作者是清乾隆年間（1785年前後）的陳瑞生，《筆生花》作者清道光年間（1845年前後）的邱心如，都是文獻可考的卓越才女。金師以為這些才女在作品以女狀元、做宰相的情節，顯示她們對社會、政治制度的不滿，將不能實現的志願抱負寄託於故事，當是民間女權思想的展現[78]，雖說不能斷然言說明、清已有女權思想的崛起，但說其時已瀰漫女性自主的氛圍，當非妄論。而此清代江蘇民間藝人抄本《梁山伯祝英台還魂團圓記》鼓詞，雖然不知作者，也不必定是女性作品，但做為金師「明清之際民間早有女性政治權利想法」推論的旁証，亦屬合理。

不屬梁祝類型故事有：〈祝英台夢遊善卷洞〉（故事40），流傳

---

[78] 金榮華撰：〈論《智救王國》和《梁祝雙狀元》在女權運動史上的意義〉，收於《民間文化論壇》第二期（2006年），頁32。

於浙江、江蘇一帶,張子亞口述,應長裕整理。故事先問:「祝英台是浙江上虞人,為什麼會去義興(宜興)碧鮮庵讀書?說起來有一段祝英台夢遊善卷洞的傳說。」相傳晉永和年間,浙江上虞縣祝家莊有戶大富商,家集萬資,買了個「員外」頭銜,人稱祝員外。夫人倪氏生了八個女兒都夭折了,第九個女兒叫九娘,字英台。從小當作男孩打扮,改叫九官。一日,祝員外要去義興,問英台喜歡何種陶器之藝品。英台問道義興在哪裏?那地方可好?何處最好玩?員外說離縣城四五十里的螺岩山,山中石室,又名善卷洞。傳說東海龍女經常在那裏彈琴,直是仙境。

英台聽得痴迷,夜裏入睡做了一夢。夢見來到螺岩山善卷洞。見紅光一閃,一隻蝴蝶飛舞,定睛一看,是一位少年書生,手提燈籠,周圍圍著一群蝴蝶。英台跟隨書生行走,漸覺自己身後也有一群彩蝶,其中一對大蝴蝶在兩人中間時分時親,時隱時現。不一會,兩處彩蝶連成一條彩帶。突然一隻呱呱叫著,頭上隱現一個篆體"馬"字的癩蛤蟆,追逐一隻美麗的大彩蝶。瞬息間,彩蝶不見,癩蛤蟆卻向英台攖來,嚇得英台滾下石階。書生聽到人倒地聲,卻見一隻大彩蝶跌落石階。仔細再一看,是個人。他奮力挾住英台。兩人一路逃走。見溪中有一葉花舟,舟沿停著無數蝴蝶。兩人跳上花舟,花舟無櫓無槳,竟自行了。出了洞口,英台感激問書生高姓大名?仙鄉何處?日後相訪拜謝。書生手指蘸水,在石台上寫道:「家住禹王歸天處,獨木頭上刀分水。出字分半人合素,碧鮮庵中讀聖書。」兩人分手。

癩蛤蟆一見英台,張口縱就跳上英台胸口,嚇得英台醒來。銀心問是何事?兩人猜著四句偈語。銀心說前三句是「梁山伯」,

第四句「碧鮮庵中讀聖書」。明日英台問知碧鮮庵在善卷洞後院，塑有善卷神像。英台機靈說昨夜夢親娘叫女兒女扮男裝去碧鮮庵讀書。員外當真而讓英台與銀心扮男裝同去碧鮮庵，且在碧鮮庵蓋了祝英台讀書的紅色小樓和祝英台閣。在那兒真的訪著一位梁姓書生，名叫處仁，字山伯，與夢中見著的一模一樣。兩人結成金蘭，同宿同住，在碧鮮庵讀書。英台說及夢遊善卷洞一事，山伯也說著曾做同樣的夢，但夢中是一位女千金，貴小姐，不是你這樣的公子哥兒？顯然這個故事是依著碧鮮庵祝英台讀書處，英台閣、善卷洞，兜合英台是上虞女子背景而編造後出的梁祝故事，也是浙江、江蘇梁祝故事互涉融合交流的例子。

另有錫劇、揚劇、淮劇、淮海戲、南京白局、叮叮腔等小戲、地方曲藝的梁祝故事唱段，或折子戲，僅有簡單情節，或無情節單元，均不屬梁祝類型故事。於此可見江蘇梁祝故事文化空間各類媒材互涉交往的文化現象。

第十三章　梁祝故事文化現象（二）

第一節　山東省濟寧梁祝故事文化現象

山東濟寧市鄒縣嶧山梁祝祠，位於嶧山之陽，又名萬壽宮。元世祖忽必烈至元（1264-1294）年間，世人崇尚梁祝，以漢白玉刻像，與神祀同列。據《舊嶧山志》記載：「石像為元代刻石，像下為序文，附清人陳雲琴題詩：『信是愛情兩未終，……小像一對萬壽宮』，則可確認梁祝祠即萬壽宮。萬壽宮梁祝原為石像，一九四九年以前，祠中像已是泥塑，祠堂毀於日軍破壞。」[1]可知元世祖至元年間之前梁祝故事已在山東鄒縣嶧山大大地流傳，致使有「梁祝祠」的建立。

二〇〇三年十月二十七日在山東省濟寧市微山縣馬坡鄉出土明正德十一（1516）年趙廷麟撰寫的《梁山伯祝英台墓記》，據此碑文所記，是南京工部右侍郎前督察院右副使御史崔文奎奉敕總督糧信者道經此地，「顧茲廢基，其心拳拳」，決定重修，認為重修梁祝墓，「推之可以為忠，可以為孝，可以表俗，有關世教之大不可泯也」。蓋取太史公忠臣烈女同傳之意。墓記所載梁祝故事，是趙廷麟於當時訪問故老傳聞，女主角祝英台是濟寧九曲村人，父親祝員外，其家鉅富。英台是獨生女，聰慧殊常，聞父咨歎無子顯要門閭，乃易服外出求學。

---

[1]　張自義、胡昭穆、上官好嶺、卞雄傑撰：〈梁祝故事在濟寧〉，收於周靜書主編：《梁祝文化大觀・學術論文卷》（北京：中華書局，2000年10月一版），頁669。原文作《舊峰山志》，按：「峰」字當是「嶧」字之誤。

　　男主角梁山伯是鄒邑西居（今微山縣馬坡馬村附近）梁太公之子，兩人於吳橋柳蔭相遇，同詣嶧山先生授業，晝同窗，夜同寢，三年衣不解。英台回家半載，山伯亦如英台之請。往拜祝門，見英台是女子，有類木蘭將軍者，回家不一載，疾終於家，葬於吳橋迤東。英台許婚於西莊富室馬郎，親迎至期，英台思及山伯，悲傷致死，少間，愁烟滿室，飛鳥哀鳴，聞者驚駭。馬郎旋車空歸。鄉黨士夫，謂其令節，從葬山伯之墓，以遂生前之願，天理人情之正也。故事屬 749A「生雖不能聚，死後不分離」類型，有「女扮男裝者瞞過家人鄉鄰」、「女扮男裝外出求學」、「三年不解衣」、「相思病死」、「女子因情人病死而悲傷致死殉情」五個情節單元。

　　明張岱己巳（1629）年至曲阜，謁孔廟，見宮牆上有樓聳出，匾曰：「梁山伯祝英台讀書處」[2]，可知明思宗崇禎二（1629）年時，山東濟寧曲阜一帶，梁祝故事必已流傳多時，故有「梁山伯祝英台讀書處」。

　　清康熙十一（1672）年修《嶧山志》[3]、康熙五十四（1715）年《鄒縣志》[4] 均載有「梁山伯祝英台墓城西吳橋地方，有碑」，即今日微山縣馬坡梁祝墓之記載。

　　同治（1864）三年《嶧山志》提及萬曆十六年知縣王自謹於

[2]　明‧張岱撰：《陶庵夢憶》卷十二（臺北：漢京文化公司，2004 年 3 月，《四部叢刊》本），頁 10。

[3]　樊存常撰：〈梁祝傳說源孔孟故里〉，收於樊存常主編：《梁祝傳說源孔孟故里》（北京：文物出版社，2005 年 8 月第一版），頁 5。

[4]　陳金文撰：〈明代曲阜孔廟緣何會有"梁祝讀書處"〉，收於樊存常主編：《梁祝傳說源孔孟故里》（北京：文物出版社，2005 年 8 月），頁 109-110。

洞口大石南面勒「梁祝讀書洞」五字，及「梁祝墓」、「梁祝泉」的梁祝遺址；也載及時人陳雲琴、顏崇東遊嶧山各作「萬壽宮梁祝像」一首詩。閻東山則有〈題梁祝洞詞并序〉，其序對於宜興善卷洞讀書處、嶧山梁祝洞、清道山邊，高幫義忠墓，到底何者為是，只能笑問山靈，此事真否。至於他所知悉的梁祝故事有「生同學，死同墳」，「化蝶」的情節單元[5]。

　　綜上所言，則知清代以前山東濟寧梁祝故事主要是《梁山伯祝英台墓記》，有「女扮男裝瞞過眾人鄉鄰」、「女扮男裝外出求學」、「三年不解衣」、「相思病死」、「女子因情人病死而悲傷致死殉情」，鄉黨士夫，因其令節，從葬山伯之墓情節，屬 749A「生雖不能聚，死後不分離」類型故事。濟寧梁祝遺存有「梁祝祠」、「梁山伯祝英台讀書處」、「梁山伯祝英台墓」、「梁祝讀書洞」、「梁祝泉」。

　　考今所見現代濟寧梁祝故事有 749A「生雖不能聚，死後不分離」類型，1. 流傳於山東兗州、鄒縣、微山一帶〈梁祝讀書洞〉（故事 64），故事先說「從前，在孟子的家鄉今山東鄒縣嶧山上，有梁祝讀書洞，相傳為梁山伯祝英台讀書修煉場所。洞內有天然石桌石凳可坐可臥，並有二泉，東曰鳴心泉，西泉曰梁祝池。另外，在鄒縣鄰近的山東微山縣馬坡，有梁祝墓碑。」將鄒縣嶧山、微山一帶的梁祝遺址訴說一番。再提故事：傳說，祝英台是微山縣祝溝人。一天，女扮男裝帶書僮騎小毛驢，去鄒縣嶧山拜師求學。路遇微山縣梁城梁山伯，二人結拜同門。同學三年，英台接家信

言母病速歸。臨行，英台托言為九妹定親，約梁兄早來祝府求婚。山伯去祝府求婚時，英台早已被父母許配給微山馬坡馬縣令之子馬文才。山伯回家，害相思病而死。臨死，囑咐葬在馬坡的大路邊，好讓死後常看到祝英台。一天，英台回娘家，發現山伯墳，急奔上前哭祭，忽雷雨大作，轟隆一聲炸雷將馬文才劈死。山伯墓開，英台縱身跳進，化成一對鴛鴦飛往微山湖而去。從此，微山湖上鴛鴦眾多，雙雙對對自由自在地戲水遊玩，當地人常稱鴛鴦為梁山伯祝英台。

2. 二○○二年七月七日樊存常根據《山東琴書》傳人，濟寧市民間七十三歲藝人王寶真演唱錄音整理的《梁祝下山》(山東琴書16)，共分「思念回鄉」、「夜盼五更」、「十八相送」、「趙河盟誓」、「紅樓相思」、「隔帘相會」、「山伯喪命」七回。由男、女輪流唱、白敘唱梁故事，先說「周公之禮定綱常」，「金殿傳下一道旨，曉諭各郡縣辦學堂。儒家思想定天下，學以至貴傳四方。送子上學成風氣，……鄰國故城鄒縣嶧山上，儒家講學美名揚。嶧山求學眾所望，各路弟子爭嚮往……」。梁山伯是鄒縣西居梁家公子，祝英台家住鄒縣九曲村，祝員外家的千金，兩人紅羅嶧山唸文章。英台扮男裝成了讀書郎，爹娘拿她沒辦法。英台柳陰下遇山伯梁齋章，兩人撮土燒香結拜成兄弟。同路把山上，拜了師父和師娘。就在那嶧山上安下灶房。每人輪流把柴火抱，輪流著打水去添缸。山伯常替英台去打水，英台常替山伯做文章。

兩人讀滿三年，一天，兩人下山岡，英台「石砸鴛鴦力氣小」被笑像個大閨女樣，眾同窗一場轟堂大笑，英台隔天便回家。兩人一晚說話難入眠，英台說起怪咱師娘真不該，「床上立上界牌，

碰歪了牌，四十戒尺打下來」，山伯抱怨師母「光打山伯不打英台，俺家貧窮你家富」，「我伸腿蹬爛了被窩縫兒，一沒針線二無裙釵」，英台趁機說「有針有線有裙釵，我就是一個裙釵女」，而山伯倒說：「拉倒吧，你別哄我憨秀才」。如此英台得想別個法子，便說夢見花園缺少一枝並蒂蓮、南學同窗十八個，裏頭有個女嬌娥、織女在河西岸，牛郎就在河東坡，牛郎星好比梁大哥，織女星比在九弟俺身上，奈何山伯一瞪眼，說英台說的淨憨話。

　　暗喻不成，隔天山伯十八相送，英台繼續努力，說大哥只把狀元做，鳳冠霞帔我穿上，當個狀元娘、我是您家戴花人、山裏竹竿，長的扛到濟寧賣，短的能做釣魚竿，那個竹竿不高不矮的回到家裏吊門帘，吊到車尾娶媳婦，咱倆沒事來回鑽、山伯比林子新墳死人死十分、山崗葡萄鬧嚷嚷，有心揪給大哥用，怕你吃出甜頭想得慌、一對白鵝，你是公鵝，我是母鵝、露水溼了我的繡花鞋，花鞋溼了纏裹腳，我到葦子棵裏裹裹腳、摘朵星星草把您爹訛成俺公公，摘朵蘿蔔絲，把你娘訛成俺婆婆、薺薺菜，把大哥訛成俺女婿、大瓜切開黑籽紅瓤賽糖砂，有心送給大哥吃、莊裏小狗瞎汪汪，不咬前頭男子漢，單咬後邊大姑娘、木匠請到俺家給你九弟打嫁妝，把我娶到您家鄉、入洞房，俺給你生上一個小兒郎，爬到那頭叫你爹，爬到這頭叫我娘、俺家一棵牡丹樹，十六年來未曾開，單等著大哥你來。哎！山伯總是個憨秀才。

　　二人乘船，前邊來到泗河沿上，山伯說咱脫掉鞋襪把水來趟，英台說我的個腳上長了瘡，靴子脫去，抖落開紅繡小鞋花滿幫，要山伯望望。山伯卻說你不該嶧山上偷咱師娘的小鞋花滿幫。山伯背英台過河，英台說我腳踩了一條魚，別踩死嘍，到後來我出

嫁時就買不到好魚了、梁大哥，姜子牙背著姜婆把河過，大哥你背的是個大姑娘。山伯氣冲冲，要將她扳到河中給蛤蟆吃，只好過了河，洗洗腳把鞋換上、最後英台寫了辭學表章叫大哥回家後沒人時偷偷望。來到雙陽岔道相別回家。

　　英台回家已配馬文才，也叫馬文祥。九月九重陽把英台娶過莊。英台五更思山伯。山伯原說五月到端陽去訪英台，誰知父親遠去討帳，家中侍奉老娘，到九月還沒去祝莊。如今訪祝只能隔帘相會，回家山伯嘆五更，相思病死，囑老母親埋到馬坡的泗河西崖，墓碑上寫山伯之墓，下寫祝英台。英台出嫁，花轎來到馬坡正南泗河沿，「山伯在墓坑把頭抬」，英台拜墓禱祝墓門開，一拜，果真黃土都裂開，棺材露出來，「山伯從棺材裏站起來」，叫聲「九弟你快來，陽間不能成雙，死後隨我上天台。」英台拉一拉羅裙蒙面冲著墓坑猛一栽，啪的一聲合起來，花花蝴蝶飛起來。「黑蝴蝶就是梁山伯，花蝴蝶就是祝英台」。

　　驗諸今日濟寧梁祝傳說遺址、習俗風物，歷史古迹遺存，1.清人焦循所著《劇說》有：「乾隆乙卯（六十，1795），余在山左學使阮公修《山左金石志》，……嘉祥縣有祝英台墓碣石，為明人刻石」，嘉祥縣是今日山東濟寧市嘉祥縣。一九五七年鄭亦喬《梁山伯祝英台墓碑出土記略》一文提及：一九五二年山東鳧山縣（今濟寧鄒城市）第六區修浚白馬河工程中，挖出梁祝碑一塊，由山東省文物管理處在當地保存。[6]一九七六年大造農田平整河道時，

6　鄭亦橋撰：〈梁山伯祝英台墓碑出土記略〉，《文物》第 9 期（1957 年），頁 49，收於樊存常主編：《梁祝傳說源孔孟故里》（北京：文物出版社，2005 年 8 月一版），頁 48。

梁祝墓連同諸墳被平掉，墓記碑被深埋地下。墓，原高 1.5 米，周長 25 米，碑高 1.84 米，寬 0.82 米，為明代正德十一年重修梁祝祠和墳墓時所立。據馬坡幾位老人說：「墓地就是梁家林（祖墳），原有寺院，佔地十八畝，後因梁氏家族遷徙，墳和祠堂年久失修，遂至荒廢。」[7]

一九九五年二月上官好嶺、卞雄傑、肖宇均提出《關於考證梁祝葬墓志的建議》。直到二〇〇三年十月二十七日《重修梁山伯祝英台墓記碑》才在山東濟寧市微山縣馬坡鄉出土[8]。其後吳琦又在九曲村找到一小塊殘破石碑，上有幾個祝姓字樣。[9]另外吳琦提及馬坡教委辦主任肖廣營曾在一九六八年與幾個鄒城同學看到梁祝碑，碑前面楷書「梁山伯墓」五個大字，背面有林界、祠廟、立碑、廂房等內容的記載。當時他們看到的是墓碑，並非《墓記碑》[10]。此墓碑，根據當地梁祝文化研究的卞雄傑說曾聽上官好嶺提及在二十世紀六十年代，曾在微山馬坡看過「梁山伯祝英台之墓」這塊碑，並有拓片，然今日拓片已失，此碑也一直沒有找到。[11]樊存常據當地的老人講：早在唐初界有梁祝合葬墓的存在，因為在梁祝合葬墓地原來有唐武德年間立「梁山伯祝英台之墓」的碑，

---

[7] 同註 1，頁 666-667。

[8] 樊存常撰：〈梁祝文化起源新探〉，收於樊存常主編：《梁祝傳說源孔孟故里》（北京：文物出版社，2005 年 8 月一版），頁 34。

[9] 倪自放、溫濤、張宏磊撰：〈濟寧發現梁祝墓記碑〉，收於樊存常主編：《梁祝傳說源孔孟故里》（北京：文物出版社，2005 年 8 月一版），頁 83。

[10] 吳琦撰：〈細談梁祝在馬坡〉，收於錢南揚等撰：《名家談梁山伯與祝英台》（北京：文化藝術出版，2006 年 1 月一版），頁 184。

[11] 同註 8，頁 33。

但後來不知此碑埋於何處，至今沒找到。[12]《墓記碑》所載梁祝故事特重忠臣烈女的令節，說英台外出求學，是因父咨嘆無子可顯耀門閭，卒然變笄易服，冒為子弟。至於山伯「別來不一載，疾終於家」乃為情所苦而死，與“忠臣”並不相干，殆立碑者因教化功能使然。

2. 梁祝故居村莊尚在，家庭後裔至今在濟寧居住。據碑文記載，祝英台家居濟寧九曲村。濟寧梁祝文化研究會查訪得知：九曲村現位於泗河南岸，濟微公路西側，因泗河從兗州至此有九處彎而得名，今已演變為東九、西九兩個村莊。祝家因避水災，後遷至濟寧市任城區岔河村。岔河村 95%以上為祝姓，村中族人尊祝英台為其先祖，諱與馬氏通婚，嚴禁村中演唱“梁祝”戲。梁氏從馬坡附近村莊遷出後，定居於兩城、南陽、梁崗廣大地區。據梁姓人說，兩城梁氏為其近支嫡傳；西莊馬郎，其後裔於明代從西莊遷出，即今日馬坡之馬氏。梁（兩城）、祝（九曲）、馬（馬坡）三姓氏村居靠近，從九曲村距西莊四華里、西莊至馬坡六華里，吳橋距九曲村僅有十華里。鄒城嶧山梁祝讀書處離此三地也不到三十公里。

從九曲村赴嶧山讀書，過西莊、馬坡、吳橋，入柳蔭之鄉（魯西笸籃、簸箕產地），經古路口，兩下店（因梁祝住宿得名），登嶧山是歷史上的一條古道，梁祝二人柳蔭駐足，實屬自然[13]。岔河村祝氏後裔祝強介紹，濟寧當地梁祝戲曲有「梁山伯住兩城，祝

---

[12]　同註 8，頁 37。

[13]　同註 1，頁 670，及註 9，頁 81-82。

英台住岔河……（祝英台）家在岔河橋南路西」的唱詞，岔河是泗河的支流，岔河橋一九八〇年前後還有，位於祝強房屋東北約二十米處。祝強說：「祝英台在岔河橋南路西」應該就是自己現在所住的地方。但村裏關於祝英台的傳說只是老輩相傳，並沒有明確的文字記載[14]。

　　3. 嶧山上明代萬曆年間鄒縣縣令王瑾在嶧山石上刻的「梁祝讀書洞」、「梁祝泉」，至今依然清晰可辨。[15]在進嶧山門，過子孫石半里許，西折，不遠處，有梁祝讀書洞。此洞原為古學官（原有洞外建築物），清人題寫的「青燈常照讀，黃土尚留踪」。可在嶧山多處找到遺跡，二人活動遺迹見於《嶧山志》，嶧山地方傳說甚多。洞西首有「梁祝泉」，洞北不遠處有泮池，供飲水之用。據考察，讀書處，距梁祝家鄉不到五十華里[16]。另外嶧山鎮有村名曰兩下店，據說梁祝求學途中曾住宿於該地，村子因此而得名[17]，山東各類地方戲曲《梁祝下山》均以「紅絡嶧山讀文章」開篇，屬家喻戶曉的地方戲曲[18]。如曾在山東省曲藝團工作的琴書藝人鄭九如喜唱《梁祝下山》，在漢城製作過唱片；山東琴書濟寧南路傳人楊芳紅將《梁祝下山》視為祖傳看家唱段。山東琴書《梁祝下山》中講述的梁祝傳說，都是把山東濟寧作為故事的發生地，唱詞中多次提到濟寧的地名，如嶧山、泗河等[19]。這也可見梁祝故事地方

---

[14]　同註9，頁82。
[15]　同註3。
[16]　同註1。
[17]　同註4，頁109。
[18]　同註1。
[19]　同註4。

化的例子。

4. 梁祝祠。濟寧市區有梁祝祠兩處，一處是嶧山萬壽宮，一處是馬坡梁家林，前者於本節開始已提及，後者馬坡梁祀祠與合葬墓同在一處，至明正德年間，祠堂坍塌，墳墓荒蕪。據馬坡盛保東等六位老人說：「有一年天旱，鄭家打井時，在二米以下挖到了舊牆基和古磚。」[20]又據微山縣馬坡鄉馬中村原村黨書記杜慶友說：「我九歲時，在祖墳附近地上打井時，曾經挖到過舊牆基和古磚，地下出土的獸頭脊瓦，超出一般廟宇用料規格」[21]這兩種說法與《墓記碑》的記載吻合。明代崔文奎道經此地，「顧茲廢基，其心拳拳」，重建梁祝祠，《墓記碑》：「經載度載謀，四界豎以石，周圍繚以垣，阜其塚，妥神有祠，出入有扉，守祠有役。」重建後的梁祝祠不僅有了院牆，且設專人看守，供家族後裔及村中百姓四季祭祀[22]。二○○三年七十二歲的杜慶友說：「我家祖墳與梁祝墓很近，我父親講，民間傳說梁祝死後埋在同一墓中，附近還建有梁祝祠。」又說：「小時候，還有兩城鎮梁氏過來上墳，因當時他的父親曾經幫忙打掃梁祝墓，前來上墳的梁家人，還專門到杜家磕頭致謝。」[23]

5. 祝馬不通婚，馬家祝家不唱梁祝戲。根據刁統菊於二○○四年四月二十日至二十五日參與濟寧市梁祝文化研究會組織了以

[20] 同註1，頁668-669。

[21] 吉祥撰：〈歷史原型與文化原型：對"梁祝"源發地的比較研究〉，收於宜興市政協學習和文史委員會、宜興市華夏梁祝文化研究會編：《宜興梁祝文化--論文集》（北京：方志出版社，2004年11月一版），頁161。

[22] 同註1，頁668-669。

[23] 同註9，頁82-83。

梁祝傳說為主題對馬坡以及周圍相關地區進行的調查[24]，馬坡鄉鄉政府駐馬坡村，距縣城六十公里。馬坡村原名國李莊，據《微山縣志》記載，早在明代就有國、李兩姓遷此定居，即名國李莊。國李莊後更名馬坡，一說是燕王掃北來到此地安營紮寨，就是國李莊的位置。其中有一個將軍的馬不見，問士兵馬上哪兒去了，士兵答說馬上坡吃草去了，從此國李莊就叫馬坡了。另有一種說法，與梁山伯、祝英台有關。過去馬坡西邊有一個村莊，叫西莊，西莊有一個很富的馬家，以養馬和拉馬車為生。馬坡附近的馬店村據說是由於馬家馬多車多，家裡放不下，於是就在二、三里以外建了一個馬棚和馬車店。後來馬車店遭了大火，馬家就分了家，一部分遷往南陽，一部分到放馬的地方，也就是今天的馬坡建村。據馬家族長馬振西說，馬坡的馬和南陽的馬都是西莊馬家的後裔。當地村民認為，與祝英台做親的馬文才的老家就是西莊。

　　馬坡村是一個自然村，歷來分馬前、馬中、馬後、馬東、馬西五個行政村，人們俗稱“五馬”。當地人認為馬後村馬氏家族就是梁祝傳說中的馬文才家族。馬坡以及周圍，存在梁祝故事的諸多異文，比如草橋結拜可能是梁祝父輩的結拜，即時定下娃娃親，不料梁家敗落，祝家嫌貧愛富，於是發生了愛情悲劇。還有的故事馬文才是故事中祝英台的公公，而非娶祝英台的馬文才。另外，祝英台的名字也有叫祝九紅，馬文才的名字在梁祝戲文中有時候為了押韻，也叫馬文清、馬文祥。

---

[24] 刁統菊撰：〈關於馬祝兩姓通婚關係的調查與討論--兼及“不唱梁祝戲”的禁忌〉，收於樊存常主編：《梁祝傳說源孔孟故里》（北京：文物出版社，2005 年 8 月一版），頁 122-130。

　　在馬坡人的地方文化裏，對祝英台、馬文才另有一番截然不同的評價，反應在馬家歷來不與祝家通婚，及馬家不允許唱梁祝戲的禁忌。根據田野訪談：(1)魯橋鎮棗林村民黃書業和魯橋鎮新挑河村杜興田說：「都知道戲裏唱的梁山伯住兩城，祝英台住九曲岔河，馬文才住馬坡。從小就聽棗林村業餘劇團唱梁祝，劇團走到哪兒他們斷到哪兒聽。其中有一個演梁山伯的叫曹厚友。住七百四十三號，詢問情況是十多歲就加入了當地劇團，解放後進入了微山縣劇團鬥在馬坡不演[25]。」(2)馬坡鄉馬中村盛寶廷：「馬中村裏有好幾個姓，……不管馬中的馬家還是馬後的馬家，都不允許唱梁祝戲。有不明白的戲班子來唱，馬家都砸過人家的戲箱子。馬家不叫唱這個戲，煩！現在馬家、祝家給仇家一樣，現在關係也不好，不通婚還不就是不好嗎？」(3)馬坡鄉馬中村盛寶傑：「祝英台、梁山伯一起上學，兩人好了。可是祝英台說給馬家了。後來祝英台跳墳裏去了，馬家就娶了空。沒娶著媳婦，當然覺得很難看，互相之間關係當然不好。……馬家給梁家倒沒什麼，確實通婚，馬家就有娶姓梁的閨女的。馬家就是不叫唱梁祝戲，實際是覺得丟人。」(4)馬後村村民馬岳氏：「這莊上不和姓祝的結婚，以前這裡唱梁山伯，俺這裡不叫唱，梁山伯在這裡西南埋著來。梁山伯祝英台的戲，有俺馬家的事，所以不叫唱。」(5)馬家族長馬振西（80 歲）：「不叫唱梁祝戲是因為污蔑了馬家人，馬家沒娶到媳婦，祝家因為閨女那樣，也顯得不好看，所以都反對。梁祝戲污蔑馬家，這是真的。我從十八歲就做外櫃，做了六十二年了，

---

[25]　原文加註云：「這部分調查參考了郭海紅的部分成果。」

祖祖輩輩不通婚。沒記得馬家跟祝家有婚事，根本不結婚。沒有。
這是真的。這是你死我活的鬥爭。祝家也反對，嫌丟人，馬家沒
撈著媳婦，也反對。……碑文寫的好著來，馬家跟梁家沒仇。姓
馬的跟姓梁的是一個系統，都沒撈著媳婦。編書的也會編，馬文
才是個小丑，羅鍋腰，還結巴。人家看戲的就說了，就這麼樣的
人家祝英台能跟你嗎？說麼也不讓唱。真有唱戲的，砸斷他的熊
腿。只唱過一次，大概是一九五三年的事。在南德廠，還不是在
這兒唱的，離這個還好幾里路。說是宣傳婚姻自由的。一開始馬
家不讓唱，區里動員唱一次，好多幹部開了會，說不能醜化啊。
馬文才有書僮，書僮在前頭一走，馬文才在後面跟，一點也不丟
人，就一秒鐘就過去了。從老輩的就不通婚，……族裡的人都知
道為什麼祝家和馬家不通婚[26]。」

　　從此田野調查中知梁祝故事在馬坡地方的效應已然深化，加
上地方戲曲中醜化馬文才形象，更令當地人義憤填膺，媳婦沒撈
著，還讓編書的人編個馬文才是羅鍋腰，又結巴的小丑，污蔑了
馬家，當然不讓唱梁祝戲。但梁與馬二家同是沒撈著媳婦，不算
仇家，所以梁馬可以通婚，這恐怕是就馬家有娶梁姓閨女的事實，
所做的解讀，全都是梁祝故事虛實效應互涉的文化現象。田野調
查還從一九九四年所編的馬家家譜看出與馬家通婚的姓氏，確實
沒有姓祝的，來證實馬祝不通婚的禁忌習俗。這仍是梁祝故事效
應虛實互涉的文化解讀。恐怕很難得知當地馬家族人對梁祝馬三
人的關係與形象，是從傳說、戲曲，抑或是從二〇〇三年出土的

---

[26] 同前註。

《梁山伯祝英台墓記》中得來，當然也許也是虛實交錯的互涉比附狀況。

　　而馬家不想與祝家通婚，祝家同樣不想與馬家通婚。據馬振西說，馬坡以北十二里的東九村有一些人家姓朱，人們都說他們是從祝姓改為朱姓的。而訪談東九村的一些村民，只說一直沒見過家譜，只知自己是從山西洪洞縣遷來九曲，與馬家有通婚關係。於此可見民間傳說總有過度詮釋的誇張現象。另外，在濟寧市任城區接莊鎮岔河村，祝姓也是大戶，同樣也有不能唱梁祝戲，不與馬家通婚的禁忌，據說曾經有戲班子來唱，被人揍了幾回，打了幾回架了。更有意思的是人們認為祝英台是他們的老奶奶，五十多歲的祝侯氏具體指出祝英台的娘家是祝強家。但祝強說，岔河村姓祝的大概有二十代人了，不過沒有修過家譜。此又見口傳的虛實互涉詮釋例子。祝強肯定的是祝姓確是從九曲遷來，這裏的確是不能唱梁祝戲，祝姓也不能與馬家通婚，其中原因是人們認為梁祝故事影響到了祝家的名譽，是一件令人難以啟齒的醜事。不過祝家可以與梁家通婚。這仍是梁祝故事效應的結果。

　　另據吳琦的調查，祝英台的話題在岔河村很敏感，幾個輩份較長、年齡較大的祝姓老人講：他們的祝，就是祝英台的祝，他們老輩是明朝發大水避水災從泗河邊遷來的。在他們祖祖輩輩的血脈承襲中，不允許唱梁祝戲、說梁祝書、講梁祝事。在與祝氏族中老人們的談話中，得知祝氏家族，從老輩就不讓演唱梁祝戲，連電影《梁山伯與祝英台》，也從沒踏進岔河村的這片禁區。因此，梁祝故事對這裏的祝氏後裔來講是十分陌生的。老人們還專門談到他們刻骨銘心的祝氏家規，那就是禁止與馬氏通婚。說是"老

家的規矩"[27]。這 "梁祝民俗" 的禁忌—祝馬兩姓禁止通婚，祝馬故里禁演與梁祝有關的影視曲劇，山東琴書藝人在這一帶開演前先要拜碑等等[28]習俗的強調，今雖不可得知習俗形成的確切年代，但從出土明正德十一（1516）年的《墓記碑》來看，也許年代不致太晚；山東琴書原是山東民間小曲聯唱，初名為 "小曲子"。清末民初藝人進入城市演唱以後，被稱為 "山東揚琴"、"文明琴書"。一九三四年定名為 "山東揚琴"[29]，則山東琴書開演前得先拜碑，恐怕是清末以後後起的習俗。

6. 梁祝故事中梁祝老師常是孔子，二人求學之處亦常是山東濟寧的尼山。陳金文〈從民間詩歌、曲藝看梁祝傳說源地〉[30]一文，說及明末刻印的《結義兄弟攻書傳》中梁祝追隨的老師是「魯國至聖」，當是孔夫子無疑。又提及清代刻印《梁山伯重整姻緣傳》，梁祝老師也是孔子。再提民國時期刻印的《梁祝生還結夫妻》，梁祝老師是杭州孔仲尼，當是孔子周遊到杭州，梁祝聞訊要去隨孔子讀書。又：《彝族傳統故事歌》中也唱道：「英台近前問爹娘：杭州有個好書堂，孔子先生教文字，我今要去讀文章。」又：清代抄本《雙仙寶卷》，梁祝老師是周遊到杭州的山東孔夫子。又：清代民間抄本彈詞《新編金蝴蝶傳》，老師也是周遊列國孔夫子，

---

28 張士閃撰：〈山東民間文化背景下的梁祝故事〉，原文作「梁祝馬三姓禁止通婚，梁祝故里禁演與梁祝有關的影視曲劇，山東琴書藝人在這一帶開演前先要拜碑等等。」收於樊存常主編：《梁祝傳說源孔孟故里》（北京：文物出版社，2005 年 8 月一版），頁 119。
29 周靜書主編：《梁祝文化大觀·曲藝小說卷》（北京：中華書局，1999 年 12 月一版），頁 54。
30 陳金文撰：〈從民間詩歌、曲藝看梁祝傳說源地〉，收於樊存常主編：《梁祝傳說源孔孟故里》（北京：文物出版社，2005 年 8 月一版），頁 93-96。

訓學杭州開學館。又：清代彈詞抄本《新編東周大雙蝴蝶》，老師是魯國孔仲尼。

　　陳氏文中又提及「民間敘事詩、民間曲藝、民間小戲中還常有梁祝在尼山的說法，尼山在山東曲阜，是孔子出生地」、「梁祝讀書在尼山得說法，是梁祝故事與孔子又一種聯繫。」，陳氏又舉流傳於四川、遼寧一帶的民間敘事詩：《柳蔭記》，英台辭別爹娘要去尼山拜師孔子。又：河北油印資料本記錄的《化蝶英台調》「英台女化男，攻書在尼山。」客家人的竹板歌《梁山伯與祝英台》：梁祝兩人「來到尼山入學堂」。又：鼓詞《柳蔭記》、川劇《英台罵媒》也是到尼山攻書。

　　最後斷言「就傳說學的角度講，傳說一般是與流傳地民眾身邊的或附近的地理人物發生聯繫，梁祝口承敘事作品中常說梁祝是孔子門徒，兩人是在尼山讀書，就此來看，以上說法可能與梁祝故事最早發生於山東濟寧一帶有關（包括曲阜在內）。孔子是山東濟寧人，出生於尼山，當地的人們出於鄉土意識，一直以孔孟之鄉、禮儀之邦自居，他們將梁祝傳說附會於孔子或尼山應該說是自然而然的。至於在全國許多地區為何都有以上說法，我以為很可能是該傳說流傳到其他地區後，人們沿襲了原來的說法。退一步講，山東濟寧至少在梁祝故事的流傳中發揮了核心性作用。…特別是南宋以來江浙地區一直是文化昌隆之地，收徒講學之風甚盛，然而這麼多民間敘事作品不把梁祝的老師附會為他人，不把梁祝讀書處附會於他處，而常常把梁祝的老師附會為山東濟寧的孔子，將梁祝的讀書處附會於山東濟寧的尼山，很能說明梁祝傳說與山東濟寧間的淵源關係」。

　　陳氏該文的主要論點是，傳說與流傳地的地理人物一般會發生聯繫，梁祝口承敘事作品中常說梁祝是孔子門徒，兩人在尼山讀書，所以可能梁祝故事最早發生於山東濟寧（包括曲阜在內）。案：陳氏此說前半部當無疑義，但說梁祝故事的老師常是孔子，讀書地在尼山，所以山東濟寧可能是梁祝故事最早發生地的推斷，則有誤。首先，在梁祝故事網絡中，就筆者所見近九百筆梁祝故事資料，列表如下：

老　師	出　　處	次數
孔子	故事 100、102　民歌 12、17、20　鼓詞 1、2、3、6　彈詞 1、2　寶卷 1、2、5、6、7、8　福州平話 1、2　竹板歌 2　歌仔冊 6　棠邑腔 1　閩劇 3　睦劇 1　袁河採茶戲 1　大調曲子 1　隆堯秧歌 1　潮州說唱 1　提琴戲 1	29
孔孟	故事 110　龍江劇 1	2
孔阜	黃梅戲 2	1
孟繼軻	川劇 3	1
孔好古	小說 11	1
嶧山先生	文獻 10	1
程明道	寶卷 3	1
闍志安	河南墜子 1	1
鬼谷仙	歌仔冊 10　歌仔戲 4、8	3
張適樵	閩劇 1	1
張遷儒	粵劇 5	1
張迂樵	電影 1	1
張光輝	歌仔戲 6	1
吳望	崑劇 1	1
孫卓	南管 1	1
鄒佟	豫劇 2	1
高明經	秦腔 1	1
周士章	小說 5	1
周世卓	小說 6	1

袁宏	小說 12	1
丁程雍	連續劇 5	1
王子玉	連續劇 6	1
王夫子	故事 3	1
鄭師	木魚書 5	1
周老師	小說 10	1
周老先生院公	連續劇 8	1
長老先生(觀音娘娘所化)	故事 8	1
老師	故事 1、15、18、20、38、65、82、146　竹板歌 1　東北二人轉 6　京劇 1　越劇 7、8、9　滇戲 1　歌仔戲 10　五調腔 1　故事劇 1　小說 8　電影 3、6、9　電影小說 1　連續劇 7　綜藝連續劇 1　綜藝單元劇 1　漫畫 2	27
先生	故事 4、6、7、9、14、32、93、96　民歌 2、19、21、32、40、42、54　木魚書 2、4、6　宣卷 1　豫東琴書 1　清曲 1　錦歌 1、5、13　歌仔冊 1、4、17、18、21、25　寧波戲 1　灘簧 1　越劇 1、2　侗戲 1　楚劇 2、3　黃梅戲 3、5、6　歌仔戲 2、3、11　小說 9、13、15　電影 4	47
老先生	故事 12、126、141　越劇 30	4
老夫子	故事 36	1
夫子	歌仔戲 13	1
教師	故事 13	1
師父	大鼓書 1　山東琴書 14、16　三弦書 1　洪洞戲 1　淮劇 2	6
宗師	民歌 26	1
恩師	雜劇 1　拉場戲 3	2
女老師	壯劇 1	1

梁祝的老師除了孔子(29)之外，尚有孔孟(2)、孔阜(1)、孟繼軻(1)、孔好古(1)、嶧山先生(1)、程明道(1)、閻志安(1)、鬼谷仙(3)、張適樵(1)、張遷儒(1)、張迁樵(1)、張光輝(1)、吳望(1)、孫卓(1)、鄒佟(1)、高明經(1)、周士章(1)、周世卓(1)、袁宏(1)、丁程雍(1)、

王子玉(1)、王夫子(1)、鄭師(1)、周老師(1)、周老先生院公(1)、長老先生(觀音娘娘所化)(1)、老師(27)、先生(47)、老先生(4)、教師(1)、老夫子(1)、夫子(1)、師父(6)、宗師(1)、恩師(1)、女老師(1)。計有一二○次，與孔子出現二十九次，共一四九次，則孔子出現的二十九次，約佔五分之一而已。很難驟下論斷說梁祝故事最早發生於濟寧。

再就梁祝老師是孔子的二十九個故事，列表觀察如下：

故事出處	故 事 名 稱	老 師	讀 書 處	流傳區域
故事100	〈二匹の蝴蝶〉	孔先生	杭州	臺灣
故事102	〈梁山伯與祝英台〉	孔子		福建屏南縣
民歌12	〈山伯與英台〉	孔子	杭州	浙江遂昌縣
民歌17	〈柳蔭記〉	孔夫子	尼山	四川、遼寧蓬溪一帶
民歌20	〈畲族傳統故事歌〉	孔子	杭城	福建省福安一帶畲鄉
鼓詞1	《結義兄弟攻書傳》	魯國至聖夫子	杭州孔夫堂	
鼓詞2	《柳蔭記》	孔夫子	尼山	四川省
鼓詞3	《新刻梁山伯祝英台夫婦攻書還魂團圓記》	孔夫子	杭州	河南省
鼓詞6	《梁山伯與祝英台全史》	孔夫子	杭州	上海市
彈詞1	《新編金蝴蝶傳》	孔夫子	杭州	江蘇蘇州
彈詞2	《新編東調大雙蝴蝶》	孔仲尼	魯國	
福州平話1	《祝梁緣》	孔聖	杭州孔聖堂	福州
福州平話2	《雙蝴蝶》二集	孔仲尼	魯國山東曲阜	上海市
寶卷1	《雙蝴蝶寶卷》	孔夫子	杭州府	
寶卷2	《雙仙寶卷》	孔夫子	杭州	

寶卷 5	《梁山伯寶卷》	孔丘	杭州	
寶卷 6	《訪友》	孔夫子	杭州城	
寶卷 7	《英苔寶卷》	孔仲尼	杭州	
寶卷 8	《英台卷》	孔夫子	杭州	
大調曲子 1	《梁祝》	孔聖	紅羅山杭州	
歌仔冊 6	《梁祝生還結夫妻》	孔仲尼	杭州	福建省廈門
竹板歌 2	《客家人梁山伯與祝英台》	孔夫子	尼山	廣西富川、鍾山一帶
潮州說唱 1	《梁山伯與祝英台》	仲尼	魯國山東	
棠邑腔 1	《棠邑腔同窗記》	孔丘	尼山	
隆堯秧歌 1	《梁山伯與祝英台·八仙桌來四角方》	孔聖	山東	河北省隆堯縣
閩劇 3	《梁山伯與祝英台》	孔夫子	杭州	福州
睦劇 1	《山伯訪友》	孔夫子	杭城	
袁河採茶戲 1	《送友·太陽一出照山河》	孔夫子	撫州	江西省
提琴戲 1	《山伯送友·兄弟雙雙坐書房》	孔聖人	山東	湖北省
故事 110	〈梁山伯與祝英台〉	孔孟	陝西紅龍山	耿村
龍江劇 1	《春靈庵·好個痴呆呆的梁仁兄》	孔孟	泥山	黑龍江省
黃梅戲 2	〔梁山伯與祝英台〕	孔阜	杭州	安徽省安慶市
川劇 3	《梁山伯與祝英台·我這裡凝秋水將兄來望》	孟繼軻	杭州尼山	

以上梁祝故事中老師是孔子的二十九次，若加上先生名字叫「孔孟」(故事 10、龍江劇 1)一次，「孔阜」是大成至聖先師孔夫子之後裔(黃梅調戲 2)一次，及「孟繼軻」(川劇 3)一次，仍是孔子效應的例子，共有三十三次。讀書處是尼山的有五次。至於故事的流傳區

域，分見臺灣、福建省屏南、福安一帶，畲鄉、福州、廈門、河北省耿村、隆堯縣、浙江省遂昌縣、四川省、遼寧省蓬溪一帶、河南省、上海市、江蘇省蘇州、廣西富川、鍾山一帶、黑龍江省、江西省、湖北省。有趣的是，所見的山東梁祝故事中，沒有梁祝老師是孔子，讀書地是尼山的，則恐怕很難推斷為梁祝故事的本源於濟寧一帶。另外陳文解釋說當地人們出於鄉土意識將梁祝傳說附會於孔子或尼山，應該是自然而然的說法，較有可能是故事流播過程中後起故事當地化的現象，恐怕與故事本源處人們鄉土意識的比附無關。

　　再者，陳氏提出南宋以來江浙地區文風昌隆，為何梁祝故事中梁祝的老師常要比附為孔子，讀書處是尼山的疑問。這在民間故事、敘述歌謠，或地方曲藝、地方小戲的通俗作品中並不難解釋；因為孔子是中國的至聖先師，英台既要外出求學，到尼山拜孔老夫子為師，也是極其自然的想像，甚至故事編撰者還理所當然地將梁祝的時代，往前推至周代，因此梁山伯祝英台是周代的兩名弟子與曾子、閔子騫等孔子門徒有互動的情節（彈詞 2），也自然是順理成章的安排。

　　今所見以山東濟寧梁祝文化空間為輻射中心的梁祝故事，有749A「生雖不能聚，死後不分離」、749A.1「生雖不能聚，死後不分離，死而後生」、885B「戀人殉情」三種類型及不屬梁祝類型故事共 17 個。其中 749A 類型故事有二：1.〈蝴蝶成雙不分離〉（故事 141）；2.《梁祝姻緣記》（山東琴書 9），有「女扮男裝外出求學」、「相思病死」、「新娘過情人墳，狂風驟起，飛沙走石，不得前行」、「新娘拜墓，墓開人進墓墓合」（故事 141），或「新娘哭祭情人墳，

忽風雨驟至，墓開人進墓，墓合，雨過天青，鮮花盛開」(山東琴書9)、「人化蝶（墳出一隻蝴蝶－－山伯(故事 141)）」(山東琴書9)、「一塊裙角化一隻蝴蝶（英台）」(故事 141)的主要情節，及「以左右腳進門分辨男女（男人左腳進門，女人右腳進門）」(故事 141)、「床中置書箱盆水為界，越者受罰」(故事 141)或「床中置界方為界」(山東琴書9)、「女扮男裝者藉事物暗喻己為紅妝，表露情愫」(故事 141、山東琴書9)、「女扮男裝者設計引人離去，自己先行渡河，以防他人識己為紅妝」(故事 141)、「女扮男裝者托言為妹訂親，實則以身相許」(故事 141)的次要情節，及附屬情節「世上所無藥方」(故事 141)。

《梁祝姻緣記》(山東琴書9)，又名《雙蝴蝶》、《梁山伯與祝英台》，山東琴書傳統中篇書目。韻散相間體，唱詞為汪洋轍，十七回，約可演三四場。取材於《祝英台死嫁梁山伯》雜劇及民間傳說。山伯英台也是同往紅羅嶂山讀書。英台許配的也是馬坡富家子馬文才。該書係山東琴書藝人盛演曲目，在山東各地普遍流傳。山東琴書藝人鄭九如、張鳳玲於二十世紀三〇年代灌有唱片《梁山伯下山》，其他如商業興、關雲霞夫婦，楊芳鴻、劉玉霞夫婦等，對口演唱皆有特色，也常在濟南、青島等地電台演播。這都是濟寧梁祝文化的輻射效應。

749A. 1　類型故事有一：〈嶧山姻緣來世成〉(故事 142)是樊存常根據民間傳說整理，未標明故事來源，故事發生的時間在漢代，可能與樊氏考定梁祝故事中英台因父憂心無子可題耀門閭，乃冒為子弟，「畢竟讀書可振門風，以謝親憂」的孝行，及出土遺物有漢代陶罐、泥人、動物獸等，以為梁祝故事發生在漢代比較符合

歷史事實[31]，因而認定梁山伯祝英台應為漢代人的說法有關。故事除有「女扮男裝外出求學」、「相思病死」、「新娘哭祭情人墳，即景口授祭文，忽雷與大作，墓開，陰魂顯應拉人同歸陰」、「殉情男女至閻王殿，閻王示因果，且預言死後將化蝶上天」的主要情節，也有女扮男裝者「借事物暗喻己為紅妝，表露情愫」、「托言為妹訂親，實則以身相許」的次要情節，及附屬情節「金童玉女打破天宮琉璃盞貶罰下凡」、「女扮男裝者與人結拜為兄弟」，恐怕也是梁祝故事互涉後起的故事。

　　885B 類型故事有四：〈梁山伯與祝英台合墓葬〉(故事 139)、〈梁祝墓借碗〉(故事 140)、《畫說孔孟故里梁祝故事》(故事 146)、〈山東的梁山伯與祝英台〉(故事 149)，前兩個故事是樊存常根據民間傳說整理，第三則則是樊氏編著而成，每頁有圖、中英文故事。第四則〈山東的梁山伯與祝英台〉(故事 149)故事主角祝英台是濟寧州城東南南貫集，莊上祝員外的女兒，十四、五歲時得到母親支持，扮男裝到鄒縣紅蘿嶧山去念書。在客店裏結識泗河涯小溪莊的梁山伯，二人結成兄弟，梁祝故事傳開後，這個村莊因此更名為「兩下店」。英台許配的是馬坡鎮上富家子弟馬文才。山伯相思病死後，埋葬在泗河涯的大路邊上。前三個故事都是漢代孔孟故鄉鄒縣（今微山）馬坡鄉九曲村，祝文遠女兒祝英台到嶧山讀書，路上遇梁山伯，在柳蔭下結拜為兄弟。婚姻介入者一是西居村的馬文才，是書香門第，馬文才已在嶧山學成，被推舉做官，知英台是才女，欲娶為妻(故事 146)，在山伯死後，英台也因相思病死

---

[31] 同註 3，頁 13-16。

家中，馬文才却因對祝英台敬佩和愛慕，拜祝父為義父，願替英台盡孝心。一是馬坡的秀才馬文才，出身名門，也在嶧山讀過書，是遠近聞名的儒生，已考取了功名。由於馬文才姥姥家是九曲村的，小時候經常到九曲村走姥姥家。祝員外有心為女兒找一個門當戶對的女婿，就托馬文才的姥娘說媒，讓英台嫁到馬家，最後則是英台祭山伯墳，哭死墳前(故事 139)，二者均是世人感念祝英台情義，而將她與山伯合葬。另外，〈梁祝墓借碗〉(故事 140)，故事主題已移轉梁祝死後顯靈的事件，而梁祝故事則本〈梁山伯與祝英台合葬墓〉(故事 139)，惟少了祝父托馬文才姥娘說媒情節。

此四則故事有「女扮男裝外出求學」、「相思病死」、「新娘過情人墳，狂風驟起，飛沙走石，不得前行」(故事 149)、「新娘祭情人墳，哭得天色慘淡，暴雨傾盆，哭死墓前」(故事 139)、「新娘哭祭，墓開人進墓，墓合」(故事 149)、「世人將殉情男女合葬同塚」的主要情節，及「床中置界牌以防女扮男裝者與男子同床發生意外」(故事 139)，或「床中置隔木為界，越界者重罰」(故事 146)、女扮男裝者「借事物暗喻己為紅妝，表露情愫」(故事 139、146)、「女性行徑被疑為紅妝」(故事 139)、「托言為妹訂親實則以身相許」(故事 139)、「以蝴蝶玉扇墜為聘托媒（師母）自訂終身」(故事 139)的次要情節，及附屬情節「丫環扮書僮伴讀」(故事 139)、「女扮男裝者與人結拜為兄弟」(故事 139、146)、「十八里相送」(故事 139、146)、「啞謎喻婚期」(故事 139)、「梁祝讀書處的由來」(故事 149)、「兩下店的由來」(故事 149)、「好人或孝子到梁祝墓祠祭拜，可得美滿婚姻」(故事 140)、「窮孝子結婚，向梁祝墓祈禱能借到喝喜酒的碗，

隔日果如其願，墓前出現很多碗，孝子借碗用畢連夜還原處，隔日碗自動消失」(故事140)、「孝子三次向梁祝墓禱祝借碗，均如其願」(故事140)。

不屬於梁祝類型的故事有十一個，其中〈梁山伯下山〉(山東琴書10)，鄒環生、韓鳳蘭演唱〈梁祝下山〉(山東琴書12)、鄧九如、張鳳玲演唱〈梁山伯下山〉(山東琴書13)、徐桂榮、暢雪麗演唱〈梁祝五更〉(山東琴書14)、〈梁祝下山‧上河調〉(山東琴書15)，均是山東琴書梁祝故事的唱段，前四者情節單元有「女扮男裝外出求學」、女扮男裝者「借事物暗喻己為紅妝，表露情愫」、「托言為妹訂親，實則以身相許」、「牙床立下界牌木，蹬倒者打四十戒尺」，後者則無情節單元。另有茂腔《梁山伯與祝英台‧梁仁兄難認出結拜之人》(茂腔1)亦無情節單元。呂劇時克遠、張翠霞演唱，一九五七年山東人民廣播電台錄音記譜《梁祝下山‧太陽一出紫靄靄》(呂劇1)、〈梁山伯下山〉(呂劇2)折子戲，均是山東地方劇種呂劇《梁山伯與祝英台》中的一齣戲，有「女扮男裝者借事物喻己為紅妝，表露情愫」的情節單元。還有，山頭花鼓戲、濟寧八角鼓地方曲藝也有梁祝故事的曲目[32]，山頭花鼓祖傳曲目就是《梁祝下山》，其唱詞有：「梁山伯祝英台二人結故友，就在鄒縣嶧山念文章」與山東琴書《梁祝下山》相同[33]。

〈嶧山梁祝讀書洞〉(故事143)、〈梁祝鬧五寶〉(故事144)、〈"斷

[32] 樊存常、程善偉、孫召華撰：〈試論儒家思想對梁祝文化的影響〉，收於樊存常主編：《梁祝傳說源孔孟故里》(北京：文物出版社，2005年8月一版)，頁50。
[33] 徐進主、王鑫撰：〈《小崔說事》說梁祝〉，收於樊存常主編：《梁祝傳說源孔孟故里》(北京：文物出版社，2005年8月一版)，頁156。

橋"隔斷梁祝情〉(故事 145),都是樊常存根據民間傳說整理的故事。後者是梁祝悲劇之所以造成的故事,梁祝嶧山求學三年期滿遊觀山景,英台譏山伯「蟲螟之意情深似海,木頭無情呆頭呆腦袋。糊裏糊塗混日月,肚洲之內傻買賣」,借「路中為什麼要修橋,為的是配套」,又說自己「腰這麼細、手指這麼長、臉面這樣粉薄」、「我的胸膛為啥這樣高」、「你我三年寒窗苦,縫縫洗洗全是我」、「針頭線腦我安排,舖床疊被,刷鍋洗碗、燒火做飯」,甚至說要「娶山伯為妻」,山伯氣瘋了說「瘋了瘋了,別說了,裂!」眼前小橋當即斷裂。英台飛身一跨,跳到橋的南端,徑自下山去了。山伯不為甚解,轉身飛跑,去問老師,才知英台是位女子!山伯轉身向山下追去,可是一切都晚了。這是「斷橋的由來」,也是「人對橋說裂!果如其言,情人由此分手成悲劇。」

〈梁祝鬧五寶〉(故事 144)與〈嶧山梁祝讀書洞〉(故事 143),則屬後起兜合的故事,前者說「嶧山奘松嶺側東側,隱仙洞右去五米處有一坪,方圓約三畝許。上邊曾有一古建築:大殿牆基東西十五米,南北六米砌石方整、厚實,今尚有配殿、大門等遺址,此即元朝至元年間始建的梁祝祠。據記,殿內曾供有元朝人製作的梁山伯、祝英台漢白玉雕像。」傳說元朝之前,這裏只有兩塊花崗岩石頭,活像兩尊神像,男左女右,並排向陽,盤腿穩坐。據說,這是雲道真人將其弟子梁山伯、祝英台點化而成的風彩神靈形象。故事是梁山伯、祝英台二人嶧山學藝,從師雲道真人。雲道真人從袁天罡處相術之學,改道從事呂洞賓。真人出遊四方,常把學宮之事,交代梁、祝二人照料。雲道另外三位弟子,不守本分,成天鬧著早早成仙,終歸正果。

　　一天，真人又外出離去，梁祝二人在師傅臥室內發現五個淨光溜圓，賽似金團的小小胖娃娃，蹦蹦跳跳，追隨玩耍。等師傅回來相告。但真人沒加可否，又似乎胸有成竹，只密告梁祝備下若干金線銀線，再見到小胖娃娃，悄悄捆上一條腿或一隻胳臂，由他們任意走去。第二天梁祝照師傅吩咐行事，跋涉溝壑，尋線跟蹤找去。在嶧山東南偏五里許，有五條大黃土溝，發現每一溝裏埋著一條金線銀線，兩人挖掘，捧出一個賽似金團的胖娃娃，再去尋找其餘四棵，只留空坑窩，全都跑了。真人不予責怪，隨即命英台清洗鍋灶，將人參娃娃沐浴下鍋，添水煎煮，山伯加緊砍柴，以供燒燃。而真人又外出雲遊。熬了七天七夜，三位大師兄回來了，聞到香味，強揭鍋蓋，頓時搶爭喝起來，三人轉眼不見了。真人回來問明原委，一笑了之，請英台把鍋碗刷洗一遍，將刷洗之水再燒煮煎熬，真人將又煮沸的半盆殘羹剩湯一飲而盡，對梁祝說了聲「謝謝，保重了！」也一閃身不見了。梁祝見真人在桌上留下一紙，才知三師兄成仙，而真人成半仙去了。

　　而後者故事更加精彩，「相傳，嶧山所在地和它南面的廓山所在地，原是兩個湖泊，當地人們稱它們為姊妹湖。有一年，二郎擔山路過魯南，扁擔斷了，兩座大山掉進了姊妹湖，便形成今日的兄弟山－－嶧山和廓山。」姊妹湖變成了兄弟山，可苦了當地居民。嶧山光禿禿的，老百姓生活陷入困頓。過了幾年，八仙結伴雲遊，路經嶧山，各顯神通，張果老「手一指立現岩洞、石桌、酒菜」，藍采和「伸手籃中抓一把種子，四面八方一撒，瞬間花木滿山，香氣撲鼻」，韓湘子「吹神笛招來飛禽走獸」，何仙姑「從頭上摘下一朵絹做蓮花，往嶧山東面一扔，立現菡萏盛開之蓮

口,那時離斬妖劍還在十步之外呢,跨前這一步,還沒到小洞門口,怎麼就成了十步之內呢?」哦!原來,祝英台在山伯摔蛇時見那妖精現了原形,便從牆上取下斬妖寶劍,跑到洞口,正趕上妖精上前撲抓梁山伯那一步,英台與妖精相距正好是九步多一點。嗖一聲,「寶劍出鞘,斬妖後自動消失」,這便是「梁祝讀書洞」或「梁祝除妖洞」的來歷了。

　　以上三則故事大抵是兜合地方風物傳說後起的故事。根據陳金文〈山東濟寧梁祝傳說的類型〉一文考證,人參仙果的故事,最早載於南朝劉敬叔《異苑》:「人參一名"土精",上生覺佳,人形皆俱,能作兒啼。昔有掘之始下鑱,便聞土中呻吟聲,尋音而取,果得人參」,陳氏又言嵩山竹林寺、遼寧閭陽寺傳說中都有此一情節[34]。案:此則參精傳說,再益以升天成仙的願望,便是今日〈梁祝鬧五寶〉故事兜合的地方風物傳說了。又陳金文〈明代曲阜孔廟緣何會有"梁祝讀書處"〉一文[35]所載,田振鐸、秦題耀、劉玉平編輯的《嶧山新志》記錄了《梁祝鬧五寶》、《"斷橋"隔斷梁祝情》[36],與于鶴翔編輯的《嶧山志怪》記錄了《梁祝讀書洞》[37]三則傳說,題目、內容似與樊存常所錄故事相同,惟未見原書,不知同異為何。

---

[34] 陳金文撰:〈山東濟寧梁祝傳說的類型〉,收於樊存常主編:《梁祝傳說源孔孟故里》(北京:文物出版社,2005年8月一版),頁101-102。

[35] 同註4,頁110-111。

[36] 田振鐸、秦顯耀、劉玉平撰:《嶧山新志》,濟寧市新聞出版局1993年版,頁67-68、71-73,及同註4,頁110。

[37] 于鶴翔撰:《嶧山志怪》(山東:文藝出版社1987年),頁74-82,及同註4,頁111。

第二節　河南省駐馬店市汝南縣梁祝故事文化現象

　　河南駐馬店市汝南縣梁祝故事未見文獻記載，今日所見最早明末清初的民歌《英台恨》(民歌 2)，共八百多行，共有〈英台擔水〉、〈英台辭學〉、〈英台拜墓〉三章，是連續性的唱詞，流傳於河南省西南部、湖北省北部、陝西省東北部，主要是農村老農們茶餘飯後的娛樂，有時民間曲藝藝人也配上三弦書演唱。此民歌的口述者是河南省南陽縣瓦店鄉侯營村人侯書凡（男，六十六歲，農民，民間藝人）[38]。

　　故事從紅羅崗上讀書兩學子輪常把柴、擔水開始；英台氣力小，山伯遭遭替她擔。今日輪到英台擔水，女扮男裝的英台只好跟著師娘走。師娘見她「過門右腳先，與一般男子左腳先不同」，又覺她「撲面有股宮粉氣、耳根唇窟窿還沒長嚴、說說兒聲音恁輕謙、未曾走路腰打軟」，強八成是女不是男。再說山伯到井台來幫忙，師娘問何緣故？山伯說當初俺二老南學朋情重，同到那南頂山上求男兒，相約「二家都生麒麟子，一起送到南學前；二家都生紅顏女，一起繡樓繡鳳鸞；一家男，一家女，只通媒紅結姻緣。」師娘「用計灌醉英台，露出三寸小金蓮。」質問先生滿堂學生十個，有幾個女來幾個男？先生才知英台女扮男。令眾學生，今晚睡覺，「牙床以上把界牌安。伸腿不許捲腿睡，捲腿不許伸腿眠，哪個蹬倒牙床界，四十大板不容寬！」明日英台辭學要下山。

　　英台詭稱夜裏做一夢不吉祥，要回祝家莊。兩人說話到五更，

---

[38]　〈英台恨〉，收於周靜書主編：《梁祝文化大觀‧故事歌謠卷》（北京：中華書局，1999 年 12 月），頁 451-452。

英台問何以牙床立界牌？請梁哥猜滿堂學生十八個，內中有個女裙衩，暗示自己是紅妝，又借「戴花、拜花堂、小金蓮、蜂採花、狗咬女娥皇、櫻桃有心摘給梁哥吃，怕吃慣甜桃你還想嚐、佳人哭墳中親人、公禽母禽、公鵝母鵝、桑木勾擔柏木桶、葦子棵裏纏纏腳、姜公背姜婆，暗喻情愫」，直到山伯送她回家前說了無數比方，奈何山伯是「千提萬提提不醒，好比泥捏木雕梁大郎」，只好遞出辭學表要他回學裏看端詳。山伯看了辭學表，才知英台是女娘，早知她是紅顏女，俺倆就在高山拜花堂。但如今也只能三年學規滿，回去路過祝家莊。

英台紅羅山攻書二年半，回家時父母已將她許配馬家郎。山伯三年整後回鄉訪英台，知來遲一步，棒打鴛鴦兩分張。回家染病上身，囑父要埋麻香台口，死後也要會會祝英台，而後氣絕而亡。二老叫家僮殯埋大叔麻香口，一幢石碑刻「女扮男裝祝英台，氣死俺兒梁秀才」。

英台出嫁時，花轎走到麻香口，天降黃風，擋住花轎不能抬，英台下轎見一新墳，在家聽丫環講，梁哥哥死後埋在麻香口，開言「禱祝"眼前若是梁哥墓，小奴三拜墓門開"。一拜，墳上新土捩下來；兩拜，露出花花一棺材；三拜，坷喳喳墓門大閃開」，英台女「扯起羅裙蒙面往裏栽，英台栽死墓坑內，變一對黃、花蝴蝶飛起來」，「黃蝴蝶本是梁公子，花蝴蝶就是祝秀才。」二蝶空中效鸞鳳，觸惱了抬親馬秀才，下馬雙足一頓墓坑栽，馬世恒「栽死墓坑內，變一隻大黑蝴蝶飛起來，朝那黃、花蝴蝶著膀打，棒打鴛鴦兩分開，黃蝴蝶落到河東去，花蝴蝶落到河西來，黃蝴蝶一轉公子魏士秀，花蝴蝶一轉蘭家女裙衩，要得二人重相會，

除非是水漫蘭橋另投胎。」這才是「山東鵓子山西來，鳥為食來人為財；鯉魚為食吞鉤死，梁山伯死為祝英台。」故事屬 749A 類型。

　　清末（1900 年）河南刻本鼓詞《新刻梁山伯祝英台夫婦攻書還魂團圓記》（鼓詞 3），金榜題名虛富貴，洞房花逐假風流，親生兒子難養老，恩愛夫妻不到頭。吟詩一首唱正文。「表起英台上杭城」，這祝英台家住東京府玉水河邊祝家村，父親祝公遠，母親滕氏，家財萬貫，生了八位小官人，英台是九千金。十六歲與丫環在花園打鞦韆散心，聽得牆外亂紛紛，說「杭州開學館，廣招天下讀書人」，打定主意，「扮長街賣卦人，前廳哄過雙親」，員外只好應允她出門求學。嫂嫂「譏誚杭州讀書三年，回來公公抱外孫」。英台「紅綾埋土，摘花賭誓貞潔」，嫂子胡氏「天天滾湯泡花，夜來火焚薰紅綾」，英台總有神明助，「月月紅花見滾湯越開越盛，紅綾見火焚格外鮮明。」

　　英台到草橋關，遇胡家橋「兩耳垂肩、雙手過膝」的梁山伯也上杭州讀書，兩人結拜同行，下在招商客店，夜裏睡著不脫衣衿，佯稱「自幼有個慣香病，一人獨睡才安寧」。到得杭城，先生見「一男一女走進門，左腳進門男子漢，右腳進門女釵裙」，讓英台改名叫九紅，與山伯日間同桌將書讀，夜間同宿去安身。山伯念的三字經，英台念的上大人。英台「夜裡不脫衣衿、胸前蒲桃大乳、走路、聲音是女子樣，臉有杭粉迹，耳有釵環印、鞦韆打得比人精，不脫衣衿藕池洗澡」都為人所疑，山伯且生計策要在英台胸前寫字偵測男女，英台回報紙箱置床中蹬破者罰作七篇文章，後來索性回轉家鄉。臨行向師娘表白身份，懇請做媒。

　　山伯送英台回家，一路英台吟詩借「一對夫妻、一對斑鳩、樵夫為妻把柴砍、家中有好牡丹、龍爪花－－我爹是你丈人家，我弟是是你小舅子，我妹是你小姨子、大西瓜黑子紅瓤散砟砂、山邊野草花、石榴摘個梁兄吃，食之有味又來偷、一對鵝、船靠岸、瘋犬咬嬌娘、和尚娶妻，生男生女叫你爹來叫我娘、神明一陰一陽，陽的好比梁山伯，陰的好比祝英台、一對雁、吊桶與繩」暗喻衷情，山伯都不領情，等要過河，英台「反寫女字」要山伯回去問先生，山伯回去後，她留下一隻紅繡鞋，自個兒過河。待得山伯問字回來，英台已在對岸。兩人又往前行，最後英台「托言為妹訂親」，要山伯回家時來說親。

　　英台回家想念山伯，夜裡不眠嘆五更，思念成疾。河南馬員外托媒為三子馬文才求婚，祝員外應允。待山伯來訪祝九紅為時已晚。祝員外向山伯說杭城讀書同學是女子，山伯見了英台不覺魂飛九霄雲，兩人你看我來我看你。員外知有蹊蹺，埋怨英台不該引山伯進門，要英台好言好語哄他回去，自己托言有事出門。山伯英台兩人到花園散心，英台說已配馬文才，山伯說文才來娶我也娶，自己有師母交與信物。英台便「使計說哥嫂進了來，趁山伯調頭望時，拿回紅繡鞋」。山伯一見反了臉，奈何婚事不成已是定局，悵然回家相思成疾。醫生開了「世上所無藥方－－狂風三四兩、太陽影子半斤、孫猴毛一大把、二郎鬍鬚一大根、王母娘娘擦臉粉、玉鳥戴的舊冠巾、龍王毫毛三兩正、一兩鳳凰心、靈芝草、觀音瓶水三盃」，求籤問卜總不靈，最後喉口斷了三寸氣，閉了雙雙二眼睛。

　　英台得知音訊以死要脅弔孝，祝父只好答應。山伯陰魂不肯

散，見英台來時，猛然睜開一隻眼，英台一見掉了魂，開言就把梁兄叫：「睜開眼來為何因？」一隻眼兒睜一隻眼兒閉，問了十二問，一問「莫不是捨不得堂上二雙親？」二問「莫不是捨不得樓房與敞廳？」三問「莫不是捨不得家財與別人？」四問「莫不是捨不得安僮小使們？」五問「莫不是捨不得綢緞好衣襟？」六問「莫不是捨不得親戚鄰舍人？」七問「莫不是捨不得書籍與文章？」八問「莫不是捨不得鑾門一秀士？」九問「莫不是捨不得訪友到莊門？」十問「莫不是捨不得少個披蔴執杖人？」十一問「莫不是捨不得在日不曾來看你？」十二問說到「莫不是捨不得妹妹薄情人！」說到山伯心上話，才閉了雙雙二眼睛。

馬家聽得英台去弔孝，馬家員外氣沖沖，定了日期要娶親。迎親當日花轎來到胡橋鎮，山伯陰魂起陰風迷住轎夫，不知南北與東西，安僮告稟馬郎：「前面有個新墳墓，青天白日鬼迷人。」英台轎內忙開口，叫聲：「伴媽開轎門，懷中三官經拿出，看甚妖魔鬼妖精！」開了轎門英台祭山伯墳，禱祝顯靈，當下狂風陣起，天昏地暗、大雨不住，雷公電母風伯雨師，格炸一聲如霹靂，打得墳墓兩分開，英台咬牙跳入，馬郎一見掉了魂，扯住半幅繡花裙，變成一對花蝴蝶，梁山伯與祝英台生生死死結同心。此鼓詞題為《攻書還魂團圓記》，但故事僅有殉情裙化蝶情節，並無還魂團圓內容。故事屬 749A.1 類型。

今日所見駐馬店市汝南梁祝故事有 749A「生雖不能聚，死後不分離」、885B「戀人殉情」及不屬梁祝類型。其中 749A 類型，有三：

1. 流傳於河南汝南一帶〈白衣閣的傳說〉(故事 74)，八十五歲老人（1995 年 1 月 9 日以前）岳藝堂口述[39]，汝南「北馬鄉村北頭的梁山伯與朱英台墓前，古時建有一座白衣閣，供奉著白衣菩薩，人們傳說白衣菩薩就是朱英台的化身。」原來朱英台被花花公子馬文才強娶時，要求馬答應三件事：一是頭頂麻冠，身披重孝；二是梁山伯墓前祭拜；第三件事到時再說。當花轎來到北馬鄉村頭，忽一陣旋風吹來，英台掀轎帘看是山伯墓，下轎祭拜。哭道「一拜二拜再三拜，有情有義墓門開，無情無義馬家抬」。一時哭得天搖地動，「雷擊墓開。英台撲進墓裏，墓合，墓中飛出兩隻蝴蝶，一隻雪白，一隻金黃。人們說，白蝴蝶是英台，黃蝴蝶是山伯」。英台一身白孝，死後化白蝶，人們為她修了一座白衣閣，供奉了朱英台的化身白衣菩薩。據說白衣閣裏有娃娃山，新婚男女總要到白衣閣裏拴娃娃，以求生個胖小子。

2. 流傳於河南汝南縣〈淚井的傳說〉(故事 75)，相傳，梁山伯接到師娘代英台贈的蝴蝶玉扇墜聘物後，才知化名九弟，同窗三年的英台女深愛自己，便擇二八作為黃道吉日往祝家求婚。樓台相會，知英台已配馬家，山伯如雷轟頂，揮淚痛別。異想天開想去馬莊說服學友馬文才易婚，途中遇風雨，到華山祖師廟避雨。山伯安靜下後，又覺說服馬家易婚難以啟齒，痛苦不堪，衝出廟外，立誓「生前與英台無緣，死後也要結連理」時，忽「跪膝凹

---

[39] 劉懷廉、張慶靈、劉康健撰：〈千古絕唱出中原--河南省汝南縣梁祝故里考察紀實〉，《中州今古》(1996 年 4 月)，頁 12-13。案：此文未寫明採錄岳藝堂口述時間，但此文的一稿寫於 1995 年正月 9 日，故定岳藝堂於 1995 年 1 月 9 日以前是 85 歲，參頁 15。

陷，杵地成潭」，驚慌之下將玉扇墜掉入潭中。山伯瘋狂挖泥攪水尋找，竟然掘出一口深井。泉口湧湧，混濁酸澀。他筋疲力盡，手扶竹杖，「竹杖插入泥土，生根，竹葉留下淚痕斑斑」。山伯眼前一片茫茫，忽見「斑鳩前導」，引其回家，嬰疾而卒。臨終前囑託家人葬在馬北荒墳舍地路旁，要看英台出嫁之情形。

英台出嫁馬家，路經山伯墓，旋風摧轎，英台紅妝脫去，素衣裹身，下轎拜祭山伯。馬家不允，英台至山伯掘井尋玉處，眼望墳墓，卻投井殉情，被馬家奴僕攔阻，英台狂奔墓前，撞死在老柳樹下。英台的淚水洒向井裏，混濁酸澀的泉水即刻澄清，甘冽甜潤，從此結束了馬鄉沒有甜水的歷史。這就是「淚井、淚竹及馬鄉有甜水的來歷」。

3. 一九九七年陶群編劇，河南豫劇團演出本《梁祝情》(豫劇2)，時間是東晉，人物有祝英台（化名祝九弟）、梁山伯（梁崗書生）、祝員外（祝英台之父）、馬文才（汝南郡郡守公子）、鄒佟（紅羅山書院老師）、師娘（紅羅山書院師母）、祝夫人（祝員外之妻）、秋菱（祝府丫環）、梁喜（梁家書僮）、梁母（梁山伯之母）、狗撈（書院學生）、狗跐（書院學生）、僕人、轎夫、吹鼓手、儀仗若干。共有(一)鴛鴦池畔、(二)五更情懷、(三)師娘護英、(四)十八相送、(五)抗婚出走、(六)梁崗相會、(七)山伯情殤、(八)殉情化蝶八場。結局仍是殉情「梁山伯、祝英台，馬鄉官道兩邊埋。中原一曲愛情詩，千古絕唱流傳開。」

此齣戲較為特殊的是英台抗婚與丫環秋菱逃離祝莊家門，跑到梁崗山伯家，奈何山伯以為「私奔，事關禮義廉恥，日後我們還怎樣做人」，提議告官。但馬文才是汝南郡郡守之子，逃也不是，

告也不成，竟痛苦吐血。此刻員外帶人來追，帶回英台。山伯情殤，拿著定情聘物玉扇墜捶胸頓足。墜入泥水中，山伯跪地挖尋，「雙膝磨破跪成井，十指控爛血成河」，最後倒在泥水之中，死前囑咐葬馬鄉路西，馬家花轎必經地，便於英台祭亡人。英台出嫁時，「迎親隊伍兩盞奠字大白燈籠，一對哭棒，一對靈幡」，英台「身披重孝祭墳」、「碰碑身亡」，化蝶翩翩而飛。

885B 類型故事有二：

1. 流傳於河南汝南一帶〈梁山伯與祝英台的傳說〉（故事 19），八十四歲（1995 年 1 月 9 日以前）老人張振午（藝名張吮噹）、七十五歲（1995 年 1 月 9 日以前）老人沈海林（藝名沈疙瘩）等人口述[40]，相傳西晉年間，汝南郡南六十里梁莊，有一年輕人叫梁山伯，字信章，家境貧寒，為求功名，尊父母之命到紅羅山書院求學。路過曹橋，在亭子遇見梁莊往東十八里地朱莊朱公遠員外的女兒朱英台。兩人結拜同行。紅羅山書院有兩個學生狗蛋、狗尿，約梁祝用石頭砸鴛鴦。英台扔石時細腰閃了一下，狗蛋、狗尿就喊：「朱九弟像女人一樣。」一次挑水，英台澆濕衣鞋，回房換衣時，被師娘瞧見小腳，師娘便在梁祝「床中立了一個界牌，以防發生意外」。

同載三年，英台回家看望父母，以蝴蝶玉扇墜為聘，央求師母做媒。山伯「十八里相送」，英台自比「女娥黃、雌鵝、鴛鴦」暗喻衷情，全然無效。只得「托言為妹訂親」，以「啞謎喻婚期」。山伯來訪，知九弟即是九妹，兩人當下私訂終身。

---

[40] 同前註，頁 11-12。

　　北馬莊有個秀才馬文才，字士榮，出身名門，姥娘家是朱莊人，小時候經常到朱莊走姥娘。朱員外有心為女兒找個門當戶對的女婿，就托馬文才的姥娘說媒，讓英台嫁到馬家。師娘聽到消息，趕到梁家，將聘物交給山伯。山伯趕到朱莊求婚。英台已許配給馬文才，準備七月十五日迎娶。樓台相會後，山伯回家臥床不起。要梁母到朱莊見英台。英台剪下青絲相送，與山伯同葬。

　　山伯死前囑咐家人，埋在馬鄉路沿，等英台花轎路過時再看上一眼。七月十五日，馬文才迎娶時，英台上花轎前提出三個要求：一是身穿重孝，二是哭拜山伯墳，第三件事到時再說。馬文才答應了。迎親隊伍途中過梁墓，英台才「下轎哭祭，哭得天色慘淡，暴雨傾盆，哭死在山伯墓前」。家人感念英台情義，把她葬在山伯墓東邊。因此，河南汝南的梁山伯與朱英台分葬在兩座墓。「後來，由於方言和語音的不同和演變，外地人將朱英台訛讀為祝英台，但汝南這裏一直仍叫朱英台」。

　　2. 流傳於河南汝南的〈七月十五送紙燈〉(故事 79)，「從前，河南汝南地方，每年農曆七月十五中元節有送紙燈的風俗。據說是為祝英台和梁山伯相會指路明道。這特異風俗包含了梁山伯與祝英台一段悲歡離合的傳說。」相傳古時，祝英台是河南汝南縣人，家住京漢古道之南的祝莊。十六歲扮男裝到縣裏汝南書院讀書，途中結識梁山伯，結拜義兄弟，同往書院同窗共讀，同床共眠。

　　春三月，汝南鄉親都去種樹。梁山伯和祝英台也同去，種一株銀杏樹在書院內，後來，鄉親們都愛稱它為「梁祝銀杏樹」。一天，同學們都到郊外遊春，來到汝南一條河，他倆見一對鴛鴦雙

雙戲水，向鴛鴦丟石子遊戲。英台力氣小，同學們都笑她是個女的，連石子也丟不遠。後來，鄉親們稱這條河為「鴛鴦河」。三年學滿，兩人依依相別，山伯沿京漢古道「相送她十八里」，英台「托言家有小九妹相許山伯」，要他早日來提親。這段路，鄉親們後來稱它為「梁祝十八相送路」。山伯因事，三個月後才去祝莊求親，但為時已晚，祝父已允馬家婚約，將英台許配馬莊公子馬文才。山伯英台樓台相會，山伯後悔莫及，心灰意懶，突然「慟哭身亡」。梁家將他葬在京漢古道之東，立碑樹墓。秋天，馬文才娶親。英台提三個條件，才肯出嫁：一要身穿內白外紅；二要鳳冠內戴麻冠；三要路過山伯墓相祭。馬文才只好答應。娶親日花轎沿京漢古道十八相送路到梁墓，英台祭掃一番，一頭「撞向墓旁柳樹身亡殉情」。祝家將她葬在京漢古道之南，與山伯墓隔路，遙遙相望。

　　汝南父老鄉親同情他倆，生不能結夫婦，死後應讓他倆相會，因此，每年農曆七月十五中元節這天，家家戶戶都為英台做白色紙燈籠。到晚上，點上紅燭，男女老幼，成群結隊提著紙燈，到英台墓上送紙燈。英台墓四週，直到山伯墓的路上，甚至樹上也掛滿了白紙燈。「傳說這天陰世放假，讓鬼魂與親人團聚」。紙燈好為祝英台照路，讓她一年一度與親人梁山伯團聚相會，這純然是解說梁祝遺址、風物的故事。

　　不屬梁祝類型故事有四：1. 一九八七至一九九〇年駐馬店地區曲種普查錄音，潘仙玲演唱〈梁祝下山〉(河南墜子2)。2. 流傳於河南汝南民歌〈下山〉(民歌37-1)。3. 流傳於河南汝南的〈曹橋結拜〉(故事73)。4. 流傳於河南汝南的〈梁祝雙墓的傳說〉(故事76)。前兩者故事主要在英台「借事物暗喻己為紅妝，表露情愫」。第三

則故事,「相傳,西晉建興年間,汝南郡南六十里祝家莊。有一個祝員外,名公壽,字仁遠,膝下一女名謂九紅,取號英台」。英台扮男裝與書僮一道出外求學,在草橋涼亭遇梁山伯(取字信章),攜書僮前往紅羅山書院就讀。兩人結拜金蘭。「後來,草河上的草橋,演繹為莊名曹橋,橋上坡涼亭稱為"結拜亭",流傳至今。」也是梁祝故事遺址風物的故事。

最後一則故事,「梁山伯;字信章,西晉汝南郡南梁崗村書生。祝英台,又名九紅、九弟。西晉汝南郡南董祝莊祝公遠之女。」相傳,西晉建興年間,英台「女扮男裝外出求學」,途與山伯曹橋相遇,結拜金蘭,同往紅羅山書院。家中催英台還鄉,山伯「十八里相送」。英台借娥黃、紫燕,成對雙飛為喻,吐露衷情。山伯不解。英台托詞家有孿生九妹,山伯答應擇日去祝家求婚。山伯到祝家求婚時,祝員外已將英台許配馬家。山伯悔悟不及,痛別歸家,「憂患喪命」。臨終前囑托老母埋於馬北荒墳野地路邊,好看到英台出嫁之情形。「路西邊墓相傳為梁山伯墓,呈東向。後來祝英台死後,囑家人葬於梁山伯墓東邊,呈西南向。兩墓隔路相望,前面還有一步橋古蹟。」仍是梁祝故事遺址風物的故事。

驗諸今日駐馬店市汝南梁祝傳說遺址、習俗風物、歷史古蹟遺存。1. 梁祝雙墓與歷史遺存。汝南民間流傳一句俗語:「梁山伯、祝英台,埋在馬鄉路兩沿」[41],汝南縣馬鄉鎮、馬北村村民李新平(1995 年 1 月 9 日前 68 歲[42])說:「俺這兒梁祝故事可多了,梁祝

---

[41]　同註 21,頁 164。
[42]　同註 39。

就埋在村子的後面，這兒世世代代相傳的歌謠就是："梁山伯祝英台，埋在馬鄉路兩沿。西邊埋的梁山伯，東邊埋的祝英台。"[43]七十八歲（1995年1月9日前）的袁得山說，他在東北當兵時，人家聽說他是汝南馬鄉人，就問梁祝的墓保存的怎樣。村文書也講：前幾年馬鄉人到廣州、海南，南方人還問梁祝的墓是否在馬鄉路兩沿[44]。顯然汝南馬鄉「梁祝雙墓」確是名聞遐邇。

劉懷廉、張慶靈、劉康健等人數次到馬鄉鎮北馬莊村北頭的梁、祝墓地踏勘，並訪問當地群眾，得知梁祝墓建於古京漢官道兩旁，路西沿梁山伯墓較小，約有四米高。路東沿祝英台墓較大，約五米多高。按傳統習慣，兩個墓門均應面朝東南開，而梁山伯墓門則向東北，祝英台墓門則向西南，構成遙望相對狀。據群眾講，是為了讓梁祝的靈魂靠的更進些。原來墓前均勒石為碑。山伯墓碑較小，碑上無紋飾，英台墓碑高大，碑上有精美紋飾[45]。今日英台墓碑已被人砸倒了。據說因為墓碑朝著馬北村的一戶人家，該家出了事兒，就砸了它。此後祝英台墓的墓碑一直躺著，沒有再站起來[46]。

一九六四年，在距梁、祝墓西二百米遠的地方，修建汝南至正陽的新公路。有人聽說施工需要碎磚石鋪設路基，就把梁山伯墓給扒了。墓中有不少晉代古磚，扒墓者把古磚打碎，賣給公路

[43] 于茂世撰：〈梁祝故事起源於駐馬市汝南縣〉，收於錢南揚等著：《名家談梁山伯與祝英台》（北京：文化藝術出版社，2006年1月一版），頁111。
[44] 同註39，頁14。
[45] 同註39。
[46] 同註43，頁116。

施工方。據北馬鄉村民李桂平講:「1964 年他曾帶人扒過梁山伯墓,墓內有魏晉石刻畫,有人頭骨等。祝英台的墓挖了一部分,挖出石馬、石佛像等物,均為魏、晉時期的器物。」[47]當時墓中也扒出頭骨及一隻玉碗、一雙玉筷,今已不知所終[48]。而據李新平說,羽毛紋的晉磚有六塊在寧波梁祝文化公園的展覽館裏,剩下的晉磚在馬北村的豬圈裏[49]。

　　扒墓者也在祝英台墓的東北方向扒出個墓道,後來有人害怕了,"怕裏面有暗器,於是又封上了",但也扒出陶馬、陶罐等。村民李小中說:「陶馬有二三十厘米高,我小的時候經常騎著它玩,後來不知道被弄到那兒了。」[50]現在馬鄉鎮政府保存的有石門、石門框、刻畫墓磚、陶馬、玉羊等文物,專家鑒定為晉朝器物。劉懷廉等人又丈量今日梁山伯墓地遺址東西長二十米,南北長二十五米,朱英台墓地東西長三十五米,南北長三十四米。

　　據當地村民熊應國說,「因為梁祝墓之間有一條官道並有兩條大溝。人們為了方便梁祝相會,更考慮到祝英台是個女的,行走過溝不便,還在墓前修了三孔小橋,俗稱 "一步三孔橋",至今遺址尚存」[51]。李小村則說:鬼不能走旱路,只能走水路,儘管梁祝近在咫尺,也只能隔路相望而不能相聚。古時候,人們為方便梁山伯與祝英台相會,在路的兩旁分別挖了一條二百多米長的水

---

[47] 劉康健撰:〈千古絕唱出中原--河南省汝南縣梁山伯與祝英台故里考〉,收於錢南揚等撰:《名家談梁山伯與祝英台》(北京:文化藝術出版社,2006年1月一版),頁135。

[48] 同註43,頁113-114。

[49] 同註43,頁112。

[50] 同註43,頁114。

[51] 同註39,頁15。

溝，又建了一座橋把兩條水溝連在一起。同時，在梁山伯墓旁的水溝之上和祝英台墓前的小路上也各建了一座小橋。這樣，在一步（六尺）之內，三座小橋擠在一起，是謂一步三孔橋。這樣一來，活著的人和死了的人都有了自己的道路。但不幸的是，梁山伯墓旁的小橋被拆掉了，如今連接京漢古官道與梁山伯墓的，是個"溝坝"[52]。另據陳庭悅九十八歲（1995年1月9日前）的父親講：由於梁祝的故事傳的很遠，當地群眾怕有人扒墓，假稱"二孝女墓"，以此保護梁祝墓地不被盜挖[53]。

梁祝墓距汝南今日的縣城三十公里，馬北村村民李新年說：「過去這兒是亂墳崗，外地要飯的死了，沒人發尸，才埋在這兒。」梁祝為什麼會埋在這亂墳崗？祝英台與馬文才成親，馬鄉鎮馬北村是必經之地。「祝英台的家在馬北村的南面，官道的東側，馬文才的家在馬北村的北面，官道的西側，而按照當地的規矩，娶親是必須走大道的，京漢古道對馬文才來說，想繞也繞不開。」山伯臨終囑咐葬在馬鄉鎮北的官道旁，就是想在英台出嫁時，再看她一眼。

梁山伯葬在官道之西，祝英台死後葬在官道之東，與山伯葬一路之隔。這與「合葬化蝶」說法顯然不相吻合。村民解釋說，在古代，人們認為，沒經明媒正娶的，就不是正式的婚姻，不能合葬。也有村民說，實際上，梁祝合葬了，但礙於禮教，祝的家人在路東邊修了一個空墳，遮人耳目罷了－－"梁祝同穴難改變，假墓留給世人看"。至於把梁祝墓分開的南北向官道，當地

---

[52] 同註43，頁118。
[53] 同註39，頁13-14。

人稱其為京（洛陽）漢（武漢）古道。一九六四年新修的汝南至正陽的公路開通後，這個昔日繁華的官道慢慢被冷落下來。一九七八年時還能通車，現在因為橋梁路面失修，官道已成鄉間小路[54]。五十歲（1995年1月9日以前）的陳丙文曾說：「古時候，人們傳說如果梁山伯與朱英台墓之間官道，三天不走人，兩個墳就會長到一塊去。可見梁朱愛情之深」。[55]

今日祝英台墓前有「白衣閣」，除了〈白衣閣的傳說〉（故事74），在馬鄉鎮馬北村有不同的說法：〈祝英台死在梁山伯墓〉（故事138），祝英台死在梁山伯墓前，送親的娘家人回到祝家。把這事告訴了祝英台的老爹。祝英台的老爹趕來後，一隻白蝴蝶一直拍打他的面頰，他於是就對白蝴蝶說：「孩子呀，爹對不起你，爹不該逼你成親，你死得好苦呀。爹給你許個願，給你蓋個家。」後來，在祝英台墓地的東南方，建起了一個供奉白衣菩薩的白衣閣，在當地，人們把白衣菩薩當做祝英台的化身。二十世紀五十年代，白衣閣尚有大殿六間，東西廂房各三間，還有一個門樓。李新平說：「我小時候，就在白衣閣上的學，後來它被拆除了。」[56]

據說，英台出嫁前，向馬家提出三個要求：外穿紅（結婚服），裏穿白（孝服）；在梁山伯墓前祭拜；第三個，到時候再說。花轎到梁墓前，英台脫了紅妝祭拜山伯，撞樹殉情。英台死後，馬文才這個「讀書讀了三月整，分不清哪是三字經哪是百家姓」（馬鄉鎮戲曲的唱詞）的花花公子也氣死了。後來，梁山伯化成了黃蝴

---

[54] 同註43，頁114。
[55] 同註39，頁13。
[56] 同註43，頁115。

蝶，馬文才化為花蝴蝶。在當地，黃蝴蝶與白蝴蝶總是飛在一起，花蝴蝶總是跟在後面三米來遠的地方[57]。李新平也說，「在北馬鄉的梁、朱墓地附近，古往今來就產蝴蝶，白的、黃的、花的。群眾把白蝴蝶稱朱英台，黃蝴蝶稱為梁山伯，花蝴蝶看作馬文才。而且，總是白的和黃的相互追逐，花色的總離一丈遠左右，老年人不讓小孩捕捉白蝴蝶。」[58]

另有九十五歲（1995 年 1 月 9 日以前）老人龐士秀說的〈梁山伯與朱英台墓的傳說〉，頗類濟寧〈梁祝墓借碗〉（故事 140），是梁祝顯靈助人故事。據說古時候，方圓附近的窮人到辦喜事的時候，家裏沒有碗、盤子、筷子，人們就到梁山伯與朱英台墓前燒紙、禱告。梁、朱就會大發慈悲，為人們送上碗、盤子、筷子，人們用完了，就會主動送回來。下次來求，准靈驗。人們都說，梁山伯與朱英台心眼好，他們二人生前沒能終成眷屬，但願天下有情人能成眷屬[59]。

2. 梁祝風物地名。駐馬店市汝南縣至今仍保存完整的梁祝故事遺蹟－－梁山伯家鄉梁崗、祝英台家鄉祝莊、馬文才家鄉馬莊、梁祝結拜的村莊曹橋和讀書的地方紅羅山書院。在汝南的傳說中，從紅羅山到梁莊，到祝莊，均為十八里地，所以才會有著名的「十八里相送」。梁祝故事中所有的地名，在汝南縣馬鄉鎮附近及周圍至今尚存，距離沒變。梁祝傳說中的地名與當今地名驚人

---

[57] 同註 43，頁 115-116。
[58] 同註 39，頁 13。
[59] 同註 39，頁 13。

巧合[60]。

　　梁山伯的家在孝和鄉的梁崗。「汝南縣城通往孝和鄉的公路，正好穿過兩個梁姓村莊，路南的村莊叫南梁，路北的村莊卻叫梁崗。而不是北梁，這是為什麼呢？」馬北村村民沈海林自問自答道：「和一個女子同住了三年，竟然不知道人家是男是女，所以很多人都認為梁山伯是傻子，都笑話他。一提到梁山伯，當地人都說那個傻子是北梁的。北梁村的人感到丟人，就改北梁為梁崗了。」梁崗村六十多歲[61]老人梁明堂說：「梁傻子就是梁崗的，叫梁山伯，這是我爺爺的爺爺傳下來的。」[62]河南民間戲曲和秧歌、花鼓、社火的表演中，因梁山伯憨厚老成，採用了「丑扮」[63]，也許與此種說法有關，亦未可知。

　　馬北村的沈海林，藝名沈疙瘩，唱過多少次梁山伯的戲，說不清。他說〈曹橋結拜的傳說〉：「曹橋地處汝南至正陽的官道西側，約八里地（今屬馬鄉鎮），全村人都姓曹。村南頭有一條小河，終年流水，村人們集資修了一座小橋，方便了過往的行人，便取名為曹橋。曹橋的南邊八里處，有一座土山叫紅羅山（現名為台子寺），風景宜人。山上有一書院，雲集了附近求取功名的學子。梁山伯與朱英台到紅羅山讀書，正巧在曹橋相遇，二人一見傾心，便撮土為香，結拜為弟兄。這就是有名的"曹橋結拜"。傳到外

---

[60]　同註39，頁13。

[61]　于茂世撰：〈梁祝故事起源於駐馬店市汝南縣〉，原稿刊於2003年9月15日〈郵票送梁祝魂歸故里 "故里與他鄉的梁祝變奏曲系列之一〉，《大河報》http://www.cnxungen.com/Html/tegao/hnjiedu/hnzmd/432920061120231251.html（2006年10月10日），則梁明堂於2003年時是60多歲。

[62]　同註43，頁115。

[63]　馬紫晨撰：〈梁祝中原說〉，收於周靜書主編：《梁祝文化大觀‧學術論文卷》（北京：中華書局，1999年12月），頁696。

地，因"曹"和"草"音近，故有的地方訛傳為"草橋結拜"。」[64]山伯家在書院西北，英台家在書院東北[65]，從山伯家到紅羅山必經曹橋，從英台家到紅羅山亦必經曹橋[66]，曹橋到書院為八里[67]，所以才有曹橋結拜的情節。

沈疙瘩說起：英台一路打聽紅羅山書院的路。有個大娘往西一指，對她說，走到曹橋，一直往南，就是紅羅山。梁祝在曹橋相會，以橋為主（神），撮土為爐，插草為香，結為兄弟：「咱兄弟曹橋結拜後往前擁，咱兄弟紅羅去把書攻。二月裏開杏花杏花發白，咱兄弟紅羅山去讀文才。三月裏開桃花桃花發紅，咱兄弟紅羅山苦讀五經……」。如今的草橋，不過是一座普通的橋，問橋旁十多歲女孩，知不知曹橋上發生的故事，答說：拍過（梁山伯與祝英台的）電視（片）。在"十八相送"的路上，梁祝再次來到結拜為兄弟的曹橋時－－梁唱的是回憶：咱兄弟曹橋來結拜。祝唱的是未來：咱們（不再和梁稱兄道弟了）一代一代往下傳[68]。

沿著梁祝"十八相送"的古道，到梁祝求學的紅羅山巔，今日是「台子寺遺址」，有四百五十多個小學生的學校。沒有一個學生知道他們的學校是「台子寺遺址」，更甭用說紅羅山書院了。離學校大門二十米遠的地方，有「梁祝井」；離學校大門六十米遠的地方，就是梁祝的老師鄒佟和師娘的墓地；教室的後牆外，還有一顆「梁祝樹」（銀杏樹），尚存碩大無朋的枯幹[69]。據說梁祝樹原

---

[64] 同註 39，頁 12。
[65] 同註 43，頁 120。
[66] 同註 39，頁 13。
[67] 同註 43，頁 120。
[68] 同註 43，頁 119。
[69] 同註 43，頁 123。

來幾人都把不過來，高可參天，但在文化大革命時，被活活剝死了，剝下的木材蓋了一個大禮堂，大禮堂蓋成了，梁祝樹沒有剝完，於是“樹心”才幸運地留存下來，現在仍得三個人才可合圍。據說英台女扮男裝在紅羅山書院讀書期間，與梁山伯是五同：同吃、同住、同勞動（挑水等）、同讀書、同遊戲[70]。

　　紅羅山書院是鄒佟創辦的，佟死後他的學生，也就是梁祝的同學為紀念恩師，把紅羅山書院變成了報恩寺，現存遺址。後來也許因為紅羅山並不是真正的大山，只不過是個用土堆積起來的「台子」的緣故，就改名「台子寺」[71]。

　　馬紫晨〈梁祝中原說－－梁祝故事本末、影響、價值及其發生地〉一文：「（汝南）城南三十里的馬鄉鎮……千百年來這裏及其附近地區的群眾無分男女老少，皆能說“梁祝”、誦“梁祝”、唱“梁祝”、演“梁祝”、社火舞“梁祝”、秧歌扭“梁祝”、面塑捏“梁祝”、窗花剪“梁祝”、麥草編“梁祝”、針工繡“梁祝”、年畫繪“梁祝”等等。」[72]

　　雖說有誇大之嫌，如：于茂世於二〇〇四年十一月十五日汝南的採訪中，只能拜訪六十歲以上的老者，六十歲以下的基本上不會講梁祝的傳說。十歲左右的台子寺小學的學生們根本不知道梁祝是何方人物[73]。但據劉懷廉、張慶靈、劉康健等人於一九九五

---

[70]　同註 43，頁 125。
[71]　同註 43，頁 123。
[72]　同註 63，頁 685。
[73]　同註 43，頁 123。另據《河南日報》（2004 年 11 月 15 日）也刊此文，題為〈魂兮歸來梁祝曲〉，http://www.dahe.cn/hzhn/dsj/t20041115_3455.htm（2007 年 2 月 7 日）。

年一月九日以前的實地調查：關於梁山伯與祝英台的地方戲曲在馬鄉流傳很多，有曲子、豫劇、二夾弦、墜子、鼓兒詞、絲弦道、花鼓調等，很多民間藝人都可以整段的傳唱，如：七十五歲（1995年1月9日前，下同）、八十五歲的張咣噹、七十五歲的沈疙瘩、八十八歲的梁光腿等均可以表演。劇目有戲串《祝九紅要嫁妝》、墜子書《梁山伯下山》、花鼓戲《十八相送》等，及馬紫晨講，河南地方戲曲中有眾多劇目，早在四百多年前的萬曆年間，河南就有了羅圈戲（又名河南吼是最為原始的河南地方戲劇）《梁山伯》、豫劇《梁山伯與祝九紅》、河南曲子《梁山伯上學》、《攻書》、《送友》，豫南花鼓《西窗會》、《東樓會》、《討藥引》，二夾弦《梁祝》、《紅羅山》等[74]。及馬鄉鎮梁祝民歌不勝枚舉，如：〈梁山伯送友〉（民歌 37-2）

> 日頭出來你紫啊靄呀靄，一對學生你下呀山那來呀啊啊。
> 前頭走的是梁呀山那伯，後跟小姐叫祝啊英啊台呀啊啊。
> 三月春風草上搖，蜜蜂採花是鬧嚷嚷。
> 誰要是能逮住鴛鴦鳥，我賞你酒一瓶肉一方。
> 滿堂學生們哈哈笑，各抱頑石砸鴛鴦。
> 唯有祝英台氣功小，搬不動頑石我臉無光。
> 滿堂學生們哈哈笑，都笑祝英台是女娘。
> 只笑得祝英台紅了臉，羞羞慚慚我回書房。
> 出言我把梁兄叫，你送九弟我回家鄉。[75]

---

[74] 同註39，頁14。
[75] 同註39，頁14。

又如：〈梁山伯與祝英台〉（民歌 37-1）

> 太陽呀一出呀紫靄靄啦哼，一對子學生下山來哈呀，叻咳
> 呀哈，一對子學生下山來哈呀。
>
> 頭里呀走著呀山伯啦哼，後頭緊跟著祝英台哈呀，嗯咳呀
> 哈，後頭緊跟著祝英台哈呀。
>
> 走一山來又一山，山山里頭好竹竿。
>
> 高哩砍了賣錢去，短哩就砍了掉竹帘。
>
> 走一淘來又一淘，淘淘里頭好石榴。
>
> 有心摘給梁哥吃，吃著甜來又再來偷。
>
> 走一河來又一河，河河里頭好白鵝。
>
> 共里哩公鵝哼啊啦叫，後頭雌鵝叫哥哥。
>
> 走一洼又一洼，洼洼里頭好莊稼。
>
> 高的哩來是秫秫，短的來個是芝麻。
>
> 不高不短棉花種，棉花里頭帶西瓜。
>
> 按個籽來發個芽，拖個秧來就開花。[76]

又如：〈梁山伯送友〉

> 日頭出來你紫啊靄呀　靄（哎哎海　哎海　啊），一對學生你
> 下呀山那來呀啊啊。前頭走的是梁啊山那　伯（哎哎海　哎
> 海啊），後跟小姐叫祝啊英啊台呀啊啊。
>
> 三月春風草上搖，蜜蜂採花是鬧嚷嚷。蜜蜂採蜜正奔忙，
> 老天爺降下這風雨狂。雨打蜜蜂抿了翅，花瓣落在那地當

央。要得花蜂們重相會，除非來年到春光。誰要是能逮住
鴛鴦鳥，我賞你酒一瓶肉一方。滿堂學生哈哈笑，各抱石
頭砸鴛鴦。惟有祝英台氣力小，搬不動石頭我臉無光。滿
堂學生們哈哈笑，都笑祝英台是女娘。只笑得祝英台紅了
臉，羞羞慚慚我回書房。出言我把梁兄叫，你送九弟我回
家鄉。你送九弟我回家去，草堂探望二爹娘。背地沒把誰
埋怨，埋怨草堂二爹娘。沒有兒子怨你命，你不該女扮男
裝送學堂。孩兒功書二年半，並沒有露出那機關。孩兒若
是機關露，你二老臭名天下揚……。[77]

另外，馮沅君一九二六年寄給錢南揚的民歌，是她睡前老乾
娘唱給她聽的：

(一)

日頭出來紫巍巍，

一雙蝴蝶下山來，

前面走的梁山伯，

後面走的祝英台。

(二)

走一山，又一山，

山山里頭好竹竿。

大的砍下做椽子，

小的砍下釣魚竿。

[77] 同註47，頁135-136。

釣得大的賣錢使。

釣得小的自己吃。

（三）

走一洼，又一洼，

洼洼里頭好莊稼。

高的是秫秫，低的是棉花，

不低不高是芝麻。

芝麻地里帶打瓜，

有心摘個嘗嘗吧，

又怕摸著連根拔。

（四）

走一莊，又一莊，

莊莊黃狗叫汪汪。

前面男子大漢你不咬，

專咬後面女娥黃。

（五）

走一河，又一河，

河河里頭好白鵝。

前面公鵝咯咯叫，

後面母鵝緊跟著。

（六）

走一井，又一井。

沙木鈎擔柏木桶，

千提萬打提不醒。[78]（民歌 37-3）

該民歌廣泛流傳在河南省汝南、淮濱、羅山、信陽、南陽一帶。該民歌中的植物、器物帶有明顯的河南地域特點。劉康健走訪汝南縣馬鄉鎮十餘位七十歲以上老人，他（她）們均可整段地傳唱民歌，而且都不約而同地說是從上幾輩老人口中傳下來的[79]。

河南傳統豫劇有《五世姻緣》，該劇一世姻緣是孟姜女與范杞梁，二世是梁山伯與祝英台，三世是白娘子與許仙，四世是魏世秀與藍瑞連，藍橋會仍以悲劇終結，五世投胎為商琳與秦雪梅，仍是姻緣未成[80]。又馬紫晨根據百餘部（齣、篇、首）作品統計，僅十八里相送這一場（節），其所提供的各種風物、景物、器物、植物，動物和人物，即達七十餘種（處、類）。出現最多的是公擔、轆轤、繡鞋、烙饃，桶、箱、床、櫃、廟堂、村莊、河、坡、崗、洼、溝、井、橋、墳、莊稼、高粱（秫秫）、芝麻、棉花、石榴、西瓜（打瓜）、桃、槐、竹竿、牡丹、狗、鵝等三十個品種。這些風物詠唱幾乎佔了全部作品的 80％，而它們完全是地道的中原景觀，中原地產[81]。雖說馬氏所說此三十個品種的風物，如：繡鞋、桶、箱、床、櫃、廟堂、村莊、河、坡、崗、洼、溝、井、橋、墳、莊稼、狗、鵝，實在很難斷說全是中原特有的景觀中原地產，但說在汝南馬鄉鎮梁祝文化空間確實存在獨特的梁祝文化現象，

[78] 沅君撰：〈祝英台的歌〉，收於錢南揚編輯、婁子匡校纂：《祝英臺故事專號》，《民俗周刊》第九十三、四、五期合刊（原 1930 年 2 月 12 日出版）（臺北：東方文化書局，1970 年冬季復刊），頁 61-63。
[79] 同註 47，頁 130。
[80] 同註 47，頁 131。
[81] 同註 63，頁 698。

則非妄論。馬氏又說「梁祝故事應發生在地點相對集中的地理環境中，方圓不過百里，人物不過二三，僅此而已」，而作為認定梁祝故事首出中原的主要依據[82]，當亦可議，蓋所謂「方圓不過百里，人物不過二三」，與是否即為故事發源地，實無必然關連故。

3. 梁祝民俗。當年英台不從馬家，死在迎親路上，這讓馬家丟了面子。據當地人說，至今馬莊朱莊還有不成文的規定，兩村互不通婚[83]。熊應國也說：至今流傳著姓朱的不嫁姓馬的婚俗，朱馬不通婚，因為兩家前世結了仇[84]。為什麼是朱莊而不是祝莊？當地的說法是，祝英台本不姓祝，而是姓朱，是朱莊人，"朱祝"音似，外面的人以訛傳訛，弄錯了[85]。

農曆七月十五，汝南有送紙燈的風俗，馬鄉鎮八十五歲（1995年1月9日前）老人李桂枝說：「因為七月十五日是朱英台為梁山伯死的日子。所以，千百年來，北馬鄉的人們養成了每年七月十五送燈的習俗」[86]。這一天，人們為沒有兒女的梁祝送燈、燒紙，請他們回家吃飯[87]。祝英台墓前建的「白衣閣」，過去香火十分旺盛。每年三月三，人們都要在梁祝墓地前唱戲七天，每次都要唱《梁山伯與祝英台》及折子戲《祝九紅出嫁》、《同窗記》等，以紀念梁祝[88]。但梁傻子家鄉的梁崗，便不准演梁祝戲。梁崗的老人

---

[82] 同註 63，頁 696。
[83] 同註 43，頁 115。
[84] 同註 47，頁 135。
[85] 同註 43，頁 115。
[86] 同註 47，頁 135。
[87] 同註 21，頁 167。
[88] 同註 39，頁 14-15。

梁明堂說：「解放前，我們村是不允許演梁祝戲的，誰要演，非把他們打走不可，這也是我爺爺的爺爺傳下來的規矩。但解放後，就是演了，國家的戲，我們不敢不讓演。」[89]

　　以河南駐馬店汝南梁祝故事文化空間輻射而出的梁祝故事，有流傳於河南澠池一帶的〈祝英台挑水〉(故事 38)，說祝英台女扮男裝到杭州書塾裏讀書，課餘時間，學生們常搶著挑水、澆花、幹些雜務。祝英台也不例外。一次，英台從山下挑水澆花，不小心差點摔倒。被老師瞧見，覺得這孩子和別的不大一樣，就仔細打量。英台一咬牙，硬起腰桿大步向前走去，不想，腿一軟，就要歪倒。恰巧梁山伯到來，以為英台有病，接過水桶，"來，我幫你挑。"第二天，老師讓英台下山挑水。英台走到半山腰，水桶全翻倒了，山伯又來幫忙挑水。從此英台便主動接近山伯，兩人勝似親兄弟，形影相隨。山伯不明真情，也像兄弟般幫助英台。三年同窗結下深厚情誼。

　　河南固縣一帶有〈十八相送九觀景〉(民歌 36)，也是英台讀書杭州來，涼亭遇好友梁山伯，二人插香來結拜，有英台「借戴花人、花布門帘、菱角開花朵朵對，結果角對角，可像梁兄倆兩個、木匠給打嫁妝、大紅牡丹任你搯」暗喻已為紅妝，表露衷情的情節。另有呂祿演唱的洛陽琴書〈梁祝下山〉(洛陽琴書 1)，只道「幼年英台山伯結故友，紅羅山上念聖篇」。劉康健搜集的豫南一帶民歌〈訪友〉(民歌 42)、〈山伯訪友〉(民歌 43)；前者是山伯唱，賢弟約他三六前來訪友，見了英台穿裙衩。英台唱我女扮男裝杭州攻

89　同註 43，頁 115。

讀詩文。英台十六春，山伯十七歲，英台住岳州城，當日兩人夜歇王婆店，結拜為兄弟。後者無情節單元，是山伯訪友到祝家莊，會會祝九郎。

　　據馬紫晨不完全統計河南二十九個文藝品類中，以梁祝為題材的節目當在五百部（齣、篇、首）以上[90]，而筆者所見河南省梁祝故事除以上所論，未標明河南何處的有十九個，有 885B「戀人殉情」類型、749A「生雖不能聚，死後不分離」類型、749A.1「生雖不能聚，死後不分離，死而復活」類型、749A.1.1「生雖不能聚，死後不分離，死而復活，神仙相助」類型及不屬梁祝類型故事三種。其中 885B 類型故事有：《梁山伯與祝九紅》（五調腔 1），是五調腔傳統劇目，含折戲《上學》、《討硯水》、《下學》、《大隔帘》、《西樓會》、《討藥引》、《竇二毛添箱》、《馬文才娶妻》，屬丑、小旦、小生應工戲。河南省戲曲工作室存有張成文口述本《梁山伯下山》。

　　一九五三年河南人民出版有李翎、嚴吾整理本五調腔《梁山伯與祝九紅》（五調腔 1），故事是祝秀英（九紅）男裝赴紅樓山求學途中，與同伴梁山伯結拜。入學多日，其師不見秀英洗浴，暗囑其妻將祝灌醉，解衣細查，為討硯水之馬文才隔窗看見。馬暗托媒向祝家求婚，祝父允之。師父為免不測，將梁祝鋪間立一界牌，不許逾越。冬日，秀英暗以紅襖與山伯蓋，欲表女身。山伯誤以為祝以師母之物戲耍，遂擲回。兩人返家途中，秀英借物喻情衷，山伯不解。只得托言為九妹訂親。山伯歸家後，發現師母

---

[90]　同註 63，頁 695。

轉贈之繡鞋一隻，方悟。前往祝家求婚，秀英淚告已晚，山伯求揭帘相見，秀英懼父未允。山伯約其死後葬曹家鎮旁，碑刻梁祝姓名。山伯回家病危，書僮向秀英討青絲作藥引，山伯見髮氣絕而亡。馬文才祝家娶親，父逼女上轎，秀英索求「搖錢樹、聚寶盆、四楞雞蛋、大姑娘鬍鬚」作嫁妝難之。花轎過曹家鎮，秀英下轎祭墳，雷擊墓開，秀英撲墓與山伯死後同穴。

　　749A 類型故事有流傳於河南一帶，王守玲口述〈祝九紅撲墓〉(鼓詞 10)：「閑言少敘開正章，表一表梁大郎。梁山伯紅羅高山把書念」，師娘告訴他，高山上，念書的同窗十八個，裏邊有個女娥黃。九弟就是女紅妝。我叫你，探你九弟到祝家莊。到了祝家，見九紅女裙衩，九紅說我作詩一百首，梁大哥，你為啥連一首也沒解開？回到家，爹吃酒來娘接彩，把我許配馬秀才。山伯回家得相思病，囑咐爹娘買口白棺材，千萬埋在馬家崖，墳前立碑，上寫梁山伯，下綴祝英台。馬家花轎抬過來，突然一陣黑風黃風好厲害，九紅往外看。一座新墳在路崖。「祝英台，你要戀咱同結拜，快快下轎拜墓來；你要不戀咱同結拜，穩座花轎別下來。」英台拜墓：「新墳裏要是我的梁大哥，小奴一拜墓門開；新墳裏不是我的梁大哥，我十拜八拜你別開！」九紅一拜墓門兩分開，墳墓裏露出白棺椁手扯羅裙蒙上面，把腳一踩墓坑裏栽。祝九紅，撲進墓裏墓門合，變一對蝴蝶兒飛出來。花的就是梁山伯，紅的就是祝英台。馬秀才正然催馬前來見小姐墓坑裏栽，翻身下馬墓碑前面猛一栽，腦袋大裂開！馬秀才做了短命鬼，變一顆馬苓草長路沿兒。為什麼蝴蝶不落馬苓草，前世冤仇解不開。「這就是祝九紅撲墓一小段，下一回，水濕蘭橋接看來。」仍是前世姻緣的

故事。

749A.1 類型故事有《梁山伯與祝英台》（又名《梁山伯祝英台夫婦團圓記》）（鑼鼓書 1），是鑼鼓書中篇傳統書目，散韻相間體，以唱為主，約可演唱兩場，是清末民初以來鑼鼓書藝人久演不衰的保留書目之一。陝縣張茅鄉的馬小磨、大營鄉的李狗旺均擅演。其中《英台擔水》一折錄音，由陝縣廣播站、文化館保存。故事是晉時，祝英台女扮男裝赴紅羅山讀書，與同窗好友相識、生離死別。主要回目有「英台擔水」、「酒醉英台」、「英台辭學」、「十八里相送（即英台下山）」、「樓台會」、「梁山伯還魂」等。

749A.1.1 類型故事有〈尼山姻緣來世成〉（故事 11），東晉此故事流傳於浙江、河南。說東晉年間，東京河南府御水河邊祝家村有祝光遠員外，生了八個兒子，第九個是九千金，取名英台。英台十多歲了，想上尼山學堂讀書，便與大嫂商量扮男裝向父親詭稱是神人送帽靴藍衫，叫她上尼山讀書。員外應允了，她帶銀心上路到尼山與同桌同學梁山伯結為兄弟。一天山伯書僮喝了酒，被山伯知道了，就叫他跪地上。銀心過來開玩笑，趁機打了四九幾下，被英台知道了，也叫銀心罰跪。後來英台看在山伯面上，叫銀心起來。銀心說：「得叫我姐姐，就站起來。」英台問：「為何要叫你姐姐？」銀心一聽，笑將起來：「噯，妹子，我起來了！」接著山伯也叫四九起來，四九也說：「得叫我姐夫，就站起來。」山伯說：「為何要叫你姐夫？」四九一聽也笑將起來：「噯，弟弟，我起來了！」他倆一笑，惹得山伯丈二和尚摸不著頭腦，英台卻十分尷尬。

三年過去，梁祝相別，山伯送行，英台從「紫金山上樣樣有，

唯缺少鮮花共牡丹。梁兄，你要鮮花我隨身有，家中還有花牡丹。」
開始，連打「十二個啞謎喻衷情」，終歸無效。到分別時只好託言
為妹訂親，要山伯家裏求親。山伯回家已兩年才忽然想起祝英台，
才聯想到婚約，即刻動身到祝家莊。英台說爹爹已作主，許配給
馬家公子馬士恒了。山伯聞言如五雷轟頂，回家發憤讀書，考中
進士，放為鄞令，想念同窗好友祝英台，終身未娶，後病死，葬
於胡橋北岸。

　　英台有一天與丈夫馬士恒有事乘船外出，途中忽風雨交加，
無法前行。英台問之艄公，岸邊有山伯墓，便到山伯墓前哭吊，
馬士恒也跟了去。她即景口授祭文：「大周定王三十三年暮春初三
日宜祭之儀，盟弟妹祝英台頓首九叩，……」，忽然雷而大作，墓
所向兩邊裂開，山伯顯靈跳了出來，拉英台一同歸陰，馬士恒當
場嚇死。三人齊至閻王殿，閻君示因果，說梁山伯與祝英台本是
金童玉女，打破天宮玻璃盞貶罰凡間，並預言梁祝將化蝶上天。
梨山老母得悉梁祝遭遇，搶救二人至崑崙山修煉。三年後梁祝武
藝高強，皆能呼風喚雨，當時番邦屢擾邊境，二人重返人間。皇
上讓他倆掛帥征南，大獲全勝。山伯被封為定國公，英台為誥命
夫人，都活了一百餘歲。

　　此則故事兜合了所有文類的梁祝故事情節，如：銀心四九的
搞笑行徑與明傳奇無異，又如：英台的即景口授祭文：「大周定王
三十三年暮春初三日」又與鼓詞等說唱曲藝同，惟未注意故事最
先一句已說「東晉年間，有個員外叫祝光遠」，顯然忽略時間跳接
的矛盾。而梁祝是天上金童玉女打破天宮玻璃盞貶罰凡間，及二
人化蝶的情節一樣也不少，安排為閻王示因果又預言未來化蝶。

但馬上又搭接梨山老母來搶救二人上崑崙山修煉，修得呼風喚雨，打敗番邦立功受封且有踰百歲的高壽情節。不知梨山老母於何時搶救？是未來化蝶後搶救？抑或閻王示因果之後搶救？若是後者，如何搶救？均未說明，明顯為拼貼梁祝故事大部份元素而成後出的故事。據周靜書主編《梁祝文化大觀‧故事歌謠卷》所載是「流傳於浙江河南的故事」、「裴文康搜集整理」，今不知原來文本情況，但若據其所言是搜集整理流傳於浙江河南的故事，則故事採集的地域廣大，又是「搜集整理」，則兜合後起的故事推論，當非妄言。

　　不屬梁祝類型故事有：1.〔祝英台死在梁山伯墓〕(故事 138)。2.〈踏青〉(民歌 37-2)。3.〈送別〉(民歌 37-3)。4. 選自一九六三年河南省劇目工作委員會《豫劇傳統劇曲彙編》〈梁山伯下山〉(豫劇 1)。5. 李玉芬演唱，一九八七年河南人民廣播電台錄音記譜《梁祝‧哭靈‧蒼天不隨人的願》(二夾弦 2)。6. 劉九妹傳腔；田愛雲、黃汝榮演唱，一九七八年河南人民廣播電台錄音記譜《梁祝‧下山‧走一窪來又一窪》(二夾弦 3)。7. 高春喜編曲、田愛雲演唱《梁祝‧下山‧祝家莊上訪英台》(二夾弦 4)。

　　其中 1、2、3 前文已提及。第 4 則〈梁山伯下山〉，山伯是丑扮。他送英台回家探母，途中英台一路打比方喻衷情，這傻山伯卻只一路重複英台唱詞，英台改女裝入廟見山伯，山伯卻怒斥她「誰叫你穿老奶奶的衣裳跟我罵玩哩，趕快脫了。」山伯想吃油烙饃，英台給她一隻彩鞋，他也往口裏填。英台最後只能說「師哥，這是上你家的路，那是上俺家的路，誰回來的早，誰等誰。」梁說「又叫他哄我一回。」這傻子只知又被哄了，渾然不知英台

情意。第 5 則故事，梁山伯祝英台當年草橋鎮結拜，山伯「死後一眼開」。第 6、7 則故事仍是九紅借事物暗喻己為紅妝，表露情愫及為妹訂親，實則以身相許情節。

另有 1. 胡運榮演唱《英台拜墓・上流》（大調曲子 2）。2. 馮治學演唱《梁山伯與祝英台・慢板（一）》（四股弦書 1）。3. 王小福演唱《梁山伯與祝英台・慢板（二）》（四股弦書 2）。4. 王梁成演唱《梁山伯與祝英台・慢板（三）》（四股弦書 3）。5. 王小丑演唱《梁山伯與祝英台・慢板（四）》（四股弦書 4）。6. 劉九來傳腔，一九五八年劉九來傳唱，江一舟記譜整理《梁祝・山伯訪友・白綾小扇忙展開》（二夾弦 1）。其中第 1 則是祝英台拜墓。第 2、3、4、5 則要表的是紅羅山祝英台的故事，第 6 則是祝英台，九弟怪梁秀才不早來求婚，九弟已配馬世榮馬秀才。兩人只能隔帘相見。均無情節單元。

第三節　少數民族梁祝故事文化現象

漢族梁祝故事從唐人梁載言《十道四蕃志》載「義婦祝英台與梁山伯同冢」以來，歷代各類文本互涉敷衍成龐大的梁祝故事網絡，由於地緣相近、文化交流，連西南、中南、華東南部地區三十多個少數民族也都廣泛地流傳梁祝的傳說、歌謠、唱詞以及民間戲劇的文本[91]。據雷國強不完全統計，這些地區，包括了雲南、廣西、廣東、福建、湖南、浙江等省，自治區的壯族、白族、彝族、苗族、瑤族、布依族、獨龍族、仫佬族、黎族、京族、藏族、

---

[91] 雷國強撰：〈南方少數民族梁祝傳說的社會根源〉，收於周靜書主編：《梁祝文化大觀・學術論文卷》（北京：中華書局，1999 年 12 月），頁 400。

回族、毛難族、土家族、傣族、畲族等將近南方少數民族總數三分之二的少數民族地區，都廣泛流傳梁祝傳說的各種民族藝術形式的口傳作本[92]，今就所見到論少數民族的梁祝故事列表於後，論其文化現象於下：

流 傳 區 域		類 型	故 事 出 處
壯族	廣西東蘭、巴馬、田陽、馬山、都安等縣(壯族)	749A	故事 18
	廣西馬山縣(壯族)	749A	民歌 8
	廣西壯族地區	749A.1	民歌 21
		不成型	故事 81
	廣西(壯族)	749A.1.1	壯劇 1
瑤族	廣西來賓縣石陵瑤族村寨(瑤族)	749A	民歌 6
	廣西金秀瑤族自治縣	749A	民歌 58
	廣西富川瑤族自治縣	749A	民歌 22
	廣西布努瑤族地區(廣西大瑤山)	749A	民歌 60
	廣西桂北各縣	749A	彩調劇 1
	廣西賀縣瑤族村寨	749A.1	民歌 59
	廣西富川瑤山一帶(瑤族)	不成型	故事 31
	廣西大瑤山(瑤族)	無情節單元	民歌 61、62
	湖南江華瑤族自治縣瑤族	749A	民歌 4
	(瑤族)	不成型	民歌 65
		無情節單元	民歌 63、64、66、67
苗族	廣西融水苗族自治縣香粉鄉雨卜村九象新寨	749A.1	故事 9
	廣西柳州(苗族)	不成型	故事 47、48
	貴州苗嶺山寨(苗族)	749A	民歌 19
	浙江麗水市(畲族)	749A.1	民歌 14

---

[92] 同前註，頁 400、401。按：雷文中條例「客家族」屬少數民族，客家當屬是漢族民系，另外傣族亦有梁祝故事的流傳。

族	浙江景寧畬族自治縣	749A.1	故事 90
	浙江遂昌縣(麗水市)(畬族)	749A	民歌 12
	浙江(畬族)	749A.1	民歌 69
	福建福安一帶畬鄉	749A.1	民歌 20
布依族	貴州省(布依族)	749A	布依戲 1
	貴州羅甸縣布依族地區	749A	故事 14
	貴州望謨、羅甸(布依族)	749A	故事 108
仫佬族	廣西壯族自治區羅城仫佬族自治縣	749A	民歌 23
土家族	湖北長陽縣土家族聚居地	749A.1	喪鼓曲 1
	重慶黔江縣兩河區龍田鄉(黔江區)(土家族)	749A.1	民歌 24
侗族		749A	侗戲 1
白族	雲南大理(白族)自治州	749A	民歌 26
	(白族)	不成型	民歌 25
水族	(水族)	不成型	民歌 27、57

一、壯族梁祝故事文化現象

　　壯族是中國人口最多的少數民族,主要分佈在廣西、雲南、廣東、貴州等省區。今所見梁祝故事有五,屬 749A「生雖不能聚,死後不分離」類型故事二:1.〈梁山伯與祝英台〉(故事 18)。2.〈唱英台〉(節選)(民歌 8)。749A.1「生雖不能聚,死後不分離,死而復生」類型故事一:〈壯族梁山伯與祝英台〉(民歌 21)。749A.1.1類型故事一:〈梁山伯與祝英台〉(壯劇 1)和不屬梁祝類型故事一:〈三句壯族俗語的由來〉(故事 81)。

　　其中 749A 類型故事,1. 藍鴻恩搜集整理,流傳於廣西東蘭、巴馬、田陽、馬山、都安〈梁山伯與祝英台〉(故事 18),說木蘭峒有個書生叫梁山伯,要到柳州去讀書,在途中,見一灣河水群鵝

戲水，石階上有個年輕姑娘洗衣服。山伯見此美景，吟詩：「江中一對鵝，仰頭叫唧唥，白毛浮綠水，」唸到第三句，覺得不好收，那洗衣姑娘突然轉身接下去：「無屎莫來屙！」山伯火了，便朝姑娘撞來。姑娘拎起衣籃飛跑進白房子的大門。山伯上她家打門。開門出來的是一位老者。山伯說：剛有個丫頭笑罵我，我要找她理論。那姑娘跳將出來不承認說：你聽錯了，我講的是「黃爪弄清波」。山伯反覆吟調，覺得姑娘倒幫他續了好句子。

原來姑娘有樁心事，常和爹媽鬧，就是為什麼不讓她外出讀書。這天梁山伯一來，她先向媽鬧。姑娘說我扮男裝，若山伯看不出來是姑娘，就該讓我去。果然她把男孩服一穿，巾帽一紮，文質彬彬出中堂來了。老者正問得山伯年剛滿十九，這姑娘說：小弟今年剛滿十八，我倆結拜做兄弟。山伯與老者都不知是姑娘。姑娘說：爹！這回有梁兄一同到柳州念書，你總放心了吧。老者只好答應。這老者名叫祝公遠，姑娘是祝英台。這英台從小聰明伶俐，「過目不忘」，繡得花像真的。一次她在壯錦上繡一雙花蝴蝶，蹁蹁起舞，栩栩如生，她家養的小貓誤以為真，猛地撲過去；她繡的桂花，看的人都聞得著香味。

這晚，媽媽一夜不能成眠，英台安慰說：「堂前掛著女兒繡的桂花，院中栽著女兒種的牡丹，如果牡丹枯萎，牆上繡的桂花失掉芬芳，就說明女兒在外做了對不起父母的事，到時候媽媽就算沒這女兒算了。」隔天，兩人作伴，一路柳州進發。快到柳州城時，前面一條大江，沒渡船，若不敢過河怕入學的時間就過期了。山伯說脫下衣服放馬背，牽馬遊水過去。英台「佯稱算命先生說她三年內有大災難，不准脫衣服，在光天化日下光身，冒犯天帝；

在水底下裸體，冒犯海裏龍王。」要山伯自行渡河。自己回家去。山伯說我遊水在前牽馬，你把著馬脖子浮水過去吧。英台見天色已晚，便答應了。過河後，摸黑在林裏換衣，瞞過山伯。

當天晚上，到學宮報到，老師因見他倆從溪峒來的，路遠，過河耽擱時間；便答應收留下來，但只剩一間房和一鋪床，便要他倆同鋪睡。英台在「床中畫一條線，又放了一把巫師送匕首」，說小時候喜歡獨宿，又怕鬼，晚上握著睡覺慣了，山伯問半夜過了界，怎辦？只要賢兄翻過界，小弟這匕首輕輕一捅，不就醒了。英台大熱天從不脫衣，佯稱是要免三年之災，家母縫了一套「緊身衣前後一百二十對紐扣」，若每晚睡著脫衣，早起穿衣，單是解扣的時間也不夠用，哪有時間睡著。但學校裏有同學懷疑她是女的，偷偷告訴山伯，山伯問何以耳墜穿洞，英台又誆稱命硬不好帶，爹媽才叫我丫頭的名，又給我穿耳墜孔。山伯聽人說：「女人熱量大，用芭蕉葉墊了睡一晚便會焦黃。」砍來兩張大芭蕉葉墊在席子上偵測男女。英台夜裏把芭蕉葉放在窗台外去承露水，天快亮再放在席上。

有一次，大家輪流茅房小便。當英台出來，有個學生大喊：祝英台是女人裝扮的。英台說他造謠，那人說男人都站著小便，你為什麼不站著？英台說只有畜生才站著拉屎拉尿。又有次，大家比賽擲石子，比遠近。那人又說男人擲石子往前擲，女人擲石往橫擲，英台是往橫擲出石子的，因為女人胸乳大，直擲不方便，不信脫下衣裳給大家驗驗。英台氣得把了那人幾個巴掌，跑回宿舍，想來讀書三年已滿，家裏父母一定掛念，還不如回家。決計留詩一首給山伯。

　　山伯送行時，英台作山歌三首：「無花果樹葉青青，兩個果子藏樹蔭，有情有意摸到果，香在喉頭甜在心。」、「紅皮柚子長樹椏，有情有意伸手拿，有情有意剖開看，剝去紅皮現紅花」、「一枝芙蓉站岸邊，河裏漂來一隻船，有心折花船靠岸，哪曾見過岸攏船？」又借一對白鵝、一對螞蚍，（青蛙）、一對鴛鴦喻衷情。最後托言為河邊洗衣的妹妹訂親，要山伯來家說媒。且回去時看硯台下的留詩，山伯回房間見硯底一幅色彩斑斕的壯錦，錦裏包著一封信，信中一首詩：「當年洗衣在河邊，情哥騎馬過村前。三句鵝歌掀水浪，一言續句兩情牽。無花果熟留哥要，紅皮柚子留哥連。項雞臉紅將生蛋，少女紅唇想結緣，情哥不是癡呆子，趕快請媒諦良緣。」

　　山伯向老師請假，失魂掉魂地追趕英台，走到大塘邊問一對白鵝「你們見祝英台走多遠？」鵝"嘔嗬嘔嗬"叫著，山伯聽不清，心中一急氣起來，用兩手各抓著鵝頸，狠狠地往後邊甩，鵝頸給拉長了，所以「現在白鵝都是長長的脖子。」又問田坎一對螞蚍（青蛙），螞蚍哇哇叫，山伯雙腳跺著兩隻螞蚍的頭跑過去。螞蚍的頭給踩扁了。所以「現在螞蚍的頭都是扁的。」問了大河邊一對鴛鴦。鴛鴦說「走過三天啦！」，鴛鴦幫山伯過河，山伯便將壯錦送他們報酬，鴛鴦便將壯錦做成兩套衣服，「所以現在鴛鴦身上的羽毛是最漂亮。」

　　但山伯到英台家仍是晚了。原來鎮安府土官馬文才知道懷遠祝英台聰明又美麗，幾次派媒來下聘，祝公遠都說到外婆家去讀書，沒有回來。英台回家，馬家又來下聘，英台說若能對上「懷遠懷君千夜淚」對子才答應婚事。馬文才無一點文墨，找來擇日

先生說老爺老鼠命，只能打地洞，小姐是鳳凰命要飛天的，合不來，馬文才要打爛招牌，仍強行下聘。山伯一聽沒魂沒魄地趕回家，悲憤交加，臨死前告訴媽媽，把他埋在木蘭峒外的霸陵橋，馬文才搶來的祝英台一定會經過這裏，讓孩兒的陰魂和她會會面也好。

英台出嫁，轎到霸陵橋邊，英台瞥見山伯墓，「下轎哭祭，取頭髮上金釵當作香火插在墓前，突然電光一閃，雷聲隆隆，墳墓裂開，英台一躍進墓」。隨從們向前一搶，只「扯得兩片爛衣角，鬆手，兩隻蝴蝶飛上天去」。馬文才「挖墓，不見屍體，只見兩個白色鵝卵石」，就帶回家。可這「兩個卵石不管放在哪裏，一轉眼，又聚攏在一起」。他知這是「梁祝的精靈，砸又砸不爛、捶又捶不扁，就一個丟河那邊，一個丟這邊，誰知，兩岸邊各長出一棵樹，兩顆樹樹葉濃密相互交蓋，中間樹椏對樹椏，下面根連根，各個樹椏上還有個疙瘩，好像眼睛對著眼睛。」馬文才氣得吐血而亡。

後來霸陵橋成為名勝遊覽之地，遊人很多，有壯人、瑤人。大家每年都給那個墳墓培土，所以墳墓變成一座大山，墓上長出一枝牡丹花。據說有時候「梁山伯和祝英台的精靈也出來和人們鬥歌圩」。一次英台對山伯說我當年出的對子還沒人對，你能對嗎？山伯問什麼對？英台說：「懷遠懷君千夜淚」。山伯說：「蘭城蘭妹一條心」。於是兩隻蝴蝶在圩中起舞。「馬文才死後變了個掩臉蟲」，更加嫉妒了，便鑽出來爬上牡丹花。人們見到它，怕這掩臉蟲鑽壞花蕊，就捉它丟下地來。「掩臉蟲見人就害怕，掩起臉來」。人們顯然見不到它的臉，但知道是鑽花心的害蟲，就用腳往地上一摔，掩臉蟲也就和泥土一樣分不清了。

2. 師公唱本〈唱英台〉(民歌 8)，演唱者：韋光堯，搜集翻譯者：紅波、韋清源、藍鴻恩，一九八五年於蘇聯鄉採錄的節譯本。原手抄本，共兩千餘行，內容分路遇、改裝、同行、同窗、相別、訪友、路祭、化蝶。故事的情節單元有：「譏誚女扮男裝外出求學者為男女之情」、「女子以死要脅外出求學」、「女扮男裝外出求學」、「女扮男裝者皮肉細嫩臉粉紅，聲音比黃鶯，胸襟鼓漲，裡面穿花衫，和衣而眠，蹲姿小解被疑為紅妝」、「女扮男裝者佯稱深居庭院少挨日曬肉嫩粉臉，男人奶大將來福大當大官，奶大過拳頭將來一定封王侯，江河有蛟龍，見到花衫就走開，巫婆給符衣保命扣子一百二十對，只有畜生站著拉屎尿以防他人識己為紅妝」、「以隔牆屙尿遠近偵測男女」、「女扮男裝者身藏射筒射水標的遠佯稱男子屙尿以防他人識己為紅妝」、「以芭蕉葉墊身蕉黃或（女）青綠（男）偵測男女」、「女扮男裝者半夜將焦葉給露淋，使蕉葉青綠以防他人識己為紅妝」、「床中置隔板當山牆越者受罰」、「〔婚姻受阻殉情而死〕」、「人化蝶」。

749A.1 類型故事是劉志堅搜集整理，流傳於廣西壯族地區的〈壯族梁山伯與祝英台〉(民歌 21)，共有(1)英台向學、(2)初會梁山伯、(3)和衣過江、(4)、同床劃界、(5)英台思親、(6)十八相送、(7)馬家逼婚、(8)樓台奉酒、(9)山伯身亡、(10)馬家搶親、(11)英台哭墳、(12)化蝶、(13)三曹對案、(14)回陽等十四節。先唱「梁祝姻緣傳千古，悲歌一曲斷肝腸。嘉慶九年歲甲子，英台二八出閨房。要問她是哪裏人，家住懷遠祝家莊。……祝家單生英台女，人才出眾名遠揚，桃花臉腮杏兒口，美貌勝過金鳳凰。天生一付金嗓子，開口好比龍吐浪。……自小多伶俐，愛弄針線愛詩章，……

詩書過目不會忘，出口便是好文章。……水推皇曆日子去，那年柳州辦學堂。……如何瞞得先生眼，學花木蘭成男裝。」其後故事除多出三人陰間告狀、回陽的結局，有「新娘投墳，新郎服毒身亡，陰府告狀」、「閻王令小鬼帶陰魂問案」、「閻王令判官查緣簿斷案」、「閻王判殉陽男女回陽結鴛鴦」、「閻王判拆散天地緣之陰魂被棍棒重打、下油湯，再罰變鑽地屎克螂」的情節單元之外，大抵與民間故事〈梁山伯和祝英台〉(故事18)情節大同小異。相異之處有：(1)山伯所詠詩為七言三句，「江上遊來鵝一雙，唧唆仰頭情恩長，翩翩白毛浮綠水」、英台一句則是「急急屙屎弄水髒」及「細細黃瓜弄銀浪」，而後者是五言詩。(2)兩人同至「柳江」，後者僅言「柳州府城前橫一條大江」。(3)「山伯病重掏出胸前香羅帕，好像英台在身旁，好像英台喊哥哥，聞到肉氣香芬芳，連叫妹妹哥先走」、「香羅帕哽死在木床」，與後者悲憤而死不同。(4)英台以死要脅祭山伯墳，馬家無奈全答應，後者是英台出嫁在轎帘中見山伯墳，要求下轎祭墳。(5)英台祭墳拔金釵做香火，排排插滿墓頂上，禱祝「有靈請開墳墓蓋，情妹與哥共墳葬」，後者是金釵插墓作香火。(6)梁祝「死後化石，石落兩岸成樹枝相交，根根盤繞，風吹樹葉出聲罵人」，後者沒有「風吹樹葉出聲罵人」情節。

另外，民歌多出山伯要「十味靈丹救命方：一要仙翁手指甲，二要玉女金蓮掌，三要金雞頭上血，四要龍鳳肚心肝，五要閻王身上骨，六要雷婆奶一碗，七要半天雲上水，八要老虎頭上汗，九要龍井水洗身，十要麒麟皮鋪床」及英台借「石榴、藕絲、欖汁、牡丹花蜜蜂、插花郎、檳榔、神堂同拜菩薩風流亦似他人樣、白鶴雙、一對鴛鴦」暗喻己為紅妝，表露情愫的情節單元，而沒

有英台「誓言若失貞則牆上繡的桂花失去芬芳，院中栽的牡丹枯萎凋謝」、「墊蕉葉睡覺從色澤測體溫分辨男女」、「蹲姿小解、女子胸乳大擲石橫擲被疑為紅妝」、「白鵝長頸脖的由來」、「螞蜗（青蛙）的由來」、「鴛鴦作人語」、「鴛鴦毛色漂亮的由來」、「人化蝶」、「人化花（墓長牡丹花）」、「人死化精靈和人鬧歌圩」、「陰魂對對子」情節單元。

749A. 1. 1 類型故事《梁山伯與祝英台》（壯劇1），祝英台是能歌善唱的壯族姑娘，出場是與梁山伯對歌開始，到柳州讀書時是女性老師。山伯多次試探英台及十八相送一段，均以壯族民間生活富於情趣的情節為內容。如將芭蕉葉墊石板上、一腳踩扁泥鰍魚等。戲的結局是「英台碰碑後變成一副石磨」，馬文才怒把「石磨砸碎丟下山谷，石磨又變成兩顆星星閃耀空中」。田林縣安定鄉演出本作《前傳》與《後傳》兩本演出。《後傳》寫梁山伯死後得玉禪老祖搭救上山學武藝，祝英台由觀音老母搭救作徒弟。故事時代推至周朝，有個梁君在朝為官，攜眷告老還鄉投宿黑店，店主田文東殺死梁君後逼其女與之成親。觀音老母知情後派祝英台下山搭救梁氏母女。英台先落草於黑店附近山寨，皇帝為剿滅英台，出榜招賢平寇，玉禪老祖便派梁山伯下山揭榜，梁祝重逢，共同殺死田文東，救梁君妻女。梁祝相聚團圓，《後傳》大抵與梁祝鼓詞一類情節相同。

不屬梁祝類型故事有：〈三句壯族俗語的由來〉（故事81），壯族民間有三句俗語：「鵝頸長長，得意揚揚」、「羊角扭扭，心地不好」、「鴛鴦好心，披彩戴金」。它們的喻意分別是：自詡清高，不愛理人、性情孤僻，不夠交情、好報來自好心。這些俗語是怎麼

來的呢？傳說與祝英台的趣事有關呢。祝英台與梁山伯三年同
窗，祝公來信要英台回家，且把她許配馬家。英台給山伯信，山
伯趕往祝家，不但見不到英台，還受祝公一番奚落，山伯憤而出
走他鄉。英台知道後，也憤然離家，出門尋找山伯。一路追趕，
問了路邊一隻鵝、一隻山羊，兩者都傲慢不加搭理，至遇到一對
好心的鴛鴦，說道三天前……，英台知道了山伯的消息，感謝鴛
鴦，送它們兩件漂亮的壯錦衣裙，本來像水鴨裝束的鴛鴦，換上
美麗的外套。此後，俗語「鴛鴦好心，披彩戴金」就為人們所傳
頌了。

　　壯族的梁祝故事情節與漢族故事無太大差異，而山伯英台初
遇時所吟詩句是沿用唐駱賓王七歲時所寫的〈詠鵝〉詩：「鵝鵝鵝，
曲頸向天歌。白毛浮綠水，紅掌撥清波」[93]，此與唐宋以後，朝廷
在壯族開設學堂，推舉科舉制度[94]，恐有一定的關係。但也充份表
現壯族的社會政治背景及風物、民俗特色，如：(1)梁山伯、祝英
台是壯族兒女，梁住木蘭峒，是今日廣西壯族自治區河池市東蘭
縣；祝英台住懷遠，也是河池市宜州市懷遠鎮。而壯族女性勤勞、
健壯與英台大膽追求、爽朗、健壯、坦率、純真的農家兒女形象
相符，兩人首次相遇，出現英台在河邊洗衣的場景，另外，英台
有打了同學幾個巴掌及抱著馬脖子浮水的雄強樣相。另有壯劇說
兩人所拜的是位女性教師。也與壯族婦女常有經濟獨立能力，或

---

[93] 駱賓王〈詠鵝〉（時年七歲）：「鵝鵝鵝，曲頸向天歌，白毛浮綠水，紅掌
撥青波」，見駱賓王撰：《駱丞集》卷四（臺北：新文豐出版公司，1985
年，《叢書集成新編》本，59 冊），頁 74。

[94] 蘇志剛撰：〈漢族梁族故事的狀態特色〉，收於周靜書主編：《梁祝文化大
觀・學術論文卷》（北京：中華書局，1999 年 12 月），頁 310。

佔家庭經驗上的重要地位情況[95]亦不相違背。(2)鎮安府土官馬文才的強娶豪奪。(3)梁祝死後在歌圩和人對歌,與壯族每年三月三歌節,定期舉行歌圩對歌習俗有關。《嶺外代答》也說:「壯人迭歌相合,含情悽惋……皆機臨自撰,不肯蹈襲,其間乃有絕佳者」[96]。(4)英台借「買顆檳榔共哥吃,眼望哥哥嘴難張」、「無花果樹蔭藏,有情有意摸到果」、「紅皮柚子剖開,剝去紅皮現紅瓤」喻衷情,檳榔、無花果、紅皮柚都是壯族常見風物[97],另外「墊芭蕉睡覺偵測男女」,也與「壯人認為,女人體溫比男人高」的觀念有關[98]。(5)〈三句壯族俗語的由來〉(故事 81)及〈梁山伯與祝英台〉(故事18)中「鵝鵾長長;得意揚揚、羊角扭扭,心地不好、鴛鴦好心,披彩戴金」來歷,與「白鵝長長脖子、螞蚜扁頭、鴛鴦羽毛最漂亮」的由來,雖然前者是英台追山伯時所發生的情節,後者是山伯追英台時發生的情節,但兩者顯然都是梁祝故事結合壯族本不相干的風物俗諺而來的情節單元,故事中一再強調斑爛美麗的壯錦,都是壯族風物展現。

二、瑤族梁祝故事文化現象

瑤族大部份分佈在廣西境內,另外廣東、湖南、雲南、貴州等省區也分佈不少,據瑤族劉保元掌握的資料知此間各地均流傳梁祝故事,主要形式是歌謠與唱本,內容有繁有簡,大同小異。

---

[95] 同前註,頁 311。

[96] 同註 94,頁 312。

[97] 陸曉芹撰:〈對智的禮贊與生的求索--從梁祝故事的"壯化"看壯族文化的審美意蘊〉,收於《廣西民族學院學報》(哲學社會科學版) 23 卷 4 期 (2001 年 7 月),頁 69。

[98] 同註 94,頁 308。

最早流傳於瑤族民間的梁祝歌謠，產生於唐代的瑤族古典歌謠傳
《盤王歌》(亦叫《盤王大歌》、《大路歌》)就記輯了梁祝歌謠。
流傳於湖南江華瑤自治縣瑤族民間的清乾隆年間手抄本《盤王大
歌》集，有一首三十二行歌詞的《梁山伯》歌：

> 高山松樹排年紀，山伯排來是少年；春心來動梁山伯，梁
> 祝共凳讀書篇。高機織布堆如山，山伯做衣定情娘；山伯
> 來定英台妹，英台早定嫁閑郎。高山的風是山伯，水推的
> 船是英台；讀書三年同台坐，不識英台是女娘。風過樹頭
> 涼山伯，河中水推竹蔭苔；風吹山伯花謝了，水推蔭苔海
> 中埋。郎上大州娘也上，娘下貴州郎也來；砍頭分屍一起
> 死，落井沈塘不分開。山伯氣得吞藥死，死在荒洲埋路旁；
> 英台出嫁墳前過，山伯墳開迎新娘。梁祝出路共把傘，學
> 館讀書桌一張；生時不配死了配，山伯英台會黃泉。(民歌
> 4)

梁山伯作「涼山柏」，祝英台則是「竹蔭台」。屬749A「生雖不能
聚，死後不分離」類型故事，有「女扮男裝與人共讀」、「婚姻受
阻，吞藥殉情」、「新娘出嫁過情人墳，情人開墳迎接共赴黃泉」
的情節單元。

　　廣西來賓縣石陵瑤族村寨的《大路歌》集，是清咸豐九(1859)
年的手抄本，歌集中也有《梁山伯歌》三十七行，內容與湖南江
華瑤族《盤王大歌》所輯的《梁山伯歌》大同小異：

> 青松樹上排年紀，山伯排來是少郎；梁山著衫來定偶，英

台不嫁正閒郎。風過樹頭梁山伯，船行水面祝英台；讀書
三年共學院，因行不知你身情。風過樹頭梁山伯，船行水
面祝英台；讀書三年共學院，不識英台是女人。風過樹頭
梁山伯，船行水面祝英台；山伯二人齊過水，不圖深濕只
圖涼。風過樹頭梁山伯，船行水面祝英台；英台著衫千百
結，解得結開天大光。生生死死不相放，生生死死不放行，
娘上大州郎也上，娘下貴州郎也行。梁山不奈吞衣死，葬
在大州大路邊；英台行嫁大路上，梁山接入共頭眠。生時
共凳死同眠，死在大州大路邊；擔鍬挖泥七尺深，飛上半
天飛散連。生時梁祝共柄傘，死入黃泉共合線；生時不得
死時得，死入黃泉正得連。

故事也屬 749 類型，情節單元多了「女扮男裝者佯稱衣衫千百結，
解得開天大光，以防他人識己為紅妝」、「掘墓尋人」，而「婚姻受
阻吞衣殉情」比起前者「吞藥殉情」更為驚人。[99]

　　今所見現代流傳瑤族的梁祝故事有 749A 類型四：1.《瑤族英
台傳》（民歌 22）。2.《梁山伯與祝英台》（民歌 58）。3.《吉蒂與伏
隆》（民歌 60）。4.《梁山伯與祝英台》（彩調劇 1）。749A.1 類型故事：
《梁山伯與祝英台》（民歌 59）及不屬梁祝類型故事八：1.〈顯示貞
潔月月紅〉（故事 31）。2、3、4、5、6、7、8、〔梁山伯與祝英台〕
（民歌 61、62、63、64、65、66、67）。其中 749A 類型 1. 流傳於廣西富
川瑤族自治縣《瑤族英台傳》（民歌 22），是瑤族七十歲[100]農民盤啟

---

[99] 劉保元撰：〈略論流傳於瑤族民間的梁祝故事〉，收於周靜書主編：《梁祝
　　文化大觀‧學術論文卷》（北京：中華書局，1999 年 12 月），頁 426-427。
[100] 周靜書主編：《梁祝文化大觀‧故事歌謠卷》（北京：中華書局，1999 年

有口述，瑤族幹部唐慶得搜集整理，故事先說：「不唱前朝並後朝，只唱當初祝英娘。峨嵋祝光家富豪，家中豪富有田莊。祝公生得伶俐女，年當十五好風光。上有二兄下無弟，生下英台名九娘。英台要到杭州去」，入學堂，祝公高聲罵要斷父女之情。英台辯說「南海觀音原是女，多日念經坐佛堂。則天皇帝是一女，總管山河十萬方」、「木蘭入得萬軍裏，麗君做個宰相郎」，祝公聽得呵呵笑，女兒說話也高強。英台頭戴羅子帽，腳穿朱靴出門求學，在青松樹下乘涼。

　　來了本州梁秀才山伯，東南西北有田莊，也要杭州上學堂，二人結拜為兄弟，到杭州學堂筆共硯池書共箱，日裏同窗同桌坐，夜裏共被又共床，英台女性特徵行徑：1. 夜間連衣睡。2. 小便低身。3. 洗澡擦胸膛，露出一對丁香奶，一對奶子白如霜為山伯所疑，她辯稱：1. 連身衣有同心結二十四，紐扣定有十二雙，黃婚解衣到五更，五更穿衣到天明，要她脫衣睡，「四碗清水定四方，若還明日倒了水，四十竹板你身當。」2. 高身出恭是牛馬，低身出恭是仙郎。3. 有福之人奶子大，無福之人無奶房，男人奶大得官做，女人奶大守空房，最後五百學生都打棄，只有英台她不去，一堂學生都識破，都說英台是女娘，英台便說怕父母老，思故鄉辭別先生回家去。山伯相送，英台便說怕父母老，思故鄉辭別先生回家去。山伯相送，英台借「石榴、鴛鴦、井中照見好顏容、一雙好神靈中缺媒人、船攏岸」暗喻衷情，到了貴陽江渡，又以「水侵龍口丁字口，將近侵到可字旁」啞謎讓山伯猜，說哥哥若

---

12 月），頁 771，所錄文本未標名採錄年代。

還想得出，前面與你再商量；若是哥哥想不出，你歸書院我回鄉。

山伯請先生占一卦，一占情人去不遠，二占婚姻正相當，辭別先生往祝家莊，借問讀書祝二郎。小兒答言只有讀書祝英家。英台聽見女裝相見，面擦廣南蘇州粉，腳上繡鞋三寸長，好似仙女出閨房，山伯低頭不敢抬眼望女娘，兩人房中對文章，百本詩文皆對過，堂前躬拜父高堂。祝公當時高聲罵，如何引他到閨房。他是誰州誰縣人，又是哪州哪縣郎？他是本州梁家子，東南西北有田莊，同在杭州夫子院，三年同硯共書箱，祝公聽得呵呵笑，原來如此到我方，便叫梅香來把酒，招待梁兄好回鄉。此時英台已許馬家郎，「在生不得為夫婦，黃泉路上再成雙」，山伯如雷轟頂當場吐血，回家相思病重，梁母到祝家說親，祝公答言「早來三日許給你，如今已許馬家郎。」英台房中忽聽見下樓來見，梁母看她猶如仙女下凡塵。英台含淚寫「世上所無藥方：一要東海龍王角，二要西山鳳凰肝，三要黃龍頭上腦，四要青龍背上漿，五要一個生人膽，六要萬年屋上霜，七要觀音淨池水，八要王母半腦漿，九要南海池中水，十要雷公腦中漿」，說若是梁兄黃泉去，葬在東門東大路，有朝一日墳前敬酒燒香。

九月九日馬家娶新娘，轎到東門，英台下轎點香，大哭三聲梁山伯，小哭三聲梁大郎。「有靈有聖開墳墓，無靈無聖馬家娘。」雷聲隆隆「瞬時墳墓開兩旁，英台急忙會山伯，墳墓裏面配成雙。」「雨過天晴太陽紅，墓前菊花朵朵鮮，墳頂蝴蝶成雙對，一對情人升上天，這本英台從此斷，留予君子萬古傳。」

2. 瑤族梁祝故事最典型的唱本之一，是流傳於廣西金秀瑤族自治縣的《梁山伯與祝英台》(民歌 58)，共二四○餘行，說梁山伯

與祝英台去讀書路上相識，結拜為兄弟。二人同窗三年，「日裏同行夜同眠」、「讀書經書千百本」。英台思鄉回家，臨別要山伯，「年後慢齊來共圓。」次年，山伯來訪知英台是女子，請媒去說親，奈何父母已將英台許給馬家。英台撕下衣衫寫了衣衫信一封，托媒人交給山伯。山伯看完，悔恨不已，「便把衣衫吞肚死」，死後葬落大州大路邊。英台「出嫁路過，山伯墓門突然啟開，接起英台到身邊。」馬家「派人擔鍬挖，便見鴛鴦飛上天」[101]，是人化鴛鴦的故事，也是吞衣致死的驚悚情節。

　　3. 流傳於布努瑤族地區的民間敘事詩《吉蒂與伏隆》(民歌60)，被稱為瑤族的梁山伯與祝英台。詩的第一部份是吉蒂女扮男裝去學堂讀書，與伏隆同窗共床三年。一天，吉蒂匆匆離去，寫一字條壓在竹席下面，伏隆回來見了字條，策馬追趕吉蒂的去向。問了「馬、雞、鳥」等動物，牠們都沒有告知吉蒂的去向，只有戴帽鳥告知吉蒂的去向，伏隆以贈帽為報酬。最後部分，吉蒂回鄉，父母逼婚，她策馬逃奔，後有追丁，縱馬跑下懸崖。伏隆趕到吉蒂家，知吉蒂身亡，躺在崖下，也縱馬跳崖。」「忽然懸崖下鮮花盛開，一對美麗蝴蝶飛入雲天，永生永世不分離」。[102]

　　4. 流傳廣西桂北各縣，瑤族唐慶得於富川瑤族自治縣新華瑤鄉採錄的《梁山伯與祝英台》(彩調劇 1)，唐德求演唱梁山伯，唐慶華唱祝英台，唐彩富唱四九，唐聖鳳唱銀心。唐慶得說小時候跟大人去遊鄉演出時就熟記的，在一九五八年以前，還學演過四

---

[101] 同註99，頁 428。
[102] 同註99，頁 433–434。

九[103]。此戲共有「赴杭求學離遠門」、「柳蔭結拜梁為兄」、「十八相送暗許婚」、「員外托媒／馬家訂親」、「樓台相會兩心傷」、「山伯臨終戀英台」、「梁傳噩耗馬逼婚」、「天助梁祝化雙蝶」八場。故事說峨嵋祝家莊祝公遠家雖豪富，生兩男一女，雙兒不成器，女兒祝英台要去杭州尼山求學，「裝病引父占卦，自扮占卦先生瞞過父親。」又說服父親說「皇帝下詔，要在民間選美入宮庭，我去杭州，避免選美遭災星」，祝父贈她「七尺紅綾，若失貞則以紅綾自裁。」於是「英台扮男裝與銀心外出求學」，柳蔭處遇見會稽沙崗梁山伯，也帶四九上杭州尼山尋師教導。兩人結拜同行。兩人婚姻的介入者是馬太守兒子馬文才，故事的情節單元另有「三年和衣而眠」、「十八里相送」，女扮男裝者「借事物（蝴蝶、青蛙、白鵝、鴛鴦、船靠岸、古廟觀音月老執紅線撮合男女配鳳鸞、井中一男一女的容顏）暗喻己為紅妝，表露情愫」、「托言為妹訂親，實則以身相許」、「相思病死」、「新娘以死要脅祭墳」、「新娘內穿大紅外穿白祭墳」、「新娘哭祭，感動天庭，風婆電母雷公助戰，瞬間風雲變色劈開墳頭三、四尺；人進墓墓合」。彩調劇是廣西壯族自治區地方戲曲劇種之一，此劇雖是瑤族人採錄自瑤族自治縣，但仍具濃厚漢族梁祝色彩。但祝父贈七尺紅綾給英台，要她若失貞潔則以紅綾自裁的情節，別處未見，顯示瑤族強悍的民族風格。

　　749A. 1 類型故事：也是瑤族梁祝故事最典型的唱本之一，流傳於賀縣瑤族村寨的《梁山伯與祝英台》唱本(民歌59)，共八五六

---

[103] 《梁山伯與祝英台》(彩調劇 1)，收於周靜書主編：《梁祝文化大觀‧戲劇影視卷》(北京：中華書局，1999 年 12 月)，頁 748-749。

行，前半部與金秀瑤族自治縣唱本的內容與情節大體相同，後半部則說，英台與山伯「變對鴛鴦飛上天」後，「馬郎氣死歸陰府」。其父請來道師公為之超渡，並「造得陰狀千萬紙，讓馬郎到陰府十殿告狀」，馬郎先後向秦廣殿、楚江殿、秦子殿、宗王殿等十殿的冥官、判官申訴要求陰府審理。十殿冥官閻王「差鬼使到杭州，查清山人因由事」，判「山伯英台好緣份，不為強娶枉爭親」，山伯英台婚事是前世定，警告馬郎另找配偶，「莫望英台配為妻」。馬郎不服判決，「上天府告狀」，「天府傳令，山伯、英台踏著雲梯十二步來到天府」。玉皇聽了雙方的申訴，斷定「山伯英台修為定，馬家別處再投珠（另擇對象）」。馬郎對玉皇判決表示極大的不服。玉皇斥怒馬郎，「不准馬郎轉陽世，迷魂陰府萬千年。」玉皇成全梁祝婚姻，並「准旨英台梁山伯，夫妻和偕轉世間。」山伯、英台從「陰府轉回陽世，死而復生，雙雙回到人世間。兩人辭別聖皇天堂路，踏著雲梯十二步，一步一步走下來人間」，一路有金童玉女、八洞天仙、七星姊妹來相送，祝賀他們「鴛鴦結配萬千年。」此唱本可見瑤族生活特色及瑤族所崇奉的道教對文本的影響[104]。

　　不屬梁祝類型故事有 1. 流傳於廣西富川瑤山一帶，祝光明口述，唐慶得（瑤族）整理的，〈顯示貞潔月月紅〉(故事 31)，祝光明，首先表明：「我是祝家人。在我們祝氏家譜上，祝員外並非單獨一個閨女—祝英台祝九娘。我記得祝公是有二男一女的，長男叫祝英龍，次男叫祝英府，小女叫祝英台。」祝英台兩歲時母親病故，相命先生說：「九娘縱似千金女，寒毛生角幼無娘。」祝家

二子不爭氣，就像我們看過的電影《三笑》裏的那兩位公子一樣，不是貪玩好耍，就要尋花問柳，轟跑了幾個教書先生，讀來讀去還是「之乎者也」。英台想走出閨閣，出門求學，被重男輕女的祝公訓斥，要斷父女情。哥哥英龍也嘲笑她「求學未成身累贅，恐怕攜兒帶女歸。」英台指門前兩株月月紅，說「左邊一株算哥哥你的，右邊那株算妹妹我的，如果我在求學期間，月月紅枯黃花不開，就說明我敗壞了祝家門風，永世不得歸來。」後來祝家人勸阻不住，只好答應她去杭州求學。

嫂嫂去常用「熱水潑月月紅」，誰知「天神相助」，儘管求學期間被好心的梁山伯懷疑是女的，但總被英台哄過。兩人同床又共被，卻未失身於山伯。因此，家中的月月紅，越長越清秀，花兒也越開越紅愈鮮豔。嫂子又在第三年冬天，托人帶了小孩衣物、背帶羞辱妹妹，也被英台巧妙地騙過了梁山伯。「所以，後來少女都喜歡種月月紅，以示自己的貞潔，一直傳到現在。」這是「少女以月月紅表貞潔的由來」。說故事的人真的相信祝英台是其先祖，所以說故事解說時，講「就像我們看過的電影……」云云，顯然是對著「我們」這些觀眾或聽眾做雙向的溝通。

　　2. 據劉保元說流傳於廣西大瑤山兩首梁祝歌：

　　　　山“死在一山路”，台朝朝路邊哭；
　　　　因為當初仁義重，沒能成雙心不服。（民歌61）

又：

　　　　我倆好，我倆好，好比山伯祝英台；

爹娘不愛我倆愛，來世我倆共一胎。(民歌 62)

又瑤族歌謠五首：

> 一條大路白台台，今夜哥來妹也來；
> 今日哥到妹也到，好比山伯碰英台。(民歌 63)

又：

> 來就來，來就來，情妹也來歌也來；
> 情妹吃茶哥吃水，山伯來會祝英台。(民歌 64)

又：

> 聽妹唱好心就開，喊妹修條祝英台；
> 山伯死在南山路，英台不嫁馬文才。(民歌 65)

又：

> 說哥聽，說哥聽，妹心蓋過祝英台；
> 妹有心連哥有義，同起同坐死同埋。(民歌 66)

又：

> 得妹留下好心腸，生死我倆要成雙；
> 哥也願來妹也願，變成蝴蝶要成雙。(民歌 67)

此七首歌謠除民歌 65 有「婚姻受阻殉情而死」的情節單元外，其餘六首均無情節單元，但可見梁祝故事深入瑤族男女心理，談情說愛都以梁山伯、祝英台為喻，或說梁祝仁義重，或說梁祝相愛勝過父母，來世且要共一胎。也要效法「山伯碰英台」、「山伯來

會祝英台」、「山伯死在南山路，英台不嫁馬文才」、「妹心蓋過祝英台，……同起同坐死同埋」、「變成蝴蝶要成雙」。

瑤族人樂將梁祝故事瑤族化，不止富川瑤山的祝光明說「我是祝家人，在我們祝氏家譜上，祝員外……小女叫祝英台」，賀縣過山瑤也爭認梁祝是他們的祖先[105]，而在廣西鎮邊黑衣瑤稱梁祝是人類的祖先[106]。翻看瑤族的許多唱本，最後一首歌總是告訴人們，這個唱本是瑤人編唱的，「英台古言造不盡，那人聰明添一篇；那個聰明添一句，留把子孫世上言」[107]。

瑤族另有特殊的女書唱詞《祝英台》(民歌 56)，女書是湖南南部江永縣瑤寨大地（白水村）的特殊文字，也是世界唯一女性文字[108]。女書唱詞《祝英台》，共三百七十四句七言詩。全文基本上一韻到底，唱祝英台是峨嵋祝公之女，與梁山伯為同州人，二人結拜進杭州學堂，最後梁祝殉情化鴛鴦，展翅飛翔，屬 749A 類型。故事情節、內容與流傳於廣西富川瑤族自治縣《瑤族英台傳》(民歌 22)大同小異，連開頭、結尾套詞都類似，前者是：「不唱前王並後漢，聽唱英台女姣娘，峨嵋祝公家豪富，家中豪富有田莊。……這本英台從此斷，留歸後人細細詮」，後者是：「不唱前朝並後漢，

---

[105] 陳志良編撰：《廣西特種部族歌謠集》，收於譚達先撰：《中國四大傳說新論》（臺北：貫雅文化事業有限公司，1993 年），頁 144。

[106] 同前註，頁 111。

[107] 同註 99，頁 435。

[108] 〈世界唯一女性文字 "女書" 亟待搶救破歷史謎團〉，http://big5.southcn.com/gate/big5/www.southcn.com/news/community/dqsj/200204050694.htm（2007 年 2 月 10 日）及〈晨報選載《發現之旅》-- "發現之旅" 披露江永女書之謎〉，http://202.11.38.42/old_jfdaily_com:80/gb/node2/node17/node33/node66156/node66164/userobject1ai1036249.html.big5(2007 年 2 月 10 日)。

只唱當初祝英娘。峨嵋祝公家豪富，家中豪富有田莊，……這本英台從此斷，留予君子萬古傳。」，惟有死後化鴛鴦及山伯英台是天上金童玉女下凡，與後者化蝶並無下凡事，及十種藥方、借事物暗喻情愫的情節單元素有些差異而已。

　　羅義華〈試論女書唱詞《祝英台》與狀劇《梁祝》的文化差異〉一文提及「女書唱詞全力突出英台的文化現象，原來隱含了這個獨特而自閉的群體的潛深、勃發的生命意識」[109]的說法，恐怕有失偏愛，蓋英台自主意識形象與《瑤族英台傳》不異，並非江永女書唱詞所獨有。

　　瑤族的梁祝故事情節與漢族故事亦無太大差異，如女書《祝英台》、《梁山伯與祝英台》(彩調劇 1)、金秀瑤族自治縣《梁山伯與祝英台》(民歌 58)、賀縣瑤族村寨《梁山伯女祝英台》唱本(民歌 59)，但也強力展現瑤族風物、民俗、社會的特色：(1)梁山伯、祝英台是壯族兒女，祝住峨嵋祝家莊，山伯只說是本州梁秀才，東南西北有田莊(民歌 22)，但流通於廣西桂北各縣的彩調劇《梁山伯與祝英台》則保留漢族故事較多的特色，如：山伯住會稽梁崗、書僮也是四九，皇帝選美入宮庭，也是英台外出求學的原因之一，所帶外出的丫環也叫銀心，梁祝兩人上杭州尼山尋師教導。顯見族群間梁祝文化交涉蛻變的痕迹。而女書《祝英台》則更多地保留外來故事的原形。

　　據劉保元說：早在唐初，瑤族就聚居於浙江的會稽山（今浙

---

[109] 羅義華撰：〈試論女書唱詞《祝英台》與狀劇《梁祝》的文化差異〉，《江漢大學學報》（人文社會科學版)21 卷 5 期(2002 年 10 月)，頁 48。

江紹興一帶），會稽是梁山伯的家鄉。晚唐的《宣室志》說：「祝英台與會稽山伯者同肄業。」曾居住於會稽一段相當長的瑤族，並與當地的漢族有密切交往，則可能是較早接觸和吸收梁祝故事的少數民族之一。瑤族最遲於唐初就學習了漢語文，並開始用漢語文創作以祭祀為目的的《盤王歌》，正是這個時候，剛剛形成故事雛形的梁祝，便被創作《盤王歌》的瑤族民間藝人將其故事內容吸收，以歌謠的形式進行了再創作。而最早記載於《盤王歌》集中的《梁山伯》，其內容與《宣室志》記載相同，歌中未出現"化蝶"的情節，可為證據[110]。按：會稽並非是梁山伯的家鄉，僅是《宣室志》所載梁祝故事中梁山伯的故鄉，但至少可說也許當時會稽當地已有梁祝故事的流傳，因此有將山伯在地化的可能，而稱「會稽山伯」。再就今所知資料晚唐羅隱（847-904）〈蛺蝶〉詩有「俗說義妻衣化狀」詩句，是羅隱時僅有「衣化蝶」的情節，並未有「人化蝶」的說法，雖今日所見《宣室志》並無梁祝故事記載可能是後人所增益，但時代可能也不至太晚，而所載故事並未有「化蝶」情節，得遲至南宋紹興（1131-1162）年間薛季宣（1134-1173）〈遊祝陵善權洞〉（詩2)詩才有「練衣歸洞府」、「蝶舞凝山魄」的詩句，是「死後化蝶」的情節，則劉氏之說亦無不可。

　　(2)瑤族梁祝故事的主角除了漢名梁山伯、祝英台之外，已有瑤族化伏隆和吉蒂的名字，且被稱為瑤族的梁山伯與祝英台。兩人婚姻受阻各自縱馬跳崖殉情而化蝶。途中伏隆追趕吉蒂問了馬、雞、鳥去向，最後以戴帽為報酬，戴帽鳥告知吉蒂的去向，

---

[110] 同註99，頁432。

此故事有「動物作人語」及「動物特性的由來」情節單元與壯族〈三句壯族俗語的由來〉(故事81)、〈梁山伯和祝英台〉(故事18)都顯現少數民族的活潑幻想、物我交感的特色。

三、苗族梁祝故事文化現象

苗族主要分佈在貴州、湖南、雲南等地。今所見梁祝故事有四，屬749A「生雖不能聚，死後不分離」類型故事：〈苗嶺梁祝歌〉(民歌19)。749A.1.1「生雖不能聚，死後不分離，死而復生，神仙相助」類型故事：〈三蝶奇緣〉(故事9)，及不屬梁祝類型故事二：1.〈清官明斷結秦晉〉(故事47)。2.〈祝英台疆場建奇功〉(故事48)。其中749A類型故事，是流傳於湖南、貴州交界苗嶺山寨，由麻樹蘭、金先生搜集，麻樹蘭整理的〈苗嶺梁祝歌〉(民歌19)，麻樹蘭和金先生在1963年於湘南搜得梁祝組歌八十八首，後來，又先後在湘西搜集了數十首。在苗族老歌手衣卡的幫助，對原歌進行整理翻譯，名為《苗嶺梁祝歌》，這組長歌分八章，共一百五十六首。

先有歌頭云：「拿刀來砍兵糧樹[111]，要砍刺樹做刀柄；我把梁祝來唱述，梁山祝英情義深。拿刀來砍兵糧樹，要砍刺樹做鐮把；我把梁祝來唱述，梁祝情義代代誇。」其後有「赴杭求學」、「同窗誼長」、「情別許婚」、「回鄉禍起」、「訪祝心傷」、「梁山命喪」、「祝英台出閣」、「雙遨太空」八章。故事說古時客地[112]祝家寨，寨上有個祝員外，只生妹子祝英台，英台立志外出求學，男裝瞞過

---

[111] 原文註云：「兵糧樹：即救兵糧樹，是種小刺樹，質硬，果子能吃。歌頭選用刺樹做刀柄，除歌的韻腳需要外，還有讚頌梁祝叛逆性格，愛情堅定之意。」

[112] 原文註云：「湘西苗族稱漢人為"客人"，稱和區為"客地"。」

爹爹。雙親「趕緊取錢整行裝，送兒杭州進學堂」，在涼亭遇梁山，兩人結拜行，來到杭州邊，「如龍太子出深潭；鞋子藍襪腳下穿，剎時路人圍成團。梁祝來到杭州邊，容貌姿色蓋全城，鞋子藍襪腳上穿，剎時圍觀人擠人。」到了學堂，先生看見花了眼，莫非天仙降人間。唯有師娘眼睛銳，知道「一個崽兒一個妹」，但把謎藏心底，暗讚英台了不起。

梁祝三年同坐同睡，感情如手足。爹娘來信英台回鄉，山伯相送，英台以願變一隻燕，築窩在你樓邊，早晚不離、杜仲樹皮韌又堅，樹絲萬縷連來暗喻衷情。到得小河邊，英台請梁山找木棍拄著好過河，待梁山上山尋棍，祝英倒傘當船行，到對岸換女裝。山伯回來見了問「賢弟怎著女人裙！」祝英托言為妹訂親，約他三七二八是良辰，黃道吉日媒上門。

梁山轉回校，對同學講"河灘祝英換女裝，究竟是女還是郎？同學聽說笑哈哈，七嘴八舌像窩蛙。「請來先生幫卜卦，驗證她是姑娘家。」祝英回家四方鄉鄰都誇獎，馬家莊馬家忙為文才托媒來訪。祝公欣然許親，祝英哭喊想跳岩。祝公說父母的話是天命。梁山滿面春風來訪，見七姐下凡塵，凡間比美第一名，七姐下凡配董永。祝公叫走祝英妹，祝英說他是梁兄山伯臨，三年同學情誼深，祝公應允熱情接待。梁山求婚，祝公說馬家昨日剛下聘，梁山淚水似泉往下消，騎馬歸鄉，病魔擾心一病不起。梁母到祝家見英台。祝英開出「七月白霜潤心肝」藥方。誓言「是鐵要打做一砣，是魚要穿好一掛。」山伯要梁母葬他在南山梁，開眼看見我家房，抬頭望見祝家莊。梁山死訊傳來祝英哭斷腸。

　　馬家娶親，祝英「馬家有錢不愛他，梁山是兒心中花。」祝母把傘給拿上[113]。轎裏祝英心中想「梁山為我上九天，今日上天找梁山」，娶親人馬過梁莊，來到南山雨如注，震天雷聲地搖晃。祝英祭墳燒紙禱祝：「有情有義墳墓開，不去馬家嫁梁兄！」頃刻墳墓兩邊分，祝英縱身躍墳，梁祝遂願完婚媾。迎親人兒千拉拽祝英台。「抓了寶珠變辣椒，拽了釵花成蝴蝶，拽了裙帶成豆夾[114]」，風停雨住雲霧散，「裂墳驟然合整圓」。馬母跺腳發怒吼，文才勸娘別再罵，訂親夜晚得惡夢，兒夢聘鐲斷右手。馬公罵聲震山村，下令挖墳劈棺，「開棺新娘無影踪，棺中並臥兩條龍。兩龍共枕樂融融，手攜手來笑意濃。棍打雙龍在山沖，扔往兩座大高峰。兩山長竹尖聚攏，兩根竹尖緊相逢。馬家燒竹在山頂，兩股青煙繞上天。繞到空中又相連，裊裊青煙聚一團。一團青煙變無窮，五光十色現彩虹，梁祝雙雙遨太空，萬古留名人傳頌。」

　　此歌採用苗歌返回唱形式演唱，即每首歌唱完一遍之後，返回再唱一遍，第二遍時，奇句不變，偶句更易最後一、二個音節或全句。梁山與祝英，是苗族原歌的叫法，搜集者直譯不變。

　　749A.1.1 類型故事，韋公（男，苗族，60歲，香粉鄉雨卜村九象新寨農民，識字）講述，過竹（男，苗族，24歲，廣西社會科學院幹部，大學）於一九八六年二月在融水縣香粉鄉雨卜村九象新寨採錄的《三蝶奇緣》（故事 9），說柳州城外祝家莊，有家富戶祝員外，祖上做過知府，娶山中苗女為妾，正房未生孩子就去世

---

[113] 原文註云：「苗族姑娘出嫁都拿傘。至今仍有此俗。」

[114] 原文註云：「指江豆夾，湘西苗語直譯叫"裙帶豆夾"。相傳因祝英台跳墳時拉下的裙帶而得名。」

了，偏房生了一子。員外四十多歲又得一女，取名英台。與哥哥一起讀書，寫詩作對，常常賽哥哥敗下陣來。哥哥結婚三天，上京趕考，「中了探花，不想歡喜過度，一命歸天」。過了兩年，英台要去廬山讀書，想考個狀元，補哥哥的遺恨。爸、媽、嫂子都不贊成。嫂子說：姑娘去讀書，夜間睡宿同誰眠？女兒家心野，將來難找婆家哪！英台在院裏種一筦花，說：天井種花，能去讀書花鮮鮮，花若乾枯，慢來罵我祝英台。「頭天栽花，二天轉青，三天長花苞」。祝員外夫婦想是天意。嫂子「夜裏燒一鍋滾水淋花。不料第二天，花開放了」，還有幾隻蜜蜂嗡嗡唱歌哩。英台扮男裝告別親人說：女兒種的花如果枯死了，說明女兒在外頭做了對不起爸媽的事。

　　再講柳州城裏有家富戶，姓梁，祖上從廣東來廣西做生意。梁家八代單傳。梁員外晚年得一子，取名山伯。十八歲這年動身去廬山讀書，途中涼亭遇祝英台，結拜為兄弟同行。到得河邊英台不脫衣過河，佯稱「水裏有龍王」。廬山拜師，先生算出兩人中必有一女子，說：「只剩一間房，一張床，床中放碗水，如果明晨水潑出來，你們就另投名師吧。」第二天，先生叫人把房子從中一隔，各住一邊，過了三年，這年三月三歌節到了，先生准假三天，讓大家到歌坡去學習民間的學識。坡會上人山人海。鬥鳥、賽馬，還有蘆笙踩堂哩。山伯拿過蘆笙吹奏起來，英台不知不覺踩起歌堂來了。同學起哄：應該喊賢妹囉！比我們寨上的姑娘還有身段，踩得還有樣哩。英台諉稱家中小妹要去踩歌堂，只好偷偷去學，再教小妹。

　　九月天，有同學說祝英台是個女子，胸前有一雙鼓鼓的奶子。

要約他一路下河邊洗涼。英台失約說傷風頭痛，下不得冷水。山伯又問：睡宿何不解衣？英台說「衣衫難解又難穿，上下三百銅扣子，夜裏解扣到天光。」英台心想廬山住不下去了，找師母告假回廣西，師母說早看破她是個女兒家。師娘也是女扮男裝認識先生的。英台以一隻扇墜為聘托師母做媒。又解下腰帶，寫了一首詩，壓在山伯的草席底下，走了。山伯聽說賢弟回廣西去了，拔腳趕來。英台連續以「石榴果子隱在樹葉底，可惜哥眼不中用、喜鵲成對、鴛鴦成對、船就岸、溪水倒影一男一女、與梁兄齊跪下，夫妻拜堂好百年」為喻表露衷情，終是枉然，只好托言為妹訂親，約他「二六、三六、六一六」，準時前來把親訂。又取一隻扇墜要他拜師母知緣由，吩咐他回去要曬床呵。

英台學成歸來，常與柳州文人賦詩作對，一時名蓋柳州。樹大招風，花香引蝶。祝府門檻挨媒人踩爛了不曉得多少條，板凳挨媒人坐歪了不曉得多少張。

「路分三岔，話分兩頭。柳州府馬太守來廣西接任不夠兩年。有個獨龍崽馬廠，年方十九，文才雖講比柳宗元還遠得很，但在柳州這塊地皮上也是搬著指頭可以數得著的人物，去年中了舉人，更是瞧不起尋常女子。馬太守年過五十，抱孫心切，幾次給兒子提親，兒子首先問女方文才怎樣？祝英台歸來，馬廠開始哼哼幾聲蠻地有何才女？後來她名聲大了，馬廠不服，拿出中原抄來的妙對，叫人送去。想不到送對人還未回到家，祝府的人把對好的對子送進門。」馬廠一看，馬上找覃媒婆去說親，祝父母應允了婚事。

「講古的人兩頭忙，說罷西方講東方。」山伯自從英台走了

以後，聽課走了神，吃飯不知味，睡覺不知枕。聞到席子霉味，才想晒床，翻出英台留下的詩文，才知英台要他「二六、三六、六一六，相加合成三十，喊我一個月內趕往祝家提親」，直奔師母家，師母拿出扇墜，他急奔柳州城家門也不進，直奔城外祝家莊見英台。祝父要英台答應三個條件，才能相見。「明晨相見，從此不再來往，勸他另尋紫布錦；見面笑容相迎，不准啼哭；馬家權勢大，要懂的利害，勸他死了心。」兩人相見，來遲一步，相思變成空。

山伯回家病重，梁母到祝家要求英台治兒子相思病。英台給山伯一封信，信中是一縷頭髮，山伯向母親說死了埋在通往祝家莊的道路上。英台知山伯死訊，以死要脅祭奠，到得梁家，撲在山伯身上，「用嘴唇把山伯睜著大大的雙眼吻合上」。哭呀哭，哭得青山白了頭，哭得小海漲大水。哭靈的事，一下子傳遍柳州城。馬太守氣得鬍子都吹起三尺高。馬廠卻讚 "難得難得"，我能有這麼女子相伴，給我宰相都不幹了。

馬家接英台，花轎繞道，避開山伯墓，英台以死要脅，馬廠忙賠笑臉，轉轎到了山伯墳前，英台「抱碑痛哭，突然墳地升騰一團紫霧，散去時不見了英台，只見天上翩翩飛舞著一對大彩蝶。」馬廠一見此情景，歪歪斜斜奔進竹山，一根腰帶掛竹梢。馬太守知道凶訊，當天就在山伯墳旁築起一座大墳，壓倒梁墓，連英台嫁妝一起厚墊在馬廠身下，想叫她翻也翻不了。剛立好石碑，馬廠「墳尖升起一團紫霧，一隻黑蝴蝶飄飄飛起，繞墳九匝，向遠處那對大彩蝶追去。」

還有《梁祝後傳》，清明節馬、祝、梁三家都來上墳掛青，吵

得天地不寧。剛好包公巡察到柳州，停轎問來由。三家各說各的
理。包公說：「三天後升堂」。包公同王朝、馬漢微服私訪，弄
清三家曲折，倒在陰陽枕上睡去。包公魂遊太上老君宮。太上老
君叫他先救活三人。醒來，傳三家人挖墳搬棺。棺下有洞，洞中
兩張石床，一張床躺著緊緊相抱的梁祝，一張床躺著馬廠。包公
給三人灌參湯，三人醒活轉來。三人各說各的理。包公讓祝英台
在灘頭洗長髮，梁、馬二人抽簽，馬抽得北簽站北岸，梁抽得南
簽站南岸，長髮飄往哪岸便和那家結親。開頭吹南風，英台長髮
飄往北，突然轉大北風，英台長髮直飄南岸，山伯摟髮懷中。三
家糾紛解開，馬氏父子向梁祝致賀。馬廠後來上峨嵋山學佛，當
佛寺的主持。馬太守調往湖廣。

　　三年後，山伯上京中狀元，韓宰相招女婿，梁山伯不肯。韓
宰相面奏皇帝，封梁為元帥領兵三萬北上抗擊匈奴，被圍在遼陽
城。英台見夫三年未歸，女扮男裝上京尋夫，訪得音訊，剛逢朝
廷開考，也考中狀元。韓宰相招女婿。英台洞房花燭夜，對韓女
講明真相，雙雙揭皇榜出征。韓宰相配備精兵良強，祝韓二人率
千萬雄兵北上。韓女熟讀兵書，大獲全勝，解遼陽之圍。三人奏
了宰相一本，皇帝要斬宰相，梁祝雙雙求情，講了韓女功勞，皇
帝開恩赦罪。韓女由皇后作主，配給山伯為妻。二女各生一子，
梁家不再單傳。皇上准奏，梁、祝、韓同回廣西探親。

　　不屬梁祝類型故事有二：〈清官明斷結秦晉〉(故事47)、〈祝英
台疆場建奇功〉(故事48)，都是過竹採錄韋公的故事，大抵與《三
蝶奇緣》的《後傳》相同。前者相異處是：(1)斷案的是微服巡訪
的清官韋大人，並無王朝、馬漢相隨。韋公魂魄雲遊到太上老君

宮裏，太上老君送韋公一張帖子，上寫：「只有把人先搶救，大案解決小案清」。太上君揮揮手，說：去吧，三魂未到陰陽日，自有珍珠養其身。(2)扒墳露棺，揭開板蓋，突然升騰紫氣，霧中三隻蝴蝶升天而去，頓時香氣撲鼻。搬開棺材，有一洞口，是陣陣香風出處。洞內有兩張石床，梁祝相抱而臥於大床石床，小石床則是馬廠瞪眼仰臥。三人膚體柔軟有彈性，餘溫渺渺，以參湯灌救三人，此時，紫霧裏三隻蝴蝶閃入頭竅，三人甦醒。案：〈清官明斷結秦晉〉(故事47)斷案者是韋公，《三蝶奇緣》(故事9)判案者為包公，此二則故事均是韋公講述，過竹採錄，不知何者有此之異？

後者相異處是：(1)英台高中狀元打馬遊街，眾人看了更為驚奇，前期梁狀元才貌已傾倒京城，今科狀元更勝一籌。粉面似桃花，雙目在流瑩。(2)韓女名常珠。(3)此故事沒梁祝韓上奏韓宰相一本，又為之求情段落。(4)祝生一女一子，兒子頂梁家香火，韓生一子，頂韓家香火。

據過竹說，今天廣西融水苗族自治縣境內，流傳著散文體和韻文體的梁祝傳說，散文故事是《三蝶奇緣》，韻文歌謠叫《梁山伯與祝英台》[115]，過竹所錄韋公講述的故事47、48實即《三蝶奇緣》的後傳。

過竹說《三蝶奇緣》故事結局是馬廠化蝶尾隨梁祝而去，便落下句號了。在廣西大苗山，同時流傳著敘事長歌，韋公、采啵、燕啵、絲味等男女歌師都能傳唱[116]。但廣西融水的苗族梁祝傳說還

---

[115] 過竹撰：〈獨具特色的苗族梁祝傳說〉，收於周靜書主編：《梁祝文化大觀‧學術論文卷》（北京：中華書局 1999 年 12 月），頁 661。

[116] 案：此內容僅見於中國民間文學集成全國編輯委員會編：《中國民間故事

有《後傳》。今所見融水縣韋公講述的故事雜糅了苗族風情及韋公個人的敘述風格，「他很會講故事又能唱歌，讀過私塾漢文經典，所講苗語故事夾敘夾唱」[117]，極具特色。如：(1)「英台哥哥中了探花歡喜過度而死了」、「頭天栽花、二天轉青、三天長花苞」、「滾水淋花後花盛開，蜜蜂花前嗡嗡唱歌」、「先生床中置碗水，若水潑出，另投名師」、「英台抱碑痛哭，突然墳地勝騰一團紫霧，梁祝化彩蝶飛上天」、「馬廚一根腰帶掛竹梢殉情，當天造墳，立好碑，墳尖升起一團紫霧，一隻黑蝴蝶繞墳九匝，追梁祝大彩蝶而去」、「包公（或韋公）睡陰陽枕遊太上老君宮」、「挖墳開棺參湯救人」、「殉情男女同穴，婚姻介入者吊死，葬旁墳，掘墓挖棺後發現棺下有洞，洞中有石床二，一是男女情人緊抱，一是吊死者睜眼仰躺」等奇特的情節單元。(2)說故事細細描述「英台學成歸來，常與柳州文人賦詩作對，一時名蓋柳州。樹大招風，花香引蝶。祝府門檻挨媒人踩爛了不曉得多少條，板凳挨媒人坐歪了不曉得多少張」、「路分三岔，話分兩頭。柳州府馬太守來廣西接任不夠兩年。有個獨龍崽馬廚，年方十九，文才雖講比柳宗元還遠得很，但在柳州這塊地皮上也是搬著指頭可以數得著的人物，去年中了舉人，更是瞧不起尋常女子。馬太守年過五十，抱孫心切，幾次給兒子提親，兒子首先問女方文才怎樣？祝英台歸來，馬廚開始哼哼幾聲蠻地有何才女？後來她名聲大了，馬廚不服，拿出

集成‧廣西卷》（北京：中國 ISBN 中心，2001 年 12 月）附記（頁 232），另外周靜書主編：《梁祝文化大觀‧故事歌謠卷》（北京：中華書局，1999 年 12 月，頁 52-63）、《梁祝的傳說》（北京：中華書局，2001 年一版，頁 49-58）均無。

[117] 同前註。

中原抄來的妙對，叫人送去。想不到送對人還末回到家，祝府的人把對好的對子送進門。」、「講古的人兩頭忙，說罷西方講東方。山伯自從英台走了以後，聽課走了神，吃飯不知味，睡覺不知枕」，另外，也不忘敘說苗族三月三歌節，歌坡上「蘆笙踩堂」的特殊風俗。

　　但苗族《三蝶奇緣》(故事 9)，故事結構仍與漢族故事不異，過竹說馬廠形象便是中國舊文人的化身，體現中國文人的品格，如：原先以為"蠻地有何才女？"等到見識了英台本事，又為"急急找父親，儘快派媒人"求婚。在英台祭奠哭靈之後，讚嘆「難得難得」。以為能有這麼女子相伴，給我宰相都不幹了，分明是中國文人追求理想愛情、才子佳人品行的表現。甚至梁祝化蝶後來掛竹殉情化蝶隨行，用情專一，寧死不悔。當包公救活三人，並以"結髮夫妻"斷案後，拉著山伯的手說「梁兄，我沒那個福份承受。唉，只悟我一時的牽強，鬧下這場官司，小弟的胸襟太狹小了。仁兄，見諒！你可要待她好嘞！」而後上馬奔馳而去，遁入空門，在佛堂裏了卻餘生[118]。確實呈現漢族文人風範與品德，也一反梁祝故事中馬氏的負面形象，少見苗族特性。故事《後傳》也兜合 884A「女駙馬」類型故事。其中的「雙狀元」、掛帥征遼，雙女揭皇榜出征，率軍解丈夫之圍，得勝回朝兩女同侍一夫一家團圓，也是中國通俗故事中才子佳人的標準敘述模式。

四、畬族梁祝故事文化現象

　　畬族主要分佈在浙江省景寧畬族自治縣以及福建、江西、廣

---

[118] 同註 115，頁 663-664。

東、安徽等省的部分山區，多數與漢族雜居。為北方南遷的少數
民族，與後來南遷的漢族客家民系關係關係密切[119]。畬族敘事長歌
《仙伯英台》(民歌 69)普遍流傳於浙江畬族族群中，雷陳鳴說，據
一些老歌手反映，這聯山歌流傳很早，大致在清朝中葉間開始盛
行起來。據史家考證和畬族宗譜的記載，浙江的畬族是康熙
（1662-1722）年間開始由福建搬遷入境的，則此長歌距今至少有
二百餘年了。[120]畬歌《仙伯英台》中祝英台或稱九妹或祝九娘。男
主角唯稱仙伯。介入婚姻者僅稱馬公子。另有英台爹娘、哥嫂、
媒人、行郎，行郎是畬族轎夫的專名，及看病的"先生"、地府
閻王等角色。此歌開頭：「天上起雲風打開，地下泥粉烟（滾）上
來。鯉魚乃（只）因塘中水，仙伯乃因祝英台。天若落水起雲來，
水崀淋淋潤花開。英台好似好紅花紐(朵)，仙伯好似白花裁(株)。」
雷陳鳴說該故事有二十種情節變異較大(參第五章第一節，頁
221-222)故事屬 749A.1 類型，有二十四個情節單元（參第五章第一
節，頁 222-223），其中(11)「陰魂托夢要情人墳前燒香」、(14)「新
娘投墳新郎告官掘墳尋人」、(15)「人化石（墳中出一對白石）」、
(16)「一對白石化兩桁龍樹（成連理枝）」的連續變形，及(19)「閻
王以水中結髮定夫妻」、(20)「甲（馬公子）暗用糖膠塗髮以求與

[119] 中華民族故事大系編委會編，《中華民族故事大系‧畬族‧高山族‧拉祜
族》第八卷(上海：上海文藝出版社，1995 年 12 月一版)，頁 3-4。及《維
基百科‧畬族》，http://zh.wikipedia.org/w/index.php?title =%E8%8B%97%E6
%97%8F&variant=zh-tw（2007 年 2 月 13 日）。
[120] 雷陳鳴撰：〈畬族敘事長歌《仙伯英台》當議〉，收於周靜書主編：《梁祝
文化大觀‧學術論文卷》（北京：中華書局，1999 年 12 月），頁 449。

乙（祝英台）結髮，糖膠落水變硬而適得其反」、(21)「閻王斷結髮二陰魂為夫妻」、(22)「閻王讓陰魂挑伴侶，陰魂以十八女子個個好，而不能取捨，閻王判其轉世做豬哥」、(23)「陰魂在陰間上京求官」、(24)「閻王賜陰魂還陽湯回陽成夫妻奉養父母」等感人又有趣的情節為他處所無。

雷氏又說畬族娶親必定要親家、媒人同住，生病則問神請鬼，尤為突出，人死後要做法事，其中就有"見閻王、過十殿"等內容[121]，而「石海」、「紅鞋」、「貼肉衫」等贈物，畬族先民較為熟悉，符合畬族人民的生活風俗與意趣[122]，則此故事雖與漢族梁祝故事情節大同小異，但也顯見畬族風情與民俗。

今日所見梁祝故事有四，屬 749A「生雖不能聚，死後不分離」類型故事：《山伯與英台》(民歌 12)、749A.1「生雖不能聚，死後不分離，死而復生」類型故事三：1.〈馬文才變公豬〉(故事 90)。2.〈梁祝歌〉(民歌 14)。3.〈畬族傳統故事歌〉(民歌 20)，其中 749A 類型故事，藍水富演唱，雷明生於一九八七年六月在遂昌縣妙高鎮採錄的山歌〈山伯與英台〉(民歌 12)，先唱：「天乃無雨起雲來，地下泥土燒作灰。鯉魚亦是食清水，山伯遇著祝英台。」英台十八想去讀文章，爺娘便罵祝九娘，阿嫂「譏誚英台去杭州揀姑丈」，英台「紅羅葬落牡丹下，賭誓貞潔」。後「扮相士瞞過父母」，爺娘答應九娘女扮男裝求功名。途中遇山伯，結義共路同行。英台夜來不敢脫衫睡，「床中手巾來作界，翻身罰紙三千張」。先生識

---

[121] 同前註，頁 451。
[122] 同註 120，頁 451-452。

破是女娘,辭別先生轉回鄉,山伯相送。英台說「娘要摘個石榴食,石榴送子給你郎」、「我有小妹祝九娘,與你山伯結同年」,四十日內轉回鄉,祝家莊上會九娘。山伯日夜想英台,辭別先生,碰見算命老秀才,挑了八字知英台是祝九娘。山伯來到祝家堂,祝家受領馬家親、馬家禮。山伯回家氣病在高床,寫信寄給祝九娘。英台說死去陰府共路行。山伯墳葬在西鄉,夜裏托夢祝九娘,八月十五你來玩,過我墳前要燒香。英台出嫁墳前哭祭,求死與你共一墳。「雷公隆隆烏雲蓋,墳裂三丈三尺闊。英台鑽入山伯墳,變作蝴蝶雙雙來。」

749A.1 類型故事有:1. 流傳於浙江景寧畲族自治縣,柳方時講述,柳潭採錄整理的〈馬文才變公豬〉(故事90),說從前祝英台出嫁那天,當馬家的花轎一出大門,馬文才就坐家裏等,等到英台到梁山伯墓燒紙香,墳裂一縫,英台鑽進,墳就合上了。馬文才一氣病死到陰間,告山伯搶他的老婆。閻王喚英台問話,英台把自己扮男裝到杭州讀書,與山伯三年同窗,十八里相送,許配小九妹的事一五一十地說了一遍。閻王判山伯英台做公婆。馬文才一聽,恨得直咬牙齒。閻王說:我有七個美女,任你挑選?馬一聽滿面笑容,見了七個美女個個都愛。閻王火大,我放你十字街頭做公豬,個個母豬都和你相好!馬文才來不及辯清,就被鬼差推出閻王殿,在凡間做了公豬。「現在,景寧英川一帶的人,往往把趕公豬叫做趕"馬文才"。」

2. 一九八八年十月浙江省畲族民間文藝學會於麗水市岩泉殿前村採錄藍樟壽演唱的《梁祝歌——一雙石卵在墳心》(民歌14),英台行嫁落轎燒香鑽墳內,變作蝴蝶半天飛,扛轎人心不安,叫

人抄墳，只見一雙石卵在墳心。「一雙石卵滾過界，山伯變做杉樹柴；英台變做毛竹笋，杉樹造桶篾箍齊」。「一雙白石照過棟，兩顆龍樹葉蔥蔥；頭椏扳來結紐子，二椏扳來結成親。」

3. 雷長妹搜集、藍興發翻譯整理，流傳於福建省福安一帶畬鄉的《畬族傳統故事歌》（民歌20），先唱：「筆頭落紙字來長，當初孔子造書堂，又教三千徒弟子，前人造歌後人唱，前人造歌有雙對，造出山伯祝英台，鯉魚難得長流水，山伯乃戀祝英台。英台家住祝家莊，生性好奇性豪爽。英台桌上雙杯酒，無人有膽近她來。」英台十六出門去看花，聽講杭城好書館想要出外讀書。告訴爹娘孔子先生在杭城教文字。爹娘不允。英台假做算命人，左手掏牛角管，肩頭背百年經，瞞過父母，爹娘答應。阿嫂近前譏誚「三年一定得姑丈，姑丈送你轉回鄉」。英台要嫂子放寬心。自己扮男裝出門，途中遇山伯，二人結義同行。半路落客店，英台佯病夜來眠床無脫衫。到杭城入書堂，英台面貌女兒妝，先生不講肚內想。

英台「絲線連分床中央，誰人眠著絲線位，明日罰紙三千聯」。三月清明先生放館打畫眉，山伯英台原是仙，共館讀書三年，因打畫鳥，心頭露乳人看見，眾人傳講是人娘，拜謝先生轉回鄉。要山伯相送，說「書房有物未收拾，三日過了你去翻。」路上英台對著樹上一合鴛鴦問男女。山伯做人不靈通，英台只好托言為細妹訂親。兩人分別各自行。山伯回去見繡鞋脫分床頭下，想到英台女假男裝，拜謝先生回家共爹娘說：共館書友有三千，英台原是人滿姐，騙了三年白白逝。

英台讀書樓上看，官家人馬俊遊街看見托媒說親，祝父母應

承。英台寫信給山伯。山伯想切淚紛紛，一直來透潮水城，探訪英台知婚姻不成，英台十送黃金百兩、紅羅……給山伯，說他來遲。山伯無奈回家病倒在床，寄信給英台。英台隨手開藥方「雷公指甲子、黃蟻心肝取三分、仙桃拿些嚐、東海水霧二三兩、天堂內裏水、月內紗羅藥三兩、龍肉拿些嚐、白蟻骨頭二三兩、深山鳳凰蛋、白鶴肚腸肝三兩」。山伯看信淚茫茫，倒命歸亡，一身安葬西路上，墓碑又鑿山伯郎。

馬家紅轎到西路中，英台下轎祭墳：「有靈有感梁家鬼，無靈無感馬家人。」雲頭山伯心不開，黑雲罩倒墓門嘴，「英台進入墓墳內，裙尾變化蝴蝶飛」，扛轎人仔不安心，叫人抄墓林，抄開墓林不見影，「一合石蛋在墓林，一合石蛋滾過階，山伯變做杉樹柴，英台變做毛竹筍，杉樹造桶篾來箍」。馬俊忖起心不放，一時呷倒不吱聲，去到閻王大殿下，從頭講分判官聽。閻王殿上答言音：「英台原是山伯人，這世山伯為夫婦，後世馬俊結為親。」又撥山伯「轉還陽」，茫茫濟濟轉回鄉。山伯英台有緣份，二人雙雙結頭對。這世有緣命生成，收拾裙衫上京城，山伯文章蓋天下，中的狀元第一名。京城李相之女繡毯拋落狀元身，山伯不允，李相上朝奏本，就撥狀元去帶兵，平番未轉來。

再講祝英台，公婆死後手彈七弦琴，上京尋夫，來到大山下，寨王要她做夫人，英台願做刀下鬼，寨王見她堅貞，放她上京尋夫，又助她盤錢上京。山伯征番轉回鄉，奏李家奸臣相，李家相爺全家斬。番邦進貢龍珠寶，朝中無人穿的行。那是無人穿的來，番王就要打過壩。英台穿珠分他看，九曲龍珠她穿過，「山伯英台原是仙，金童玉女撥落凡，世上人傳做板樣，在朝做官快活仙。」

此歌仍是與漢族梁祝故事情節大同小異。另有相類似的浙江麗水蘭周根、雷士根、松陽雷陣鳴、宣平雷國強等畲族抄本或傳唱曲本。本篇故事較為完整、古樸。畲話屬漢藏語等苗瑤族苗語支，有自己文字，畲歌抄本均以漢字注音。[123]

　　綜上可知畲族梁祝故事深受漢族影響，除情節大同小異外，「死後見閻王過十殿」，及「孔子造書堂，又教三千徒弟子」、繡毯結親、女子上京尋夫、番邦擾國，狀元為奸相所害帶兵出征，「女子巧智計穿九曲珠」、「金童玉女下凡」等情節均明顯受漢族文化的薰染所致；也是族群梁祝故事互涉交往的例子。

五、布依族梁祝故事文化現象

　　布依族主要分佈在貴州省的南部和西南的黔南、黔西布依族苗族自治州及安順地區、貴陽市。布依族與壯族操同一種語言，風俗習慣一致，近年有將兩者合稱為「僚人」或「僚族」[124]。清光緒三（1877）年貴州冊亨縣板壩保和班布依族第三代戲師黃公茂改編《梁山伯寶卷》為《況山伯與娘英台》(布依戲 1)，於同年首演。故事屬 885B 類型。有「女扮男裝外出求學」、「山伯向動物訊問英台行蹤」、「（英台）婚姻受阻殉情而死」、「（山伯）碰情人墓碑進墓合葬」的情節單元。此故事最為特異的是婚姻受阻殉情者是英台，碰碑進墓者是山伯與所見梁祝故事相反。顯然是男的祝

---

[123] 同註 100，頁 743。

[124] 中華民族故事大系編委會編，《中華民族故事大系・彝族・壯族・布依族》第三卷（上海：上海文藝出版社，1995 年 12 月一版），頁 685-686。及《維基百科・布依族》，http://zh.wikipedia.org/w/index.php?titke=%E5 %B8% 83%E4%BE %9D%E6%97%8F&variant=zh-tw（2007 年 2 月 13 日）。

英台，女的梁山伯反仿的有趣故事。另外，山伯向胡子魚問英台行蹤，胡子魚不答，山伯一腳踩扁它；問螃蟹，螃蟹不答反而橫行擋道，山伯揮鞭躍馬，踩蟹背而過，與畬族自然風物應有關連。光緒二十一年路雄班及一九五六年安龍龍廣小場壩班均演過此劇。

今所見現代流傳布依族的梁祝故事有749A類型故事二：1.〈英台姑娘與山伯相公〉(故事14)。2.〈梁山伯與祝英台〉(故事108)。前者是倪大白搜集整理流傳於貴州羅甸縣布依族地區的故事，說「從前某處山頭住著一位又聰明又美麗的姑娘」，名叫祝英台。一天下山挑水遇一個叫山伯相公的青年匆匆趕路，英台問知他往南京考學堂。說我弟弟也正想上南京，你們倆正好作對兒行。英台趕快回家扮男裝，兩人一道去南京考學堂。第二年夏天，先生懷疑英台是女人「前胸挺挺，唯頭光禿禿」。姑娘辨說「前胸寬才挺，唯頭細才平」。隔幾天，先生叫她和山伯一起去河裏洗澡。她對山伯相公說我洗上流，阿哥呀，你去下頭，待我摘一片草葉兒，漂到你那頭，咱倆就回家。過了不久，先生對她和山伯說：清涼的芭蕉翡翠葉，咱倆採點兒回去當涼席。原來「布依族傳說女人的體溫比男人高」，到了晚上，英台將墊在身下的葉子悄悄拿走，第二天早上，山伯的那片芭蕉葉自然比英台那片乾很多。「從此，先生才真的相信英台姑娘是個男人。」

祝家將女兒許給馬家，叫英台回家，臨走留下一封信放在山伯枕下。山伯回來見信，才知英台是姑娘，就放聲哭起來。先生再三勸他，給他「一匹紙馬，叫他騎了去追趕，並說哪裏有水，就扛它過去。山伯騎著紙馬過了四次河，到過第五次河時，山伯

累極了，要馬自己走，紙馬遇到水就化掉了」，他只好自己走。路上遇一隻錦雞問可見英台過這裏？錦雞說「黃昏我睡晚，天亮我起早，英台姑娘過了這裏。」山伯送它一件花衣裳。「從此錦雞身上變成花花綠綠的，很美麗」。山伯追下去，先後碰到一隻白鵝、一隻斑鳩、一隻鴨子、一隻水牛、一隻老鴉、一隻山羊詢問牠們可見英台過去，牠們都不搭理，山伯抓住白鵝頭頸把牠拉得長長的，「從此，白鵝變成了個長脖子。」又撒一把灰在斑鳩身上，「從此，斑鳩鳥變成了灰色的醜鳥。」又一拳過去，把鴨子嘴捶扁了，「從此，鴨子變成了個扁嘴子。」又氣得向水牛的角氣呼呼地吐氣，「從此，水牛的角帶著一圈圈的印記。」又脫下手鐲，套住老鴉脖頸，老鴉頸上弄掉了一圈毛，「從此，老鴉的脖頸永遠留一圈白色。」又扳住山羊的兩角，使勁地把它們扭彎了，「從此，山羊的角變成了彎角。」最後碰到一隻孔雀誠懇地告訴他英台的去向，山伯把自己的綢長衣送給孔雀，「從此，孔雀全身發出了閃閃的光彩，並且有了一條條又長又美麗的羽毛。」

　　山伯一口氣趕到前邊山頭，聽見山下村裏迎親的大號響，他一急就急死了，那個寨子裏的人，把他安葬在路旁。英台回到家，她家掛燈結綵辦喜事，馬家就去迎親。花轎經過村口，「忽然平地起狂風阻擋轎子前行」，英台見山伯墳，就拿三杯酒祭靈禱祝：「有靈有驗墓分開，無靈無驗馬家抬」，話說罷墓穴裂開，英台縱身跳進。轎夫拼命去拉，沒拉住，拿鋤頭「掘墓，只見兩塊五色彩石疊在一起，丟到河兩岸，兩岸長起兩顆藍竹，竹梢彎過河上，纏在一起。」馬家人氣得把竹子砍斷了，村裏的人拿來做成四弦琴。「人們到現在還傳說著："山伯相公造琴"」。此則故事側重山伯

形象的描繪，先說他得知英台是姑娘，竟然放聲哭起來，先生再三勸他，給了他一匹紙馬追趕英台，過河得扛紙馬，上岸再騎，騎著紙馬過了四次河，到過第五次河時，山伯累極了，要馬自己走，紙馬遇水就化了；又一路問動物英台的去向，動物們不回應便動手報復，動物好心告知，他也禮物回送，到得英台村前聽到迎親的大號嘟嘟響便急死了。最後癡情的表現是死後與英台化兩石再化兩棵藍竹，竹梢彎過河上交纏成連理枝。竹子被砍了，村人拿來做成四弦琴，人們且說「"山伯相公造琴"」，均見說故事者的驚喜幻想及山伯可愛心急，卻又本性流露的稚氣形象，當然也顯現畬族梁祝故事純樸又驚奇的風情。

　　後者是韋紅順等人講述，祖岱年搜集整理流傳於貴州望謨、羅甸的〈梁山伯與祝英台〉(故事 108)，祖岱年附記云：梁祝故事在布依族地區廣泛流傳，內容自有變異，選擇較有代表性的一篇發表。故事說「傳說很早以前，桑郎（屬望漠縣，貴州南部布依族聚居的中心區）有個名叫山伯的後生，羅悃（屬羅甸縣，也是貴州南部布依族聚居的中心區）地方有個名叫祝英台的姑娘。」這英台出門總愛女扮男裝，兩人在歌場上相遇多次，一起玩耍談心，非常開心。後來兩人偕伴到廣西慶遠去上學。端陽節逛花園，山伯脫鞋上樹挑李子果，英台小時候裹過腳不上樹。英台在樹下哭了起來。兩人夜裏睡一鋪，山伯問她為何不脫光上衣，她說內衣扣子特別多，一件有一百二十顆，要脫太費力又花時間。天熱下河洗澡時，英台在上游，要山伯下游洗，講好放一根樹椏漂下去，山伯拿到這樹椏才能上來會合。英台蹲姿屙尿引山伯起疑，英台說是「敬天敬地，不學牛馬學聖人」，哄騙過去。

　　同窗三年，各自回家，途中英台以「磨子下扇不忙上扇忙」、「一對鴛鴦一樣毛，內中哪個公？內中哪個母」、「上無船下無橋，哥哥你背我過河」暗喻女兒身份，山伯總不領悟。臨別要山伯早點來我家，幫你提一門親事。九天後山伯由九叔陪著到英台家提親。英台因女秀才名聲傳出，樂旺壩子馬員外已為兒子來訂親。等到山伯來祝家時，英台父母見山伯一表人材，但也只能歉意搖頭。英台女裝相見，山伯看呆了，奈何來晚，黯然回家，一病不起，山伯爹娘托九叔帶大批財禮去說親。英台回信拒絕。山伯病重，英台托兩位相好的姊妹探病。山伯指東北方向說死後要葬麻山腳下的大路邊，英台過路時給我燒上一柱香。新娘花轎抬到麻山腳下，英台下轎祭墳禱祝「有情有義墓門開，無靈無驗馬家抬」，突然墓門裂開一道大縫，英台鑽進去了。接親人回報說新墳把新人吃掉了。馬家派人「掘墓尋人，棺中飛出一對鴛鴦，並頭連翅，往麻山去了。」

　　這則故事，梁山伯住桑郎大塞，祝英台住羅悃地方，兩地分別屬於望漠縣與羅甸縣，都是貴州南部布依族聚居的中心地區。而兩人所讀的學校在廣西慶遠，是宜山縣城，山伯葬地是麻山在貴州，大抵都是布依族群聚居之處，而山伯英台相遇處是歌場，布依族一般在過節、趕集日子中有浪哨歌的活動，青年男女比歌喉，賽智慧、傾感情，有時通宵達旦到三天三夜[125]，顯見其族群風物民俗特色。

---

[125] 〈布依族的浪哨歌是怎樣唱起來的？〉，http://tw.knowledge.yahoo.com/question/?qid=1105061603997（2007 年 2 月 15 日）。

六、仫佬族、土家族、侗族、白
族、水族梁祝故事文化現象

仫佬族主要分佈在廣西羅城仫佬族自治縣。今所見銀世雄（仫佬族幹部）搜集整理，流傳於廣西羅城仫佬自治縣的古山歌〈仫佬族梁山伯與祝英台〉（民歌 23），在當地非常流行，一般農家群眾都會唱，逢年過節或喜慶節日，地方上還專門組織演唱，形式除獨唱外，還有男女對唱。《梁山伯與祝英台》是"古條"中最流行的一首。與此山歌類似的還有仫佬族周耘的《一雙鴛鴦飛上天》、銀世雄的古老山歌《梁祝》[126]。

此山歌唱起：「歌在口中唱就唱，笛在手中吹就吹。別樣古文慢作唱，山伯英台唱陣對。英台生在峨嵋縣」，從小愛讀書，十五歲天天打算去外鄉讀書，在家裝病，父母找算命先生問，「留她讀書三年滿，日後以免去求人」，要英台試換男裝，應允她出外求學。半路遇峨嵋縣峨嵋鄉梁山伯要去盧山學文章，兩人結伴同行。來到書房讀書，共桌同床二三年。英台接家書向山伯說父親要她回鄉。英台寫一張書放席床，兄弟相別回家，山伯一路送行，英台以一對天鵝、一對紅鴛鴦、一對鯉魚暗喻己為紅妝，要山伯轉回書房翻床看。

山伯看書氣心中，三年不知是女是男。立即去英台家，英台講哥來遲了，父把八字給馬家。山伯回去嘔氣病重，一命歸陰，「死於床上眼不閉，不閉也成英台人。」英台去看山伯，見山伯眼淚流，就說「明天去鑽兩塊碑，一塊就鑽梁山伯，一塊就鑽祝英台。」

---

[126] 同註 100，頁 776。

山伯塊碑豎墳前，英台塊碑放進墳。明日出嫁轎到山伯墳，英台墳前連連拜，「山伯個墳自己開，英台立即入墳了，」接親搶得一雙鞋。馬家不服叫人挖墳，「挖墳不見得一樣，見對鴛鴦飛上天，山伯英台真有心，兩個死去共個墳，幾百年傳到現在，就留後代唱古文」。故事屬 749A 類型。現在居住在廣西西北一帶仫佬族青年在男女對歌開始時用 "妹英台" 來起句，把英台的名字作為男方對對方的愛稱[127]。

　　土家族主要分佈在湖南省湘西土家族苗族自治州、湖北、四川省黔江土家族苗族自治州。今所見梁祝故事有 749A.1「生雖不能聚，死後不分離，死而復生」類型故事二：1. 周永超（土家族）搜集整理，流傳於四川黔江縣兩河區龍田鄉的〈土家族梁山伯與祝英台〉(民歌 24)，分別有「山伯訪友」、「學堂生活」、「送友回家」、「二次訪友」、「山伯回鄉」、「爹娘問病因」、「四九求方」、「山伯歸陰」、「馬家接人」、「陰間告狀」等段落。故事先唱：「鑼鼓進進賽，閑言都丟開，聽我唱首祝英台，山伯訪友來。」山伯兩腳走如雲，杭州攻書文，歸家要往祝家村找知音。要參拜祝九郎，銀心說九郎未在家，明日來會她。山伯說杭州來的客，我名叫梁山伯，與他兄弟結。銀心兩腳走如雲，繡房說與姑娘聽。英台腳下金蓮三寸，打扮賽觀音。山伯兩眼認不出是尼山同學祝英台。

　　當日山伯送英台，英台一路以石榴、魚兒、白鴿、少做媒人暗喻衷情，最後要山伯「早來三日結成雙，遲來夢一場。」如今爹娘已將她許配給馬家門。只能酒茶宴請山伯，脫件汗衫衣，回

---

[127] 同註 91，頁 406。

去討個美貌妻。山伯叫一聲，我的三魂不在身，各自轉家庭。山伯相見病重，四九到英台家求藥方，英台寫下「龍王角、梭羅樹、甘露水泡茶、峨嵋月、雷公漿、鳳凰來打湯、與奴煎肝腸、千年雪、萬年霜、王母身上香、仙桃」十種世上所無藥方，要四九回去安排衣棺，梁兄不得活，梁兄埋在南山大路旁，來去好燒香。山伯接信，兩眼有些昏，大字小字認不真，爹爹唸我聽，聽完當面剎一場，戒指麻下進書箱，「氣死不還陽。」英台夜夢不吉祥，夢見我梁郎，英台叫梅香，與我辦個三牲祭，抬到南山去。

馬家子馬廣，來接祝九郎。轎到梁兄墳，英台下轎祈梁墳，文章有一篇，不許眾人看。「要顯就在此地顯，一去不團圓。地皮一聲響，黑風高萬丈，英台入墓房。眾人你且聽，各位聽原因，我要打開那墓墳，看生死斷情。」馬郎心似爆，當場氣死了，死在陰間把狀告，斷個生死牢。判官把話講，罵聲英台不是人，害死他二人。閻王說一聲，三人你且聽，「婚姻本是前生定，不差半毫分。」

2. 湖北長陽縣土家族聚居地區流傳的中篇喪鼓曲《梁祝歌》(喪鼓曲 1)，又名《山伯歌》、《梁山伯與祝英台》。故事情節在傳唱中多有改變。唱詞富有土家族方言特點。長陽縣黃柏山鄉布壋村土家族歌師田祥雙藏有祖傳手抄曲本。他彈唱的曲詞達一千一百多句。另有一種同名唱本，長達三千多行，由長陽縣博物館收藏。

故事說祝英台女扮男裝杭州求學，路遇梁山伯，草亭結拜，二人同窗三年，情誼深厚。英台父催兒歸，山伯從師母處知英台為女子，又留言他去祝家相會。山伯前往祝府樓台會。但祝父已將女兒許配馬家，山伯抑鬱而亡。馬家迎親，花轎過山伯墳，英

台下轎祭奠，「墳忽裂開，英台縱投墳中。馬家公子懸梁自盡，魂赴陰司告山伯陰佔陽妻。閻王提審三人陰魂，公斷梁祝姻緣係前世修成；且梁祝在前，馬公子在後。令梁祝轉世配為夫妻，以了夙緣。」故事與漢族梁祝故事情節不異。

　　侗族主要分佈在貴州、湖南和廣西的交界處。今見侗戲傳統劇目《山伯英台》(侗戲1)，故事屬749A「生雖不能聚，死後不分離」類型故事，角色有梁山伯、祝英台、馬文才、四九、銀心、梁母、祝母、家員、仙人等人。侗戲係侗族民間說唱藝術“嘎錦”（侗語，即敘事歌）和“擺古”，於清嘉慶、道光年間形成於貴州，一八七〇年左右沿柳江傳入江西。最初僅兩人坐唱，後發展為走唱，角色不多，舞台動作簡單。一般不用布景，只用簡單道具[128]。

　　此戲中祝英台是越州府三陽小縣後三村祝家莊人，梁山伯是共府共縣，湖州塘梁家莊人。兩人去杭城攻讀書文，草橋亭相遇。情節單元有「有女扮男裝外出求學」、「丫環扮書僮外出伴讀」、「埋三尺三紅綾羅于花園土內，擊掌賭誓若貞潔則綾羅如花，若失貞則爛成筋」、「女扮男裝者與人結拜為兄弟」、「床中置涼水為界打翻者罰打手掌」、「女扮男裝者巧計使人不識紅妝」、「女扮男裝者與男子同床三年伴稱許願和衣而眠」、「女扮男裝者因女性特徵行徑（和衣而眠、好花香、不上樹打棗、打鴛鴦力氣小、大乳房）被疑為紅妝」、「巧智者要求施罰者若能找像地一樣大的白紙寫天一樣大的字，則被罰者始找一顆五寸長棗子」、「女扮男裝者借麒

---

[128] 周靜書主編：《梁祝文化大觀‧戲劇影視卷》（北京：中華書局，1999 年 12 月），頁 780。

麟、賣衣郎、廟堂土地公婆、井邊照影、鮮花、船岸、白鵝暗喻己為紅妝表露情愫」、「啞謎喻婚期」、「誤猜啞謎造成悲劇」、「惡夢中白虎坐中堂預示悲劇」、「為相思病者向情人討藥方」、「世上所無藥方（青龍頭上角髓、南山上鳳凰肝腸、山蚊蟲頭內腦漿、黃土內螞蟻肝膽、高山上千年白雪、瓦背上萬年寒霜、張閣老頭上白髮、八十婆娘奶水漿、神仙洞羊膏米酒、黃土內萬年生薑）」、「雙碑墓」、「相思病死」、「亡者死前見王大仙，要求王大仙不必用金鞭打人，自願回天堂；又見亡父喚兒，要求亡父不必喚，自願歸陰曹」、「鬼魂自訴在墳台等候情人花轎」、「新娘哭祭禱祝顯應，天昏地暗狂風盆而雷電交加墓開，人進墓墓合」、「新娘投墳新郎氣死」、「三十三天上神仙」、「太白星君在三十三天（雲頭）上觀看下凡牛郎織女星在世不能成婚而下凡訊問二人是否願回天堂」、「下凡之牛郎織女願回天堂」、「太白星君帶下凡牛郎織女回天上一打左河東一打右河西」、「神仙駕祥雲上西天」故事與漢族梁祝故事相同，也是兜合 875B.5「巧姑娘以難制難」類型故事。

　　白族主要分佈在雲南省大理白族自治州，今所見梁祝故事有二，一是（白族）阿鎏鼎翻譯整理流傳於洱源地區的本子曲（長詩）《白族山伯英台》(民歌 26)，此長詩以漢族民間故事《梁山作與祝英台》為題材的一部白族民間敘事長詩。此一題材的作品在白族地區家喻戶曉，除了各種本子曲（長詩），還有吹吹腔劇、大本曲說唱、故事傳說等各種藝術形式。此長詩是洱源地區流傳的本子曲中的一種[129]，分為「上學」、「試探」、「相送」、「逼婚」、「相

---

[129] 同註 100，頁 805。

會」、「敘情」、「相思」、「祭靈」、「迎親」、「殉情」等段落。

　　長詩先唱「歌唱人：玉水河邊一姑娘，人才美兒識文章，她人若不是女子，中狀元探花。」英台繡房五繡花樣，見路上書生秀才杭州去讀書，英台化妝上杭州，遇山伯結拜成弟兄同行。英台過河不脫衣，夜裏同睡一床，床中置一條扁擔，上邊再放碗水為界。山伯脫去上衣與宗師打花拳十種，一做虎出山，二做明月掛樓台，三做金雞獨立，四踩蓮台，五黃龍擺尾，六獅子立懸岩，七含七星劍，七姊妹團圓，八雙鳳朝陽，九開弓十舉拳。英台打拳不脫衣裳，做美女穿針、雙龍抱柱穿花眼、鯉魚海中翻身、魚跳龍門三級浪、童子拜觀音、黃鷹展翅兩邊護、八步梅花。陽春三月宗師學生去賞花，英台知道宗師來試探，自走在山腳假裝看文章。宗師看了笑哈哈，英台這人真奇怪，蹲著看文章。英台想起那日書房脫衣裳，誰料師母瞧見了，惹出事這椿。英台父母來信盼女回家，山伯相送，英台唱說：「阿哥來送我，匡胤送京娘」，英台又以一對鴛鴦、井中雙影情人一對、一對白鶴、廟堂土地公婆、泥菩薩一陽一陽暗喻情衷，最後托言為妹訂親，要阿哥切莫遲延過此春，回來結姻緣。

　　英台回家，祝父已許馬家媒，馬祝結親家。山伯來到祝英家，見九妹想必是仙女下凡，人才傾國香。英台說阿哥來遲，逼許馬家親。山伯氣倒說蜜口蛇心祝英台，八片嘴一張。英台你是催命鬼，活把我氣煞，鬼門關頭我等你，望鄉台上把你看。山伯好比打山匠，英台好比狐狸精。英台傷心說不愛馬甲的銀錢，不與他成親。山伯說如今我氣得要死，你自多喜歡。英台允諾，早晚成夫妻一雙，我叫馬家空喜歡，相會在陰司。

　　山伯回家遭病殃，英台開"十寶湯"藥單：「第一金雞腳露水，第二要的獅子肝，三用鰲魚尾上毛，四用麒麟膽，第五要用母虎奶，第六要用蚊眼眶，七用黃蜂的骨頭，八用白檀香，九用青龍鬚幾根，十用千年瓦上霜。」外加「引子要用夜明珠，吃藥要用玉龍碗，是妙藥仙丹。」英台在家嘆五更，許下龍皇願，保山伯安康。忽然聽得烏鴉叫，不是是吉還是凶，如若你病不能好，英台死後頭。叫梅香拿一件繡花衣、一雙花鞋送梁兄。山伯見妙藥是世上所無，知命該休，向阿媽說把兒埋在大路旁，如果馬甲來迎親，把英台看看。山伯死後英台靈前三祭奠。

　　馬甲迎親日，英台來到南山，雙腳跪在山伯墳禱祝「有情有意墓門開，無情無意墓門關，今日英台死這裏，馬家空喜歡。」最後馬甲唱道「一是山伯墓開了，英台鑽進去。馬甲我把墓挖開，兩個屍首都不在，只見兩個石獅子，英台無處見。我把獅子丟河裏，長出兩顆楊柳來，我把楊柳砍倒了，變成對鴛鴦。一對鴛鴦水上遊，一公一母在一處，鴛鴦遊處百花放，花開真鮮豔。花中飛出雙蝴蝶，蝴蝶一對遠飛去，馬甲迎親空轎歸，眾人笑哈哈。」此故事屬「生雖不能聚，死後不分離」類型，雖是漢族梁祝故事結構，卻也充滿白族色彩風情。

　　另有董水搜集整理的白族打歌《白族梁祝讀書歌》(民歌 25)云：

哪個一起來下棋？	梁山伯和祝英台。
什麼做棋盤？	青天做棋盤。
什麼做棋子？	星星做棋子！
棋盤擺面前，	山伯不會下。

哪個一起彈琵琶？	梁山伯和祝英台。
什麼做琵琶？	大地做琵琶。
什麼做弦線？	道路做弦線。
琵琶擺面前，	山伯不會彈。

以棋盤、琵琶做喻說山伯不會下，山伯不會彈，又說青天做棋盤，星星做棋子、大地做琵琶，道路做弦線，是別處沒有的比喻，純是白族異想天開的玄想風貌。又有流傳在大理白族自治州耳源一帶白族西山的"打歌"，整個故事的環境敘述和作為故事發展的舖墊部份的具體內容，都是按照西山白族人民特殊的山區環境和生活習俗進行敘述的。且說梁祝自己動手蓋起了以木板為瓦的學堂，以及梁祝一同出遊點蒼山等，無不洋溢西山白族人民的生活情調[130]。

　　水族主要分佈在貴州省三都水族自治縣，今所見水族梁祝民歌四種，749A 類型有一，〈梁山伯與祝英台〉（民歌 27-2），是潘靜流的伯父潘光燦遺作，梁山伯吟唱：咱從前，北京讀書。十幾歲，讀書皇家，同讀書，也不識妹。你嫁人，我才服毒，太悔恨，方服毒死。拿去埋，丟在路中，埋野外，漢人抬轎，人過路，早晚燒香。燒香紙，「情妹祭墳。情妹祭墳；我才起來，我起來，就想結婚。」英台唱：梁山伯，醒了沒有，這時候，我來揭墳，你顯靈，對我說啊！山伯唱：祝英妻，你來開墓，你來吧，同到陰間，這一回，我倆成親。英台唱，我今日，要開岩壁；我今天，要破岩石。開進去，裏面寬潤。亮堂堂，省會貴陽。也像皇家，也像

仙府，吸桿煙，就飛上天。飛上天，變成星月。此故事有情節單元：「女扮男裝外出求學」、「服毒殉情」、「女子祭情人墳禱祝顯應，岩壁開，人進墓」、「陰魂作人語」、「人化星月」。

　　不屬梁祝類型的唱段有三：1.〈梁山伯與祝英台〉（民歌27-1），是潘靜流先生據漢族故事流傳到水族地區改編成的，有說白部分：「梁山伯到祝英台家去，對祝英台說：“英台妹，你要出嫁了，你丟我而去，我現在說一句話給你聽。”」吟唱部份則由梁山伯先唱：你英台，在本州城天人（仙人）教，杭州讀書。小時候咱兩同凳坐，同床睡，出幾年，不露身份，在生時，不得結婚，到黃泉等你算了。我死後，埋在東面那裏等，生死分別。祝英台唱：想從前，你山伯，來到峨嵋，在杭州，同一床睡，那時小，你不識我。馬家要，你才後悔，你進墳，我祝英台，跑來祭墳。此故事有「女扮男裝外出求學」的情節單元。

　　2.〈梁山伯與祝英台〉（民歌27-3），也是潘光燦所作，先有說白：祝英台去挖梁山伯的墳，一鋤挖下去，梁山伯就起來了。祝英台拉住他說：“山伯哥，我不嫁給別人，還是來嫁給你”。英台吟唱：咱從前，姓祝姓梁，我英台，是個女子。你山伯，是個兒郎，家有妹，一十九歲，等你開親。你不來，馬家才要。聽這話，你就病倒。你死後，我來墳上哭，你先去（死），我隨後來（死）。同墳埋，死後成親。梁山伯唱：我從前，是梁山伯，你從前，是祝英台。「到來生，改姓換名。我姓霜，妹妹姓雪。古同床，不曾相識。你嫁人，我打單身，尼杭定；我半路等。等情人，身子溶化。等來生，下世成親。」此二則與〈梁山伯與祝英台〉（民歌27-2）均是水族雙歌對唱形式，對唱前，先說一段如同序言似的小故事，

然後再唱歌，實質上已近於說唱藝術，故有專家學者定為「水族曲藝」。頗具水族民俗風情，如：「尼杭定，我半路等」的「尼杭」是水語，乃決定人的生死與命運之神，這是少數可知作者的民歌創作文本。

3. 另有水族單歌，〔梁山伯祝英台〕（民歌 57）：「……墳裂開，變成清風。祝英台，隨風進墳。變蝴蝶，雙雙上天，他兩個，變成星月。千萬代，也不消散。」則是「人化清風」、「化蝴蝶」、「化星月」奇異的玄想。

彝族主要分佈在雲南、四川、貴州省和廣西壯族自治區。今所知大涼山彝族阿細人也流傳梁祝故事[131]，《彝族傳統故事歌》也唱道：「英台近前問爹娘：杭州有個好書堂，孔子先生教文字，我今要去讀文章」[132]，顯見彝族民間流傳梁祝受教於孔子之說；另外，而彝族地區流傳的故事，梁祝殉情後，有說化為魚，有說化為鴻雁的情節[133]。

主要聚居於雲南省西雙納泰族自治區、德宏傣族、景頗族自治區的傣族也流傳傣劇《梁山伯與祝英台》及故事《梁山伯與祝英台》[134]。根據《中國少數民族宗教概覽》（1988 年，中央民族學院出版社）的記載，廣西環縣的毛南族特重祭祖和敬神，奇特的是青年男女婚姻中必須 "敬梁山伯、祝英台"，這是新郎家在迎娶新娘到家前做 "招魂" 時必備的一種法事，即除了請 "三界公爺、毛南屯神" 等幫助把新娘的魂送到男家安住外，還須請梁山

[131] 同註 91，頁 401。
[132] 同註 30，頁 94。
[133] 賀學君撰：《中國四大傳說》（臺北：雲龍出版社，1991 年），頁 125。
[134] 同註 91，頁 401。

伯、祝英台來，為的是保障新娘新郎婚後感情和睦，具體做法由鬼師（巫師）點香，在新郎新郎帽子上畫符，然後把兩頂帽子捆在一起，由新郎用左脅挾著進新房，藏於被褥下，等新娘進門入洞房後，讓她坐在被褥（即帽子）上，據說經此魘禁，新娘即收心坐家，感情不會外移，而夫妻和美。可知梁祝在此地已成了婚姻之神，受到祖靈般崇敬[135]，顯見梁祝故事文化於此毛南族群深化的現象。

---

[135] 范明三撰：〈"梁祝"新解〉，收於宜興市政協學習和文史委員會、宜興市華夏梁祝文化研究會主編：《宜興梁祝文化--論文集》(北京：方志出版社，2004年11月一版)，頁81-82。

第十四章　結論

一、梁祝故事結構

梁祝故事文化網絡從中宗時唐梁載言《十道四蕃志》「義婦祝英台與梁山伯同冢」短短十一個字的單一情節單元開始，發展成為三十回《梁山伯祝英台》章回故事、四十六集《七世夫妻之梁山伯與祝英台》電視連續劇，甚或是顧志坤《梁山伯與祝英臺》三十萬言的小說，也有敷張成九十個情節單元的《三伯英台歌》唸歌，但綜觀所見近九百筆各類媒材梁祝故事文本，其主要情節與次要、附屬情節單元，不出：(1)「仙人貶凡，轉世投胎」、(2)「女扮男裝瞞過家人」、(3)「譏誚女扮男裝者外出求學為情人」、(4)「賭誓貞潔」、(5)「女扮男裝外出求學」、「丫環扮書僮伴讀」、(6)「女扮男裝者巧計與人結拜為兄弟」、「結拜立誓」、(7)「床中置物為界，越者受罰」、(8)「女扮男裝者防人識破紅妝」、(9)「借事物偵測男女」、(10)「借事物暗喻己為紅妝表露情愫」、(11)「啞謎喻婚期」、(12)「誤猜啞謎婚期，造成悲劇」、(13)「女扮男裝者以物為聘托媒自訂終身」、(14)「世上所無藥方」、(15)「戀人婚姻受阻殉情而死」、(16)「掘墓尋人」、(17)「死後化物」、「物化物」、「連續變形」、(18)「新娘投墳，新郎自縊陰間告狀」、(19)「閻王斷姻緣」、(20)「死而復活」、(21)「神仙相助」，等二十一種。

而所屬梁祝故事類型，也僅有四種：(1)749A「生雖不能聚，死後不分離」類型，(2)749A.1「生雖不能聚，死後不分離，死而復生」類型，(3)749A.1.1「生雖不能聚，死後不分離，死而復生，

神仙相助」類型，(4)885B「戀人殉情」類型，後者是 AT 類型中 880-899「戀人之忠貞和友人之真誠」故事大類之 885B「戀人殉情」類型，偶有「生雖不能聚，死後不分離，投墳合穴」的情節，但屬離奇情節，與「女子禱祝顯應墓開，投墳（墓合）」，或陰魂自墓中迎接殉情者，或陰魂引領殉情者前行，或陰魂攝殉情者入墓，而終與情人合墓的神奇情節不同。而前三者是 AT 類型中 300-749「幻想故事」大類中的 700-749「其他神奇故事」類，除 749A 類型：「戀人婚姻受阻而殉情」及「生雖不相聚，死後不分離」、「死而化物或連理枝，或物落處生物」三個主要情節，749A.1 類型，增益第四個「死而復生」主要情節，749A.1.1 類型踵益第五個「神仙相助」主要情節之外；另有一種是「戀人婚姻受阻殉情」及「女子禱祝顯應墓開，投墳（墓合）」，或「陰魂自墓中迎接殉情者，或陰魂引領殉情者前行，或陰魂勾攝殉情者入墓，而終與情人合墓」，雖無「化物或連理枝，或物落處生物」情節，但也是「生雖不能聚，死後不分離」，死後仍結合的神奇情節，故列入 749A 類型。

　　大抵而言，885B、749A、749A.1、749A.1.1 四種類型故事必有「女扮男裝外出求學」與「戀人殉情」的主要情節，而 749A 三種類型故事則因故事的敷張，而踵益「死而化物或連理枝，或物落處生物」，所謂「生雖不相聚，死後不分離」的主要情節，749A.1 類型則增益「閻王斷案，死而還陽復生」的主要情節；749A.1.1 類再增添「神仙相助，立業建功」的主要情節。

　　至於次要情節，雖非梁祝類型故事必備的情節，但都增生梁祝故事的趣味性及豐富度，是後起故事編撰者加油添醋的段落，

大抵著墨於祝英臺外出求學前父親不同意、嫂嫂譏誚、姑嫂見物賭誓，及豆蔻年華的英臺三年與山伯同床、同學相處，種種可能發生的困境，與如何使巧計解除危機的趣事，另有英臺愛慕山伯，借各種事物，不斷暗喻情衷，或暗喻婚期，但老點不通呆頭鵝山伯的扼腕情節。其中749A、749A.1、749A.1.1三種類型有「賭誓貞潔」、「巧計使人不識紅妝」、「借事物偵測男女」、「借事物暗喻己為紅妝表露情愫」四個次要情節，885B類型則無「賭誓貞潔」情節。而梁祝749A、749A.1、749A.1.1、885B類型的附屬情節更是講述或編撰者附麗兜合的情節單元，與梁祝故事本並不相干。

比較而言，梁祝885B類型故事少了物化、復活、神仙相助情節，略顯單調，只是一個感人的殉情故事，又因梁祝故事已然成為中國四大傳說故事之一，流傳久遠而致婦孺盡知，難免減弱故事致命的吸引力，所以此型故事大抵僅於梁祝故事的前期流傳，在方志或文人筆記記載中重複引用；或在梁祝故事碑刻《梁山伯祝英台墓記》出土的山東省，有後起依附《墓記》的梁祝故事數則，或偶有少數現代民間故事、小說另有不同的殉情情節而已。

不若749A、749A.1、749A.1.1類型故事主要情節有變化萬端、爭奇鬥豔「死而化物或連理枝或物落處生物」的情節，及繁花盡開、熱鬧非凡「死而復生」、「神仙相助」的情節。其中化物的變幻有人化物、物化物，及連續變形化物的情節單元，至於死而復生常有閻王斷案，死後還陽情節的推衍，這地獄情節的敷張，驚悚又有趣；原來地獄猶如人世，閻王斷案不外人情，有時閻王將難斷案件推給牛頭馬面處理，有時要英臺自己選擇對象，有時也問鬼兵鬼將，若無事則關門打烊，但大抵能符合人間不平事，到

數。

　　梁祝故事除了以上四種類型故事之外，尚有很多不屬梁祝類
型的故事，有取前四種類型故事部分情節獨立發展的文本，其中
各種奇異幻想、繁複多樣的故事情節，常見編造或創作者逞其連
翩的奇想異能本事，故事主題變成誤聽同音字造成悲劇，或對詩
譏蠢才，或謎語指引路的方式，或祝母採花受孕與山伯孕中親訂
親，或結合地方諺語、風物名號由來敷衍的故事。

　　也有與梁祝殉情故事無關，大抵以梁山伯、祝英臺，或銀心、
馬文才為中心而渲染的故事，其異想能耐不遑多讓，有觀音送子、
山伯吃鵝蛋以開七竅、英臺月夜聯佳句、花轎鎖門的由來、梁縣
令治水殉職、江中九龍安民、山伯顯靈助戰封王、山伯顯靈指點
生意、梁縣令托夢治蟲，或梁墓土治蟲、摸神足治足痛、陰配合
葬、清官俠女合葬或大俠清官合葬、梁祝讀書洞的由來、人參娃
娃等主題故事。

　　另有少數無殉情情節的梁祝故事，有時是山伯假死藏身墳後
地洞，英臺亦跳墳進洞，其後兩人逃往他處，隱姓埋名，共同生
活，有時是故事從梁山伯沒死…之後說起，有時是仙伯、英臺未
成悲劇，乃是兩人之師孫卓後來成為大學士，薦舉仙伯為越州知
府的詔書及時到達，解決了馬俊娶親的困境。有時是梁山伯從軍
屢立戰功，班師回朝，而巧遇扮男裝逃婚為京師大理寺正所救的
英臺，兩個久經磨難的戀人終成連理，恩愛白頭到老。

　　還有無情節單元的文本，有些民歌、地方曲藝及戲劇的唱段，
雖然也是梁祝故事主題，但無情節單元；有的是因所見地方曲藝
或戲曲是部份單元唱段，有的是民間所詠唱的重點不在梁祝故

事，僅是起興聯想，如：常見的「正月裏來要唱個祝英臺」，一唱到十月全以祝英臺起興，重點卻是小媳婦回娘家；也有白族〈讀書歌〉以青天做棋盤、星星做棋子、大地做琵琶、道路做弦線為喻，而問「哪個一起來下棋？」、「哪個一起彈琵琶？」是「梁山祝英臺」，奈何山伯不會下、山伯不會彈，一切終究是枉然，這是歌者的慨嘆吟詠。又如雲南情歌〈祝英臺〉，以蜜蜂為採花而死比喻山伯為英臺殉情。

　　也有民歌所唱主題雖是梁祝故事，但無情節單元，僅是局部情節的詠唱，如楚歌〈羅江怨〉是英臺孤枕思想心肝梁哥。更有奇特的雜曲〈三十六蟲名〉，從「正月梅花陣陣香」開始，唱到「十二月臘梅朵朵放」，內容從「螳螂叫船遊春場」到「蚼蚃強當破衣裳」，共有三十六蟲名，二月裏有「蜜蜂開起茶館來，梁山伯相幫倒開水，坐柜姐姐祝英臺」，則梁山伯、祝英臺也是「三十六種蟲名」之一、二。

　　至於地方曲藝及戲曲的唱段，也有不少梁祝故事內容，卻無情節單元的文本。偶有戲曲也以祝英臺起興，如武寧採茶戲《秧麥‧正月好唱祝英臺》，生（夫）旦（妻）二人對唱的唱段，正月好唱祝英臺，最終目的是妻子要外出的丈夫快去快回，可早生貴子跳龍門哪。

二、梁祝故事變異

　　今日流傳於亞洲地區的龐大梁祝文化網絡現象，相傳肇端於東晉鄞縣縣令梁山伯與上虞女子祝英臺的殉情故事。然今所知最早的記載是宋人張津《乾道四明圖經》卷二〈鄞縣〉引唐人梁載

言《十道四蕃志》，僅有「義婦祝英臺與梁山伯同冢」的簡單情節，未錄祝英臺與梁山伯的生卒年代、身份、事蹟之記載，也不知二人何以同冢，更不清楚稱祝英臺為義婦的理由。然至晚唐張讀《宣室志》所載梁祝故事情節已敷衍為 885B「戀人殉情」類型，晉丞相謝安表奏梁祝並埋墓為：義婦冢，是首見完整梁祝殉情故事的記載，此則故事的英臺似無主動投墳的舉動，但她確為山伯而卒。

其後唐僖宗、昭宗時餘杭人羅鄴〈蛺蝶〉詩，更有「衣化蛺蝶」的情節，是 749A「生雖不能聚，死後不分離」類型故事。北宋徽宗時，李茂誠《義忠王廟記》，所載故事增益神奇的附屬情節單元「陰魂托夢助戰退敵」、「旱潦疫癘，商旅不測，禱祝顯應」多種。英臺亦非有意祭山伯墳及殉情而死，但也確為哭祭地裂埋壁而卒；山伯求婚不成，轉而求取功名，後為鄞縣令嬰疾而卒，乃發奮自我安慰，轉移情傷之痛，也有婚姻受阻相思病死之嫌，死後兩人同葬，又有新郎言官開槨，巨蛇護塚的神奇情節，也是 749A 類型故事。

南宋紹興年間，薛季宣〈遊祝陵善權洞〉詩是 749A 類型「梁祝化蝶」的開始。明朱孟震《浣水續談》卷一所載故事，英臺是主動投墳殉情，不同於地裂並埋。而明揚州人彭大翼《山堂肆考》卷二百二十六所載梁祝故事，已推展至「人死魂化蝶」的情節。明馮夢龍《情史》卷十載梁祝故事，有吳中「焚衣化蝶」情節。明傳奇十三種散齣，更發展出細細詠唱英臺女性特徵、行徑為人所疑及英臺巧計防人偵測男女、借事物暗喻情衷、啞謎喻婚期、誤猜啞謎造成悲劇的次要情節。

明翻刻本《棠邑腔同窗記》五卷，故事推衍至 749A.1「生雖

不能聚，死後不分離，死而復生」類型，有英臺哭祭，山伯顯靈拉她同歸陰，馬士恒嚇死，梁、祝、馬三陰魂至五殿閻君處告狀，三魂還陽，山伯考中狀元，梁祝活至百歲情節。

明末徐樹丕《識小錄》卷三所載梁祝故事「（山伯）廟前橘兩株相抱。有花蝴蝶，橘蠹所化也，婦孺以梁祝稱之」，似乎說明橘蠹是山伯廟前相抱之橘樹所生，隱含梁、祝死後化相抱之橘樹，而橘樹所生的橘蠹，又變成花蝴蝶，連續變形的情節。

明末清初流傳於河南西南部、湖北省北部、陝西省東北部的民歌《英台恨》，粘合梁、祝、馬三人死後化蝶，馬以膀打梁、祝，跌落河東、西，轉世為公子魏士秀、蘭家女裙釵，二人要重相會，除非是水漫蘭橋另投胎。清初浙江忠和堂刻本《梁山伯歌》，故事也屬 749A.1「生雖不能聚，死後不分離，死而復生」類型，但增益閻王令牛頭馬面捉拿活人進酆都遊十八地府，令催生送子娘娘送陰魂投胎，轉世再成姻緣的情節。

《清水縣志》卷十二〈祝英臺〉詩，說祝英臺市秦川女秀才，卷十一，言其「少有大志，學儒業；為男子飾，與里人梁山伯遊」，是首見顯現英臺獨立意志，想有一番作為的描繪。清中葉開始盛行的畬族敘事長歌《仙伯英台》，故事屬 749A.1 類型，有「人化白石，白石化兩桁龍樹，成連理枝」的連續變形，及「閻王以水中結髮定夫妻」、「陰魂好色成性，閻王判其轉世做豬哥」情節單元。

乾隆己丑年江蘇蘇州民間藝人彈詞抄本《新編金蝴蝶傳》，也屬 749A.1 類型，有「以草蟲猜古今人事」、「以鳥禽名猜古今人事」，是逗梁山伯與祝英台及創作者才學的情節單元。乾隆三十四年寫定，道光三年文會堂彈詞補刊本《新編東調大雙蝴蝶》故事已大

大擴展為三十回，敘述方式與通俗章回小說相近，也是 749A.1 類型，但歧出情節頗多，已全然是通俗小說善有善報、惡有惡報；才子佳人大團圓，高官厚爵的套式故事，顯見民間、通俗文學交涉影響的範例。乾隆四十七年鐫《梁三伯全部‧同窗琴書記‧時調演義》二十回，是南管戲班輾轉傳抄的演出底本，也是時代可考最早的一齣喜劇，不屬梁祝類型故事。

道光年間廈門歌仔冊手抄本《三伯英台歌》二十本，屬 749A.1 類型，情節單元九十個，為梁祝故事之冠。其激情諧趣的情節是英臺大膽脫落繡羅衣示愛，三伯要求燕好，卻被仁心「打門緊如箭」，壞了好事，三伯氣沖沖罵仁心來得不是時候，惹得仁心反唇相譏，「我娘共爾任三年，不恨自己恰呆癡」，最見民間男女情愛激動的真實場面。又有「人化石，石化竹、杉的連續變形」及「緣簿載梁祝是金童玉女，兩人有夫妻名份，馬俊燈猴神出世，妻兒是柴氏七娘」，及鋪陳「宣說陽間為惡，死後陰間受罰」同質性情節單元二十一個、「善人、惡人輪迴由註生娘娘管理，分別領不同花卉而輪迴出生」十二個。

道光年間宜興人邵金彪《祝英臺小傳》，是首見為英臺立傳之文。清徐時棟《鄞縣志》有：「俗傳以梁，墓土置灶上，則蟲蟻不生」、「人化鴛鴦」的情節單元。清山西洪洞同義堂丙子年刻本《梁山盃全本》，故事中梁山盃是丑角，師父說他不成材，這是首見男主角是丑角的梁祝故事。

清末四川桂馨堂刻本鼓詞《柳蔭記》，故事發生在周宣王時代，屬 749A.1.1「生雖不能聚，死後不分離，死而復生，神仙相助」類型，又兜合 884A「女駙馬」類型故事，是最複雜的梁祝故事，

情節單元五十五個，主要是「神仙相助」英臺、山伯各立戰功，一家團圓，山伯要了三位夫人，家人一一封了官位。四九、人心亦成婚配，「所謂路遙知馬力，四九自然見人心」情節的擴編，都是通俗文學逞其萬變幻化的想像能力，及安撫人心善有善報的心理補償，所謂人間不平事，陰間得公理，不止人死能回陽，尚且還其公道，得神仙相助，建立彪功，封爵升官。不再僅是化蝶、化物的象徵性幸福，而是現實人世的實質報償，完全符合無常生命的永恆想像，是人們終極追求的美夢幻想。梁祝故事至此文本已經完全蛻化民間故事的色彩，而進入通俗劇場宣唱的熱鬧人世。

同治十三《雙蝴蝶寶卷》，故事屬 749A.1 類型，由於寶卷有宗教勸善功能，大抵是強調善有善報，惡有惡報，兩人修道行善，玉皇大帝賜其身貴子躍門庭，夫妻壽至百歲，觀音菩薩差仙童仙女手執旛蓋，賜其福祿永安寧。所謂福、祿、壽，人間福慧並致，雖是神仙虛妄事，卻也是人間實境的描繪。

清一八七六年以前木板歌仔冊《圖像祝英臺歌》，是英臺仙伯雙蝴蝶，投世降生騙世人。光緒初抄本《新刻梁山伯祝英臺夫婦攻書還魂團圓寶卷全集》，也兜合「一世郭華買胭脂」、「二世藍橋韋郎保」，三世才是梁山伯、祝英台，所謂「三世姻緣」的附屬情節。光緒三年布依戲傳統劇《況山伯與娘英台》，有山伯向動物問英台去處的神奇情節。光緒四年《雙仙寶卷》，故事中天庭仙班熱鬧非凡，大抵仍是宗教寶卷借山伯英臺故事來宣揚福報事例，使觀眾在娛樂休閒之餘，也能感受宗教暨倫理氛圍，潛移默化，教育人心，得以達到宗教宣傳的實際效應。光緒七年清石史撰《仙踪記略續錄》所載〈梁山伯　祝英臺〉是道教神仙故事。人間是

謝安奏封義塚，仙籍則封梁為守義郎，封祝為鐘情女，冊居第五十六大隱山福地之甄山。

　　清末河南鼓詞刻本《新刻梁山伯祝英臺夫婦攻書還魂團圓記》，有「死人睜一隻眼閉一隻眼，至情人說中心事才閉上雙眼」，英台問了十二問，說到「莫不是捨不得妹妹薄情人！」說到山伯心上話，才閉了雙雙二眼睛。真是情深無怨尤。清江蘇民間藝人鼓詞抄本《梁山伯祝英臺還魂團圓記》，故事是「玉皇坐在凌霄殿，耳紅面赤不安寧，吩咐一聲查善惡，早傳善神走一巡」，原來「蘇州祝家女，本是淨池月德星，該配蘇州梁山伯，山伯上界黑煞神，因為前身都失約，半路夫妻不成婚」。

　　清福州聚新堂藏版刻鼓詞印本《梁山伯重整姻緣傳》，故事屬749A.1類型，又兜合851A「綁白絲於螞蟻腳上，螞蟻頭沾油穿過九曲明珠」類型的情節。清末廣州芹香閣木魚書刻本《全本梁山伯即係牡丹記南音》，故事也屬749A.1類型，增生素妝鞋化孤雁，裙帶化蛇仔的情節單元。

　　綜觀所論，唐時梁祝故事已有885B「戀人殉情」類型，晚唐至北宋徽宗時已有749A「生雖不能聚，死後不分離」類型，明以前則有749A.1「生雖不能聚，死後不分離，死而復生」還魂類型。清末（約1870年左右）有749A.1.1「生雖不能聚，死後不分離，死而復生，神仙相助」類型。至此梁祝故事的類型已然發展完全。故事情節單元也多達九十個，真是喧嘩不已，熱鬧非凡了。民國以後，梁祝故事更是百花齊開，各式媒材，較諸前代增益許多，均各逞其能，敷衍故事。但結構大抵不出749A、749A.1、749A.1.1、885B類型。

　　就故事的角度而言，一般的民間故事、傳說、通俗的地方曲藝、民間小戲、通俗戲劇的情節及情節單元素、人、時、地、物等細節會隨著各種時空及各個講述者的差異，不斷地轉化變異，尤其是流播到某地時，情節結構必然會與當地的文化結合，形成與原型故事同類，卻又異化的故事文本；至於情節單元素及人、時、地、物細節的轉換，除了講述者、創作者、搬演者個人特質的不同之外，故事的地方化是最主要的因素。因此梁祝事蹟記載雖然最早見諸於浙江鄞縣，但是今日除了在山伯當過縣令的寧波鄞縣有梁祝廟之外，全中國梁祝墓，便有十處之多，甚至梁祝讀書處也成古蹟，共有六處，乃至梁祝家鄉遺址也有八處，顯見梁祝故事文化網絡流播各地的強度與深度。尤其各地人們也樂將梁祝地方化，宣說梁祝兩人是自己的族群，自己的鄉親，如賀縣過山瑤爭認梁祝是他們的祖先，是最極端的例子。而在廣西鎮邊黑衣瑤則推衍出梁祝是人類祖先的傳說。

　　至於其他，如：故事流傳到廣西融水苗族，梁祝便成柳州人，讀書的地方由杭州變盧山；流傳到東蘭、巴馬、丹陽、馬山、都安一帶壯族，便是木蘭峒人，要到柳州去讀書；流傳到大林，兩人求學相遇處便在廣西大林書童鎮，鎮前一條小河叫鴛鴦河，就是梁祝二人出遊處；傳到貴州望謨、羅甸的布依族，山伯住桑郎大寨，英台住羅悃，兩人同去廣西慶遠上學，山伯死後，葬在麻山腳下的大路邊，兩人化成鴛鴦後，便飛去雄偉高峻的麻山，或梁祝兩人一道上南京考學堂；傳到江蘇洪澤縣，便是洪澤人；傳到無錫太湖一帶，梁是蘇州、祝是宜興人，兩人十八里相送到太湖邊轉了十八灣，便成今日十八灣的景緻；傳到丹陽，兩人相遇

處是烏塘鎮，而十八里相送地則到了鳳凰山；傳到河南汝南郡，也成汝南縣人，讀書處又從杭州變成紅羅書院，或汝南書院，也有女主角叫朱英台，與梁山伯在曹橋亭相遇的故事，另外，此地也有梁祝同遊的鴛鴦河；傳到山東兗州、鄒縣、微山一帶，梁祝是微山縣人，兩人到鄒縣嶧山拜師求學，化成鴛鴦時則飛往微山湖逍遙；而傳到河北耿村時最是特殊，因為受了當地秧歌戲《三世姻緣》的影響，梁祝生時的年代往前推到周晉王時，當時為了培養保駕的人才，便在山東曲阜建座文廟，陝西紅龍山蓋座學堂，祝九紅便是紅龍山當地桃園村的小孩，另外一個村子是梁家店，即是男主角梁喜的老家，兩人所拜的老師叫孔孟。還有，浙江河南流傳的〈尼山姻緣來世成〉故事，英台已經移居到東京河南府御水河邊的祝家村，她到尼山去讀書，與同桌同學梁山伯結拜為兄弟。學成回家與山伯分別時，便在紫金山十八里相送。

地方通俗曲藝與通俗小說、戲曲的各式文本，情節單元素及人時地物的變異轉化亦不遑多讓，如：故事時代可上推至大舜元年、大周年間，或漢、東晉、西晉、南北朝、唐朝、宋朝、大明、康熙。老師可以是孔子，可以是程明道、鬼谷仙、觀音化身的長老，甚至是女老師。孔子教書的地方可以因周遊列國而在杭州設館，而周遊列國的原因是受周天子詔及魯王令。也有小說將梁祝與歷史結合，故事從東晉太和三年的早春上虞縣白馬湖上說起，祝英臺一家捲入王猛、苻堅、桓溫、謝安、郗超等人奪寶的武俠世界。

總而言之，故事的情節單元素及人、時、地、物細節是隨時隨地可以任意改變的，理論上來說，有多少種梁祝故事便有多少

種情節單元素、人、時、地、物的可能，但都不致影響故事的結構，只是表露各個故事後面的文化，或時空背景，及說故事者的講述動機而已，如：英台可以叫鶯台、英苔、九紅、久紅、九洪、九妹、九姐、九娘、九姑娘、九官、九弟、九相公、九雄、九郎、三郎、二郎、郎、秀英、三娘、三妹、貞，或改姓叫朱英台、朱英太、朱景郎、娘英台、寶川小九、吉蒂，都無關緊要，只要她這個角色的形象一致，便是同一型故事的女主角。又如：英台姑嫂之間微妙情緒對抗的情節中，嫂子以沸水所澆的花是牡丹、月季紅、月月紅、圓仔花、春羅花、榴花、青蓮子，或布、紅綾綢、紅絹、紅繡鞋，都無不可。至於，山伯的死亡原因，是婚姻受阻相思病死，或求婚不成憂鬱而死、慟哭身亡、悔恨而死、悲憤致死，或吞紙團噎死、吞藥而亡、吞衣噎死、愛人出嫁趕見不及而急死、約定相會期限未到而急死、名落孫山氣死、怪病致死，甚至自殺，或與情人緊抱跳河而死，亦無關宏旨。

　　而最精彩的化物情節，人可以變化成蝶、鴛鴦、蝙蝠、鶴、蠶、花蛾子、花、石、石磨、樹、清風、白衣菩薩、虹、桑樹、山(供蠶結繭用的稻草把)，甚至連續變形，是梁、祝二人一再變形，甚或婚姻的介入者也參與變形幻化追逐祝英台。前者是：人化蝶再化彩虹、人化青石再化竹（四弦琴－－祝）、人化石或青石再化杉（或杉苗，或杉樹柴）（梁），又人化青石再化竹（或竹苗，或毛竹笋）（祝）、人化石再化竹再化虹（梁化紅色、祝化青色）、人化青煙紅煙再化虹、人化龍再化竹三化青煙四化彩虹、人化石（或白石）再化樹（或兩桁龍樹或成連理枝）、人化石再化鴛鴦、人化石獅再化楊柳三化鴛鴦、人化一副石磨再化兩顆星星。後者

是：人化鳥再化鼠三化蠱（祝）、人化鷹再化蛇三化蒼蠅（馬）、人化桑樹（梁）、人化喜鵲再化鼠三化蠱（祝）、人化鷹再化蛇再化蒼蠅（馬）、人化稻草把（梁），都見人們創作的異想世界。

　　前者是梁、祝二人連續變形，再再展現英臺、山伯兩人情感堅定不移，生前不能成雙，死後也一再被分開，卻仍要不斷結合相聚，直至化成天上彩虹、星星、地上鴛鴦，或連理枝，或杉竹（竹篾箍桶）才安寧。至於何以人化蝶的情節單元，常常增益墳中出二石，再化他物的情節，到底梁、祝二人死後是化成蝴蝶，抑或化石？有些故事做了合理的解釋，原來是馬俊掘墓，驚動同情梁祝愛情的土地公，急忙向化蝶逍遙的梁祝通知，二人便趕回，將「屍骨化為石頭」。也有故事說墓中出石，主要是為往後閻王斷案，判梁、祝二人還陽時，可以「借石還魂」所致。至於後者，則見梁、祝、馬三人間、陰間，再至人間的情愛追殺印痕，不僅顯現梁、祝二人癡情真愛，連馬氏也是一派癡心妄想，及既妒忌且憤恨的苦心追戀。

　　梁祝所化之物，有時是愛情的象徵，如：蝶、鴛鴦、蚤子草與蠱繭、斑竹與葛藤、杉樹與毛竹筍。也有是形狀類似而比附，如：紅裙化映山紅，如：裙帶化蛇，如：鞋化孤雁。婚姻介入者所化之物，也有醜化象徵的情況，如：化(1)馬郎魚、(2)掩臉蟲、(3)砂砂蟲、(4)螞蟻、(5)馬蘭花、(6)公豬、(7)豬獅。前四者形象依創作者對馬氏認知而來，或是圓滾滾肥胖、呆頭呆腦，或是無臉見人，或是砂砂蟲不斷追隨梁祝成咱們仨（殺），或是馬秀才扒墓，不吃不喝，扒呀！緊呀！腰越緊越細，頭和屁股越來越大，終於物化的比附形象。第五個馬蘭花所開的花朵，臭不可聞，蝴

蝶絕不停留，這與馬氏發願英臺所化蝴蝶，可駐留其上的想望適得其反。後二者，轉世成公豬、豬獅，則譏笑馬氏是猴急好色之徒。

至於梁、祝連續化物、連續變形互相追隨，或梁、祝、馬連續化物、連續變形，不斷追殺的情節，再再顯見梁、祝、馬三人的情愛糾纏，不管天上、人間，甚至地獄，唯有情愛的癡心妄念永世纏綿。還有世上所無藥方，則是天見可憐，不存在的相思藥方。各種自然、天地、日月、星辰、神仙、動物、植物等虛妄不實或駭人的奇方，全是創作者斷定山伯相思病重，必無藥方可以醫治，而想出的反向策略，不想其後故事的編創者卻欲罷不能地接力比賽，想透各種千奇百怪的虛妄藥方，雖說增益故事的奇趣想像，卻也不免添加深沉地悲傷，為此少男少女愛戀情殤而噓唏！

而床中置物為界，越者受罰、女扮男裝者防人識破及偵測男女、借事物暗喻已為紅妝表露情愫等次要情節、附屬情節的創作，主要是編者為男女同桌共讀、同床共眠三年何以不知豆蔻年華的英臺是個女子，所做的各種解釋情節。透過英台的女姓特徵、行為，想方設法地編造各種英臺，防人識破紅妝的情節，又認真經營他人如何起疑，如何偵測男女的各式各樣的方案。其情節單元素也是五花八門，不勝繁舉，如：床中置物為界，越者受罰。所置之物，全是日常所見，有：碗水、汗巾、線、界牌、紙箱、書、白米、墨水、硯、竹牆，大抵隨手可得；比較奇特的是壯族故事，巫師所贈之匕首，已非碗水、汗巾等象徵之物，而潛藏對越界可能的恐懼，或也可說是該族群集體意識的表現。而所罰之物大抵以學用品為主，也是隨事物取興的明顯範例，至於罰「三斤蚊子

乾」或「蚊子骨三斤紙錢灰十缸鳳凰鳥百隻虎皮一千張」則是調皮搗蛋的奇思異想。賭誓貞潔之物，大抵是隨物取興。常是牡丹及紅羅，偶有牆上的繡花。英臺自比花兒及紅羅，甚至紅鞋、紅裙，都因其物之美豔色彩，或光鮮生命，可比自己的貞潔純淨，有著感物神通，連類比附的心理因素，甚至連牆上的繡花，都能活化成其貞潔的精神象徵。

至於死而復生是閻王斷案，或包公判案；神仙相助的神仙是觀音、呂洞賓、梨山老母、太白金星、玉禪老祖、南華老祖、法摩祖師、披髮祖師；兜合的附屬情節中貶凡受苦的是金童玉女、牛郎織女、仙童仙女、煉丹玉爐與看守的仙鶴，這仙人下凡成三世姻緣、七世姻緣，貶仙人下凡的是玉帝、王母娘娘、觀音佛，都不關緊要，全都是梁祝故事網絡中的一個變異元素而已，無礙整體類型結構。

綜觀歷代梁祝故事的變異繁衍，從「義婦與人同冢」的小小端點，透過不同時空的眾多創作者、相異的各類媒材，發展成為各具特色的梁祝故事群，再穩定成長為749A、749A.1、749A.1.1、885B四種不同類型的梁祝譜系，其後又增生大量歧出後起，或綴合其他類型故事而成各類故事，蔚然織成繁花盛開的梁祝網絡，每一個端點都與其他點聯繫，既是結束，也是開始，不僅點點相連，更是線線相涉、面面交疊，宛然成為夢幻的異想世界。

三、梁祝故事現象

（一）梁祝故事流播現象。梁祝故事今所知最早記載是唐梁載言《十道四蕃志》「義婦祝英臺與梁山伯同冢」，同冢之處為鄞縣（今

浙江省寧波市鄞州區)。更早之前,齊高帝至齊武帝時有「祝英臺故宅」,唐人李蠙說其地是常州離墨山(今江蘇省宜興縣國山東南)。其後故事見諸記載於方志、詩、墓記、雜記、小說、戲曲、地方曲藝、民間故事、民歌、電影等各類文本。

　　整體而論,唐代梁祝故事已有 885B、749A「衣化蝶」類型,流傳區域是:浙江省寧波市鄞州區、杭州。宋時梁祝故事有 749A「人化蝶」類型,流傳區域已至江蘇省宜興縣國山東南、常州一帶,及河北省河間市林鎮。元代梁祝故事仍不出 749A 類型,流播區域已至北方、大都、山東鄒縣嶧山一帶。明代梁祝故事已有 749A.1 類型,流播地域有:浙江省寧波市、杭州市、山東省微山縣馬坡鄉、濟寧縣曲阜、嘉祥縣、江蘇省揚州市、蘇州市、吳縣、宜興縣國山東南、福建省、河南省西南部、湖北省北部、陝西省東北部。清代梁祝故事已有 749A.1.1 類型,流播地域除江蘇宜興之外,尚有:江蘇省江都縣甘泉、浙江省、廣東省、廣州、福建省廈門、福州、閩南、安徽省舒城縣、河南、河南省西南部、湖北省北部、陝西省東北部、上海、四川、山西省趙城縣洪洞、甘肅天水縣西北,還有湖南省江華瑤自治縣、廣西來賓縣石陵瑤族,顯見漢族梁祝故事已大大流行於瑤族族群了。民國以後則梁祝故事無遠弗屆,除中國大陸之外,臺灣、海南等地都有梁祝故事的蹤跡,蔚然形成一個梁祝故事網絡世界。

　　(二) 梁祝故事創作現象。梁祝故事網絡是集體創作的成果,非一時一地一人所成,不管是依循舊有故事,或翻新聲另創新說,或採不同媒介,相異的表現方式,不斷有新的說故事的人。這些各種不同身份的創作者,把梁祝故事從本是虛妄不實的傳說,變

成有血有肉活靈活現實存情境。因者創作者的不同，因者創作媒介的相異，變化出多彩多姿的梁祝故事網絡。如：梁祝故事的第三位主角馬氏，本是虛構人物，卻由早期平面無人性且不討喜的形象，逐漸發展至既可恨又可憐可愛的小丑形象，甚至也有為之平反而成正人君子的樣相；而祝英台有時從殉情柔弱的女子，一變成為濟弱扶貧的女俠，甚或更換性別，成為武功高強，劫富濟貧的大俠。他是個美男子，男扮女裝行刺好色的惡霸馬文才，誤中機關被捕之後，又當眾脫褲小解，以羞辱馬氏，最後被碎屍萬段，棄置荒野；山伯則是梁母因花蝶入幃而受孕，生來便是只開花竅，嬉花戀蝶之人，直到服了七姓百草珍珠鵝蛋，才七竅全開，成為名列前茅的英挺才子，均見創作者逞其聯想能耐，不斷翻轉變化的創作現象。

　　就創作的角度而言，梁祝各類文本以民間故事、民間歌謠的創作者最顯原創性，一是因為民間故事、歌謠的創作載體是口傳的話語與詠唱，可以臨機隨時地起興，只要有愛聽的觀眾，任何時空都能口說、口唱而成，即便是一個觀眾、聽者都能宣說歌唱。二是因為民間故事、歌謠沒有如地方曲藝、戲劇、小說、電影等載體的商業壓力，不管賣座與否，也不用與人合作，若不好聽，隨時收攤，也無任何經濟的考量，因此最能自由地逞其誇誕妄想的本事，展現講述者個人的風采。但因口說即成，相對也是耳聽即逝，因此若無人接續口傳其說，該種說法即戛然而逝，然而若是精彩絕倫，必能引動受眾一再地口傳，一再地宣唱，甚且加油添醋地擴張、膨脹，直到有人加以採錄、整理，才能成為梁祝故事、歌謠的某個定點，因此形成各式各樣說法的梁祝故事，有屬

885B、749A、749A.1、749A.1.1 類型，也有不屬梁祝類型，而單從山伯或英台發展，不表殉情故事的創作，因此便產生形形色色的梁祝故事。

除了梁祝四種類型的精彩故事之外，不屬梁祝類型的民間故事更有多種主題：1. 俠女配清官，或烈女陰配忠臣，或愛民縣官梁山伯與祝英台陰配合葬，2. 山伯或山伯英台陰魂合力退敵，3. 縣令梁山伯生前或死後助人，4. 山伯、英台原是天上金童玉女或童男童女、侍童侍女而投胎下凡，5. 解釋何以山伯英台是天上仙童玉女，6. 英台、山伯出生，7. 說明祝英台為何要外出求學，8. 英台要外出求學，嫂子譏誚是求男子，英台賭誓貞潔，9. 梁、祝求學時的趣事，10. 梁、祝二人求學同行或山伯送英台回鄉，11. 故事特別說明英台不斷地表露情意，何以山伯總是傻得“擀麵杖吹火一竅不通”，12. 山伯知英台是女子，去訪英台或訪英台後知英台已允他人婚事，13. 因為英台的一句氣話毀了姻緣，14. 梁、祝殉情後，英台化物，15. 梁、祝婚姻不成，山伯外地做官，英台憂鬱病死，16. 梁、祝二人婚姻雖然受阻，但無殉情情節，而是喜劇收場，17. 不關殉情事，純是梁祝二人的奇聞，18. 故事主角是山伯、英台，但身份卻非兩個讀書的學子，19. 虛構人物衍化成有血有肉，既可憐又可笑的馬氏在英台殉情後所發生的故事，20. 英台譏諷馬氏是蠢才的，21. 英台丫環口出妙言，惹得英台失魂落魄找佳句。

這些主題或是結合地方風物、風俗特徵及山伯死後也能顯靈幫助孝子的故事，說故事者用意也許在於點化聽故事的人得孝順才有善報喲！或是孕中定親悔婚，及說梁母夢蝶受孕，致使山伯

只開花竅，得吃百草珍珠鵝蛋治病，是說故事的人結合風俗習慣
編造的奇想故事；或是梁祝同做一夢，本是宿世夫妻姻緣心有靈
犀的神奇情節，梁祝二人歌詠、接續駱賓王七歲時所作的〈詠鵝〉
詩；或是講述者結合穿襪套治腳濕氣及當地風物毓秀閣、梁祝塑
像、床中置紙糊竹牆、紙糊帳及男女叩頭左右腳上前不同習俗的
故事；或是梁祝十八相送景點、風物兜合傳說，及講述者結合「二
郎擔山」風土神話與神仙奇事異能、除妖降魔情節，熱鬧非凡的
梁祝故事；或是兜合動物特色及「黑竹胡琴」地方風物而成的奇
想故事；或是講述者同情梁、祝遭遇，又忍不住開"梁山伯"與
"兩三百"同音字造成誤解的玩笑故事。

　　更有人化物、連續變形，或山伯死不瞑目，或附會當地風俗
景物，或英台為馬氏追逐，連續變形成蠶，爬到桑樹上吃葉吐絲
的另類結合，或兜合神仙救人、還魂習武報效國家的故事，又比
附為「高橋大戰」的歷史事實，或苗族講述者韋公結合通俗小說
中女狀元、包公斷案類型所敷張而成的故事；或是故事講述者解
說梁祝哀史繁衍而來的望梁村、腳長村、祝家渡、花轎鎖門的緣
由、民間嫁娶，鎖上轎民，且封上娘、婆家族號的紅紙，保證抬
到婆家，進了大門，才算大功告成的典故，另外，又增益比附民
間火病（相思病）得蓋上一本書，免得死人口裏飛出蛾子來傷人
的習俗於梁山伯身上，再再都見宣說者自由想像的極致。

　　而民間歌謠的創作，除漢族之外，尚有瑤族、畬族、苗族、
壯族、瑤族、仫佬族、土家族、白族、水族的民歌。其形式有長
短之異，長的歌謠大抵是完整歌唱梁祝故事，短的歌謠則取片段
吟詠；也有各地的歌謠，雖是短調，卻也完整敘述梁祝殉情故事。

　　其中《花牌梁祝(山歌調)》，是寧波地區舊時玩花牌時，每抓一張花牌，就要唱四句民歌（一副花牌共 136 張），現存一套《梁山伯與祝英台》花牌民歌，此種花牌梁祝歌謠創作文本的產生，可見梁祝故事不止動人心弦，沁入民間，且已深化成為生活中的娛樂活動了。又有雜曲《三十六蟲名》：「二月杏花滿樹開，蜜蜂開起茶館來，梁山伯相幫倒開水，坐櫃姐姐祝英台」，則梁山伯與祝英台恰似司馬相如與卓文君愛情形象的三十六蟲其中之一、二，真是趣味橫生的創作文本。

　　也有特別強調姑嫂情結，極盡誇誕驚悚能事的歌謠，如：〈牡丹祝英台〉，姑嫂打賭，英台貞潔歸來，十五個嫂嫂跪下來，朝牡丹磕幾個頭，喉嚨一癢舌頭馬上掉下來。哎呀！這個創作文本，真是麻辣驚悚，頗有黑色喜劇的駭人效果。

　　至於長歌則是拉長篇幅，細細描摩梁、祝兩人情事及曲折的遭遇。如說人化蝶暨轉世情節，或頭巾化蝶、袖化蝶，或人化鴛鴦情節，或人化龍，龍化竹，竹化青煙，青煙化彩虹連續變形，或人化石獅子，石獅子化楊柳，楊柳化鴛鴦連續變形，或殉情同墓及死而復生，或投墳殉情及閻王斷案，或人化石及石化杉、竹及死而復生，或衣衫碎片化蝶及人化石及死而復生的情節。

　　民間歌謠與民間故事同是線性敘述，但因為是歌唱的形式，聲音必然拉長，情緒、節奏自然也跟著鬆散，而且常常不厭重複地複述同質性的情節單元或故事細節，所以故事節奏相對地也較拖沓冗長，如流傳於鄂、贛、皖地區二十餘縣的《梁祝山歌》，有英台十繡、十愁，英台十想、十勸、十怨、十送山伯，英台十勸山伯酒，山伯十愛、十二想思、十悔英台，山伯、英台十讀、重

逢十嘆，梁母到祝英台家點藥十種，梁母十望兒、十哭。

另外，《梁山伯歌》也有嘆五更、十嘆、十唱、十送、十書、十哭、十想山伯，《畬族傳統故事歌》有十送，《壯族梁山伯與祝英台》有山伯十八相送英台，《道情　梁山伯與祝英台》（長篇吳歌）祝公遠死了女兒，有十不該，及《白族山伯英台》有宗師教人打花拳十種的唱辭。聽眾得要水磨工夫，或有空閒時間慢慢聽人娓娓唱來。

至於世上所無治相思病的藥方的妄想能力，也是不遑多讓的。其中以《梁祝山歌》最為精彩：「要那東海老龍鱗。取得老龍鱗一片，外加一斤重人參。天河舀水煎湯茗。……十味藥名寫得清：要那仙女背上筋。取得仙女筋一兩，外加王母桃一林，桃枝煎水洗哥心。再點藥方寫不來，附味藥名哥去猜：“竹林窩內一女子，台字下面巧安排，除非此人親自來。”」從此可見歌謠細細磨、慢慢唱的工法了，這相思藥方連英台都得自己來。

梁祝戲劇的創作大抵是梁祝故事不出 749A、749A.1、749A.1.1、885B 類型，但戲劇是舞台代言表演，與民間故事是線性的口頭講述有很大的不同，此時梁祝不止是虛構的人物，而是有了唱辭、賓白、科介，實實在在的血肉之身，他們的遭遇，是實實在在實體的愛恨悲喜。在時空有限的舞台上搬演，必然集中焦點於某事、某情境的蘊釀與發展，期能在短暫有限的時空造成高潮，引起觀眾的共鳴，而非跨大時空的維度，搬演繁多分歧情節的故事。因此所見的梁祝戲劇雖有梁祝殉情、死而復生、神仙相救類型故事，但也因時空的限制，常有折子戲，或散齣，單說送友、訪友、樓台會，或以英台姑嫂間的微妙情節，展開姑嫂過

招，激烈異常的潑灑故事，或英台罵媒的慓悍唱段。另外，也有增生山伯書僮是丑角，他與山伯或人心粗魯、輕浮逗趣的表演，往往為梁祝故事帶來歡樂的氣息。而在後代的民間小戲也有逕將總是點不通傻氣的梁山伯改為丑角，與英台二人有趣地演出各種故事，及至今日甚至有以同志角度詮釋山伯與英台情誼的舞台戲劇。

整體而言，梁祝戲劇的故事，歧出情節不多，主要是因舞台表演與出口成說或成章的民間故事、民間歌謠媒介不同，所以創作的自由度便相對減低。除南管《梁三伯全部・同窗琴書記・時調演義》是齣沒有殉情情節的喜劇之外，大抵以 749A、749A.1、749A.1.1 類型為主軸，尤其是 749A 類型最多。主要原因當是戲劇代言演出有時間、空間及角色的限制，不宜生出太多的枝節情節，破壞舞台聚焦的高潮，而且在同一時地不能重複觀看（拍成電影或製影帶、DVD、VCD 等光碟者除外），因此故事的編排與推進極少倒敘，容或有倒敘手法，使用次數必然不多，以免影響觀者的理解能力。

今所見梁祝地方曲藝種類繁多，大抵是說說唱唱的折子唱段，也有鋪張敷衍成長篇大部的故事，如：彈詞《新編東調大雙蝴蝶》便有三十回之多，而梁松林編撰的歌仔冊《三伯英台新歌》也有五十五本的連闕創作。

一般而言，講唱藝術除了折子唱段是取其精彩或受人歡迎的唱段演出之外，若是全本講唱文學，通常是連續數日說唱同一劇目，因此有發展成三十回的彈詞《新編東調大雙蝴蝶》，每一回都有回目，且常有如章回小說般的套詞，如「下回書中再表」。這種

「下回再表」的模式正如今日流行的電視連續劇，每一集成一單位，得在每一集中製成一個小高潮、小懸疑，吊足觀眾的胃口，誘引觀眾下回再來聽講，但因是長時間連續說唱一個大故事，故不急於在每一集中急急推進情節，所以便大大擴張編製，將歧出的人物及情節納入故事。另外，如：彈詞《新編金蝴蝶傳》及《山柏寶卷》都多出祝英台以草蟲及鳥禽名作喻，讓山伯猜古今人事，便可帶領觀眾既聽且看，又努力猜想了半天時光。

　　梁松林所編輯的《三伯英臺新歌》，便是以各個小主題編串成五十五冊的長篇梁祝故事，每一冊或兩冊集中一個主題極力宣說鋪演，當這一主題的高潮結束後，便又預告下期重點情節及出版日期，製造懸念，欲使接受者在既期盼又等待的焦慮心態下，如期地購買，參與發送者並幫助完成創作者的創作工程。

　　又講唱藝術因為有說有唱，可以隔斷觀眾厭煩重複情事的感覺，常常有同質性情節單元再三重複敷張的狀況，如：英台「借事物暗喻己為紅妝，表露情愫」、或「防人識破己為紅妝」、或「被疑為紅妝」，或山伯求藥治相思的「世上所無藥方」的情節單元可達十種，甚至更多的情況，此點與戲劇及民歌梁祝故事相同，對英台不斷暗喻自己是紅妝，表露衷情的心思，及害怕被人識破紅妝而不斷想方設法地出奇計，或巧言辯解女性行徑的聰慧行徑，一說再說一唱再唱，都能引起觀眾或聽眾極大的參與感與認同性，甚至產生緊張英台的處境，又懊惱呆秀才山伯的老實笨拙，而對山伯相思病危所求藥方，又是世上所無的心藥，一件、兩件，到十件，簡直牽繫觀眾或聽眾心之同悲、同苦的心弦到達極點。

　　梁祝小說與通俗曲藝文學的故事，不知撰者，或改編者，故

事中不避閻王斷案、死而復生及金童玉女犯罪貶凡等神鬼情節有異；大抵標有作家姓名的現代小說均以寫實為基調，如張恨水、顧志坤、林江雲等人，通常都以作家自我觀點來詮釋梁祝殉情的故事，相當注重人性、世情的描寫與鋪張，又對各種離奇的情節做入情入理的詮釋，最多只採用人化蝶或裙化蝶、衣袖化蝶的情節，至於金童玉女下凡、閻王斷案、死而復生的神鬼情節，極少採用。其中張恨水在山伯送英台回鄉處，夾注說及唱本中的「十八里相送」情節，「按之晉代社會，不合邏輯者甚多，所以能避免，即行避免」，最為代表。另外，張恨水小說尚有夾注 21 則，為小說中提及的物件、地名、人名、名詞、詩文做注解、考證，甚至譯為白話，也有忍不住在小說中直接插話解釋的例子兩則，當是文人從事小說創作時夾帶不自覺考據癖的例子。偶而也有作家結合歷史寫成通俗武俠小說，或以互涉正文的後現代拼貼圖式寫法，撰寫現代男女愛情競馳分合的遊戲，僅以梁山伯、祝英台象徵名之。

　　梁祝電影及電視連續劇大抵是化蝶類型故事，偶有喜劇收場者。電視連續劇有時是四十二、四十六集的長篇文本，因是長期又連續的播出方式，故常在主要情節上不斷添加次要或其歧出的情節單元，人、時、地、物等細節，當然也相對擴大編製，致使故事結構與節奏常有破碎、冗長的狀況。卡通動畫電影、電影小說、漫畫三種媒同步發行的《蝴蝶夢－－梁山伯與祝英台》，故事雖仍是殉情化蝶類型，但因是卡通動畫，而有誇張的劇情、鮮豔的色彩、鮮明的人物，是以年輕人的思維模式表現搞笑、逗趣、浪漫、淒美的愛情故事。劇中為了加強馬文才的喜感，甚至配合

舞蹈唱起現代流行的 rap 繞舌歌曲。又有卡通動畫電影《梁祝笑傳》，是《蝴蝶夢－－梁山伯與祝英台》卡通動畫的顛覆版，現代梁山伯被雷劈進古代梁山伯、祝英台時空，採用化蝶殉情的計謀，騙過眾人而成其好事；也是當代把流行賣座影片，反仿拍成笑鬧片風潮的產物。另外，漫畫《蝴蝶夢－－梁山伯與祝英台》，是美少女、少男風格的現代浪漫故事，顛覆傳統殉情的悲劇故事。

　　總結而言，方志、碑誌、文人筆記所載故事大抵是作者聽聞民間故事轉載而已，創作成份較低，恐亦不可以創作者示之。而民間故事、民間歌謠大量不知名作者的隨機創作，除了最早的原創者之外，大多數的創作者時常也是重複講述傳唱的接受者，又是參與創作的發送者。至於地方曲藝的最早創作者也許是得之於民間故事、歌謠的點子而鋪張成曲藝形式，則其文本常是大量參與說唱的接受者所參與的創作，此再創作者成為既是發送者也是接受者的身份。大抵只要是民間流行的媒介，如：民間故事、民間歌謠、民間曲藝，甚至是民間小戲的創作均是如此，均非一人一時一地的創作，而是流傳久遠的集體創作，雖在某個時空做成書面的記載和底本，但都只是故事流傳的一個點，是一個流動非封閉性的點，永遠不是一個終結的定點。也因此梁祝故事網絡中民間文學、通俗文學、文人文學、戲劇、地方曲藝、影視圖像等，各種體裁是互相交涉，互為一體，也全都是異時異地集體創作群之一，全都是吸吮梁祝故事母體而長大成其自己的文本，並不單獨存在一個的創作個體。

　　再者，梁祝故事網絡的創作者不管是口說即成、隨口詠唱的尋常百姓，或說說唱唱的曲藝藝人，或書面書寫的小說家，或圖

像書寫的漫畫家，影像、影視書寫的導演，或代言表演的舞臺戲劇創作者，也不管創作的是梁祝類型或歧出故事，更不管創作的媒介為何，基本上都是以故事為主，接受者是一般觀眾、聽眾，極少是以特定的族群為受眾，也極少以情境描寫或非故事書寫的方式展現，甚或以舞蹈、音樂、郵票、流行歌曲、剪紙、皮雕、年畫、雕塑、刺繡等工藝品形式的創作，雖然文本形式並不明顯鋪排故事，但主要仍以梁祝故事為基調，進一步地表現或抒發，表演、演奏、演唱、剪裁、製作者的情感與心緒，而絕少是創作者的個人祕密書寫。此種現象當是以梁祝故事本是來自民間龐大的創作群，表達民間群眾對人生悲苦喜樂的情感，及對情愛、生命自由的願望與追求，而非單獨一人，或某一類族群的特殊情感與表現模式有絕大的關係。

因此梁祝故事來自民間、來自群眾，自然也流通於民間、流通於普羅大眾之間，也因是如此而形成一個永續創作的網絡現象，只要有群眾，只要有對愛情、自由意志追求的行動與願望，便永遠有為愛殉情，便永遠有梁祝故事的發送者與接受者，透過不同文本媒介，不斷地參與梁祝故事的延異創作，留下繽紛多彩的軌跡與印痕。廣義地來說，便如我這般的梁祝論文撰寫者，恐怕也是梁祝故事網絡中眾多痕跡之一，而此刻正在閱讀我的梁祝論文的你們，也仍是梁祝故事網絡中的受眾，及極可能成為另一個參與再創作的創作者之一。

（三）梁祝故事消費現象。一般而言，消費是相對於創作而來的，但消費也常是創作背後重要的影響力與後盾，也因此又常常成為創作的動力，甚至是指導創作的方向與原則；創作與消費這

種相反卻又相生相成的微妙關係，在商業性的文化產業文本中最為明顯，這是一種顯性的消費現象，而民間故事、歌謠、小戲一類的文化消費文本，雖然不以金錢消費來回饋，但卻以另一種既參與又同樂的精神來回報創作者，則是一種隱性的消費狀態。梁祝故事的各類創作文本，也包含此兩種消費型態。後者是一種在民間自然而然產生的文化文本，除非將此類文本製成錄音帶、CD、DVD 發行，已然是文化產業的消費行為之外，與今日消費文化商品產業有著本質上的差異，它可能是創作者針對有興趣的事件，或者是創作者就有限資訊，如：「義婦與人同冢」的觸動，而引發的連翩想像而成者，在較早的年代，民間、社會的資訊不流通，人民識字的比例不高、空間交通不易，不若今日媒體世界大量複製、統一傾銷的商業社會型態，因此口傳敘述或歌詠便是一個較易改變、變形、重新創作不確定的一種文本，當然，戲劇與民間小戲、說唱曲藝或通俗小說，若沒有較為穩定的底本流通或印成書籍買賣，恐怕也不是一種穩定的文本。

　　然而不管是相對穩定或不穩定的文本，總是透過發送者發送給接受者的模式進行。就消費形態而言，來自民間，又流通於民間的民間故事、民歌消費形態，只要有人愛聽，就有人會說會唱，只要有人喜歡幻想，喜愛穿鑿比附，就會有令人驚奇的故事產生，這是不同於商業行為的消費，是一個受眾與發送者都愉悅的娛樂、精神消費。

　　民間故事、歌謠接受者以爽朗的笑聲、慷慨的掌聲，熱情殷切地聽講來付費，用以回報發送者、加油添醋，極盡可能誇誕的編撰工作，直到接受者成為另一個發送者，傳述講說故事時，才

又是另一次光怪陸離的精神饗宴。也因如是，所以梁祝從一個單純「義婦與人同冢」的小點，發展成梁祝故事群，編成 749A、749A.1、749A.1.1、885B 梁祝類型譜系，加上大量的歧出故事，甚至兜攬其他類型故事，綴合成為豐富又有趣的異想文本，由各路人馬不斷地伸展它的版圖，運用各種媒材，成為各種文化產業，參與各類消費市場，深入各地各族群，造成當地化、風俗化的梁祝故事，深深地影響人民的生活與生命基調。

記錄故事的方志撰寫或筆記搜奇、碑銘的製作、及文人詩、詞的創作，當然也是一種故事發送者與方志、碑銘、詩詞閱讀受眾的文化消費。而元戲文、明末傳奇梁祝文本的創作、搬演與觀賞，則開始了商業消費行為，是一種付費享受的娛樂活動。今見明傳奇梁祝訪友、送友劇本常有不忌粗鄙的打諢插科，明人呂天成評為「詞白膚陋，止宜俗眼」，而所言「詞白膚陋，止宜俗眼」，正是庶民觀眾愛看的淺白詞語、粗陋膚淺的通俗戲劇。另外，明代民間社戲的演出中，常有折子戲《訪友》、《山伯訪友》、《十八相送》、《樓台會》，此再再都顯示是梁祝戲劇庶民同樂的消費形態。

所見各地梁祝戲劇，有大型成熟的戲劇，也有隨機即興的小戲，不管大型的梁祝戲劇或者是即興的小戲都有百唱不厭的折子戲或唱段，有時是訓練有素的演員，有時是業餘的票友一再地搬演與演唱，也一再地被群眾所消費。地方曲藝也是如此，有大型長篇的故事，也有觀眾特別愛聽的唱段，也是普遍流通於群眾之間，有時連宗教性質的寶卷也做為宣唱的題材，有著宗教與娛樂的雙重功用。

而今日大型戲劇如越劇、京劇、黃梅戲、崑劇等都有賣座極佳的梁祝故事題材文本，其中越劇透過黃梅調詠唱拍成的《梁山伯與祝英臺》等電影，挾著行銷全國各地龐大的院線，掀起群眾全面性消費梁祝哀史的熱潮。相對於往日或兼具宗教、娛樂的雙重功用而言，則是純粹娛樂的消費行為，當然因創作文本在各類菁英人才的參與創作提昇了文本的藝術性，也多少增益了文化藝術的色彩，成為精彩的文化產品。

隨著感人肺腑梁祝故事的四處流播，各地發展出來的梁祝戲劇與梁祝曲藝不勝枚舉，它們一再地被發送，也一再地被接受，除了即時即地的舞台表演，也慢慢地發展出戲劇與曲藝表演者的文字底本，最後又不斷地被加以改編、出版，成為書面閱讀的劇本與曲藝底本，以另外一種形式的文本為群眾所消費。梁祝故事的民間故事的敘述，民歌的唱詠大抵是隨生隨滅，當下即是消費行為，相對而言，不易論其消費現象，而即興隨機的小戲，或隨口宣唱的地方曲藝，雖然也常會有藝人就其中的折子戲或唱段作較為制式的表演，但也仍是較難掌握資訊的消費動作。而方志記載、詩、文人筆記、戲劇、地方曲藝、電影、小說、漫畫、音樂、舞譜等梁祝故事，因留下某時空的文本、劇本，或可不斷複製成CD、DVD光牒等可以隨時隨地重新消費的文本，則可據留存的資訊如報章、雜誌的統計或記錄觀察各式文本或各個時空所有的消費現象。

整體而言，梁祝故事的消費現象，僅能就可知所見的資料進行分析，雖然只是梁祝文化產業消費網絡的一部份，卻可窺見梁祝消費網絡的龐大與繽紛形態。除了民間故事、民間歌謠是較為

純粹的文化消費之外，各地方不可勝計的曲藝表演及小戲、劇種即時即地演出，由於僅在當地流通、消費，又因分散幅員極為廣大，因此除了少數所見的刊刻印本之外，資料索得不易，但仍可想見一種地方曲藝、小戲、劇種的梁祝故事，若非獲得鄉土群眾的喜愛、熱情的捧揚、積極的參與創作及消費，必然走入消亡一途；因而若能流傳至今，各地仍然有必唱、必演的全本梁祝故事，或梁祝折子唱段及折子戲，即已說明該地群眾對此地方曲藝、小戲、劇種梁祝故事的鍾愛與支持。此種梁祝曲藝、小戲、劇種，大抵已都成為鄉間少數固定的娛樂休閒活動、或節慶熱鬧表演節目之一，以致能代代相傳，甚至流通到鄰地，產生梁祝故事互相交流，彼此影響、競賽的情況。

　　然而其形態既非如越劇梁祝、歌仔戲梁祝、黃梅戲電影梁祝、音樂劇梁祝、現代舞台劇梁祝、小提琴協奏曲梁祝、芭蕾舞劇梁祝，或是每日、每週進入我們自家電視頻道的連續劇梁祝、綜藝節目梁祝等如此成為全國性大眾消費的文化商品，不只不斷公演，又大量製成唱片、錄音帶、錄影帶及 CD、VCD、DVD 等光碟，暨周邊商品，到處流通、銷售；而是一種局限於地方性的消費形態，它必然是以文化產業傳承為主，而商業消費形式為輔，僅在收支平衡，得以存續的情況。但若能印成書籍文本流通、販售，則更兼具商業經濟效益及文化產業傳播推廣的雙重意義。當然也證明此類文本必是廣受群眾歡迎，才會有從即時、即席的舞台消費形態，進而成為紙品文本，提供案頭欣賞消費形式。

　　如臺灣的「歌仔」一方面在東部宜蘭由落地掃子弟小戲的方式發展成為歌仔戲；先由野台形式巡迴各地即席表演，其後進入

內台演出；又夾著唱片、錄音帶新媒材的助力流通臺灣各地，甚至外銷到南洋、中國。另外，也隨電台電波流入各個家庭；最後又拍攝成電影，全面播映；再進入電視頻道，成為歌仔連續劇，大量地進入庶民客廳的電視螢幕；時至今日更製成 DVD 光碟流通、銷售。而做為歌仔戲聖經的《梁三伯與祝英台》，不管是何種形式的媒材，都是必演的劇目，於是透過不同媒材的各式文本，便構成一個龐大的梁祝歌仔戲消費網。

　　另一方面，歌仔又透過江湖走唱賣藥人或擺攤「念歌」推銷歌仔冊的歌仔仙，或街頭巷尾彈唱「念歌」的藝人，到處兜售印成紙品的歌仔冊，也有書局專門倩請歌仔編者編撰歌仔冊，大量印刷而行銷臺灣南北各地。因為挾著價格低廉、購買方便及群眾看著歌仔冊便能隨口可唸唱的優勢，贏得廣大群眾的喜愛，造成廣大的商機，而梁祝歌仔冊更是群眾大量購買的熱賣商品之一，因而有梁松林所編《三伯英臺新歌》，一編便編到五十五冊，而且又被其他書局一再翻印盜版的情況。

　　至於以梁祝故事為創作題材的梁祝電影、卡通動畫、電視連續劇、電視綜藝節目、舞台劇、音樂劇、音樂、芭蕾舞劇，均是梁祝文化產業的商品，此類商品透過結合創作、生產與商業內容，同時這內容的本質，具有文化資產與文化概念的特性，而梁祝故事商品確然是結合中華文化資產的文化創意產業，更透過各種媒材或正說或反言，創造出無數的梁祝故事文本，持續展現梁祝愛情悲劇迷人的魅惑力量，牽動無數消費群眾的情感，大量地、重複地、持續地消費此類商品，也就不斷地開創梁祝文化產業商機，當然相對地，也良性帶動梁祝故事文化生命的延續與發展。例如：

越劇與川劇的《梁祝》原是地方小戲，發展為大型戲劇到全國各地演出，前者更拍攝《梁祝》電影風行全中國，又到世界各地播放，甚至有電影原班演員巡迴各地演出，受到熱烈歡迎的情況。其後各地越劇團也常帶著《梁祝》戲碼赴各國、各地表演。另外，各派名角也紛紛以舊戲或新編梁祝越劇錄製唱片、錄音帶、CD、VCD、DVD 光牒，發行銷售；也拍攝越劇《梁祝》電視連續劇。

其後越劇梁祝故事的主要情節為李翰祥拍攝的黃梅調電影《梁山伯與祝英台》及徐克導演的《梁祝》所採用，均造成一定的轟動，產生很大的商業消費效益，尤其前者在臺灣上映時，連續爆滿一百八十六天，放映九百三十場，觀眾七十二萬一千九百二十九人次，引起的梁祝故事風暴，更是盛大空前，連主演梁山伯的演員凌波，也成為受眾心目中的超級偶像，不只臺北被香港記者譏為狂人城，也連帶引起各類商店的商機，紛紛以「凌波」為廣告招牌，甚至連日光燈、皮鞋等民生用品也以凌波所扮演的梁山伯形象為訴求，打出亮麗的廣告文案。至於當時臺灣民生報也即時刊載南宮搏的歷史小說《梁山伯與祝英台》，其後又出版成冊出售，在連載的前一日，隨報附送樂蒂與凌波的巨幅劇照海報一張，更是採用梁祝故事文化資產的一個創意商品。而此黃梅調《梁山伯與祝英台》電影的效應，於其後也透過各類劇種不斷於舞台表演，或於電影院線一再重映，或於電視重播，或於電視各類綜藝節目改編形態，一再演出而持續發燒。

又如：《蝴蝶夢－－梁山伯與祝英台》，是數位動畫電影、電影小說、卡通動畫版三種媒材同步發行的商品，也是典型的文化創意操作產品。另外一個梁祝文化創意產業的商品是三分鐘《梁

祝笑傳》卡通動畫，利用可愛的人物造型與梁祝故事的橋段，創作出童趣搞笑版的梁祝商品，分別於展會、各類媒體展出或播放。另外，《梁祝笑傳》卡通影片拍攝的顛覆手法，與此時流行把賣座電影，反仿拍成笑鬧片的風潮有關，該文本也流通於廣大的網路世界，供人隨時閱讀消費。

另有印成紙品的消費形態，如梁祝小說、梁祝漫畫，甚至是梁祝故事文化的周邊效益產業，如梁祝年畫、剪紙、撲克牌、郵票。其中小說常有改編其他文類作品或直接篡改作家名字，另行發售，或僅借梁祝形象而另行書寫，或故事從山伯沒死之後開始的另類文化產業商品。

梁祝漫畫是典型的梁祝文化創意操作產品，有結合電影、小說、漫畫不同形式媒材同步行銷的策略，藉由各類直接、間接媒體大量密集地廣告宣傳，在海內外強力發行二十幾個國家地區。該漫畫出版發行之前，與此同名的另一本漫畫，也稍早在同一出版公司出版發行，這仍是書商藉著梁祝動畫電影廣告效應的另一種行銷策略，希望受眾誤以為是同一種產品而購買，抑或希望受眾同時購買兩種產品進行比較閱讀，或僅只是搭梁祝動畫電影的廣告順風車，增加銷售業績。

梁祝故事年畫，常有「馬文才迎親」、「祝英台吊孝」、「英台哭祭」、「梁祝化蝶」的題材，因為年畫創作者已將梁祝的愛情悲劇，昇華成為追求真愛，不計生死的永恆象徵，所以不忌諱哭祭、吊孝、死而化蝶的情節，與年節更換舊歲、迎祥驅凶有違，照樣成為年節裝飾室內的藝術作品，而購買此類年畫的受眾想必亦作如是觀，願意花錢購買、張貼於室內作為裝飾，這也是梁祝故事

已成為文化產業素材的明證。另有「新繪」文本，顯然是承舊作而來，可見民間自清至今對四大傳說之一的梁祝故事已不作吉凶禍福的表面思考，而是深化成為愛情悲劇感人肺腑的文化象徵，因此創作者樂於取用此文化題材為產業的操作產品，而受眾亦樂於消費此種文化產業的美術裝飾品。另有著名畫家董天野和宗靜草、尚君礪、宋文治也彩繪梁祝年畫連環畫，這又可見梁祝故事雅俗互涉的創作與消費例子。

至於致使浙江省寧波、杭州、上虞、江蘇省宜興、河南省駐馬店、山東省濟寧，四省六市同時舉行首發儀式的《民間傳說－－梁山伯與祝英台》的郵票及首日戳，雖然只是梁祝故事文化的周邊產業作品，卻具一定的象徵意涵，致使各地爭相競取首發權，以為梁祝故事發源地的立足點，這也是梁祝文化消費效應的明顯例子。

梁祝故事剪紙工藝的消費現象也不遑多讓，今見以梁祝故事為題材的作品，可知各地均有將梁祝故事為主題的剪紙工藝，及將梁祝剪紙作為室內、傢俱飾物或作為禮物送人的消費群眾。梁祝撲克牌，從 A 到 K 繪有梁祝故事的各種主題，背面則為「壹周純生啤酒」的廣告；這也是梁祝故事文化產業的周邊產品，既有梁祝故事廣告及商業廣告的雙重效益，又是群眾娛樂遊戲的美麗道具。其他媒材的工藝品或繪畫不少，均是不同種媒材結合的梁祝故事周邊消費品。

(四) 梁祝故事文化現象。梁祝傳說從《十道四蕃志》「義婦祝英台與梁山伯同冢」的簡單記載，經過長時間的推衍創造，成為蔚然大觀的梁祝故事文化網絡，產生眩耀璀璨的發燒現象，其間

透過參與故事創作龐大隊伍的不斷演繹、延異，以不同的載體持續地留下軌跡，也不斷地流傳、推展，引領、帶動廣大受眾，進行梁祝故事的閱讀，甚至由受眾們也進而參與再創作的行列，展延出多樣多式的創作文本，持續梁祝愛情故事的普遍而廣大影響力。

　　梁祝故事在全國各地傳播的過程中，不斷地在各個區域落地生根，進而開枝散葉，結合當地文化，深化成為地方故事。根據調查，在中國境內目前有十一個省十九個縣市（區）附會梁祝故事遺址，便有二十七處之多。另有《梁山伯祝英台墓記》是山東省微山縣馬坡鄉出土明正德十一年趙廷麟撰寫的新文物，更見梁祝故事流傳各地的強度與深度。

　　時至今日中國各地的人們及學者對於梁祝是否真有其人，梁祝的鄉里，梁祝故事發生的時地，仍然爭論不休，其原因有時是學術研究論斷的歧異，有時是文化資產的爭奪，有時是為旅遊文化景點經貿考量的競賽。二〇〇三年以後，各地更有向聯合國提出「人類口頭和非物質遺產代表作」的申報活動。

　　就整個梁祝故事的文化網絡而言，不僅各個地域的梁祝故事透過不同媒材，結合地方風俗、地方風物、土特產、名勝古蹟所形成區域性文化現象有異，不同族群的梁祝故事文化現象亦是不同。若就梁祝故事的源頭，或梁祝故事蓬勃發展，或梁祝文化積澱豐厚及梁祝現存遺址較多，或梁祝風俗節慶盛行，或受眾參與活動過程積極等角度而言，有（浙江省）寧波、杭州、上虞、（江蘇省）宜興、（山東省）濟寧、（河南省）駐馬店等四個較具特色的梁祝文化空間。另外，少數族群如：壯族、苗族、瑤族、畬族、

布依族、仫佬族、土家族、侗族、白族、水族的梁祝故事，也都深入該族群成為各具特色的梁祝文化空間。

　　1. 浙江省寧波、上虞、杭州梁祝故事文化現象。浙江寧波是今日所見最早記載梁祝故事的地域，從唐中宗、武后時梁戴言《十道四蕃志》之「義婦祝英臺與梁山伯同冢」，其後歷代鄞縣、四明、寧波方志及雜記均載梁祝故事，但故事有增有減，各有差異；及至清代才有山伯送友的寧波戲小戲。

　　綜觀浙江寧波梁祝文化空間所流傳的梁祝有 885B「戀人殉情」、749A「人進墓」、「人化物」（人化蝶、魂化蝶、人化蛇、人化花）、「物化物」（裙角化蝶、裙角化泥塊）及 749A.1「人化蝶」加「死而復生」（閻王斷結髮夫妻）三種類型，及不屬梁祝類型故事：(1)英台姑嫂賭誓、(2)山伯顯應退敵、治蟲害、指點生意、(3)梁山伯墓、(4)梁山伯吃蛋留風俗、(5)梁祝陰配合葬、(6)梁山伯裝死成姻緣等六種主題。上虞梁祝文化空間所流傳的梁祝故事有749A「人化蝶」類型，及不屬梁祝類型：(1)望梁村和腳長村、(2)金童玉女三世不團圓兩種主題。杭州梁祝文化空間所流傳的梁祝故事有 749A「人化蝶」、「人化花」類型，及不屬梁祝類型故事：(1)英台姑嫂賭誓、(2)英台巧計使人不識紅妝、(3)英台遇山伯、對詩譏蠢才、(4)梁祝雙照井、(5)山伯死不瞑目五種主題。

　　驗諸今日寧波尚存鄞縣高橋鎮梁山伯廟及梁祝墓，梁山伯廟中「沙老元帥的紅臉塑像」，也有傳說是插足梁祝婚姻的第三者－－馬文才。鄞縣當地盛行祭拜梁祝的民間風俗，婦女常到梁山伯廟坐夜祈求夫妻同到老、摸英台塑像神足治足痛病，也有搬演梁祝社戲的活動。當地諺語說：「若要夫妻同到老，梁山伯廟到一

到」、「有靈有性梁山伯，多情多義祝九娘」。又有歌謠：「梁山伯廟去燒香，拜拜多情祝九娘；少年夫妻雙許願，不為蝴蝶即鴛鴦。」當地還有個風俗，人們往往在祭拜梁祝廟墓之後，特意取回一點墓地泥土，說是放在灶頭上能防蟑螂、螞蟻等小蟲。因此，每年春、秋兩季廟會一過，廟墓前就出現一個大泥坑，人們稱為〝廟池〞，這與《梁縣令托夢治蟲》的傳說有關。

上虞、杭州兩梁祝文化空間所產生的梁祝故事，更是符合傳說故事與歷史人物、歷史事件的地方古蹟、自然風物、社會習俗有關的原則。如：晚唐《宣室志》所載祝英台是上虞人，死後其墓為義婦塚；梁山伯是會稽人，梁後為鄞令，死後葬鄞城西。《義忠王廟記》載梁祝兩人同往錢塘訪名師，首次提及英台所字之馬氏，住在「鄞城廊頭」，則英台出嫁船從上虞出發，過通明江，沿姚江順流而東下，越梁山伯墓，一路行來，可至馬家，是順理成章了。

今所知紹興、上虞尚存祝家莊遺址，紹興在古越州一帶東大路桂村有祝家祠堂，及相傳祝家的井以及祝英台出嫁時乘船的玉水河。當地古蹟遺址、自然風物、傳說故事都以英台為上虞人。第一部彩色戲曲片《梁山伯與祝英台》，選擇縣城豐惠鎮穿城而過的玉帶溪拍外景，影片的第一句唱詞：「上虞縣祝家莊，玉水河邊，有一個祝英台，才貌雙全……」，此後上虞縣祝家莊便被認為是祝英台的故事。離此村不遠處，有個餘姚馬家。該村今尚存祝氏祠堂、祝氏祖堂各一座，留有建祠堂、祖堂時立下的兩塊石碑，據碑文記載考證，也說當年九娘英台的府第就在此地。

至於「玉水河」，早年叫「千金河」的說法，是流傳久遠的傳

說,抑是《梁山伯與祝英台》電影唱詞的效應附會,便不可得知了。另外,上虞市舉辦梁祝文化系列活動,介紹英台故里─祝家莊、玉水河,這仍是電影《梁祝》「上虞祝家莊,玉水河邊,有個祝英台」效應發展而成的結果。

〈三世不團圓〉是上虞縣樂關鎮紅星村農民所講,糅合 888C*「孟姜女」、411「白蛇傳」兩種類型,成其三世姻緣的故事。另有〈梁祝終身不娶嫁〉、〈祝家莊和望梁村的傳說〉兩個故事最具梁祝傳說古蹟、自然風物、社會習俗的特色。上虞人顧志坤於二○○二年出版了 749A「義婦塚」類型的小說《梁山伯與祝英台》,當也可以梁祝文化空間的梁祝文化輻射現象視之。

驗諸今所見杭州梁祝故事,也有杭州梁祝文化空間特有古蹟遺址、自然風物、社會風俗的例子多種,如:杭州鳳凰山東麓的萬松書院是梁祝讀書處,俗稱「梁祝書院」;鳳凰山,即現在的鳳凰山、杭州草橋門有草橋亭、杭州江干區現在還有觀音堂地名、以前在候潮門海潮寺內有"雙照井"、西湖水樂洞曾有梁山伯祝英台並坐的塑像,其中水樂洞梁祝坐像是因〈英台對詩譏蠢才〉落難傳說而來。而雙照井,現在,海潮寺遺址已建起杭州橡膠廠,據說這口雙照井,仍一直保留至今,是梁祝遺址及俗諺「若要夫妻同到老,雙照井中照一照」的來源。

另外,梁山伯與祝英台相遇續詩的情節,也是民間習俗、風物梁祝故事結合的文化現象。還有,民間也以梁祝 749A 投墳化蝶類型故事為主題,結合十二月花名唱春調唱出〈十二月花名唱梁祝〉。此春調歌謠於一九八六年於餘杭縣博陸鄉採錄,顯見直至當代,梁祝故事仍深入流播於鄉土文化空間之中,展現其強悍魅力

及既深且廣的影響力。另有杭州淳安縣睦劇《山伯訪友》一齣，以當地鄉音唱出純樸、明快、生活氣息濃鬱的梁祝訪友故事，但也有失之粗鄙的缺陷。

其餘流傳於舟山、慈溪、蘭溪、常山、浙江一帶及麗水、遂昌縣、景寧畲族自治縣，甚至浙江省的梁祝故事亦精彩非凡，大抵都是寧波、上虞、杭州梁祝故事輻射至浙江各地後出編撰的故事。今日寧波於二十世紀八〇年代開始組織民間文學專家考察當地的梁祝文化，修復梁祝廟、梁祝墓，又陸續召開梁祝傳說學術研討會，也建成梁祝文化公園，以梁山伯廟為主題，梁祝故事為主線，由觀音堂、龍噓亭、百齡路、梁聖君廟等眾多景點組成。同時，編輯《梁祝文化大觀》，〈故事歌謠〉、〈曲藝小說〉、〈戲劇影視〉、〈學術論文〉四卷，也舉行三屆梁祝婚俗節，成立「中國梁祝文化研究會」，提出梁祝傳說口頭和非物質遺產保護與申報計畫。

2. 江蘇省宜興梁祝故事文化現象。今日可考江蘇宜興梁祝故事中最早的記載，是南宋紹興年間，薛季宣〈遊祝陵善權洞〉詩，其後有史能之《咸淳毗陵志》，俗傳英臺本女子，幼與梁山伯共學，後化為蝶。明馮夢龍《古今小說》二十八卷〈李秀卿義結黃貞女〉入話所載故事，梁是蘇州人、祝是常州義興（今宜興）人。其後明人志書、雜記、文人詩詞都載梁祝故事。清吳景牆《宜興荊谿縣新志》且錄清道光年間宜興人邵金彪《梁祝小傳》。

綜觀江蘇宜興梁祝文化空間所流傳的梁祝故事有885B「抱情人贈物跳樓」、「哭死墓前」、「殉情而死」及749A「人進墓」、「人進墓墓合」、「人化蝶」、「魂化蝶」兩種類型，及不屬梁祝類型故

事：(1)梁祝下凡投胎、(2)梁祝出生、(3)英台姑嫂賭誓、(4)十八相送、(5)祝陵村、碧鮮庵、三生堂由來等五種主題。

　　驗諸今日宜興梁祝傳說遺址及歷史人物、歷史事件的地方古蹟、習俗風物，有：祝英台故宅改建的善卷寺、碧鮮庵碑，碧鮮庵是梁祝讀書處，現存碧鮮庵碑一塊、南齊時所刻「祝英台讀書處」摩崖石刻，宋、明時尚存。祝陵，原名祝家莊，是善卷洞南的一個村名、善卷洞，善卷洞外有蝶亭，傳說為梁祝化蝶後經常棲息之處。善卷，解放初期叫祝陵鄉，當時的祝陵，祝英台的陵墓地，除護陵河、玉帶橋還存在外，已發展成一小集鎮，有說祝英台讀書回家，明年轉來出嫁馬家是蒲墅村上的船（離善卷祝家莊近十里路，蒲墅村西北有一蒲墅蕩）。下碼頭時，有「沿南下活路，沿北下是死路」之說；祝英台沿北下，上了船。實際上她是準備到梁山伯墓上一死了之。

　　梁家莊、馬家莊等地名，梁家莊原為善卷下東村，現已併入張渚鎮興東村。胡橋又名扶橋，即當年梁祝草橋結拜之處，也是梁山伯葬地。馬家莊有兩種說法，一是鯨城清白村，離祝陵約八里地。當地老輩人說，宜興原叫義興，鯨堂原叫琴堂；清白村原叫清白里，清白里也叫清白墓；清白墓之前叫馬家莊。一是盛家渡。另外，宜興常州一帶梁祝故事對馬文才形象有兩種極端的差異，同是清白墓、清白村的「清白」含義，一說馬文才憤恨怒吼自己的「清白」，一說馬文才之父受到譴責、壓力而改名清白，至死挾著尾巴做人。另有三生堂，是梁祝文化派生遺址。

　　至於宜興梁祝文化空間風物與習俗，相傳善卷洞特有的「碧鮮竹」，亦稱「英台竹」，該竹一節三椏，不同於一節二椏的尋常

竹，說是祝英台生前喜歡的植物，她且在贈山伯的信物＂扇＂上題有「碧鮮」二字、黑色大蝴蝶名「祝英台」。另外，宜興民間還流傳著「梁祝愛情驚天地，忠貞不渝蝶雙飛」、「梁祝讀書佳話傳，陽羨學子祈蝶仙」的鄉諺。而善卷洞，祝陵村一帶，每年農曆三月廿八日舉行觀蝶節活動，男女老少，到山中觀蝶，焚香祈禱，求「蝶仙」保佑平安，青年學子到＂三生堂＂祭祀梁祝，祈禱學業大成。近日宜興民間說唱藝人吳小春於觀蝶節還自編自演節目，唱了《觀蝶節日唱一曲》， 但至民國，善卷洞周邊村有一個習俗，祝陵不演《梁山伯與祝英台》，以免「樓台一別恨似海」與「飛身化作雙飛蝶」的悲劇再現。

　　宜興梁祝文化空間近來積極以善卷風景區為軸線，打造「梁祝文化大觀園」。又舉辦了大型的梁祝文化旅遊節和梁祝特種郵票首發儀式。顯然是演繹梁祝文化，配合自然景觀、自然資源，利用信息傳播媒體，全方位發展梁祝文化產業，並且開發具有梁祝文化特色的旅遊商品，也積極展開向聯合國教科文組織申報「世界非物質文化遺產」的一系列工作。

　　梁祝故事除在宜興梁祝文化空間傳播流行之外，其輻射區域也頗為廣泛，如蘇州，在清乾隆己丑年已有彈詞曲藝演唱《新編金蝴蝶傳》，大抵是說唱藝人為商業考量，大大展現職業本能，將梁祝殉情鋪張推衍成大篇幅通俗的連續唱本。清代江蘇民間藝人鼓詞抄本《梁山伯祝英台還魂團圓記》，也全然是通俗曲藝團圓大喜劇，敷衍成明清以來才子佳人小說的套式，但卻編入雙狀元、女狀元，顛覆「郎才女貌」的定則。另有太湖、蘇州、南通、淮安、鎮江，甚至江蘇一帶梁祝民間故事、地方曲藝蘇州彈詞開篇、

唱段、滿江紅、常州唱春、南京白局、叮叮腔及錫劇、揚劇、淮劇、淮海戲等小戲、梁祝故事唱段或折子戲，僅有簡單情節，或無情節單元的各類媒材互涉相交梁祝故事，均是宜興梁祝故事輻射擴展後起的故事。

3. 山東省濟寧梁祝故事文化現象。今知元世祖忽必烈至元年間，山東濟寧市鄒縣嶧山已有梁祝祠的建立。明正德十一年，濟寧市微山縣馬坡鄉則有趙廷麟撰寫的《梁山伯祝英台墓記》。明山東曲阜曾有「梁山伯祝英台讀書處」。清康熙十一年修《嶧山志》、康熙五十四年《鄒縣志》均載有「梁山伯祝英台墓城西吳橋地方，有碑」，即今日微山縣馬坡梁祝墓之記載。同治三年《嶧山志》提及萬曆十六年知縣王自謹於洞口大石南面勒「梁祝讀書洞」五字，及「梁祝墓」、「梁祝泉」的梁祝遺址；也載及時人陳雲琴、顏崇東遊嶧山各作「萬壽宮梁祝像」一首詩。現代濟寧梁祝故事有故事及山東琴書各一種，屬749A類型故事。

驗諸今日濟寧梁祝傳說遺址、習俗風物，歷史古蹟遺存：嘉祥縣有明人刻祝英台墓碣石，二〇〇三年在濟寧微山縣馬坡鄉出土《梁山伯祝英台墓記》、明代萬曆年間鄒縣縣令王瑾在嶧山石上刻的「梁祝讀書洞」、「梁祝泉」，至今依然清晰可辨、梁祝祠有二，一處是嶧山萬壽宮，一處是馬坡梁家林。

梁祝故居村莊尚在，據碑文記載，祝英台家居濟寧九曲村，後代因避水災遷至岔河村。梁氏從馬坡附近村莊遷出後，定居兩城、南陽、梁岡一帶。西莊馬郎，即今日馬坡之馬氏。梁（兩城）、祝（九曲）、馬（馬坡）三姓氏村居靠近，從九曲村距西莊四華里、西莊至馬坡六華里，吳橋距九曲村僅有十華里。鄒城嶧山梁祝讀

書處離此三地也不到三十公里。從九曲村赴嶧山讀書，過西莊、馬坡、吳橋，入柳蔭之鄉（魯西笪籃、簸箕產地），經古路口，兩下店（因梁祝住宿得名），登嶧山是歷史上的一條古道，梁祝二人柳蔭駐足，實屬自然。但村裏關於祝英台的傳說只是老輩相傳，並沒有明確的文字記載。

祝馬不通婚，馬家祝家不唱梁祝戲。馬坡地方的鄉親認為馬後村馬氏家族就是梁祝傳說中的馬文才家族。在馬坡一帶，存在梁祝故事的諸多異文，其中地方戲曲中醜化馬文才形象，令當地人義憤填膺，媳婦沒撈著，還讓編書的人編個馬文才是羅鍋腰，又結巴的小丑，污蔑了馬家，當然不讓唱梁祝戲。但梁與馬二家同是沒撈著媳婦，不算仇家，所以梁馬可以通婚，這恐怕是就馬家有娶梁姓閨女的事實，所做的解讀，及田野調查從一九九四年所編的馬家家譜看出與馬家通婚的姓氏，確實沒有姓祝的，來證實馬祝不通婚的禁忌習俗，全都是梁祝故事虛實效應互涉的文化現象。

馬家不想與祝家通婚，祝家同樣不想與馬家通婚，因為岔河村中族人尊祝英台為其先祖，諱與馬氏通婚，祝英台的話題在岔河村很敏感，祝家從老輩就不讓演唱梁祝戲，連電影《梁山伯與祝英台》，也從沒踏進岔河村的這片禁區。因此，梁祝故事對這裏的祝氏後裔來講是十分陌生的。山東琴書藝人在這一帶開演前有先要拜碑的習俗。

梁祝故事中梁祝老師常是孔子，二人求學之處亦常是山東濟寧的尼山。其原因當是民間故事、敘述歌謠，或通俗俗曲藝小戲的地方創作者認為孔子是中國的至聖先師，英台既要外出求學，

到尼山拜孔老夫子為師，是極其自然的想像，甚至故事編撰者還理所當然地將梁祝的時代，往前推至周代，因此梁山伯祝英台是周代孔子的兩名弟子，曾與曾子、閔子騫等孔子門徒有互動的情節，也自然是順理成章的安排。

今所見以山東濟寧梁祝文化空間為輻射中心的梁祝故事有十七個，其中梁祝讀書洞、鬧五寶、斷橋，都是根據民間傳說整理的故事，大抵是兜合地方風物傳說後起的故事。

4. 河南省駐馬店市汝南縣梁祝故事文化現象。流傳於河南駐馬店市汝南縣梁祝故事未見文獻記載，今日所見最早明末清初的民歌《英台恨》，共八百多行，是連續性的唱詞，流傳於河南省西南部、湖北省北部、陝西省東北部的農村，是老農們茶餘飯後的娛樂，有時民間曲藝藝人也配上三弦書音樂演唱。清末（1900 年）有河南刻本鼓詞《新刻梁山伯祝英台夫婦攻書還魂團圓記》。

今日所見駐馬店市汝南梁祝故事有故事、民歌及河南墜子、豫劇多種。驗諸今日駐馬店市汝南梁祝傳說遺址、習俗風物、歷史古蹟遺存。(1)梁祝雙墓與歷史遺存。汝南民間流傳一句俗語：「梁山伯、祝英台，埋在馬鄉路兩沿」。梁祝墓之間有一條官道，俗稱"一步三孔橋"，因為鬼不能走旱路，只能走水路，為了讓梁祝相聚，而在路兩旁分別挖了水溝，再建橋相連，使活著的人和死了的人都有自己的道路。梁祝墓假稱"二孝女墓"，有說是因為保護梁朱墓地不被盜挖所致。祝英台墓前有「白衣閣」，有說是自認害死英台的祝父為英台所蓋的家。

(2)梁祝風物地名。駐馬店市汝南縣至今仍保存完整的梁祝故事遺蹟：梁山伯家鄉梁崗、祝英台家鄉祝莊、馬文才家鄉馬莊、

梁祝結拜的村莊曹橋、讀書的地方紅羅山書院。在汝南的傳說中，從紅羅山到梁莊，到祝莊，均為十八里地，所以才會有著名的「十八里相送」。梁祝故事中所有的地名，在汝南縣馬鄉鎮附近及周圍至今尚存，距離沒變。梁祝傳說中的地名與當今地名驚人巧合。

　　馬紫晨說（汝南）城南三十里的馬鄉鎮……千百年來這裏及其附近地區的群眾無分男女老少，皆能說＂梁祝＂、誦＂梁祝＂、唱＂梁祝＂、演＂梁祝＂、社火舞＂梁祝＂、秧歌扭＂梁祝＂、面塑捏＂梁祝＂、窗花剪＂梁祝＂、麥草編＂梁祝＂、針工繡＂梁祝＂、年畫繪＂梁祝＂，雖說有誇大之嫌，如于茂世於二〇〇四年十一月十五日汝南的採訪中，只能拜訪六十歲以上的老者，六十歲以下的基本上不會講梁祝的傳說，十歲左右的台子寺小學的學生們根本不知道梁祝是何方人物；但據劉懷廉、張慶靈、劉康健等人於一九九五年一月九日以前的實地調查：關於梁山伯與祝英台的地方戲曲在馬鄉流傳很多，有曲子、豫劇、二夾弦、墜子、鼓兒詞、絲弦道、花鼓調等，很多民間藝人都可以整段的傳唱，及馬鄉鎮梁祝民歌更是不勝枚舉，而河南傳統豫劇《五世姻緣》，則是兜合一世姻緣孟姜女與范杞梁，二世梁山伯與祝英台，三世白娘子與許仙，四世魏世秀與藍瑞連，五世投胎為商琳與秦雪梅，為梁祝悲戀殉情作陪。

　　(3)梁祝民俗。當年英台不從馬家，死在迎親路上，這讓馬家丟了面子。祝英台墓前建的「白衣閣」，過去香火十分旺盛。每年三月三，人們都要在梁祝墓地前唱戲七天，每次都要唱《梁山伯與祝英台》及折子戲《祝九紅出嫁》、《同窗記》等，以紀念梁祝。但梁傻子家鄉的梁崗，便不准演梁祝戲。

　　汝南的梁祝故事常見當地村民對梁祝遺址風物地名、民俗的認真地詮釋，如：「一步三孔橋」如何建立？「梁祝墓何以在亂墳崗地方？」「白衣閣的傳說」與英台的關係、為什麼「梁祝墓間的官道」三天不走人，兩墳就會長到一塊去了、為什麼是朱莊而不是祝莊？為什麼「路北的村叫南梁，路北的村莊卻叫梁崗？」馬北村村民沈海林說：「和一個女子同住了三年，竟然不知道人家是男是女，所以很多人都認為梁山伯是傻子，都笑話他。一提到梁山伯，當地人都說那個傻子是北梁的。北梁村的人感到丟人，就改北梁為梁崗了。」梁崗村六十多歲老人梁明堂也說：「梁傻子就是梁崗的，叫梁山伯，這是我爺爺的爺爺傳下來的。」河南民間戲曲和秧歌、花鼓、社火的表演中，因梁山伯憨厚老成，採用了「丑扮」，當此種說法有關。

　　以河南駐馬店汝南梁祝故事文化空間輻射而出的梁祝故事，據馬紫晨不完全統計河南二十九個文藝品類中，以梁祝為題材的節目當在五百部（齣、篇、首）以上，而筆者所見河南省梁祝故事除以上所論，另有未標明河南何處的有二十二個，分別是民間故事、民歌、鼓詞、豫劇、二夾弦、大調曲子、四股弦書、五調腔、鑼鼓書等媒材的故事，屬 749A、749A.1、不屬梁祝類型故事及無情節單元的唱段。

　　5. 少數民族梁祝故事文化現象。漢族梁祝故事從唐人梁載言《十道四蕃志》載「義婦祝英台與梁山伯同冢」以來，歷代各類文本互涉敷衍成龐大的梁祝故事網絡，由於地緣相近、文化交流，連西南、中南、華東南部地區三十多個少數民族也都廣泛地流傳梁祝的傳說、歌謠、唱詞以及民間戲劇的文本。其中以壯、瑤、

苗、畬、布依、仫佬、土家、侗、白、水各族最具特色。

　　(1)壯族所見梁祝故事有五種，情節與漢族故事無太大差異，而山伯英台初遇時，所吟詩句是沿用唐駱賓王七歲時所寫的〈詠鵝〉詩，當與唐宋以後，壯族也開設學堂，推舉科考制度有關。但大抵在情節單元及情節單元素、人、時、地、物等細節，常見壯族的社會政治背景及風物、民俗特色，如：(Ⅰ)梁山伯、祝英台是壯族兒女，梁住木蘭峒，是今日廣西壯族自治區河池市東蘭縣；祝英台住懷遠，也是河池市宜州市懷遠鎮。英台大膽追求、爽朗、健壯、坦率、純真的農家兒女形象，及打了同學幾個巴掌及抱著馬脖子浮水的雄強樣相與漢族不同。壯劇說兩人所拜的是位女性教師，與壯族婦女常有經濟獨立能力，或佔家庭經濟上的重要地位情況亦不相違背。(Ⅱ)鎮安府土官馬文才的強娶豪奪。(Ⅲ)梁祝死後在歌圩和人對歌，與壯族每年三月三歌節，定期舉行歌圩對歌習俗有關。(Ⅳ)英台借檳榔、無花果、紅皮柚喻衷情之物都是壯族常見風物，另外「墊芭蕉睡覺偵測男女」，也與壯人認為，女人體溫比男人高的觀念有關。(Ⅴ)〈三句壯族俗語的由來〉及〈梁山伯與祝英台〉中「鵝鵲長長，得意揚揚、羊角扭扭，心地不好、鴛鴦好心，披彩戴金」來歷，與「白鵝長長脖子、螞蚼扁頭、鴛鴦羽毛最漂亮」的由來，雖然前者是英台追山伯時所發生的情節，後者是山伯追英台時發生的情節，但兩者顯然都是梁祝故事結合壯族本不相干的風物俗諺而來的情節單元，故事中一再強調斑爛美麗的壯錦，都是壯族風物展現；而動物作人語則是物我交感的活潑異想。

　　(2)瑤族梁祝故事。最早見於唐代古典歌謠傳《盤王歌》的梁

祝歌謠，清乾隆年間、咸豐九年有湖南華瑤自治縣《盤王歌》、廣西來來縣石陵的《大路歌》收錄的〈梁山伯歌〉，內容大同小異。

今所見瑤族流傳，大抵是民歌，也有故事、彩調劇、女書唱詞各一種，故事情節與漢族故事亦無太大差異，但也強力展現瑤族風物、民俗、社會的特色。如：流傳於廣西桂北各縣的彩調劇梁祝。祝父贈七尺紅綾給英台，要她若失貞潔則以紅綾自裁的情節，別處未見，顯示瑤族強悍的民族風格。又賀縣瑤族村寨的《梁山伯與祝英台》唱本，既見瑤族生活特色，也知瑤族所崇奉的道教對文本的影響。

另外，瑤族人樂將梁祝故事瑤族化，不止富川瑤山的祝光明說「我是祝家人，在我們祝氏家譜上，祝員外…小女叫祝英台」，賀縣過山瑤也爭認梁祝是他們的祖先，而在廣西鎮邊黑衣瑤稱梁祝是人類的祖先。翻看瑤族的許多唱本，最後一首歌總是告訴人們，這個唱本是瑤人編唱的，而「英台古言造不盡，那人聰明添一篇；那個聰明添一句，留把子孫世上言」。

瑤族梁祝故事的主角除了漢名梁山伯、祝英台之外，已有瑤族化伏隆和吉蒂的名字，且被稱為瑤族的梁山伯與祝英台，兩人同窗共床三年，吉蒂離去，伏隆知道真相，一路追趕吉蒂，途中問了馬、雞、鳥，最後以戴帽為報酬，戴帽鳥告知吉蒂的去向，這動物作人語的情節也見瑤族的活潑幻想、物我交感的特色。

(3)今所見苗族梁祝故事有四種，故事情節與漢族亦無不同，其中〈苗嶺梁祝歌〉是湖南蒐集的梁祝組歌，所唱的「拿刀來砍兵糧樹，要砍刺樹做刀柄；我把梁祝來唱述，梁山祝英情義深。拿刀來砍兵糧樹，要砍刺樹做鐮把；我把梁祝來唱述，梁祝情義

代代誇。」及梁祝容貌姿色蓋全城，竟然引得杭州城圍觀人擠人的誇誕描述，又梁墓中「棺中並臥兩條龍。兩龍共枕樂融融，手攜手來笑意濃。」，其後龍化竹，竹化青煙，再化彩虹，遨遊太空的情節，也是別處未見的苗族特色。

《三蝶奇緣》與其他兩個不屬梁祝類型故事，都是融水縣韋公講述的故事，雜糅了苗族風情及韋公個人夾敘夾唱的敘述風格，極具特色。如：(I)「英台哥哥中了探花歡喜過度而死了」、「頭天栽花、二天轉青、三天長花苞」、「滾水淋花後花盛開，蜜蜂花前嗡嗡唱歌」、「先生床中置碗水，若水潑出，另投名師」、「英台抱碑痛哭，突然墳地勝騰一團紫霧，梁祝化彩蝶飛上天」、「馬廠一根腰帶掛竹梢殉情，當天造墳，立好碑，墳尖升起一團紫霧，一隻黑蝴蝶繞墳九匝，追梁祝大彩蝶而去」、「包公（或韋公）睡陰陽枕遊太上老君宮」、「挖墳開棺參湯救人」、「殉情男女同穴，婚姻介入者吊死，葬旁墳，掘墓挖棺後，發現棺下有洞，洞中有石床二，一是男女情人緊抱，一是吊死者睜眼仰躺」等奇特的情節單元。(II)說故事細細描述「英台學成歸來，常與柳州文人賦詩作對，一時名蓋柳州。樹大招風，花香引蝶」、「講古的人兩頭忙，說罷西方講東方。山伯自從英台走了以後，聽課走了神，吃飯不知味，睡覺不知枕」，另外，也不忘敘說苗族三月三歌節，歌坡上「蘆笙踩堂」的特殊風俗。

此故事除結構與漢族故事不異之外，馬廠一反梁祝故事中馬氏的負面形象，頗見文人風範與品德，如：原先以為"蠻地有何才女？"在英台祭奠哭靈之後，讚嘆「難得難得」。當包公救活三人，並以"結髮夫妻"斷案後，也能向山伯認錯，上馬奔馳而去，

遁入空門，少見苗族特性。故事《後傳》也兜合 884A」「女駙馬」類型故事。其中的「雙狀元」、掛帥征遼，雙女揭皇榜出征，率軍解丈夫之圍，得勝回朝兩女同侍一夫一家團圓，也是中國通俗故事中才子佳人的標準敘述模式。

（4）畬族梁祝故事有五種，故事情節與漢族故事大同小異，如：「死後見閻王過十殿」，及「孔子造書堂，又教三千徒弟子」、繡毯結親、女子上京尋夫、番邦擾國，狀元為奸相所害帶兵出征，「女子巧智計穿九曲珠」、「金童玉女下凡」等情節均明顯受漢族文化的薰染所致。《仙伯英台》是清中葉間開始盛行流傳於浙江畬族族群敘事長歌，其中有人死後要做法事、"見閻王、過十殿" 內容，與畬族娶親必定要親家、媒人同住，生病則問神請鬼的習俗相同，而「石海」、「紅鞋」、「貼肉衫」等贈物，及浙江景寧畬族自治縣〈馬文才變公豬〉：「現在，景寧英川一帶的人，往往把趕公豬叫做趕 "馬文才" 」的故事，也見畬族人民的生活風俗、意趣。

（5）布依族梁祝故事有三種，其中清光緒三年貴州冊亨縣板坽保和班布依族第三代戲師黃公茂改編《梁山伯寶卷》為《况山伯與娘英台》（布依戲 1），此故事最為特異的是婚姻受阻殉情者是英台，碰碑進墓者是山伯，與所見梁祝故事相反，顯然是男的祝英台，女的梁山伯反仿的有趣故事。劇中，山伯向胡子魚問英台行蹤，胡子魚不答，山伯一腳踩扁它；問螃蟹，螃蟹不答反而橫行擋道，山伯揮鞭躍馬，踩蟹背而過，與畬族自然風物應有關連。

今日流傳布依族地區梁祝的故事，有以芭蕉翡翠偵測男女，山伯騎著紙馬追英臺，一路問動物，英臺的去向，最後癡情的表

現是死後與英台化兩石再化兩棵藍竹，竹梢彎過河上交纏成連理枝。竹子被砍了，村人拿來做成四弦琴，人們且說「"山伯相公造琴"」，均見說故事者的驚喜幻想及山伯可愛心急，卻又本性流露的稚氣形象，當然也顯現畬族梁祝故事純樸又驚奇的風情。

流傳於貴州望謨、羅甸的〈梁山伯與祝英台〉情節大抵與漢梁祝無異，但有細節不同：梁山伯住桑郎大塞，祝英台住羅悃地方，兩地分別屬於望漠縣與羅甸縣，兩人所讀的學校在廣西慶遠，是宜山縣城，山伯葬地是麻山在貴州，大抵是都布依族群聚居之處，而山伯英台相遇處是歌場，布依族一般在過節、趕集日子中有浪哨歌的活動，青年男女比歌喉，賽智慧、傾感情，有時通宵達旦到三天三夜，顯見其族群風物民俗特色。

(6)仫佬族、土家族、侗族、白族、水族梁祝故事。今見廣西羅城仫佬自治縣的古山歌〈仫佬族梁山伯與祝英台〉，是"古條"中最流行的一首，情節與漢族梁祝故事相同，現居廣西西北一帶仫佬族青年在男女對歌開始時用"妹英台"起句。

今見土家族故事有二，其中喪鼓曲《梁祝歌》，彈唱的曲詞達一千一百多句。也有長達三千多行者，故事與漢族梁祝故事情節不異。今見侗戲傳統劇目《山伯英台》情節與漢族故事不異，也兜合 875B$_5$，「巧智者要求施罰者若能找像地一樣大的白紙寫天一樣大的字，則被罰者始找一顆五寸長棗子」類型故事。

今所見白族梁祝故事有三，一是流傳於洱源地區的本子曲《白族山伯英台》，是以漢族民間故事《梁山伯與祝英台》為題材的一部白族民間敘事長詩。山伯墓開見石獅子，化為楊柳，再化鴛鴦，雖是漢族梁祝故事結構，卻也充滿白族色彩風情。

　　另有打歌《白族梁祝讀書歌》，以棋盤、琵琶做喻說山伯不會下，山伯不會彈，又說青天做棋盤，星星做棋子、大地做琵琶，道路做弦線，是別處沒有的比喻，純是白族異想天開的玄想風貌。又有按照西山白族人民特殊的山區環境和生活習俗進行敘述的"打歌"，說梁祝自己動手蓋起了以木板為瓦的學堂，以及梁祝一同出遊點蒼山等，無不洋溢西山白族人民的生活情調。

　　今所見水族梁祝民歌四種，分別是水族單歌、潘靜流先生據漢族故事流傳到水族地區改編的文本，及潘光燦所作文本兩種，是少數可知作者的民歌創作文本，其中第二、四則水族雙歌，有說有唱，說白部分是在歌唱之前，先說一段如同序言的小故事。此種梁祝水族雙歌頗具水族民俗風情，如：「尼杭定，我半路等」的「尼杭」是水語，乃決定人的生死與命運之神。而水族單歌，則是「人化清風」、「化蝴蝶」、「化星月」奇異的玄想。

　　今所知大涼山彝族阿細人也流傳梁祝故事，《彝族傳統故事歌》唱道：「英台近前問爹娘：杭州有個好書堂，孔子先生教文字，我今要去讀文章」，顯見彝族民間流傳梁祝受教於孔子之說，而彝族地區流傳的故事，梁祝殉情後，有說化為魚、鴻雁的情節。

　　今知傣族有傣劇《梁山伯與祝英台》及故事《梁山伯與祝英台》兩種。廣西環縣的毛南族特重祭祖和敬神，青年男女婚姻中必須做"招魂"敬梁山伯、祝英台的法事，說是保障新娘新郎婚後感情和睦，可知梁祝在此地已成了婚姻之神，受到祖靈般崇敬，顯見梁祝故事文化於此毛南族群深化的現象。

　　總而論之，少數族群的梁祝故事大體以漢族梁祝故事做為範本，即便特殊的瑤族女書《祝英台》故事，仍不脫漢族梁祝故事

結構模式，但各族也在不經意的故事編寫中，透露或保存了各族群的特殊風物、習俗或行為觀念，大抵來說，少數族的故事多見活潑熱情又幻異感物的情節，當與其各族群特殊人文現象有關。

四、梁祝故事影響

　　梁祝故事不僅流傳中國、臺灣、香港等華人地區，早在宋代，韓國已傳入宋寧宗（1195-1224）時撰作的《梁山伯祝英臺傳》長詩。其後李朝英、正祖（1724-1800）時代更有韓文小說《梁（楊）山伯傳》的創作，今存木刻本及活字本兩種版本，故事屬 749A.1「生雖不能聚，死後不分離，死而復生」類型，原來二人是天上仙女、仙官，因私通而貶凡，仙官轉世為梁山伯，仙女是秋揚台。也是山伯相思病死，秋揚台投墳，再成葛藤連理枝。山伯魂向玉帝申冤，玉帝令梁、秋還陽結婚，後山伯中狀元為大元帥，打敗進犯敵軍而封侯，八十歲時仙官下凡引導升天。

　　另有從忠清南道瑞山採錄的〈化為蝴蝶之男女〉、慶尚南道東萊郡龜浦的〈蝴蝶之由來〉、濟州島的〈自請斐說話〉和流傳於韓國北部的〈誓約〉等四種說話（故事），及巫歌三種：濟州島之敘事巫歌〈世經本解〉、咸鏡道之巫歌〈門祭〉、〈治元台與梁山福〉。其中〈誓約〉屬 749A.1 類型故事，〈世經本解〉故事不屬梁祝故事類型，主要是藉代表天之文國星和地之自請斐結緣，說明如何從天上拿穀物種子到地上來的文化起源神話，是一種祈求豐年的敘事巫歌，與一般梁祝故事相同處，僅有前半部自請斐女扮男裝與文星國外出求學，及撒尿比賽以竹子而得勝的情節而已。其餘五種均屬 749A 類型故事，有人化蝶、蚊、蠅、彩虹，袖子化蝶，裙

邊化蝶情節。

　　故事男主角名為梁山伯，或梁山福、文星國、文王星、水揚台、某人，女主角名為祝英台，或梁山北、自請裴、秋揚台、治元台、姑娘，這原是故事流傳各地時不斷變異的通則，及〈誓約〉故事除了與中國梁祝故事相同的「女扮男裝外出求學」、「床中置水為界，越者罰三斤蚊子乾」、「寄嬰兒用品譏誚他人失貞」、「女扮男裝者巧計使他人不知己為紅妝」、「贈歌暗喻己為紅妝表露情愫」、「相思病死」、「新娘哭祭禱祝顯應進墓墓合」、「裙角化蝶」、「新娘投墳，新郎掘墓」、「人化石，石化竹，竹化虹」情節單元之外，另有英台驚人決絕意志的「三年搓洗同一衣裙成薄絲」，及「仙女下凡」、「仙女拂塵開墓」、「以花造人使人復活」、「白花變人骨骼」、「藍花變人筋脈」、「紅花變人鮮血」、「黑花變人魂魄」、「黃花變人肌膚」、「騎龍升天」等柔軟溫馨奇幻的情節單元，是中國梁祝故事所無。及巫歌〈世經本解〉以梁祝故事開始，其後自行開展，均見中國梁祝故事傳入韓國已然深入民間，而且漸行變化，展現其獨特民族色彩。

　　十九世紀以來，梁祝故事的譯本先後出現在印尼、馬來西亞、新加坡、朝鮮、日本、蘇俄等國。其中印尼有馬來文、爪哇文、巴厘文、馬都拉文、烏戎潘當文等版本。最早的《山伯、英台》故事，刊登於中爪哇三寶壟出版凡・多普的《爪哇年覽》。一八七五年的巴達維亞協會《議事錄》曾載一部手抄本《山伯英台的故事》，一八八〇年爪哇梭羅出版的爪哇文《布拉馬塔尼報》又予刊載。

　　一九二八年，《山伯、英台》故事又由薩斯拉蘇瑪達譯成爪哇

散文，名為《今生來世永相愛》。據法國學者蘇爾夢的統計，自一
八八五至二十世紀中葉，印尼出版的梁祝故事書籍至少十種，有
散文及詩歌形式，分別在巴達維亞、三寶壟、梭羅、泅水等城市
出版，有的還一版再版。直到二○○二年，已有二十一部梁祝故事
出版。

　　值得注意的是，從翻譯到改編的梁祝故事，常有增添內容，以吸
引讀者，或將故事當地化，便於讀者理解的情況。十九世紀七十年代
後，《山伯、英台》改寫本中，中漢文化的成份明顯地減少，故事
逐漸爪哇化、巴厘化，甚至在馬都拉文的梁祝故事裏，梁祝在杭
州讀書，老師和學生等詞彙都是穆斯林用語。而現代巴厘文版本
中，英台騎摩托車赴杭州，半路上捎了似乎要搭車的山伯，於是
英台加大油門，一路飆車到杭州。而另一改寫本，山伯、英台還
一起上"卡拉OK"唱歌，則見中、印與現代、古代梁祝故事的混
雜交涉現象。

　　一九三一年至一九三六年間，《梁祝》搬上銀幕。近幾十年來，
《梁祝》故事被編入"鹿特魯劇"、列農劇、能詠唱的爪哇"馬
扎巴特"詩歌體，以及巴厘的阿里雅舞。一九八九年，《梁祝》作
製成相聲錄音帶，大量銷售。一九九○年印尼火炬基金會出版華
人作家黃金長譯述的《梁祝》，副標題為《一位婦女謀求解放的浪
漫故事》，序言中強調，《梁祝》不僅為印尼人所熟悉，也是土著，
尤其是爪哇、雅加達、巴厘人所喜聞樂見，甚至婦女解放運動的
先驅卡蒂妮說她讀過《梁山伯與祝英台》的故事，受過祝英台的
積極影響。一九五六年印尼教育部長曾撰文，將《梁祝》與《羅
密歐與朱麗葉》並列為世界著名愛情悲劇。均見梁祝故事在印尼

國土上開出璀璨的花朵，影響廣大深遠。

　　新加坡曾出版黃慶福所著，馬來文出版的《山伯英台詩》。馬來西亞檳城也出版華人 Y・W・Kwok 所著的馬來文版《梁山伯與祝英台》；另外，一九九九年馬來西亞華族拍過《梁祝》電影。《梁祝》故事在泰國也為廣大群眾喜愛，連泰國詩琳通公主都曾在王后的生日音樂會上演奏《梁祝》樂曲。越南的梁祝故事，除筆者曾向來臺灣文化大學中文研究所讀書的華裔比丘尼釋慧成採錄，她所聽聞的梁祝故事外，也知有張恨水《梁山伯與祝英台》小說的越南文譯本，及電視連續劇《梁山伯與祝英台》VCD 四片的販售。

　　蘇聯也曾於一九七二年出版俄譯本《漢族民間故事》（蘇聯莫斯科文藝出版社），錄有《梁山伯與祝英台》傳說。蘇聯籍漢學家李福清曾於一九五一年夏天到吉爾吉斯加盟共和國米糧村的東幹村中，聽到回族人的梁祝故事，當地人稱為《男學生－－女學生》。

　　從上可知，梁祝愛情故事的影響力確實是無遠弗屆，在亞洲各國引起廣大的效應，不僅一九六三年香港邵氏兄弟有限公司拍攝的黃梅調電影《梁山伯與祝英台》紅遍東南亞，一九六四年亞洲影展各國演員表演節目中，凌波唱出「遠山含笑」的第一聲時，觀眾就大聲叫好。二〇〇三年臺灣中影公司出品的數位動畫電影《蝴蝶夢－－梁山伯與祝英台》，也在海外發行，版權賣到澳洲、新加坡、馬來西亞、印尼、菲律賓、香港、中國等地。二〇〇六年，日本學者渡邊次明出版“梁祝三部曲”：《梁祝故事真實性初探》、趙清閣小說《梁山伯與祝英台》日譯本、《梁祝口承傳說集》，並成立「梁祝文化研究所」，再再都顯見梁祝故事的發燒熱賣效

應，永不休止。

梁祝故事出處表[1]

文獻

1. 唐·梁載言:《十道四蕃志》,收於宋·張津等:《乾道四明圖經》卷二,《宋元地方誌叢書》本(臺北:大化書局,1980年),頁4977上。

2. 唐·張讀:《宣室志》,收於清·翟灝:《通俗編》卷三十七(臺北:國泰文化事業有限公司,1980年1月初版),頁833。

3. 宋·李茂誠:《義忠王廟記》,收於清·聞性道纂,汪源澤修:《康熙鄞縣誌》卷九,《中國方志集成》18冊,影印康熙廿五(1686)年刻本(上海:上海書店,1993年6月一刷),頁377。

4. 宋·張津等:《乾道四明圖經》卷二,《宋元地方誌叢書》本(臺北:大化書局,1980年),頁4977上。

5. 宋·王象之:《輿地紀勝》卷十一,《續修四庫全書》本(上海:上海古籍出版社,1995年),頁163。

6. 宋·羅濬:《寶慶四明志》卷十三,《中國方志叢書》本574號(臺北:成文出版社,1983年3月一版),頁5257。

7. 南宋·史能之:《咸淳毗陵志》卷二十五、二十七、二十九,《中國方志叢書》本422號(臺北:成文出版社有限公司,1983年),頁3689、3699、3709。

8. 元·袁桷:《延祐四明志》卷七,收於《中國方志叢書》本578

---

[1] 梁祝故事及民歌大抵未標明採錄時間,而本論文撰寫時間頗長,故依資料取得先後排列;其餘資料則依時代先後排序。

號影印清咸豐四年刊本（臺北：成文出版社，1983 年 3 月一版），頁 5637。

9. 明・黃潤玉纂修：《寧波府簡要志》卷五，收於《四庫全書存目叢書》174 冊影印北京大學圖書館藏清抄本（臺北：莊嚴文化事業有限公司，1996 年 8 月初版），頁 775。

10. 明・趙廷麟：《梁山伯祝英台墓記》，收於樊存常主編：《梁祝傳說源孔孟故里》（北京：文物出版社，2005 年 8 月）書前圖版。

11. 明・張時徹：《寧波府志》卷十五、十七、二十，收於《中國方志叢書》本 495 號影印明嘉靖卅九（1560）年刊本（臺北：成文出版社，1983 年 3 月一版），頁 1264、1373、1522。

12. 明・朱孟震：《浣水續談》卷一，明萬曆間刊本（臺北：國家圖書館微捲），葉 45。

13. 明・王升編纂：《宜興縣志》卷十，收於宜興市政協學習和文史委員會／宜興市華夏梁祝文化研究會編：《宜興梁祝文化－－史料與傳說》影印明萬曆十八（1590）年刻本（北京：方志出版社，2003 年 10 月），頁 20-25。

14. 明・彭大翼：《山堂肆考》卷二百二十六，《文淵閣四庫全書》本（臺北：迪志文化出版公司，電子版，1999 年 11 月），葉 7。

15. 明・陸應陽纂，明・閻光表增訂：《廣輿記》卷十一（臺北：學海出版社，1969 年），頁 759-760。又：陸應陽纂，清・蔡芳炳增輯：《廣輿記》卷十一，收於《四庫全書存目叢書》影印湖南圖書館藏康熙五十六年聚錦堂刻本（齊魯書社，1996 年 8 月），頁 267。

16. 明·陳仁錫:《潛確居類書》卷二十八,收於宜興市政協學習和文史委員會／宜興市華夏梁祝文化研究會編:《宜興梁祝文化－－史料與傳說》影印明崇禎(1628-1644)年間刊本(北京:方志出版社,2003年10月),頁34-39。

17. 明·徐樹丕:《識小錄》卷三,(臺北:新興書局,1985年4月),頁434-435。

18. 清·康熙八(1669)年編纂:《常州府志》卷二十一、二十八,收於宜興市政協學習和文史委員會／宜興市華夏梁祝文化研究會編:《宜興梁祝文化－－史料與傳說》影印明崇禎(1628-1644)年間刊本(北京:方志出版社,2003年10月),頁40-44。

19. 清·聞性道纂,汪源澤修:《康熙鄞縣誌》卷九,收於《中國方志集成》本影印康熙廿五(1686)年刻本(上海:上海書店,1993年6月),頁377。

20. 清·《清水縣志》卷二、十一、十二,見馬太玄:〈清水縣志中的祝英臺故事〉,收於《民俗周刊》第九十三、四、五期引康熙廿六(1697)年鈔本(臺北:東方文化書局,1970年冬季複刊),頁50-51。

21. 清·黃文暘:《曲海總目提要》卷三十五(臺北:新興書局,1967年8月),頁1645-1646。

22. 清·甯楷等:《重刊宜興縣志舊志》卷九(臺北:新興書局,1965年),頁396-397。

23. 清·錢大昕纂,錢維喬修:《(乾隆)鄞縣志》卷七、二十四,收於《續修四庫全書》本影印乾隆五十三年(1788)刻本(上

海：上海古籍出版社，2002 年 3 月一版），頁 155-156、553。

24. 清‧朱超纂修：《清水縣志》（乾隆六十（1795）年）卷八下、十四下（臺北：臺灣學生書局，1968 年 1 月初版），頁 181、374。

25. 清‧吳騫：《桃溪客語》卷一、二，《百部叢書集成》本（臺北：藝文印書館），頁 19-21（卷一）、14（卷二）。

26. 清‧唐仲冕等修：《(明)宜興縣志》（十七卷，嘉慶二年（1797）刻本）卷九，見馬太玄：〈宜興志乘中的祝英臺故事〉，《祝英台故事專號》收於《民俗週刊》第九十三、四、五期合刊複印本，頁 37。又：周靜書主編：《梁祝文化大觀‧故事歌謠卷》（北京：中華書局，1999 年 12 月），頁 287。

27. 清‧焦循：《劇說》卷二（臺北：廣文書局，1970 年 12 月初版）頁 21-22。

28. 清‧閻東山：〈題梁祝洞詞並序〉，見《嶧山志》，收於樊存常主編：《梁祝傳說源孔孟故里》（北京：文物出版社，2005 年 8 月），頁 106。

29. 清‧邵金彪：〈祝英臺小傳〉，清‧吳景牆：《宜興荊谿縣新志》卷九，收於《中國方志叢書》本 156 號影印光緒八（1882）年刊本（臺北：成文出版社，1974 年 6 月一版），頁 1302-1303。又清‧俞樾：《茶香室四鈔》（北京：中華書局，1995 年），頁 1526-1527。

30. 清‧徐時棟：《鄞縣志》，周靜書主編：《梁祝文化大觀‧故事歌謠卷》（北京：中華書局，1999 年 12 月），頁 290-291。

31. 清‧石史：《仙蹤記略續錄》〈梁山伯　祝英臺〉（光緒七（1881）

年），收於宜興市政協學習和文史委員會／宜興市華夏梁祝文化研究會編：《宜興梁祝文化－－史料與傳說》（北京：方志出版社，2003 年 10 月），頁 147-150。案：戴不凡《小說見聞錄》（1980 年）引《仙蹤記略》，玉清宮羽衣張鶴靜蕆輯、徒曹劍華校刊，書末有「板藏邑廟東房」字樣（（臺北：木鐸出版社，1983 年 4 月），頁 55），內容與此相同。又周靜書主編：《梁祝文化大觀‧故事歌謠卷》（（北京：中華書局，1999 年 12 月），頁 292），也引《仙蹤記略》，內容亦不異，惟略去小字雙行夾註。

32. 清‧梁章鉅：《浪跡續談》卷六《祝英臺》引《宣室志》，收於李劍國：《唐五代志怪傳奇敘錄》（天津：南開大學出版社，1993 年 12 月），頁 832-833。

33. 清‧馬廉卿：《勞久雜記》，收於蔣瑞藻編：《小說考證》（臺北：河洛圖書出版社，1979 年 10 月），頁 245-246。

34. 不著纂修人名氏：《鄞縣通志‧輿地志》（1935 年鉛印本），收於《中國方志叢書》本 216 號（臺北：成文出版社，1974 年一版），頁 1757。

詩

1. 〈蛺蝶〉，唐‧羅鄴撰，見查屏球：《從遊士到儒士－－漢唐士風與文風論稿》（上海：復旦大學出版社，2005 年 5 月），頁 587。

2. 〈游祝陵善權洞〉，見南宋‧薛季宣：《浪語集》卷四，收於《四

庫全書珍本》七集（臺北：臺灣商務印書館，1971 年），葉 10。

3. 　《梁山伯與祝英臺傳》（唐·羅鄴〈蛺蝶〉詩註，東都海印宗老僧註，《夾註名賢十抄詩》），見查屏球：《從遊士到儒士－－漢唐士風與文風論稿》（上海：復旦大學出版社，2005 年 5 月），頁 588。

4. 　〈碧鮮壇〉，見明·楊守阯：《荊溪外紀》，收於宜興市政協學習和文史委員會／宜興市華夏梁祝文化研究會編：《宜興梁祝文化－－史料與傳說》（北京：方志出版社，2003 年 10 月），頁 177-179。又：明·張愷：《常州府志續集》卷八，明正德八（1513）年刊本（臺北：成文出版社，1970 年），頁 332-333。

5. 　〈祝英台碧鮮庵〉，見明·許豈凡：清·嘉靖《重刊宜興縣舊志》，收於宜興市政協學習和文史委員會／宜興市華夏梁祝文化研究會編：《宜興梁祝文化－－史料與傳說》（北京：方志出版社，2003 年 10 月），頁 207-208。

6. 　〈祝陵〉，見清·吳騫：《拜經樓詩集》卷一，《續修四庫全書》本（上海：上海古籍出版社，2002 年 3 月一版），頁 7。

7. 　〈鴛鴦塚詩〉（清代李裕詠寧波鄞縣梁山伯祝英台義婦塚詩），收於周靜書主編：《梁祝文化大觀·故事歌謠卷》（北京：中華書局，1999 年 12 月），頁 840。

民間故事

1. 　〈彩蝶雙飛〉（馬蕭蕭搜集，周靜書整理，流傳於全國各地），收於周靜書主編：《梁祝文化大觀·故事歌謠卷》（北京：中華

書局，1999 年 12 月），頁 1-5。又：周靜書編：《梁祝的傳說》（北京：中華書局，2001 年一版），**頁** 1-5。

2.　〈梁山伯與祝英台〉（周靜書搜集整理，流傳於寧波鄞縣），收於周靜書主編：《梁祝文化大觀·故事歌謠卷》（北京：中華書局，1999 年 12 月），頁 6-11。又：周靜書編：《梁祝的傳說》（北京：中華書局，2001 年一版），頁 6-11。

3.　〈金童玉女風月記〉（毛覺人、何戌君搜集整理，流傳於浙江寧波一帶），收於周靜書主編：《梁祝文化大觀·故事歌謠卷》（北京：中華書局，1999 年 12 月），頁 12-28。又：周靜書編：《梁祝的傳說》（北京：中華書局，2001 年一版），頁 12-28。

4.　〈祝英台鍾情梁山伯〉（陳秋強搜集整理，流傳於浙江上虞），收於周靜書主編：《梁祝文化大觀·故事歌謠卷》（北京：中華書局，1999 年 12 月），頁 29-34。又：周靜書編：《梁祝的傳說》（北京：中華書局，2001 年一版），頁 29-34。

5.　〈蝙蝠雙飛梁祝魂〉（俞正財講述，於海辰記錄整理，流傳於浙江舟山地區），收於周靜書主編：《梁祝文化大觀·故事歌謠卷》（北京：中華書局，1999 年 12 月），頁 35-38。又：周靜書編：《梁祝的傳說》（北京：中華書局，2001 年一版），頁 35-38。

6.　〈梁祝情深上天庭〉（丁一搜集整理，流傳於浙江、上海一帶），收於周靜書主編：《梁祝文化大觀·故事歌謠卷》（北京：中華書局，1999 年 12 月），頁 39-42。又：周靜書編：《梁祝的傳說》（北京：中華書局，2001 年一版），頁 39-42。

7.　〈梁山伯與祝英台〉（張炳文等整理），見無錫市文學藝術界聯

合會編：《無錫的傳說》（上海：文藝出版社，1983 年），頁 190-198）。譚達先：《中國四大傳說新論》（臺北：貫雅文化事業有限公司，1993 年 6 月），頁 92-98。又：〈梁山伯與祝英台〉，見無錫市文學藝術界聯會編：《無錫傳說》（臺北：淑馨出版社，1990 年 9 月），頁 156-162。又：〈山伯琴劍英台扇〉（張炳文、繆亞奇搜集整理，流傳於江蘇宜興），收於周靜書主編：《梁祝文化大觀・故事歌謠卷》（北京：中華書局，1999 年 12 月），頁 43-48。又：周靜書編：《梁祝的傳說》（北京：中華書局，2001 年一版），頁 43-48。又：〈梁山伯與祝英台〉，收於陳慶浩、王秋桂主編：《中國民間故事全集・漢族民間故事・江蘇民間故事集》（臺北：遠流出版事業股份有限公司，1989 年 6 月初版），頁 360-367（在冊 23）。又：〈琴劍塚的由來〉（張炳文、繆亞奇），收於宜興市政協學習和文史委員會／宜興市華夏梁祝文化研究會編：《宜興梁祝文化－－史料與傳說》（北京：方志出版社，2003 年 10 月），頁 277-282。

8. 〈觀音寺結緣〉（仿干搜集整理，流傳於宜興一帶），收於周靜書主編：《梁祝文化大觀・故事歌謠卷》（北京：中華書局，1999 年 12 月），頁 49-51。

9. 〈三蝶奇緣〉（講述者：韋公、男、苗族、60 歲，香粉鄉雨卜村九象新寨農民，識字；採錄翻譯者：過竹、男、苗族、24 歲，廣西社會科學院幹部，大學。1986 年 2 月採錄於融水縣香粉鄉雨卜村九象新寨），收於中國民間文學集成全國編輯委員會：《中國民間故事集成・廣西卷》（北京：中國 ISBN 中心，2001 年 12 月），頁 226-232。另有附記，多出〈梁祝後傳〉的

故事，與 71〈清官明斷結秦晉〉內容局部相同，均是苗族韋公講述的故事，過竹採錄。又：〈三蝶奇緣〉（韋公講述，過竹採錄，流傳於廣西融水苗族自治縣），收於周靜書主編：《梁祝文化大觀・故事歌謠卷》（北京：中華書局，1999 年 12 月），頁 52-63。又：周靜書編：《梁祝的傳說》（北京：中華書局，2001 年一版），頁 49-58。

10. 〈沒人吃的老鼠魚〉（趙志興講述，施正明採錄，江蘇啟東市），收於中國民間文學集成全國編輯委員會編：《中國民間故事集成・江蘇卷》（北京：中國 ISBN 中心，1998 年 12 月），516 頁。

11. 〈尼山姻緣來世成〉（裘文康搜集整理，流傳於浙江、河南），收於周靜書主編：《梁祝文化大觀・故事歌謠卷》（北京：中華書局，1999 年 12 月），頁 68-71。

12. 〈祝英台和梁山伯與鴛鴦鳥〉（鄭辜生輯：《中國民間傳說集》（華通書局，1933 年 5 月），頁 149-157），見譚達先：《中國四大傳說新論》（臺北：貫雅文化事業有限公司，1993 年 6 月），頁 79-83。又：〈梁山伯與祝英台〉（鄭辜生搜集整理，漢族），收於中華民族故事大系編委會編：《中華民族故事大系》第一卷（上海文藝出版社，1995 年 12 月），頁 51-55。又：〈鴛鴦成雙不分離〉（鄭辜生整理，流傳於浙江、江蘇一帶），收於周靜書主編：《梁祝文化大觀・故事歌謠卷》（北京：中華書局，1999 年 12 月），頁 72-76。又：周靜書編：《梁祝的傳說》（北京：中華書局，2001 年一版），頁 63-67。

13. 〈梁山伯與祝英台〉（收於祁連休等編：《愛情傳說故事選》（雲

南人民出版社，1981 年），頁 31-37），見譚達先：《中國四大傳說新論》（臺北：貫雅文化事業有限公司，1993 年 6 月），頁 85-90。又：〈梁山伯與祝英台相愛〉（熊塞聲整理，流傳於河北一帶），收於周靜書主編：《梁祝文化大觀·故事歌謠卷》（北京：中華書局，1999 年 12 月），頁 77-81。又：周靜書編：《梁祝的傳說》（北京：中華書局，2001 年一版），頁 68-71。

14. 〈英台姑娘與山伯相公〉（倪大白整理，貴州羅甸縣布依族，收於老舍、李伯釗主編：《說說唱唱》（人民文學出版社，1954 年 11 月號），頁 41-42。），見譚達先：《中國四大傳說新論》（臺北：貫雅文化事業有限公司，1993 年 6 月），頁 109-112。又：〈英台姑娘與山伯相公〉（倪大白搜集整理，流傳於貴州羅甸縣布依族地區），收於周靜書主編：《梁祝文化大觀·故事歌謠卷》（北京：中華書局，1999 年 12 月），頁 82-85。又：周靜書編：《梁祝的傳說》（北京：中華書局，2001 年一版），頁 72-75。

15. 〈飛蝶化彩虹〉（江騎翔搜集，流傳於四川酆都地區），收於周靜書主編：《梁祝文化大觀·故事歌謠卷》（北京：中華書局，1999 年 12 月），頁 86-90。又：周靜書編：《梁祝的傳說》（北京：中華書局，2001 年一版），頁 81-87。

16. 謝雲聲：〈閩南傳說的梁山伯與祝英臺〉（1927 年 4 月 10 日，廈門同文書院），收於《民俗周刊》38 期（廣州中山大學），頁 8-13；又重刊於《民俗周刊》93、94、95 期合刊（1930 年 2 月 12 日），頁 82-87。又：〈梁祝同化白蝴蝶〉（謝雲聲搜集整理，流傳於閩南一帶），收於周靜書主編：《梁祝文化大觀·

故事歌謠卷》（北京：中華書局，1999 年 12 月），頁 91-94。又：
周靜書編：《梁祝的傳說》（北京：中華書局，2001 年一版），
頁 88-91。

17. 〈三載同窗生死戀〉（袁洪銘搜集整理，流傳於廣東一帶），收
於周靜書主編：《梁祝文化大觀·故事歌謠卷》（北京：中華書
局，1999 年 12 月），頁 95-98。又：周靜書編：《梁祝的傳說》
（北京：中華書局，2001 年一版），頁 92-95。

18. 〈梁山伯與祝英台〉（藍鴻恩搜集整理，流傳於廣西東蘭、巴
馬、田陽、馬山、都山。），收於中華民族故事大系編委會編：
《中華民族故事大系·壯族》第三卷（上海：文藝出版社，1995
年 12 月），頁 537-551。又：〈英台作詩托終身〉（藍鴻恩搜集
整理，流傳於廣西東蘭、巴馬、田陽、馬山、都安等縣），收
於周靜書主編：《梁祝文化大觀·故事歌謠卷》（北京：中華書
局，1999 年 12 月），頁 99-113。又：周靜書編：《梁祝的傳說》
（北京：中華書局，2001 年一版），頁 96-110。又：〈梁山伯
和祝英台〉（韋奶（女、壯族、66 歲，馬山縣古零鄉農民，不
識字）講述，藍鴻恩（男、壯族、56 歲，廣西民間文藝協會
幹部，大學）採錄翻譯，1980 年採錄於馬山縣古零鄉），收於
中國民間文學集成全國編輯委員會編：《中國民間故事集成·
廣西卷》（北京：中國 ISBN 中心，2001 年 12 月），頁 218-225。

19. 〈梁山伯與祝英台的傳說〉（劉康健搜集整理，流傳於河南汝
南一帶），收於周靜書主編：《梁祝文化大觀·故事歌謠卷》（北
京：中華書局，1999 年 12 月），頁 114-116。又：周靜書編：《梁
祝的傳說》（北京：中華書局，2001 年一版），頁 11-113。

20. 〈萬松書院〉，收於陳勤建主編：《東方的羅密歐與朱麗葉——梁祝口頭遺產文化空間》（哈爾濱：黑龍江人民出版社，2005年9月），頁28-29。

21. 〈夫妻恩愛白頭吟〉（孔松年搜集，周靜書整理，流傳於浙江寧波一帶），收於周靜書主編：《梁祝文化大觀·故事歌謠卷》（北京：中華書局，1999年12月），頁122-126。又：周靜書編：《梁祝的傳說》（北京：中華書局，2001年一版），頁119-123。

22. 〈澗河潭殉情〉（陳繼良講述，周小穀整理，流傳於江蘇一帶），收於周靜書主編：《梁祝文化大觀·故事歌謠卷》（北京：中華書局，1999年12月），頁127-129。又：周靜書編：《梁祝的傳說》（北京：中華書局，2001年一版），頁124-126。又：〈祝英台與梁山伯〉（陳繼良口述，周小谷、周夢江整理），收於《宜興梁祝文化——史料與傳說》，宜興市政協學習和文史委員會／宜興市華夏梁祝文化研究會主編（北京：方志出版社，2003年10月），頁291-293。

23. 〈祝英台陰配梁山伯〉（謝振岳、嶽年搜集整理，流傳於浙江鄞縣一帶），收於周靜書主編：《梁祝文化大觀·故事歌謠卷》（北京：中華書局，1999年12月），頁130-131。

24. 〈清官俠女骨同穴〉（張家聽講述，滕占能搜集整理，流傳於浙江慈溪），收於周靜書主編：《梁祝文化大觀·故事歌謠卷》（北京：中華書局，1999年12月），頁132-134。又：〈蝴蝶墓與蝴蝶碑〉，收於中國民間文學集成全國編輯委員會編：《中國民間故事集成·浙江卷》（北京：中國ISBN中心，1997年9月），頁281-282之附註。

25. 〈梁祝出世〉（朱永堂採集，流傳於北京地區），收於周靜書主編：《梁祝文化大觀・故事歌謠卷》（北京：中華書局，1999 年 12 月），頁 135-136。

26. 〈蝴蝶仙〉（潘苗根講述，嚴金鳳搜集，流傳於杭州），收於周靜書主編：《梁祝文化大觀・故事歌謠卷》（北京：中華書局，1999 年 12 月），頁 137-138。

27. 〈英台月夜聯佳句〉（方品光搜集整理，流傳於浙江蘭溪一帶），收於周靜書主編：《梁祝文化大觀・故事歌謠卷》（北京：中華書局，1999 年 12 月），頁 139-140。又：周靜書編：《梁祝的傳說》（北京：中華書局，2001 年一版），頁 132-133。

28. 〈姑嫂結冤〉（魏修延講述，嚴金鳳搜集，流傳於杭州），收於周靜書主編：《梁祝文化大觀・故事歌謠卷》（北京：中華書局，1999 年 12 月），頁 141。

29. 〈焦骨牡丹女兒心〉（來金賢口述，莫高搜集整理，流傳於浙江杭州），收於周靜書主編：《梁祝文化大觀・故事歌謠卷》（北京：中華書局，1999 年 12 月），頁 142-144。又：周靜書編：《梁祝的傳說》（北京：中華書局，2001 年一版），頁 134-136。

30. 〈英台發誓栽月季〉（嚴金慰口述，嚴金鳳搜集整理，流傳於浙江杭州），收於周靜書主編：《梁祝文化大觀・故事歌謠卷》（北京：中華書局，1999 年 12 月），頁 145-156。

31. 〈顯示貞潔月月紅〉（祝光明口述，唐慶得（瑤族）整理，流傳於廣西富川瑤山一帶），收於周靜書主編：《梁祝文化大觀・故事歌謠卷》（北京：中華書局，1999 年 12 月），頁 147-148。又：周靜書編：《梁祝的傳說》（北京：中華書局，2001 年第

一版），頁 137-138。

32. 〈祝英台打賭〉（段燕青（女、42 歲、象山縣新橋村、農民）
講述；奚曉行（男、28 歲、象山縣定山文化路、幹部、高中）
採錄；1987 年 7 月採錄於象山縣新橋村），收於中國民間文學
集成全國編輯委員會編：《中國民間故事集成・浙江卷》（北京：
中國 ISBN 中心，1997 年 9 月），頁 278-279；後附有異文及附
記，三則故事編為 32 之 2、32 之 3、32 之 4。又：〈紅絹為證〉
（段燕青講述，奚曉行整理，流傳於浙江杭州），收於周靜書
主編：《梁祝文化大觀・故事歌謠卷》（北京：中華書局，1999
年 12 月），頁 149-150。

33. 〈米湯澆花花更紅〉（劉素英（75 歲）講述，高國藩、葉偉娟、
王靜記錄，1981 年 11 月 8 日採錄於南京浦口東門鎮）見高國
藩：〈馮夢龍《古今小說》中的梁祝故事〉，收於周靜書主編：
《梁祝文化大觀・學術論文卷》（北京：中華書局，2000 年 10
月一版），頁 576。又周靜書主編：《梁祝文化大觀・故事歌謠
卷》（北京：中華書局，1999 年 12 月），頁 151。

34. 〈一雙繡花鞋〉（陳老太講述，章雅君整理，流傳於浙江寧波），
收於周靜書主編：《梁祝文化大觀・故事歌謠卷》（北京：中華
書局，1999 年 12 月），頁 152-153。又：周靜書編：《梁祝的
傳說》（北京：中華書局，2001 年一版），頁 139-140。

35. 〈梁祝永結並蒂蓮〉（吳華整理，流傳於江蘇一帶），收於周靜
書主編：《梁祝文化大觀・故事歌謠卷》（北京：中華書局，1999
年 12 月），頁 154-156。又：周靜書編：《梁祝的傳說》（北京：
中華書局，2001 年一版），頁 141-143。又：〔蓮子發芽開花

的故事〕（吉萬富（65 歲、農民）講述，高國藩、袁衛國、黃利群記錄，1984 年 11 月 15 日採錄於蘇北洪澤岔河鎮），見高國藩：〈馮夢龍《古今小說》中的梁祝故事〉，收於周靜書主編：《梁祝文化大觀·學術論文卷》（北京：中華書局，2000 年 10 月一版），頁 577。案：此故事較前吳華整理故事少了英才配馬家及殉情，投墳化蝶，荷花又開滿塘的情節。

36. 〈師母巧編竹牆隔梁祝〉（淩桂漢口述，嚴金鳳搜集整理，流傳於浙江杭州），收於周靜書主編：《梁祝文化大觀·故事歌謠卷》（北京：中華書局，1999 年 12 月），頁 157-158。

37. 〈紙糊帳〉（吳國民搜集整理，流傳於浙江杭州地區），收於周靜書主編：《梁祝文化大觀·故事歌謠卷》（北京：中華書局，1999 年 12 月），頁 159-161。又：周靜書編：《梁祝的傳說》（北京：中華書局，2001 年一版），頁 144-146。

38. 〈祝英台挑水〉（郭臘梅搜集，流傳於河南省澠池一帶），收於周靜書主編：《梁祝文化大觀·故事歌謠卷》（北京：中華書局，1999 年 12 月），頁 162-163。又：周靜書編：《梁祝的傳說》（北京：中華書局，2001 年一版），頁 147-148。

39. 〈續詩交友〉（莫高整理），收於《中國古代美人的傳說》（灕江出版社，1987 年），頁 315-319，見譚達先：《中國四大傳說新論》（臺北：貫雅文化事業有限公司，1993 年 6 月），頁 127-131。又：〈續詩遇山伯〉（來金賢講述，莫高搜集整理，流傳於浙江杭州），收於周靜書主編：《梁祝文化大觀·故事歌謠卷》（北京：中華書局，1999 年 12 月），頁 164-168。

40. 〈祝英台夢遊善卷洞〉（張子亞口述，應長裕整理，流傳於浙

江、江蘇一帶），收於周靜書主編：《梁祝文化大觀・故事歌謠卷》（北京：中華書局，1999 年 12 月），頁 169-173。又：周靜書編：《梁祝的傳說》（北京：中華書局，2001 年一版），頁149-153。

41. 〈一句氣話毀姻緣〉（俞彩興搜集整理，流傳於浙江），收於周靜書主編：《梁祝文化大觀・故事歌謠卷》（北京：中華書局，1999 年 12 月），頁 174。

42. 〈賭誓成真真亦假〉（魏修延講述，嚴金鳳搜集，流傳於浙江杭州），收於周靜書主編：《梁祝文化大觀・故事歌謠卷》（北京：中華書局，1999 年 12 月），頁 175-176。

43. 〈英台落難〉（莫高整理），收於《中國古代美人的傳說》（漓江出版社，1987 年），頁 324-328，見譚達先：《中國四大傳說新論》（臺北：貫雅文化事業有限公司，1993 年 6 月），頁133-137。又：〈英台對詩譏蠢才〉（陳阿興講述，莫高搜集整理，流傳於浙江杭州），收於周靜書主編：《梁祝文化大觀・故事歌謠卷》（北京：中華書局，1999 年 12 月），頁 177-181。又：周靜書編：《梁祝的傳說》（北京：中華書局，2001 年一版），頁 154-158。

44. 〈死不瞑目〉（嚴錦泉講述，嚴金鳳搜集，流傳於浙江杭州），收於周靜書主編：《梁祝文化大觀・故事歌謠卷》（北京：中華書局，1999 年 12 月），頁 182-183。

45. 〈梁祝結髮〉（金官雲（男、70 歲、寧海縣橋頭胡鎮、農民、初中）講述，葛雲高（45 歲、寧海縣橋頭胡鎮供銷社、職工、初中）採錄，1985 年 8 月採錄於寧海縣橋頭胡鎮漲家溪村），

收於中國民間文學集成全國編輯委員會編：《中國民間故事集成·浙江卷》（北京：中國 ISBN 中心，1997 年），頁 279-280。又：〈結髮夫妻〉（金官雲講述，葛雲高搜地整理，流傳於浙江寧波一帶），收於周靜書主編：《梁祝文化大觀·故事歌謠卷》（北京：中華書局，1999 年 12 月），頁 184-186。又：周靜書編：《梁祝的傳說》（北京：中華書局，2001 年一版），頁 159-161。

46. 〈梁祝終身不娶嫁〉（戎樂山口述，滕占能搜集，流傳於上虞望梁村），收於周靜書主編：《梁祝文化大觀·故事歌謠卷》（北京：中華書局，1999 年 12 月），頁 187-188。

47. 〈清官明斷結秦晉〉（韋公講述，過竹採錄，流傳於廣西柳州），收於周靜書主編：《梁祝文化大觀·故事歌謠卷》（北京：中華書局，1999 年 12 月），頁 189-192。

48. 〈祝英台疆場建奇功〉（韋公講述，過竹採錄，流傳於廣西柳州），收於周靜書主編：《梁祝文化大觀·故事歌謠卷》（北京：中華書局，1999 年 12 月），頁 193-195。

49. 〈和尚踢煞報曉雞〉（徐文搜集，流傳於浙江常山一帶），收於周靜書主編：《梁祝文化大觀·故事歌謠卷》（北京：中華書局，1999 年 12 月），頁 196-197。

50. 〈大俠與清官〉（趙景深講述，白岩採錄），收於周靜書主編：《梁祝文化大觀·故事歌謠卷》（北京：中華書局，1999 年 12 月），頁 198。

51. 〈三生三世苦夫妻〉（秦壽容講述，白石堅搜集整理，流傳於浙江、江蘇一帶），收於周靜書主編：《梁祝文化大觀·故事歌謠卷》（北京：中華書局，1999 年 12 月），頁 199-200。

52. 〈歷盡磨難終成婚〉（黃國濤搜集，流傳於長江以北地區），收於周靜書主編：《梁祝文化大觀·故事歌謠卷》（北京：中華書局，1999年12月），頁201-203。

53. 〈梁祝還魂團圓記〉（錢南揚講述，白岩採錄，流傳於浙江），收於周靜書主編：《梁祝文化大觀·故事歌謠卷》（北京：中華書局，1999年12月），頁204。

54. 〈馬俊告狀〉（錢南揚講述，白石堅記錄整理，流傳於廣東海陸豐一帶），收於周靜書主編：《梁祝文化大觀·故事歌謠卷》（北京：中華書局，1999年12月），頁205。

55. 〈開倉分糧濟百姓〉（馬傳根講述，童國楨搜集整理，流傳於浙江寧波），收於周靜書主編：《梁祝文化大觀·故事歌謠卷》（北京：中華書局，1999年12月），頁206-207。又：周靜書編：《梁祝的傳說》（北京：中華書局，2001年一版），頁162-163。

56. 〈梁縣令治水〉（阮孔才講述，白石堅採錄，流傳於浙江寧波），收於周靜書主編：《梁祝文化大觀·故事歌謠卷》（北京：中華書局，1999年12月），頁208。又：周靜書編：《梁祝的傳說》（北京：中華書局，2001年一版），頁164。

57. 〈梁縣令托夢治蟲〉（阮孔才、阮才能、樓桂法等講述，白岩、莊兆民搜集整理，流傳於浙江寧波一帶），收於周靜書主編：《梁祝文化大觀·故事歌謠卷》（北京：中華書局，1999年12月），頁209-210。又：周靜書編：《梁祝的傳說》（北京：中華書局，2001年一版），頁165-166。

58. 〈席草計〉（馮孟顯、郁東明講述，白岩搜集整理，流傳於浙江寧波一帶），收於周靜書主編：《梁祝文化大觀·故事歌謠卷》

（北京：中華書局，1999 年 12 月），頁 211。又：周靜書編：《梁祝的傳說》（北京：中華書局，2001 年一版），頁 167。

59. 〈梁祝故事的由來〉（浙江鄞縣）（梅金苗（麻山鄉慕胡村、農民）講述，（自述於五〇年代，初聽寧波鄞縣老人講過此故事，老人曾藏有古老木刻本，後該版本遺失，1988 年時老人已逝世），麻承照整理），收於《民間文學》1988 年 8 月號，頁 37，見譚達先：《中國四大傳說新論》（臺北：貫雅文化事業有限公司，1993 年 6 月），頁 124-126。又：〈千萬陰兵助康王〉（梅金苗講述，麻承照搜集整理，流傳於寧波一帶），收於周靜書主編：《梁祝文化大觀・故事歌謠卷》（北京：中華書局，1999 年 12 月），頁 212-214。又：周靜書編：《梁祝的傳說》（北京：中華書局，2001 年一版），頁 168-170。

60. 〈托夢助陣退倭寇〉（翁裕芳講述，沈志遠搜集整理，流傳於浙江寧波），收於周靜書主編：《梁祝文化大觀・故事歌謠卷》（北京：中華書局，1999 年 12 月），頁 215-217。又：周靜書編：《梁祝的傳說》（北京：中華書局，2001 年一版），頁 171-173。

61. 〈梁山伯指點缸鴨狗〉（范大賢、樓桂法講述，白岩搜集整理，流傳於寧波一帶），收於周靜書主編：《梁祝文化大觀・故事歌謠卷》（北京：中華書局，1999 年 12 月），頁 218-219。又：周靜書編：《梁祝的傳說》（北京：中華書局，2001 年一版），頁 174-175。

62. 〈梁聖君廟的傳說〉（傅紅平、莊兆明搜集整理，流傳於浙江鄞縣一帶），收於周靜書主編：《梁祝文化大觀・故事歌謠卷》（北京：中華書局，1999 年 12 月），頁 220-221。又：周靜書

編：《梁祝的傳說》（北京：中華書局，2001 年一版），頁 180-181。

63.　〈井留雙照〉（莫高整理），收於《中國古代美人的傳說》（桂林：漓江出版社，1987 年），頁 320-323，見譚達先：《中國四大傳說新論》（臺北：貫雅文化事業有限公司，1993 年 6 月），頁 130-132。又：〈雙照井〉（何采弟講述，莫高搜集整理，流傳於浙江杭州一帶），收於周靜書主編：《梁祝文化大觀‧故事歌謠卷》（北京：中華書局，1999 年 12 月），頁 222-225。又：周靜書編：《梁祝的傳說》（北京：中華書局，2001 年一版），頁 176-179。

64.　〈梁祝讀書洞〉（魯滋陽講述，白石堅搜集整理，流傳於山東兗州、鄒縣、微山一帶），收於周靜書主編：《梁祝文化大觀‧故事歌謠卷》（北京：中華書局，1999 年 12 月），頁 226-227。

65.　〈馬文才塑像的傳說〉（樓桂法講述，白岩搜集整理，流傳於浙江寧波），收於周靜書主編：《梁祝文化大觀‧故事歌謠卷》（北京：中華書局，1999 年 12 月），頁 228-229。

66.　〈梁山伯墓的傳說〉（張曉萍搜集整理，流傳於浙江鄞縣），收於周靜書主編：《梁祝文化大觀‧故事歌謠卷》（北京：中華書局，1999 年 12 月），頁 230。

67.　〈蝴蝶墓與蝴蝶碑〉，收於中國民間文學集成全國編輯委員會編：《中國民間故事集成‧浙江卷》（北京：中國 ISBN 中心，1997 年 9 月），頁 281-282；後有附記故事一則，為 24.〈清官俠女骨同穴〉之又見資料。又：〈蝴蝶墓與蝴蝶碑〉（阮能才、阮孔才講述，白岩搜集整理，流傳於浙江鄞縣），收於周靜書主編：《梁祝文化大觀‧故事歌謠卷》（北京：中華書局，1999 年 12 月），

頁 231-232。

68. 〈祝家莊和望梁村的傳說〉（梁愛花等口述，瑞興搜集整理，流傳於浙江上虞一帶），收於周靜書主編：《梁祝文化大觀‧故事歌謠卷》（北京：中華書局，1999 年 12 月），頁 233-234。

69. 〈鴛鴦河〉（戴永宏搜集整理，流傳於廣西一帶），收於周靜書主編：《梁祝文化大觀‧故事歌謠卷》（北京：中華書局，1999 年 12 月），頁 235-236。又：周靜書編：《梁祝的傳說》（北京：中華書局，2001 年一版），頁 185-186。

70. 〈十八灣的來歷〉（朱文祥講述，王金中、梁金人記錄，流傳於江蘇無錫太湖一帶），收於周靜書主編：《梁祝文化大觀‧故事歌謠卷》（北京：中華書局，1999 年 12 月），頁 237-240。又：周靜書編：《梁祝的傳說》（北京：中華書局，2001 年一版），頁 187-190。

71. 〈祝陵的傳說〉（蔣雲龍搜集整理，流傳於江蘇宜興一帶），收於周靜書主編：《梁祝文化大觀‧故事歌謠卷》（北京：中華書局，1999 年 12 月），頁 241。又：〈祝陵的傳說〉（蔣雲龍搜集整理），收於宜興市政協學習和文史委員會／宜興市華夏梁祝文化研究會主編：《宜興梁祝文化－－史料與傳說》，（北京：方志出版社，2003 年 10 月），頁 276。

72. 〈馬郎魚馬郎港〉（靳榮福（60 歲、農民）講述，高國藩、王鴻祥記錄，1984 年 11 月 17 日採錄於洪澤縣朱壩鄉二隊），見高國藩：〈馮夢龍《古今小說》中的梁祝故事〉，收於周靜書主編：《梁祝文化大觀‧學術論文卷》（北京：中華書局，2000 年 10 月一版），頁 580、581。又：〈馬郎港的成因〉（靳榮福口述，高

國藩、王鴻祥整理，流傳於江蘇洪澤湖一帶），收於周靜書主編：《梁祝文化大觀・故事歌謠卷》（北京：中華書局，1999 年 12 月），頁 242。

73. 〈曹橋結拜〉（陶群搜集整理，流傳於河南汝南），收於周靜書主編：《梁祝文化大觀・故事歌謠卷》（北京：中華書局，1999 年 12 月），頁 243。

74. 〈白衣閣的傳說〉（岳藝堂口述，劉康健搜集整理，流傳於河南汝南一帶），收於周靜書主編：《梁祝文化大觀・故事歌謠卷》（北京：中華書局，1999 年 12 月），頁 244。

75. 〈淚井的傳說〉（趙慶華搜集整理，流傳於河南汝南縣），收於周靜書主編：《梁祝文化大觀・故事歌謠卷》（北京：中華書局，1999 年 12 月），頁 245-246。又：周靜書編：《梁祝的傳說》（北京：中華書局，2001 年一版），頁 191-192。

76. 〈梁祝雙墓的傳說〉（汝文搜集整理，流傳於河南汝南），收於周靜書主編：《梁祝文化大觀・故事歌謠卷》（北京：中華書局，1999 年 12 月），頁 247。

77. 〈梁山伯吃蛋留風俗〉（應長裕搜集整理，流傳於寧波、紹興一帶），收於周靜書主編：《梁祝文化大觀・故事歌謠卷》（北京：中華書局，1999 年 12 月），頁 248-252。又：周靜書編：《梁祝的傳說》（北京：中華書局，2001 年一版），頁 193-197。

78. 〈梁祝和雙蝶節〉（定華搜集整理，流傳於江蘇宜興一帶），收於周靜書主編：《梁祝文化大觀・故事歌謠卷》（北京：中華書局，1999 年 12 月），頁 253-255。又：周靜書編：《梁祝的傳說》（北京：中華書局，2001 年一版），頁 198-200。

79. 〈七月十五送紙燈〉（莫高搜集整理，流傳於河南汝南），收於周靜書主編：《梁祝文化大觀·故事歌謠卷》（北京：中華書局，1999 年 12 月），頁 256-257。又：周靜書編：《梁祝的傳說》（北京：中華書局，2001 年一版），頁 201-202。

80. 〈不採馬蘭〉（胡永連整理），收於《中國古代美人的傳說》（桂林：漓江出版社，1987 年），頁 329-330，見譚達先：《中國四大傳說新論》（臺北：貫雅文化事業有限公司，1993 年 6 月），頁 137-139。又：〈蝴蝶不採馬蘭花〉（王去志講述，白石堅、胡永連搜集整理，流傳於浙江），收於周靜書主編：《梁祝文化大觀·故事歌謠卷》（北京：中華書局，1999 年 12 月），頁 258-259。又：周靜書編：《梁祝的傳說》（北京：中華書局，2001 年一版），頁 203-204。

81. 〈三句壯族俗語的由來〉（馬乜好講述，馬永金、李從式記錄，流傳於廣西壯族地區），收於周靜書主編：《梁祝文化大觀·故事歌謠卷》（北京：中華書局，1999 年 12 月），頁 260-263。又：周靜書編：《梁祝的傳說》（北京：中華書局，2001 年一版），頁 205-208。

82. 〈梁祝的故事〉（劉燕鴻等整理，流傳於湖南邵東縣高樓寺一帶），收於中國民間文藝研究會編：《民間文學》第 2 期（人民文學出版社，1963 年），頁 60-62，見譚達先：《中國四大傳說新論》（臺北：貫雅文化事業有限公司，1993 年 6 月），頁 105-107。又：〈山伯愛憎對飛禽〉（劉燕鴻、王美新搜集整理，流傳於湖南邵東縣一帶），收於周靜書主編：《梁祝文化大觀·故事歌謠卷》（北京：中華書局，1999 年 12 月），頁 264-266。又：周靜書編：

《梁祝的傳說》（北京：中華書局，2001 年一版），頁 209-211。

83. 〈襪套的來歷〉（孟德林講述，金鳳搜集整理，流傳於江蘇南
通地區），收於周靜書主編：《梁祝文化大觀・故事歌謠卷》（北
京：中華書局，1999 年 12 月），頁 267。

84. 〈蠶繭粘住蚤子草〉（嚴鴻翎搜集，流傳於江蘇南通地區），收
於周靜書主編：《梁祝文化大觀・故事歌謠卷》（北京：中華書
局，1999 年 12 月），頁 268-269。

85. 〈英台化蠶〉（盧郭氏（女、77 歲、蘇州市金閶區居民、不識字）
講述，盧群（幹部，中學）採錄，1961 年採錄於蘇州市金閶區），
收於中國民間文學集成全國編輯委員會編：《中國民間故事集
成・江蘇卷》（北京：中國 ISBN 中心，1998 年 12 月），頁 516。
又：〈英台化蠶〉（盧郭氏講述，盧群搜集整理），收於周靜書主
編：《梁祝文化大觀・故事歌謠卷》（北京：中華書局，1999 年
12 月），頁 270-271。

86. 〈映山紅的來歷〉（鄭針講述，李金川搜集整理，流傳於福建
泉州地區），收於周靜書主編：《梁祝文化大觀・故事歌謠卷》（北
京：中華書局，1999 年 12 月），頁 272-273。又：周靜書編：《梁
祝的傳說》（北京：中華書局，2001 年一版），頁 212-215。

87. 〈竹篾箍桶永久緊〉（樂文搜集，流傳於福建省漳平一帶），收
於周靜書主編：《梁祝文化大觀・故事歌謠卷》（北京：中華書
局，1999 年 12 月），頁 274-275。又：周靜書編：《梁祝的傳說》
（北京：中華書局，2001 年一版），頁 214-215。

88. 〈裙帶化蛇〉（黃秀芳（女、漢族、50 歲、玉山市名山鄉鐘鳳
村農民、不識字）講述，周國王（男、漢族、40 歲、玉林市人民

政府幹部、中學）採錄，1985 年 12 月採錄於玉林市名山鄉鐘鳳林），收於中國民間文學集成全國編輯委員會編：《中國民間故事集成・廣西卷》（北京：中國 ISBN 中心 2001 年），頁 225-226。又：〈草花蛇〉（黃秀芳講述，周國良搜集整理，流於廣西玉林一帶），收於周靜書主編：《梁祝文化大觀・故事歌謠卷》（北京：中華書局，1999 年 12 月），頁 276-277。

89. 〈馬文才變馬郎魚〉（吳華整理，流傳於江蘇一帶），收於周靜書主編：《梁祝文化大觀・故事歌謠卷》（北京：中華書局，1999年 12 月），頁 278-280。又：〈馬郎魚的故事〉（于學善（49 歲、農民）講述，高國藩、王慧玲、陳冬森記錄。1984 年 11 月 16日採錄於洪澤縣高澗鄉楊馬村），見高國藩：〈馮夢龍《古今小說》中的梁祝故事〉，收於周靜書主編：《梁祝文化大觀・學術論文卷》（北京：中華書局，2000 年 10 月一版），頁 579、580。案：此故事與前吳華整理故事大抵相同，惟少馬郎魚喜拱土堆的情節。

90. 〈馬文才變公豬〉（柳方時講述，柳潭採錄整理，流傳於浙江景寧畬族自治縣），收於周靜書主編：《梁祝文化大觀・故事歌謠卷》（北京：中華書局，1999 年 12 月），頁 281-282。又：周靜書編：《梁祝的傳說》（北京：中華書局，2001 年一版），頁219-220。

91. 〈死人嘴上為啥要蓋書〉（譚先偏口述，譚業明、杜良田搜集，流傳於湖北沔陌一帶），收於周靜書主編：《梁祝文化大觀・故事歌謠卷》（北京：中華書局，1999 年 12 月），頁 283-284。

92. 〈梁山伯問路〉（選自《謎語全書》，江西人民出版社），收於

周靜書主編:《梁祝文化大觀·故事歌謠卷》(北京:中華書局,1999 年 12 月),頁 285。

93. 〈梁山伯與祝英台〉(葛朝南講述,李征康錄音整理),收於韓致中主編:《伍家溝村民間故事集》(中國民間文藝出版社,1989 年 10 月一版),頁 189-195。又:〈梁祝的傳說〉(葛朝南講述,李征康搜集整理,流傳於湖北一帶),收於周靜書編:《梁祝的傳說》(北京:中華書局,2001 年 10 月),頁 81-87。

94. 〈祝英台以身殉情〉(戚宜君搜集整理,流傳於臺灣一帶),收於周靜書編:《梁祝的傳說》(北京:中華書局,2001 年 10 月),頁 114-118。

95. 〈蝴蝶碑的傳說〉(阮能才、阮孔才、俞信義等講述,菫水、白岩搜集整理,流傳於浙江寧波一帶),收於周靜書編:《梁祝的傳說》(北京:中華書局,2001 年 10 月),頁 182-184。

96. 〈梁山伯與祝英台〉(徐書明講述,康新民、王平山採錄,江蘇丹陽市),收於中國民間文學集成全國編輯委員會編:《中國民間故事集成·江蘇卷》(北京:中國 ISBN 中心,1998 年 12 月),頁 510-514。又:〈梁祝的故事〉(徐書明講述,王平山搜集,康新民整理,流傳於江蘇丹陽一帶),收於周靜書主編:《梁祝文化大觀·故事歌謠卷》(北京:中華書局,1999 年 12 月),頁 64-67。又:周靜書編:《梁祝的傳說》(北京:中華書局,2001 年一版),頁 59-62。案:周氏僅節錄該故事的一段。

97. 〈蝴蝶不採馬蘭花〉(焦延輝(男、70 歲、如皋縣石北鄉民間藝人、初小)講述,黃文和(文化站站長、高中)採錄,1987

年 6 月採錄於如皋縣石北鄉文化站），收於中國民間文學集成全國編輯委員會編：《中國民間故事集成‧江蘇卷》（北京：中國 ISBN 中心，1998 年 12 月），頁 514。

98. 〈梁山伯為什麼傻〉（任泰芳（女、滿族、遼中縣於家坊子鄉插拉村、農婦）講述，李明（任泰芳之女、大連市退休幹部、小學）採錄），收於中國民間文學集成全國編輯委員會編：《中國民間故事集成‧遼寧卷》，（北京：中國 ISBN 中心，1994 年 9 月），頁 138-139。

99. 〈沙沙蟲的來歷〉（甄友（男、80 歲、漢族、公主嶺市農民、不識字）講述，傅馬（男、30 歲、公主嶺市幹部、高中）採錄，1987 年 12 月採錄於公主嶺市），收於中國民間文學集成全國編輯委員會編：《中國民間故事集成‧吉林卷》（北京：中國 ISBN 中心，1992 年 11 月），頁 273。

100. 〈二匹の蝴蝶〉，收於鶴田鬱：《臺灣むかし話》第三輯（臺灣藝術社，1943 年 7 月），頁 54-65。

101. 〈馬文才與梁祝雙狀元〉（盧明濟（男、45 歲、壽寧縣斜灘鎮裁縫、初中）講述，鄭錦明（男、38 歲、壽寧縣文化館幹部、中專）採錄，1988 年 4 月採錄於壽寧縣斜灘鎮），收於中國民間文學集成全國編輯委員會編：《中國民間故事集成‧福建卷》（北京：中國 ISBN 中心，1998 年 12 月），頁 199-200。

102. 〈梁山伯與祝英台〉（蔣端金（女、83 歲、屏南縣古峰鎮農婦、小學）講述，張傳福（男、44 歲、屏南縣老區辦幹部、大專採錄，1990 年 8 月採錄於屏南縣古峰鎮），收於中國民間文學集成全國編輯委員會編：《中國民間故事集成‧福建卷》（北京：

中國 ISBN 中心，1998 年 12 月），頁 200-202。

103.〈杉竹和合〉（林光茂（男、68 歲、永安縣洪田鄉農民、初小）講述；朱德忠（男、29 歲、永安縣洪田鄉文化站職工、高中），洪強發（男、26 歲、永安縣洪田中學教師、大專）採錄，1991年 8 月採錄於永安縣洪田鄉），收於中國民間文學集成全國編輯委員會編：《中國民間故事集成・福建卷》（北京：中國 ISBN 中心，1998 年 12 月），頁 202-203。

104.〈祝英台的紅裙變映山紅〉（王菊葉（女、40 歲、安溪縣西坪鄉農民、小學）講述，林金水（男、17 歲、安溪縣西坪鄉、高中）採錄，1986 年 12 月採錄於安溪縣），收於中國民間文學集成全國編輯委員會編：《中國民間故事集成・福建卷》（北京：中國 ISBN 中心，1998 年 12 月），頁 203-204。

105.〈三世不團圓〉（錢楊氏（女、50 歲、上虞縣樂關鎮紅星村農民、不識字）講述，錢關富（男、42 歲、上虞縣文化館幹部、初中）採錄，1987 年採錄於上虞縣東關鎮），收於中國民間文學集成全國編輯委員會編：《中國民間故事集成・浙江卷》（北京：中國 ISBN 中心，1997 年 9 月），頁 280。

106.〈蝴蝶勿採馬蘭花〉（林學峰（男、寧波市江東區居民）講述，葉琳（女、寧波市江東區學生）採錄，1987 年 12 月採錄於寧波市江東區），收於中國民間文學集成全國編輯委員會編：《中國民間故事集成・浙江卷》（北京：中國 ISBN 中心，1997 年 9 月），頁 281。

107.〈梁山伯墓〉，收於陳勤建主編：《東方的羅密歐與朱麗葉――梁祝口頭遺產文化空間》（哈爾濱：黑龍江人民出版社，2005

年 9 月），頁 52。

108. 〈梁山伯與祝英台〉（韋紅順等講述，祖岱年搜集整理，流傳於貴州望謨、羅甸，布依族），收於中華民族故事大系編委會編：《中華民族故事大系》第三卷（上海：文藝出版社，1995年 12 月），頁 977-982。

109. 〈山伯英台〉（黃梅講述，呂坤樹採錄，李麗琴定稿，1992 年5 月 13 日採錄於石崗鄉），收於胡萬川總編輯：《石岡鄉閩南語故事集》（臺中：臺中縣立文化中心，1993 年），頁 26-33。

110. 〈梁山伯與祝英台〉（張才才講述，張彥哲採錄，1987 年 6 月3、4 日採錄於耿村），收於袁學駿、李保祥：《耿村民間文化大觀》上冊（北京圖書館出版社，1999 年 8 月），頁 839-842。

111. 〈蘭橋斷〉（侯果果講述，張彥哲採錄，1987 年 5 月 3 日採錄於耿村），收於袁學駿、李保祥：《耿村民間文化大觀》中冊（北京圖書館出版社，1999 年 8 月），頁 951-952。

112. 〈祝英台化蠶〉（侯果果講述，張彥哲採錄，1991 年 4 月 7 日採錄於耿村），收於袁學駿、李保祥：《耿村民文化大觀》中冊（北京圖書館出版社，1999 年 8 月），頁 953。

113. 〈蝴蝶不採馬蘭花〉（靳景祥講述，秦秀榮、趙瑞華採錄，1987年 8 月 28 日採錄於耿村），收於袁學駿、李保祥：《耿村民間文化大觀》上冊（北京圖書館出版社，1999 年 8 月），頁 97。

114. 〈梁山伯廟〉，收於陳勤建主編：《東方的羅密歐與朱麗葉－－梁祝口頭遺產文化空間》（哈爾濱：黑龍江人民出版社，2005年 9 月），頁 52。

115. 〈梁祝故鄉在四川〉（合州傳說）香港〈文匯報〉1984 年 3 月

4 日，14 版，見譚達先：《中國四大傳說新論》（臺北：貫雅文化事業有限公司，1994 年 6 月），頁 103-104。

116.〈梁山伯廟〉（虞善來口述），收於陳勤建主編：《東方的羅密歐與朱麗葉——梁祝口頭遺產文化空間》（哈爾濱：黑龍江人民出版社，2005 年 9 月），頁 53。

117.〈梁山伯與祝英臺〉，見黃詔年：《蛇郎》（上海：開明書店，1929 年 10 月），頁 123-126。

118.〈梁山伯廟〉，收於張行周編：《寧波風物述舊》（臺北：民主出版社，1974 年 11 月），頁 90。

119.〈梁山伯廟〉（王振（浙江寧波人、威海街道居民）講述，王振搜集整理，流傳於上海、寧波一帶；1987 年 6 月採錄於威海街道），收於靜安區民間文學集成編委會編：《中國民間故事集成‧上海卷‧靜安區故事分卷》（上海：靜安區民間文學集成編委會，1988 年 9 月），頁 184。

120.〈梁仙伯與祝英台〉，收於婁子匡編：《中山大學民俗叢書》冊 7（臺北：東方文化供應社，1970 年），頁 99-107。

121.〈英台裙變蝴蝶的傳說〉，見郭堅：〈關於梁祝故事的通訊‧英台裙變蝴蝶的傳說〉，收於《民俗周刊》108 期，頁 43。

122.〈從前百日紅花沒有現在的深紅〉，見郭堅：〈關於梁祝故事的通訊‧從前百日紅花沒有現在的深紅〉，收於《民俗周刊》108 期，頁 43。

123.〈蠅蟻狗會反魂說〉，見郭堅：〈關於梁祝故事的通訊‧蠅蟻狗會反魂說〉，收於《民俗周刊》108 期，頁 44。

124. 周柏芬：〈英臺山伯與南徐一士子之故事〉，收於《民間文藝》

8 期,頁 19-22。

125. 袁洪銘:〈梁山伯與祝英臺〉(廣東東莞傳說),收於《民俗周刊》93、94、95 期合刊(1930 年 2 月 12 日),頁 88-93。又:〈梁山伯與祝英台〉(廣東東莞),見譚達先:《中國四大傳說新論》(臺北:貫雅文化事業有限公司,1993 年 6 月),頁 139-143。案:譚氏略改袁氏故事文字。

126. 沅君:〈祝英臺的歌〉,收於《民俗周刊》93、94、95 期合刊(1930 年 2 月 12 日),頁 61-67。又:〈"梁祝"的嬗變與文化的傳播〉,收於宜興市政協學習和文史委員會/宜興市華夏梁祝文化研究會主編:《宜興梁祝文化－－論文集》,(北京:方志出版社,2004 年 11 月),頁 47-49。

127.〈山伯英台的故事〉(林魏月娥(小時候聽祖母說的)講述,陳益源、鍾瑞景等十四名採錄,1999 年 8 月 21 日採錄於講述者家中),收於胡萬川、陳益源總編輯:《雲林縣閩南語故事集(三)》(雲林縣文化局印行,2001 年),頁 134-143。

128.〈梁祝殉情哀史〉、〈梁祝殉情哀史(續)〉,收於周太戊:《中國民間故事一百篇》(臺北:華風出版社,1978 年 1 月初版),頁 255-260。

129. 黃樸:〈花轎鎖門之傳說〉,收於《民俗周刊》93、94、95 合刊(1930 年 2 月 12 日),頁 69。

130. 徐賢柱:〈梁山伯與祝英台的傳說〉,中國安徽(六安市)梁祝文化研究會供稿。

131.〈養了伢佝了〉(陳繼良口述於 1983 年,蔣岱整理),收於宜興市政協學習和文史委員會/宜興市華夏梁祝文化研究會主

編：《宜興梁祝文化－－史料與傳說》，（北京：方志出版社，2003 年 10 月），頁 265-268。

132.〈梁山伯出生〉（陳繼華口述於 1984 年，繆岳章整理於 1987 年），收於宜興市政協學習和文史委員會／宜興市華夏梁祝文化研究會主編：《宜興梁祝文化－－史料與傳說》，（北京：方志出版社，2003 年 10 月），頁 269-271。

133.〈梁祝下凡國山縣〉（宗震名口述於 1978 年，蔣岩整理），收於宜興市政協學習和文史委員會／宜興市華夏梁祝文化研究會主編：《宜興梁祝文化－－史料與傳說》，（北京：方志出版社，2003 年 10 月），頁 272-275。

134.〔梁山伯與祝英台〕（鄭勁松記載，榮昌縣安福鎮老人講梁祝前傳與後傳），收於周靜書主編：《梁祝文化大觀·學術論文卷》（北京：中華書局，1999 年 12 月），頁 633-634。

135.〈菜湯庵〉（黃裳記錄），收於周靜書主編：《梁祝文化大觀·學術論文卷》（北京：中華書局，1999 年 12 月），頁 94。

136.〈清白里的來歷〉（陳繼華口述，蔣堯民整理），收於宜興市政協學習和文史委員會／宜興市華夏梁祝文化研究會主編《宜興梁祝文化－－史料與傳說》，（北京：方志出版社，2003 年 10 月），頁 283-287。

137.〈碧鮮庵的傳說〉（宗震民口述於 1983 年，夏玉整理），收於宜興市政協學習和文史委員會／宜興市華夏梁祝文化研究會主編：《宜興梁祝文化－－史料與傳說》，（北京：方志出版社，2003 年 10 月），頁 288-290。

138.〔祝英台死在梁山伯墓〕（河南故事），收於宜興市政協學習和

文史委員會／宜興市華夏梁祝文化研究會主編《宜興梁祝文化
－－論文集》,（北京：方志出版社,2004 年 11 月）,頁 162-163。

139. 〈梁山伯與祝英台合墓葬〉（根據民間傳說整理）,收於樊存常
主編：《梁祝故事源於孔孟故里》（北京：文物出版社,2005
年 8 月）,頁 166-170。

140. 〈梁祝墓借碗〉（根據民間傳說整理）,收於樊存常主編：《梁
祝故事源於孔孟故里》（北京：文物出版社,2005 年 8 月）,
頁 171-174。

141. 〈蝴蝶成雙不分離〉（根據民間傳說整理）,收於樊存常主編：
《梁祝故事源於孔孟故里》（北京：文物出版社,2005 年 8 月）,
頁 175-178。

142. 〈嶧山姻緣來世成〉（根據民間傳說整理）,收於樊存常主編：
《梁祝故事源於孔孟故里》（北京：文物出版社,2005 年 8 月）,
頁 179-182。

143. 〈嶧山梁祝讀書洞〉（根據民間傳說整理）,收於樊存常主編：
《梁祝故事源於孔孟故里》（北京：文物出版社,2005 年 8 月）,
頁 183-188。

144. 〈梁祝鬧五寶〉（根據民間傳說整理）,收於樊存常主編：《梁
祝故事源於孔孟故里》（北京：文物出版社,2005 年 8 月）,
頁 189-190。

145. 〈"斷橋"隔斷梁祝情〉（根據民間傳說整理）,收於樊存常主
編：《梁祝故事源於孔孟故里》（北京：文物出版社,2005 年 8
月）,頁 191-193。

146. 〈畫說孔孟故里梁祝故事〉（根據民間傳說整理）,收於樊存常

編著：《孔孟之鄉梁祝故事》（北京：文物出版社，2004 年 9 月第一版），頁 30-61。

147.〈梁山伯與祝英台〉（張文彬（男、45 歲、高中、農（看電視、表演而得知）講述，梁依雯、葉淑玲、陳紫芬、高蕙珊採錄，2003 年 11 月 22 日採錄於內埔鄉和興村），收於陳麗娜：《屏東後堆客家民間故事》，（臺北：中國口傳文學學會，2006 年 6 月初版），頁 13。

148.〈梁山伯與祝英台〉（周運娣（女、65 歲、日本教育、志工（看電影得知）講述，梁依雯、葉淑玲、陳紫芬、高蕙珊採錄；2003 年 11 月 25 日採錄於內埔鄉和興村），收於陳麗娜：《屏東後堆客家民間故事》，（臺北：中國口傳文學學會，2006 年 6 月初版），頁 14。

149.〈山東的梁山伯與祝英台〉，收於中國曲藝志全國編輯委員會：《中國曲藝志·山東卷》（北京：中國 ISBN 中心，2002 年 8 月），頁 553。

民歌

1.　〈羅江怨〉，收於杏橋主人等：《梁祝故事說唱合編》（臺北：古亭書屋，1975 年月一版），頁 15-16。又：《梁祝故事說唱集》（臺北：明文書局，1981 年 12 月初版），頁 15-16。（原文錄自明刊本《詞林一枝》，現根據路工：《梁祝故事說唱集》（上海古籍出版社，1985 年 8 月新版）），收於周靜書主編：《梁祝文化大觀·故事歌謠卷》（北京：中華書局，1999 年 12 月），

頁 821。

2. 《英台恨》（侯書凡（男、六十歲、農民、民間藝人、河南省南陽縣瓦店鄉侯營村人）講述，閻天民搜集整理，康健民提供資料，流傳於河南省西南部、湖北省北部、陝西省東北部，約產生於明末清初），收於周靜書主編：《梁祝文化大觀·故事歌謠卷》（北京：中華書局，1999 年 12 月），頁 433-452。

3. 《梁山伯歌》（據清初約 1660 年左右浙江忠和堂刻本編排），收於杏橋主人等：《梁祝故事說唱合編》（臺北：古亭書屋，1975 年 4 月一版），頁 18-52。又：《梁祝故事說唱集》（臺北：明文書局，1981 年）頁 15-16。又：周靜書主編：《梁祝文化大觀·故事歌謠卷》（北京：中華書局，1999 年 12 月），頁 516-541（篇末注語：本篇原系清初約 1660 左右浙江忠和堂木刻本，現根據路工：《梁祝故事說唱集》（上海古籍出版社，1985 年 8 月新版）編入，略做增訂）。

4. 《梁山伯》（32 行歌詞，收於乾隆年間手抄本《盤王大歌》／流傳於湖南江華瑤族自治縣瑤族），收於周靜書主編：《梁祝文化大觀·學術論文卷》（北京：中華書局，1999 年 12 月），頁 427。

5. 《梁山伯》（原文錄自清乾隆間李調元編的《粵風》，現根據路工：《梁祝故事說唱集》（上海出版社，1985 年 8 月新版）），頁 17。又：〈梁山伯〉，收於舒蘭編著：《中國地方歌謠集成·廣東省·情歌（一）》33 冊（臺北：渤海堂，1989 年 7 月），頁 154。又：〈梁山伯〉周靜書主編：《梁祝文化大觀·故事歌謠卷》（北京：中華書局，1999 年 12 月），頁 820。

6.　《梁山伯歌》（37 行，清咸豐九年（1859）手抄本，廣西來賓縣石陵瑤族村寨《大路歌》），收於周靜書主編：《梁祝文化大觀·學術論文卷》（北京：中華書局，1999 年 12 月），頁 427-428。

7.　〈梁祝送別〉（《梁山伯與祝英台》中《送別》一節）（遊海歌，邕寧縣，郭壽山演唱，李啟梧採錄，1984 年 2 月，邕江之濱，漢族），收於中國民間文學集成全國編輯委員會主編：《中國歌謠集成·廣西卷》上卷（中國社會科學出版社，1992 年），頁 600-601。

8.　〈唱英台〉（節選）（師公調，馬山縣，韋光堯演唱，紅波、韋清源、藍鴻恩搜集翻譯（據紅波、韋清源搜集的古壯字手抄本節譯），1985 年，片聯鄉，壯族），收於中國民間文學集成全國編輯委員會主編：《中國歌謠集成·廣西卷》上卷（中國社會科學出版社，1992 年），頁 398-402。

9.　〈梁山伯與祝英台〉（梁山哥，惠農縣，朱孝親演唱，艾天恩採錄，1986 年 4 月，廟台、尾閘鄉，漢族），收於中國民間文學集成全國編輯委員會主編：《中國歌謠集成·寧夏卷》（北京：中國 ISBN 中心，1995 年 12 月），頁 593-594。

10.　〈十二月花名唱梁祝〉（春調，餘杭縣，孟金文演唱，張長工採錄，1986 年 10 月，博陸鄉，漢族），收於中國民間文學集成全國編輯委員會主編：《中國歌謠集成·浙江卷》（北京：中國 ISBN 中心，1995 年 12 月），頁 377-378。

11.　《祝英台》（馬五子哥，隆德縣，魏氏演唱，白素龍、馬海林、魏浩文採錄，1986 年 11 月，山河鄉山河村，漢族），收於中國民間文學集成全國編輯委員會主編：《中國歌謠集成·寧夏

卷》（北京：中國 ISBN 中心，1995 年 12 月），頁 594-595。

12. 〈山伯與英台〉（山歌，遂昌縣，藍水富演唱，雷明生採錄，1987 年 6 月，妙高鎮，畬族），收於中國民間文學集成全國編輯委員會主編：《中國歌謠集成・浙江卷》（北京：中國 ISBN 中心，1995 年 12 月），頁 592-595。

13. 〈梁祝哀史〉（十二月花名調，鄞縣，施自梅演唱，杜定國採錄，1987 年 6 月，管江鄉黃嶺村，漢族），收於中國民間文學集成全國編輯委員會主編：《中國歌謠集成・浙江卷》（北京：中國 ISBN 中心，1995 年 12 月），頁 378-379。

14. 《梁祝歌》（山歌，麗水市，藍樟壽演唱，省畬族民族民間文藝學會採錄，1988 年 10 月，岩泉鎮殿前村，畬族），收於中國民間文學集成全國編輯委員會主編：《中國歌謠集成・浙江卷》（北京：中國 ISBN 中心，1995 年 12 月），頁 596。

15. 〈山伯訪友〉（郭守德搜集，流傳於安徽阜陽縣一帶），收於周靜書主編：《梁祝文化大觀・故事歌謠卷》（北京：中華書局，1999 年 12 月），頁 428-432。

16. 《梁祝山歌》（流傳於鄂、贛、皖毗鄰地區 20 餘縣，湖北黃梅縣桂遇秋搜集整理），收於周靜書主編：《梁祝文化大觀・故事歌謠卷》（北京：中華書局，1999 年 12 月），頁 453-501。

17. 《柳蔭記》（流傳於四川、遼寧蓬溪一帶，賴中全搜集整理，同類的流傳的還有花燈詞《柳蔭記》（福州聚新堂藏版）），收於周靜書主編：《梁祝文化大觀・故事歌謠卷》（北京：中華書局，1999 年 12 月），頁 502-515。

18. 《梁山伯與祝英台》（石遠銀搜集，流傳於浙江一帶），收於周

靜書主編:《梁祝文化大觀‧故事歌謠卷》(北京:中華書局,
1999 年 12 月),頁 589-603。

19. 《苗嶺梁祝歌》(麻樹蘭、金先生搜集,麻樹蘭翻譯整理,流
傳於湖南、貴州交界苗嶺山寨),收於周靜書主編:《梁祝文化
大觀‧故事歌謠卷》(北京:中華書局,1999 年 12 月),頁
703-731。

20. 《畬族傳統故事歌》(雷長妹搜集,藍興發翻譯整理,流傳於
福建省福安一帶畬鄉),收於周靜書主編:《梁祝文化大觀‧故
事歌謠卷》(北京:中華書局,1999 年 12 月),頁 732-743。

21. 《壯族梁山伯與祝英台》(劉志堅搜集整理,流傳於廣西壯族
地區),收於周靜書主編:《梁祝文化大觀‧故事歌謠卷》(北
京:中華書局,1999 年 12 月),頁 744-762。

22. 《瑤族英台傳》(盤啟有口述,唐慶得搜集整理,流傳於廣西
富川瑤族自治縣),收於周靜書主編:《梁祝文化大觀‧故事歌
謠卷》(北京:中華書局,1999 年 12 月),頁 763-771。

23. 《仫佬族梁山伯與祝英台》(銀世雄搜集整理,流傳於廣西羅
城仫佬族自治縣),收於周靜書主編:《梁祝文化大觀‧故事歌
謠卷》(北京:中華書局,1999 年 12 月),頁 772-776。

24. 《土家族梁山伯與祝英台》(周永超搜集整理,流傳於四川黔
江縣兩河區龍田鄉),收於周靜書主編:《梁祝文化大觀‧故事
歌謠卷》(北京:中華書局,1999 年 12 月),頁 777-787。

25. 〈讀書歌〉(白族打歌,錄自楊亮才、隆陽整理的《白族選》),
收於周靜書主編:《梁祝文化大觀‧學術論文卷》(北京:中華
書局,1999 年 12 月),頁 590。又:〈白族讀書歌〉(董水搜集

整理），收於周靜書主編：《梁祝文化大觀‧故事歌謠卷》（北京：中華書局，1999 年 12 月），頁 788。

26. 〈白族山伯英台〉（選自雲南大理白族自治州文教局編：《大理文化》第 7 期（1980 年 10 月）），收於周靜書主編：《梁祝文化大觀‧故事歌謠卷》（北京：中華書局，1999 年 12 月），頁 789-805。

27. 〈梁山伯與祝英台〉（水族雙歌，潘靜流講唱，燕寶記譯）收於周靜書編：《梁祝的傳說》（北京：中華書局 2001 年 10 月），頁 223-229。

28. 〈梁祝十二月花名〉（陽尺來唱述，朱荷月記錄，流傳於浙江鄞縣），收於周靜書主編：《梁祝文化大觀‧故事歌謠卷》（北京：中華書局，1999 年 12 月），頁 806-808。又：《新編梁山伯十二月唱春調》，石印本（上海：益民書局），見林美清：《梁祝故事及其文學研究》（臺北：國立臺灣大學中國文學研究所碩士論文，1982 年 6 月），頁 141。又：《新編梁山伯十二月唱春調》，石印本，其他題名為「梁山伯春調」，有繪圖在左頁，見林美清：《梁祝故事及其文學研究》（臺北：國立臺灣大學中國文學研究所碩士論文，1982 年 6 月），頁 141。又：《新編梁山伯十二月春調》，石印本，中央研究院歷史語言研究所傅斯年圖書館藏本 ATC10-162。又：《新編梁山伯十二月春調》，《時調大觀》，中央研究院歷史語言研究所傅斯年圖書館藏本 ATC16-208。又：《新編梁山伯十二月春調》，《新編時調大觀》，中央研究院歷史語言研究所傅斯年圖書館藏本 ATC17-211。又：《新編梁山伯十二月春調》，《新編時調大王》二集，石印

本，中央研究院博斯年圖書館藏本 ATC13-176。

29. 〈梁祝十二月花名〉（楊尺來等唱述，朱荷月、張衛列搜集，周靜書整理，流傳於江南地區），收於周靜書編：《梁祝的傳說》（北京：中華書局 2001 年 10 月），頁 230-231。

30 〈十二月好唱祝英台〉（張平安搜集，流傳於四川廣元一帶），收於周靜書主編：《梁祝文化大觀·故事歌謠卷》（北京：中華書局，1999 年 12 月），809-810。

31. 〈十二月花名唱梁祝〉（吳小春口述，史國興、路曉農整理），收於宜興市政協學習和文史委員會／宜興市華夏梁祝文化研究會主編：《宜興梁祝文化－－史料與傳說》（北京：方志出版社，2003 年 10 月），頁 294-296。

32. 〈梁山伯唱春調〉，《小曲精華》，石印本（上海：振圜小說社），中央研究院歷史語言研究所傅斯年圖書館藏本 ATC13-172。又：〈梁山伯〉（封面題「〈梁山伯十二個月花名〉」，蘇州：恆志書社發行之木刻本，中央研究院歷史語言研究所傅斯年圖書館藏本 ASC1-015），見林美清：《梁祝故事及其文學研究》（臺北：國立臺灣大學中國文學研究所碩士論文，1982 年 6 月），頁 139。

33. 〈祝英台〉（抄本）中央研究院傅斯年圖書館藏 Asg1-001。

34. 〈挖花調梁祝〉（王永祥唱述，陳煥文採錄，流傳於浙江鄞縣），收於周靜書主編：《梁祝文化大觀·故事歌謠卷》（北京：中華書局，1999 年 12 月），頁 811-813。

35. 〈祝英台四季歌〉（宋先榮搜集，流傳於青海祁連阿來鄉），收於周靜書主編：《梁祝文化大觀·故事歌謠卷》（北京：中華書

局，1999 年 12 月），頁 814。

36. 〈十八相送九觀景〉（曹宇振搜集，流傳於河南固縣一帶），收於周靜書主編：《梁祝文化大觀・故事歌謠卷》（北京：中華書局，1999 年 12 月），頁 815-816。

37. 〈河南民歌五首〉（劉康健、馮阮君等搜集整理，流傳於河南汝南、豫南一帶），收於周靜書主編：《梁祝文化大觀・故事歌謠卷》（北京：中華書局，1999 年 12 月），頁 822-827。

38. 〈山伯訪友〉（馬永智、劉士亭、閻克斌、李凡一、楊中華、朝振明等演唱）收於周靜書主編：《梁祝文化大觀・故事歌謠卷》（北京：中華書局，1999 年 12 月），頁 828-837。

39. 〈臺灣梁山伯與祝英台〉（選自《譚達先民間論文集》（中國友誼出版公司，1993 年 8 月版）），收於周靜書主編：《梁祝文化大觀・故事歌謠卷》（北京：中華書局，1999 年 12 月），頁 838。

40. 〈順口溜梁祝〉（鄭祥發搜集整理，流傳於浙江寧波）（選自《聊天百題》（寧波出版社，1998 年 2 月版）），收於周靜書主編：《梁祝文化大觀・故事歌謠卷》（北京：中華書局，1999 年 12 月），頁 841-843。

41. 〈化蝶英台調〉（根據河北油印本選入，原為浙江省民間文藝家協會徵集），收於周靜書主編：《梁祝文化大觀・故事歌謠卷》（北京：中華書局，1999 年 12 月），頁 844-853。

42. 〈訪友〉（流傳於河南省豫南一帶，劉康健搜集），收於周靜書主編：《梁祝文化大觀・故事歌謠卷》（北京：中華書局，1999 年 12 月），頁 854-857。

43. 〈山伯訪友〉（流傳於河南省豫南一帶，劉康健搜集），收於周

靜書主編:《梁祝文化大觀‧故事歌謠卷》(北京:中華書局,1999 年 12 月),頁 858。

44. 《祝英台歌》(麗江民歌),抄本,中央研究院傅斯年圖書館藏 Asg5-098

45. 〈唱祝陵〉(楊曉芳口述,繆汕整理),收於宜興市政協學習和文史委員會/宜興市華夏梁祝文化研究會主編:《宜興梁祝文化――史料與傳說》(北京:方志出版社,2003 年 10 月),頁 297-298。

46. 〈碧鮮庵與三生堂〉(吳逸新口述,菩子整理),收於宜興市政協學習和文史委員會/宜興市華夏梁祝文化研究會主編:《宜興梁祝文化――史料與傳說》(北京:方志出版社,2003 年 10 月),頁 299-300。

47. 〈牡丹祝英台〉(長歌《梁山伯與祝英台》(節選),宗震名演唱,周夢江採錄,1986 年 3 月 29 日,宜興),收於《中國民間歌謠集成‧江蘇卷》,頁 439-441。又:收於中國民間文學集成全國編委會:《中國歌謠集成‧江蘇卷》(北京:中國 ISBN 中心,1998 年 7 月),頁 439。又:〈牡丹祝英台〉(宗震名口述,周夢江記錄),收於宜興市政協學習和文史委員會/宜興市華夏梁祝文化研究會主編:《宜興梁祝文化――史料與傳說》(北京:方志出版社,2003 年 10 月),頁 301-303。

48. 〈梁祝哀史〉(柳寶福演唱,唐網林記錄),收於宜興市政協學習和文史委員會/宜興市華夏梁祝文化研究會主編:《宜興梁祝文化――史料與傳說》(北京:方志出版社,2003 年 10 月),頁 304-306。

49. 〈道情　梁山伯與祝英台〉（長篇吳歌，俞旭坤、宗震名、陳繼良口述，蔣堯民整理），收於宜興市政協學習和文史委員會／宜興市華夏梁祝文化研究會主編：《宜興梁祝文化－－史料與傳說》（北京：方志出版社，2003 年 10 月），頁 307-331。

50. 《花牌梁祝》（節錄）（山歌調），收於陳勤建主編：《東方的羅密歐與朱麗葉－－梁祝口頭遺產文化空間》（哈爾濱：黑龍江人民出版社，2005 年 9 月），頁 10。

51. 《梁山伯與祝英台》（CD）（俞淑琴演唱，河北民歌），收於《中國民歌經典》8（中國唱片總公司授權，搖籃唱片公司臺灣發行，1995 年）。

52. 〈梁山伯與祝英台〉（胡曉雲演唱，孫澤深採錄，1986 年 11 月，灌雲），收於中國民間文學集成全國編委會：《中國歌謠集成·江蘇卷》（北京：中國 ISBN 中心，1998 年 7 月），頁 438-439。

53. 《正月好唱祝英臺》，收於舒蘭編著：《中國地方歌謠集成·廣東省·民歌》32 冊（臺北：渤海堂文化公司，1989 年 7 月），頁 137-139。

54. 《梁祝》（萬玉秀演唱，鄒自廉採錄，常州市），中國民間文學集成全國編委會：《中國歌謠集成·江蘇卷》（北京：中國 ISBN 中心，1998 年 7 月），頁 439 附記。

55. 《梁祝》（趙仁寶演唱，林振豪、唐寶榮、韋中權採錄，常州市），收於中國民間文學集成全國編委會：《中國歌謠集成·江蘇卷》（北京：中國 ISBN 中心，1998 年 7 月），頁 439 附記。

56. 〈祝英台〉（瑤族女書唱本；共 374 句七言詩，譯者佚名，高銀先存），見謝志民：《江永“女書”之謎》（鄭州：河南出版

社，1991 年 2 月），頁 1108-1172。

57. 〔梁山伯與祝英台〕（水族單歌），見賀學君：《中國四大傳說》（臺北：雲龍出版社，1991 年一版），頁 122。

58. 《梁山伯與祝英台》（240 餘行，流傳於廣西金秀瑤族自治縣），收於周靜書主編：《梁祝文化大觀·學術論文卷》（北京：中華書局，1999 年 12 月），頁 428。

59. 《梁山伯與祝英台》（856 行，賀縣瑤族村寨），收於周靜書主編：《梁祝文化大觀·學術論文卷》（北京：中華書局，1999 年 12 月），頁 428-429。

60. 《吉蒂與伏隆》（流傳於廣西大瑤山布努瑤族地區），收於周靜書主編：《梁祝文化大觀·學術論文卷》（北京：中華書局，1999 年 12 月），頁 433。

61. 〔梁山伯與祝英台〕（流傳廣西大瑤山），收於周靜書主編：《梁祝文化大觀·學術論文卷》（北京：中華書局，1999 年 12 月），頁 434。

62. 〔梁山伯與祝英台〕（流傳廣西大瑤山），收於周靜書主編：《梁祝文化大觀·學術論文卷》（北京：中華書局，1999 年 12 月），頁 434。

63. 〔梁山伯與祝英台〕（瑤族），收於周靜書主編：《梁祝文化大觀·學術論文卷》（北京：中華書局，1999 年 12 月），頁 435。

64. 〔梁山伯與祝英台〕（瑤族），收於周靜書主編：《梁祝文化大觀·學術論文卷》（北京：中華書局，1999 年 12 月），頁 435。

65. 〔梁山伯與祝英台〕（瑤族），收於周靜書主編：《梁祝文化大觀·學術論文卷》（北京：中華書局，1999 年 12 月），頁 435。

66. 〔梁山伯與祝英台〕（瑤族），收於周靜書主編：《梁祝文化大觀·學術論文卷》（北京：中華書局，1999 年 12 月），頁 435。

67. 〔梁山伯與祝英台〕（瑤族），收於周靜書主編：《梁祝文化大觀·學術論文卷》（北京：中華書局，1999 年 12 月），頁 435。

68. 《牯嶺祝英台山歌》（388 節，每節 5 行，共計 1940 行，每行字，共計 13580 字。拾名所抄。），收於周靜書主編：《梁祝文化大觀·學術論文卷》（北京：中華書局，1999 年 12 月），頁 229。

69. 《仙伯英台》（浙江畬族是康熙年間由福建搬入浙江），收於周靜書主編：《梁祝文化大觀·學術論文卷》（北京：中華書局，1999 年 12 月），頁 449。

70. 〈柳蔭記〉，姚逸之、鍾貢勛述：《湖南唱本提要》（福祿圖書公司出版，1928 年出版，1968 年 10 月複刊，收於婁子匡、阮昌銳編校：《中山大學民俗叢書·9 冊》），頁 22。

71. 〈梁山哥〉（梁山哥，鹽縣，楊秀英演唱，馬廣建採錄，漢族），收於中國民間文學集成全國編輯委員會主編：《中國歌謠集成·寧夏卷》（北京：中國 ISBN 中心，1995 年 12 月），頁 592-593。

72. 《正月好唱祝英臺》，收於舒蘭編著：《中國地方歌謠集成·臺灣省·情歌（三）》17 冊（臺北：渤海堂文化公司，1989 年 7 月），頁 1-5。

73. 《山伯英臺》，收於舒蘭編著：《中國地方歌謠集成·臺灣省·情歌（三）》17 冊（臺北：渤海堂文化公司，1989 年 7 月），頁 97。

74. 《祝英台》，收於舒蘭編著：《中國地方歌謠集成·雲南省·情

歌（三）》30 冊（臺北：渤海堂文化公司，1989 年 7 月），頁
153。

75. 〔梁山伯與祝英台〕，收於周靜書主編：《梁祝文化大觀·學術
論文卷》（北京：中華書局，2000 年 10 月），頁 653。

76. 〔梁山伯與祝英台〕（吳歌），〈叩仙〉，明：《五鬧焦帕記》（卷
下）第二十齣，《明代版畫叢刊》十（臺北：國立故宮博物院，
1988 年 6 月），葉八。

77. 〔梁山伯與祝英台〕（粵西僮歌），收於清王士禎：《池北偶談》
卷十六，《四部刊要》（臺北：漢京文化事業公司，2004 年 3
月），頁 384。

78. 〔梁山伯與祝英台〕，白岩：〈梁山伯廟墓與風俗調查〉，收於
周靜書主編：《梁祝文化大觀·學術論文卷》（北京：中華書局，
2000 年 10 月），頁 302。

79. 〈寧波梁山伯廟竹枝詞〉（張傳芳記錄），收於周靜書主編：《梁
祝文化大觀·故事歌謠卷》（北京：中華書局，1999 年 12 月），
頁 839。

雜曲

1. 《小曲柳陰記哭五更》，雲南木刻本，中央研究院歷史語言研
究所傅斯年圖書館藏本 AW1-020。

2. 《新刻梁山伯祝英台夜思五更》，中央研究院歷史語言研究
所傅斯年圖書館藏本 ATC4-064。

3. 《三十六蟲名》，石印本，中央研究院歷史語言研究所傅斯年

圖書館藏本 ATC10-164。

4. 〈梁山伯〉，《梁山伯下山，今年新編，改良時調》，中央研究院歷史語言研究所傅斯年圖書館藏本 ATC20-254。

歌曲

1. 〈化蝶〉（根據小提琴協奏曲《梁山伯與祝英台》改編，閻肅填詞），收於周靜書編：《梁祝的傳說》（北京：中華書局 2001 年 10 月），頁 221。

2. 〈美麗的傳說－－中國寧波梁祝婚俗節主題歌〉（周靜書詞，熊緯曲），收於周靜書編：《梁祝的傳說》（北京：中華書局 2001 年 10 月），頁 222。

3. 〈梁祝〉（黃霑詞，何占豪、陳鋼曲，楊采妮唱），收於《毋忘我》（香港：香港商千禧年代股份有限公司，1994 年 11 月）。

4. 〈梁祝〉（王繼康編曲，郭子唱），收於《為愛偷生》（臺北：滾石唱片，1996 年 10 月）。

5. 〈梁祝〉（黃霑詞，何占豪、陳鋼曲，吳奇隆唱），收於《梁祝》（臺北：華納唱片，1994 年 8 月）。又：收於《雙飛》（臺北：飛碟唱片，1994 年 9 月）。又：收於《有聲有影》（臺北：寶麗晶唱片，1996 年 7 月）。

6. 〈梁祝〉（李天龍作詞、左安安原英文詞，李天龍、左安安作曲，涂惠元編曲，張智成唱），收於《May I love U》（臺北：華研國際唱片，2002 年 7 月）又：收於《蒐藏張智成》（臺北：華研國際唱片，2004 年 7 月）。

7. 〈梁祝〉（林冠吟、余一霞作詞，林冠吟作曲，林冠吟演唱），收於《We'll Go On The Stage》（臺北：福茂唱片，2003 年 02 月）。又：《我是火星人》（臺北：奇蹟唱片，2004 年 11 月）。

8. 〈梁山伯與祝英台之樓台會〉（李雋清作詞，周藍萍作曲，張鳳鳳唱），收於《時代經典Ⅲ－－瞬間永恆》（臺北：大紅音樂工作室，2003 年 4 月）。

9. 《梁山伯與祝英台・彩翼上九天》（曹勇詞，王立平曲），《梁山伯與祝英台》郵票首發式主題曲，收於宜興市政協學習和文史委員會／宜興市華夏梁祝文化研究會主編：《宜興梁祝文化－－論文集》（北京：方志出版社，2004 年 11 月）。

10. 〈苦命梁祝〉（劉德華作詞，何慶遠作曲，劉德華演唱），《再說一次・我愛你》（臺北：EMI 唱片，2005 年 8 月）。

11. 〈梁祝・分離〉（歌詞取自《梁祝》，曾仲影編曲，曲調／慶高中＋七字仔＋留書 2，黃香蓮、小咪演唱），收於《香聲蓮語》（臺灣最美的歌仔調）（臺北：明視影視事業股份有限公司）。

12. 〈雙飛・梁祝化蝶〉（曾仲影作曲/編曲，曲調／孟麗君（之二）1＋送君別 3，黃香蓮、石惠君唱），收於《香聲蓮語》（臺灣最美的歌仔調）（臺北：明視影視事業股份有限公司）。

地方曲藝

鼓詞

1. 《梁山伯祝英臺結義兄弟攻書詞》（選自明末刻本），收於周靜

書主編：《梁祝文化大觀・故事歌謠卷》（北京：中華書局，1999年12月），頁542-588，案：周氏書改名為《結義兄弟攻書傳》。

2. 《柳蔭記》（清末約1870年左右，四川桂馨堂刻本），收於杏橋主人等：《梁祝故事說唱合編》（臺北：古亭書屋，1975年4月一版），頁106-180又：《梁祝故事說唱集》（明文書局，1981年12月初版），頁106-180。又：收於周靜書主編：《梁祝文化大觀・曲藝小說卷》（北京：中華書局，1999年12月），頁244-287（篇末注語：清末約1870年左右，四川桂馨堂刻本節選，參照路工《梁祝故事說唱集》校勘）。

3. 《新刻梁山伯祝英台夫婦攻書還魂團圓記》（據河南清末刻本（1900）編排，用上海清末石印本校勘），收於杏橋主人等：《梁祝故事說唱合編》（臺北：古亭書屋，1975年4月一版），頁55-105。又：《梁祝故事說唱集》（臺北：明文書局，1981年12月初版），頁55-105。

4. 《梁山伯祝英台還魂團圓記》（據路工提供清代江蘇民間藝人抄本編入，參照《梁祝故事說唱集》中鼓詞《柳蔭記》校勘），收於周靜書主編：《梁祝文化大觀・故事歌謠卷》（北京：中華書局，1999年12月），頁604-642。又：《後梁山伯還魂團圓記》（《繪圖梁山伯祝英台還魂團圓記後傳》），石印本，上海美術書局，中央研究院歷史語言研究所傅斯年圖書館藏本AGS5-078。

5. 《梁山伯重整姻緣傳》（據清代福州聚新堂藏版刻印本，原題也做《新刻同窗梁山伯還魂重整姻緣傳》），收於周靜書主編：

《梁祝文化大觀・故事歌謠卷》（北京：中華書局，1999 年 12月），頁 353-371。

6.　《梁山伯與祝英台全史》（據清代上海槐蔭火房書莊刻本，參照《梁祝故事說唱集》中《新刻梁山伯祝英台夫婦攻書還魂團圓記》校勘），收於周靜書主編：《梁祝文化大觀・故事歌謠卷》（北京：中華書局，1999 年 12 月），頁 295-352。《最新繪圖梁山伯祝英台夫婦攻書還魂團欒（圓）記》上下二卷，石印本，上海椿蔭書莊，中央研究院歷史語言研究所傅斯年圖書館藏本AGS5-078。又：《梁山伯祝英台全本》二卷（《繡像梁山伯祝英台夫婦攻書還魂團圓記全本》），石印本，上海閘北協成書局，中央研究院歷史語言研究所傅斯年圖書館藏本AGS5-079。又：《梁山伯祝英台全傳》（梁祝姻緣繡像仿宋本），收於楊雲萍文庫，索書號：539. 12084616. [v.764]。

7.　《祝英台》，見姚逸之、鍾貢勛述：《湖南唱本提要》（福祿圖書公司出版，1928 年出版，1968 年 10 月復刊，收於婁子匡、阮昌銳編校：《中山大學民俗叢書》9 冊），頁 23。

8.　《梁山伯與祝英台》（又名《梁祝姻緣》、《柳蔭記》），取材於上海槐蔭火房石印本，收於中國曲藝志全國編輯委員會：《中國曲藝志・湖南卷》（北京：中國 ISBN 中心，1992 年 10 月），頁 164。

9.　〈梁山伯下山〉（王志愛口述，貞三整理，流傳於河南一帶），收於周靜書主編：《梁祝文化大觀・曲藝小說卷》（北京：中華書局，1999 年 12 月），頁 288-292。

10.　《祝九紅撲墓》（王守玲口述，流傳於河南一帶），收於周靜書

主編：《梁祝文化大觀・曲藝小說卷》（北京：中華書局，1999年12月），頁 293-296。

大鼓書

1.　《祝英台辭學梁山伯送友》（大鼓書），光緒三（1877）年許昌成文堂本，中央研究院歷史語言研究所傅斯年圖書館藏本 AKUI20-374。

2.　《祝英台上學》（大鼓書），木刻本，中央研究院歷史語言研究所傅斯年圖書館藏本 AKUI20-374。

3.　《梁山伯送友》（大鼓書），木刻本，中央研究院歷史語言研究所傅斯年圖書館藏本 AKUI20-374。

彈詞

1.　《新編金蝴蝶傳》（根據清乾隆己丑（1769）年江蘇蘇州民間藝人抄本編排），收於杏橋主人等：《梁祝故事說唱合編》（臺北：古亭書屋，1975年4月一版），頁 237-258。又：《梁祝故事說唱集》（明文書局，1981年12月初版），頁 237-258。又：收於周靜書主編：《梁祝文化大觀・曲藝小說卷》（北京：中華書局，1999年12月），頁 329-358（篇末注語：根據清乾隆己丑（1769）年江蘇蘇州民間藝人抄本編入，參照路工：《梁祝故事說唱集》校勘）。

2.　《新編東調大雙蝴蝶》（根據清乾隆34（1769）年寫定，道光三（1823）年文會堂補刊本編印），收於杏橋主人等：《梁祝故事說唱合編》（臺北：古亭書屋，1975年4月一版），頁 259-345。

又：《梁祝故事說唱集》（明文書局，1981 年 12 月初版），頁
259-345。又：收於周靜書主編：《梁祝文化大觀‧曲藝小說卷》
（北京：中華書局，1999 年 12 月），頁 359-482（篇末注語：
根據清乾隆卅四（1769）年寫定，道光三（1822）年文會堂補
刊本編入，參照路工：《梁祝故事說唱集》（上海：上海古籍出
版社，1985 年一版）校勘）。

3. 〈梁山伯與祝英台〉（選自《南方曲藝小叢書》，陳子謙、平襟
並合編：《彈詞開篇》（中央書店 1955 年版）），收於周靜書主
編：《梁祝文化大觀‧曲藝小說卷》（北京：中華書局，1999
年 12 月），頁 1-2。

4. 〈梁山伯與祝英台〉，收於周靜書主編：《梁祝文化大觀‧曲藝
小說卷》（北京：中華書局，1999 年 12 月），頁 3-6。

5. 〈《梁祝》題材開篇‧梁祝〉，收於《蘇州彈詞大觀》編輯委員
會編：《蘇州彈詞大觀》（修訂本）（上海：學林出版社，1999
年 1 月二版），頁 199。

6. 〈《梁祝》題材開篇‧樓台會〉，收於《蘇州彈詞大觀》編輯委
員會編：《蘇州彈詞大觀》（修訂本）（上海：學林出版社，1999
年 1 月二版），頁 199-200。

7. 〈《梁祝》題材開篇‧化蝶〉，收於《蘇州彈詞大觀》編輯委員
會編：《蘇州彈詞大觀》（修訂本）（上海：學林出版社，1999
年 1 月二版），頁 200-201。

8. 《梁祝‧哭靈‧與你陰陽阻隔話難云》（王月香唱，陶謀炯記
譜），收於中國曲藝音樂集成全國編輯委員會：《中國曲藝音樂
集成‧江蘇卷》（北京：中國 ISBN 中心，1996 年 11 月），頁

189-194。又：《梁祝‧英台哭靈》，收於中國曲藝志全國編輯委員會：《中國曲藝志‧江蘇卷》（北京：中國 ISBN 中心，1996 年 12 月），頁 464-465。

9. 《梁祝‧送兄‧我是有興而來敗興回》（尤惠秋唱，俞崇道記譜），收於中國曲藝音樂集成全國編輯委員會：《中國曲藝音樂集成‧江蘇卷》（北京：中國 ISBN 中心，1996 年 11 月），頁 156-171。

10. 《梁祝‧一見靈牌魂膽消》（侯莉君唱，郁小庭記譜），收於中國曲藝音樂集成全國編輯委員會：《中國曲藝音樂集成‧江蘇卷》（北京：中國 ISBN 中心，1996 年 11 月），頁 144-148。

福州平話

1. 《祝梁緣》（《梧桐判》、《祝梁緣》合刊本）（封面題：福州益聞書局總批發，益聞書局，石印本），收於《俗文學叢刊》383 冊（臺北：中央研究院歷史語言研究所 / 新文豐出版公司合作出版，2001 年 10 月初版），頁 419-442。

2. 《雙蝴蝶》二集（初集封面書題「雙蚨蝶」，右小字：上海石印書局、益新書局，卷端題「雙蝴蝶梁山伯」，版心題「雙蝴蝶、初集」，二集卷端「雙蝴蝶梁山伯再生緣」，文中又題「梁祝再生緣」，版心題「雙蝴蝶、二集」），收於《俗文學叢刊》367 冊（臺北：中央研究院歷史語言研究所 / 新文豐出版公司合作出版，2004 年 10 月初版），頁 63-104。

木魚書

1. 《全本梁山伯即係牡丹記南音》（根據清末廣州芹香閣刻本編印），收於杏橋主人等：《梁祝故事說唱合編》（臺北：古亭書屋，1975 年 4 月一版），頁 189-233。又：《梁祝故事說唱集》（臺北：明文書局，1981 年 12 月初版），頁 189-233。又：收於周靜書主編：《梁祝文化大觀・曲藝小說卷》（北京：中華書局，1999 年 12 月），頁 185-243（篇末注語：本篇又名為〈全本梁山伯即系牡丹記南音〉，根據清末廣州芹香閣刻本編入，參照路工：《梁祝故事說唱集》（上海古籍出版社，1985 年版）校勘）。

2. 〈英台回鄉〉（據廣州成文堂木刻本編印），收於杏橋主人等：《梁祝故事說唱合編》（臺北：古亭書屋，1975 年 4 月一版），頁 183-184。又：《梁祝故事說唱集》（臺北：明文書局，1981 年 12 月初版），頁 183-184。又：收於周靜書主編：《梁祝文化大觀・曲藝小說卷》（北京：中華書局，1999 年 12 月），頁 178-180。又：〈英台回鄉〉（據廣州成文堂木刻本 1932 年印刷），收於周靜書主編：《梁祝文化大觀・故事歌謠卷》（北京：中華書局，1999 年 12 月），頁 817-819。

3. 〈山伯訪友〉（據廣州五桂堂機器版本排印），收於杏橋主人等：《梁祝故事說唱合編》（臺北：古亭書屋，1975 年 4 月一版），頁 185-187。又：《梁祝故事說唱集》（臺北：明文書局，1981 年 12 月初版），頁 185-187。又：收於周靜書主編：《梁祝文化大觀・曲藝小說卷》（北京：中華書局，1999 年 12 月），頁 181-184（篇末注語：據廣州五桂堂機器版本編入，參照路工：《梁祝故事說唱集》校勘）。

4. 〔梁山伯與祝英台〕《龍舟歌》（縮影資料）原精裝本，分 6
   冊（1494 頁），廣州：以文堂。

   (1)〈改良英台回鄉〉，《龍舟歌》冊 1。

   (2)〈十送英台〉，《龍舟歌》冊 1（內題《新本十送英台（套
   錦南音）》）。

   (3)〈士九問路〉，《龍舟歌》冊 1。

   (4)〈英台辦酒〉，《龍舟歌》冊 1（內題〈英台討友辦酒（套
   錦南音）〉）。

   (5)〈英台拜月〉，《龍舟歌》冊 4。（機器板）

   (6)〈英台祭奠〉上下卷，《龍舟歌》冊 2。

5. 《正字梁山伯祝英台全本》上下卷（封面上題：民國四年新鋟，
   以文堂（機器板），中題「正字梁山伯祝英台全本」，左下題「粵
   東省城第七甫以文堂版」，目次前題「繡像梁山伯祝英台全
   本」，目次後題「新刻正字牡丹記南音目錄終　此書校訂與別
   本不同」，上卷卷端題「重訂梁山伯牡丹記南音卷之上　狀元
   坊內太平新街以文堂重訂」，上卷版心題「梁山伯全或梁山伯
   全書、上卷」，下卷版心題「梁山伯全書、下卷」），中央研究
   院傅斯年圖書館陶慶甄本 AN12。

6. 《全本姻緣記歌》，雷陽印書館印行，1933 年 3 月。中央研究
   院傅斯年圖書館藏 858. 9／285。

寶卷

1. 《雙蝴蝶寶卷》（同治十三（1874）年元旦日立），收於張希舜
   等主編：《寶卷初集》34 冊（山西人民出版社，1994 年 10 月），

頁 381-495。

2. 《雙仙寶卷》（光緒四（1878）年清和月，俞步嬴抄本，現藏於寧波梁祝文化公園資料館），收於周靜書主編：《梁祝文化大觀·曲藝小說卷》（北京：中華書局，1999 年 12 月），頁 297-328。

3. 《山柏寶卷》（光緒廿五（1899）年杏月中抄），收於張希舜等主編：《寶卷初集》37 冊（山西人民出版社，1994 年 10 月），頁 211-320。

4. 《新刻梁山伯祝英台夫婦攻書還魂團圓寶卷全集》（光緒初抄本），戴不凡：〈梁祝故事三種〉，見《小說見聞錄》（臺北：木鐸出版社，1983 年 4 月），頁 44-47。

5. 《梁山伯寶卷》（上海文益書局，1924 年春月），《俗文學叢刊》351 冊（臺北：中央研究院歷史語言研究所 / 新文豐出版公司合作出版，2004 年 5 月初版），頁 1-50。

6. 《訪友》，收於張希舜等主編：《寶卷初集》37 冊（山西人民出版社，1994 年 10 月），頁 321-378。

7. 《英苔寶卷》，收於張希舜等主編：《寶卷初集》37 冊（山西人民出版社），頁 120-209。

8. 《英台卷》（抄本），見戴不凡：〈梁祝故事三種〉，《小說見聞錄》（臺北：木鐸出版社，1983 年 4 月），頁 44。又戴不凡：〈梁祝故事三種〉，收於周靜書主編：《梁祝文化大觀·學術論文卷》（北京：中華書局，1999 年 12 月），頁 217-218。又宣彬：〈梁祝故事的三本"寶卷"〉，收於周靜書主編：《梁祝文化大觀·學術論文卷》（北京：中華書局，1999 年 12 月），頁 113-115。

9. 《三美圖寶卷》（又名《後梁山伯還魂團圓記》，上海：惜陰書

局出版），戴不凡：〈梁祝故事三種〉，見《小說見聞錄》（臺北：
木鐸出版社，1983 年 4 月），頁 44。又戴不凡：〈梁祝故事三
種〉，收於周靜書主編：《梁祝文化大觀·學術論文卷》（北京：
中華書局，1999 年 12 月），頁 217。又宣彬：〈梁祝故事的三
本"寶卷"〉，收於周靜書主編：《梁祝文化大觀·學術論文卷》
（北京：中華書局，1999 年 12 月），頁 113-114。

10. 《梁祝寶卷·灑淨詞兒》（邢吉善唱，袁克文據 1995 年酒泉市
採風錄音記譜），收於中國曲藝音樂集成全國編輯委員會：《中
國曲藝音樂集成·甘肅卷》（北京：中國 ISBN 中心，1998 年
12 月），頁 777。

宣卷

1. 《英台哭靈·悲調》（張林福等唱，談敬德據 1992 年曲藝志上
海卷總編輯部《中國曲藝音樂·上海卷》編輯部宣卷研討會錄
音資料記譜），收於中國曲藝音樂集成全國編輯委員會：《中國
曲藝音樂集成·上海卷》（北京：中國 ISBN 中心，1997 年 9
月），頁 1291-1292。

四川清音

1. 《思英台·憶我郎㈡》（何玉秀唱，李敏康據 1956 年 12 月
四川人民廣播電台錄音記譜），收於中國曲藝音樂集成全國編
輯委員會：《中國曲藝音樂集成·四川卷》（北京：中國 ISBN
中心，1994 年 5 月），頁 235-236。

2. 〈山伯送行〉（選自中國曲藝研究會主編，胡度編《清音曲詞

選》（北京：作家出版社，1957 年 7 月）），收於周靜書主編：
《梁祝文化大觀・曲藝小說卷》（北京：中華書局，1999 年 12
月），頁 125-127。

3. 《梁山伯與祝英台・粉蝶引(二)》（陳蓉華唱，王明心據 1963
年 12 月瀘州採錄記譜），收於中國曲藝音樂集成全國編輯委員
會：《中國曲藝音樂集成・四川卷》（北京：中國 ISBN 中心，
1994 年 5 月），頁 256-257。

4. 《送行・長城調(五)》（鄧碧霞唱，吳聲、沙子銓據 1984 年 4
月李靜明、譚柏樹重慶採錄記譜），收於中國曲藝音樂集成全
國編輯委員會：《中國曲藝音樂集成・四川卷》（北京：中國
ISBN 中心，1994 年 5 月），頁 256-257。

四川花鼓

1. 〔梁山伯與祝英台〕（460 句，含 1. 山伯訪友 2. 得病求方 3.
四九下書 4. 英台祭墳），收於周靜書主編：《梁祝文化大觀・
學術論文卷》（北京：中華書局，1999 年 12 月），頁 37-38。

2. 《山伯訪友・三月桃花開(二)》（蔣光泉唱，江愛華記譜），收
於中國曲藝音樂集成全國編輯委員會：《中國曲藝音樂集成・
四川卷》（北京：中國 ISBN 中心，1994 年 5 月），頁 1282-1283。

3. 《山伯訪友・三月桃花開(一)》（朱佩蓉、朱翠英唱，江愛華
記譜），收於中國曲藝音樂集成全國編輯委員會：《中國曲藝音
樂集成・四川卷》（北京：中國 ISBN 中心，1994 年 5 月），頁
1281。

4. 《山伯送行・兄送賢弟到牆頭》（唐國山唱，陳玉奎記譜），收

於中國曲藝音樂集成全國編輯委員會：《中國曲藝音樂集成‧四川卷》(北京：中國 ISBN 中心，1994 年 5 月)，頁 1278-1279。

5. 《四九求方‧英台轉樓上》(蔣光泉唱，江愛華記譜)，收於中國曲藝音樂集成全國編輯委員會：《中國曲藝音樂集成‧四川卷》(北京：中國 ISBN 中心，1994 年 5 月)，頁 1276-1277。

6. 《山伯訪友‧老調門(三)》(蔣光泉唱，江愛華記譜)，收於中國曲藝音樂集成全國編輯委員會：《中國曲藝音樂集成‧四川卷》(北京：中國 ISBN 中心，1994 年 5 月)，頁 1273。

河南墜子

1. 〈梁山伯與祝英台〉(潘金鳳、潘銀鳳口述，陸平記錄整理)，收於周靜書主編：《梁祝文化大觀‧曲藝小說卷》(北京：中華書局，1999 年 12 月)，頁 90-106。

2. 〈梁祝下山〉(潘仙玲唱，陳嶺據 1987-1990 年駐馬店地區曲種普查錄音記譜)，收於中國曲藝音樂集成全國編輯委員會：《中國曲藝音樂集成‧河南卷》(北京：中國 ISBN 中心，1996 年 10 月)，頁 1105-1120。

大調曲子

1. 《梁祝》(胡世齋口傳，南陽地區群藝館編印)，收於周靜書主編：《梁祝文化大觀‧曲藝小說卷》(北京：中華書局，1999 年 12 月)，頁 107-116。

2. 《英台拜墓‧上流》(胡運榮唱，侯中山記譜)，收於中國曲藝音樂集成全國編輯委員會：《中國曲藝音樂集成‧河南卷》(北

京：中國 ISBN 中心，1996 年 10 月），頁 121-122。

山東琴書

1. 〈梁山伯與祝英台下山〉（選段）（鄒環生、韓鳳蘭編曲／唱，據 1953 年 7 月參加全國戲劇、音樂、舞蹈匯演實況錄音記譜），收於中國曲藝音樂集成全國編輯委員會：《中國曲藝音樂集成·遼寧卷》（北京：中國 ISBN 中心，2002 年 7 月），頁 1343-1358。

2. 《梁山伯與祝英台下山·三眼板》（鄒環生、韓鳳蘭編曲／唱，據 1953 年中國唱片社出版唱記譜），收於中國曲藝音樂集成全國編輯委員會：《中國曲藝音樂集成·遼寧卷》（北京：中國 ISBN 中心，2002 年 7 月），頁 1335-1336。

3. 《梁山伯與祝英台下山·慢板(四)》（選自，鄒環生、韓鳳蘭編曲／唱，據 1953 年中國唱片社出版唱片記譜），收於中國曲藝音樂集成全國編輯委員會：《中國曲藝音樂集成·遼寧卷》（北京：中國 ISBN 中心，2002 年 7 月），頁 1333-1334。

4. 《梁山伯與祝英台下山·慢板(三)》（鄒環生、韓鳳蘭編曲／唱，據 1953 年中國唱片社出版唱片記譜），收於中國曲藝音樂集成全國編輯委員會：《中國曲藝音樂集成·遼寧卷》（北京：中國 ISBN 中心，2002 年 7 月），頁 1333。

5. 《梁山伯與祝英台下山·慢板(二)》（鄒環生、韓鳳蘭編曲／唱，據 1953 年中國唱片社出版唱片記譜），收於中國曲藝音樂集成全國編輯委員會：《中國曲藝音樂集成·遼寧卷》（北京：

中國 ISBN 中心，2002 年 7 月），頁 1332。

6. 〈梁祝下山〉，收於周靜書主編：《梁祝文化大觀·曲藝小說卷》（北京：中華書局，1999 年 12 月），頁 51-54。

7. 《梁山伯與祝英台·十八相送》（姚忠寶、楊珀主演），臺北曲藝團創團十周年公演，臺北曲藝團主辦，中國曲藝家協會協辦，演出時間：2003 年 11 月 25-27 日，演出地點：臺北市新舞臺。

8. 《梁山伯與祝英台·下山》，收於中國曲藝志全國編輯委員會：《中國曲藝志·北京卷》（北京：中國 ISBN 中心，1999 年 9 月），頁 151。

9. 《梁祝姻緣記》（又名《雙蝴蝶》、《梁山伯與祝英台》），收於中國曲藝志全國編輯委員會：《中國曲藝志·山東卷》（北京：中國 ISBN 中心，2002 年 8 月），頁 206-207。

10. 《梁山伯下山》（又名《梁祝下山》），收於中國曲藝志全國編輯委員會：《中國曲藝志·山東卷》（北京：中國 ISBN 中心，2002 年 8 月），頁 207。

11. 〈梁祝下山〉，收於中國曲藝志全國編輯委員會：《中國曲藝志·遼寧卷》（北京：中國 ISBN 中心，2000 年 9 月），頁 131。

12. 〈梁祝下山〉（鄒環生、韓鳳蘭唱，任寶楨記譜），收於中國曲藝音樂集成全國編輯委員會：《中國曲藝音樂集成·山東卷》（北京：中國 ISBN 中心，1998 年 12 月），頁 363-379。

13. 〈梁山伯下山〉（鄧九如、張鳳玲唱，張斌、任寶楨記譜），收於中國曲藝音樂集成全國編輯委員會：《中國曲藝音樂集成·山東卷》（北京：中國 ISBN 中心，1998 年 12 月），頁 331-337。

14. 〈梁祝五更〉（徐桂榮、暢雪麗唱，徐桂榮記譜），收於中國曲藝音樂集成全國編輯委員會：《中國曲藝音樂集成・山東卷》（北京：中國 ISBN 中心，1998 年 12 月），頁 304-314。

15. 《梁祝下山・上河調》（朱麗華唱，蘇本棟記譜），收於中國曲藝音樂集成全國編輯委員會：《中國曲藝音樂集成・山東卷》（北京：中國 ISBN 中心，1998 年 12 月），頁 93。

16. 〈梁祝下山〉（2002 年 7 月 7 日樊存常根據《山東琴書》的傳人，濟寧市民間藝人，73 歲的王寶真老人演唱錄音整理），收於樊存常：《梁祝故事源孔孟故里》（北京：文物出版社，2005 年 8 月），頁 196-267。

豫東琴書

1. 〈梁祝姻緣〉，收於周靜書主編：《梁祝文化大觀・曲藝小說卷》（北京：中華書局，1999 年 12 月），頁 55-89。

洛陽琴書

1. 〈梁祝下山〉（呂祿唱），收於中國曲藝音樂集成全國編輯委員會：《中國曲藝音樂集成・河南卷》（北京：中國 ISBN 中心，1996 年 10 月），頁 1462-1463。

清曲

1. 〈梁山伯與祝英台〉（書人書明鐸編，上海文藝出版社），收於周靜書主編：《梁祝文化大觀・曲藝小說卷》（北京：中華書局，1999 年 12 月），頁 17-45。

揚州清曲

1.　〈十八相送〉（選自揚州市文聯編：《揚州清曲選》（1959 年 7 月版）），收於周靜書主編：《梁祝文化大觀・曲藝小說卷》（北京：中華書局，1999 年 12 月），頁 10-16。

淮北花鼓調

1.　〈山伯訪友〉（1987 年江浙滬徵集梁祝資料時，由安徽阜陽縣郭守德提供），收於周靜書主編：《梁祝文化大觀・曲藝小說卷》（北京：中華書局，1999 年 12 月），頁 46-50。

蓮花落

1.　〈英臺山伯〉（陳細寶（59 歲）盲藝人唱述，張一芳採錄），收於周靜書主編：《梁祝文化大觀・曲藝小說卷》（北京：中華書局，1999 年 12 月），頁 7-9。

錦歌

1.　《山伯英台・補甕調》（梁蠻蜞唱，柳啟敏據 1960 雲霄縣的採風記譜），收於中國曲藝音樂集成全國編輯委員會：《中國曲藝音樂集成・福建卷》（北京：中國 ISBN 中心，2001 年 10 月），頁 1186-1187。

2.　《英台山伯・殺嫂調》（梁蠻蜞、黃金唱，劉春曙據 1960 雲霄縣的採風記譜），收於中國曲藝音樂集成全國編輯委員會：《中國曲藝音樂集成・福建卷》（北京：中國 ISBN 中心，2001 年

10 月），頁 1182-1183。

3. 《山伯英台‧相思引》（張上下唱，王利據 1960 年長泰縣的採風記譜），收於中國曲藝音樂集成全國編輯委員會：《中國曲藝音樂集成‧福建卷》（北京：中國 ISBN 中心，2001 年 10 月），頁 1174-1175。

4. 《梁祝遊春‧花鼓調》（王棕蓑、連素花唱，劉春曙據 1960 年龍海縣的採風記譜），收於中國曲藝音樂集成全國編輯委員會：《中國曲藝音樂集成‧福建卷》（北京：中國 ISBN 中心，2001 年 10 月），頁 1166-1167。

5. 《山伯探英台‧廈門調(二)》，黃詩唱，劉春曙據 1960 年龍海縣的採風記譜），收於中國曲藝音樂集成全國編輯委員會：《中國曲藝音樂集成‧福建卷》（北京：中國 ISBN 中心，2001 年 10 月），頁 1160。

6. 《樓台會‧三空半》（陳允在、陳亞秋唱，劉春曙據 1960 年漳州市的採風記譜），收於中國曲藝音樂集成全國編輯委員會：《中國曲藝音樂集成‧福建卷》（北京：中國 ISBN 中心，2001 年 10 月），頁 1150-1151。

7. 《山伯英台‧安童鬧》（陳亞秋唱，劉春曙據 1960 年漳州市的採風記譜），收於中國曲藝音樂集成全國編輯委員會：《中國曲藝音樂集成‧福建卷》（北京：中國 ISBN 中心，2001 年 10 月），頁 1128-1129。

8. 《梁祝‧十八相送‧五空仔硬陽關》（陳亞秋唱，劉春曙據 1960 年漳州的採風記譜），收於中國曲藝音樂集成全國編輯委員

會:《中國曲藝音樂集成・福建卷》(北京:中國 ISBN 中心,
2001 年 10 月),頁 1125-1126。

9. 《英台山伯・七字仔反》(吳仲食唱,劉春曙據 1960 年長泰縣
的採風記譜),收於中國曲藝音樂集成全國編輯委員會:《中國
曲藝音樂集成・福建卷》(北京:中國 ISBN 中心,2001 年 10
月),頁 1119。

10. 《英台山伯・七字仔》(葉水金唱,劉春曙據 1960 年和平縣的
採風記譜),收於中國曲藝音樂集成全國編輯委員會:《中國曲
藝音樂集成・福建卷》(北京:中國 ISBN 中心,2001 年 10 月),
頁 1118-1119。

11. 《英台山伯・四空仔》(陳亞秋唱,劉春曙據 1960 年漳州市的
採風記譜),收於中國曲藝音樂集成全國編輯委員會:《中國曲
藝音樂集成・福建卷》(北京:中國 ISBN 中心,2001 年 10 月),
頁 1110-1113。

12. 〈樓台會〉,收於周靜書主編:《梁祝文化大觀・曲藝小說卷》
(北京:中華書局,1999 年 12 月),頁 127。

13. 《山伯英台・彩調》(張瑞唱,平和文化館記譜),收於中國曲
藝音樂集成全國編輯委員會:《中國曲藝音樂集成・福建卷》
(北京:中國 ISBN 中心,2001 年 10 月),頁 1187-1188。

14. 《三伯英台》,見劉春曙:〈閩台錦歌漫議――歌仔戲形成三要
素〉(收於《民俗曲藝》72 期,1988 年 3 月),頁 271-272。

歌仔冊

1. 《三伯英台歌》(二十本),收於王順隆「閩南語俗曲唱本『歌

仔冊』全文資料庫」1331 冊，http://www32.ocn.ne.jp/~sunliong
/index.html（廈門：手抄本）。又見林俶伶：《臺灣梁祝歌仔冊
敘事研究》（引自王順隆「閩南語俗曲唱本『歌仔冊』全文資
料庫」）（南華大學文學研究所碩士論文，2005 年 6 月 17 日），
頁 233-248。

2. 〔梁山伯與祝英台〕（廈門：手抄本），收於王順隆「閩南語
俗曲唱本『歌仔冊』全文資料庫」，http://www32.ocn.ne.jp/~sunl
iong/index.html。

　　（1）《山伯寄書（山伯討藥）》，王順隆 1332 冊。

　　（2）《英台回批》，王順隆 1334 冊。

　　（3）《山伯過五更》，王順隆 1336 冊。

　　（4）《英台哭五更》，王順隆」1339 冊。

　　（5）《英台十二送歌》，王順隆 1341 冊。

　　（6）《英台哭墓化蝶》，王順隆 1342 冊。

3. 《圖像英臺歌》（《新刻繡像英臺念歌》（清 1876 年以前木版），
藏英國牛津大學東方圖書館），見吳樹：〈古今之〈山伯英臺
歌〉〉，收於《臺南文化》新 38 期（1995 年），頁 185-203。又：
《新刻繡像英臺念歌》，收於王順隆「閩南語俗曲唱本『歌仔
冊』全文資料庫」58 冊，http://www32.ocn.ne.jp/~sunliong/ind
ex.html（會文齋，木刻本）。又：《圖像英臺歌》，見林俶伶：《臺
灣梁祝歌仔冊敘事研究》（引自王順隆「閩南語俗曲唱本『歌
仔冊』全文資料庫」）（南華大學文學研究所碩士論文，2005
年 6 月 17 日），頁 249-252。

4. 〔梁三伯與祝英台〕（廈門：會文堂）。

(1)《最新梁三伯祝英台遊學歌》(卷端題「特別改良最新增廣英台留學歌」,版心題「最新英台留學歌」,卷末題「英台留學歌」)(上冊)(廈門:會文堂,宣統元(1909)年出版),收於《俗文學叢刊》362 冊(臺北:中央研究院歷史語言研究所 / 新文豐出版公司合作出版,2004年10月初版),頁269-290。又:王順隆「閩南語俗曲唱本『歌仔冊』全文資料庫」104 冊、530 冊,http://www32.ocn.ne.jp/~sunliong/index.html(廈門:會文堂、臺北:黃塗書局)。又見林俶伶:《臺灣梁祝歌仔冊敘事研究》(廈門:會文堂,1909年,引用自王順隆「閩南語俗曲唱本『歌仔冊』全文資料庫」)(南華大學文學研究所碩士論文,2005年6月17日),頁264-271。

(2)《最新英台吊紙歌》(卷端題「最新改良英台吊紙歌」,版心題「最新英台吊紙歌」,卷末題「英台吊紙歌」)(下冊)(廈門:會文堂,宣統元年(1909)出版),收於《俗文學叢刊》362 冊(臺北:中央研究院歷史語言研究所 / 新文豐出版公司合作出版,2004 年 10 月初版),頁291-308。又:收於王順隆「閩南語俗曲唱本『歌仔冊』全文資料庫」82 冊、456 冊、529 冊、688 冊,http://www32.ocn.ne.jp/~sunliong/index.html(廈門:會文堂書局、臺北:黃塗書局、上海:開文書局、嘉義:捷發漢書部)。又見林俶伶:《臺灣梁祝歌仔冊敘事研究》(廈門:會文堂,1909年,引用自王順隆「閩南語俗曲唱本『歌仔冊』全文資料庫」)(南華大學文學研

究所碩士論文，2005 年 6 月 17 日），頁 272-279。（案：除開文本改會文堂本 146 行第四句本原作「隨時緊來莫延遲」為「就同瑞香杭州去」及刪去 147 行前三句「英台見允有主意，打扮男粧一般年，五佰白銀款齊備，就全瑞香杭州去」及捷發本只存 113 行之外，均是 232行。又捷發本題作《最近英臺吊紙歌》。）

5. 《增廣梁三伯祝英臺新歌全傳》（卷端題「增廣英台新歌全本」，版心題「最新英臺全歌」，卷末題「三伯歌終」），收於《俗文學叢刊》362 冊（廈門：會文堂書局，民國甲寅（3）年孟春印）（臺北：中央研究院歷史語言研究所／新文豐出版公司合作出版，2004 年 10 月初版），頁 369-402。又：《增廣英台新歌全本》，收於王順隆「閩南語俗曲唱本『歌仔冊』全文資料庫」106 冊，http://www32.ocn.ne.jp/~sunliong/inde x.html（廈門：會文堂書局）。又：《增廣梁山伯祝英台新歌全傳》，見林俶伶：《臺灣梁祝歌仔冊敘事研究》（廈門：會文堂，1914 年，引自王順隆「閩南語俗曲唱本『歌仔冊』全文資料庫」）（南華大學文學研究所碩士論文，2005 年 6 月 17 日），頁 253-263。

6. 《最新梁山伯祝英台新歌全集》（《山伯英臺遊地府歌》），南安江湖客西庭禾火先編，抄自臺大特藏組楊雲萍文庫，索書號539.1208 4614 [v. 419]，見林俶伶：《臺灣梁祝歌仔冊敘事研究》（廈門：會文堂、嘉義：捷發漢書部）（南華大學文學研究所碩士論文，2005 年 6 月 17 日），頁 280-288。又：《梁祝生還結夫妻》（據福建廈門會文堂書局石印本 1914 年版），收於周靜書主編：《梁祝文化大觀‧故事歌謠卷》（北京：中華書局，

1999 年 12 月），頁 372-394。又：收於王順隆「閩南語俗曲唱本『歌仔冊』全文資料庫」746 冊，http://www32.ocn.ne.jp/~sunliong/index.html（嘉義：捷發漢書部）。

7. 〔梁三伯與祝英台〕（廈門：會文堂）。

    (1)《三伯寄書》（卷端、版心題「最新三伯寄書」，卷末題「三伯寄書」）（廈門：會文堂書局）收於《俗文學叢刊》362 冊（臺北：中央研究院歷史語言研究所／新文豐出版公司合作出版，2004 年 10 月初版），頁 309-324。

    (2)《繪圖安人哭子馬俊娶親合歌》（卷端題「安人哭子馬俊焉親合歌」，版心題「安人哭子歌」），收於《俗文學叢刊》362 冊（廈門：會文書局）（臺北：中央研究院歷史語言研究所／新文豐出版公司合作出版，2004 年 10 月初版），頁 353-368。又：《安人哭子馬俊焉親合歌》，收於王順隆「閩南語俗曲唱本『歌仔冊』全文資料庫」107 冊，http://www32.ocn.ne.jp/~sunliong/ index.html（廈門：會文堂）。

8. 《最新英台廿四拜歌》（卷端題「新增英台二十四拜」）（廈門：會文堂書局發行，1932），收於《俗文學叢刊》362 冊（臺北：中央研究院歷史語言研究所／新文豐出版公司合作出版，2004 年 10 月初版），頁 325-336。又：《新增英台二十四拜》，收於王順隆「閩南語俗曲唱本『歌仔冊』全文資料庫」89 冊，http://www32.ocn.ne.jp/~sunliong/index.html（廈門：會文堂）、794 冊（嘉義：玉珍書局）（題作「最新英臺二十四拜歌」）。又：

王順隆 274 冊《英台廿四拜歌》（新竹：興新出版社）及 329
冊《英台廿四拜哥歌》（新竹：竹林書局），案：另有 1989 年
6 月竹林書局第九版二本，一本後附《三伯顯聖歌》，一本後
附《寶島新臺灣歌》（上本）（案：此四本均 81 行與廈門會文
堂 82 行本前 79 行相同，80 行第四句至 81 行有異，當是改自
會文堂本者）。另有：王順隆 1495 冊《英台廿四拜哥歌》（新
竹：竹林書局，案：此本有 158 行，前 81 行與前三本（興新、
竹林）同，82 行後內容則是三伯探英台）。

9. 《英臺送哥‧埋喪合歌》（前本卷端題「最新英臺送哥歌」，後
本卷端題「英台埋喪，上本，三伯歸天」，版心題「英臺送哥
歌」）（黃頭書局發行），收於《俗文學叢刊》362 冊（臺北：
中央研究院歷史語言研究所／新文豐出版公司合作出版，2004
年 10 月初版），頁 348-351。

10. 〔梁三伯與祝英台〕（嘉義：捷發漢書部）（1932-1935）

   （1）《愿罰紙筆乎梁哥歌》，見林佩伶：《臺灣梁祝歌仔冊
      敘事研究》（宋文和編，嘉義：捷發漢書部，昭和 10
      （1935）年 1 月 12 日發行，抄自台大特藏組楊雲萍文
      庫，索書號：539.1208 4614〔v. 355〕）（南華大學文學
      研究所碩士論文，2005 年 6 月 17 日），頁 289-290。

   （2）《英臺獻計歌》（上）（下），見林佩伶：《臺灣梁祝歌仔
      冊敘事研究》（宋文和編，嘉義：捷發漢書部，昭和 7
      （1932）年，抄自台大特藏組楊雲萍文庫，索書號：
      539.1208 4614〔v. 149. 150〕）（南華大學文學研究所碩
      士論文，2005 年 6 月 17 日），頁 291-294。

（3）《三伯英臺遊西湖歌》，收於王順隆「閩南語俗曲唱本『歌仔冊』全文資料庫」745 冊，http://www32.ocn.ne.jp/~sunliong/index.html（嘉義：捷發漢書部）。又見林俶伶：《臺灣梁祝歌仔冊敘事研究》（嘉義：捷發漢書部）（南華大學文學研究所碩士論文，2005 年 6 月 17 日），頁 295-299。

（4）《英台自嘆歌》，見林俶伶：《臺灣梁祝歌仔冊敘事研究》（宋文和編，嘉義：捷發漢書部，1935 年，抄自台大特藏組楊雲萍文庫，索書號：539.1208 4614［v. 366］）（南華大學文學研究所碩士論文，2005 年 6 月 17 日），頁 300-302。

（5）《馬俊定聘歌》，見林俶伶：《臺灣梁祝歌仔冊敘事研究》（宋文和編，嘉義：捷發漢書部，昭和 10（1935）年，抄自台大特藏組楊雲萍文庫，索書號：539.1208 4614［v. 354］）（南華大學文學研究所碩士論文，2005 年 6 月 17 日），頁 303-304。

（6）《安童買菜歌》，收於王順隆「閩南語俗曲唱本『歌仔冊』全文資料庫」284 冊，http://www32.ocn.ne.jp/~sunliong/index.html（嘉義：捷發漢書部、新竹：竹林書局（題名作：《新編安童買菜歌》）。又：《新編安童買菜歌》（嘉義：捷發漢書部，1933 年）、《續編安童買菜歌》（嘉義：捷發漢書部，1934 年），林俶伶：《臺灣梁祝歌仔冊敘事研究》（引用自「閩南語俗曲唱本『歌仔冊』全文資料庫」）（南華大學文學研究所碩士論文，2005 年 6

月 17 日），頁 305-310。又：《安童買菜歌》全三本（新竹：竹林書局，1987 年二月一版）。

(7)《英臺送哥歌》，收於王順隆「閩南語俗曲唱本『歌仔冊』全文資料庫」1496 冊，http://www32.ocn.ne.jp/~sunliong/index.html（嘉義：捷發漢書部、新竹：竹林書局、竹林印書局（題名作：《英台二十四送哥歌》）。案：1496 冊竹林書局是全本，其餘不全。又見林俶伶：《臺灣梁祝歌仔冊敘事研究》（宋文和編，捷發漢書部，引用自王順隆「閩南語俗曲唱本『歌仔冊』全文資料庫」）（南華大學文學研究所碩士論文，2005 年 6 月 17 日），頁 311-313。又：《英臺送哥‧埋喪和歌》（黃頭書局發行），收於《俗文學叢刊》362 冊（臺北：中央研究院歷史語言研究所／新文豐出版公司合作出版，2004 年 10 月初版），頁 343-347。

(8)《三伯想思歌》，收於王順隆「閩南語俗曲唱本『歌仔冊』全文資料庫」678 冊，http://www32.ocn.ne.jp/~sunliong/index.html（嘉義：捷發漢書部）。又：林俶伶：《臺灣梁祝歌仔冊敘事研究》（嘉義：捷發漢書部，引自王順隆「閩南語俗曲唱本『歌仔冊』全文資料庫」）（南華大學文學研究所碩士論文，2005 年 6 月 17 日），頁 314-317。

(9)《士久別人新歌》，見林俶伶：《臺灣梁祝歌仔冊敘事研究》（宋文和編，嘉義：捷發漢書部，昭和 9（1934）年，抄自台大特藏組楊雲萍文庫，索書號：539. 1208

4614 [v. 439]）（南華大學文學研究所碩士論文，2005年6月17日），頁318-319。

（10）《哀情三伯歸天歌》，見林俤伶：《臺灣梁祝歌仔冊敘事研究》（嘉義：捷發漢書部，引自王順隆「閩南語俗曲唱本『歌仔冊』全文資料庫」）（南華大學文學研究所碩士論文，2005年6月17日），頁320-321。

（11）《三伯出山歌》，收於王順隆「閩南語俗曲唱本『歌仔冊』全文資料庫」677冊，http://www32.ocn.ne.jp/~sunliong/index.html（嘉義：捷發漢書部）。又見林俤伶：《臺灣梁祝歌仔冊敘事研究》（宋文和編，嘉義：捷發漢書部，1934年，引自王順隆「閩南語俗曲唱本『歌仔冊』全文資料庫」）（南華大學文學研究所碩士論文，2005年6月17日），頁322-324。楊雲萍文庫也有539.1208w 4614 [v. 358]

（12）《三伯出山糊靈厝歌》，收於王順隆「閩南語俗曲唱本『歌仔冊』全文資料庫」744冊，http://www32.ocn.ne.jp/~sunliong/index.html（嘉義：捷發漢書部、新竹：竹林書局）。（案：嘉義捷發漢書部編者是宋文和）又見林俤伶：《臺灣梁祝歌仔冊敘事研究》（宋文和編，嘉義：捷發漢書部，1934年，引自「閩南語俗曲唱本『歌仔冊』全文資料庫」）（南華大學文學研究所碩士論文，2005年6月17日），頁325-327。又：《三伯出山糊靈厝歌》全三本（其中一本是王順隆本342冊，另外兩本是新竹：竹林書局，1987年2月一版）。（案：竹林書局本

改宋文和本第一行「編歌个人宋文和」為「句豆扣去真有和」，其餘內容全同。）

（13）《三伯顯聖托夢英臺歌》，見林俶伶：《臺灣梁祝歌仔冊敘事研究》（宋文和，嘉義：捷發漢書部，引自王順隆「閩南語俗曲唱本『歌仔冊』全文資料庫」）（南華大學文學研究所碩士論文，2005 年 6 月 17 日），頁 328-330。又：《三伯顯聖歌》，收於王順隆「閩南語俗曲唱本『歌仔冊』全文資料庫」342 冊，http://www32.ocn.ne.jp/~sunliong/index.html（新竹：竹林書局）。又：《三伯顯聖歌》，附於《二十四拜新歌》（新竹：竹林書局，1989 年 6 月第 9 版）。（案：竹林書局改宋文和本第一行「姓宋文和是不才」為「卜對顯聖毛英台」，第六十九行「嘉義捷發叫我做」為「竹林書局叫我做」，另除了修改某些句子之外，大抵相同。）

11. 〔梁三伯與祝英台〕（嘉義：玉珍漢書部），收於王順隆「閩南語俗曲唱本『歌仔冊』全文資料庫」，http://www32.ocn.ne.jp/~sunliong/index.html（嘉義：玉珍書局）（1933-1935）。

（1）《三伯英台看花燈歌》，見林俶伶：《臺灣梁祝歌仔冊敘事研究》（戴三奇編，嘉義：玉珍漢書部，昭和 10（1935）年 1 月 29 日發行）（南華大學文學研究所碩士論文，2005 年 6 月 17 日），頁 331-333。又：竹林印書局（案：有 52 行，後殘）。

（2）《三伯英臺賞百花歌》，收於王順隆 812 冊。又見林俶伶：《臺灣梁祝歌仔冊敘事研究》（戴三奇編，嘉義：

玉珍漢書部，1935 年）（南華大學文學研究所碩士論文，2005 年 6 月 17 日），頁 334-339。

(3)《英台想思歌》，收於王順隆 287 冊（嘉義：玉珍書局、新竹：竹林書局（題名作「新編流行英臺回家想思歌」））。又：《新編流行英臺回家想思歌》，見林俶伶：《臺灣梁祝歌仔冊敘事研究》（嘉義：玉珍漢書部，1933 年）（南華大學文學研究所碩士論文，2005 年 6 月 17 日），頁 340-342。

(4)《新編流行三伯探英臺歌》，收於王順隆 839 冊。又見林俶伶：《臺灣梁祝歌仔冊敘事研究》（嘉義：玉珍漢書部，1933 年）（南華大學文學研究所碩士論文，2005 年 6 月 17 日），頁 343-345。

(5)《三伯英臺離別新歌》，收於王順隆 813 冊（嘉義：玉珍書局）。又見林俶伶：《臺灣梁祝歌仔冊敘事研究》（嘉義：玉珍漢書部，1933 年）（南華大學文學研究所碩士論文，2005 年 6 月 17 日），頁 346-348。

(6)《英台埋喪祭靈歌》，收於王順隆 845 冊（嘉義：玉珍書局、新竹：竹林書局（題名作：新編流行英臺祭靈獻紙歌））。又：《英台埋喪祭靈歌》，附於《三伯出山糊靈厝歌》全三本（新竹：竹林書局，1987 年 2 月一版）。又見林俶伶：《臺灣梁祝歌仔冊敘事研究》（1934，嘉義：玉珍漢書部）（南華大學文學研究所碩士論文，2005 年 6 月 17 日），頁 349-351。

(7)《英台拜墓歌》，收於王順隆 853 冊（嘉義：玉珍書局、

1493 冊新竹：竹林書局（題名作：英臺拜墓新歌），案：竹林本多三行）。又見林俤伶：《臺灣梁祝歌仔冊敘事研究》（嘉義：玉珍漢書部，1933 年）（南華大學文學研究所碩士論文，2005 年 6 月 17 日），頁 352-353。又：《英台拜墓歌》（新竹：竹林書局，1987 年 5 月八版）（案：此有兩本，一本後附《三伯夢中求親歌》29 集，一本後附《綠牡丹歌》上本）。（案：嘉義玉珍本共 55 行，後來竹林本最後加編三行成 58 行，主要內容是介紹印刷書店發行人林秋男。）

(8)《三伯英臺馬俊陰司對案歌》，收於王順隆 840 冊（嘉義：玉珍書局）。又見林俤伶：《臺灣梁祝歌仔冊敘事研究》（嘉義：玉珍漢書部，1933 年）（南華大學文學研究所碩士論文，2005 年 6 月 17 日），頁 354-356。

(9)《山伯回陽結親歌》，見林俤伶：《臺灣梁祝歌仔冊敘事研究》（戴三奇編，嘉義：玉珍漢書部，1935 年）（南華大學文學研究所碩士論文，2005 年 6 月 17 日），頁 357-359。

(10)《新編流行三伯和番歌》（上本），收於王順隆 830 冊。又見林俤伶：《臺灣梁祝歌仔冊敘事研究》（戴三奇編，嘉義：玉珍漢書部，1935 年）（南華大學文學研究所碩士論文，2005 年 6 月 17 日），頁 360-362。又：《三伯征蕃歌》（上本）（文林書局，1961 年）。

(11)《最新流行梁成征番歌》（下本），見林俤伶：《臺灣梁祝歌仔冊敘事研究》（戴三奇編，嘉義：玉珍書局，1935

年）（南華大學文學研究所碩士論文，2005 年 6 月 17 日），頁 363-365。又：《梁成平番歌》（下本）（文林出版社，1958 年 8 月初版）。

12. 《三伯英臺新歌》（梁松林編，臺北：周協隆書局，1936 年、1937 年），共 55 冊。收於王順隆「閩南語俗曲唱本『歌仔冊』全文資料庫」，http://www.32.ocn.ne.jp/~sunliong/index.html。

    (1)《特編英臺出世新歌》（1936 年），收於王順隆 609 冊。又：林俶伶：《臺灣梁祝歌仔冊敘事研究》（南華大學文學研究所碩士論文，2005 年 6 月 17 日），頁 366-368。

    (2)《特編英臺出世新歌》（1936 年），收於王順隆 609 冊。又見林俶伶：《臺灣梁祝歌仔冊敘事研究》（南華大學文學研究所碩士論文，2005 年 6 月 17 日），頁 369-371。

    (3)《特編英臺留學新歌》，收於王順隆 611 冊。又見林俶伶：《臺灣梁祝歌仔冊敘事研究》（南華大學文學研究所碩士論文，2005 年 6 月 17 日），頁 372-374。

    (4)《特編英臺留學新歌》，收於王順隆 611 冊。

    (5)《特編英臺三伯元霄夜做燈謎新歌》，收於王順隆 661 冊。

    (6)《特編馬俊留學新歌》，收於王順隆 612 冊。

    (7)《特編英臺三伯遊西湖賞百花新歌》（上）（昭和 11（1936）年 6 月 26 日印刷），收於《俗文學叢刊》362 冊（臺北：中央研究院歷史語言研究所／新文豐出版公司合作出版，2004 年 10 月），頁 219-251。又：收於王順隆 662 冊（一）1 至 43 行。

(8)《特編英臺三伯遊西湖賞百花新歌》（中），收於《俗文學叢刊》362 冊（臺北：中央研究院歷史語言研究所／新文豐出版公司合作出版，2004 年 10 月），頁 219-251。又：收於王順隆 225 冊（中缺 48 行）；王順隆 662 冊存 44 至 85 行，內容與此俗文學本不同。

(9)《特編英臺三伯遊西湖賞百花新歌》（下）（昭和 11（1936）年 6 月 26 日印刷），收於《俗文學叢刊》362 冊（臺北：中央研究院歷史語言研究所／新文豐出版公司合作出版，2004 年 10 月），頁 219-251。又：收於王順隆 662 冊(二)86 行至(三)170 行。

(10)《特編人心別士九新歌》（1935 年），收於王順隆 617 冊。又見林俶伶：《臺灣梁祝歌仔冊敘事研究》（南華大學文學研究所碩士論文，2005 年 6 月 17 日），頁 375-377。

(11)《特編三伯觀密書新歌》（昭和 11（1936）年 7 月 11 日發行），收於《俗文學叢刊》362 冊（臺北：中央研究院歷史語言研究所／新文豐出版公司合作出版，2003 年 6 月），頁 253-267。又見林俶伶：《臺灣梁祝歌仔冊敘事研究》（南華大學文學研究所碩士論文，2005 年 6 月 17 日），頁 378-380（抄錄自台大特藏組楊雲萍文庫索書號 539.1208 4614［v.457］）。

(12)《特編馬家央媒人新歌》（案：1 至 11 行下部局部殘缺），見林俶伶：《臺灣梁祝歌仔冊敘事研究》（南華大學文學研究所碩士論文，2005 年 6 月 17 日）附錄。又

見同書頁 381-383（梁松林編，臺北，昭和 11（1935）年 16 日發行）（抄錄自台大特藏組楊雲萍文庫索書號 539. 1208 4614［v.458］）。

(13)《特編馬家央媒人求親新歌》，收於王順隆 646 冊。又見林俶伶：《臺灣梁祝歌仔冊敘事研究》（嘉義玉珍書店經售）（南華大學文學研究所碩士論文，2005 年 6 月 17 日），附錄。

(14)《特編馬家央媒人求親新歌》，收於王順隆 646 冊。又見林俶伶：《臺灣梁祝歌仔冊敘事研究》（嘉義：玉珍書店經售，昭和 11（1936）年 7 月 16 日發行）（南華大學文學研究所碩士論文，2005 年 6 月 17 日）附錄。

(15)《特編大頭禮仔杭洲尋英臺新歌》，收於王順隆 653 冊。又見林俶伶：《臺灣梁祝歌仔冊敘事研究》（南華大學文學研究所碩士論文，2005 年 6 月 17 日）附錄。

(16)《特編英臺掘紅綾作證新歌》，收於王順隆 644 冊。又見林俶伶：《臺灣梁祝歌仔冊敘事研究》（嘉義：玉珍書店經售）（南華大學文學研究所碩士論文，2005 年 6 月 17 日），附錄。

(17)《特編王氏祝家送定新歌》（上）（昭和 11（1936）年 7 月 30 日發行），見林俶伶：《臺灣梁祝歌仔冊敘事研究》（南華大學文學研究所碩士論文，2005 年 6 月 17 日），頁 384-386。又見林俶伶：《臺灣梁祝歌仔冊敘事研究》（嘉義：玉珍書店經售）（南華大學文學研究所碩士論文，2005 年 6 月 17 日），附錄（抄錄自臺大特

藏組楊雲萍文庫索書號 539. 12084614[v.463]）。

(18)《特編王氏祝家送定新歌》（中），收於王順隆 635 冊。又見林俶伶：《臺灣梁祝歌仔冊敘事研究》（嘉義：玉珍書店經售）（南華大學文學研究所碩士論文，2005 年 6 月 17 日），附錄。

(19)《特編王氏祝家送定新歌》（下），收於王順隆 635 冊。又見林俶伶：《臺灣梁祝歌仔冊敘事研究》（嘉義：玉珍書店經售，昭和 11（1936）年 7 月 29 日發行）（南華大學文學研究所碩士論文，2005 年 6 月 17 日），附錄。

(20)《特編大舌萬仔倖大餅新歌》，收於王順隆 641 冊。又見林俶伶：《臺灣梁祝歌仔冊敘事研究》（嘉義：玉珍書店經售）（南華大學文學研究所碩士論文，2005 年 6 月 17 日），附錄。

(21)《特編英臺思想新歌》（上），王順隆 610 冊，收有周協隆書局與竹林書局兩種版本。又見《英台回家想思新歌》（全三本）（新竹：竹林書局，1987 年 2 月）。

(22)《特編英臺思想新歌》（下）（1936 年），見林俶伶：《臺灣梁祝歌仔冊敘事研究》（南華大學文學研究所碩士論文，2005 年 6 月 17 日），頁 387-389（抄錄自台大特藏組楊雲萍文庫索書號 539. 1208 4614[v. 463]）。又：收於王順隆，有竹林書局本。又：《英台回家想思新歌》（全三本）（新竹：竹林書局，1987 年 2 月）。（案：竹林本乃合併（21）（22）而成，且刪去（21）84、85 二

行、(22) 83、84、85 三行，內容均是梁松林預告及作者、出版社資訊。)

(23)《特編霧先祝家看症頭新歌》(1936 年)，見林俶伶：《臺灣梁祝歌仔冊敘事研究》(南華大學文學研究所碩士論文，2005 年 6 月 17 日)，頁 390-392 (抄錄自台大特藏組楊雲萍文庫索書號 539.1208 4614 [v. 471])。

(24)《特編三伯越洲訪友》，收於王順隆 208 冊。

(25)《特編三伯越洲訪友》，收於王順隆 208 冊。

(26)《特編三伯英臺對詩達旦新歌》，收於王順隆 218 冊。

(27)《特編士久別人心新歌》，收於王順隆 199 冊。又：《士九人心別歌》(新竹：竹林書局，1952 年 1 月 10 日發行)。又：《士九人心別歌》(新竹：竹林書局，1955 年 1 月 20 日發行)。

(28)《特編三伯回家想思新歌》，收於王順隆 205 冊。

(29)《特編三伯夢中求親新歌》，收於王順隆 207 冊。

(30)《特編梁三伯當初嘆新歌》，收於王順隆 210 冊。

(31)《特編三伯想思九仔越洲送書新歌》，收於王順隆 224 冊。

(32)《特編三伯想思士久帶書回故鄉新歌》，收於王順隆 226 冊。

(33)《特編三伯思想老祖下凡賜金丹新歌》，收於王順隆 227 冊。

(34)《特編三伯歸天新歌》，收於王順隆 196 冊。

(35)《特編三伯歸天備靈位新歌》，收於王順隆 219 冊。

（36）《特編英台武洲埋喪新歌》，收於王順隆 209 冊。

（37）《特編三伯顯聖渡英台昇天新歌》，收於王順隆 222 冊。

（38）《特編三伯遊天庭新歌》，收於王順隆 198 冊。又：《三伯遊天庭回陽》全二本（新竹：竹林書局，1957 年）。

（39）《特編馬圳歸天當殿配親新歌》， 收於 215 冊。

（40）《特編馬圳回魂瓊花村求親新歌》，收於王順隆 223 冊。

（41）《特編梁三伯回魂新歌》，收於王順隆 201 冊。又：《三伯回陽歌》（臺中：文林出版社，1956 年）。

（42）《特編孫氏母女回故鄉新歌》，收於王順隆 216 冊。

（43）《馬俊瓊花村完婚新歌，收於王順隆 214 冊。

（44）《特編馬圳完婚食員相爭新歌》，收於王順隆 220 冊。

（45）《特編馬俊娶七娘新歌》，收於王順隆 200 冊。

（46）《三伯祝家娶親新歌》，收於王順隆 206 冊。

（47）《特編三伯英台洞房夜吟新歌》，收於王順隆 221 冊。

（48）《特編士久得妻新歌》，收於王順隆 197 冊。又見林俶伶：《臺灣梁祝歌仔冊敘事研究》（嘉義：捷發漢書部經售，昭和 12（1937）年 4 月 1 日發行）（南華大學文學研究所碩士論文，2005 年 6 月 17 日），附錄。

（49）《特編三伯別妻新歌》，收於王順隆 193 冊。又見林俶伶：《臺灣梁祝歌仔冊敘事研究》（嘉義：捷發漢書部經售）（南華大學文學研究所碩士論文，2005 年 6 月 17 日），附錄。

（50）《特編三伯奪魁新歌》，收於王順隆 195 冊。

（51）《特編三伯掛帥平匈奴新歌》，收於王順隆 211 冊。又

見林俶伶：《臺灣梁祝歌仔冊敘事研究》（臺北：周協
隆書店發行，昭和 12（1937）年 4 月 11 日發行）（南
華大學文學研究所碩士論文，2005 年 6 月 17 日），附
錄。

(52)《特編萬敵刀斬黑裏虎新歌》，收於王順隆 217 冊。又
見林俶伶：《臺灣梁祝歌仔冊敘事研究》（臺北：周協
隆書店發行，昭和 12（1937）年 4 月 11 日發行）（南
華大學文學研究所碩士論文，2005 年 6 月 17 日），附
錄。

(53)《特編匈奴王禦駕親征新歌》，收於王順隆 212 冊。又
見林俶伶：《臺灣梁祝歌仔冊敘事研究》（臺北：周協
隆書店發行，昭和 12（1937）年 5 月 6 日發行）（南華
大學文學研究所碩士論文，2005 年 6 月 17 日），附錄。

(54)《特編英英公主選附馬新歌》，收於王順隆 213 冊。又
見林俶伶：《臺灣梁祝歌仔冊敘事研究》（臺北：周協
隆書店發行，昭和 12（1937）年 4 月 1 日發行）（南華
大學文學研究所碩士論文，2005 年 6 月 17 日），附錄。

(55)《特編三伯奏凱新歌》，收於王順隆 194 冊。又見林俶
伶：《臺灣梁祝歌仔冊敘事研究》（臺北：周協隆書店，
昭和 12（1937）年 4 月 10 日發行）（南華大學文學研
究所碩士論文，2005 年 6 月 17 日），附錄。

13. 《三伯英台歌集》（新竹：竹林書局），共 55 冊。收於王順隆
「閩南語俗曲唱本『歌仔冊』全文資料庫」http://www32.ocn.
ne.jp/~sunliong/index.html。

(1)《英台出世歌》，收於王順隆 285 冊。又：新竹：竹林書局，1953 年 11 月 12 日初版，1960 月 25 日三版。又：新竹：竹林書局，1987 年 2 月一版。

(2)《英台出世歌》，收於王順隆 285 冊。又：新竹：竹林書局，1953 年 11 月 12 日初版，1960 年 4 月 25 日三版。又：新竹：竹林書局，1960 年 10 月 8 日再版。又：新竹：竹林書局，1987 年 2 月一版。

(3)《英台留學歌》，收於王順隆 286 冊。又：新竹：竹林書局，1953 年 11 月 12 日初版，1960 年 4 月 25 日三版。又：新竹：竹林書局，1987 年 2 月一版。

(4)《英台留學歌》，收於王順隆 286 冊。又：新竹：竹林書局，1953 年 11 月 12 日初版，1960 年 4 月 25 日三版。又：新竹：竹林書局，1987 年 2 月一版。

(5)《元宵夜做燈謎歌》（新竹：竹林書局，1953 年 11 月 12 日初版，1960 年 4 月 25 日三版）。又：新竹：竹林書局，1960 年 10 月 8 日再版。

(6)《馬俊留學歌》（新竹：竹林書局，1953 年 11 月 12 日初版，1960 年 4 月 25 日三版）。又：新竹：竹林書局，1960 年 10 月 8 日再版。

(7)《三伯英台遊西湖賞百花歌》，收於王順隆 352 冊。又：《三英遊西湖賞百花歌》（新竹：竹林書局，1953 年 11 月 12 日初版，1960 年 4 月 25 日三版）。又：《三英遊西湖賞百花歌》（新竹：竹林書局，1960 年 10 月 8 日再版）。又：新竹：竹林書局，1987 年 2 月一版。

(8)《三伯英台遊西湖賞百花歌》，收於王順隆 352 冊。又：《三英遊西湖賞百花歌》（新竹：竹林書局，1953 年 11 月 12 日初版，1960 年 4 月 25 日三版）。又：新竹：竹林書局，1987 年 2 月一版。

(9)《三伯英台遊西湖賞百花歌》，收於王順隆 352 冊。又：《三英遊西湖賞百花歌》（新竹：竹林書局，1953 年 11 月 12 日初版，1960 年 4 月 25 日三版）。又：新竹：竹林書局，1987 年 2 月一版。

(10)《仁心別士九歌》，收於新竹：竹林書局，1953 年 11 月 12 日初版，1960 年 4 月 25 日三版。又：新竹：竹林書局，1960 年 10 月 8 日再版。

(11)《三伯觀密書歌》（新竹：竹林書局，1953 年 11 月 12 日初版，1960 年 4 月 25 日三版）。

(12)《馬家央媒人歌》（新竹：竹林書局，1953 年 11 月 12 日初版，1960 年 4 月 25 日三版）。

(13)《馬家央媒人求親歌》（新竹：竹林書局，1953 年 11 月 12 日初版，1960 年 4 月 25 日三版）。

(14)《馬家央媒人求親歌》（新竹：竹林書局，1953 年 11 月 12 日初版，1960 年 4 月 25 日三版）。

(15)《禮仔杭州尋英台歌》（新竹：竹林書局，1953 年 11 月 12 日初版，1960 年 4 月 25 日三版）。

(16)《英台掘紅綾作證歌》（新竹：竹林書局，1953 年 11 月 12 日初版，1960 年 4 月 25 日三版）。又：新竹：竹林書局，1961 年 10 月 10 日發行。

(17)《王婆祝家送定歌》（新竹：竹林書局，1953 年 11 月 12 日初版，1960 年 4 月 25 日三版）。

(18)《王婆祝家送定歌》（新竹：竹林書局，1953 年 11 月 12 日初版，1960 年 4 月 25 日三版）。又：新竹：竹林書局，1961 年 10 月 10 日發行。

(19)《王氏祝家送定歌》（新竹：竹林書局，1953 年 11 月 12 日初版，1960 年 4 月 25 日三版）。又：新竹：竹林書局，1961 年 10 月 10 日發行。

(20)《大舌萬仔倖大餅歌》（新竹：竹林書局，1953 年 11 月 12 日初版，1960 年 4 月 25 日三版）。又：新竹：竹林書局，1961 年 10 月 10 日發行。

(21)《英台思想歌》（新竹：竹林書局，1953 年 11 月 12 日初版，1960 年 4 月 25 日三版）。又：新竹：竹林書局，1961 年 10 月 10 日發行。

(22)《英台想思歌》（新竹：竹林書局，1953 年 11 月 12 日初版，1960 年 4 月 25 日三版）。

(23)《霧先祝家看症頭歌》，收於王順隆 297 冊。又：新竹：竹林書局，1953 年 11 月 12 日初版，1960 年 4 月 25 日三版。又：收於曾子良編：《閩南說唱歌仔（唸歌）資料彙編》第七冊（新竹：竹林書局，1995 年 4 月）。

(24)《三伯探英台歌》，收於王順隆 297 冊。又：新竹：竹林書局，1953 年 11 月 12 日初版，1960 年 4 月 25 日三版。又：收於曾子良編：《閩南說唱歌仔（唸歌）資料彙編》第七冊（新竹：竹林書局，1995 年 4 月）。

(25)《三伯探英台歌》，收於王順隆 297 冊。又：新竹：竹林書局，1953 年 11 月 12 日初版，1960 年 4 月 25 日三版。又：收於曾子良編：《閩南說唱歌仔（唸歌）資料彙編》第七冊（新竹：竹林書局，1995 年 4 月）。

(26)《三英對詩達旦歌》，收於王順隆 297 冊。又：新竹：竹林書局，1953 年 11 月 12 日初版，1960 年 4 月 25 日三版。又：收於曾子良編：《閩南說唱歌仔（唸歌）資料彙編》第七冊（新竹：竹林書局，1995 年 4 月）。又：《二十四送新歌》所附之《三英對詩達旦歌》（新竹：竹林書局，1989 年 6 月九版）。

(27)《士久別仁心歌》，收於王順隆 297 冊。又：新竹：竹林書局，1953 年 11 月 12 日初版，1960 年 4 月 25 日三版。又：收於曾子良編：《閩南說唱歌仔（唸歌）資料彙編》第七冊（新竹：竹林書局，1995 年 4 月）。又：《少年男女挽茶相褒歌》後附之《士久別仁心歌》（新竹：竹林書局，1987 年 2 月一版）。又：《自新改毒歌》後附之《士久別仁心歌》（新竹：竹林書局，1990 年 8 月九版）。

(28)《三伯回家想思歌》，收於王順隆 1054 冊。又：新竹：竹林書局，1953 年 11 月 12 日初版，1960 年 4 月 25 日三版。又：收於曾子良編：《閩南說唱歌仔（唸歌）資料彙編》第七冊（新竹：竹林書局，1995 年 4 月）。又：《三伯回家想思歌》，附於《茶園挽茶相褒歌》（新竹：竹林書局，1987 年 5 月八版）。

(29)《三伯夢中求親歌》，收於王順隆 297 冊。又：新竹：
竹林書局，1953 年 11 月 12 日初版，1960 年 4 月 25 日
三版。又：收於曾子良編：《閩南說唱歌仔（唸歌）資
料彙編》第七冊（新竹：竹林書局，1995 年 4 月）。又：
《三伯夢中求親歌》，附於《英台拜墓歌》（新竹：竹
林書局，1987 年 5 月八版）。

(30)《梁三伯當初嘆新歌》，收於王順隆 297 冊、297 冊。
又：新竹：竹林書局，1953 年 11 月 12 日初版，1960
年 4 月 25 日三版。又：收於曾子良編：《閩南說唱歌仔
（唸歌）資料彙編》第七冊（新竹：竹林書局，1995
年 4 月）。又：《梁山伯當初嘆歌》，附於《勸世瞭解新
歌》（新竹：竹林書局，1990 年 8 月九版）。

(31)《久仔越州送書歌》，收於王順隆 297 冊。又：新竹：
竹林書局，1953 年 11 月 12 日初版，1960 年 4 月 25 日
三版。又：收於曾子良編：《閩南說唱歌仔（唸歌）資
料彙編》第七冊（新竹：竹林書局，1995 年 4 月）。

(32)《士久帶書回故鄉歌》，收於王順隆 297 冊。又：新竹：
竹林書局，1953 年 11 月 12 日初版，1960 年 4 月 25 日
三版。又：收於曾子良編：《閩南說唱歌仔（唸歌）資
料彙編》第七冊（新竹：竹林書局，1995 年 4 月）。

(33)《老祖下凡賜金丹歌》，收於王順隆 297 冊。又：新竹：
竹林書局，1953 年 11 月 12 日初版，1960 年 4 月 25 日
三版。又：收於曾子良編：《閩南說唱歌仔（唸歌）資
料彙編》第七冊（新竹：竹林書局，1995 年 4 月）。

(34)《三伯歸天歌》（新竹：竹林書局，1953 年 10 月 25 日初版，1960 年 1 月 20 日三版）。又：收於曾子良編：《閩南說唱歌仔（唸歌）資料彙編》第七冊（新竹：竹林書局，1995 年 4 月）。

(35)《三伯歸天設備靈位歌》（新竹：竹林書局，1953 年 10 月 25 日初版，1960 年 1 月 20 日三版）。又：收於曾子良編：《閩南說唱歌仔（唸歌）資料彙編》第七冊（新竹：竹林書局，1995 年 4 月）。

(36)《英台武州埋喪歌》（新竹：竹林書局，1953 年 10 月 25 日初版，1960 年 1 月 20 日三版）。又：收於曾子良編：《閩南說唱歌仔（唸歌）資料彙編》第七冊（新竹：竹林書局，1995 年 4 月）。

(37)《三伯顯聖渡英台昇天歌》（新竹：竹林書局，1953 年 10 月 25 日初版，1960 年 1 月 20 日三版）。又：收於曾子良編：《閩南說唱歌仔（唸歌）資料彙編》第七冊（新竹：竹林書局，1995 年 4 月）。又：《梁三伯與祝英台》，見《臺灣通俗歌選集》第三集，收於《特選通俗民謠集》（臺南：華南書局，1957 年），頁 1-6。

(38)《三伯遊天庭歌》（新竹：竹林書局，1953 年 10 月 25 日初版，1960 年 1 月 20 日三版）。又：收於曾子良編：《閩南說唱歌仔（唸歌）資料彙編》第七冊（新竹：竹林書局，1995 年 4 月）。又：《梁三伯與祝英台》，見《臺灣通俗歌選集》第三集，收於《特選通俗民謠集》（臺南：華南書局，1957 年），頁 6-12。

(39)《馬俊歸天當殿配親歌》（新竹：竹林書局，1953 年
10 月 25 日初版，1960 年 1 月 20 日三版）。又：收於曾
子良編：《閩南說唱歌仔（唸歌）資料彙編》第七冊（新
竹：竹林書局，1995 年 4 月）。又：《梁三伯與祝英台》，
見《臺灣通俗歌選集》第三集，收於《特選通俗民謠
集》（臺南：華南書局，1957 年），頁 12-18。

(40)《馬俊回陽瓊花村求親歌》（新竹：竹林書局，1953
年 10 月 25 日初版，1960 年 1 月 20 日三版）。又：收於
曾子良編：《閩南說唱歌仔（唸歌）資料彙編》第七冊
（新竹：竹林書局，1995 年 4 月）。又：見《梁三伯與
祝英台》，《臺灣通俗歌選集》第三集，收於《特選通
俗民謠集》（臺南：華南書局，1957 年），頁 18-24。

(41)《三伯英台回陽歌》（新竹：竹林書局，1953 年 10 月
25 日初版，1960 年 1 月 20 日三版）。又：收於曾子良
編：《閩南說唱歌仔（唸歌）資料彙編》第七冊（新竹：
竹林書局，1995 年 4 月）。又：《梁三伯與祝英台》，見
《臺灣通俗歌選集》第三集，收於《特選通俗民謠集》
（臺南：華南書局，1957 年），頁 24-30。

(42)《孫氏母女回故鄉歌》（新竹：竹林書局，1953 年 10
月 25 日初版，1960 年 1 月 20 日三版）。又：收於曾子
良編：《閩南說唱歌仔（唸歌）資料彙編》第七冊（新
竹：竹林書局，1995 年 4 月）。又：《梁三伯與祝英台》，
見《臺灣通俗歌選集》第三集，收於《特選通俗民謠
集》（臺南：華南書局，1957 年），頁 30-35。

(43)《馬俊瓊花村完婚歌》（新竹：竹林書局，1953 年 10 月 25 日初版，1960 年 1 月 20 日三版）。又：收於曾子良編：《閩南說唱歌仔（唸歌）資料彙編》第七冊（新竹：竹林書局，1995 年 4 月）。又：《梁三伯與祝英台》，見《臺灣通俗歌選集》第三集，收於《特選通俗民謠集》（臺南：華南書局，1957 年），頁 35-41。

(44)《食員相爭歌》（新竹：竹林書局，1953 年 10 月 25 日初版，1960 年 1 月 20 日三版）。又：《馬俊完婚食員相爭歌》，收於曾子良編：《閩南說唱歌仔（唸歌）資料彙編》第七冊（新竹：竹林書局，1995 年 4 月）。又：《梁三伯與祝英台》，見《臺灣通俗歌選集》第三集，收於《特選通俗民謠集》（臺南：華南書局，1957 年），頁 41-47。

(45)《馬俊娶七娘歌》（新竹：竹林書局，1961 年 5 月 10 日三版）。又：收於曾子良編：《閩南說唱歌仔（唸歌）資料彙編》第七冊（新竹：竹林書局，1995 年 4 月）。又：《梁三伯與祝英台》，見《臺灣通俗歌選集》第三集，收於《特選通俗民謠集》（臺南：華南書局，1957 年），頁 46-53。

(46)《三伯祝家娶親歌》，收於王順隆 298 冊（題名作「三伯娶英台歌」）。又：新竹：竹林書局，1961 年 5 月 10 日三版。又：收於曾子良編：《閩南說唱歌仔（唸歌）資料彙編》第七冊（新竹：竹林書局，1995 年 4 月）。又：《三伯娶英台歌》，《三伯娶英台歌》全三本之上本

（新竹：竹林書局，1987 年 2 月一版）。又：《梁三伯與祝英台》，見《臺灣通俗歌選集》第三集，收於《特選通俗民謠集》（臺南：華南書局，1957 年），頁 53-59。

(47)《三伯英台洞房夜吟歌》，收於王順隆 298 冊（題名作「三伯英台洞房吟詩歌」）。又：新竹：竹林書局，1961 年 5 月 10 日三版。又：收於曾子良編：《閩南說唱歌仔（唸歌）資料彙編》第七冊（新竹：竹林書局，1995 年 4 月）。又：《三伯英台洞房吟詩歌》、《三伯娶英台歌》（全三本之中本）（新竹：竹林書局，1987 年 2 月一版）。又：《梁三伯與祝英台》，見《臺灣通俗歌選集》第三集，收於《特選通俗民謠集》（臺南：華南書局，1957 年），頁 53-59。

(48)《士久得妻歌》，見王順隆 298 冊（題名作「士久娶仁心歌」）。又：新竹：竹林書局，1961 年 5 月 10 日三版。又：收於曾子良編：《閩南說唱歌仔（唸歌）資料彙編》第七冊（新竹：竹林書局，1995 年 4 月）。又：《士久娶仁心歌》、《三伯娶英台歌》（全三本之下本）（新竹：竹林書局，1987 年 2 月一版）。又：《梁三伯與祝英台》，見《臺灣通俗歌選集》第三集，收於《特選通俗民謠集》（臺南：華南書局，1957 年），頁 58-64。

(49)《三伯別妻歌》（新竹：竹林書局，1961 年 5 月 10 日三版）。又：收於曾子良編：《閩南說唱歌仔（唸歌）資料彙編》第七冊（新竹：竹林書局，1995 年 4 月）。又：《梁三伯與祝英台》，見《臺灣通俗歌選集》第三

集，收於《特選通俗民謠集》（臺南：華南書局，1957年），頁 64-70。

(50)《三伯奪魁歌》（新竹：竹林書局，1961 年 5 月 10 日三版）。又：新竹：竹林書局，1957 年 4 月 30 日發行。又：收於曾子良編：《閩南說唱歌仔（唸歌）資料彙編》第七冊（新竹：竹林書局，1995 年 4 月）。又：《梁三伯與祝英台》，見《臺灣通俗歌選集》第三集，收於《特選通俗民謠集》（臺南：華南書局，1957 年），頁 70-76。

(51)《三伯掛帥平匈奴歌》（新竹：竹林書局，1961 年 5 月 10 日三版）。又：新竹：竹林書局，1957 年 4 月 30 日發行。又：收於曾子良編：《閩南說唱歌仔（唸歌）資料彙編》第七冊（新竹：竹林書局，1995 年 4 月）。又：《梁三伯與祝英台》，見《臺灣通俗歌選集》第三集，收於《特選通俗民謠集》（臺南：華南書局，1957 年），頁 76-82。

(52)《三伯平蠻萬敵刀斬黑裏虎新歌》（新竹：竹林書局，1961 年 5 月 10 日三版）。又：新竹：竹林書局，1957 年 4 月 30 日發行。又：收於曾子良編：《閩南說唱歌仔（唸歌）資料彙編》第七冊（新竹：竹林書局，1995 年 4 月）。又：《梁三伯與祝英台》，見《臺灣通俗歌選集》第三集，收於《特選通俗民謠集》（臺南：華南書局，1957 年），頁 82-88。

(53)《匈奴王禦駕親征歌》（新竹：竹林書局，1961 年 5 月 10 日三版）。又：新竹：竹林書局，1957 年 4 月 30

日發行。又：收於曾子良編：《閩南說唱歌仔（唸歌）資料彙編》第七冊（新竹：竹林書局，1995 年 4 月）。又：《梁三伯與祝英台》，見《臺灣通俗歌選集》第三集，收於《特選通俗民謠集》（臺南：華南書局，1957年），頁 88-94。

(54)《英英宮主選駙馬歌》（新竹：竹林書局，1961 年 5 月 10 日三版）。又：收於曾子良編：《閩南說唱歌仔（唸歌）資料彙編》第七冊（新竹：竹林書局，1995 年 4 月）。又：《梁三伯與祝英台》，見《臺灣通俗歌選集》第三集，收於《特選通俗民謠集》（臺南：華南書局，1957 年），頁 94-100。

(55)《三伯班師回朝歌》（新竹：竹林書局，1961 年 5 月 10 日三版）。又：新竹：竹林書局，1957 年 4 月 30 日發行。又：收於曾子良編：《閩南說唱歌仔（唸歌）資料彙編》第七冊（新竹：竹林書局，1995 年 4 月）。又：《梁三伯與祝英台》，見《臺灣通俗歌選集》第三集，收於《特選通俗民謠集》（臺南：華南書局，1957 年），頁 100-106。

14. 《最新英臺二十四送哥歌》（義成圖書社發行，興新出版社印行，1955 年 5 月）。

15. 《梁祝回陽結為夫妻歌》（上本），收於王順隆「閩南語俗曲唱本『歌仔冊』全文資料庫」959 冊，http://www32.ocn.ne.jp/~sunliong/index.html（臺中：瑞成書局）。

16. 《英台廿四送哥歌》，王順隆「閩南語俗曲唱本『歌仔冊』全

文資料庫」1496 冊，http://www32.ocn.ne.jp/~sunliong/index.html
（新竹：竹林書局）。又：《二十四送哥歌》（新竹：竹林書局，
1987 年 2 月一版）。又：《二十四送新歌》（新竹：竹林書局，
1989 年 6 月九版）。

17. 〔梁三伯與祝英台〕，收於王順隆「閩南語俗曲唱本『歌仔冊』
全文資料庫」，http://www32.ocn.ne.jp/~sunliong/index.html（新
竹：竹林書局）。

　　(1)《三伯英台罰紙筆看花燈歌》，收於王順隆「閩南語俗
　　　　曲唱本『歌仔冊』全文資料庫」349 冊，http://www32.o
　　　　cn.ne.jp/~sunliong/index.html（新竹：竹林書局）。又：《英
　　　　台罰紙筆看花燈》（第一頁題：《三伯英伯罰紙筆看花
　　　　燈歌》）（新竹：竹林書局，1989 年 6 月九版）。

　　(2)《英台回家想思歌》，王順隆 330 冊。

　　(3)《三伯探英台歌》，收於王順隆「閩南語俗曲唱本『歌
　　　　仔冊』全文資料庫」299 冊，http://www32.ocn.ne.jp/~sun
　　　　liong/index.html（新竹：竹林書局）又：新竹：竹林書
　　　　局，1987 年 2 月一版。

　　(4)《三伯相思討藥方歌》，收於王順隆「閩南語俗曲唱本
　　　　『歌仔冊』全文資料庫」343 冊，http://www32.ocn.ne.jp/
　　　　~sunliong/index.html（新竹：竹林書局、竹林印書局）。
　　　　又：《三伯相思討藥方歌》（全三本）（案：封面題：《三
　　　　伯討藥方歸天歌》，第一頁題：《三伯相思討藥方歌》）
　　　　（中央研究院傅斯年圖書館雜曲閩 A8～004）（新竹：
　　　　竹林書局，1961 年再版）。又：《三伯相思討藥方歌》

（全二本）（新竹：竹林書局，1987 年 2 月一版）。

18. 《山伯英台遊西湖》（吳天羅編導，吳鳳珠、張秀琴主唱），見林俶伶：《臺灣梁祝歌仔冊敘事研究》（南華大學文學研究所碩士論文，2005 年 6 月 17 日），頁 226-232。

19. 〈梁三伯與祝英台的故事〉（糊靈厝、四九報死、英台埋葬祭靈）（蔡添登彈唱，涂順從採錄整理），見《蔡添登唱七字歌仔紀念專輯》（臺南：臺南縣立文化中心，1996 年 7 月），頁 3。

20. 《英台出世歌》，收於王順隆「閩南語俗曲唱本『歌仔冊』全文資料庫」285 冊，http://www32.ocn.ne.jp/~sunliong/index.html。又：新竹：竹林書局，1953 年 11 月 12 日初版，1960 年 4 月 25 日三版。又：新竹：竹林書局，1987 年 2 月一版。

21. 《梁仙伯祝英台歌》（廣東語）（全六本）（新竹：竹林書局，1987 年 2 月一版）。又：收於王順隆「閩南語俗曲唱本『歌仔冊』全文資料庫」1268 冊，http://www32.ocn.ne.jp/~sunliong/index.html（新竹：竹林書局）。又：《仙伯英臺歌》（二至四集）（嘉義：黃淡發行，和源活版所印刷，昭和 11（1936）年），《俗文學叢刊》366 冊（臺北：中央研究院歷史語言研究所／新文豐出版公司合作出版，2004 年 10 月初版），頁 509-537。又見林俶伶：《臺灣梁祝歌仔冊敘事研究》（新竹：竹林書局）（南華大學文學研究所碩士論文，2005 年 6 月 17 日），頁 293-302。又：《梁仙伯祝英台歌》（一集），附於《送郎十裏亭歌》（全二本）（新竹：竹林書局，1990 年 8 月九版）。又：《梁仙伯祝英台歌》（一集），附於《十二更鼓‧十盆牡丹歌》（全二本）（新竹：竹林書局，1986 年 3 月六版）。又：《梁仙伯祝

英台歌》（一集），附於《夫妻不好歌》（全二本）（新竹：竹林書局，1987年5月八版）。又：《梁仙伯祝英台歌》（一集），附於《十想單身勸解後生歌》（全二本）（新竹：竹林書局，1989年6月九版）。又：《梁仙伯祝英台歌》（二集），附於《百花相褒歌》（全二本）（新竹：竹林書局，1987年5月第8版）。又：《梁仙伯祝英台歌》（三集），附於《十想單身勸解後生歌》（全二本）（新竹：竹林書局，1989年6月九版）。又：《梁仙伯祝英台歌》（四集），附於《海棠山歌對》（全二本）（新竹：竹林書局，1989年6月九版）。又：《梁仙伯祝英台歌》（四集），附於《二十四孝歌》（全二本）（新竹：竹林書局，1987年2月一版）。又：《梁仙伯祝英台歌》（四集），附於《新桃花過渡歌》（全二本）（新竹：竹林書局，1987年2月一版）。又：《梁仙伯祝英台歌》（一集），附於《送郎十裏亭歌》（全二本）（新竹：竹林書局，1990年8月第9版）。又：《梁仙伯祝英台歌》（五集），附於《送郎十裏亭歌》（全二本）（新竹：竹林書局，1990年8月九版）。又：《梁仙伯祝英台歌》（五集），附於《問路相褒歌》（全二本）（新竹：竹林書局，1990年8月九版）。又：《梁仙伯祝英台歌》（六集），附於《夫妻相好歌》（全二本）（新竹：竹林書局，1986年3月六版）。

湖北小曲

1. 〈山伯訪友〉（楊應文搜集，流傳於鄂西利川縣一帶），收於周靜書主編：《梁祝文化大觀・曲藝小說卷》（北京：中華書局，1999年12月），頁120-124。

2. 〈英台抗婚〉，收於中國曲藝志全國編輯委員會：《中國曲藝志‧湖北卷》（北京：中國 ISBN 中心，2000 年 8 月），頁 154。

利川小曲

1. 《祝英台‧雙飛燕》（李源道唱，姚本樹記譜），收於中國曲藝音樂集成全國編輯委員會：《中國曲藝音樂集成‧湖北卷》（北京：中國 ISBN 中心，1992 年 11 月），頁 530-531。

寧夏小曲

1. 《梁山伯祝英台‧梁山哥調(三)》，（李月鳳唱，潘振聲據 1969 年西吉縣采風錄音記譜），收於中國曲藝音樂集成全國編輯委員會：《中國曲藝音樂集成‧寧夏卷》（北京：中國 ISBN 中心，1996 年 11 月），頁 444。

2. 〈山伯訪友〉（禹先梅唱，延河據 1984 年禹先梅在涇源縣采風錄音記譜），收於中國曲藝音樂集成全國編輯委員會：《中國曲藝音樂集成‧寧夏卷》（北京：中國 ISBN 中心，1996 年 11 月），頁 484-486。

3. 《送英台‧梁山哥調(二)》（楊進成唱，馮會耘據 1985 年海原縣採風錄音記譜），收於中國曲藝音樂集成全國編輯委員會：《中國曲藝音樂集成‧寧夏卷》（北京：中國 ISBN 中心，1996 年 11 月），頁 443-444。

4. 《梁山伯與祝秀英‧蓮花落調》（李登華唱，關自力據 1986 年馬廣建在鹽池縣採風錄音記譜），收於中國曲藝音樂集成全

國編輯委員會：《中國曲藝音樂集成‧寧夏卷》（北京：中國 ISBN 中心，1996 年 11 月），頁 469。

5.　〈山伯訪英台〉（王國倉唱，鄒榮據 1990 年鄒容隆在德縣採風錄音記譜），收於中國曲藝音樂集成全國編輯委員會：《中國曲藝音樂集成‧寧夏卷》（北京：中國 ISBN 中心，1996 年 11 月），頁 481-483。

6.　〈十八相送〉（梁懷鄉唱，延河據 1994 年周立梅在銀川市採風錄音記譜），收於中國曲藝音樂集成全國編輯委員會：《中國曲藝音樂集成‧寧夏卷》（北京：中國 ISBN 中心，1996 年 11 月），頁 484-486。

7.　《山伯訪友‧梁山哥調（一）》（禹先梅唱，延河記譜），收於中國曲藝音樂集成全國編輯委員會：《中國曲藝音樂集成‧寧夏卷》（北京：中國 ISBN 中心，1996 年 11 月），頁 443。

三弦書

1.　〈梁祝姻緣〉，收於周靜書主編：《梁祝文化大觀‧曲藝小說卷》（北京：中華書局，1999 年 12 月），頁 128-139。

竹板歌

1.　《梁山伯與祝英台》（魏東海採錄），收於周靜書主編：《梁祝文化大觀‧曲藝小說卷》（北京：中華書局，1999 年 12 月），頁 140-177。

2.　《客家人梁山伯與祝英台》（淩火金、梁古凡搜集整理，流傳於廣西富川、鍾山一帶），收於周靜書主編：《梁祝文化大觀‧

故事歌謠卷》(北京：中華書局，1999 年 12 月)，頁 643-702。

潮州說唱

1. 〈梁山伯與祝英台〉，收於周靜書主編：《梁祝文化大觀·故事歌謠卷》(北京：中華書局，1999 年 12 月)，頁 395-427。

2. 〈潮州歌冊梁祝哀史〉，收於周靜書主編：《梁祝文化大觀·學術論文卷》(北京：中華書局，2000 年 10 月)，頁 621-626。

喪鼓曲

1. 《梁祝歌》(又名《山伯歌》、《梁山伯與祝英台》，流傳於長陽縣土家族聚居地)，收於中國曲藝志全國編輯委員會：《中國曲藝志·湖北卷》(北京：中國 ISBN 中心，2000 年 8 月)，頁 162-163。

鑼鼓書

1. 〈梁山伯與祝英台〉，收於中國曲藝志全國編輯委員會：《中國曲藝志·河南卷》(北京：中國 ISBN 中心，1995 年 12 月)，頁 191。

湖南三棒鼓

1. 《山伯訪友·三棒鼓腔(六)》(鄧萬民唱，雷正和、趙小平據 80 年代古丈縣的采風錄音記譜)，收於中國曲藝音樂集成全國編輯委員會：《中國曲藝音樂集成·湖南卷》(北京：中國 ISBN 中心，2001 年 2 月)，頁 1029。

2. 《梁山伯與祝英台‧平腔（五）》（謝為漢唱，鄧冰清據 80 年代桃源縣的采風錄音記譜），收於中國曲藝音樂集成全國編輯委員會：《中國曲藝音樂集成‧湖南卷》（北京：中國 ISBN 中心，2001 年 2 月），頁 1025。

3. 〈山伯送友訪友〉（古定銀搜集），收於周靜書主編：《梁祝文化大觀‧曲藝小說卷》（北京：中華書局，1999 年 12 月），頁 117-119。

跳三鼓

1. 《梁山伯‧歡調》（鄭永典、李耀中唱，雷正和據 1996 年 10 月安鄉縣的采風錄音記譜），收於中國曲藝音樂集成全國編輯委員會：《中國曲藝音樂集成‧湖南卷》（北京：中國 ISBN 中心，2001 年 2 月），頁 1040-1041。

2. 《梁山伯‧平調》（鄭永典、李耀中唱，雷正和據 1996 年 10 月安鄉縣的采風錄音記譜），收於中國曲藝音樂集成全國編輯委員會：《中國曲藝音樂集成‧湖南卷》（北京：中國 ISBN 中心，2001 年 2 月），頁 1043-1044。

漁鼓

1. 〈英台流落揚州城〉（王金初唱，洪永宏、劉春曙據 1962 年 7 月仙遊關的采風錄音記譜），收於中國曲藝音樂集成全國編輯委員會：《中國曲藝音樂集成‧福建卷》（北京：中國 ISBN 中心，2001 年 10 月），頁 1875-1877。

2. 〈英台勸兄〉（選段）（黃文棟唱，洪永宏、劉春曙據 1962 年

7 月莆田第五中學的采風錄音記譜），收於中國曲藝音樂集成全國編輯委員會：《中國曲藝音樂集成・福建卷》（北京：中國ISBN 中心，2001 年 10 月），頁 1863-1865。

3. 《梁山伯與祝英台・悲腔（十一）》（劉彰哲唱，顏六妹據 80 年代茶陵縣的采風錄音記譜），收於中國曲藝音樂集成全國編輯委員會：《中國曲藝音樂集成・湖南卷》（北京：中國 ISBN 中心，2001 年 2 月），頁 1043。

4. 《山伯訪友・擺酒宴》（石教冶唱，朱光記譜），收於中國曲藝音樂集成全國編輯委員會：《中國曲藝音樂集成・湖北卷》（北京：中國 ISBN 中心，1992 年 11 月），頁 687。

扶餘八角鼓

1. 《英台別友・銀紐絲》（楊新新唱，程殿選傳腔，徐達音據那炳晨羽 1988 年扶餘縣採風錄音記譜），收於中國曲藝音樂集成全國編輯委員會：《中國曲藝音樂集成・吉林卷》（北京：中國ISBN 中心，2000 年 3 月），頁 850-851。

京韻大鼓

1. 〈英台哭墳〉（良小樓等唱，劉書方據 1962 年錄音記譜），收於中國曲藝音樂集成全國編輯委員會：《中國曲藝音樂集成・北京卷》（北京：中國 ISBN 中心，1996 年 12 月），頁 949-963。

陝南花鼓

1. 〈英台嘆梁兄〉（選段）（柯美田唱，呂超記譜），收於中國曲

藝音樂集成全國編輯委員會：《中國曲藝音樂集成·陝西卷》
（北京：中國 ISBN 中心，1995 年 11 月），頁 1514-1515。

湖北花鼓

1.　〈梁山伯與祝英台〉（張習之、樊玉章唱，王蘭馨記譜），收於
中國曲藝音樂集成全國編輯委員會：《中國曲藝音樂集成·湖
北卷》（北京：中國 ISBN 中心，1992 年 11 月），頁 1386-1338。

盲人走唱

1.　《英台山伯·病重·懷胎調》（黃粉唱，洪永宏、史淳據 1966
年泉州的採風錄音記譜），收於中國曲藝音樂集成全國編輯委
員會：《中國曲藝音樂集成·福建卷》（北京：中國 ISBN 中心，
2001 年 10 月），頁 1649。

2.　《英台山伯·派藥·二空半》（黃粉唱，洪永宏、史淳據 1966
年泉州的採風錄音記譜），收於中國曲藝音樂集成全國編輯委
員會：《中國曲藝音樂集成·福建卷》（北京：中國 ISBN 中心，
2001 年 10 月），頁 1648。

3.　《英台山伯·做詩》（黃粉唱，洪永宏、史淳據 1966 年泉州的
採風錄音記譜），收於中國曲藝音樂集成全國編輯委員會：《中
國曲藝音樂集成·福建卷》（北京：中國 ISBN 中心，2001 年
10 月），頁 1648。

大廣弦說唱

1.　《梁山伯與祝英台·七字反》（盧青海記譜），收於中國曲藝音

樂集成全國編輯委員會:《中國曲藝音樂集成·福建卷》(北京:中國 ISBN 中心,2001 年 10 月),頁 1629-1630。

2. 《山伯英台·賣藥哭老調》(邵江海唱,陳斌記譜),收於中國曲藝音樂集成全國編輯委員會:《中國曲藝音樂集成·福建卷》(北京:中國 ISBN 中心,2001 年 10 月),頁 1627。

3. 《梁山伯與祝英台·看病·賣藥仔哭調(四)》(李長明唱,明芳記譜),收於中國曲藝音樂集成全國編輯委員會:《中國曲藝音樂集成·福建卷》(北京:中國 ISBN 中心,2001 年 10 月),頁 1625-1626。

薌曲說唱

1. 《梁山伯與祝英台·大哭調(一)》(周利興唱,劉春曙據 1952 年龍海市的采風錄音記譜),收於中國曲藝音樂集成全國編輯委員會:《中國曲藝音樂集成·福建卷》(北京:中國 ISBN 中心,2001 年 10 月),頁 1562-1563。

2. 《梁山伯與祝英台·七字哭》(紀招治唱,劉春曙據 1973 年漳州的采風錄音記譜),收於中國曲藝音樂集成全國編輯委員會:《中國曲藝音樂集成·福建卷》(北京:中國 ISBN 中心,2001 年 10 月),頁 1573。

3. 《梁山伯與祝英台·望春調》(陳麗麗唱,吳長芳據劉春曙、劉向東 1998 年 4 月漳州市的采風錄音記譜),收於中國曲藝音樂集成全國編輯委員會:《中國曲藝音樂集成·福建卷》(北京:中國 ISBN 中心,2001 年 10 月),頁 1573。

4. 《梁山伯與祝英台‧愛玉調》（陳麗麗唱，吳長芳據劉春曙、劉向東 1998 年 4 月漳州市的采風錄音記譜），收於中國曲藝音樂集成全國編輯委員會：《中國曲藝音樂集成‧福建卷》（北京：中國 ISBN 中心，2001 年 10 月），頁 1571-1572。

5. 《梁山伯與祝英台‧賣藥哭調(二)》（時芳記譜），收於中國曲藝音樂集成全國編輯委員會：《中國曲藝音樂集成‧福建卷》（北京：中國 ISBN 中心，2001 年 10 月），頁 1567-1568。

十番八樂

1. 《英台山伯‧訪友‧繡停針》（蕭祖植唱，海燕據 1954 年 6 月莆田城關劇場錄音記譜），收於中國曲藝音樂集成全國編輯委員會：《中國曲藝音樂集成‧福建卷》（北京：中國 ISBN 中心，2001 年 10 月），頁 1475-1477。

2. 《英台山伯‧吊喪‧寬香羅帶》（蕭祖植唱，海燕據 1954 年 6 月莆田城關劇場採風錄音記譜），收於中國曲藝音樂集成全國編輯委員會：《中國曲藝音樂集成‧福建卷》（北京：中國 ISBN 中心，2001 年 10 月），頁 1485-1486。

3. 《英台山伯‧吊喪‧望高樓》（蕭祖植唱，海燕據 1954 年 6 月莆田城關劇場採風錄音記譜），收於中國曲藝音樂集成全國編輯委員會：《中國曲藝音樂集成‧福建卷》（北京：中國 ISBN 中心，2001 年 10 月），頁 1485。

4. 《英台山伯‧吊喪‧寬小桃花》（蕭相植唱，海燕據 1954 年 6 月莆田城關劇場錄音記譜），收於中國曲藝音樂集成全國編輯委員會：《中國曲藝音樂集成‧福建卷》（北京：中國 ISBN 中

心，2001 年 10 月），頁 1479-1480。

5. 《英台山伯·吊喪·叨叨令·醉太平·落平》（鄭牡丹唱，謝
    寶燊據 1960 年 8 月仙遊鯉聲劇團錄音記譜），收於中國曲藝音
    樂集成全國編輯委員會：《中國曲藝音樂集成·福建卷》（北京：
    中國 ISBN 中心，2001 年 10 月），頁 1486-1490。

6. 《英台山伯·吊喪·寬上小樓·皂羅袍·落袍》（鰲山村十番
    八樂班唱，林國城、吳正開據 1986 年 2 月 15 日莆田市涵江區
    三江口鎮鰲山村採風錄音記譜），收於中國曲藝音樂集成全國
    編輯委員會：《中國曲藝音樂集成·福建卷》（北京：中國 ISBN
    中心，2001 年 10 月），頁 1482-1484。

7. 《英台山伯·吊喪·蠻牌令》（後郭村十番八樂班唱，吳正開、
    龔鳳藻據 1986 年 2 月 15 日莆田市涵江區三江口鎮後郭村採風
    錄音記譜），收於中國曲藝音樂集成全國編輯委員會：《中國曲
    藝音樂集成·福建卷》（北京：中國 ISBN 中心，2001 年 10 月），
    頁 1480-1481。

8. 《英台山伯·訪友·江頭送別》（鰲山村十番八樂班唱，吳正
    開、林國城據 1986 年 2 月 14 日莆田市涵江區三江口鎮鰲山村
    採風錄音記譜），收於中國曲藝音樂集成全國編輯委員會：《中
    國曲藝音樂集成·福建卷》（北京：中國 ISBN 中心，2001 年
    10 月），頁 1477-1479。

9. 《英台山伯·訪友·望故鄉》（鰲山村十番八樂班唱，龔鳳藻
    據 1986 年莆田市涵江區三江口鎮鰲山村採風記譜），收於
    中國曲藝音樂集成全國編輯委員會：《中國曲藝音樂集成·福
    建卷》（北京：中國 ISBN 中心，2001 年 10 月），頁 1471-1474。

10. 《英台山伯‧訪友‧駐雲飛》（鰲山村十番八樂班唱，吳開正、龔鳳藻據 1986 年莆田市涵江區三江口鎮鰲山村採風錄音記譜），收於中國曲藝音樂集成全國編輯委員會：《中國曲藝音樂集成‧福建卷》（北京：中國 ISBN 中心，2001 年 10 月），頁 1468-1470。

伬唱

1. 〈梁山伯與祝英台‧十八相送〉（陳貴英唱，黃勤灼據 1979 年福建人民廣播電台錄音記譜），收於中國曲藝音樂集成全國編輯委員會：《中國曲藝音樂集成‧福建卷》（北京：中國 ISBN 中心，2001 年 10 月），頁 1288-1298。

南音

1. 《梁山伯與祝英台‧嫻隨官人》（英台、嫻唱段，陳枚校譜，據 1980 年泉州南音樂團採集的工尺譜本譯），收於中國曲藝音樂集成全國編輯委員會：《中國曲藝音樂集成‧福建卷》（北京：中國 ISBN 中心，2001 年 10 月），頁 439-440。

2. 《梁山伯與祝英台‧想起》（祝英台唱段，吳璟瑜譯譜，據 1980 年泉州南音樂團採集的工尺譜本譯），收於中國曲藝音樂集成全國編輯委員會：《中國曲藝音樂集成‧福建卷》（北京：中國 ISBN 中心，2001 年 10 月），頁 347-348。

3. 《梁山伯與祝英台‧不覺是夏天》（祝英台唱段，莊步聯譯譜），收於中國曲藝音樂集成全國編輯委員會：《中國曲藝音樂集成‧福建卷》（北京：中國 ISBN 中心，2001 年 10 月），頁 441-442。

4. 《梁山伯與祝英台·獻紙錢》（祝英台唱段，莊步聯譯譜），收於中國曲藝音樂集成全國編輯委員會：《中國曲藝音樂集成·福建卷》（北京：中國 ISBN 中心，2001 年 10 月），頁 426-430。

5. 《梁山伯與祝英台·你聽喳》（莊步聯譯譜），收於中國曲藝音樂集成全國編輯委員會：《中國曲藝音樂集成·福建卷》（北京：中國 ISBN 中心，2001 年 10 月），頁 297-301。

涼州賢孝

1. 《梁祝·下樓調（花調）》（劉榮堂唱，黃柏元據 1994 年武威市採風錄音記譜），收於中國曲藝音樂集成全國編輯委員會：《中國曲藝音樂集成·甘肅卷》（北京：中國 ISBN 中心，1998 年 12 月），頁 679-680。

2. 《梁祝·廣東調（花調）》（劉榮堂唱，黃柏元據 1994 年武威市採風錄音記譜），收於中國曲藝音樂集成全國編輯委員會：《中國曲藝音樂集成·甘肅卷》（北京：中國 ISBN 中心，1998 年 12 月），頁 675-677。

四股弦書

1. 《梁山伯與祝英台·慢板（一）》（馮治學唱，張福忠記譜），收於中國曲藝音樂集成全國編輯委員會：《中國曲藝音樂集成·河南卷》（北京：中國 ISBN 中心，1996 年 10 月），頁 1467-1468。

2. 《梁山伯與祝英台·慢板（二）》（王小丑唱，張福忠記譜），收於中國曲藝音樂集成全國編輯委員會：《中國曲藝音樂集成·河南卷》（北京：中國 ISBN 中心，1996 年 10 月），頁 1469-1470。

3. 《梁山伯與祝英台·慢板(三)》(王梁成唱，張福忠記譜)，收
   於中國曲藝音樂集成全國編輯委員會：《中國曲藝音樂集成·
   河南卷》(北京：中國 ISBN 中心，1996 年 10 月)，頁 1470-1471。

4. 《梁山伯與祝英台·慢板(四)》(王小丑唱，張福忠記譜)，收
   於中國曲藝音樂集成全國編輯委員會：《中國曲藝音樂集成·
   河南卷》(北京：中國 ISBN 中心，1996 年 10 月)，頁 1471-1472。

常州唱春

1. 〈梁山伯與祝英台〉(趙仁寶唱，林振豪、唐寶榮記譜)，收於
   中國曲藝音樂集成全國編輯委員會：《中國曲藝音樂集成·江
   蘇卷》(北京：中國 ISBN 中心，1996 年 11 月)，頁 1920-1925。

叮叮腔

1. 《梁山伯與祝英台·十八相送·慢八板》(孫廣珍唱，趙啟舜
   記譜)，收於中國曲藝音樂集成全國編輯委員會：《中國曲藝音
   樂集成·江蘇卷》(北京：中國 ISBN 中心，1996 年 11 月)，
   頁 1772-1773。

2. 《梁山伯與祝英台·勸嫁·快八板》(孫廣珍唱，趙啟舜記譜)，
   收於中國曲藝音樂集成全國編輯委員會：《中國曲藝音樂集
   成·江蘇卷》(北京：中國 ISBN 中心，1996 年 11 月)，頁 1774。

3. 《梁山伯與祝英台·十八相送·平韻》(孫廣珍唱，趙啟舜記
   譜)，收於中國曲藝音樂集成全國編輯委員會：《中國曲藝音樂
   集成·江蘇卷》(北京：中國 ISBN 中心，1996 年 11 月)，頁
   1774-1775。

4. 《梁山伯與祝英台・十八相送・下山》（趙仁寶唱，林振豪、唐寶榮記譜），收於中國曲藝音樂集成全國編輯委員會：《中國曲藝音樂集成・江蘇卷》（北京：中國 ISBN 中心，1996 年 11 月），頁 1777-1783。

南京白局

1. 《英台思兄・梳妝台》（吳鴻祥唱，俞保根記譜），收於中國曲藝音樂集成全國編輯委員會：《中國曲藝音樂集成・江蘇卷》（北京：中國 ISBN 中心，1996 年 11 月），頁 851。

2. 《英台思兄・一字三哼滿江紅》（吳鴻祥唱，俞保根記譜），收於中國曲藝音樂集成全國編輯委員會：《中國曲藝音樂集成・江蘇卷》（北京：中國 ISBN 中心，1996 年 11 月），頁 847-848。

滿江紅

1. 《英台思兄》，蘇州振文齋木刻本，中央研究院歷史語言研究所傅斯年圖書館藏本 ATd2-022。

四川連廂

1. 〈四九求方〉（駱榮華唱，林開雲等幫腔，王明心記譜），收於中國曲藝音樂集成全國編輯委員會：《中國曲藝音樂集成・四川卷》（北京：中國 ISBN 中心，1994 年 5 月），頁 1254-1257。

東北二人轉

1. 《樓台會・英雄悲(二)》（鄭桂雲唱，那炳晨據 1980 年吉林省

地方戲曲研究室錄音記譜），收於中國曲藝音樂集成全國編輯
委員會：《中國曲藝音樂集成·吉林卷》（北京：中國 ISBN 中
心，2000 年 3 月），頁 131。

2. 《梁祝下山·拉君調(一)》（郭英巨唱，王信威據 1987 年瀋陽
市採訪錄音記譜），收於中國曲藝音樂集成全國編輯委員會：
《中國曲藝音樂集成·遼寧卷》（北京：中國 ISBN 中心，2002
年 7 月），頁 242-243。

3. 《樓台會·送水調(一)》（鄭桂雲唱，那炳晨據 1988 年吉林省
研究所錄音記譜），收於中國曲藝音樂集成全國編輯委員會：
《中國曲藝音樂集成·吉林卷》（北京：中國 ISBN 中心，2000
年 3 月），頁 245。

4. 〈梁祝五更〉（筱蘭芝唱，信威據鞍山群眾藝術館 1989 年採訪
錄音記譜），收於中國曲藝音樂集成全國編輯委員會：《中國曲
藝音樂集成·遼寧卷》（北京：中國 ISBN 中心，2002 年 7 月），
頁 268-269。

5. 〈梁祝下山〉（張慶志唱，非衣據遼寧省藝術研究所八〇年代
錄音資料記譜），收於中國曲藝音樂集成全國編輯委員會：《中
國曲藝音樂集成·遼寧卷》（北京：中國 ISBN 中心，2002 年
7 月），頁 330。

6. 《梁祝下山·拉君調(二)》（王桂榮唱，董廣生據遼寧省藝術
研究所八〇年代錄音資料記譜），收於中國曲藝音樂集成全國
編輯委員會：《中國曲藝音樂集成·遼寧卷》（北京：中國 ISBN
中心，2002 年 7 月），頁 243-244。

7. 《十八里相送·二流水武咳咳》（陳麗君、楊偉唱，王信威據

遼寧省藝術研究所八〇年代錄音資料記譜），收於中國曲藝音樂集成全國編輯委員會：《中國曲藝音樂集成・遼寧卷》（北京：中國 ISBN 中心，2002 年 7 月），頁 117。

8. 〈倒捲簾〉（王振海唱，鞠新傳腔，許義芳據 1997 通化市藝術團錄音記譜），收於中國曲藝音樂集成全國編輯委員會：《中國曲藝音樂集成・吉林卷》（北京：中國 ISBN 中心，2000 年 3 月），頁 335。

9. 〈十八里相送〉（二人轉，又名《拉君》），收於中國曲藝志全國編輯委員會：《中國曲藝志・遼寧卷》（北京：中國 ISBN 中心，2000 年 9 月），頁 83-84。

10. 《樓台會・喇叭牌子(七)》（張文秀、管大海唱，魏子玉編曲，據黑龍江音像出版社出版盒帶錄音記譜），收於中國曲藝音樂集成全國編輯委員會：《中國曲藝音樂集成・黑龍江卷》（北京：中國 ISBN 中心，2002 年 2 月），頁 120。

11. 〈思五更〉，收於周靜書主編：《梁祝文化大觀・學術論文卷》（北京：中華書局，2000 年 10 月），頁 547。

12. 〈十八里相送〉，收於周靜書主編：《梁祝文化大觀・學術論文卷》（北京：中華書局，2000 年 10 月），頁 548。

戲劇

元戲文

1. 《祝英台》（據・明鈕少雅《彙纂元譜南曲九宮正始》冊三〈仙

呂〉所徵引輯錄，原題《祝英台》（元傳奇）），收於錢南揚輯
錄：《梁祝戲劇輯存》（上海：上海古典文學出版社，1956 年 7
月），頁 1-2。又：收於周靜書主編：《梁祝文化大觀・戲劇影
視卷》（北京：中華書局，1999 年 12 月），頁 1（篇末注語：
錢南揚《梁祝戲劇輯存》，原文據明・鈕少雅《匯纂元譜南曲
九宮正始》第三冊〈仙呂〉所輯錄，原題《祝英台》（元傳奇））。
又：《祝英台》，收於陸侃如、馮沅君編：《南戲拾遺》（進學書
局，1969 年 10 月影印初版），頁 65-66。

明傳奇

1.　《新刊全家錦囊祝英台記》（據明嘉靖癸丑（1553）年福建建
　　陽書林詹氏進賢堂重刊本影印），明・徐文昭編：《風月錦囊》，
　　收於王秋桂編：《善本戲曲叢刊》第四輯 1（臺北：臺灣學生
　　書局，1987 年 11 月景印初版），頁 379-382，內容與《徽池雅
　　調》所收《英伯相別回家》相同，僅小字不同。

2.　《訪友記・山伯送別》（據明萬曆間（1573-1620）文會堂所輯
　　刻「格致叢書」之一種影印，小題下注：夜行船一套係古曲，
　　偷入於此，不全），明・胡文煥編：《群音類選》，收於王秋桂
　　編：《善本戲曲叢刊》第四輯 42（臺北：臺灣學生書局，1987
　　年景印初版），頁 1690-1692。又：《山伯送別》，無名氏撰：《訪
　　友記》選齣，曾永義、王安祈、李惠綿、蔡欣欣選注：《戲曲
　　選粹》（國家出版社，2002 年 3 月初版），頁 424-427。

3.　《同窗記・英伯相別回家》（據明萬曆間（1573-1620）福建書
　　林燕石居主人刻本影印），見明・熊稔寰編：《徽池雅調》，收

於王秋桂編：《善本戲曲叢刊》第一輯 7（臺北：臺灣學生書局，1984 年 7 月影印初版），頁 24-29。又：收於錢南揚輯錄：《梁祝戲劇輯存》（上海：上海古典文學出版社，1956 年 7 月），頁 18-21（篇末案語：錄自《秋夜月新鋟天下時尚南北徽池雅調》卷一，目錄無此目，書口題「還魂記」）。又收於杏橋主人等：《梁祝故事說唱合編》（臺北：古亭書屋，1975 年 4 月一版），頁 3-4。又：《梁祝故事說唱集》（明文書局，1981 年 12 月初版），頁 3-4（篇末注語：錄自明刊《精選天下時尚南北徽池雅調》）。又收於周靜書主編：《梁祝文化大觀‧戲劇影視卷》（北京：中華書局，1999 年 12 月），頁 14-17。

4. 《訪友記‧又賽槐陰分別》（據明萬曆間（1573-1620）文會堂所輯刻「格致叢書」之一種影印），明‧胡文煥編：《群音類選》，收於王秋桂編：《善本戲曲叢刊》第四輯 42（臺北：臺灣學生書局，1987 年景印初版），頁 1692-1700。又收於錢南揚輯錄：《梁祝戲劇輯存》（上海：上海古典文學出版社，1956 年 7 月），頁 7-11（篇末案語：錄自《秋夜月新鋟天下時尚南北徽池雅調》卷一，目錄無「賽槐陰」三字，僅作「山伯分別」，注出《同窗記》）。又收於杏橋主人等：《梁祝故事說唱合編》（臺北：古亭書屋，1975 年 4 月一版），頁 9-10。又：《梁祝故事說唱集》（明文書局，1981 年 12 月初版），頁 9-10（篇末注語：錄自明刊《精選天下時尚南北徽地雅調》。又收於周靜書主編：《梁祝文化大觀‧戲劇影視卷》（北京：中華書局，1999 年 12 月），頁 5-8（篇末注語：選自錢南揚《梁祝戲劇輯存》。〈山伯賽槐蔭分別〉一齣，原文錄自《秋夜月新鋟天下時尚南北徽池雅調》

卷一，目錄無「賽槐陰」三字，僅作「山伯分別」，注出《同窗記》)。案：錢南揚《梁祝戲劇輯存》、杏橋主人等《梁祝故事說唱合編》、《梁祝故事說唱集》等，題名均作「山伯賽槐陰分別」。周靜書主編《梁祝文化大觀》題名作「山伯賽槐蔭分別」。

5.　《還魂記·山伯賽槐陰分別》(據明萬曆間 (1573-1620) 福建書林燕石居主人刻本影印)，明·熊稔寰編：《徽池雅調》，收於王秋桂編：《善本戲曲叢刊》第一輯 7 (臺北：臺灣學生書局，1984 年 7 月景印初版)，頁 29-37。

6.　《同窗記·河梁分袂》(據明萬曆間 (1573-1620) 福建書林熊稔寰刻本《同窗記》影印)，明·殷啟聖編：《堯天樂》，收於王秋桂編：《善本戲曲叢刊》第一輯 8 (臺北：臺灣學生書局，1984 年 7 月景印初版)，頁 62-69。又收於錢南揚輯錄：《梁祝戲劇輯存》(上海：古典文學出版社，1956 年 7 月)，頁 3-6 (篇末案語：錄自明刻《秋夜月新鋟天下時尚南北徽池雅調》卷上，原注出《同窗記》)。又收於杏橋主人等：《梁祝故事說唱合編》(臺北：古亭書屋，1975 年 4 月一版)，頁 11-12。又：《梁祝故事說唱集》(明文書局，1981 年 12 月初版)，頁 11-12 (篇末注語：錄自明刊《精選天下時尚南北徽地雅調》)。又收於周靜書主編：《梁祝文化大觀·戲劇影視卷》(北京：中華書局，1999 年 12 月)，頁 2-4 (篇末注語：選自錢南揚《梁祝戲劇輯存》。〈河梁分袂〉一齣，原文錄自明刻《秋夜月新鋟天下時尚南北新調·卷上》，原注出《同窗記》)。又：《新選天下時尚南北新調·上卷》，見嚴敦易：〈古典文學中的梁祝故事〉，

收於周靜書主編：《梁祝文化大觀・學術論文卷》（北京：中華書局，2000 年 10 月），頁 133-134。

7. 《訪友記・山伯訪祝》（據明萬曆間文會堂所輯刻「格致叢書」之一種影印），明・胡文煥編：《群音類選》，收於王秋桂編：《善本戲曲叢刊》第四輯 42（臺北：臺灣學生書局，1987 年景印初版），頁 1701-1714。

8. 《英臺別・山伯訪英臺》（明萬曆甲辰（1604）年瀚海書林李碧峰、陳我含刊），《新刻增補戲隊錦曲大全滿天春》，收於龍彼得編：《明刊閩南戲曲絃管選本三種》（臺北：南天書局，1992 年 5 月影印），頁下 9-下 18。

9. 《同窗記・山伯千里期約》（據明萬曆卅九（1611）年書林敦睦堂張三懷刻本影印，書口題曰同窗記六），明・龔正我編：《摘錦奇音》，收於王秋桂編：《善本戲曲叢刊》第一輯 3（臺北：臺灣學生書局，1984 年 7 月影印初版），頁 309-323。

10. 《同窗記・訪友》（明崇禎 3（1630）年），明・沖和居士輯：《新鐫出像點板纏頭百練》二集，收於羅錦堂編：《中國戲曲總目彙編》下冊（臺北：萬有圖書公司，1966 年），頁 191-194。又收於錢南揚輯錄：《梁祝戲劇輯存》（上海：古典文學出版社，1956 年 7 月），頁 12-17（篇末案語：錄自國立北京圖書館藏明末刻本《纏頭百練》，注出《同窗記》）。又收於杏橋主人等：《梁祝故事說唱合編》（臺北：古亭書屋，1975 年 4 月一版），頁 5-8，又：《梁祝故事說唱集》（明文書局，1981 年 12 月初版），頁 5-8（篇末注語：錄自明刊《纏頭百練》）。又收於周靜書主編：《梁祝文化大觀・戲劇影視卷》（北京：中華書局，

1999 年 12 月），頁 9-13（篇末注語：選自錢南揚《梁祝戲劇輯存》。〈訪友〉一齣，原文錄自北京圖書館藏明末刻本《纏頭百練》，注出《同窗記》）。按：錢南揚《梁祝戲劇輯存》、杏橋主人等《梁祝故事說唱合編》、《梁祝故事說唱集》、周靜書主編《梁祝文化大觀等》題名均作「訪友」。

11. 《同窗記‧山伯訪友》（據明末書林四知館刻本影印），明‧黃儒卿選：《時調青崑》，收於王秋桂編《善本戲曲叢刊》第一輯 9（臺北：臺灣學生書局，1984 年景印初版），頁 77 上-95 上。

12. 《山伯訪友》，《精刻彙編新聲雅雜樂府大明天下春》，收於（俄）李福清、（中）李平編：《海外孤本晚明戲劇選集三種》（上海：上海古籍出版社，1993 年 6 月一版），頁 402-417。

13. 《同窗記‧英臺自嘆》（據明末書林四知館刻本影印），明‧黃儒卿選：《時調青崑》，收於王秋桂編《善本戲曲叢刊》第一輯 9（臺北：臺灣學生書局，1984 年景印初版），頁 95 上-105 上。

棠邑腔

1. 《棠邑腔同窗記》（明翻刻本），戴不凡：〈梁祝故事三種〉，見《小說見聞錄》（臺北：木鐸出版社，1983 年 4 月），頁 40-43。

雜劇

1. 常任俠撰，吳瞿安點校：《祝梁怨》，收於周靜書主編：《梁祝文化大觀‧戲劇影視卷》（北京：中華書局，1999 年 12 月），頁 18-28。

拉場戲

1. 《梁祝下山‧一路同行到長亭》（祝英台、梁山伯／董瑋、韓子平唱，金士貴編曲，據 1985 年吉林人民廣播電台錄音整理記譜），收於中國戲曲音樂集成全國編輯委員會：《中國戲曲音樂集成‧吉林卷》（北京：中國 ISBN 中心，1999 年 6 月），頁 571-572。

2. 〈梁山伯相思〉（東北地方戲曲演出本），收於周靜書主編：《梁祝文化大觀‧戲劇影視卷》（北京：中華書局，1999 年 12 月），頁 676-677。

3. 〈拉君〉（王尚仁口述，王祥記錄，谷柏林、傅文觀補充，傅文觀校注），收於周靜書主編：《梁祝文化大觀‧戲劇影視卷》（北京：中華書局，1999 年 12 月），頁 678-693。

呂劇

1. 《梁祝下山‧太陽一出紫靄靄》（梁山伯／時克遠唱，祝英台／張翠霞唱，盛善祿據 1957 年山東人民廣播電台錄音記譜），收於中國戲曲音樂集成全國編輯委員會：《中國戲曲音樂集成‧山東卷》（北京：中國 ISBN 中心，1996 年 6 月），頁 181-184。

2. 〈梁山伯下山〉，收於周靜書主編：《梁祝文化大觀‧戲劇影視卷》（北京：中華書局，1999 年 12 月），頁 402。

洪洞戲

1. 〈梁山盃全本〉（山西洪洞同義堂刻本，年代為丙子，可能是

1876 或 1816 年），收於錢南揚輯錄：《梁祝戲劇輯存》（上海：
上海古典文學出版社，1956 年 7 月），頁 29-35。又收於周靜
書主編：《梁祝文化大觀·戲劇影視卷》（北京：中華書局，1999
年 12 月），頁 392-398。

2. 〈梁山盃探朋〉（山西洪洞同義堂刻本，年代為丙子，可能是
1876 年或 1816 年），收於錢南揚輯錄：《梁祝戲劇輯存》（上
海：上海古典文學出版社，1956 年 7 月），頁 36-38。又收於
周靜書主編：《梁祝文化大觀·戲劇影視卷》（北京：中華書局，
1999 年 12 月），頁 399-401。

定縣秧歌劇

1. 〈金磚記〉，收於錢南揚輯錄：《梁祝戲劇輯存》（上海：上海
古典文學出版社，1956 年 7 月），頁 72-80。又收於周靜書主
編：《梁祝文化大觀·戲劇影視卷》（北京：中華書局，1999
年 12 月），（篇末注語：選自錢南揚《梁祝戲劇輯存》，原文錄
自李景漢、張世文編的《定縣秧歌選》，1933 年中華平民教育
促進會出版），頁 666-675。

隆堯秧歌

1. 《梁山伯與祝英台·八仙桌來四角方》（梁山伯、祝英台／董
俊芸、辛蕊唱，宋峰記譜），收於中國戲曲音樂集成全國編輯
委員會：《中國戲曲音樂集成·河北卷》（北京：中國 ISBN 中
心，1998 年 12 月），頁 1472。

2. 《梁山伯與祝英台‧過了年燈節日開逢迎春》（祝英台／安平
書唱，李雁雲、馬石民記譜），收於中國戲曲音樂集成全國編
輯委員會：《中國戲曲音樂集成‧河北卷》（北京：中國 ISBN
中心，1998 年 12 月），頁 1452-1457。

京劇

1. 〈柳蔭記〉（中國京劇團 1953 年 12 月 12 日演出實況錄音整
理，該劇本是依川劇《柳蔭記》改編），收於周靜書主編：《梁
祝文化大觀‧戲劇影視卷》（北京：中華書局，1999 年 12 月），
頁 197-237。

2. 〈柳蔭記〉（1953 年馬彥祥根據川劇《柳蔭記》移植改編），
收於中國戲曲志編輯委員會：《中國戲曲志‧北京卷》（北京：
中國 ISBN 中心，1999 年 9 月），頁 278。

3. 《梁山伯與祝英台‧我這裡凝秋水將兄來望》（祝英台／言慧
珠唱，沈毓琦據 1953 年上海人民廣播電台錄音記譜），收於中
國戲曲音樂集成全國編輯委員會：《中國戲曲音樂集成‧上海
卷》（北京：中國 ISBN 中心，2001 年 9 月），頁 748-751。

4. 《英台抗婚‧老爹爹你好狠的心腸》（祝英台／程硯秋唱，蕭
晴據 50 年代錄音記譜），收於中國戲曲音樂集成全國編輯委員
會：《中國戲曲音樂集成‧北京卷》（北京：中國 ISBN 中心，
1992 年 7 月），頁 397-398。

5. 《柳蔭記‧自從別兄轉家鄉》（祝英台／杜近芳唱，王瑤卿編
曲，張復據 60 年代中國唱片社唱片記譜），收於中國戲曲音樂
集成全國編輯委員會：《中國戲曲音樂集成‧北京卷》（北京：

中國 ISBN 中心，1992 年 7 月），頁 600-602。

6. 《柳蔭記・上寫拜上多拜上》（祝英台／杜近芳唱，王瑤卿編曲，張復據 60 年代中國唱片社唱片記譜），收於中國戲曲音樂集成全國編輯委員會：《中國戲曲音樂集成・北京卷》（北京：中國 ISBN 中心，1992 年 7 月），頁 590-591。

7. 《柳蔭記・悲切切慘淒淒止不住淚濕羅衣》（祝英台／杜近芳唱，王瑤卿編曲，張復據 60 年代中國唱片社唱片記譜），收於中國戲曲音樂集成全國編輯委員會：《中國戲曲音樂集成・北京卷》（北京：中國 ISBN 中心，1992 年 7 月），頁 319-322。

8. 《英台抗婚》（節選）（程硯秋演出本），收於周靜書主編：《梁祝文化大觀・戲劇影視卷》（北京：中華書局，1999 年 12 月），頁 183-191。

9. 〈驚聘〉，收於周靜書主編：《梁祝文化大觀・戲劇影視卷》（北京：中華書局，1999 年 12 月），頁 192-196。

10. 〈同窗記〉，大鵬國劇隊演出，地點：臺北市國家戲劇院，1988 年 5 月 16 日。

崑曲吹腔

1. 〈訪友〉（據張傳芳口述，趙景深筆錄轉錄），錢南揚輯錄：《梁祝戲劇輯存》（上海：上海古典文學出版社，1956 年 7 月），頁 22-29。又收於周靜書主編：《梁祝文化大觀・戲劇影視卷》（北京：中華書局，1999 年 12 月），頁 29-37。

高腔

1. 〈訪友〉，收於《俗文學叢刊》41 冊（臺北：中央研究院歷史語言研究所/新文豐出版公司合作出版，2001 年 10 月初版），頁 58-104。又：〈山泊訪友〉，首都圖書館編輯：《清車王府藏曲本》14 冊（北京：學苑出版社，2001 年 12 月一版），頁 209-215。

寧波戲

1. 〈梁山伯祝英台回文送友〉（浙江寧波鳳英齋刻本，鳳英齋是清末的書舖，大概在 1860 年至 1910 年這段期間內），收於錢南揚輯錄：《梁祝戲劇輯存》（上海：古典文學出版社，1956 年 7 月），頁 39-45。又收於周靜書主編：《梁祝文化大觀·戲劇影視卷》（北京：中華書局，1999 年 12 月），頁 38-43。

灘簧

1. 《梁山伯與祝英台》（三集）（上海閘北中公益仁和翔書莊木刻本約 1920-1930 間，現收藏於寧波梁祝文化公園資料館），收於范少山、沈媛媛新編：《俗文學叢刊》275 冊（臺北：中央研究院歷史語言研究所 / 新文豐出版公司合作出版，2003 年 6 月），頁 143-188。又收於周靜書主編：《梁祝文化大觀·戲劇影視卷》（北京：中華書局，1999 年 12 月）（節選(一)改裝求學、(二)草橋金蘭），頁 44-69。

越劇

1. 《梁山伯祝英台》、《梁山伯祝英台續集》（1919 年 3 月 15 日），

收於周靜書主編：《梁祝文化大觀‧學術論文卷》（北京：中華書局，2000 年 10 月），頁 727-728、730。

2.　《祝英台哭靈‧我看你一隻眼兒閉》（祝英台 / 支蘭芳唱，項管森據 1937 年版勝利唱片記譜），收於中國戲曲音樂集成全國編輯委員會：《中國戲曲音樂集成‧上海卷》（北京：中國 ISBN 中心，2001 年 9 月），頁 1485-1488。

3.　《梁祝哀史‧哭靈‧惟大明辛慶之歲》（祝英台 / 袁雪芬唱，顧振遐據 1947 年 6 月版百代唱片記譜），收於中國戲曲音樂集成全國編輯委員會：《中國戲曲音樂集成‧上海卷》（北京：中國 ISBN 中心，2001 年 9 月），頁 1526-1527。

4.　《祝英台遊園‧主婢相伴進園中》（祝英台 / 趙瑞花唱，項管森據 1957 年錄音記譜），收於中國戲曲音樂集成全國編輯委員會：《中國戲曲音樂集成‧上海卷》（北京：中國 ISBN 中心，2001 年 9 月），頁 1472-1475。

5.　《梁山伯與祝英台‧我山伯到祝家莊站定觀看》（梁山伯 / 陸錦花唱，高鳴據 1960 年錄音記譜），收於中國戲曲音樂集成全國編輯委員會：《中國戲曲音樂集成‧上海卷》（北京：中國 ISBN 中心，2001 年 9 月），頁 1315-1317。

6.　《梁山伯與祝英台‧樓台會‧英台說出心頭話》（梁山伯 / 范瑞娟唱，陳捷、薛岩、劉如曾、顧振遐、項管森等據 1961 年版中國唱片記譜），收於中國戲曲音樂集成全國編輯委員會：《中國戲曲音樂集成‧上海卷》（北京：中國 ISBN 中心，2001 年 9 月），頁 1324-1325。

7.　《梁山伯與祝英台》，華東戲曲研究院編輯（南薇原著改編，

徐進、宋之由、陳羽、成容、弘英執筆）:《華東地方戲曲叢刊》
第一集（上海：新文藝出版社，1954 年 10 月），頁 3-75。又：
《越劇·梁山伯與祝英台》（袁雪芬、范瑞娟口述，徐進等改
編）（上海：上海文藝出版社，1962 年），頁 1-46。後附《梁
山伯與祝英台》選曲，范瑞娟、傅全香唱，顧振遐、薛岩整理），
頁 47-76。又收於周靜書主編:《梁祝文化大觀·戲劇影視卷》
（北京：中華書局，1999 年 12 月），頁 94-126。（上海：上海
文藝出版社，1979 年 3 月一版，袁雪芬、范瑞娟口述，徐進
等改編）其中〈十八相送〉又見曾永義、王安祈、李惠綿、蔡
欣欣選注:《戲曲選粹》（國家出版社，2002 年 3 月初版）。

8. 《梁山伯與祝英台》（錄音帶 2 卷）（范瑞娟、傅全香等演唱）
   （中國唱片上海公司出版發行，1984 年）。

9. 《蝴蝶的傳說》（3VCD）（韓婷婷、方亞芬主演）（上海錄像公
   司出版發行）。又：中華文藝聯合音像出版社發行。

10. 《梁山伯與祝英台》（3VCD）（章瑞虹、陳穎、吳鳳花、陳飛
    主演），上海越劇院等演出（上海電影音像出版社出版）。

11. 《梁山伯與祝英台》（選場）（VCD）（傅全香、范瑞娟、戚雅
    仙、張雲霞、沈于蘭等主演），上海越劇院、靜安越劇院、盧
    灣越劇院、上海電視台聯合主演（揚子江音像出版社出版）。

12. 《越劇旦角經典唱段卡拉 OK（二）·梁山伯與祝英台》（CD）（戚
    雅仙唱）（上海音像出版社出版）。又：《戚雅仙與戚派唱腔－
    －梁山伯與祝英臺·英臺哭靈》（VCD）（上海音像出版社出
    版）。又：《戚雅仙與戚派藝術唱腔－－梁山伯與祝英臺·英臺
    哭靈》（VCD）（中國唱片上海公司出版發行）。

13. 《越劇名段卡拉 OK 2－－十八相送、記得草橋兩結拜、英台
    托媒》（VCD）（上海電影音像出版社出版發行）。

14. 《華派經典唱段（二）－－梁山伯與祝英台‧十八相送》（戲曲
    藝術片）（VCD）（楊童華、傅幸文主唱）（上海錄像公司出版）。

15. 《越劇精粹優秀劇目片段（三）－－梁山伯與祝英台‧回十八》
    （VCD）（范瑞娟唱）（上海錄像公司出版發行）。

16. 《東方弘韻 越劇精英大匯演（下）－－梁山伯與祝英台‧回十
    八》（選場）（2VCD）（章瑞虹、吉玉英主唱），上海越劇院紅
    樓劇團（上海錄像公司出版發行）。

17. 《范瑞娟藝術集錦－－梁山伯與祝英台‧回十八》（VCD）（中
    國唱片上海公司出版發行）。案：此與 15.上海錄像公司出版者
    全同。

18. 《張桂鳳藝術集錦（一）－－勸婚訪祝》（VCD）（上海：中國唱
    片上海公司出版發行）。

19. 《越劇流派紛呈（一）－－梁祝‧十八相送》（VCD）（范瑞娟、
    傅全香主唱）（中國唱片上海公司出版發行）。

20. 《范瑞娟傅全香藝術傳人大匯演－－梁山伯與祝英台》
    （3VCD）（陳琦、胡佩娣唱）（上海電影音像出版社出版）。

21. 《中國越劇 呂瑞英和她的藝術－－梁祝》（選段）（VCD）（浙
    江文藝音像出版社出版發行）。

22. 《越劇小百花（一）－－我家有小九妹、英台說出心頭話、十八
    相送》（VCD）（梁永璋導演）（武漢音像出版社出版發行）。

23. 《越劇名段薈萃－－梁祝‧十八相送》（VCD）（顏佳、江瑤主
    唱）（中國唱片上海公司出版發行）。

24. 《放飛‧傅派傳人陳藝越劇專場－－梁祝"禱墓化蝶"》（2VCD）（盧島導演）（浙江文藝音像出版社出版發行）。

25. 〈雙蝴蝶〉（源出《梁山伯寶卷》及浙東南一帶的民間傳說），收於中國戲曲志編輯委員會：《中國戲曲志‧浙江卷》（北京，中國 ISBN 中心出版，1997 年 12 月），頁 151-152。

26. 《梁山伯與祝英台‧回十八》，收於中國戲曲志編輯委員會：《中國戲曲志‧上海卷》（北京：中國 ISBN 中心，1996 年 12 月），頁 431-432。

27. 《梁山伯與祝英台》（亦名《雙蝴蝶》、《柳蔭記》），收於中國戲曲志編輯委員會：《中國戲曲志‧寧夏卷》（北京：中國 ISBN 中心，1996 年 10 月），頁 306。

28. 《梁山伯‧回十八‧他說道先生門前一枝梅》（梁山伯／李艷芳唱，余樂記譜），收於中國戲曲音樂集成全國編輯委員會：《中國戲曲音樂集成‧浙江卷》（北京：中國 ISBN 中心，2001 年 8 月），頁 1421-1426。

29. 《梁山伯‧十八相送‧先生門前一枝梅》（梁山伯／姚水娟唱，祝英台／李艷芳唱，余樂記譜），收於中國戲曲音樂集成全國編輯委員會：《中國戲曲音樂集成‧浙江卷》（北京：中國 ISBN 中心，2001 年 8 月），頁 1418-1420。

30. 《祝英台‧哭靈‧我看你一隻眼兒閉》（祝英台／支蘭芳唱，余樂記譜），收於中國戲曲音樂集成全國編輯委員會：《中國戲曲音樂集成‧浙江卷》（北京：中國 ISBN 中心，2001 年 8 月），頁 1415-1418。

31. 《梁山伯‧樓台相會‧想馬家要抬是官抬》（梁山伯／李艷芳

唱，祝英台／趙瑞花唱，余樂記譜），收於中國戲曲音樂集成全國編輯委員會：《中國戲曲音樂集成・浙江卷》（北京：中國 ISBN 中心，2001 年 8 月），頁 1405-1408。

32. 《梁祝・十八相送・先生門前一枝槐》（梁山伯／竺枝山唱，余樂記譜），收於中國戲曲音樂集成全國編輯委員會：《中國戲曲音樂集成・浙江卷》（北京：中國 ISBN 中心，2001 年 8 月），頁 1388-1389。

33. 《梁祝・樓台會・與你分別是重相會》（梁山伯／張雲棟唱，余樂記譜），收於中國戲曲音樂集成全國編輯委員會：《中國戲曲音樂集成・浙江卷》（北京：中國 ISBN 中心，2001 年 8 月），頁 1388。

34. 《梁山伯與祝英台・草橋・我家有個小九妹》（祝英台／傅全香唱，集體整理），收於中國戲曲音樂集成全國編輯委員會：《中國戲曲音樂集成・上海卷》（北京：中國 ISBN 中心，2001 年 9 月），頁 1244。

35. 《梁山伯與祝英台・樓台會・記得草橋兩結拜》（祝英台／傅全香唱，陳捷、薛岩、劉如曾、顧振遐、項管森等據中國唱片記譜），收於中國戲曲音樂集成全國編輯委員會：《中國戲曲音樂集成・上海卷》（北京：中國 ISBN 中心，2001 年 9 月），頁 1261-1263。

36. 《梁山伯與祝英台・回十八・祝家莊上訪英台》（梁山伯／范瑞娟唱，陳捷、薛岩、劉如曾、顧振遐、項管森等據中國唱片記譜），收於中國戲曲音樂集成全國編輯委員會：《中國戲曲音樂集成・上海卷》（北京：中國 ISBN 中心，2001 年 9 月），頁

1337-1343。

37. 《梁山伯與祝英台·樓台會·你在長亭自做媒》(梁山伯／范瑞娟唱,祝英台／傅全香,陳捷、薛岩、劉如曾、顧振遐、項管森等據中國唱片記譜),收於中國戲曲音樂集成全國編輯委員會:《中國戲曲音樂集成·上海卷》(北京:中國 ISBN 中心,2001 年 9 月),頁 1347-1350。

38. 《梁山伯與祝英台·勸婚·怪不得我好言相勸勸不醒》(祝公遠／張桂鳳唱,陳捷、薛岩、劉如曾、顧振遐、項管森等據中國唱片記譜),收於中國戲曲音樂集成全國編輯委員會:《中國戲曲音樂集成·上海卷》(北京:中國 ISBN 中心,2001 年 9 月),頁 1354-1355。

39. 《梁山伯與祝英台·山伯臨終·兒死後也要與她同墳台》(梁山伯／范瑞娟唱,陳捷、薛岩、劉如曾、顧振遐、項管森等據中國唱片記譜),收於中國戲曲音樂集成全國編輯委員會:《中國戲曲音樂集成·上海卷》(北京:中國 ISBN 中心,2001 年 9 月),頁 1404-1407。

40. 《梁祝·十八相送》(折子戲)(王柔桑、王哲主演),上海越劇院紅樓劇團 2003 訪台公演,財團法人中國信託商業銀行文教基金會、新舞臺主辦,演出時間 2003 年 11 月 15 日,演出地點:臺北市新舞臺。

41. 《梁祝·樓臺會》(折子戲)(章瑞虹、陳穎主演),上海越劇院紅樓劇團 2003 訪台公演,財團法人中國信託商業銀行文教基金會、新舞臺主辦,演出時間 2003 年 11 月 15 日,演出地

點：臺北市新舞臺。

42. 《梁山伯與祝英台》（舞臺劇）（周彌彌、沈于蘭主演，黃沙、方國泰、吳莉莉導演），周彌彌再興青年越劇團演出（2003 年 12 月 12-13 日），臺北市中山堂中正廳（樂團：臺北市立國樂團，指揮：李英）。

43. 《梁祝‧十八相送》（折子戲）（魏春芳飾梁山伯，朱丹萍飾祝英台，楊小青、郭曉男導演），浙江小百花越劇團主演，國立中正文化中心主辦，演出時間：2005 年 4 月 16 日，演出地點：臺北市國家戲劇院。

紹興文戲

1. 《新十八相送》（越娥、紹興文戲協進社主編，上海：通俗書局，1938 年 5 月初版），收於周靜書主編：《梁祝文化大觀‧戲劇影視卷》（北京：中華書局，1999 年 12 月），頁 73-93。

2. 《的篤班新編紹興文戲梁山伯‧梁山伯藕池》（又名《梁祝哀史》，上海：民益書局，排印本），收於錢南揚輯錄：《梁祝戲劇輯存》（上海：上海古典文學出版社，1956 年 7 月），頁 92-94。又收於周靜書主編：《梁祝文化大觀‧戲劇影視卷》（北京：中華書局，1999 年 12 月），頁 70-72。

和劇

1. 《兩世緣》，收於中國戲曲志編輯委員會：《中國戲曲志‧浙江卷》（北京：中國 ISBN 中心，1997 年 12 月），頁 152。

晉劇

1. 〈十八里相送〉（1987 年江浙滬二省一市徵集的「梁祝」資料），收於周靜書主編：《梁祝文化大觀・戲劇影視卷》（北京：中華書局，1999 年 12 月），頁 373-377。

2. 〈英台抗婚〉（大同市晉劇團演出本），收於周靜書主編：《梁祝文化大觀・戲劇影視卷》（北京：中華書局，1999 年 12 月），頁 378-391。

3. 《蝶雙飛》，收於中國戲曲志編輯委員會：《中國戲曲志・河北卷》（北京：中國 ISBN 中心，1993 年 11 月），頁 174-175。

江淮劇

1. 〈梁山伯送別〉（錄自上海大達書局出版的《新型淮劇梁山伯》），收於錢南揚輯錄：《梁祝戲劇輯存》（上海：上海古典文學出版社，1956 年 7 月），頁 95-104。又收於周靜書主編：《梁祝文化大觀・戲劇影視卷》（北京：中華書局，1999 年 12 月），頁 238-246（篇末注語：選自錢南揚《梁祝戲劇輯存》，原文錄自上海大達書局出版的《新型淮劇梁山伯》）。

閩劇

1. 《裙邊蝶》（根據駱錦卿、李公健編寫的演出抄本。此劇本編成於 1926 年後，根據天一電影公司拍攝的《梁祝哀史》和彈詞《大雙蝴蝶》等改編而成），收於周靜書主編：《梁祝文化大觀・戲劇影視卷》（北京：中華書局，1999 年 12 月），頁 559-634。

2. 〈相送〉，收於周靜書主編：《梁祝文化大觀‧戲劇影視卷》（北京：中華書局，1999 年 12 月），頁 539-540。

3. 〈梁山伯與祝英台〉（根據抄本福州閩腔《梁山伯與祝英台》編入，後部份殘缺），收於周靜書主編：《梁祝文化大觀‧戲劇影視卷》（北京：中華書局，1999 年 12 月），頁 541-558。

侗戲

1. 〈山伯英台〉（根據侗戲傳統劇目《山伯英台》抄本選入），收於周靜書主編：《梁祝文化大觀‧戲劇影視卷》（北京：中華書局，1999 年 12 月），頁 754-780。

豫劇

1. 〈梁山伯下山〉，見文燦、李斌編劇、藝生（執筆）：《豫劇傳統劇目匯釋》（鄭州：黃河文藝出版社，1986 年 7 月一版），頁 151-152。又：〈梁山伯下山〉（選自《豫劇傳統劇目匯編》，河南省劇目工作委員會 1963 年編印），收於周靜書主編：《梁祝文化大觀‧戲劇影視卷》（北京：中華書局，1999 年 12 月），頁 465-478。

2. 《梁祝情》（陶群編劇，河南汝南豫劇團 1997 年演出本），收於周靜書主編：《梁祝文化大觀‧戲劇影視卷》（北京：中華書局，1999 年 12 月），頁 479-510。

3. 《梁山伯與祝英台》（王新梅整理，河南豫劇團演出本，節選），收於周靜書主編：《梁祝文化大觀‧戲劇影視卷》（北京：中華書局，1999 年 12 月），頁 457-464。

贛劇

1. 《繪圖梁三伯會友》（清宣統三年夏月上海書局石印，卷端題「校正精本三伯訪友全集」、版心題「梁山伯會友」、卷末題「三伯訪友」），收於《俗文學叢刊》121 冊（臺北：中央研究院歷史語言研究所／新文豐出版公司合作出版，2002 年 5 月初版），頁 375-396。

2. 〈梁祝姻緣〉（1953 年初凌鶴、聿人根據贛劇《兩世緣》和川劇《柳蔭記》改編），收於中國戲曲志編輯委員會：《中國戲曲志·江西卷》（北京：中國 ISBN 中心，1999 年 9 月），頁 258-259。

3. 《梁祝姻緣·書館夜讀·耳聽得更鼓來山外》（祝英台／潘鳳霞唱，1953 年劉震海、程南豪編曲），收於中國戲曲音樂集成全國編輯委員會：《中國戲曲音樂集成·江西卷》（北京：中國 ISBN 中心，1999 年 12 月），頁 357-360。

4. 〈梁祝姻緣〉，收於周靜書主編：《梁祝文化大觀·戲劇影視卷》（北京：中華書局，1999 年 12 月），頁 654-656。

5. 《梁祝姻緣·自古多少女賢才》（劉震海傳腔，陳汝陶記譜），收於中國戲曲音樂集成全國編輯委員會：《中國戲曲音樂集成·江西卷》（北京：中國 ISBN 中心，1999 年 12 月），頁 307-308。

淮劇

1. 《梁山伯與祝英台·園會》（淮劇傳統劇目），收於周靜書主編：《梁祝文化大觀·戲劇影視卷》（北京：中華書局，1999 年 12 月），頁 247-248。

2. 《新刊淮戲大王路鳳鳴觀花梁山伯》五集（上海：大通書社），收於《俗文學叢刊》114 冊（臺北：中央研究院歷史語言研究所／新文豐出版公司合作出版，2002 年 5 月初版），頁 391-412。

3. 《梁山伯與祝英台·常倚紗窗把梁兄盼》（祝英台／武筱鳳唱，潘鳳嶺編曲，莊祥偉據中國唱片記譜），收於中國戲曲音樂集成全國編輯委員會：《中國戲曲音樂集成·上海卷》（北京：中國 ISBN 中心，2001 年 9 月），頁 1736-1737。

4. 《梁山伯與祝英台·梁兄為我得了病》（梁山伯／李神童唱，祝英台／武筱鳳唱，莊祥偉據中國唱片記譜），收於中國戲曲音樂集成全國編輯委員會：《中國戲曲音樂集成·上海卷》（北京：中國 ISBN 中心，2001 年 9 月），頁 1753-1754。

5. 《山伯訪友·尊一聲梁兄長》（祝英台／董桂英唱，戴玉升、李步才記譜），收於中國戲曲音樂集成全國編輯委員會：《中國戲曲音樂集成·江蘇卷》（北京：中國 ISBN 中心，1992 年 10 月），頁 1463。

睦劇

1. 《山伯訪友》（根據浙江省淳安縣地方戲曲本編入，汪兆兵搜集整理），收於周靜書主編：《梁祝文化大觀·戲劇影視卷》（北京：中華書局，1999 年 12 月），頁 694-714。

2. 《山伯訪友·梁山伯表家居揚州府》（方光庭演唱，洛地記譜），收於中國戲曲音樂集成全國編輯委員會：《中國戲曲音樂集成·浙江卷》（北京：中國 ISBN 中心，2001 年 8 月），頁 1358。

3. 《山伯訪友·我在書房側耳聽》（梁山伯／方光庭唱，洛地記

譜），收於中國戲曲音樂集成全國編輯委員會：《中國戲曲音樂集成‧浙江卷》（北京：中國 ISBN 中心，2001 年 8 月），頁 1359。

4. 〈山伯訪友〉（源出傳奇《同窗記》），收於中國戲曲志編輯委員會：《中國戲曲志‧浙江卷》（北京：中國 ISBN 中心，1997年 12 月），頁 145-146。

莆仙戲

1. 〈祝英台與梁山伯〉（據福建莆田仙遊戲明代傳統劇本抄本），收於周靜書主編：《梁祝文化大觀‧戲劇影視卷》（北京：中華書局，1999 年 12 月），頁 635-653。

川劇

1. 《柳蔭記‧罵媒‧背地思量情慘傷》（祝英台／筱惠芬唱，文國棟據 30 年代上海百代公司唱片記譜），收於中國戲曲音樂集成全國編輯委員會：《中國戲曲音樂集成‧四川卷》（北京：中國 ISBN 中心，1997 年 12 月），頁 535-539。

2. 〈英台罵媒〉（錄自 1944 年重慶大同書局出版的《川劇大觀》第一冊），收於錢南揚輯錄：《梁祝戲劇輯存》（上海：上海古典文學出版社，1956 年 7 月），頁 63-67。又收於周靜書主編：《梁祝文化大觀‧戲劇影視卷》（北京：中華書局，1999 年 12 月），頁 127-131（篇末注語：本篇和下篇〈祝莊訪友〉選自錢南揚《梁祝戲劇輯》，原文錄自 1944 年重慶大同書局出版的《川劇大觀》第一冊）。

3. 《柳蔭記》（由西南川劇院整理，1954 年北京作家出版社出

版），收於周靜書主編：《梁祝文化大觀・戲劇影視卷》（北京：
中華書局，1999 年 12 月），頁 136-182。

4. 《柳蔭記・訪友・金烏西墜玉兔東昇》（祝英台、梁山伯 / 陳
書舫、謝文新唱，劉嘉慧據 50 年代四川人民廣播電台錄音記
譜），收於中國戲曲音樂集成全國編輯委員會：《中國戲曲音樂
集成・四川卷》（北京：中國 ISBN 中心，1997 年 12 月），頁
533-535。

5. 《柳蔭記・訪友・才相逢又離分》（祝英台、梁山伯 / 陳書舫、
謝文新唱，劉嘉慧據 50 年代四川人民廣播電台錄音記譜），收
於中國戲曲音樂集成全國編輯委員會：《中國戲曲音樂集成・
四川卷》（北京：中國 ISBN 中心，1997 年 12 月），頁 531-533。

6. 《柳蔭記・送行・雲山疊疊江水茫茫》（祝英台、梁山伯 / 陳
書舫、謝文新唱，蔣學瓊據 50 年代四川人民廣播電台錄音記
譜），收於中國戲曲音樂集成全國編輯委員會：《中國戲曲音樂
集成・四川卷》（北京：中國 ISBN 中心，1997 年 12 月），頁
395-398。

7. 《柳蔭記・訪友・尼山攻書有三春》（祝英台、梁山伯 / 陳書
舫、謝文新唱，劉嘉慧據 50 年代四川人民廣播電台錄音記
譜），收於中國戲曲音樂集成全國編輯委員會：《中國戲曲音樂
集成・四川卷》（北京：中國 ISBN 中心，1997 年 12 月），頁
89-96。

8. 《柳蔭記・四九求方・痛斷肝腸》（祝英台 / 車英唱，林雲鵬
據 1984 年轉錄重慶市川劇院錄音資料記譜），收於中國戲曲音

樂集成全國編輯委員會：《中國戲曲音樂集成・四川卷》（北京：中國 ISBN 中心，1997 年 12 月），頁 152-154。

9. 〈祝莊訪友〉（錄自《川劇大觀》第四冊），收於錢南揚輯錄：《梁祝戲劇輯存》（上海：上海古典文學出版社，1956 年 7 月），頁 68-71。又收於周靜書主編：《梁祝文化大觀・戲劇影視卷》（北京：中華書局，1999 年 12 月），頁 132-135。（篇末注語：原文錄自《川劇大觀》第四冊）。

10. 《山伯送行》（喜樂堂木刻本）（卷端題「改良戲曲山伯送行」，版心題「送行」），收於《俗文學叢刊》102 冊（臺北：中央研究院歷史語言研究所 / 新文豐出版公司合作出版，2002 年 5 月初版），頁 213-223。

11. 《柳陰記全本》（臥龍橋文明書社木刻本），收於《俗文學叢刊》102 冊（臺北：中央研究院歷史語言研究所 / 新文豐出版公司合作出版，2002 年 5 月初版），頁 225-356。

12. 〈柳蔭記〉（取材於民間傳說），收於中國戲曲志編輯委員會：《中國戲曲志・四川卷》（北京：中國 ISBN 中心，1995 年 10 月），頁 140。

13. 《柳蔭記・別家・還須要好言來商量》，（祝英台唱，劉漢章傳腔，文國棟記譜），收於中國戲曲音樂集成全國編輯委員會：《中國戲曲音樂集成・四川卷》（北京：中國 ISBN 中心，1997 年 12 月），頁 551-552。

秦腔

1. 〈梁山伯與祝英台〉（1952 年由謝邁千改編，1953 年 11 月長

安書店出版），收於周靜書主編：《梁祝文化大觀・戲劇影視卷》
（北京：中華書局，1999 年 12 月），頁 403-456。

2. 《梁山伯與祝英台・十八相送、樓台會》（VCD）（劉如慧、廣
雪琴主演）（廣東惠州音像出版社發行）。

楚劇

1. 《東樓會》（據 1930 年左右漢口恆道堂書局出版的《袖珍楚劇
從新》第八冊轉錄），錢南揚輯錄：《梁祝戲劇輯存》（上海：
上海古典文學出版社，1956 年 7 月），頁 46-50。又收於周靜
書主編：《梁祝文化大觀・戲劇影視卷》（北京：中華書局，1999
年 12 月），頁 511-515（篇末注語：選自錢南揚《梁祝戲劇輯
存》，原文據 1930 年左右漢口恒道堂書局出版的《袖珍楚劇從
新》第八冊轉錄）。

2. 《梁山伯訪友》，收於錢南揚輯錄：《梁祝戲劇輯存》（上海：
上海古典文學出版社，1956 年 7 月），頁 51-62。又：〈梁山伯
訪友〉，收於周靜書主編：《梁祝文化大觀・戲劇影視卷》（北
京：中華書局，1999 年 12 月），頁 516-531。

3. 《梁山伯送友》（根據湖北應山縣民間流傳本輯錄，李常勇整
理），收於周靜書主編：《梁祝文化大觀・戲劇影視卷》（北京：
中華書局，1999 年 12 月），頁 532-538。

黃梅戲

1. 《山伯訪友・十樣藥引無有一樣》（祝英台／龍昆玉唱，時白
林於 50 年代初採訪記譜），收於中國戲曲音樂集成全國編輯委

員會:《中國戲曲音樂集成・安徽卷》(北京:中國 ISBN 中心,
1994 年 5 月),頁 1065-1067。

2.　〔梁山伯與祝英台〕

(1)〈柳蔭記〉(〈柳蔭記〉和下篇〈上天臺〉選自安徽安慶市黃梅
劇院《黃梅戲傳統劇目匯編》第五集,1991 年 10 月),收於周
靜書主編:《梁祝文化大觀・戲劇影視卷》(北京:中華書局,
1999 年 12 月),頁 262-292。

(2)〈上天臺〉(節選)(余海先、張敦友述錄,桂遇秋搜集校勘,
選自安徽安慶市黃梅劇院《黃梅戲傳統劇目匯編》第五集,1991
年 10 月),收於周靜書主編:《梁祝文化大觀・戲劇影視卷》(北
京:中華書局,1999 年 12 月),頁 293-330。

3.　《梁山伯與祝英台》(《安徽新戲》1994 年第 6 期),收於周靜
書主編:《梁祝文化大觀・戲劇影視卷》(北京:中華書局,1999
年 12 月),頁 331-372。

4.　《安徽黃梅戲劇院黃梅戲大展－－梁山伯與祝英台》(3VCD)
(財團法人公共電視文化事業基金會發行)。

5.　《梁山伯與祝英台》(VCD)(夏褘、郎祖筠主演),演出地點:
臺北中山堂廣場。演出時間:2002 年 11 月 30、31 日,臺北市
政府、臺北市立國樂團主辦。又:演出地點:馬祖南竿體育場、
雲林縣斗六市體育公園。演出時間:2003 年 9 月 5、11、12
日,馬祖縣政府、雲林縣政府合辦。

6.　《梁山伯與祝英台》(音樂劇)(凌波、胡錦主唱),大大國際
娛樂主辦,演出時間 2002 年 12 月 13-22 日,演出地點:臺北
國父紀念館、臺中市中山堂、高雄市至德堂。又:演出時間

2003 年 1 月 9、10、11 日，演出地點：臺北國家戲劇院。又：
演出時間 2003 年 10 月 24 日至 11 月 9 日，演出地點：臺北國
父紀念館、高雄文化中心至德堂、臺中中山堂、臺南市立藝術
中心。又：「2002 梁祝四十」（DVD）（凌波、胡錦主唱），滾
石國際音樂公司，2003 年。又：「梁山伯與祝英台」（凌波、
胡錦、楊麗音、郭子乾主演），大大國際娛樂主辦，演出時間：
2005 年 7 月 22、23 日，演出地點：臺北國家戲劇院。

7. 《山伯訪友·描藥方》（祝英台 / 潘璟琍唱，時白林記譜），收
於中國戲曲音樂集成全國編輯委員會：《中國戲曲音樂集成·
安徽卷》（北京：中國 ISBN 中心，1994 年 5 月），頁 1062-1065。

8. 《山伯訪友·觀二堂好似閻羅寶殿》（梁山伯 / 吳來寶唱，王
世慶記譜），收於中國戲曲音樂集成全國編輯委員會：《中國戲
曲音樂集成·安徽卷》（北京：中國 ISBN 中心，1994 年 5 月），
頁 1044-1045。

9. 《山伯訪友·我送九弟到橋頭》（梁山伯、祝英台 / 丁翠霞唱，
時白林記譜），收於中國戲曲音樂集成全國編輯委員會：《中國
戲曲音樂集成·安徽卷》（北京：中國 ISBN 中心，1994 年 5
月），頁 1032。

10. 《山伯訪友·二人涼亭來結拜》（祝英台、梁山伯 / 胡玉芳、
查瑞和唱，王兆乾記譜），收於中國戲曲音樂集成全國編輯委
員會：《中國戲曲音樂集成·安徽卷》（北京：中國 ISBN 中心，
1994 年 5 月），頁 1018。

11. 《山伯訪友·梁哥哥來我想你》（梁山伯、祝英台 / 王少舫、
潘璟琍唱，王兆記譜），收於中國戲曲音樂集成全國編輯委員

會：《中國戲曲音樂集成‧安徽卷》（北京：中國 ISBN 中心，1994 年 5 月），頁 1016-1017。

12. 《梁祝‧生離死別難相會》（梁山伯／王少舫唱，時白林記譜），收於中國戲曲音樂集成全國編輯委員會：《中國戲曲音樂集成‧安徽卷》（北京：中國 ISBN 中心，1994 年 5 月），頁 1006-1007。

瓊劇

1. 〈樓台會〉，收於周靜書主編：《梁祝文化大觀‧戲劇影視卷》（北京：中華書局，1999 年 12 月），頁 750-753。

錫劇

1. 《梁山伯與祝英台‧樓台會‧梁兄你千萬珍重》（祝英台、梁山伯／楊企雯、吳雅童唱，唐寶榮據 1962 年上海人民廣播電台錄音記譜），收於中國戲曲音樂集成全國編輯委員會：《中國戲曲音樂集成‧江蘇卷》（北京：中國 ISBN 中心，1992 年 10 月），頁 861-864。

2. 〈十八里相送〉，收於周靜書主編：《梁祝文化大觀‧戲劇影視卷》（北京：中華書局，1999 年 12 月），頁 249-250。

3. 《梁山伯與祝英台‧彩虹萬里》（女聲齊唱，費克編曲），收於中國戲曲音樂集成全國編輯委員會：《中國戲曲音樂集成‧江蘇卷》（北京：中國 ISBN 中心，1992 年 10 月），頁 888。

揚劇

1. 《祝訪友‧直奔祝莊》（梁山伯／姜峻峰唱，戈弘據 1957 年上

海人民廣播電台錄音記譜），收於中國戲曲音樂集成全國編輯委員會：《中國戲曲音樂集成·江蘇卷》（北京：中國 ISBN 中心，1992 年 10 月），頁 1377-1379。

2. 《梁山伯與祝英台·草橋關初相會》（梁山伯／金運貴唱，王弘據 1984 年上海音像公司盒式錄音帶記譜），收於中國戲曲音樂集成全國編輯委員會：《中國戲曲音樂集成·江蘇卷》（北京：中國 ISBN 中心，1992 年 10 月），頁 1272。

3. 《梁山伯與祝英台·走過了一關又一關》（梁山伯／金運貴唱，王弘據 1984 年上海音像公司盒式錄音帶記譜），收於中國戲曲音樂集成全國編輯委員會：《中國戲曲音樂集成·江蘇卷》（北京：中國 ISBN 中心，1992 年 10 月），頁 1266。

4. 〈梁山伯單下山〉，收於周靜書主編：《梁祝文化大觀·戲劇影視卷》（北京：中華書局，1999 年 12 月），頁 251-252。

5. 《梁山伯與祝英台·單下山·書房門前一棵槐》（梁山伯／周小培唱，馮成傑記譜），收於中國戲曲音樂集成全國編輯委員會：《中國戲曲音樂集成·江蘇卷》（北京：中國 ISBN 中心，1992 年 10 月），頁 1377-1379。

6. 《梁山伯與祝英台·送兄送到藕池東》（祝英台／筱金樓唱，黃宗敏記譜），收於中國戲曲音樂集成全國編輯委員會：《中國戲曲音樂集成·江蘇卷》（北京：中國 ISBN 中心，1992 年 10 月），頁 1357-1358。

7. 《梁山伯與祝英台·我家有個小九妹》（祝英台／余正梅唱，張欣木編曲），收於中國戲曲音樂集成全國編輯委員會：《中國

戲曲音樂集成‧江蘇卷》（北京：中國 ISBN 中心，1992 年 10
月），頁 1321-1322。

8. 《梁山伯與祝英台‧送兄送到荷池東》（梁山伯、祝英台／張
月娥唱，葉傳翰記譜），收於中國戲曲音樂集成全國編輯委員
會：《中國戲曲音樂集成‧江蘇卷》（北京：中國 ISBN 中心，
1992 年 10 月），頁 1260。

河北梆子

1. 《柳蔭記‧思兄‧與梁兄分別後心煩不爽》（祝英台／李桂雲
唱，常維敬據中國藝術研究院戲曲研究所五〇年代錄音記
譜），收於中國戲曲音樂集成全國編輯委員會：《中國戲曲音樂
集成‧北京卷》（北京：中國 ISBN 中心，1992 年 7 月），頁 1681。

2. 〈祭墳〉，收於周靜書主編：《梁祝文化大觀‧戲劇影視卷》（北
京：中華書局，1999 年 12 月），頁 664-665。

滬劇

1. 〈藍橋十送〉（錄自沈陛雲編的《娛樂大觀》「申曲號」，1936
年上海曼麗書局再版），收於錢南揚輯錄：《梁祝戲劇輯存》（上
海：上海古典文學出版社，1956 年 7 月），頁 84-91。又收於
周靜書主編：《梁祝文化大觀‧戲劇影視卷》（北京：中華書局，
1999 年 12 月），頁 253-261（篇末注語：錄自沈陛雲編的《娛
樂大觀》「申曲號」，1936 年上海曼麗書局再版）。

2. 〈小弟領路前頭走〉（彈詞戲《梁祝哀史》，梁山伯／張雲福唱，
祝英台／丁是娥唱，張介文、陸美雲據百歌唱片記譜），收於

中國戲曲音樂集成全國編輯委員會：《中國戲曲音樂集成·上海卷》（北京：中國 ISBN 中心，2001 年 9 月），頁 58-60。

滇戲

1.　〈新送友〉（清光緒甲辰（30）年（1904 年）榮煥堂公堂本子二十五冊，木刻本），收於《俗文學叢刊》97 冊（臺北：中央研究院歷史語言研究所／新文豐出版公司合作出版，2001 年 10 月初版），頁 37-71。

2.　〈山伯訪友〉（封面題：光緒甲辰（30）年榮煥堂公堂本子二十四冊，木刻本，書末書口題：光緒十五年榮煥堂新刊），收於《俗文學叢刊》97 冊（臺北：中央研究院歷史語言研究所／新文豐出版公司合作出版，2001 年 10 月初版），頁 73-112。

粵劇

1.　〈祝英台別友〉（從一本粵劇選集中鈔錄下來的，原書在抗戰時為敵寇所毀，大概是 1920 年以前某書局的排印本，書名似乎叫《粵劇大全》），收於錢南揚輯錄：《梁祝戲劇輯存》（上海：上海古典文學出版社，1956 年 7 月），頁 81-83。又收於周靜書主編：《梁祝文化大觀·戲劇影視卷》（北京：中華書局，1999 年 12 月），頁 657-659（選自錢南陽《梁祝戲劇輯存》）。

2.　《梁山伯與祝英台·山伯臨終》（梁山伯／陳笑風唱，崔德鑾據 1964 年中國唱片公司唱片記譜，選自 1964 年廣州春風粵劇團演出本），收於中國戲曲音樂集成全國編輯委員會：《中國戲曲音樂集成·廣東卷》（北京：中國 ISBN 中心，1996 年 11 月），

478-483。

3. 《梁山伯與祝英台》，收於周靜書主編：《梁祝文化大觀·戲劇影視卷》（北京：中華書局，1999 年 12 月），頁 660-663。

4. 〈大棚梁婆問親〉，收於《俗文學叢刊》165 冊（臺北：中央研究院歷史語言研究所／新文豐出版公司合作出版，2002 年 5 月初版），頁 255-266。又：〈大棚梁婆問親〉，《龍舟歌》冊 6（縮影資料）原精裝本，分 6 冊），葉 1-3。

5. 《裙邊蝶》（二卷，廣州市粵曲研究社發行），收於《俗文學叢刊》128 冊（臺北：中央研究院歷史語言研究所／新文豐出版公司合作出版，2002 年 5 月初版），頁 55-143。

6. 《梁山伯與祝英台》（VCD）（梁耀安　陳韻紅主唱）（廣州音像出版社出版）。案：原名《梁祝恨》。

7. 《梁山伯與祝英臺》（VCD）（丁凡、麥玉清主演）（廣州音像出版社出版）。

8. 《千里駒·裙邊蝶上卷之規勸》，收於《俗文學叢刊》159 冊（臺北：中央研究院歷史語言研究所／新文豐出版公司合作出版，2002 年 5 月初版），頁 541-542。

9. 《千里駒·裙邊蝶上卷之表白》，收於《俗文學叢刊》159 冊（臺北：中央研究院歷史語言研究所／新文豐出版公司合作出版，2002 年 5 月初版），頁 542。

10. 《千里駒·裙邊蝶上卷之分別》（千里駒、靚少鳳同唱），收於《俗文學叢刊》159 冊（臺北：中央研究院歷史語言研究所／新文豐出版公司合作出版，2002 年 5 月初版），頁 542-546。

11. 《千里駒·裙邊蝶下卷之幽怨》，收於《俗文學叢刊》159 冊

（臺北：中央研究院歷史語言研究所／新文豐出版公司合作出版，2002 年 5 月初版），頁 555-556。

12. 《千里駒・裙邊蝶下卷祭梁山伯》，收於《俗文學叢刊》159 冊（臺北：中央研究院歷史語言研究所／新文豐出版公司合作出版，2002 年 5 月初版），頁 556-557。

13. 《千里駒・裙邊蝶下卷之祭墳》，收於《俗文學叢刊》159 冊（臺北：中央研究院歷史語言研究所／新文豐出版公司合作出版，2002 年 5 月初版），頁 557-558。

14. 《英台祭奠》（又名《梁山伯》）（梁俠者、白牡丹合唱，何虛生著曲），《明星曲集》，收於《俗文學叢刊》164 冊（臺北：中央研究院歷史語言研究所／新文豐出版公司合作出版，2002 年 5 月初版），頁 146-149。

15. 《名曲大全・祝英台之訴情敬酒》，收於《俗文學叢刊》160 冊（臺北：中央研究院歷史語言研究所／新文豐出版公司合作出版，2002 年 5 月初版），頁 110-111。

16. 《梁祝恨史・願為蝴蝶繞孤墳》（祝英台／芳艷芳唱，陳仲琰記譜），收於中國戲曲音樂集成全國編輯委員會：《中國戲曲音樂集成・廣東卷》（北京：中國 ISBN 中心，1996 年 11 月），頁 387-390。

17. 《梁山伯與祝英台・那有閑情論雌雄》（祝英台／林小群唱，李時成記譜），收於中國戲曲音樂集成全國編輯委員會：《中國戲曲音樂集成・廣東卷》（北京：中國 ISBN 中心，1996 年 11 月），頁 300。

崑劇

1. 《梁山伯與祝英台》（首場主演：曹復永、孫麗虹、趙揚強、
   楊汗如飾梁山伯，魏海敏、陳美蘭、郭勝芳飾祝英台。巡演主
   演：孫麗虹、汪勝光、林美惠飾梁山伯，魏海敏、陳美蘭飾祝
   英台。曾永義編劇，沈斌、朱錦榮導演），國立國光劇團、國
   立中正文化中心主辦，首演時間：2004 年 12 月 24-26 日，演
   出地點：國家戲劇院；巡演時間：2005 年 1 月 2-15 日，演出
   地點：桃園文化局中壢館音樂廳、臺中立港區藝術中心演藝
   廳、高雄中正文化中心至德堂。

南管

1. 《梁三伯全部・同窗琴書記・時調演義》（乾隆 47（1782）年
   鐫會文齋藏版，吳守禮校理），見吳守禮：《清乾隆間刊「同窓
   琴書記」校理》（臺灣：吳守禮發行出版，1975 年 5 月），原
   文影本，頁 11-56；校理本：頁 57-99。

2. 〔梁山伯與祝英台・錦板五空管、中滾四空管〕（二闋）（輯
   自張再興編：《南管名曲選集》），見林美清：《梁祝故事及其文
   學研究》（臺灣大學中國文學研究所碩士論文，1982 年 6 月），
   頁 93-95。

歌仔戲

1. 《山伯英台》（梁山伯／徐正芬，祝英台／郭美珠），聯通電視
   歌劇團，1968 年 9 月 1 日。

2. 《山伯英台》（邱萬來藏本），《歌仔戲四大齣之一　山伯英台上篇》（收於蘭陽戲劇叢書 4，宜蘭：宜蘭縣文化中心，1997 年 7 月），頁 9-131。

3. 《山伯英台》（張松池藏本），《歌仔戲四大齣之一　山伯英台上篇》（收於蘭陽戲劇叢書 4，宜蘭：宜蘭縣文化中心，1997 年 7 月），頁 133-252。

4. 《山伯英台》（林榮春藏本），《歌仔戲四大齣之一　山伯英台上篇》（收於蘭陽戲劇叢書 4，宜蘭：宜蘭縣文化中心，1997 年 7 月），頁 253-324。

5. 《山伯英台》（李坤樹藏本），《歌仔戲四大齣之一　山伯英台上篇》（收於蘭陽戲劇叢書 4，宜蘭：宜蘭縣文化中心，1997 年 7 月），頁 325-538。

6. 《山伯英台》（吳貴英藏本），《歌仔戲四大齣之一　山伯英台下篇》（收於蘭陽戲劇叢書 5，宜蘭：宜蘭縣文化中心，1997 年 7 月），頁 9-236。

7. 《山伯英台》（陳羿錫藏本），《歌仔戲四大齣之一　山伯英台下篇》（收於蘭陽戲劇叢書 5，宜蘭：宜蘭縣文化中心，1997 年 7 月），頁 237-362。

8. 《山伯英台》（陳旺欉藏本），《歌仔戲四大齣之一　山伯英台下篇》（收於蘭陽叢書 5，宜蘭：宜蘭縣文化中心，1997 年 7 月），頁 363-495。又：《本地歌仔山伯英台》（宜蘭：宜蘭縣文化中心，1997 年 7 月），頁 14-149。（書末附註：劇本引用蘭陽戲劇叢書 5《歌仔戲四大齣之一　山伯英台上、下篇》陳旺欉口述本），另有 CD 十片。按：此口述本與藏本口白、對

話略異，唱詞、故事結構大抵相同。

9. 《梁山伯與祝英台》（錄音帶 8 卷）（閩南語歌仔戲，楊麗花主唱）（月球唱片廠公司）。

10. 《梁山伯與祝英台》（VCD）（楊麗花、許秀年主演）（台視文化公司發行）。

11. 《廖瓊枝的歌仔戲·梁山伯與祝英台》劇本（薪傳歌仔戲劇團 http://hsinchuan.myweb.hinet.net/top02）。又：「中國民俗音樂專輯·廖瓊枝的歌仔戲·梁山伯與祝英台」第 26、27 輯（錄音帶兩卷）（梁山伯／黃素茹，祝英台／廖瓊枝），財團法人中華民俗藝術基金會出版，劇本整理：廖瓊枝。又〈梁山伯與祝英台〉（編劇：廖瓊枝）（舞臺歌仔戲），收於曾永義主持：《歌仔戲劇整理計畫報告書》（行政院文化建設委員會，1995 年 12 月）。

12. 《山伯英台》（舞臺歌仔戲，劉南芳），收於曾永義主持：《歌仔戲劇整理計畫報告書》第一冊（行政院文化建設委員會，1995 年 12 月），頁 241-256

13. 《前世今生蝴蝶夢》（1997 年 9 月 13、14 日在臺北社教館演出）（VCD）（黃香蓮歌仔戲，黃香蓮、小咪主演）（臺北：香影蓮藝術表演團出品）。

14. 《山伯英台》（內台劇本）（編劇：佚名），《傳統戲劇輯錄·歌仔戲卷·拱樂社劇本》（臺北：國立傳統藝術中心籌備處出版，2001 年 6 月），頁 57-66。

15. 《山伯英台》，見黃慧琥：〈民權歌劇團古路戲的音樂運用〉，收於《二〇〇一年海峽兩岸歌仔戲發展交流研討會論文集》（宜

蘭：國立傳統藝術中心，2003 年 2 月），頁 244-250。

16. 《山伯英台》（明明、聯通電視歌劇團）（電視歌仔戲），收於曾永義主持：《歌仔戲劇整理計畫報告書》第四冊（行政院文化建設委員會，1995 年 12 月），頁 2767-2775。

17. 《山伯英台》（本地歌仔戲），收於曾永義主持：《歌仔戲劇整理計畫報告書》第一冊（行政院文化建設委員會，1995 年 12 月），頁 5-15。

18. 〈三伯英台回陽〉（張新銳作詞，陳秋霖作曲）（廣播歌仔戲），收於曾永義主持：《歌仔戲劇整理計畫報告書》第四冊（行政院文化建設委員會，1995 年 12 月），頁 2523-2527。

彩調劇

1. 〈梁山伯與祝英台〉，收於周靜書主編：《梁祝文化大觀‧戲劇影視卷》（北京：中華書局，1999 年 12 月），頁 715-749。

海陸豐戲

1. 〔梁山伯祝英台〕，收於周靜書主編：《梁祝文化大觀‧學術論文卷》（北京：中華書局，1999 年 12 月），頁 27-31。

白字戲

1. 〈山伯訪友〉，收於中國戲劇家協會主編：《中國地方戲曲集成‧廣東卷》（北京：中國戲劇出版社，1962 年 2 月初版），頁 845-859。又：〈山伯訪友〉，收於中國戲曲志編輯委員會：《中國戲曲志‧廣東卷》（北京：中國 ISBN 中心，1993 年 11

月），頁 111-112。

2. 《梁山伯與祝英台·祭墳·一見墳碑淚如絲》（祝英台／賴一心唱，李記忠記譜），收於中國戲曲音樂集成全國編輯委員會：《中國戲曲音樂集成·廣東卷》（北京：中國 ISBN 中心，1996年 11 月），頁 1692-1695。

3. 《梁山伯與祝英台·訪友·有約前來訪故人》（梁山伯／唐大聰唱，李啟忠記譜），收於中國戲曲音樂集成全國編輯委員會：《中國戲曲音樂集成·廣東卷》（北京：中國 ISBN 中心，1996年 11 月），頁 1671-1673。

布依戲

1. 〈況山伯與娘英台〉（源於《梁山伯寶卷》，清光緒三（1877）年保和班布依族第三代戲師黃公茂改編），收於中國戲曲志編輯委員會：《中國戲曲志·貴州卷》（北京：中國 ISBN 中心，1999 年 9 月），頁 100。

青海平弦戲

1. 〈英台抗婚〉（又名《逼婚·合婚》），收於中國戲曲志編輯委員會：《中國戲曲志·青海卷》（北京：中國 ISBN 中心，1998年 7 月），頁 92。

婺劇

1. 《山伯訪友·聽見羊聲》（銀心／徐汝英唱，四九／徐東福唱，智生記譜），收於中國戲曲音樂集成全國編輯委員會：《中國戲

曲音樂集成・浙江卷》（北京：中國 ISBN 中心，2001 年 8 月），
頁 606-608。

婺劇高腔

1. 〈山伯訪友〉（源出傳奇《同窗記》），收於中國戲曲志編輯委
　　員會：《中國戲曲志・浙江卷》（北京：中國 ISBN 中心，1997
　　年 12 月），頁 145-146。

西吳高腔

1. 〈山伯訪友〉，收於中國戲曲志編輯委員會：《中國戲曲志・浙
　　江卷》（北京：中國 ISBN 中心，1997 年 12 月），頁 145-146。

侯陽高腔

1. 〈山伯訪友〉，收於中國戲曲志編輯委員會：《中國戲曲志・浙
　　江卷》（北京：中國 ISBN 中心，1997 年 12 月），頁 145-146。

調腔

1. 〈山伯訪友〉（源出傳奇《同窗記》），收於中國戲曲志編輯委
　　員會：《中國戲曲志・浙江卷》（北京：中國 ISBN 中心，1997
　　年 12 月），頁 145-146。

新疆曲子劇

1. 〈十八送〉（為《梁山伯與祝英台》之一折），收於中國戲曲志
　　編輯委員會：《中國戲曲志・新疆卷》（北京：中國 ISBN 中心，

1995 年 9 月），頁 93。

壯劇

1. 《梁山伯與祝英台》（前傳、後傳兩本），收於中國戲曲志編輯委員會：《中國戲曲志·廣西卷》（北京，中國 ISBN 中心出版，1995 年 2 月），頁 150-151。

海城喇叭戲

1. 《拉君》（又名《梁祝下山》，1982 年 9 月方萌記錄此劇唱段《梁祝下山》刊載於上海文藝出版社出版的《中國民歌》第三卷），收於中國戲曲志編輯委員會：《中國戲曲志·遼寧卷》（北京：中國 ISBN 中心，1994 年 4 月），頁 87-88。

2. 《拉君·日頭出來紫靄靄》（祝英台 / 高德震唱，方萌記譜），收於中國戲曲音樂集成全國編輯委員會：《中國戲曲音樂集成·江西卷》（北京：中國 ISBN 中心，1999 年 12 月），頁 820。

武安落子

1. 《梁祝姻緣·勸九紅》（王昌言整理本初名《九紅出嫁》，刪去了馬士龍招親等情節，易名《勸九紅》），收於中國戲曲志編輯委員會：《中國戲曲志·河北卷》（北京：中國 ISBN 中心，1993 年 11 月），頁 134。

五調腔

1. 《梁山伯與祝九紅》，收於中國戲曲志編輯委員會：《中國戲曲

志·河南卷》(北京:文化藝術出版社,1992 年 12 月),頁 164。

盧劇

1. 《柳蔭記·闖帘》,收於中國戲曲志編輯委員會:《中國戲曲志·安徽卷》(北京:中國 ISBN 中心,1993 年 11 月),頁 405。

2. 《梁祝姻緣·闖帘》,收於中國戲曲志編輯委員會:《中國戲曲志·安徽卷》(北京:中國 ISBN 中心,1993 年 11 月),頁 154-155。(劇本收入《中國地方戲曲集成·安徽省卷》,安徽人民出版社編輯的《盧劇傳統劇目選集》亦收有此劇。)

3. 《梁祝·我想你》(梁山伯、祝英台／汪宏雲、陳其英唱,李靜生作曲),收於中國戲曲音樂集成全國編輯委員會:《中國戲曲音樂集成·安徽卷》(北京:中國 ISBN 中心,1994 年 5 月),頁 1321-1322。

4. 《梁祝·十八相送·三載同窗情如海》(梁山伯、祝英台／孫邦棟、鮑志遠唱,張嘉明作曲),收於中國戲曲音樂集成全國編輯委員會:《中國戲曲音樂集成·安徽卷》(北京:中國 ISBN 中心,1994 年 5 月),頁 1294-1295。

5. 《梁山伯與祝英台·英台做事太任性》(祝公遠／王本銀唱,張嘉明記譜),收於中國戲曲音樂集成全國編輯委員會:《中國戲曲音樂集成·安徽卷》(北京:中國 ISBN 中心,1994 年 5 月),頁 1237-1238。

6. 《英台醉酒·我看你酒醒之後怎見人》(師母／王敏唱,王柏齡記譜),收於中國戲曲音樂集成全國編輯委員會:《中國戲曲音樂集成·安徽卷》(北京:中國 ISBN 中心,1994 年 5 月),

頁 1233-1234。

7. 《打棗子‧遠看棗林青變紅》（梁山伯、祝英台／盛先進、陳淑蘭唱，徐祥英記譜），收於中國戲曲音樂集成全國編輯委員會：《中國戲曲音樂集成‧安徽卷》（北京：中國 ISBN 中心，1994 年 5 月），頁 1229-1232。

8. 《山伯闖帘‧繡樓驚動我祝英台》（祝英台／何春芳唱，朱立斌記譜），收於中國戲曲音樂集成全國編輯委員會：《中國戲曲音樂集成‧安徽卷》（北京：中國 ISBN 中心，1994 年 5 月），頁 1221-1225。

薌劇

1. 〈山伯英台〉（邵江海編劇，源出「錦歌」唱本），收於中國戲曲志編輯委員會：《中國戲曲志‧湖南卷》（北京：中國 ISBN 中心，1990 年 5 月），頁 350-352。

二夾弦

1. 《梁祝‧山伯訪友‧白綾小扇忙展開》（祝英台／劉九來 1958 年唱，江一舟記譜），收於中國戲曲音樂集成全國編輯委員會：《中國戲曲音樂集成‧河南卷》（北京：中國 ISBN 中心，1993 年 7 月），頁 1509-1511。

2. 《梁祝‧哭靈‧蒼天不隨人的願》（祝英台／李玉芬唱，宋耀山據 1978 年河南人民擴播電台錄音記譜），收於中國戲曲音樂集成全國編輯委員會：《中國戲曲音樂集成‧河南卷》（北京：中國 ISBN 中心，1993 年 7 月），頁 1477-1490。

3. 《梁祝·下山·走一窪來又一窪》（梁山伯／田愛雲唱，祝英
   台／劉九來唱，黃汝榮、高春喜據 1978 年河南人民擴播電台
   錄音記譜），收於中國戲曲音樂集成全國編輯委員會：《中國戲
   曲音樂集成·河南卷》（北京：中國 ISBN 中心，1993 年 7 月），
   頁 1474-1476。

4. 《梁祝·下山·祝家莊上訪英台》（梁山伯／田愛雲唱，高春
   喜編曲），收於中國戲曲音樂集成全國編輯委員會：《中國戲曲
   音樂集成·河南卷》（北京：中國 ISBN 中心，1993 年 7 月），
   頁 1509-1511。

5. 《梁祝·十八里相送·不為心肝怎能上梅山》（幕後伴唱／徐
   廣思演唱，孫大鵬記譜），收於中國戲曲音樂集成全國編輯委
   員會：《中國戲曲音樂集成·安徽卷》（北京：中國 ISBN 中心，
   1994 年 5 月），頁 1941。

北京曲劇

1. 《梁山伯與祝英台·鶯飛草長艷陽天》（祝英台／吳韻亭唱，
   李慶森據 1985 年錄音記譜），收於中國戲曲音樂集成全國編輯
   委員會：《中國戲曲音樂集成·北京卷》（北京：中國 ISBN 中
   心，1992 年 7 月），頁 1681。

2. 《梁山伯與祝英台·梁兄殉了情》（祝英台／吳韻亭唱，宋青
   據 1985 年錄音記譜），收於中國戲曲音樂集成全國編輯委員
   會：《中國戲曲音樂集成·北京卷》（北京：中國 ISBN 中心，
   1992 年 7 月），頁 1673-1674。

3. 《梁山伯與祝英台·光陽似箭轉眼三年》（祝英台／吳韻亭唱，

李慶森據 1985 年錄音記譜），收於中國戲曲音樂集成全國編輯
委員會：《中國戲曲音樂集成・北京》（北京：中國 ISBN 中心，
1992 年 7 月），頁 1600-1602。

4. 《梁山伯與祝英台・見玉環止不住淚流滿面》（祝英台／吳韻
亭唱，梁山伯／蕭金香唱，李慶森據 1985 年錄音記譜），收於
中國戲曲音樂集成全國編輯委員會：《中國戲曲音樂集成・北
京卷》（北京：中國 ISBN 中心，1992 年 7 月），頁 1590-1594。

湖南花燈戲

1. 《山伯訪友・四九問路》（梁山伯／王練希唱，唐純志記譜），
收於中國戲曲音樂集成全國編輯委員會：《中國戲曲音樂集
成・湖南卷》（北京：中國 ISBN 中心，1992 年 10 月），頁
1954-1955。

2. 《山伯訪友・好像鋼刀刺我心》（祝英台／王練希唱，唐純志
記譜），收於中國戲曲音樂集成全國編輯委員會：《中國戲曲音
樂集成・湖南卷》（北京：中國 ISBN 中心，1992 年 10 月），
頁 1954。

3. 《山伯訪友・梁山伯坐在雕鞍上》（梁山伯／胡正凡唱，唐純
志記譜），收於中國戲曲音樂集成全國編輯委員會：《中國戲曲
音樂集成・湖南卷》（北京：中國 ISBN 中心，1992 年 10 月），
頁 1951-1952。

4. 《梁祝姻緣・見雙親淚洒懷》（祝英台／李金花唱，鄧學鵬記
譜），收於中國戲曲音樂集成全國編輯委員會：《中國戲曲音樂
集成・湖南卷》（北京：中國 ISBN 中心，1992 年 10 月），頁

1931。

長沙花鼓戲

1. 《同窗記》(亦名《梁祝姻緣》),收於中國戲曲志編輯委員會:《中國戲曲志‧湖南卷》(北京:文化藝術出版社,1990 年 5月),頁 140-141。

2. 《梁祝姻緣‧訪友》,收於中國戲曲志編輯委員會:《中國戲曲志‧湖南卷》(北京:文化藝術出版社,1990 年 5 月),頁 350-352。

3. 《訪友‧一見紅綾好傷心》(梁山伯／葉俊武唱,劉天莊傳腔,歐陽覺文記譜),收於中國戲曲音樂集成全國編輯委員會:《中國戲曲音樂集成‧湖南卷》(北京:中國 ISBN 中心,1992 年 10 月),頁 1388。

4. 《訪友‧要到祝家會同窗》(梁山伯／胡華機唱,潘又新記譜),收於中國戲曲音樂集成全國編輯委員會:《中國戲曲音樂集成‧湖南卷》(北京:中國 ISBN 中心,1992 年 10 月),頁 1374。

5. 《訪友‧三條大路走中間》(梁山伯／王克謨唱,郭立榮記譜),收於中國戲曲音樂集成全國編輯委員會:《中國戲曲音樂集成‧湖南卷》(北京:中國 ISBN 中心,1992 年 10 月),頁 1373。

6. 《訪友‧好似雲開出太陽》(梁山伯／簡冬保唱,譚兆龍、王顯記譜),收於中國戲曲音樂集成全國編輯委員會:《中國戲曲音樂集成‧湖南卷》(北京:中國 ISBN 中心,1992 年 10 月),頁 1368-1369。

湖北花鼓戲

1. 《梁山伯與祝英台‧送友‧訪友》，收於中國戲曲志編輯委員會、中國戲曲志湖北卷編輯委員會：《中國戲曲志‧湖北卷》（北京：文化藝術出版社，1993年1月），頁170。

荊州花鼓戲

1. 《訪友‧自那天與九弟河岸分手》（梁山伯／程雲鵬唱，彭彪記譜），收於中國戲曲音樂集成全國編輯委員會：《中國戲曲音樂集成‧湖北卷》（北京：中國ISBN中心，1998年3月），頁1021-1023。

邵陽花鼓戲

1. 《山伯訪友‧三魂渺渺又轉來》（梁山伯／楊進軍唱，趙鳳仙傳腔，陳磊記譜），收於中國戲曲音樂集成全國編輯委員會：《中國戲曲音樂集成‧湖南卷》（北京：中國ISBN中心，1992年10月），頁1745-1746。

衡州花鼓戲

1. 《山伯訪友‧看你祝賢弟怎發落》（梁山伯／屈家才唱，李啟棟記譜），收於中國戲曲音樂集成全國編輯委員會：《中國戲曲音樂集成‧湖南卷》（北京：中國ISBN中心，1992年10月），頁1672-1673。

2. 《山伯訪友‧揚鞭摧馬去祝府》（梁山伯／劉重久唱，向耀楚

記譜），收於中國戲曲音樂集成全國編輯委員會：《中國戲曲音樂集成・湖南卷》（北京：中國 ISBN 中心，1992 年 10 月），頁 1664。

3. 《山伯訪友・好似月裏一嫦娥》（梁山伯 / 羅和凱唱，張華湘記譜），收於中國戲曲音樂集成全國編輯委員會：《中國戲曲音樂集成・湖南卷》（北京：中國 ISBN 中心，1992 年 10 月），頁 1659-1660。

岳陽花鼓戲

1. 《梁祝姻緣・一見九弟怒滿懷》（梁山伯 / 鄧渭元唱，劉可風記譜），收於中國戲曲音樂集成全國編輯委員會：《中國戲曲音樂集成・湖南卷》（北京：中國 ISBN 中心，1992 年 10 月），頁 1542-1544。

2. 《梁祝姻緣・許什麼來生配絲羅》（梁山伯 / 鄧渭元唱，劉可風記譜），收於中國戲曲音樂集成全國編輯委員會：《中國戲曲音樂集成・湖南卷》（北京：中國 ISBN 中心，1992 年 10 月），頁 1541。

襄陽花鼓戲

1. 《訪友・叫過來祝賢弟細聽端詳》（梁山伯 / 許德剛唱，祝英台 / 朱大銀唱，毛宗憲、李大慶記譜），收於中國戲曲音樂集成全國編輯委員會：《中國戲曲音樂集成・湖北卷》（北京：中國 ISBN 中心，1998 年 3 月），頁 1117-1122。

2. 《送友・我送九弟到山窪》（梁山伯、祝英台 / 王士坤、李維

海唱，毛宗憲、李大慶記譜），收於中國戲曲音樂集成全國編輯委員會：《中國戲曲音樂集成・湖北卷》（北京：中國 ISBN 中心，1998 年 3 月），頁 1113-1114。

3. 《山伯・點藥・用手兒拆小書仔細觀望》（梁山伯／王士坤唱，李大慶、毛宗憲記譜），收於中國戲曲音樂集成全國編輯委員會：《中國戲曲音樂集成・湖北卷》（北京：中國 ISBN 中心，1998 年 3 月），頁 1109-112。

東路花鼓戲

1. 《訪友・英台女坐深閨思念學友》（祝英台／王濟南唱，熊文忠據 1981 年湖北省戲劇工作室音樂組組織採錄的音響資料記譜），收於中國戲曲音樂集成全國編輯委員會：《中國戲曲音樂集成・湖北卷》（北京：中國 ISBN 中心，1998 年 3 月），頁 681-684。

2. 《訪友・山伯痴來山伯呆》（梁山伯／陶德凱唱，王全庚記譜），收於中國戲曲音樂集成全國編輯委員會：《中國戲曲音樂集成・湖北卷》（北京：中國 ISBN 中心，1998 年 3 月），頁 694。

衛調花鼓戲

1. 《小隔簾・不是為你怎麼得的病》（祝英台／侯玉成唱，陳廣歧記譜），收於中國戲曲音樂集成全國編輯委員會：《中國戲曲音樂集成・安徽卷》（北京：中國 ISBN 中心，1994 年 5 月），頁 125。

皖南花鼓戲

1. 《英台弔孝‧哭梁兄不由我淚往下流》（祝英台／柯正貴唱，姚木森記譜），收於中國戲曲音樂集成全國編輯委員會：《中國戲曲音樂集成‧安徽卷》（北京：中國 ISBN 中心，1994 年 5 月），頁 1413-1414。

2. 《梁祝‧手扒鞍腳踏凳》（梁山伯、祝英台／李海如唱，周榮華記譜），收於中國戲曲音樂集成全國編輯委員會：《中國戲曲音樂集成‧安徽卷》（北京：中國 ISBN 中心，1994 年 5 月），頁 1403-1404。

3. 《山伯訪友‧我送梁兄到牆頭》（祝英台／陳蘭英唱，陳鳳祥記譜），收於中國戲曲音樂集成全國編輯委員會：《中國戲曲音樂集成‧安徽卷》（北京：中國 ISBN 中心，1994 年 5 月），頁 1339。

4. 《梁祝‧四九按馬聽從頭》（梁山伯／陳大華唱，劉一民記譜），收於中國戲曲音樂集成全國編輯委員會：《中國戲曲音樂集成‧安徽卷》（北京：中國 ISBN 中心，1994 年 5 月），頁 1395。

花鼓戲

1. 〈送友〉，收於周靜書主編：《梁祝文化大觀‧學術論文卷》（北京：中華書局，1999 年 12 月），頁 21。

2. 〈山伯訪友〉，收於周靜書主編：《梁祝文化大觀‧學術論文卷》（北京：中華書局，1999 年 12 月），頁 21。

貴兒戲

1. 《山伯英台‧看花‧一小姐來看花》（祝英台／徐之初唱，盧如成記譜），收於中國戲曲音樂集成全國編輯委員會：《中國戲曲音樂集成‧廣東卷》（北京：中國 ISBN 中心，1996 年 11 月），頁 2207。

花朝戲

1. 《梁山伯與祝英台‧我家有個小九妹》（梁山伯／陳青昌唱，祝英台／熊小燕唱，溫國群編曲，據 1980 年香港海燕唱片公司錄製發行的盒帶記譜），收於中國戲曲音樂集成全國編輯委員會：《中國戲曲音樂集成‧廣東卷》（北京：中國 ISBN 中心，1996 年 11 月），頁 2115-2117。

2. 《梁山伯與祝英台‧你我鴻雁兩分開》（梁山伯／陳育昌唱，祝英台／熊小燕，溫國群編曲），收於中國戲曲音樂集成全國編輯委員會：《中國戲曲音樂集成‧廣東卷》（北京：中國 ISBN 中心，1996 年 11 月），頁 2117-2119。

茂腔

1. 《梁山伯與祝英台‧梁仁兄難認出結拜之人》（祝英台／陳艷琴唱，郭炳群編曲，據 1985 年濰坊市戲曲研究室錄音記譜），收於中國戲曲音樂集成全國編輯委員會：《中國戲曲音樂集成‧山東卷》（北京：中國 ISBN 中心，1996 年 6 月），頁 650-651。

評劇

1. 《柳蔭記・罵媒・提馬家高聲罵》（祝英台／吳素舫唱，王鎮范據 1953 年中國唱片社唱片記譜），收於中國戲曲音樂集成全國編輯委員會：《中國戲曲音樂集成・黑龍江卷》（北京：中國 ISBN 中心，1994 年 9 月），頁 103-105。

2. 《柳蔭記・思兄・埋怨聲爹媽做事差》（祝英台／吳素舫唱，王鎮范據 1953 年中國唱片社唱片記譜），收於中國戲曲音樂集成全國編輯委員會：《中國戲曲音樂集成・黑龍江卷》（北京：中國 ISBN 中心，1994 年 9 月），頁 101-102。

3. 《梁山伯與祝英台・雁兒歸去畫樑空》（梁山伯／張小樓唱，馮毅據 1978 年四平市評劇團錄音記譜），收於中國戲曲音樂集成全國編輯委員會：《中國戲曲音樂集成・吉林卷》（北京：中國 ISBN 中心，1999 年 6 月），頁 316-317。

4. 《梁山伯與祝英台・梁師兄你不要怒滿胸懷》（祝英台／筱紅樓唱，史集成記譜），收於中國戲曲音樂集成全國編輯委員會：《中國戲曲音樂集成・河北卷》（北京：中國 ISBN 中心，1998 年 12 月），頁 760-672。

龍江劇

1. 《春靈庵・好個痴呆呆的梁仁兄》（祝英台／韓世珍唱，妙凡／郭傑唱，劉螢編曲），收於中國戲曲音樂集成全國編輯委員會：《中國戲曲音樂集成・黑龍江卷》（北京：中國 ISBN 中心，1994 年 9 月），頁 762-766。

陽新採茶戲

1. 《梁祝姻緣‧掃掃桌椅抹抹台》(人心／成傳福唱，俞暢識記譜)，收於中國戲曲音樂集成全國編輯委員會：《中國戲曲音樂集成‧湖北卷》(北京：中國 ISBN 中心，1998 年 3 月)，頁 809。

2. 《梁祝姻緣‧祝賢弟出此言錯把話講》(梁山伯／劉應錫唱，祝英台／成傳福唱，俞暢識記譜)，收於中國戲曲音樂集成全國編輯委員會：《中國戲曲音樂集成‧湖北卷》(北京：中國 ISBN 中心，1998 年 3 月)，頁 781-785。

黃梅採茶戲

1. 《山伯訪友‧哪怕是天仙女從空下降》(梁山伯／項雅頌唱，劉孟德、吳淑林記譜)，收於中國戲曲音樂集成全國編輯委員會：《中國戲曲音樂集成‧湖北卷》(北京：中國 ISBN 中心，1998 年 3 月)，頁 748-752。

2. 《山伯訪友‧聽罷言來怒滿懷》(梁山伯／項雅頌唱，樂柯記、吳淑林記譜)，收於中國戲曲音樂集成全國編輯委員會：《中國戲曲音樂集成‧湖北卷》(北京：中國 ISBN 中心，1998 年 3 月)，頁 744-745。

3. 《山伯訪友‧三月天氣陽氣往上》(祝英台、梁山伯／李梅松、魏松青唱，劉孟德、吳淑林記譜)，收於中國戲曲音樂集成全國編輯委員會：《中國戲曲音樂集成‧湖北卷》(北京：中國 ISBN 中心，1998 年 3 月)，頁 733-734。

武寧採茶戲

1. 《秧麥‧正月好唱祝英台》（夫／寧茂煌唱，妻／樂文波唱，傅甘霖記譜），收於中國戲曲音樂集成全國編輯委員會：《中國戲曲音樂集成‧江西卷》（北京：中國 ISBN 中心，1999 年 12 月），頁 1134。

2. 《山伯訪友‧賢妹妹我想你衣冠不整無心理》（梁山伯／劉詩生唱，祝英台／余靜菊，傅甘霖記譜），收於中國戲曲音樂集成全國編輯委員會：《中國戲曲音樂集成‧江西卷》（北京：中國 ISBN 中心，1999 年 12 月），頁 1131-1132。

3. 《山伯訪友‧用手兒接藥單用目觀看》（梁山伯／傅甘霖唱，劉詩生傳腔，余隆禧記譜），收於中國戲曲音樂集成全國編輯委員會：《中國戲曲音樂集成‧江西卷》（北京：中國 ISBN 中心，1999 年 12 月），頁 1129。

4. 《山伯訪友‧叫哥早來哥不早來》（梁山伯／余和林唱，祝英台／徐仙花，傅甘霖記譜），收於中國戲曲音樂集成全國編輯委員會：《中國戲曲音樂集成‧江西卷》（北京：中國 ISBN 中心，1999 年 12 月），頁 1119-1121。

5. 《山伯訪友‧我送賢弟出聖堂》（梁山伯／余和林唱，祝英台／徐仙花唱，傅甘霖記譜），收於中國戲曲音樂集成全國編輯委員會：《中國戲曲音樂集成‧江西卷》（北京：中國 ISBN 中心，1999 年 12 月），頁 1116-1117。

6. 《山伯訪友‧拜別賢弟下樓台》（梁山伯／傅甘霖唱，夏水登傳腔，傅甘霖記譜），收於中國戲曲音樂集成全國編輯委員會：《中國戲曲音樂集成‧江西卷》（北京：中國 ISBN 中心，1999 年 12 月），頁 1111-1114。

7. 《山伯訪友‧美不美鄉中水》（梁山伯／余和林唱，祝英台／徐仙花唱，傅甘霖記譜），收於中國戲曲音樂集成全國編輯委員會：《中國戲曲音樂集成‧江西卷》（北京：中國 ISBN 中心，1999 年 12 月），頁 1105-1108。

萍鄉採茶戲

1. 《山伯訪友‧一見賢妹交紅綾》（梁山伯／黃紹輝唱，文國民、湯明英傳腔，熊斌賢、鄧光西記譜），收於中國戲曲音樂集成全國編輯委員會：《中國戲曲音樂集成‧江西卷》（北京：中國 ISBN 中心，1999 年 12 月），頁 2022-2026。

2. 《山伯訪友‧聽說九弟許馬家》（梁山伯／雍開全唱，文國民傳腔，鄧光西記譜），收於中國戲曲音樂集成全國編輯委員會：《中國戲曲音樂集成‧江西卷》（北京：中國 ISBN 中心，1999 年 12 月），頁 1998-1999。

3. 《山伯訪友‧梁山伯騎著善行馬》（梁山伯／宋驊唱，文國民傳腔，鄧光西記譜），收於中國戲曲音樂集成全國編輯委員會：《中國戲曲音樂集成‧江西卷》（北京：中國 ISBN 中心，1999 年 12 月），頁 1991-1992。

贛西採茶戲

1. 《梁山伯與祝英台‧梁山伯上過了金絲高頭馬》（梁山伯／劉小唱，尹四仔傳腔，劉動據 1991 年前後由永新縣採茶劇團、永新縣文化館錄音記譜），收於中國戲曲音樂集成全國編輯委員會：《中國戲曲音樂集成‧江西卷》（北京：中國 ISBN 中心，

1999 年 12 月），頁 1921-1922。

2. 《梁山伯與祝英台·回過頭來罵一聲祝賢妹》（梁山伯／劉小
　　唱，尹四仔傳腔，劉勳記譜），收於中國戲曲音樂集成全國編
　　輯委員會：《中國戲曲音樂集成·江西卷》（北京：中國 ISBN
　　中心，1999 年 12 月），頁 1937。

3. 《梁山伯與祝英台·祝英台在書房心中暗自想》（祝英台／劉
　　九妧唱，尹龍先傳腔，劉勳記譜），收於中國戲曲音樂集成全
　　國編輯委員會：《中國戲曲音樂集成·江西卷》（北京：中國
　　ISBN 中心，1999 年 12 月），頁 1926-1927。

4. 《梁山伯與祝英台·一懷思嫌我梁山伯》（梁山伯／劉小唱，
　　祝英台／雪妧唱，湯棟朵傳腔，劉勳記譜），收於中國戲曲音
　　樂集成全國編輯委員會：《中國戲曲音樂集成·江西卷》（北京：
　　中國 ISBN 中心，1999 年 12 月），頁 1926。

5. 《梁山伯與祝英台·梁山伯難捨難丟祝賢妹》（梁山伯／劉小
　　唱，祝英台／雪妧唱，湯棟朵傳腔，劉勳記譜），收於中國戲
　　曲音樂集成全國編輯委員會：《中國戲曲音樂集成·江西卷》
　　（北京：中國 ISBN 中心，1999 年 12 月），頁 1924-1925·

寧都採茶戲

1. 《梁山伯與祝英台·我送賢弟出書房》（梁山伯、祝英台／賴
　　先健唱，彭墨文記譜），收於中國戲曲音樂集成全國編輯委員
　　會：《中國戲曲音樂集成·江西卷》（北京：中國 ISBN 中心，
　　1999 年 12 月），頁 1732-1733。

2. 《梁山伯與祝英台·梁兄我一個愚蠢人》（梁山伯／鄒德勝唱，

彭墨文記譜），收於中國戲曲音樂集成全國編輯委員會：《中國戲曲音樂集成‧江西卷》（北京：中國 ISBN 中心，1999 年 12 月），頁 1723-1724。

3. 《梁山伯與祝英台‧梁兄哥》（祝英台／賴先健唱，彭墨文記譜），收於中國戲曲音樂集成全國編輯委員會：《中國戲曲音樂集成‧江西卷》（北京：中國 ISBN 中心，1999 年 12 月），頁 1720-1722。

4. 《梁山伯與祝英台‧罵馬家罵英台》（梁山伯／曾國珠唱，彭墨文、溫宏亮記譜），收於中國戲曲音樂集成全國編輯委員會：《中國戲曲音樂集成‧江西卷》（北京：中國 ISBN 中心，1999 年 12 月），頁 1719-1720。

5. 《梁山伯與祝英台‧兄弟們打坐在高堂上》（祝英台／賴先健唱，彭墨文記譜），收於中國戲曲音樂集成全國編輯委員會：《中國戲曲音樂集成‧江西卷》（北京：中國 ISBN 中心，1999 年 12 月），頁 17171-1718。

吉安採茶戲

1. 《山伯訪友‧這才是大禍從天降》（梁山伯／蘇建軍唱，李存祥傳腔，鄧泉生記譜），收於中國戲曲音樂集成全國編輯委員會：《中國戲曲音樂集成‧江西卷》（北京：中國 ISBN 中心，1999 年 12 月），頁 1662-1663。

2. 《山伯訪友‧那日送你下山去》（梁山伯／黃先烈唱，鄒壽林傳腔，曾獻忠記譜），收於中國戲曲音樂集成全國編輯委員會：

《中國戲曲音樂集成・江西卷》（北京：中國 ISBN 中心，1999
年 12 月），頁 1655-1656。

撫州採茶戲

1. 《梁山伯與祝英台・你在長亭自作媒》（梁山伯 / 張祥雲唱，
   龍雪翔記譜），收於中國戲曲音樂集成全國編輯委員會：《中國
   戲曲音樂集成・江西卷》（北京：中國 ISBN 中心，1999 年 12
   月），頁 1532。

袁河採茶戲

1. 《送友・太陽一出照山河》（梁山伯 / 鄭元財演唱，黃國俊、
   海嵐記譜），收於中國戲曲音樂集成全國編輯委員會：《中國戲
   曲音樂集成・江西卷》（北京：中國 ISBN 中心，1999 年 12 月），
   頁 1450。

上饒採茶戲

1. 《山伯訪友・梁兄哥不必得將弟來想》（祝英台 / 王民安唱，
   汪木林傳唱，王民安記譜），收於中國戲曲音樂集成全國編輯
   委員會：《中國戲曲音樂集成・江西卷》（北京：中國 ISBN 中
   心，1999 年 12 月），頁 1269。

2. 《山伯訪友・一要點天上老龍角》（祝英台 / 王民安唱，汪木
   林傳唱，王民安記譜），收於中國戲曲音樂集成全國編輯委員
   會：《中國戲曲音樂集成・江西卷》（北京：中國 ISBN 中心，

1999 年 12 月），頁 1268-1269。

南昌採茶戲

1. 《梁山伯與祝英台‧過了一山又一山》（梁山伯／喻財寶唱，祝英台／陳射香唱，左一民、黃國強作曲），收於中國戲曲音樂集成全國編輯委員會：《中國戲曲音樂集成‧江西卷》（北京：中國 ISBN 中心，1999 年 12 月），頁 1043-1044。

2. 《山伯會友‧美不美鄉中水》（梁山伯／萬雲卿唱，祝英台／陳射香唱，任祖干、龍書鄆記譜），收於中國戲曲音樂集成全國編輯委員會：《中國戲曲音樂集成‧江西卷》（北京：中國 ISBN 中心，1999 年 12 月），頁 987-988。

晉北大秧歌

1. 《梁山伯下山‧走村莊過村莊》（祝英台／梁守政唱，任鳳舞記譜），收於中國戲曲音樂集成全國編輯委員會：《中國戲曲音樂集成‧山西卷》（北京：中國 ISBN 中心，1997 年 5 月），頁 1479-1480。

晉北道情

1. 《英台抗婚‧我小姐生來志氣大》（迎新／黃鳳蘭唱，兆鵬、任俊批 1988 年山西音像出版社出版盒式帶記譜），收於中國戲曲音樂集成全國編輯委員會：《中國戲曲音樂集成‧山西卷》（北京：中國 ISBN 中心，1997 年 5 月），頁 1318。

提琴戲

1. 《山伯送友‧兄弟雙雙坐書房》（祝英台／曾丙龍唱，楊國富記譜），收於中國戲曲音樂集成全國編輯委員會：《中國戲曲音樂集成‧湖北卷》（北京：中國 ISBN 中心，1998 年 3 月），頁1456-1459。

堂戲

1. 《山伯訪友‧三個斑鳩飛過灣》（四九／吳發美唱，譚聯杰記譜），收於中國戲曲音樂集成全國編輯委員會：《中國戲曲音樂集成‧湖北卷》（北京：中國 ISBN 中心，1998 年 3 月），頁1441-1442。

2. 《山伯樓台別‧捨不得九弟回頭見》（梁山伯／易丙成唱，祝英台／費天鳳唱，譚聯杰記譜），收於中國戲曲音樂集成全國編輯委員會：《中國戲曲音樂集成‧湖北卷》（北京：中國 ISBN 中心，1998 年 3 月），頁 1426-1430。

3. 《山伯訪友‧梁兄送我到河坡》（祝英台／許澤立唱，譚聯杰記譜），收於中國戲曲音樂集成全國編輯委員會：《中國戲曲音樂集成‧湖北卷》（北京：中國 ISBN 中心，1998 年 3 月），頁1421-1422。

4. 《山伯訪友‧結一位好窗友共敬大賢》（梁山伯／易丙成唱，譚聯杰據八〇年代初巴東縣文化局組織收錄的音響資料記譜），收於中國戲曲音樂集成全國編輯委員會：《中國戲曲音樂集成‧湖北卷》（北京：中國 ISBN 中心，1998 年 3 月），頁1420-1421。

四川曲劇

1. 《梁山伯與祝英台・聞言語痛心懷》（梁山伯／李成良唱，蔣正倫、王明心編曲，王明心於 1986 年採錄），收於中國戲曲音樂集成全國編輯委員會：《中國戲曲音樂集成・四川卷》（北京：中國 ISBN 中心，1997 年 12 月），頁 1430-1431。

2. 《梁山伯與祝英台》（序曲）（劉貴民編曲，王明心校譜），收於中國戲曲音樂集成全國編輯委員會：《中國戲曲音樂集成・四川卷》（北京：中國 ISBN 中心，1997 年 12 月），頁 1582-1584。

3. 《梁山伯與祝英台》（尾聲）（劉貴民編曲，王明心校譜），中國戲曲音樂集成全國編輯委員會：《中國戲曲音樂集成・四川卷》（北京：中國 ISBN 中心，1997 年 12 月），頁 1584-1586。

4. 《柳蔭記・東家去騙吃》（媒婆／田瓊唱，劉懷恪記譜），收於中國戲曲音樂集成全國編輯委員會：《中國戲曲音樂集成・四川卷》（北京：中國 ISBN 中心，1997 年 12 月），頁 1558。

5. 《梁山伯與祝英台・不枉結拜情義長》（梁山伯／徐孝蓉唱，劉貴民編曲，王明心記譜），收於中國戲曲音樂集成全國編輯委員會：《中國戲曲音樂集成・四川卷》（北京：中國 ISBN 中心，1997 年 12 月），頁 1534-1536。

6. 《梁山伯與祝英台・悲切切慘凄凄》（祝英台／楊卉唱，劉貴民編曲，王明心校譜），收於中國戲曲音樂集成全國編輯委員會：《中國戲曲音樂集成・四川卷》（北京：中國 ISBN 中心，1997 年 12 月），頁 1506-1509。

7. 《梁山伯與祝英台・兄送賢弟到廟堂》（梁山伯、祝英台／孫

德瓊、羅曉秋唱，陳蓉華傳腔，王明心記譜），收於中國戲曲音樂集成全國編輯委員會：《中國戲曲音樂集成・四川卷》（北京：中國 ISBN 中心，1997 年 12 月），頁 1482-1483。

8. 《梁山伯與祝英台・才得相逢又離分》（梁山伯、祝英台／孫德瓊、羅曉秋唱，陳蓉華傳腔，王明心記譜），收於中國戲曲音樂集成全國編輯委員會：《中國戲曲音樂集成・四川卷》（北京：中國 ISBN 中心，1997 年 12 月），頁 1478-1479。

9. 《柳蔭記・自從弟兄把學上》（祝英台／黃玲唱，熊淵如編曲），收於中國戲曲音樂集成全國編輯委員會：《中國戲曲音樂集成・四川卷》（北京：中國 ISBN 中心，1997 年 12 月），頁 1467。

10. 《柳蔭記・聞言急得咽喉啞》（祝英台／黃玲唱，熊淵如編曲，王明心校譜），收於中國戲曲音樂集成全國編輯委員會：《中國戲曲音樂集成・四川卷》（北京：中國 ISBN 中心，1997 年 12 月），頁 1466。

11. 《梁山伯與祝英台・一杯薄酒奉勸君》（祝英台／羅曉秋唱，陳蓉華傳腔，王明心記譜），收於中國戲曲音樂集成全國編輯委員會：《中國戲曲音樂集成・四川卷》（北京：中國 ISBN 中心，1997 年 12 月），頁 1459-1460。

12. 《梁山伯與祝英台・深謝賢弟美盛情》（梁山伯、祝英台／李成良、黃世瓊唱，蔣正倫、王明心等編曲，王明心於 1986 年採錄），收於中國戲曲音樂集成全國編輯委員會：《中國戲曲音樂集成・四川卷》（北京：中國 ISBN 中心，1997 年 12 月），頁 1455-1458。

13. 《梁山伯與祝英台・悲切切慘淒淒》（祝英台／田子秀唱，王

明心記譜），收於中國戲曲音樂集成全國編輯委員會：《中國戲曲音樂集成·四川卷》（北京：中國 ISBN 中心，1997 年 12 月），頁 1438-1440。

14. 《梁山伯與祝英台·重重深院鎮清秋》（祝英台／楊卉唱，劉貴民編曲），收於中國戲曲音樂集成全國編輯委員會：《中國戲曲音樂集成·四川卷》（北京：中國 ISBN 中心，1997 年 12 月），頁 1436-1437。

15. 《梁山伯與祝英台·想當初兄把書館上》（梁山伯／孫德瓊唱，陳蓉華傳腔，王明心記譜），收於中國戲曲音樂集成全國編輯委員會：《中國戲曲音樂集成·四川卷》（北京：中國 ISBN 中心，1997 年 12 月），頁 1431-1432。

16. 《梁山伯與祝英台·八月桂花香》（祝英台／田子秀唱，王明心記譜），收於中國戲曲音樂集成全國編輯委員會：《中國戲曲音樂集成·四川卷》（北京：中國 ISBN 中心，1997 年 12 月），頁 1428-1430。

17. 《梁山伯與祝英台·一心攻書立志向》（梁山伯／孫德瓊唱，陳蓉華傳腔，王明心記譜），收於中國戲曲音樂集成全國編輯委員會：《中國戲曲音樂集成·四川卷》（北京：中國 ISBN 中心，1997 年 12 月），頁 1428。

18. 《梁山伯與祝英台·自從弟兄轉歸家》（祝英台／田子秀唱，王明心記譜），收於中國戲曲音樂集成全國編輯委員會：《中國戲曲音樂集成·四川卷》（北京：中國 ISBN 中心，1997 年 12 月），頁 1421-1423。

19. 《柳蔭記·梁兄此時你在何方》（祝英台／許關賢唱，黃太瑤

傳腔，陳珠富記譜），收於中國戲曲音樂集成全國編輯委員會：《中國戲曲音樂集成·四川卷》（北京：中國 ISBN 中心，1997年 12 月），頁 1420。

20. 《柳蔭記·萬紫千紅春色嬌》（梁山伯／張繼淑唱，黃太瑤傳腔，陳珠富記譜），收於中國戲曲音樂集成全國編輯委員會：《中國戲曲音樂集成·四川卷》（北京：中國 ISBN 中心，1997 年 12 月），頁 1419-1420。

21. 《梁山伯與祝英台·梁兄在何方》（祝英台／黃世瓊唱，曾南剛、王明心編曲），收於中國戲曲音樂集成全國編輯委員會：《中國戲曲音樂集成·四川卷》（北京：中國 ISBN 中心，1997 年 12 月），頁 1410-1413。

22. 《柳蔭記·小弟決不負梁兄》（祝英台／許關賢唱，陳珠富記譜，王明心校譜），收於中國戲曲音樂集成全國編輯委員會：《中國戲曲音樂集成·四川卷》（北京：中國 ISBN 中心，1997 年 12 月），頁 1405-1406。

23. 《梁山伯與祝英台·從此不是籠中鳥》（祝英台／黃世瓊唱，蔣正倫、王明心等編曲，由王明心於 1986 年採錄），收於中國戲曲音樂集成全國編輯委員會：《中國戲曲音樂集成·四川卷》（北京：中國 ISBN 中心，1997 年 12 月），頁 1402-1403。

24. 《梁山伯與祝英台·埋怨爹媽做事差》（祝英台／田子秀唱，王明心譜），收於中國戲曲音樂集成全國編輯委員會：《中國戲曲音樂集成·四川卷》（北京：中國 ISBN 中心，1997 年 12 月），頁 1391-1395。

四川燈戲

1. 《訪友‧兄也難來弟也難》（梁山伯、祝英台／李家發唱，成學記譜），收於中國戲曲音樂集成全國編輯委員會：《中國戲曲音樂集成‧四川卷》（北京：中國 ISBN 中心，1997 年 12 月），頁 977-978。

2. 《訪友‧梁山伯這一旁忙整衣冠》（梁山伯／楊仕興唱，祝英台／馮素芬唱，成學記譜），收於中國戲曲音樂集成全國編輯委員會：《中國戲曲音樂集成‧四川卷》（北京：中國 ISBN 中心，1997 年 12 月），頁 964-965。

新城戲

1. 《梁山伯與祝英台‧八月金秋天漸涼》（祝英台／趙彩霞唱，楊欣新編曲，徐達音據 1985 年扶餘縣新城戲劇團錄音記譜），收於中國戲曲音樂集成全國編輯委員會：《中國戲曲音樂集成‧吉林卷》（北京：中國 ISBN 中心，1999 年 6 月），頁 857-860。

2. 《梁山伯與祝英台‧揚鞭催馬康莊道》（梁山伯／孫麗清唱，楊柏森編曲，徐達音據 1985 年扶餘縣滿族新城戲劇團錄音記譜），收於中國戲曲音樂集成全國編輯委員會：《中國戲曲音樂集成‧吉林卷》（北京：中國 ISBN 中心，1999 年 6 月），頁 851-853。

安徽曲劇

1. 《梁山伯與祝英台‧思祝‧四九整行裝》（王清正記譜），收於

中國戲曲音樂集成全國編輯委員會：《中國戲曲音樂集成・安徽卷》（北京：中國 ISBN 中心，1994 年 5 月），頁 1859。

2. 《梁山伯與祝英台・化蝶・雨過天晴百花開》（伴唱，鄭繼業傳腔，王清正記譜），收於中國戲曲音樂集成全國編輯委員會：《中國戲曲音樂集成・安徽卷》（北京：中國 ISBN 中心，1994 年 5 月），頁 1858。

嗨子戲

1. 《隔帘・思哥盼哥肝腸斷》（祝英台／董國鋒唱，周學忠、高成斌記譜），收於中國戲曲音樂集成全國編輯委員會：《中國戲曲音樂集成・安徽卷》（北京：中國 ISBN 中心，1994 年 5 月），頁 1665-1666。

曲子戲

1. 《十八相送・咱二人弟兄成不了個雙》（梁懷鄉傳腔，延河據 1985 年寧夏音樂集成編輯部補錄音響記譜），收於中國戲曲音樂集成全國編輯委員會：《中國戲曲音樂集成・寧夏卷》（北京：中國 ISBN 中心，1999 年 8 月），頁 510。

洪山戲

1. 《梁山伯與祝英台・難捨高堂二雙親》（祝英台／華裕仁唱，劉正國、華裕仁記譜），收於中國戲曲音樂集成全國編輯委員會：《中國戲曲音樂集成・安徽卷》（北京：中國 ISBN 中心，1994 年 5 月），頁 908。

含弓戲

1. 《梁祝‧曾記得在杭城》（祝英台／韓文秀唱，駱家騄記譜），收於中國戲曲音樂集成全國編輯委員會：《中國戲曲音樂集成‧安徽卷》（北京：中國 ISBN 中心，1994 年 5 月），頁 817-818。

泗州戲

1. 《梁山伯與祝英台‧英台思兄》（祝英台／陳金鳳唱，徐揚編曲，完藝舟劇本整理），收於中國戲曲音樂集成全國編輯委員會：《中國戲曲音樂集成‧安徽卷》（北京：中國 ISBN 中心，1994 年 5 月），頁 669-676。

2. 《梁祝‧老身我家住在胡橋鎮》（媒婆／王寶俠唱，張立新記譜），收於中國戲曲音樂集成全國編輯委員會：《中國戲曲音樂集成‧安徽卷》（北京：中國 ISBN 中心，1994 年 5 月），頁 630-633。

淮海戲

1. 《勸嫁‧母女雙雙坐樓堂》（祝母／劉長珍唱，章蘊傑據 1963 年上海唱社錄音記譜），收於中國戲曲音樂集成全國編輯委員會：《中國戲曲音樂集成‧江蘇卷》（北京：中國 ISBN 中心，1992 年 10 月），頁 1600-1601。

二人台

1. 《下山‧後跟著盟弟祝英台》（梁山伯／劉銀威唱，張春溪、李子榮據伊克昭盟群眾藝術館 1986 年編印的《二人台音樂》

記譜整理），收於中國戲曲音樂集成全國編輯委員會：《中國戲曲音樂集成・內蒙古卷》（北京：中國 ISBN 中心，1998 年 6 月），頁 79-80。

2.　〈下山〉（又名《祝英台下山》），收於中國戲曲志編輯委員會：《中國戲曲志・內蒙古卷》（北京：中國 ISBN 中心，1994 年 11 月），頁 102-103。

3.　〈梁祝下山〉（丁喜才唱，霍向貴記譜），收於中國曲藝音樂集成全國編輯委員會：《中國曲藝音樂集成・陝西卷》（北京：中國 ISBN 中心，1995 年 11 月），頁 844-849。

東路二人台

1.　《英台下山・三杯酒猜破我這女娥皇》（祝英台／郭有山唱，王世安、王俊傑據 1987 年烏蘭察布盟商都縣藝人採錄會錄音記譜），收於中國戲曲音樂集成全國編輯委員會：《中國戲曲音樂集成・蒙古卷》（北京：中國 ISBN 中心，1998 年 6 月），頁 280-281。

音樂劇

1.　《梁祝》（王柏森、辛曉琪主演，李小平導演），大風音樂劇場、國立中正文化中心主辦，演出時間：2003 年 9 月 11-14 日，演出地點：臺北市國家戲劇院。又：《梁祝》（2CD+1VCD）（王柏森、辛曉琪主演，李小平導演）（大風音樂劇場發行，2003 年 9 月 14 號國家戲劇院現場錄音）。

故事劇

1. 〈隔帘會〉，收於樊存常主編：《梁祝故事孔孟故里》（北京：文物出版社，2005 年 8 月），頁 268-322。

小說

1. 明‧馮夢龍：〈李秀卿義結黃貞女〉入話〔梁山伯與祝英台〕，見《古今小說》卷二十八（江蘇古籍出版社，1991 年 9 月），頁 416-417。

2. 明‧馮夢龍：《情史》引《寧波志》〔梁山伯與祝英台〕，見《古今情史類纂》卷十，《筆記小說大觀》（臺北：新興書局，1964 年）四編，頁 6547。

3. 明‧馮夢龍：《情史》卷十〔梁山伯與祝英台〕，見《古今情史類纂》卷十，《筆記小說大觀》（臺北：新興書局，1964 年）四編，頁 6547。

4. 無名氏：《繪圖梁山伯》（又名《愛情小說梁山伯全集》，十四回）（上海：文益書局，清末石印線裝本），見鄭建軍：〈鎮海發現清末長篇小說《繪圖梁山伯》〉，寧波日報，2002 年，4 月 30 日，寧波文化網：http://www.nb7000.net/homepage/page012-01-01.php?id=1040455832&theme=282（2006 年 8 月 28 日）。

5. 《梁山伯祝英台》（又名《哀情小說梁山伯》、《祝英台弔孝》，十四回，不著撰人，卷端題「愛情小說梁山伯全集」）（上海：振寰小說社，出版年不詳），15 葉。

6. 張恨水：《梁山伯與祝英台》（原載《張恨水全集》），收於周靜書主編：《梁祝文化大觀・曲藝小說卷》（北京：中華書局，1999年12月），頁483-665。又見章玉華：《梁山伯與祝英台》（臺南：東海出版社，1977年），後附二十一「文字的來源」。（案：此題章玉華著，實為張恨水著）。

7. 趙清閣：《梁山伯與祝英台》（根據上海文化出版社，1956年9月新1版選入），收於周靜書主編：《梁祝文化大觀・曲藝小說卷》（北京：中華書局，1999年12月），頁666-750。

8. 南宮搏：《梁山伯與祝英台》（臺北：臺灣新生報社，1964年元月初版），259頁。

9. 文國書局編輯部：《七世夫妻・二世夫妻梁山伯與祝英台》（臺南：文國書局，1994年5月），頁1、18-50。

10. 吳育珊改寫：《梁山伯與祝英台》（臺中：三久出版社，1996年2月29日），171頁。

11. 顧志坤：《梁山伯與祝英臺》（四冊）（杭州：華寶街書社，2002年10月），242葉。

12. 李馮：〈梁〉、〈祝〉，《梁祝》（見李馮小說集）（臺北：情報文化科技公司，2003年3月20日），頁109-125。

13. 陳峻菁：《梁山伯祝英台》（臺北：實學社出版公司，2003年10月15日），346頁。

14. 林江雲：《魂縈蝴蝶情》（北京：光明日報出版社，2005年8月第2次印刷），277頁。

15. 樊存常、李桂菊：《聖地梁山伯祝英台故事》，收於樊存常主編：《梁祝故事源於孔孟故里》（北京：文物出版社，2005年8月），

頁 324-445。

16. 吳淑姿：《梁山伯沒死……之後》（臺北：秀威資訊科技股份有限公司，2005 年 11 月 BOD 一版），352 頁。

電影

1. 《梁祝痛史》（金玉如、胡蝶主演，邵醉翁導演）（1926 年上海天一影片公司，本篇錄自「天一」特刊第五期《梁祝痛史號》，1926 年 5 月 10 日出版），收於周靜書主編：《梁祝文化大觀‧戲劇影視卷》（北京：中華書局，1999 年 12 月），頁 781-796。

2. 《梁山伯與祝英台》（張翠紅、曹娥、顧也魯主演、岳楓導演）（中國聯美影片公司，1940 年），http://www.774.com.cn/info/300736.html 及 http://www.cnmdb.com/title/6488/（2006 年 9 月 30 日）。

3. 《梁山伯與祝英台》（DVD）（袁雪芬、范瑞娟主演，桑弧、黃沙導演）（福建省音像出版社出版發行，1954 年）。又：《梁山伯與祝英台》（2VCD）（袁雪芬、范瑞娟、張桂鳳、呂瑞英主演）（中國唱片上海公司出版發行）。又：《梁山伯與祝英台》（DVD）（中國唱片上海公司出版發行）。

4. 《梁山伯與祝英台》（DVD）（凌波、樂帝主演，李翰祥導演），龍騰工程企業公司影視部（香港：邵氏兄弟有限公司，1963 年）。

5. 《三伯英臺》（美都歌劇團演出，杜慧玉、鄭鶯雪、何鳳珠、陳情、葛小寶主演，李泉溪導演、蔡秋林編劇），（臺灣：美都

影業社出品，1963 年）。

6. 《梁祝》（徐克導演 楊采妮、吳奇隆主演）（VCD）（香港：嘉禾娛樂事業有限公司出品，1994 年）（香港：寰宇鐳射錄影公司）。

7. 《梁山伯與祝英台新傳》（又名《梁祝恨》）（DVD）（胡慧中、濮存昕主演，劉國權導演）（中國：南海影業公司，1994 年）。

8. 《梁山伯與祝英台》（搖滾）（VCD），電影《辣椒教室》（陳勳奇導演）（香港：嘉通娛樂公司，1999 年）。

9. 《蝴蝶夢－－梁山伯與祝英台》（動畫電影）（蔡明欽導演，鄧亞宴、蔡明欽編劇）（祝英台／劉若英配音，梁山伯／蕭亞軒配音）（臺北：中央電影公司，2003 年）。

電影小說

1. 童趣出版公司編：《梁山伯與祝英台》（動畫電影小說）（北京：人民郵電出版社，2003 年 12 月），95 頁。

電視

連續劇

1. 《梁山伯與祝英台》（節選七、八兩集）（八集電視連續劇劇本《梁山伯與祝英台》，1994 年 6 月由李萌創作），收於周靜書主編：《梁祝文化大觀·戲劇影視卷》（北京：中華書局，1999 年 12 月），頁 797-820。

2. 《梁山伯與祝英台》(4VCD)(陳穎、湯松華、全宏、張瑋虹、謝潔主演)(5 集電視連續劇)上海越劇院演出(中國廣播音像出版社出版,1990 年 1 月 1 日)。

3. 《梁山伯與祝英台》(劉松仁、李琳琳、陳復生、羅浩楷主演,林嶺東導演)(香港:TVB 無線劇集,1977 年)

4. 《七世夫妻之梁山伯與祝英台》(祝英台 / 賈靜雯,梁山伯 / 趙擎,馮凱導演)(46 集電視連續劇),臺北:臺灣民視電視台八點檔連續劇,1999 年。

5. 《少年梁祝》(祝英台 / 梁小冰,梁山伯 / 羅志祥)(42 集電視連續劇),臺北:臺灣中國電視台八點檔連續劇,2000 年 3 月 2 日上映。

6. 《梁祝》(8VCD)(王依麗、盧葉東、張弓主演,許玉琢導演)(8 集越劇電視劇)(浙江音像出版社)。

7. 《梁山伯與祝英台》(4VCD)(范瑞娟、傅全香、張桂鳳主演)(5 集電視連續劇)(中國唱片上海公司出版發行,1985 年)。

8. 何文傑:《梁祝戀》(電視文學劇本)(大連:大連出版社,1998 年 12 月),216 頁 。

綜藝連續劇

1. 《絕代雙椒――〔梁山伯與祝英台〕》(祝英台 / 鄧澄惠,梁山伯 / 方芳),中華電視台晚上九點半檔綜藝節目,2005 年 3 月 7 日至 2006 年 4 月 27 日。

綜藝單元劇

1. 《住左邊住右邊之幸福小套房――幸福黃梅調》,臺北三立都

會台 2006 年 3 月 9 日星期四晚上 8：00-9：00。

漫畫

1. 《梁山伯與祝英台－－蝴蝶夢》（高永／冠良漫畫，哈卡編劇） （臺北：時報文化出版公司，2003 年 12 月 15 日初版）。
2. 《蝴蝶夢－－梁山伯與祝英台》（卡通動畫版）（蔡明欽動漫，鄧亞宴編劇）（臺北：時報文化出版公司，2003 年 12 月 22 日初版）。
3. 《梁祝》（如筆花繪，丁雲生配文）（北京：新世界出版社，2005 年 5 月一版）。

劇本

1. 〈山伯訪友〉（姚逸之、鍾貢勛述），《湖南唱本提要》，收於婁子匡、阮昌銳編校：《中山大學民俗叢書》9 冊（福祿圖書公司出版，1928 年出版，1968 年 10 月復刊），頁 32。

國家圖書館出版品預行編目

梁祝故事研究 / 許端容著. -- 一版. --
臺北市：秀威資訊科技，2007[民 96]
　冊；　公分. -- (語言文學類；AG0060)
　參考書目:面　　含索引
　ISBN 978-986-6909-47-4(一套：平裝)

857.2　　　　　　　　　　　　　　96004612

語言文學類　AG0060

梁 祝 故 事 研 究（三）

作　　者 / 許端容
發 行 人 / 宋政坤
執行編輯 / 呂祥竹
圖文排版 / 呂祥竹　林靜慧　林蘭育
封面設計 / 許獻心
數位轉譯 / 徐真玉　沈裕閔
圖書銷售 / 林怡君
法律顧問 / 毛國樑　律師
出版印製 / 秀威資訊科技股份有限公司
　　　　　台北市內湖區瑞光路 583 巷 25 號 1 樓
　　　　　電話：02-2657-9211　　　傳真：02-2657-9106
　　　　　E-mail：service@showwe.com.tw
經 銷 商 / 紅螞蟻圖書有限公司
　　　　　台北市內湖區舊宗路二段 121 巷 28、32 號 4 樓
　　　　　電話：02-2795-3656　　　傳真：02-2795-4100
　　　　　http://www.e-redant.com
2007 年 3 月 BOD 一版
2007 年 11 月 BOD 二版
四冊定價：2000 元

讀　者　回　函　卡

感謝您購買本書，為提升服務品質，煩請填寫以下問卷，收到您的寶貴意見後，我們會仔細收藏記錄並回贈紀念品，謝謝！

1.您購買的書名：_____

2.您從何得知本書的消息？

　□網路書店　□部落格　□資料庫搜尋　□書訊　□電子報　□書店

　□平面媒體　□ 朋友推薦　□網站推薦　□其他_____

3.您對本書的評價：(請填代號　1.非常滿意 2.滿意 3.尚可 4.再改進)

　封面設計____　版面編排____　內容____　文/譯筆____　價格____

4.讀完書後您覺得：

　□很有收獲　□有收獲　□收獲不多　□沒收獲

5.您會推薦本書給朋友嗎？

　□會　□不會，為什麼？_____

6.其他寶貴的意見：_____

_____

_____

_____

讀者基本資料

姓名：_____　年齡：_____　性別：□女 □男

聯絡電話：_____　E-mail：_____

地址：_____

學歷：□高中(含)以下　　□高中　□專科學校　　□大學

　　　□研究所(含)以上 □其他_____

職業：□製造業 □金融業 □資訊業 □軍警 □傳播業 □自由業

　　　□服務業 □公務員 □教職　□學生 □其他_____

秀威與 BOD

BOD（Books On Demand）是數位出版的大趨勢，秀威資訊率先運用 POD 數位印刷設備來生產書籍，並提供作者全程數位出版服務，致使書籍產銷零庫存，知識傳承不絕版，目前已開闢以下書系：

一、BOD 學術著作—專業論述的閱讀延伸
二、BOD 個人著作—分享生命的心路歷程
三、BOD 旅遊著作—個人深度旅遊文學創作
四、BOD 大陸學者—大陸專業學者學術出版
五、POD 獨家經銷—數位產製的代發行書籍

BOD 秀威網路書店：www.showwe.com.tw
政府出版品網路書店：www.govbooks.com.tw

永不絕版的故事・自己寫・永不休止的音符・自己唱